Knaur

W0349721

Von Ashley Carrington sind außerdem erschienen:

Jessica oder Alles Glück hat seinen Preis (Band 2838)
Belmont Park (Band 3135)
Jessica oder Die Liebe endet nie (Band 3152)
Jahreszeiten der Liebe (Band 3155)
Die Rose von Kimberley (Band 3169)
Gefangene der Sonneninsel und andere Geschichten (Band 60020)
Der Sohn des Muschelhändlers (Band 60573)
Jessica oder Irrwege der Liebe (Band 60706)
Jessica oder das Ziel aller Sehnsucht (Band 60707)
Küste der Verheißung (Band 60712)
Verlockendes Land (Band 60713)
Blut und Diamanten (Band 60714)
Hickory Hill (Band 60715)
Fluß der Träume (Band 60716)
Die Herren der Küste (Band 60717 und 60318)

Über den Autor:

Ashley Carrington, geboren 1951, studierte, bevor er sich dem Schreiben widmete, Jura sowie Theater-, Film- und Fernsehwissenschaften. Der mehrfach preisgekrönte Autor lebt mit seiner Frau in Palm Coast, Florida. Für seine umfangreichen Recherchen zu *Unter dem Jacarandabaum* reiste er über ein halbes Jahr durch Australien.

Ashley Carrington

UNTER DEM JACARANDABAUM

Roman

Knaur

Besuchen Sie uns im Internet:
www.droemer-knaur.de

Vollständige Taschenbuchausgabe April 1999
Droemersche Verlagsanstalt Th. Knaur Nachf., München
Copyright © 1997 bei Droemersche Verlagsanstalt
Th. Knaur Nachf., München
Alle Rechte vorbehalten. Das Werk darf – auch teilweise – nur mit
Genehmigung des Verlages wiedergegeben werden.
Umschlaggestaltung: Agentur Zero, München
Umschlagabbildung: Gemäldeausschnitt
»In the orchard«, 1891, von Edmund C. Tarbell
Satz: Ventura Publisher im Verlag
Druck und Bindung: Clausen & Bosse, Leck
Printed in Germany
ISBN 3-426-61024-8

2 4 5 3 1

Für Helga
in Liebe und Dankbarkeit

»Suchen und etwas ganz anderes finden,
das ist die wahre Natur des Lebens.«

Anselm Grün, OSB

ERSTES BUCH

Fremde Heimat
1908–1914

ERSTES KAPITEL

Der Raddampfer, der Eleanor Mayfield und ihre zwölfjährige Tochter Moira am ersten Dezembertag des Jahres 1908 von Mildura nach River Bend brachte, trug den Namen *Lady Eliza* – und glich eher einer alten, heruntergekommenen Schlampe. Nach Fisch, Schweinen und Ziegen stinkend, rußspuckend und mit gefährlich ächzendem Dampfkessel kämpfte sich das Flußschiff die dreiundzwanzig Meilen den breiten Murray stromaufwärts.

Aber hatte sie, Eleanor Mayfield, denn etwas Besseres verdient? Nein, es geschah ihr ganz recht so. Die Fahrt auf diesem dreckigen, stinkenden Flußboot, für die sie auch noch dankbar sein mußte, machte den Verlust ihres letzten Restes von Stolz und Selbstachtung vollkommen und bereitete sie angemessen auf die Demütigung und Selbsterniedrigung vor, die sie in River Bend erwarteten. Was hinter ihr lag, hatte sie sich ebenso selbst zuzuschreiben wie das, was sie nun auf sich nehmen mußte. Und sie wußte, daß es bitter für sie werden würde – selbst wenn das Schicksal ihr gnädig war!

Das schmale Frachtboot von gerade mal sechzig Fuß Länge hatte auf dem offenen Vorderdeck Wellbleche geladen. Eleanor und ihre schmächtige Tochter Moira saßen achtern in der prallen Sonne auf zwei Kisten zwischen Ruderhaus und Schaufelrad, das am Heck die gelbbraunen Fluten des Murray nur mühsam zum Schäumen brachte. Nach den katastrophalen Überflutungen in den ersten Oktobertagen hatte der Sommer in diesem Jahr schon ungewöhnlich früh seine sengende Hitze über das australische Hinterland am Murray River gebracht. Der wenige Schatten, den die hinter dem kurzen Ruderhaus aufgespannte Segeltuchplane bot, war den Dutzenden Kerosinkanistern sowie den Schweinen und Ziegen in ihren Lattenkäfigen vorbehalten. Das Wohlergehen der Tiere hatte allemal Vorrang vor dem Befinden der beiden einzigen Passagiere der *Lady Eliza*, zumal diese ihre Passage in Mildura mehr erbettelt als bezahlt hatten.

»Sie werden uns nicht abweisen, Kind! ... Sie können nicht! ... Nicht zu dieser Zeit, wo wir doch bald Weihnachten haben ... und wo doch ein Shilling und Sixpence alles sind, was uns an Geld geblieben ist! ... Was immer auch gewesen ist, Josepha ist meine ältere Schwester und fest im Glauben. Sie und ihr Mann William sind die einzige Familie, die ich ... nein, die *wir* noch haben!« stieß Eleanor Mayfield mit beschwörender Stimme hervor, als wollte sie weniger ihre Tochter überzeugen, als die quälenden Zweifel in sich selbst endgültig zum Schweigen bringen. »Mach dir keine Sorge, es wird alles gut, mein Kind! ... Sie werden uns nicht die Tür weisen, sondern christliche Barmherzigkeit walten lassen!« Dabei drückte sie die Hand ihrer Tochter und wollte ihr aufmunternd zulächeln. Doch ihr Gesicht brachte nur eine maskenhafte Grimasse zustande. Und dahinter lauerte die nackte Angst, die wie eine mühsam gebändigte Gewalt bloß darauf wartete, jeden Moment die dünne Fassade letzter Selbstbeherrschung zu durchbrechen.

Moira nickte nur stumm. Denn sie spürte, daß ihre Mutter jetzt nicht ein Wort, ja nicht einmal einen Blick des Zweifels von ihr ertragen konnte, ohne sofort wieder in Tränen der Verzweiflung und Hoffnungslosigkeit auszubrechen. Die Angst ihrer Mutter, daß sich ihre letzte Hoffnung, die sie auf ihre fünfzehn Jahre ältere Schwester in River Bend gesetzt hatte, als Selbsttäuschung erweisen könnte, begleitete sie schon seit vier Tagen. Seit sie ihre wenigen Habseligkeiten überstürzt in einen alten Pappkoffer und zwei schäbige, abgewetzte Taschen gestopft und ihre winzige Hinterhofwohnung in Adelaide mitten in der Nacht wie Diebe verlassen hatten. Es war nicht das erstemal gewesen, daß sie sich so davongestohlen hatten. Wie oft hatten sie nicht schon bei

Nacht und Nebel ihre Wohnung aufgegeben, weil wieder einmal nicht genug Geld dagewesen war, um die seit Wochen überfällige Miete zu bezahlen! Aber beim letztenmal waren sie nicht nur ihrem Vermieter Geld schuldig geblieben, sondern ebenso den beiden großherzigen Ladenbesitzern ihres Viertels, bei denen sie auch noch in der letzten Woche hatten anschreiben dürfen, als man ihnen anderswo schon längst jeden weiteren Kredit verwehrt hatte.

Moira wollte nicht länger an diese schreckliche, demütigende Zeit denken, in der ihre Mutter stets sie in die Läden geschickt hatte. Im Grunde genommen war sie bei den Krämern um die Ecke nicht einkaufen, sondern betteln gegangen. Denn das Geld, das ihre Mutter durch gelegentliche Näh- und Wascharbeiten verdient hatte, hatte trotz aller Einschränkungen vorn und hinten nicht gereicht. Aber das war ja nun vorbei, wo sie Unterschlupf und Sicherheit im Haus von Tante Josepha und Onkel William in River Bend finden würden.

Ja, Moira wollte nur zu gern daran glauben, daß jetzt alles gut werden und endlich Ruhe in ihr unstetes, von Not und Angst geprägtes Leben kommen würde. Doch schon im nächsten Moment bohrte sich die bange Frage, warum dann Tante Josepha nicht auf die Bettelbriefe ihrer Mutter geantwortet hatte, wie ein bösartiger Stachel in ihre Seele.

Der schrille Ton, den die Dampfsirene der *Lady Eliza* plötzlich ausstieß, fuhr Moira durch Mark und Bein und riß sie aus ihren beklemmenden Gedanken. Der Fluß vollführte wieder einmal eine seiner unzähligen Schleifen, und die *Lady Eliza* schob sich schwerfällig um die S-förmigen Windungen des Murray. Dabei kamen sie dem rechtsseitigen Ufer näher, das schon zu New South Wales gehörte, wie Moira sich erinnerte. River Bend dagegen lag auf dem südlichen, dem linksseitigen Ufer des Murray und damit noch im australischen Bundesstaat Victoria.

Bis vor vier Tagen hatte die Welt für Moira nur aus dem

Labyrinth der Straßenzüge um die Hafenviertel von Port Augusta und Adelaide bestanden, wobei sie sich an Port Augusta nur noch sehr vage erinnern konnte, waren sie von dort doch schon weggezogen, als sie noch keine fünf gewesen war. Voller Staunen blickte sie daher zu den Eukalyptusbäumen hoch, die mit ihrem immergrünen Blätterkleid und ihren grauweißen und rot marmorierten Stämmen die hohen, steil abfallenden Ufer des Flusses zu beiden Seiten säumten. Sie entdeckte auf den Ästen Vögel mit unglaublich buntem Gefieder. Aus einem schräg stehenden Baum, dessen Äste weit über den Fluß hinaushingen und dunkle Schattenfelder auf das Wasser warfen, drang ein lautes Geräusch, das dem spöttischen Gelächter eines Menschen täuschend ähnlich klang, doch von einem Vogel kam, den man Kookaburra nannte – so jedenfalls hatte es ihr einer der Flußschiffer erklärt. Wie fremdartig diese Landschaft im Innern Australiens doch war. Und erst dieser gewaltige Himmel! Sie hatte noch nie einen so unglaublich hohen, weiten und blauen Himmel gesehen!
Trotz der Sonne, die auf sie herabbrannte, und ihrer viel zu warmen Kleidung durchfuhr Moira auf einmal ein kalter Schauer. Wie die scheinbar endlose und menschenleere Weite des kargen Landes, das sich jenseits der Ufer bis zum Horizont ausdehnte, so hatte auch dieser schier grenzenlose Himmel etwas Erschreckendes. Sie fürchtete, sich darin zu verlieren und zu einem Staubkorn, zu einem Nichts zusammenzuschrumpfen, wenn sie zu lange, mit dem Rücken zur Sonne, in diese blaugrelle Helligkeit hinaufblickte. Ein Gefühl des Verlorenseins stieg in ihr auf, doch sie kämpfte tapfer dagegen an und preßte die Lippen fest aufeinander. Bald mußten sie in River Bend ankommen, und dann würden ihre und Moms Ängste und Sorgen ein für allemal ein Ende haben!

Die Sonne hatte sich schon ein gutes Stück gen Westen geneigt, als die *Lady Eliza* in die weite Biegung einfuhr, die sich wie ein riesiges, auf der Seite liegendes U aus gelbbraunem Flußwasser in die karge Landschaft gegraben hatte und an dessen östlichem Ufer River Bend lag.

»Schau, da ist es!« machte sie einer der abgerissenen Flußschiffer auf die Siedlung aufmerksam. »Und die lange Pier, das ist die Moama Wharf, wo wir gleich anlegen werden!«

Aufgeregt und erlöst, daß die lange Reise und die quälende Zeit der Ungewißheit nun endlich so gut wie vorbei waren, sprang Moira auf. In ihrer Bewegung lag so viel Schwung, daß sie dabei fast ihr Bonnet verloren hätte. Sie hielt den Strohhut mit der linken Hand fest und spähte mit zusammengekniffenen Augen in die Richtung, in die der Flußschiffer deutete.

Eleanor Mayfield blickte jedoch nicht auf. Sie beugte vielmehr den Kopf, gab einen unterdrückten Seufzer von sich und hielt plötzlich ihren Rosenkranz in der Hand, zu dem sie erst seit wenigen Monaten wieder regelmäßig griff, wie Moira aufgefallen war. »Heilige Muttergottes ...«

Die zittrige Stimme ihrer Mutter erhob sich wie ein müder Vogel, der zum Himmel aufsteigen wollte, aber schon nach wenigen Flügelschlägen mutlos und entkräftet ins trockene Buschgras hinunterflatterte. Ihr Gebet ging im Rattern des Schaufelrades unter, und Moira wandte ihre Aufmerksamkeit wieder dem Ort zu, der ihre neue und endlich sorgenfreie Heimat werden sollte, wie Mom ihr versprochen hatte.

Je näher sie River Bend jedoch kamen, desto stärker wuchs Moiras Enttäuschung. Nicht, daß sie eine ähnlich große und geschäftige Hafenstadt wie Adelaide mit ihren Tausenden von Häuserzeilen erwartet hätte. Ihre Mutter hatte sie vorgewarnt und mehr als einmal betont, daß River Bend keinen Vergleich mit Port Augusta und schon gar nicht mit Adelaide aushalten konnte. Doch sie hatte den Wohnort von Tante Josepha und Onkel William am Murray River auch nicht näher beschrieben. Insgeheim hatte Moira deshalb zumindest auf eine »kleinere Stadt« gehofft. Diese Hoffnung fiel nun wie Hefeteig bei kalter Zugluft in sich zusammen. Denn was sie sah, war mehr als ernüchternd: River Bend schien offenbar bloß aus einer etwa dreihundertfünfzig Fuß langen Pier in Form einer klobigen, dreistöckigen Balkenkonstruktion zu bestehen, die bis zur Oberkante des hoch aufsteigenden Ufers reichte, aus einigen Dutzend wenig ansehnlichen Schuppen und Lagerhäusern sowie einigen anderen kleineren Gebäuden, die sich alle längs der Anlegestelle aneinanderreihten. Die Dächer bestanden fast ausschließlich aus einfachem Wellblech, die entweder von Rost gezeichnet waren oder einen verblichenen Anstrich trugen. Moiras Augen erblickten trotz aller Anstrengung nichts, was auch nur annähernd an einen wenigstens kleinstädtischen Charakter erinnert hätte. River Bend war eine armselige Flußsiedlung, ein schäbiges Dorf irgendwo am Ende der Welt!

Moira wagte jedoch keinen Ton zu sagen, sondern biß sich auf die Lippen, um die Tränen der Enttäuschung zurückzuhalten. Sie hatte sich geschworen, tapfer zu sein, was immer auch kommen mochte. Und wenn sie nun auch fürchtete, daß sie viel mehr unangenehme Überraschungen erleben würde, als sie gedacht hatte, so wollte sie sich doch nichts anmerken lassen – um ihrer Mutter willen.

Die *Lady Eliza* legte wenig später an der Moama Wharf an, und das dröhnende Schlagen des Schaufelrads erstarb, wie auch das angestrengte Keuchen der altersschwachen Dampfmaschine in ein stilles, müdes Schnaufen überging. Leinen flogen, und die Flußschiffer tauschten mit den anderthalb Dutzend Männern und Frauen, die sich auf der Pier eingefunden hatten, fröhliche Zurufe.

Eleanor nahm den Koffer, der mit einfachen Hanfstricken zugebunden war, sowie die schwerere der beiden Taschen auf, bedankte sich gesenkten Blickes beim Eigner und Captain des Flußbootes für seine Großzügigkeit, daß er sie so gut wie kostenlos von Mildura nach River Bend mitgenommen hatte, und ging dann rasch an Land, gefolgt von Moira, die sich die zweite Tasche über die Schulter gehängt hatte.

Die Flutwellen in der ersten Oktoberwoche hatten das miteinander verbundene, gewaltige Flußsystem des Darling, des Murrumbidgee und des Murray River bis zu 34 Fuß über seinen Normalstand anschwellen lassen, riesige Flächen unter Wasser gesetzt, die Evakuierung Tausender Landbewohner erzwungen und mehr als ein Dutzend Tote gefordert. Doch jetzt, gerade acht Wochen später, war davon nichts mehr zu sehen. Zumindest nicht in der Gegend um River Bend. Der Wasserstand des Murray war mit der Hitze des viel zu frühen Sommers wieder so tief gesunken, daß die *Lady Eliza* auf der untersten der drei Etagen der Moama Wharf vertäut lag. Im kühlen Dunkel der mächtigen Balkenkonstruktion stiegen sie die Treppen zur Straßenebene hoch. Ein Höhenunterschied, der mehr als zwanzig Fuß betrug und der darauf hinwies, wie hoch der Murray bei Hochwasser steigen konnte.

Als sie wieder die Nachmittagssonne auf ihrer Haut spürten, blieb Eleanor Mayfield nach einigen Schritten stehen, setzte ihr Gepäck ab und wandte sich mit prüfendem Blick ihrer Tochter zu. »Laß dich anschauen, Kind. Nun ja, es könnte noch schlimmer sein.« Sie seufzte. »Zieh den rechten Strumpf hoch, und dreh dein Bonnet mehr nach hinten, damit man die Löcher nicht so sieht. Ja, so ist es schon besser.«

Moira stand still. Sie wußte nur zu gut, wie wenig vorteilhaft sie in dem grob geflickten, abgelegten Kleid aussah, das eine gutherzige Nachbarin ihr vor zwei Jahren geschenkt hatte, als sie noch nahe der Konservenfabrik gewohnt hatten und ihre Mutter schon mehr als acht Monate ohne feste Arbeit gewesen war. Der stumpfe, olivfarbene Stoff mit dem groben Blumenmuster und dem nachträglich aufgesetzten rostbraunen Rüschenkragen paßte so gar nicht zu ihrem üppigen kastanienfarbenen Haar, auf das sie so stolz war, weil es manchmal wie poliertes Kupfer schimmerte. Genausowenig wie die schiefergrauen, kratzigen Strümpfe zum Kleid und zu ihren alten, abgelaufenen Halbstiefeln paßten. Und die Löcher in ihrem Strohbonnet wurden nur sehr notdürftig von dem viel zu breiten Hutband kaschiert, das ihre Mutter aus einem Stück Unterrockstoff zusammengenäht hatte.

»Es ist wichtig, daß wir bei Tante Josepha einen guten ersten Eindruck machen, Moira! Meine Schwester hat immer viel auf eine makellose Erscheinung gehalten. Nicht auffällig, aber adrett und das Beste aus dem machen, was man hat, das ist immer ihre Devise gewesen.«

»Ja, Mom.«

Während ihre Mutter mit nervösen Fingern an ihrem verschlissenen Rüschenkragen herumzupfte, ohne dabei etwas zum Besseren zu richten, weil dies ein Ding der Unmöglichkeit war, erwiderte Moira die Musterung mit verstohlenem Blick. Der erbarmungswürdige Anblick ihrer Mutter, der ihre große Not auch ohne Worte deutlich zum Ausdruck brachte, schnitt ihr schmerzhaft ins Herz.

Das einst königsblaue Wollkleid, das einmal Eleanor Mayfields bester Sonntagsstaat für Kirchgang und Tanzabende gewesen und längst schwarz eingefärbt worden war, hatte schon viele Ausbesserungen hinter sich, wies mehrere blank gescheuerte Stellen auf und saß viel zu locker um Hüften und Oberkörper, die einmal voll anmutiger Rundungen gewesen waren. Daß sie stark an Gewicht verloren hatte, verriet auch ihr Gesicht, das in besseren Zeiten von rosiger Fülle und ansprechenden, strahlend lebensfrohen Zügen gekennzeichnet gewesen war, nun aber unter den Hitzeflecken regelrecht grau und eingefallen aussah. Zudem hatten bittere Not und Enttäuschungen tiefe Linien in ihr Gesicht gegraben. Was die schwarzen Wollstrümpfe ihrer Mutter anging, so bestanden diese mehr aus Stopfflicken als aus dem ursprünglichen Gewebe. Ihre Schnürschuhe waren so löchrig wie bei einem

Landstreicher, und ihr schwarzer Hut taugte nur noch dazu, in der Hand gehalten zu werden, weil Risse und Löcher beim besten Willen nicht mehr zu flicken waren.
Moira wußte, daß ihre Mutter in zwei Monaten ihren neunundzwanzigsten Geburtstag hatte, und sie vermutete, daß man mit so viel Lebensjahren allmählich schon zu den verbrauchten, alten Frauen zählte, auch wenn sich im Haar ihrer Mutter noch kein Grau fand.
»Wenn wir gleich zu Tante Josepha und Onkel William kommen, hältst du die Tasche besser in der Hand, statt sie über der Schulter zu tragen, und zwar nimmst du sie in die linke Hand und hältst sie dicht gegen dein Kleid gepreßt«, trug Eleanor ihr nun auf. »Dann sieht man den aufgesetzten Flicken auf der linken Seite nicht gleich.«
Moira nickte gehorsam. Sie zögerte und sagte dann entschuldigend: »Ich muß mal, Mom.«
»Nicht jetzt!« wehrte Eleanor unwillig ab. »Du wirst es dir noch ein paar Minuten verkneifen müssen. So dringend wird es ja wohl nicht sein, oder?«
Moira war sich dessen nicht so sicher, schüttelte aber den Kopf, um ihre Mutter nicht zu enttäuschen. »Ich glaube, ich kann es schon noch aushalten.«
»Gut. Und noch etwas … Schau mich an, Kind!« Eleanor legte eine Hand unter Moiras Kinn und machte eine kurze Pause, um dann mit leicht bebender Stimme fortzufahren: »Was immer du auch hörst und was immer irgend jemand auch sagen mag, deine Mutter ist eine ehrenwerte Frau, deren du dich nicht zu schämen brauchst! Eine ehrenwerte, anständige Frau, die jedem offen ins Auge schauen kann, hast du mich verstanden, Moira?«
»Ja, Mom!« Der ernste, beschwörende Ton ihrer Mutter, die ihr Kinn mit der Hand nun fest umschlossen hielt, erschreckte sie. »Ich würde mich nie für dich schämen! Bestimmt nicht, Mom!«
»Das brauchst du auch nicht. Ich habe gewiß vieles in meinem

Leben unbedacht und falsch gemacht, als ich jung war und so manches besser zu wissen glaubte als meine seligen Eltern. Doch ich bin eine ehrbare Frau, die sich nichts weiter vorzuwerfen hat, als daß sie zu leichtgläubig und blind vor Liebe gewesen ist! Ich möchte, daß du dir das in dein Herz schreibst und nie vergißt, auch wenn dir einmal gehässige Worte über deine Mutter zu Ohren kommen sollten, hörst du?«

»Ja, Mom, ich verspreche es dir!« beteuerte Moira noch einmal und hatte das unbestimmte Gefühl, daß ihre Mutter in Wirklichkeit gar nicht mit ihr redete, sondern etwas einübte, was für eine andere Person gedacht war – vielleicht für Tante Josepha oder Onkel William. »Aber du ... du ... tust mir mit deiner Hand weh!«

»Was?... Oh, tut mir leid, mein Kind!« Eleanor gab Moiras Kinn frei und tätschelte ihre Wange mit einem gequälten Lächeln. »So, und jetzt laß uns gehen. Gleich haben all unsere Sorgen ein Ende. Das Geschäft von Tante Josepha und Onkel William ist nicht weit. Es liegt in der Nebenstraße, an der Ecke Victoria und Bourke Street. Das hier ist die River Street, die Hauptstraße von River Bend. Komm, gib mir deine Hand!«

Die Hand ihrer Mutter war kalt und feucht.

»Bist du hier in River Bend aufgewachsen, Mom?« fragte Moira, als sie die lange Straße hinuntergingen, die sich parallel zum Fluß erstreckte. Hier und da entdeckte Moira auch mal ein aus dunkelbraunen Backsteinen errichtetes Gebäude zwischen den Schuppen, Werkstätten und Schenken, bei denen es sich überwiegend um einfache Holzkonstruktionen handelte. Doch immerhin besaßen fast alle Häuser weit vorgezogene, schattenspendende Vordächer oder Veranden. Es gab sogar Straßenlaternen, wenn auch in großen Abständen.

»Wir Mayfield-Töchter sind ein paar Bootsstunden weiter flußaufwärts aufgewachsen, in einem Ort namens Swan Hill.

Nein, außer Tante Josepha und Onkel William kennt uns hier in River Bend, wo ich in meiner Jugend nur zweimal kurz zu Besuch gewesen bin, keiner – und dem Himmel sei Dank dafür!« lautete die Antwort ihrer Mutter, begleitet von einem tiefen Stoßseufzer.
Moira setzte zu einer weiteren Frage an, besann sich dann aber eines anderen. Ihr hatte der Einwurf auf der Zunge gelegen, daß sie ihre Verwandten gar nicht kannte. Ja, daß sie von ihrer Existenz überhaupt erst seit einigen wenigen Monaten wußte, nämlich seit sie, Moira, in ihrer eisigen Wohnung im Winter mit einer schweren Lungenentzündung auf Leben und Tod gerungen hatte. Sie hatte Wochen gebraucht, um danach wieder auf die Beine zu kommen. Damals hatte ihre Mutter gestanden, daß sie doch noch lebende Verwandte besaßen, und ihr von Tante Josepha und Onkel William in River Bend am mächtigen Murray River erzählt. Damals hatte sie auch damit begonnen, ihrer Schwester Briefe zu schreiben. Briefe, auf die sie jedoch nie eine Antwort erhalten hatten. Aber dieser Einwurf war wohl unangebracht …
Ein Fuhrwerk rumpelte an ihnen vorbei und hüllte sie in eine dichte Wolke von rotbraunem Staub. »Mom …«, begann Moira zaghaft, während sie an der Hand ihrer Mutter nach links in eine breite Straße einbog, die in einem rechten Winkel von der River Street abzweigte und ins Hinterland führte.
»Zapple nicht so nervös herum!« wies Eleanor ihre Tochter mit angespannter Stimme zurecht und ruckte an ihrer Hand. »Kopf hoch, es kommt schon alles in Ordnung! Und vergiß nicht zu lächeln! Du hast die hübschesten Sommersprossen und Grübchen von ganz South Australia gehabt – und nun sind es mit Sicherheit die hübschesten von ganz Victoria!« Sie redete hastig weiter, als könnte sie mit einer unablässigen Flut von Worten, die alle anderen Gedanken erstickte, eine in ihr immer stärker werdende Nervosität bekämpfen. »Wir

sind jetzt auf der Victoria Street, die mit der River Street ein T bildet und die unten bei der Ziegelei in die Landstraße zu den umliegenden Farmen und Stations übergeht. Die Stuart und die Bourke Street sowie ein paar noch kleinere Gassen kreuzen die Victoria Street ...«

Geschäfte, Werkstätten und bedeutend mehr Wohnhäuser, als sich auf der Straße parallel zum Fluß fanden, beherrschten das Bild der Victoria Street, die breit und staubig in der Nachmittagssonne lag. Ein gefleckter Hund hatte es sich mitten auf der Straße im Dreck bequem gemacht und hob mit nur schwachem Interesse den Kopf, als sie vorbeikamen.

»River Bend hat jetzt bestimmt schon gut dreihundert, wenn nicht gar vierhundert Einwohner. Hier finden wir alles, was wir brauchen. Weißt du, wenn ich ehrlich sein soll, habe ich mir eigentlich nie etwas aus der Stadt gemacht. Ich bin sicher, daß wir uns bald einleben und wohl fühlen werden. Eine kleine überschaubare Ortschaft wie River Bend hat vieles für sich. Natürlich braucht es Zeit, sich umzustellen, aber mit ein wenig gutem Willen von uns allen ...«

Moira hörte nur mit halbem Ohr auf das, was ihre Mutter in ihrer nervösen Anspannung vor sich hinplapperte, ohne von ihr eine Antwort zu erwarten. Sie passierten die Stuart Street und kamen schließlich zur zweiten Kreuzung, wo die bedeutend schmalere Bourke in einem schrägen Winkel die Victoria Street schnitt. Eleanor hielt nun auf das zweistöckige, hölzerne Eckhaus zu, das auf beiden Straßenseiten von einer Veranda umgeben war, zu der jeweils drei Bretterstufen hinaufführten. Und auf beiden Straßenfronten hing ein langes Schild unter dem Vordach, auf dem mit einem Brenneisen in dicken, eckigen Buchstaben eingebrannt stand: *McGregor's Emporium.*

Plötzlich blieb Eleanor abrupt stehen. »O mein Gott, hilf uns!« stieß sie hervor und drückte dabei schmerzhaft die Hand ihrer Tochter. »Da! ... Josepha! ... Meine Schwester!… Heilige Muttergottes, sei uns gnädig, und gib ihr ein weiches Herz!«

Moira folgte dem Blick ihrer Mutter und bemerkte nun auch die Gestalt, die auf der Front zur Bourke Street am hinteren Ende der Veranda im tiefen Schlagschatten stand, die Bohlen fegte – und nun plötzlich innehielt, als fühlte sie die auf sich gerichteten Blicke. Moira spürte, wie sich in diesem Moment ihr Magen zusammenzog und ihr Herz zu jagen begann, als die Angst ihrer Mutter auf sie übersprang.

»Es wird alles gut!« flüsterte Eleanor und ging mit zögernden steifen Schritten auf ihre Schwester zu. »Es wird alles gut. Sie ist meine Schwester… die einzige Familie, die wir haben.« Am Fuß der Verandatreppe blieb sie stehen.

Josepha McGregor löste sich aus dem Schatten nahe der Hauswand und trat nach vorn an die Kante, wo Sonnenlicht auf sie fiel. Die linke Hand in die Hüfte gestemmt und die rechte auf den Besen gestützt, stand sie da. Stumm und mit einem verkniffenen, abweisenden Ausdruck auf dem Gesicht.

Verstört blickte Moira zu ihr hoch. Sie hatte ganz selbstverständlich mit einer Frau gerechnet, der man ansah, daß sie die Schwester ihrer Mutter war. Doch Tante Josepha besaß nicht die geringste Ähnlichkeit mit Mom. Sie war eine untersetzte, schwergewichtige Frau mit einem mächtigen Busen, dem wohl auch ein fest geschnürtes Korsett nur mühsam Halt zu geben vermochte, wie es den Anschein hatte. Ihre Arme waren so fleischig wie ihr rundes Gesicht, das stark gerötet war und in ein Doppelkinn überging. Das dunkelbraune, schon stark mit Grau durchsetzte Haar trug sie in der Mitte streng gescheitelt und im Nacken zu einem dicken Knoten zusammengesteckt. Schmucklos und schiefergrau, aber von guter Qualität war das hochgeschlossene Kleid, das sie trug.

»Josepha! … Schwester!« Eleanor hatte hörbar Mühe, ihre zitternde Stimme unter Kontrolle zu halten, und gab die

Hand ihrer Tochter frei. »Wie lange haben wir uns nicht gesehen. Eigentlich war ich ja noch ein Kind, als …« Sie ließ den Satz unbeendet und machte eine vage Handbewegung.
Josepha McGregor zeigte sich von dem Wiedersehen im wahrsten Sinne des Wortes unbewegt. Weder rührte sie sich von der Stelle, noch brach sie ihr feindseliges Schweigen. Ihr stechender, abschätziger Blick richtete sich kurz auf Moira, die ihre Tasche mit beiden Händen umklammert hielt. Sie erinnerte sich an die Ermahnung ihrer Mutter, daß sie einen guten ersten Eindruck machen und lächeln sollte. Doch sie brachte kein Lächeln zustande, denn Angst schien jeden Muskel in ihrem Gesicht zu lähmen. Und dann nahm Tante Josepha ihren Blick auch schon wieder von ihr und fixierte ihre Mutter.
»Es war eine schrecklich lange Reise, und wir sind so froh, daß wir nun endlich in River Bend angekommen sind, Josepha. Wir hatten nicht genug Geld, um die ganze Strecke mit Eisenbahn und Droschke zu fahren. Wir mußten mit dem vorliebnehmen, was wir bekommen konnten – und das waren meist Fuhrwerke.« Ein flehender Ton schwang in Eleanors Worten mit.
Nun löste sich Josepha McGregor aus ihrer wortlosen, abweisenden Starre. »Ach nein! Unsere kleine Prinzessin hatte also ein paar Unbequemlichkeiten zu erleiden, ja?« höhnte sie. »Nur weiter! Mir kommen gleich die Tränen!«
Eleanor senkte den Kopf. »Es sind jetzt über zwölf Jahre her. Ich bin längst nicht mehr die, die ich einmal war, Schwester«, erwiderte sie schuldbewußt und setzte Koffer und Tasche auf der Treppe ab.
»Was fällt dir ein? Wer hat dir erlaubt, hier deinen Plunder abzustellen?« herrschte Josepha sie sofort an.
Erschrocken nahm Eleanor Koffer und Tasche von der Stufe und stellte sie neben sich in den Dreck der Straße. Ihr alter Hut, den sie zwischen die Träger der Tasche geklemmt hatte,

rollte zu ihren Füßen in den Staub. »Du hast doch meine Briefe bekommen, nicht wahr?« stieß sie ängstlich und beschwörend zugleich hervor.

Moira schaute schamhaft zur Seite und bemerkte dabei das Mädchen, das auf der anderen Straßenseite im Schatten eines Jasminbusches hockte, der vor der Veranda eines kastenförmigen Hauses wuchs. Das kräftige Mädchen, das etwa in ihrem Alter war, hatte schwarzes Haar, das ihr in zwei dicken langen Zöpfen rechts und links über den Kragen ihres blaßblauen Kleides fiel. Sichtlich aufmerksam blickte sie zu ihnen herüber und versuchte wohl auch, das eine oder andere Wort aufzuschnappen.

»Es ist wirklich erstaunlich, wie gut man sich plötzlich wieder an Dinge erinnert, von denen man so viele Jahre lang nichts wissen wollte. Dinge, die man von heute auf morgen einfach so aus seinem Leben gestrichen hat!« erwiderte Josepha nun bissig.

»Das ist nicht wahr!« widersprach Eleanor, jedoch ohne Nachdruck, sondern vielmehr schuldbewußt.

»Mom?« meldete sich Moira zaghaft zu Wort. Doch weder ihre Mutter noch ihre Tante schenkte ihr Beachtung.

»Und ob es wahr ist!« fauchte Josepha und warf ihr mit wachsender Erregung vor: »Erst hast du mich ausgelacht, als ich dich gewarnt habe und zur Vernunft bringen wollte. Später dann bist du mir jedesmal patzig über den Mund gefahren und hast mich eine rückständige Landpomeranze und engstirnige Krämerseele genannt. Und dann bist du mit diesem Blender, diesem Nichtsnutz und Schwätzer durchgebrannt! Du hattest noch nicht einmal Anstand genug, um mit deiner schändlichen, gottlosen Verfehlung zu warten, bis meine Tochter unter der Erde war!«

Eleanor schoß das Blut heiß ins Gesicht. »Das ist nicht wahr, Josepha! Niemand konnte wissen, daß … daß Patricia so schnell ihrer Schwindsucht erliegen würde!«

»Aber du wußtest nur zu gut, wie schwer krank sie war. Wie

du auch wußtest, daß ich im Jahr davor eine schwere Niederkunft gehabt und meinen Sohn keine vier Wochen nach der Geburt zu Grabe getragen hatte!« hielt Josepha ihr erregt, aber mit gedämpfter, zischender Stimme vor.
»Aber du wolltest meinen Beistand doch nie!«
Moira brach der Schweiß aus; sie zupfte verstohlen am Kleid ihrer Mutter. »Mom? ... Mom!« Doch ihre Mutter reagierte nicht. Sie war ganz im Wortwechsel mit ihrer älteren Schwester gefangen.
»Ich habe meine Leiden und Kümmernisse nie vor mir hergetragen, wie ich mich auch immer auf meine eigene Kraft verlassen habe!« erwiderte Josepha mit bitterem Stolz. »Aber wem erzähle ich das! Was verstehst du schon davon, was es heißt, Jahr um Jahr hart zu arbeiten, mit einem rechtschaffenen Mann aus dem Nichts etwas aufzubauen, Verantwortung zu tragen und trotz schwerster Schicksalsschläge weder im Glauben zu wanken noch seine Pflichten zu vergessen. Du weißt ja noch nicht einmal, was Anstand und Scham bedeuten!«
»Ich weiß, ich habe dir damals großes Unrecht getan. Es tut mir schrecklich leid, daß ich so überheblich zu dir gewesen bin und geglaubt habe, alles besser zu wissen und besser zu machen. Und es war ein noch größerer Fehler, daß ich mit Matthew durchgebrannt bin. Aber damals war ich ein junges Ding, noch keine achtzehn und so unendlich naiv und leichtgläubig!« Eleanors Stimme bettelte förmlich um eine Spur von Verständnis. »Inzwischen sind zwölf lange Jahre vergangen, und ich bin längst nicht mehr dieselbe Person, die du einmal als deine Schwester gekannt hast.«
»Ja, das ist offensichtlich!« schnappte Josepha. »Du hast deine Schande mit einem Bastard besiegelt!«
Eleanors Gestalt straffte sich. »Untersteh dich, meine Tochter so in den Schmutz zu ziehen!«
Josepha stieß mit einem kurzen, fleischigen Finger nach

ihrer Schwester. »Du bist es und niemand anders, der sie und dich gleich mit dazu mit der Schande der unehelichen Geburt beschmutzt hat!« erwiderte sie angewidert. »Ich sehe nämlich keinen Ehering an deinem Finger! Und in deinen Jammerbriefen stand auch nichts davon, daß dieser ehrlose Geselle von Matthew Winslow dich in all den Jahren zu einer ehrbaren Frau und seinen Bastard wenigstens nachträglich vor Gott und der Welt zu seinem legitimen Kind gemacht hätte!«

Eleanor ballte die Fäuste. »Sag dieses schlimme Wort nie wieder, Schwester, wenn du dich nicht selbst schwer versündigen willst! Du hast alles Recht der Welt, mich deinen Zorn und auch deinen Abscheu spüren zu lassen, denn ich weiß, daß ich es verdient habe. Aber laß deine Verachtung nicht an meiner Tochter aus! Moira ist doch nur ein Kind! Mach sie nicht für das verantwortlich, was ich falsch gemacht habe. Ich habe für meinen Fehltritt schwer gebüßt und in den letzten Jahren bitteres Lehrgeld gezahlt, wie ich dir geschrieben habe …«

»Du hast gebüßt und Lehrgeld gezahlt? Einen Dreck hast du!« fiel Josepha ihr grob und wutentbrannt ins Wort. »Du kannst gar nicht lange genug leben, um Buße für das zu leisten, was du unseren Eltern angetan hast! Du hast ihren Tod auf dem Gewissen! Nicht mal zu ihrer Beerdigung bist du gekommen!«

»Das stimmt nicht!« widersprach Eleanor, und es war fast ein entsetzter Aufschrei, der ihr über die Lippen kam. »Es war diese entsetzliche Epidemie, die sie und so viele andere dahingerafft hat! Und ich habe von ihrem Tod doch erst Wochen später in Port Augusta erfahren.«

»Aber du hast ihnen das Herz gebrochen, als du mit diesem Schönling von Herumtreiber durchgebrannt bist. Damit hast du ihnen die Kraft geraubt, den Lebenswillen zerstört, denn sonst hätten sie die Krankheit bestimmt überlebt!« beharrte Josepha.

Bleich wie ein Leichentuch zuckte Eleanor bei dieser Anklage wie unter Schlägen zusammen. Ihr schon gebeugter Körper schien endgültig in sich zusammenzufallen. »Josepha, was immer auch gewesen ist und was ich an Schuld auf mich geladen habe, ich bin am Ende. Ich kann nicht mehr, und du weißt, warum ich mit Moira gekommen bin. Soll ich erst vor dir auf die Knie fallen?«

»Untersteh dich, auf offener Straße eine Szene zu machen!« fauchte Josepha. »Außerdem verfangen theatralische Gesten bei mir nicht!«

Eleanor faßte in ihre tiefe Rocktasche. Als sie die Hand wieder herauszog, ihrer Schwester hinstreckte und öffnete, lagen zwei Münzen in ihrer Handfläche. »Ein Shilling und Sixpence, das ist alles, was ich noch besitze. Und in den Taschen und dem Koffer ist nichts mehr, was noch wert wäre, zum Pfandleiher gebracht zu werden. Ich flehe dich an, dein Herz nicht zu verschließen und uns bei euch aufzunehmen.«

»Ja, das hast du dir wirklich schön ausgedacht. Nachdem dein Matthew dich mit einem Kind hat sitzenlassen und du es in der großen Stadt mit eigener Kraft nicht zu einem ordentlichen Leben geschafft hast, willst du jetzt also bei uns unterkriechen und die Früchte unserer jahrelangen knochenharten Arbeiten genießen, ja? Das sieht dir ähnlich, *Prinzessin!*«

Erneut zerrte Moira am Kleid ihrer Mutter, und mit leiser, aber eindringlicher Stimme begann sie: »Mom, bitte! Ich ...« Und aus den Augenwinkeln bemerkte sie, daß das schwarzhaarige Mädchen mit den Zöpfen noch immer schräg gegenüber neben dem üppigen Jasminbusch hockte und mit ungebrochener Neugier zu ihnen über die Straße starrte.

»Wirst du wohl gefälligst still sein und mit dem Herumzappeln aufhören?« herrschte Eleanor ihre Tochter an, das Gesicht angespannt und von hektischen Flecken übersät. In ihren Augen stand panische Angst. Und ohne eine Antwort

von ihr abzuwarten, wandte sie sich wieder ihrer Schwester zu. »Du und William, ihr habt ein großes Haus, in dem ihr bestimmt noch eine leere Kammer für uns findet. Gebt uns ein Dach über dem Kopf und zu essen, und ihr werdet es bestimmt nicht bereuen. Ich habe zu arbeiten gelernt, in der Fabrik und auch anderswo, und Moira ist ein sehr anstelliges Kind. Wir werden alle Arbeiten ohne zu klagen verrichten, das verspreche ich dir. Jede Arbeit wird uns recht sein. Josepha, ich flehe dich an, nimm uns bei euch auf – wenn nicht meinetwegen, so doch wenigstens des Kindes wegen! Immerhin ist sie deine Nichte, und …«
Josepha funkelte sie wütend an. »Komm mir jetzt bloß nicht damit, *Schwester!*« Sie spuckte das Wort förmlich aus.
Moira vermochte dem Drang nicht länger zu widerstehen und gab den Kampf auf. Im ersten Augenblick empfand sie nichts als Erlösung. Dann spürte sie, wie der warme Urin ihre knielange Unterhose erst im Schritt näßte, dann an ihren Beinen entlanglief und auch noch in ihre Strümpfe bis zu den Schuhen hinuntersickerte. Auf einmal trat an die Stelle grenzenloser Erleichterung tiefe Scham. Sie schlug die Hände vors Gesicht und begann unter lautem Aufschluchzen zu weinen.
»Also gut, du sollst deinen Willen bekommen, Eleanor!« rief Josepha da ärgerlich. »Du hast es zwar nicht verdient und vermutlich werde ich meine Gutherzigkeit eher noch heute als morgen bereuen, aber ich will Gnade vor Recht und gerechter Strafe ergehen lassen. Ihr könnt erst einmal bleiben!«
»Ich danke dir, Josepha! Ich danke dir von Herzen, und ich verspreche, daß du es auch ganz bestimmt nicht bereuen wirst!« versicherte Eleanor, und aus ihrer Stimme sprach unsägliche Erleichterung.
»Das werden wir ja sehen. Und glaubt bloß nicht, daß ihr euch auf unsere Kosten einen faulen Lenz machen könnt! Bei uns im Haus stiehlt keiner dem Herrgott die Zeit durch

Müßiggang und Lotterleben!« warnte sie voller Groll, daß sie ihre Schwester und deren Kind nun in ihrem Haus aufnehmen mußte. »Es wird euch nichts geschenkt, damit ihr es gleich wißt!«

»Das wollen wir auch nicht«, antwortete Eleanor unterwürfig und mit einem stillen, befreiten Lächeln. In ihren Augen schimmerten gar Tränen der Dankbarkeit. »Wir werden alles tun, was du sagst, Schwester, das schwöre ich bei Jesus, Maria und allen Heiligen!«

»Dann fang gleich damit an, deiner Göre das Gegreine abzugewöhnen!« blaffte Josepha. »Bei mir wird nicht wegen jeder Kleinigkeit geflennt und gerotzt, sonst könnt ihr gleich wieder eure Sache packen und euch nach einem anderen Dummen umsehen, der euch bei sich aufnimmt! Für solch kindische Unbeherrschtheiten und Zimperlichkeiten habe ich nämlich nichts übrig! Sie soll mir also bloß nicht heulend unter die Augen kommen, wenn ihr die Arbeit nicht schmeckt, die sie zu verrichten hat!«

»Keine Sorge, das wird nicht passieren, Josepha!« beteuerte Eleanor hastig. »Moira ist sonst nicht so. Es ist die lange Reise, die ihr wohl etwas zugesetzt hat. Wir sind seit vier Tagen unterwegs, und wir hatten auch nicht viel zu essen. Aber bestimmt fließen einige der Tränen auch aus Dankbarkeit ihrer Tante gegenüber, die uns ein Heim gibt, nicht wahr, mein Kind?« Und raunend setzte sie hinzu: »Nimm die Hände vom Gesicht!«

Moira ließ die Hände sinken und nickte folgsam, blickte jedoch nicht auf. Noch immer rann der Urin an ihren Beinen hinab. Gleich würden es alle riechen, daß sie sich in die Hose gemacht hatte.

Josepha gab einen unwilligen Grunzlaut von sich und machte eine wegwischende Handbewegung. »Dann macht, daß ihr von der Straße und ins Haus kommt! Ihr könnt die beiden Kammern oben unter dem Dach haben! Aber geht mir bloß nicht durch das Geschäft, so abgerissen, wie ihr gekleidet seid.

Geht durch den Hof, und nehmt die Hintertür beim Abort!« befahl sie ihnen.
»Ja, Schwester!« Eleanor hängte sich hastig die Tasche über die Schulter, nahm den Koffer auf, klemmte sich achtlos den sowieso nutzlosen Hut unter den Arm und zerrte ihre Tochter in den Hinterhof von *McGregor's Emporium*, in den man von der Bourke Street aus gelangte.
Kaum hatte sie das Brettertor hinter sich zugeworfen, als Eleanor alles fallen ließ, einen unterdrückten Jubelschrei ausstieß, sich zu ihrer Tochter hinunterbeugte und sie fest in ihre Arme schloß.
»Habe ich es nicht gesagt, daß alles gut werden und in Ordnung kommen wird? Wir haben es geschafft, mein Engel! Die Sorgen haben ein Ende«, rief sie überglücklich. »Josepha hat uns aufgenommen. Ich wußte, daß sie uns nicht die Tür weisen würde.«
»Sie mag uns nicht, Mom«, sagte Moira unter Tränen.
»Unsinn, mein Kind! Man darf nur nicht jedes Wort, das sie sagt, auf die Goldwaage legen. Sie hat zwar eine spitze Zunge und eine rauhe Schale, aber darunter liegt ein weicher Kern. Bei ihr und Onkel William sind wir gut aufgehoben, du wirst sehen«, redete sie ihr gut zu. »Und du warst wunderbar, mein Herz! Du hast wirklich den richtigen Zeitpunkt mit deinem Weinen abgepaßt. Deine Tränen haben sie sehr angerührt, auch wenn sie das abgestritten hat. Moira, ich bin stolz auf dich!«
Moira schüttelte den Kopf. »Ich ... ich habe nicht wegen Tante Josepha geweint. Es hatte gar nichts damit zu tun, daß sie so böse zu dir war.«
Eleanor sah sie verwundert an. »Nicht? Womit dann?«
»Daß ich es einfach nicht länger zurückhalten konnte. Ich habe es versucht, aber es ging nicht länger.« Beschämt und mit gesenktem Kopf fügte sie leise hinzu: »Mom, ich habe mir in die Hose gemacht. Ich ... ich bin naß bis in die Schuhe.« Und wieder rannen ihr Tränen über das Gesicht.

Im ersten Moment machte ihre Mutter ein verdutztes Gesicht. Dann brach sie in schallendes Gelächter aus und schloß sie erneut in ihre Arme. »Oh, mein Liebling! Das behalten wir aber besser für uns!«
Moira stimmte nur halbherzig in das Lachen ein. Denn gleichzeitig spürte sie, daß in dem Lachen ihrer Mutter etwas Dunkles, Schmerzliches mitschwang – so als hätte sie soeben von irgend etwas Schönem und Wichtigem Abschied genommen, von dem sie nicht wußte, ob es jemals wieder in ihr Leben zurückkehren würde.

ZWEITES KAPITEL

Tante Josepha hielt Wort. Sie schenkte ihnen wirklich nichts. Noch am selben Tag entließ sie Maggie Finley, ihr Hausmädchen, das von einer der umliegenden Farmen stammte und seit einem guten Jahr bei den McGregors in Brot und Arbeit stand. Die junge, knochige Frau schien über die plötzliche Aufkündigung ihrer Anstellung jedoch mehr erleichtert als betrübt zu sein, wie Moira bemerkte. Und als sie sah, wie regelrecht beschwingt Maggie Finley ihr Bündel packte und das Haus verließ, beschlich sie die beklemmende Ahnung, daß ihre Mutter und sie für Tante Josephas Wohltätigkeit wohl einen hohen Preis zahlen müßten. Sie irrte sich nicht. Tante Josepha strafte sie mit blanker Tyrannei.

Onkel William, ein großer und kräftiger Mann mit breiten Bartkoteletten, akkurat getrimmtem Schnurrbart, einem kantigen Gesicht und klaren Augen, zeigte sich auch nicht gerade begeistert darüber, nun die junge Schwester seiner Frau und deren kleine Tochter im Haus und bei allen Mahlzeiten an seinem Tisch zu haben. Er begegnete ihnen wahrlich nicht mit großer Liebenswürdigkeit. Auch er sparte nicht mit scharfen Vorhaltungen und Kommentaren am Tage ihrer Ankunft. Seine Worte ließen an Deutlichkeit über die Meinung, die er sich über seine Schwägerin und ihr skandalöses Verhalten von vor zwölf Jahren gemacht hatte, nichts zu wünschen übrig. Damit aber war die Sache für ihn auch erledigt, zumindest nach außen hin. Es schien, als habe er, ganz der auf den Penny korrekte Krämer, einige seit langem offenstehende Beträge aufgerechnet und summiert, einen Strich darunter gezogen, diese alte Rechnung dem Gläubiger in aller Schärfe präsentiert – und dann als erledigt abgehackt.

Danach nahm er ihre Anwesenheit als ein lästiges häusliches Übel hin, an das man sich am besten dadurch gewöhnte, indem man die Vergangenheit ruhen ließ und sich auf die wirklich wichtigen Dinge des Lebens konzentrierte – was für ihn seine Arbeit unten im Geschäft war. Leider ließ er seiner Frau völlig freie Hand im Haushalt und in der Behandlung ihres Personals. Und dieses billige Personal im Haus der McGregors waren nun Moira und ihre Mutter.

Tante Josepha kommandierte sie vom ersten Tag an unerbittlich und nicht selten gehässig herum. Sie deckte sie von morgens bis abends mit Arbeiten ein. Ständig fand sie neue Aufgaben für sie. Und niemals war sie mit einer fertigen Arbeit zufrieden. An allem hatte sie etwas auszusetzen. Die Dielenbretter, die ständig auf Knien geschrubbt werden mußten, waren ihr nie sauber genug – ebensowenig wie Töpfe und Pfannen nach dem Abwasch. Mit dem Bügeleisen und in der Waschküche erwies sich ihre Mutter angeblich als tölpelhaft, und ihre Kochkünste konnte man nur erbärmlich nennen und keiner aufrechten Christenseele zumuten, wenn man den ständigen Mäkeleien von Tante Josepha Glauben schenken wollte.

Moira litt mehr unter der täglichen Erniedrigung ihrer Mutter und deren widerspruchsloser Unterwerfung als unter ihren eigenen zahlreichen Pflichten. Was sie dabei am meisten schmerzte, war, daß ihre Mutter sich auch dann nicht wehrte, wenn Tante Josepha ihr ganz offensichtlich Unrecht tat.

»Warum läßt du dir das nur gefallen, Mom?« stellte Moira sie am Ende der ersten Woche zur Rede, nachdem Tante Josepha ihre Mutter für etwas, was sie gar nicht getan hatte, abgekanzelt und in Tränen zurückgelassen hatte. Sie fühlte sich zwischen Schmerz und Zorn hin- und hergerissen. »Das ist doch gar nicht deine Schuld gewesen! Du hast die Streichhölzer nicht verlegt, das weiß ich! Und sie bestimmt auch. Ich habe nämlich selbst gesehen, wie Tante Josepha gestern die

Streichhölzer aus der Blechschachtel genommen und da hinten aufs Bord gelegt hat!«

»Ach, es ist schon gut, Kind«, wehrte ihre Mutter ab und tupfte sich mit einer Ecke ihrer Schürze die Tränen aus den Augenwinkeln.

»Nein, es ist nicht gut!« widersprach Moira zornig. »Ständig hackt Tante Josepha auf dir rum, was schon schlimm genug ist. Aber noch schlimmer ist es, daß du es einfach so hinnimmst und dich nicht einmal wehrst, wenn sie dir Unrecht tut! Nie stellst du die Dinge richtig!«

»Sie meint es nicht so, wie es oftmals klingt, Kind.«

Moira stampfte auf, und ihre Augen blitzten. »Und ob sie es so meint, Mom! Jedes Wort! Sie ist regelrecht gemein, besonders zu dir! Sie läßt kein gutes Haar an dir und demütigt dich, wo sie nur kann. Und du nimmst es einfach hin!« machte sie ihrem Zorn und Unverständnis Luft. »Nicht einmal hast du ihr widersprochen, wenn sie dich für etwas heruntergemacht hast, was in Wirklichkeit völlig in Ordnung gewesen ist.«

»Und ich werde deiner Tante auch nicht widersprechen – wie auch du ihr keine Widerworte geben wirst!«

»Und warum nicht?« wollte Moira wissen; ihre Miene war so trotzig wie ihre Stimme.

»Weil das nun einmal der Preis ist, den wir dafür zahlen müssen, daß wir ein ordentliches Dach über dem Kopf haben und uns um unseren Unterhalt nicht mehr zu sorgen brauchen – und diese Sicherheit ist ein großes Geschenk. Oder hast du vielleicht schon vergessen, wie es uns die letzten Jahre ergangen ist?«

»Nein.«

»Na also! Wir dürfen nie vergessen, wie dankbar wir Tante Josepha und Onkel William für ihre Barmherzigkeit sein müssen, daß sie uns bei sich aufgenommen haben!« ermahnte ihre Mutter sie.

»Ich will auch nicht undankbar sein, Mom«, versprach Moira.

»Aber ich möchte auch nicht, daß Tante Josepha so gehässig zu dir ist und dich immer schlechtmacht. Das ist nicht richtig … und schon gar nicht barmherzig!«
Ihre Mutter sah sie mit einem schmerzlichen Lächeln an. »Du mußt dir einfach nichts dabei denken, mein Engel. Es ist schon recht so, wie mir geschieht, auch wenn du es in deinem Alter noch nicht verstehen kannst. Ich habe schwere Verfehlungen in meinem Leben begangen, und dafür muß ich nun Buße tun. Das habe ich mittlerweile eingesehen. Ich werde die Buße, die mir meine Schwester auferlegt, klaglos hinnehmen, das habe ich mir geschworen. Und ich flehe dich an, es mir gleich zu tun und deiner Tante in allem zu gehorchen, was sie dir aufträgt, und ihr nicht zu widersprechen.« Ihr Blick war von beschwörender Eindringlichkeit, hinter der sich der dunkle Abgrund der Angst verbarg, wieder auf der Straße zu stehen – ohne Arbeit, Geld und Unterkunft.
»Das ist nicht gerecht, Mom!« Moira war sich keiner Schuld und keiner Verfehlung bewußt, deren sie sich schämen und für die sie Buße tun mußte.
Ihre Mutter seufzte. »Das mag sein, aber so ist es im Leben nun mal. Und wenn ich dir sage, daß du eine stets dankbare und demütige Haltung zu Tante Josepha und Onkel William an den Tag legen sollst, dann gehorchst du auch, wie schwer es dir auch fallen mag!« wies sie Moira mit wachsender Strenge zurecht. »Oder möchtest du vielleicht, daß es dir eines Tages so ergeht wie mir? Sei klug, lerne aus den Fehlern deiner Mutter und höre auf das, was man dir sagt, bis du wirklich alt genug bist, verantwortungsvolle eigene Entscheidungen und Urteile zu treffen! So, und jetzt geh wieder an die Arbeit!«
Moira fügte sich, jedoch unter großem inneren Widerstreben und allein um ihrer Mutter willen. Sie wollte, daß ihre Mutter stolz auf sie war, ihre Angst verlor und wieder die wurde, die sie einst gewesen war – nämlich eine Mutter, die zuversichtlich und fröhlich war und mit ihr lachte und ihr wundersame

Geschichten erzählte. Nur deshalb beugte sie sich widerspruchslos dem Joch ihrer Tante. Doch Tag für Tag zu erleben, wie ihre Mutter alle Demütigungen ihrer Schwester nicht nur klaglos hinnahm, sondern sie auch noch als gerechte und willkommene Buße ansah, veränderte etwas in ihrer inneren Beziehung zu ihr. Nicht, daß sie sie weniger geliebt hätte. Doch in diesen ersten Wochen in River Bend verlor sie ihren unerschütterlichen Kindesglauben an die Einzigartigkeit und strahlende Großartigkeit ihrer Mutter, der sie bis dahin jedes Wunder zugetraut hätte – so als wäre sie nur geringfügig weniger als die Heiligen. Nicht einmal in den Zeiten ärgster Not hatte sie daran gezweifelt, daß ihre Mutter zu allem fähig war, wenn sie nur wollte. Es tat deshalb sehr weh, erkennen zu müssen, daß dies alles nur kindliches Wunschdenken gewesen und die eigene Mutter ganz und gar nicht allmächtig war, sondern vielmehr hilflos, schwach und unterwürfig aus Angst und Schuldgefühlen.

Moira verabscheute ihre Tante für das, was sie aus ihrer Mutter gemacht hatte, nämlich ein ebenso folgsames wie eilfertiges Dienstmädchen, das jegliche Selbstachtung aufgegeben und auf dem Altar der Bußfertigkeit geopfert hatte. Aber auch ohne die willig hingenommene Demütigung ihrer Mutter hätte sie, wie sie fand, allen Grund gehabt, tiefe Abneigung für ihre Tante zu hegen. Denn zu den täglichen Pflichten, die Josepha McGregor ihr zugeteilt hatte, gehörten unter anderem nicht nur das Entleeren des Ascheneimers und das morgendliche Entfachen des Herdfeuers in aller Frühe, sondern es zählte auch zu ihren täglichen Aufgaben, alle Nachttöpfe im Haus zum Abort auf dem Hinterhof hinauszubringen, sie zu leeren und gründlich zu säubern.

»Und da du dann schon mal bei der Arbeit bist, kannst du auch gleich dafür sorgen, daß der Abort sauber ist und nicht so von Kakerlaken wimmelt!« hatte Tante Josepha hinzugefügt, als sie ihr am ersten Tag ihre Pflichten – und mit welcher Sorgfalt diese auszuführen waren – erklärt hatte.

Ihre Mutter hatte Tante Josepha sofort darum gebeten, doch sie mit dieser täglichen Aufgabe zu betreuen. Worauf diese ihre Mutter scharf angefahren hatte: »Keine Sorge, für dich bleibt noch genug anderes, Eleanor. Oder ist sich deine Tochter für solch eine Arbeit vielleicht zu schade? Dann wäre es nämlich wohl besser, ihr packt eure Sachen gleich wieder und sucht euch ein Hotel, wo ihr euch bedienen lassen könnt!« Und damit waren das Thema und der Versuch ihrer Mutter, sie vor dieser Arbeit zu bewahren, beendet gewesen.

Tante Josepha machte regen Gebrauch vom Nachtgeschirr, und das nicht erst in den Nachtstunden. Sie hatte nämlich oft Wasser in den Beinen, und so schwergewichtig, wie sie war, geriet sie beim Treppensteigen rasch außer Atem. Deshalb ersparte sie sich häufig schon in den frühen Abendstunden den Gang hinaus zum Bretterhäuschen auf dem Hinterhof.

So unangenehm diese Arbeit auch war und wie sehr Moira oftmals auch die Wut packte, wenn sie hörte, wie sich ihre Tante den Gang zum Abort sparte, so vermochte sie dies alles mit der Zeit doch noch leichter zu ertragen als ihre heuchlerischen Gebete bei Tisch.

Im Haus der McGregors wurde vor jeder Mahlzeit gebetet, wie es auch Moira gewohnt war. Obwohl sie sich auch noch gut daran erinnern konnte, daß es eine Zeit gegeben hatte, wo ihre Mutter und sie nie vor einer Mahlzeit dem Herrgott für die Gaben seiner Schöpfung gedankt hatten. Die Gebete gehörten erst seit gut dreieinhalb Jahren bei ihnen zum Alltag – zusammen mit der schrecklichen Winterkälte in ihrer ungeheizten Behausung, dem Hunger und den Drohungen der Vermieter.

Onkel William und Tante Josepha lösten sich bei den Tischgebeten ab. Und wenn ihr Onkel den Dank sprach, dann gab es daran auch nichts zu beanstanden. Ob es nun der gesunde Appetit war, mit dem er genau wie seine Frau gesegnet war, oder ob es an seiner kaufmännischen Natur lag, ein klares

Geschäft nicht noch unnötig kompliziert zu machen, sondern es korrekt und ohne falsche Schnörkel unter Dach und Fach zu bringen, er hielt sich in seinem Lobpreis auf jeden Fall kurz und knapp.

War jedoch Tante Josepha an der Reihe, machte sie aus dem Tischgebet eine halbe Buß- und Strafpredigt, die ihren ungeliebten Verwandten galt, insbesondere ihrer Schwester. Denn während sie mit gefalteten Händen und geheuchelt andächtiger Miene den Kopf neigte, trieften ihre Worte nur so vor Selbstgerechtigkeit und kaum verborgener Verurteilung ihrer Schwester.

Ihre Tischgebete waren angefüllt mit scheinheiligen Bitten um Gnade und Vergebung, die in Wirklichkeit ihre Mutter treffen und einmal mehr demütigen sollten. Sie spickte ihre Gebete mit Redewendungen wie: »Herr, laß uns unsere Nichtswürdigkeit und Sündhaftigkeit erkennen und wie wenig wir Deiner Segnungen und Barmherzigkeit würdig sind, die uns unter diesem Dach bereitet werden!« oder »Gütiger Gott, wir wissen, wie sehr wir wider Deine Gebote verstoßen und uns dem schrecklichen Laster der Hoffart und der sündigen Sinneslust hingegeben haben. Gib uns die Kraft, unsere Sünden und die Schande aufrichtig zu bereuen, die wir über unsere Familien und Mitmenschen gebracht haben!«

Moira hatte bald den Eindruck, daß Onkel William über diese langen, scheinfrommen und allzu durchsichtigen Sermone seiner Frau nicht gerade erbaut war. Sein ungeduldig wippender Fuß unter dem Tisch verriet jedesmal, wie sehr er darauf wartete, daß sie endlich zum Ende kam. Aber er schritt nicht dagegen ein, sondern ließ sie gewähren, so wie er sie eben in allen Dingen gewähren ließ, die nicht das Geschäft betrafen.

Tante Josepha hatte die Angewohnheit, nach ihrer letzten scheinheiligen Formulierung eine lange Pause zu machen, damit ihre Worte tief eindringen und ihre volle gehässige Wirkung entfalten konnten. Dann erst bekreuzigte sie sich unter einem geplagt geseufztem »Ehre sei dem Vater und dem Sohn und dem Heiligen Geist«, so als reichte die Last, die sie mit der barmherzigen Aufnahme ihrer sündigen Schwester und ihres Bastards auf sich genommen hatte, fast an ein Martyrium.

In der dritten Woche, an einem Montag und wenige Tage vor dem Weihnachtsfest, hatte Moiras Selbstbeherrschung ein Ende. Sie ertrug es nicht länger zu hören, wie Tante Josepha ihre Mutter mit ihrem heuchlerischen Tischgebeten immer wieder aufs neue demütigte und an ihre Verfehlungen erinnerte. Sie hatte noch gut die Sonntagspredigt von Father O'Reilly in den Ohren, der ein guter Prediger war und zudem auch ein netter, umgänglicher Mensch zu sein schien.

Als Tante Josepha nun wieder ihre große Pause machte, damit die Giftpfeile ihrer Worte auch schön unter die Haut gingen, platzte es aus Moira heraus: »Und Herr, laß uns wirklich barmherzig sein, wie Jesus und Father O'Reilly es uns gestern aufgetragen haben. Wir sollen einander aufrichtig verzeihen und Nächstenliebe üben und keinen Groll auf unseren Nächsten in unserem Herzen bewahren, weil wir nämlich oft nur den Splitter im Auge des anderen und nicht unseren eigenen Balken sehen … und weil wir alle Sünder sind und nicht durch eigenes gerechtes Tun erlöst werden, sondern nur durch Gottes Gnade!« Hastig sprudelte sie hervor, was ihr von Father O'Reillys Predigt in Erinnerung geblieben war.

Alle am Tisch waren sprachlos vor Verblüffung.

Dann schoß Tante Josepha das Blut ins Gesicht. Puterrot lief sie an, wie bei einer schändlichen Verfehlung auf frischer Tat ertappt. Mit wütender Empörung sprang sie halb von ihrem Stuhl auf, beugte sich vor und versetzte Moira eine schallende Ohrfeige. »Du ungezogenes, nichtsnutziges Ding! Was nimmst du dummes Gör dir hier heraus? Mir ins Wort zu fallen, wenn ich das Tischgebet spreche?« herrschte sie sie

an. »Wenn ich deine Mutter wäre, würde ich mich für diesen Mangel an Anstand und Erziehung zu Tode schämen!«
Moiras Wange brannte wie Feuer, doch sie bereute nicht, was sie getan hatte, auch wenn ihre Mutter ihr einen entsetzten Blick zuwarf und hilflos den Mund für eine Entschuldigung öffnete, ohne jedoch ein Wort herauszubekommen.
Es war Onkel William, der die Situation rettete. »Es gehört sich wirklich nicht, was du da gerade getan hast!« rügte er Moira mit mißbilligend gefurchter Stirn, um dann zu ihrer Überraschung mit gnädiger Stimme hinzuzufügen: »Es ist aber recht löblich, daß du so viel von Father O'Reillys gestriger Predigt behalten hast. Du mußt wirklich gut zugehört haben, und das Zuhören lohnt sich bei ihm immer. Er ist ein rechter Gottesmann, dessen Worte man sich stets zu Herzen nehmen sollte. So, und nun laßt uns essen!« Er schlug das Kreuz und rammte die Gabel in den Hammelbraten.
Tante Josepha warf ihm einen bitterbösen Blick zu und stocherte in ihrem Essen herum. Ihr war der Appetit vergangen, hatte sie die versteckte Zurechtweisung doch genauso verstanden wie Moira und ihre Mutter.
Moira brannte noch den ganzen Abend die Wange. Doch sie fand, daß die Sache den Schmerz allemal wert war. Und dabei ahnte sie zu dieser Zeit noch nicht, daß Tante Josepha nach diesem Zwischenfall nie wieder das Tischgebet sprechen würde. Von nun an erbat allein Onkel William den Segen bei Tisch – kurz, knapp und ohne große Wärme, aber auch ohne Gehässigkeit.

Tante Josepha zeigte sich empört, als Moiras Mutter sich bei ihr schon am Tag nach ihrer Ankunft nach der Schule in River Bend erkundigte.
»Dein feiner Matthew hat keinen Sohn gezeugt, sondern dich mit einem hageren, sommersprossigen Mädchen sitzenlas-

sen, für das du eine üppige Mitgift brauchst, um sie später einmal unter die Haube zu bringen! Was, um alles in der Welt, sollte sie also in der Schule lernen, das ihr später einmal von Nutzen sein könnte? Ich bringe ihr schon bei, was sie beherrschen muß, wenn sie später Aussichten auf eine anständige Anstellung im Haushalt haben will!« beschied Tante Josepha ihre Mutter gallig. »Die Zeit, wo ihr euch in der Stadt ein gutes Leben auf Kosten anderer gemacht habt, ist vorbei! Ihr werdet euch an ein anderes Leben gewöhnen müssen! Und je schneller ihr euch daran gewöhnt, desto besser werden wir miteinander auskommen, Schwester!«

Im Haus der McGregors gab es in der Tat vieles, an das sich Moira erst gewöhnen mußte. Die Tyrannei von Tante Josepha sowie die unangenehmen Pflichten, die sie ihr auferlegt hatte, waren nur ein Teil davon. Daß Zucker- und Mehlbehälter jeweils auf einem Schemel in einem mit Wasser gefüllten Blech stehen mußten, um die Ameisen abzuhalten, gehörte ebenso dazu wie das Glas Eisenwasser, das sie nun jeden Tag trinken mußte, weil sie nach Überzeugung ihres Onkels angeblich unter Eisenmangel litt. Abends warf er drei fingerlange Nägel in ein Glas Wasser, das sie morgens unter seinen Augen leeren mußte, nachdem er die Nägel entfernt hatte. Lästig fand sie auch das tägliche Einreiben aller Gelenke mit Eukalyptusöl, das ein gesundes Wachstum fördern sollte. Was jedoch jedesmal ihren Ekel hervorrief, war die wöchentliche Vernichtung der Kakerlaken in den Schlafkammern. Die Kakerlaken, die jede Ritze zu nutzen wußten, waren eine gräßliche Plage. Sie ließen sich einfach nicht ausrotten, sondern bestenfalls unter Kontrolle halten. Dazu gossen die McGregors jede Woche einmal eine scharfe, mit Kerosin vermischte stinkende Brühe in die Eisenrohre der Bettgestelle, in denen das Ungeziefer mit Vorliebe nistete. Die übelriechende Mixtur, die Onkel William selbst herstellte und in seinem Laden verkaufte, trieb die Kakerlaken aus ihren dunklen Verstecken und in die Bleche, die mit einem wassergefüllten Umlauf versehen waren, so daß sie nicht flüchten konnten. Moira verabscheute Kakerlaken, während ihr Spinnen wenig ausmachten. Doch noch mehr ekelte es sie davor, diese Käfer mit einer Art hölzernem Stampfer auf den Blechen zermalmen zu müssen

In der ersten Woche kam Moira nur zweimal aus dem Haus. Ihre Mutter, die mit ihrem Eingeschlossensein recht zufrieden schien, spazierte in der Stunde vor der Abenddämmerung mit ihr zur Moama Wharf, wo es immer etwas zu beobachten gab – und wenn es auch nur der Fluß war, wie er schlammig trüb und mit gefährlichem Treibholz in Form von entwurzelten Bäumen zwischen den hohen Uferbänken dahinfloß, die meist schon im tiefen abendlichen Schatten lagen. Es trieb ihre Mutter leider immer nur zu schnell wieder in das Haus der McGregors zurück, als fürchtete sie, erkannt und mit Blicken oder gar Fragen verfolgt zu werden.

Wirklich dankbar war Moira ihren Verwandten für die kleine Kammer, die sie ganz allein für sich hatte. Es machte nichts, daß sie direkt unter dem Dach lag und dementsprechend heiß war. Moira fand, daß dieser Makel von der Aussicht, die sie von ihrem Fenster aus hatte, mehr als wettgemacht wurde. Ihr Zimmer lag nämlich über dem Anbau, der in den Hinterhof führte und Onkel Williams Lager beherbergte, und ging zur Bourke Street hinaus. Da die gegenüberliegenden Häuser ein Stockwerk niedriger waren, vermochte sie nicht nur die Victoria Street zu überblicken, sondern sogar auch Teile der River Street. Deutlich konnte sie die beiden hölzernen Ladekräne an der Landungsbrücke erkennen sowie mehrere hohe Lagerhäuser und das plumpe, eckige Backsteingebäude des *Royal Victoria Hotel*. Es erhob sich unmittelbar neben der Pier und erhielt zumindest im rotgoldenen Licht der Morgen- und Abendsonne für kurze Zeit ein leuchtend herrschaftliches Aussehen.

In den billigen Quartieren in Adelaide hatten sie stets nur in die dunklen Schluchten schmaler Hinterhöfe oder auf nackte

Steinwände geschaut, und Moira war sicher, daß es in Port Augusta nicht besser gewesen war. Sie liebte deshalb den ungehinderten Blick, den sie von ihrer Kammer aus über einen Teil von River Bend hatte. Am liebsten hockte sie in der Abendstunde, wenn der Himmel in Flammen stand, auf dem breiten Fensterbrett und überließ sich ihren sehnsüchtigen Träumen. Und pünktlich wie die Uhr kam Samuel Walsh, der glatzköpfige Lampenanzünder, jeden Abend auf seinem Fahrrad gemächlich die Victoria Street heruntergeradelt. Er trug eine schmale, aufklappbare Leiter auf den Rücken geschnallt, die er an die Lampenpfosten lehnte. Ohne Eile, vielmehr bedeutungsvoll und im Bewußtsein seines wichtigen Amtes kletterte er jedesmal die Leiter hoch, öffnete das Glastürchen der Straßenlaterne, füllte den Behälter mit Kerosin für eine Nacht auf, zündete den Docht an, schloß die Glasöffnung wieder, schaute kurz auf die Flamme, nickte knapp, als hätte die Flamme seine kritische Prüfung bestanden, und kletterte dann wieder hinunter, um sich wenig später die Leiter auf den Rücken zu schnallen und zur nächsten Laterne zu fahren.

Die Lampen standen zu weit auseinander und die Lichter waren zu schwach, um die Straße bei Nacht auch nur halbwegs ausreichend zu erleuchten. Der einzige gute Zweck, den diese Laternen besaßen, war, wie Onkel Williams einmal spöttisch sagte, daß sie einem mit ihrem schwachen Glimmer in einer wirklich stockfinsteren Nacht zumindest die ungefähre Richtung angaben, in die man gehen mußte. Moira wurde es jedoch nie müde, dem Lampenanzünder bei seiner Arbeit mit ihren Blicken zu folgen. Wie unzureichend der Schein der Straßenlaternen auch sein mochte, die beständige Pünktlichkeit und Gewissenhaftigkeit, mit der er Abend für Abend seiner Tätigkeit nachging, waren in Moiras Augen ein Beleg dafür, für wie ernst und wichtig er seine Aufgabe nahm.

Als Tante Josepha sie nach zehn Tagen endlich in die Schule

gehen ließ, fühlte sich Moira ganz und gar nicht erleichtert. Sie hatte böse Vorahnungen, die sich auch bestätigten. Denn in dem Brettergebäude, in dem es nur drei Klassenräume gab und in dem die ersten vier Altersgruppen in einem Raum unterrichtet wurden, traf sie das Mädchen mit den schwarzen Zöpfen wieder, das sie am Tage ihrer Ankunft bei dem Jasminbusch gesehen hatte – und hinterher mehrmals vom Fenster aus. Sie hieß Emily, und sie war die älteste Tochter von Alex Dickinson, der als Vormann in der Sägemühle arbeitete. Die Dickinsons, zu denen noch zwei Kleinkinder gehörten, wohnten auf der Bourke Street im Haus gegenüber.

Emily Dickinson, deren pechschwarzes Haar ebenso das Erbe ihres Vaters war wie die robuste Statur, hatte es vom ersten Tag an auf sie abgesehen. Sie und ihre Busenfreundinnen Ella, Shirley und Norma hatten schon auf sie gewartet. Auf dem staubigen Hof stellten sie sich ihr am Morgen ihres ersten Schultages sogleich in den Weg.

Mit einem falschen Lächeln sprach Emily sie an. »Du bist doch die, die mit ihrer Mutter bei den McGregors untergekommen ist, nicht wahr?«

Moira nickte nur. Sie sah den hämisch grinsenden Gesichtern der anderen Mädchen an, daß sie Interesse, aber keine Freundlichkeit zu erwarten hatte.

»Und wie heißt du?«

»Moira Mayfield.«

Emily machte ein gespielt verblüfftes Gesicht und schüttelte den Kopf. »Das ist aber komisch!« gab sie sich verwundert, wandte sich halb ihren Freundinnen zu und sagte dann mit genüßlicher Häme und so laut, daß alle in der Nähe stehenden Kinder es hören konnten: »Und ich hätte schwören können, du heißt ›Bastard‹! Oder ist das bloß so 'ne Beschreibung, was man ist, so wie man meinen Dad ›Vormann‹ ruft?«

Moira hätte ihr am liebsten links und rechts in das gehässig grinsende Gesicht geschlagen. Sie spürte jedoch, daß Emily Dickinson und ihre Freundinnen nur darauf warteten, um sie gleich am ersten Tag vor aller Augen zu verprügeln und in den Staub zu werfen. Diesen Gefallen wollte sie ihnen nicht tun. Sie war viel zu ausgezehrt, um sich mit einem Mädchen wie Emily messen zu können, geschweige denn mit der ganzen Clique. Deshalb beherrschte sie den Drang, ihrer kochenden Wut handgreiflich Ausdruck zu verleihen, und verzichtete auch darauf, ihre uneheliche Abstammung abzustreiten. Das eine hatte so wenig Aussicht auf Erfolg wie das andere. Scheinbar unbeeindruckt antwortete sie schließlich: »Wenn du das so sagst, wird es wohl auch so sein.«

»Dann möchtest du also, daß wir dich ›Bastard‹ rufen, ja?« Emily wollte sie offensichtlich um jeden Preis dazu bringen, die Beherrschung zu verlieren und den Anfang der Handgreiflichkeiten zu machen.

»Setz der armen Kleinen doch nicht so zu, Emily«, spielte Ella Mahon, die Tochter des Bäckers, ein rotbackiger Pummel mit schlechten Zähnen, die Besorgte, um dann voller Schadenfreude den Giftpfeil abzuschießen: »Sonst macht sie sich doch gleich wieder in die Hose!«

»Ja, so wie am ersten Tag, als sie bei ihren Verwandten um Aufnahme gebettelt haben!« warf Shirley ein.

»O Mom, ich habe mir in die Hose gemacht. Ich … ich bin naß bis in die Schuhe! Schluchz, schluchz!« jammerte Emily mit verstellter wehleidiger Stimme, während sie die Augen verdrehte und die Beine aneinanderpreßte. »Aber mein Liebling! Das behalten wir besser für uns!«

Schallendes Gelächter brach aus.

Moira wurde blaß, als ihr bewußt wurde, daß Emily am Brettertor gelauscht haben mußte. Wie eine heiße Flutwelle stieg ein Zorn, der sich jeglicher Selbstbeherrschung entzog, in ihr auf. Und schon wollte sie sich auf Emily stürzen, als sie einen groben Schlag auf den Hinterkopf erhielt und eine befehlsgewohnte, schnarrende Frauenstimme rief: »Was steht ihr hier noch herum, Kinder? Habt ihr soviel Dreck in den Ohren, daß ihr nicht einmal mehr die Glocke hört? Macht, daß ihr in eure Klasse kommt, bevor ich wirklich ungemütlich werde!«

»Miss Erikson!« rief jemand erschrocken, und augenblicklich setzte ein wildes Gerenne ein. Alle, auch die älteren Schüler, beeilten sich, der gestrengen, hünenhaften Lehrerin mit dem dicken strohgelben Haarknoten aus den Augen und in ihr jeweiliges Klassenzimmer zu kommen. Manche Kinder wußten angeblich aus geheimen Quellen, daß Miss Erikson einem ebenso berühmten wie blutrünstigen Wikingergeschlecht entstammte, wie Moira schnell zu Ohren kommen sollte. Doch niemand wußte, wie Miss Eriksons Vorname lautete. Diese Information gaben die geheimen Quellen nicht her.

Ohne daß sie es ahnte, bewahrte Miss Erikson mit ihrem plötzlichen Auftauchen Moira an jenem Tag davor, sich in eine aussichtslose Rauferei mit Emily und deren Freundinnen einzulassen. Und da sie die Klasse unterrichtete, in der die weiteren drei Altersstufen zusammengefaßt waren, und sie den Unterricht mit eiserner Strenge führte, war Moira während der Schulstunden relativ sicher vor der Häme und den Nachstellungen jener Jungen und Mädchen, die mit ihr, dem Bastard von Missis McGregors jüngerer Schwester, ihr böses Spiel treiben wollten, bis der Reiz des Neuen zu langweiligem Alltag geworden war.

Obwohl Miss Erikson mit Argusaugen über ihre Klasse wachte und jeden Verstoß gegen die ehernen Regeln der Schuldisziplin augenblicklich und äußerst schmerzhaft mit dem Rohrstock ahndete, so fanden Emily, Ella, Shirley und Norma doch immer noch die eine oder andere Gelegenheit, um sie, Moira, zu piesacken. Wenn Miss Erikson beispielsweise den Jüngeren neue Aufgaben erteilte und den Bänken mit den Älteren kurz den Rücken zukehrte, kam es immer wieder vor, daß speichelnasse Papierklümpchen Moira in den Nacken trafen. Manchmal landete auch der glitschiger Kadaver eines zerquetschten Frosches auf ihrer Schulter oder Schiefertafel. Ein andermal jagten sie ihr mit einem jungen Skorpion Angst ein, der jedoch glücklicherweise an ihrem Arm abprallte und den sie geistesgegenwärtig zertrat, wofür Miss Erikson sie sogar noch lobte. Der Umstand, daß Moira weder in Tränen ausbrach noch zu Miss Erikson lief, um Emily und die anderen bei ihr anzuschwärzen, führte wohl dazu, daß der Rest der Klasse schon nach wenigen Tagen die Schadenfreude an solch üblen Scherzen verlor. Was Emily aber nicht daran hinderte, in der Pause verletzende Bemerkungen auf Moiras Schiefertafel zu kritzeln, ihr im Vorbeigehen Kopfnüsse zu verpassen und ihr auf dem Weg von und zur Schule das Leben schwerzumachen – immer in der Hoffnung, sie zu einer Rauferei provozieren zu können.

Emily Dickinson hoffte vergeblich. Sooft Moira auch den Tränen nahe war und kurz davor stand, ihre Beherrschung zu verlieren, sie vermochte sich im letzten Moment doch immer noch zusammenzureißen und der drohenden Prügelei aus dem Weg zu gehen. Aber hinterher ließ sie ihren Tränen freien Lauf, wenn sie sich irgendwo verkriechen konnte, voll ohnmächtiger Wut ob ihrer Chancenlosigkeit – und beschämt über ihre Feigheit, daß sie die ständigen Demütigungen widerstandslos hinnahm.

Wie meine Mutter! fuhr es ihr eines Nachts bestürzt durch den Kopf.

Doch Moira wollte nicht wie ihre Mutter sein. Deshalb gab sie Emily am letzten Schultag vor den Festtagen eine schallende Ohrfeige, in die sie all ihre Kraft hineinlegte, weil sie wußte, daß sie keine Gelegenheit zu einem zweiten Schlag bekommen würde. Und so war es dann auch.

Moira erhielt an diesem Tag zweimal Schläge. Einmal von Emily und deren Freundinnen – sowie von Tante Josepha, weil sie mit eingerissenem Kleid nach Hause gekommen war, vor allem aber, weil sie sich angeblich wie ein ordinäres

Schankmädchen benommen und sich in eine Rauferei eingelassen hatte.
»Ganz die Mutter!« hörte Moira ihre Tante verächtlich zu Onkel William sagen, als sie zu ihm ins Geschäft zurückkehrte. »Früh reif – und früh verdorben!«

Moira graute vor dem Christfest im Haus der McGregors. Zwei Tage vor Weihnachten bekam sie zufällig ein Gespräch zwischen ihrer Tante und ihrem Onkel mit.
»Ach was!« hörte sie Josepha auf ihre gereizte, herrische Art sagen. »Wer auch so schon tagtäglich reich beschenkt ist, wird ja wohl kaum so vermessen und undankbar sein, noch zusätzliche Geschenke zu erwarten, William. Auf die Knie fallen und danken sollten sie uns – jeden Morgen und jeden Abend!«
»Du hast schon recht, Josepha. Aber ich meine, wo es doch das Christfest ist ...«, wandte Onkel William ohne viel Nachdruck ein, so als wollte er mit diesem Einwand allein sein Gewissen beruhigen und als wartete er nur darauf, daß seine Frau auch diese schwachen Skrupel zunichte machte.
»Eben! Und lassen wir sie denn nicht an unserem Festessen teilhaben?«
»Das deine Schwester zubereiten wird.«
»Was ja wohl auch das mindeste ist!« Josepha klang fast empört über den Einwurf ihres Mannes. »Und hast du schon die vielen Ellen Stoff vergessen, die wir Eleanor großzügig überlassen haben, damit sie für sich und Moira endlich einmal ein anständiges Kleid nähen kann?«
»Der Ballen war wirklich ein echter Ladenhüter. So ein Fehlkauf ist mir schon seit Jahren nicht mehr passiert«, erwiderte Onkel William darauf, jedoch nicht als Vorhaltung, sondern in einem mehr verwunderten Ton, als könnte er immer noch nicht begreifen, wie ihm solch eine Fehlein-

schätzung beim Einkauf der Ware hatte passieren können. »Wenigstens hat er einen guten Zweck erfüllt.«

»In der Tat, William! Und dabei werden wir es auch belassen!« bestimmte Josepha, um spitzzüngig hinzuzufügen: »Es sei denn, du hast vor, unsere mittellose Verwandtschaft über das rechte Maß hinaus mit Geschenken zu überhäufen, so als wolltest du irgend etwas, was du dir vorzuwerfen hättest, damit wiedergutmachen!«

Das war genau der Ton, der bei Onkel William die erhoffte Resonanz fand. Weder hatte er sich etwas vorzuwerfen noch etwas dafür übrig, das »rechte Maß« zu verletzen. Er war stolz auf seinen Ruf, korrekt wie ein geeichtes Gewicht zu sein, ein Kaufmann, der seinen Kunden weder ein Unze zuviel noch zuwenig berechnete.

Keine Geschenke zu erhalten machte Moira viel weniger aus, als keine geben zu können. Zum erstenmal in ihrem Leben hatte sie nicht einen einzigen Penny, um ihrer Mutter eine Kleinigkeit kaufen zu können. Letztes Jahr hatte ihr Erspartes immerhin noch für einen hübschen Fingerhut gereicht.

Dennoch stand Moira am Weihnachtsmorgen nicht mit leeren Händen da, sondern mit einem kleinen Kreuz, das sie aus rotbraunen Borkefasern geflochten hatte. Trotz größter Anstrengung war es ihr aber nicht gelungen, eine wirklich ansehnliche Handarbeit herzustellen. Sie hatte deshalb Mühe, die Tränen zurückzuhalten, als ihre Mutter vor freudiger Überraschung die Hände zusammenklatschte und ihr viel zu überschwenglich versicherte, daß es ein wunderschönes »Buschkreuz« und ohne Frage das schönste Geschenk sei, das sie je bekommen hatte.

Und dann überraschte ihre Mutter sie mit einem kleinen, handtellergroßes Päckchen. »Zu mehr reicht es dieses Jahr leider nicht, mein Engel«, sagte sie und versuchte ihre Traurigkeit mit einem Lächeln und der eiligen Beteuerung zu überspielen, daß es nun ja wieder aufwärts mit ihnen gehe und es auch bald wieder bessere Zeiten geben werde. Moira fand in dem einfachen Einpackpapier ein Hutband aus flaschengrünem Samt mit goldener Borte. Und nun war es an ihr, ihrer Mutter um den Hals zu fallen und ihr zu versichern, wie sehr sie sich freute und wie reich beschenkt sie sich fühlte. In einem gewissen Sinne entsprach es der Wahrheit. Zumindest war es ein Teil der Wahrheit. Den anderen Teil, der ihnen das Herz mit Schmerz und Schwermut füllte, hielten sie voreinander verborgen.

Zur morgendlichen Messe trug Moira das neue Hutband schon an ihrem einfachen Strohhut, den Tante Josepha ihr wenige Tage nach ihrer Ankunft in River Bend zugebilligt hatte. Die weiß gestrichene Kirche, die am oberen, östlichen Ende der Victoria Street gegenüber der Schule stand, war bis auf den letzten Platz besetzt. Father O'Reilly, der wie ein Großteil der Bewohner von River Bend und Umgebung irischer Abstammung war, zelebrierte eine feierliche Messe und erwies sich einmal mehr als ein Prediger, der seine Gemeinde zu fesseln vermochte und stets die richtige Mischung aus Zuspruch und Ermahnung fand.

Nach dem Gottesdienst teilte sich der Strom der Kirchgänger auf dem sandigen Kirchplatz im Schatten der umstehenden Eukalyptusbäume zum Schwatz mit Nachbarn, Freunden, Verwandten und Geschäftspartnern in viele kleine Gruppen auf.

Die McGregors wurden nach dem allgemeinen Austausch von weihnachtlichen Grüßen und Wünschen von zwei befreundeten, kinderlosen Ehepaaren in Beschlag genommen, die weit außerhalb Farmen betrieben. Moira beobachtete verstohlen ihre Mutter. Wie ein Dienstmädchen, dem es nicht zustand, bei einem solchen Gespräch näher bei seiner Herrschaft zu stehen, wahrte sie zwei Schritte Abstand. Sie hielt den Kopf ein wenig gesenkt, und ihr Gesicht zeigte ein bemühtes Lächeln, das um Nachsicht und Annahme zu bitten schien, wie es Moira vorkam. Und welch ein Ausdruck der

Befreiung, gepaart mit Dankbarkeit, flog über ihr Gesicht, als Onkel William sich endlich zu ihr umwandte, sie gnädig heranwinkte, sie vorstellte und an ihrem Gespräch teilhaben ließ – wenn auch nur durch überwiegend stumme, lächelnde Anwesenheit. Es drehte Moira das Herz um, zu sehen, wie sehr ihre Mutter danach hungerte, zur Kenntnis genommen und wenigstens mit einem gnädigen Nicken bedacht zu werden.

Tante Josepha bemerkte die scharfen, kritischen Blicke, mit denen Moira die Erwachsenen bedachte, runzelte ungehalten die Stirn und entledigte sich rasch ihrer lästigen Gegenwart. »Was stehst du hier herum und schaust Löcher in die Luft? Gesell dich zu den anderen Kindern, und beschäftige dich mit deinen Klassenkameradinnen!« schickte sie Moira weg und machte dabei eine ungeduldige, wegwerfende Handbewegung.

Was Moira jedoch am meisten verletzte, ja fast sogar anwiderte, war, daß ihre Mutter ihr dabei auch noch zulächelte, als hätte Tante Josepha ihr damit eine ganz besondere Gefälligkeit erwiesen!

Abrupt und mit dem bitteren Gefühl, von ihrer eigenen Mutter im Stich gelassen zu werden, wandte sie sich ab und entfernte sich rasch. Ziellos ging sie über den Kirchplatz, der von Gelächter und Stimmengewirr erfüllt war.

Sie war so sehr in ihre trüben Gedanken versunken, daß sie die Gruppe der Mädchen, zu der auch Emily und Ella gehörten, zu spät bemerkte.

Erst als Emily rief: »Seht mal, wer da ist! Die Moira mit dem großen B vor dem Namen!«, hob sie den Blick und sah, wem sie unwillkürlich in die Arme gelaufen war. Die Mädchengruppe öffnete sich zu einem Halbkreis, der sich ihr zuwandte.

Moira blieb stehen, unsicher, was sie tun sollte. Daß Emily auf dem Kirchplatz eine Rauferei anzetteln würde, war mehr als unwahrscheinlich.

»Na, was hast du denn zu Weihnachten geschenkt bekommen?« fragte Ella verächtlich. »'ne Tracht Prügel und 'ne Flasche Lebertran?«
»Ich habe den Vogelkäfig und die Concertina aus Rosenholz und mit Einlegearbeiten bekommen, wie ich es mir gewünscht habe!« warf eines der Mädchen stolz ein. »Und Emily hat der Weihnachtsmann eine wunderschöne Porzellanpuppe und ...«
Emily fiel dem Mädchen, das die Situation offensichtlich nicht durchschaute, ungeduldig ins Wort. »Ich werde euch sagen, was Moira geschenkt bekommen hat: einen neuen, kackbraunen Putzlappen, damit sie die Pißpötte, die sie bei den McGregors jeden Tag leeren und putzen muß, wenn sie und ihre Mutter nicht wieder auf die Straße gesetzt werden wollen, besser sauber kriegt!« verkündete sie mit beißender Häme. »Einen kackbraunen Pißpottlappen für McGregors Pißpottputzerin!«
Einige der Mädchen brachen in schallendes, schadenfrohes Gelächter aus, andere prusteten und kicherten hinter vorgehaltener Hand. Jeder fand, daß Emilys Einfall mit dem kackbraunen Pißpottlappen ein herrlicher Spaß war.
Moira schoß das Blut heiß ins Gesicht; sie ballte in ohnmächtiger Wut die Fäuste. In aller Öffentlichkeit mit etwas gehänselt zu werden, was sie selbst aus tiefstem Herzen verabscheute, nicht wegen der unangenehmen Arbeit an sich, sondern weil Tante Josepha sie damit bewußt demütigen wollte, traf sie zehnmal mehr als das Wort »Bastard« oder irgendeine andere schäbige Beleidigung.
»Na, zeigst du uns deinen kackbraunen Pißpottlappen, bevor du ihn das erstemal benutzt?« stichelte Ella.
»Hast du Tomaten auf den Augen?« gab Emily sich entrüstet. »Siehst du denn nicht, daß sie den Pißpottlappen heute als Kleid trägt?«
Wieder erntete sie eine Woge begeisterten Gelächters.
Moira wußte, daß sie nichts gegen Emily und deren Clique

ausrichten konnte. Als man sie verprügelt hatte, hatte sie nicht eine Träne vergossen. Nun aber würde sie ihre Tränen nicht zurückhalten können.
Sie ertrug diese Demütigung nicht länger und stürzte davon. Schluchzend lief sie auf die Rückseite der Kirche und folgte hinter dem Friedhof, der von einer niedrigen Mauer mit einem schmiedeeisernen Gitter umschlossen wurde, dem ausgetretenen Pfad, auf den sie dort stieß.
Nur weg! war ihr einziger Gedanke. Nur weg von ihren Peinigern! Weg von River Bend! Weg von allem!
Moira lief und lief, auch als der Weg sich längst im offenen Buschland verloren hatte und das stachelige Gras der gelblichen Spinifex-Büschel ihr durch die Wollstrümpfe hindurch die Haut an den Beinen aufkratzte. Es war ihr egal, egal auch, wohin ihre Füße sie trugen. Halb blind vor Tränen stolperte sie dahin. Bis sie schließlich heftiges Seitenstechen spürte und stehenbleiben mußte.
Nach Atem ringend, von den Schmerzen in der Seite nach vorn gebeugt und auf ihre Knie gestützt, stand sie eine Weile in der schon heißen Morgensonne zwischen kniehohem Gestrüpp. Als sie sich wieder aufrichtete und zum erstenmal seit ihrem Davonstürzen vom Kirchplatz die Landschaft um sich herum wieder bewußt wahrnahm, da sah sie, durch den Schleier ihrer Tränen, den blühenden Jacaranda.

Der Jacarandabaum mit dem mächtigen Stamm, den auch drei Erwachsene gemeinsam kaum zu umfassen vermochten und der sich in Brusthöhe in fünf einzelne Stämme aufteilte, erhob sich auf der Kuppe einer weiträumigen, jedoch sanft ansteigenden Anhöhe. Und er stand in voller Blüte. Seine weitausladende Krone war ein Meer von Blüten und leuchtete in der Sonne wie ein Seidentuch, das je nach Lichteinfall in einem dunklen Mauve- und Lilaton oder fast Veilchenblau schimmerte.

Der Anblick dieses prächtigen Jacarandas nahm Moira für einen Augenblick derart gefangen, daß sie fast vergessen hätte, was sie so weit von River Bend weggeführt hatte. Denn als sie sich umsah, konnte sie den spitzen Kirchturm von Saint Mark nur noch mit größter Mühe ausmachen.

Die Sonne brannte auf ihr Gesicht, und ihr war heiß vom Laufen. Der Schatten, den das blaue Blütendach des Jacarandas um sich ausbreitete wie eine vornehme Dame die reichen Stoffbahnen ihres Kleides und ihrer Petticoats, zog sie an. Und wenig später sank sie am Stamm zu Boden.

Mit einem Gefühl der Verlorenheit blickte sie hinaus in das sonnenüberflutete, weite, karge Buschland mit seiner spärlichen Vegetation und rotbraunen Erde. Diese Weite, die so bar von Mensch und Haus war, erschreckte sie wieder wie an jenem Tag vor nunmehr fast einem Monat, als sie mit der *Lady Eliza* den Fluß heraufgekommen waren. Und verzweifelt fragte sie sich, wie sie es bloß in River Bend aushalten sollte. Wie lange mußte sie wohl noch in dieser armseligen Flußsiedlung leben, wo sie keine Freunde hatte und wohl bestimmt auch nie finden würde; wie lange mußte sie im Haus der McGregors sowie von Emily und anderen Geringschätzung und Demütigungen ertragen, bis sie alt genug war, um in einen fremden Haushalt in Stellung geschickt zu werden? Sicherlich Jahre! Aber wie sollte sie bloß solch ein freudloses Leben noch vier, fünf *Jahre* überstehen, wo ihre doch schon drei *Wochen* wie eine qualvolle Ewigkeit erschienen?

Moira kamen wieder die Tränen, als ihr die Aussichtslosigkeit ihrer Lage bewußt wurde, und sie schluchzte laut auf. »Warum? … Warum immer ich?« kam es ihr verzweifelt über die Lippen. »Was … was habe ich bloß … getan?«

»Genau, warum immer ich.«

Moira hatte sich an diesem einsamen Ort unter dem Jacaranda völlig allein gewähnt. Als sie nun plötzlich diese fremde Stimme neben sich hörte, stieß sie einen Schrei aus und fuhr zu Tode erschrocken herum.

»Fröhliche Weihnachten!«

Moira blickte in das sonnengebräunte Gesicht eines schlacksigen Jungen mit dunkelblonden, wilden Locken, der von der anderen Seite des Baumes hinter dem Stamm hervorgetreten war. Er trug eine kurze, abgerissene Hose, derbe Kniestrümpfe und ein einfaches, kragenloses Hemd. Alles war ihm um mindestens eine Nummer zu groß und sah schon sehr abgetragen aus.

Sie wußte nicht, was sie auf den spöttischen Gruß des Jungen erwidern sollte. Auch wenn sie noch nie zuvor ein Wort mit ihm gewechselt hatte, so war ihr sein Gesicht doch nicht völlig fremd. Sie erinnerte sich, ihn mehrmals auf dem Schulhof gesehen zu haben. Er kam morgens immer mit einem alten, rostigen Fahrrad zur Schule. Vermutlich wohnte er auf einer der Farmen. Und er mußte ein, zwei Jahre älter sein, denn er ging in eine andere Klasse.

»Na, genug geheult?« fragte er mit einem schwer zu deutenden Grinsen.

Moira dachte, daß er bestimmt wußte, wer sie war, und sich wie Emily über sie lustig machen wollte. Er mußte schon lange vor ihr auf der anderen Seite des Baumes gesessen haben. Natürlich hatte er mitbekommen, wie sehr sie sich die Augen aus dem Kopf geweint hatte. Vermutlich war ihr Gesicht verquollen und lud geradezu dazu ein, häßliche Bemerkungen zu machen.

Sie wollte schon aufspringen und davonlaufen, als sie bemerkte, wie stark gerötet die Augen des Jungen waren – als hätte auch er bittere Tränen vergossen. »Bestimmt nicht mehr als du!« entfuhr es ihr schroff, als wollte sie einem erwarteten Angriff zuvorkommen.

»Mir ist nur was ins Auge geflogen.«

Moira verzog ob dieser offensichtlichen Lüge nur mitleidig das Gesicht. Es war nicht nötig, auch noch auszusprechen, daß sie ihm nicht ein Wort glaubte.

Er zuckte verlegen die Achseln. »Na ja, und wenn schon«,

sagte er und gestand damit ein, daß sie mit ihrer Vermutung voll ins Schwarze getroffen hatte.
Einen Augenblick stand er unschlüssig da. Dann tat er etwas, womit Moira nie im Leben gerechnet hätte: Er setzte sich neben sie. Moiras wußte nicht, was sie davon halten, und schon gar nicht, was sie sagen sollte. Sie blieb innerlich angespannt, während er eine ganze Weile schweigend neben ihr saß und starr geradeaus schaute, so als ob er sie völlig vergessen hätte. Dann hob er einen kleinen Stein auf und warf ihn mehr lustlos als kraftvoll in ein dorniges Gestrüpp.
»Vermutlich muß einer immer der Dumme sein«, sagte er wie zu sich selbst.
»Was?« fragte Moira verwirrt.
Er sah sie kurz von der Seite an, bevor er den nächsten Stein aufhob und ihn dem ersten folgen ließ. »Warum immer ich? Das hast du dich doch gefragt, nicht wahr?« erinnerte er sie, jedoch ohne Spott. Er klang vielmehr schwermütig. »Ich habe mich das auch gefragt. Komisch, was?«
»Ich weiß nicht«, sagte Moira nun.
»Was? Das findest du nicht komisch?«
»Nein, das meine ich nicht, sondern daß immer einer der Dumme sein muß.«
Er lachte. »Ach so.«
»Warum *muß?*«
Er zuckte die Achseln. »Keine Ahnung. Ich habe mir das nicht ausgedacht. Aber so läuft es nun mal. Jedenfalls ist es das, was ich jeden Tag erlebe. Sag bloß, dir ergeht es anders?«
Moira seufzte unwillkürlich. »Nein«, gestand sie.
Er nickte, als hätte er keine andere Antwort erwartet, griff zu einem kleinen trockenen Zweig und malte Striche in den Sand. »Du bist neu in River Bend und heißt Moira, nicht wahr?« fragte er unverhofft.
Moiras Herz schlug aufgeregt. Er kannte ihren Namen, und

er schien wahrhaftig daran interessiert zu sein, sich mit ihr zu unterhalten. »Ja, und du?«
»Ich heiße Adrian ... Adrian Flynn. Vorletzten Monat bin ich dreizehn geworden.«
Moira zeigte sich angemessen beeindruckt und murmelte, daß sie immerhin auch schon zwölf Jahre alt sei.
»Das Blöde ist nur, daß Lance, mein Bruder, mir dennoch immer drei Jahre voraus bleibt, je älter ich auch werde! Ich ziehe immer den kürzeren, egal, worum es geht. Irgendwie ist das nicht gerecht«, murmelte er, und sein Gesicht nahm nun einen finsteren Ausdruck an.
»Nein, das ist es wohl nicht«, stimmte Moira zu und dachte an ihre Mutter und Tante Josepha.
»Nach dreizehn Jahren müßte es mal andersherum gehen, findest du nicht auch? Dann könnte der Jüngere doch mal an der Reihe sein, und Pa müßte ...« Er brach mitten im Satz ab und lachte verlegen auf. »Ich weiß, es klingt bescheuert. Ich werde immer der Zweitgeborene sein! Aber was soll's. Vergiß es!«
Moira wußte nicht, was sie darauf sagen sollte. Sie spürte seine Bitterkeit und wollte ihn nicht verletzen, indem sie ahnungslos etwas Falsches von sich gab. Deshalb wechselte sie vorsichtshalber das Thema. »Du wohnst aber nicht in River Bend, nicht wahr? Ich habe dich nämlich ein paarmal mit dem Fahrrad morgens über die Landstraße kommen sehen.«
Sein Gesicht hellte sich wieder auf, und belustigt sah er sie an. »Du hast recht. Wir Flynns leben draußen hinter den Schwarzen Sümpfen.«
Moira sah ihn verdutzt an. »Ich wußte gar nicht, daß es hier schwarze Sümpfe gibt.«
Er lachte. »Ach, das ist bloß so ein Ausdruck, den die Schwarzen, die Aborigines, benutzen. Damit bezeichnen sie irgendeinen verwunschenen, einsamen Ort, der als Tor zum Busch gilt. Aber auf *Illawarra* ist garantiert nichts verwunschen, das kannst du mir glauben!«

»Und was ist *Illawarra?*«

»Das ist die Station meines Vaters, die aber eigentlich mehr eine Farm ist, weil wir bloß noch wenig Vieh besitzen. In der Sprache der Schwarzen bedeutet Illawarra ›sehr gutes Land‹!« erklärte er stolz, um dann spöttisch hinzuzufügen: »Aber vielleicht stimmt das ja gar nicht. Das wäre jedenfalls eine gute Erklärung, warum wir auf unserer mickerigen Station nur ein paar Schafe und Rinder haben und nie auf einen grünen Zweig kommen!«

»Aber immerhin gehört *Illawarra* euch!« versuchte sie ihn aufzumuntern. »Ihr habt Land und Vieh, seid euer eigener Herr und damit nicht von milden Gaben abhängig.«

Er lachte grimmig auf. »Schön wär's! Der Bank in River Bend gehört mehr von *Illawarra* als uns! Und ich habe Mutter auch mehr als einmal sagen gehört, daß wir auch noch den Rest verlieren werden, wenn mein Pa nicht endlich vernünftig wird und sich mehr um die Station als um seine verrückten anderen Interessen kümmert!« Erbost schleuderte er den Stock von sich. »Eigentlich sollte es mich ja gar nicht kratzen, was aus der Station wird. Ich habe ja nichts davon. Ich bin ja nur ein billiger Knecht, der nichts zu melden hat. Mein lieber Bruder wird *Illawarra* übernehmen, wenn mein Vater einmal nicht mehr kann oder will. Und dann kann ich mich auch gleich anderswo verdingen. Da kriege ich dann wenigstens einen anständigen Lohn und kann jederzeit mein Bündel packen, wenn es mir nicht mehr paßt. Aber wer weiß, vielleicht hat Pa *Illawarra* ja vorher schon längst durch seine Spekulationen ganz an die Bank verloren!«

»Speku-was?« Moira hatte das Wort noch nie gehört.

Adrian strich sich mit der gespreizten Hand die wild zerzausten Locken aus der Stirn. »Also, wie meine Mom mir das erklärt hat, sind Spekulationen so ganz besondere Geschäfte, bei denen man nicht weiß, ob das Geld, das man in sie hineinsteckt, zu einer sprudelnden Quelle wird – oder ob es wie in einem Sandloch auf Nimmerwiedersehen verschwindet.«

»Ach so«, sagte Moira, begriff den Zusammenhang jedoch noch immer nicht. »Aber ich dachte, du hast gesagt, daß dein Vater eine Station betreibt?«
Adrian verzog das Gesicht. »Du kennst eben Jack Flynn noch nicht! Mein Vater betreibt nämlich eine ganze Menge, und dazu gehört, daß er sich manchmal um *Illawarra* kümmert!« antwortete er mit aufgesetzter Fröhlichkeit. »Er ist aber auch oft unterwegs, um Geld in eine Spekulation oder Erfindung zu stecken, die uns steinreich machen soll. Nur hat er sich bisher jedesmal geirrt. Und deshalb geht er nebenher auch noch mit meinem Bruder Lance auf Kaninchenjagd. Die Regierung zahlt nämlich ein Kopfgeld auf jedes tote Kaninchen, damit diese Plage nicht noch schlimmer wird.«
Moira schüttelte verwirrt den Kopf. »Nun verstehe ich gar nichts mehr. Hast du eben nicht gesagt, daß der Bank in River Bend ein Gutteil von eurer Station gehört und ihr gerade so zurechtkommt? Also, wenn ihr kaum etwas übrigbehaltet, wie kann dein Vater dann da noch in diese gefährlichen Geschäfte Geld stecken?«
»Das ist es ja! Gerade *weil* mein Vater so viel Geld in seine anderen Geschäfte steckt, haben wir ja so wenig für die Station übrig und die Bank im Nacken!« erklärte Adrian, und als er fortfuhr, verwandelte sich sein bissiger, spöttischer Ton in Ratlosigkeit und Betrübnis. »Ich glaube, Pa pumpt sich oft auch Geld von seinen Freunden in Swan Hill und Echuca und spielt auch schon mal um Geld und so. Jedenfalls hört es sich so an, wenn Mom und Pa sich mal wieder streiten. Und in letzter Zeit streiten sie sich immer öfter.«
»Vielleicht hat dein Vater eines Tages ja Glück, und ihr kommt zu einer sprudelnden Geldquelle.«
»Ja, das sagt mein Bruder auch immer wieder«, murmelte Adrian, und seine Stimme verriet, daß er nicht daran glaubte. Er legte die Arme um seine Beine und zog sie bis unter das Kinn an, als wollte er sich ganz klein machen. Dabei fiel etwas aus seiner Hosentasche.

Es war eine kleine flache Schachtel. Sie fiel zwischen ihnen in den Sand, ohne daß Adrian es bemerkte. Moira hob sie auf und stellte überrascht fest, daß die Schachtel bunte Malstifte enthielt. »Hier, das hast du verloren. Malst du?«
Überraschte drehte Adrian den Kopf, ohne daß seine Arme ihren festen Griff um seine Beine lösten. Das Kinn auf den linken Oberarm gestützt, starrte er einen langen Augenblick auf die Schachtel Malstifte, die sie ihm hinhielt, als wüßte er nichts damit anzufangen. »Nein, ich male nicht!« antwortete er dann mit unerwarteter Schroffheit. »Und ich werde auch nie damit anfangen, das schwöre ich dir!«
»Ja, aber es sind doch deine Buntstifte!« wandte sie verwundert ein.
Adrian schluckte heftig, schwieg jedoch und biß sich auf die Lippen. Seine braunen Augen glänzten auf einmal verräterisch. Zwei, drei Sekunden rang er so stumm mit sich und seinen Gefühlen. Er verlor jedoch den Kampf. Tränen rannen ihm aus den Augen und rollten langsam sein schmales Gesicht hinunter. Er unternahm keinen Versuch, sie hastig wegzuwischen oder gar den Kopf abzuwenden.
»Ich hatte mir so sehr ein Daisy-Luftgewehr gewünscht«, sagte er leise und mit stockender Stimme. »Nicht, daß ich auf ein ganz neues gehofft hätte. Ich wollte nur ein gebrauchtes Luftgewehr, wie man es beim Pfandleiher in Swan Hill kriegen kann … Pa hat aus Swan Hill auch ein Gewehr mitgebracht … Kein Luftgewehr, sondern ein richtiges mit 22er Kaliber. Aber es war nicht für mich, sondern für meinen Bruder … Mir hat er die Malstifte mitgebracht.«
»Oh!« entfuhr es Moira betroffen.
»Und er hat sie noch nicht einmal gekauft … Ich meine, er hat sich gar nicht überlegt, was er mir schenken könnte«, fuhr Adrian fort. »Er hat sich darüber keine Gedanken gemacht … nicht wie bei Lance … Und weißt du, woher er die Buntstifte hat?«

Moira schüttelte den Kopf.
»Er hat sie gewonnen! Bei einer Weihnachtstombola in Swan Hill, bei der er ein Los für ein paar Pennies gekauft hat!« stieß er verletzt hervor. »Und da hat er sich gesagt: ›Ah, das ist ja gut genug für Adrian. Was soll ich noch mehr Geld ausgeben.‹ Und damit war die Sache für ihn erledigt!«
»Und woher weißt du das?«
»Pa hat es meinem Bruder erzählt, als sie heute morgen das neue Gewehr hinter dem Haus eingeschossen haben, und Lance hatte nichts Eiligeres zu tun, als es mir hinterher brühwarm unter die Nase zu reiben!« stieß er hervor, gab seine Beine nun frei und fuhr sich mit dem Handrücken über die Augen.
»Das ist aber nicht nett gewesen«, sagte Moira und wünschte, sie wüßte etwas, womit sie ihn trösten konnte. Daß er sich trotz allem glücklich schätzen konnte, daß er überhaupt einen Vater und einen Bruder hatte, konnte sie ihm unter diesen Umständen ja schlecht als Trost anbieten.
»Alle sagen, daß mein Bruder ganz der Vater sei. Und du solltest mal sehen, wie stolz Pa ist, wenn das einer von unseren Nachbarn sagt. Lance ist bestimmt schon doppelt so breit in den Schultern wie ich, und wenn er will, macht er mich mit links fertig. Aber das ist gar nicht das Schlimmste. Das Gemeine ist, daß er Pa wirklich wie aus dem Gesicht geschnitten ist.«
»Und du?«
Adrian verzog das Gesicht zu einer Grimasse. »Ganz die Mutter – schwächlich, ein mieser Reiter und schlechter Boxer und ohne Kraft, wenn ihm jemand das Brandeisen in die Hände drückt!« machte er sich selbst schlecht und verstellte dabei seine Stimme, als imitiere er seinen Vater oder Bruder.
»Du wirst es ihnen schon zeigen, Adrian!«
Er lachte freudlos auf. »Klar doch! Mit den Buntstiften, ja? Wenn du willst, kannst du sie behalten.«
»Was?«

»Ich schenke sie dir.«
»Um Gottes willen, nein! Unmöglich! Das geht nicht, Adrian!« wehrte sie fast erschrocken ab. Sie hatte noch nie so etwas Kostbares wie eine Schachtel fabrikneuer Buntstifte besessen. »Das kann ich nicht annehmen!«
»Warum nicht?« wollte er wissen. »Es sind meine Stifte, und ich kann damit machen, was ich will. Wenn du sie nicht willst, werfe ich sie weg. Das ist mein Ernst.«
Moira sah auf die Schachtel in ihrer Hand. »Ich würde sie schon gerne nehmen. Aber was ist, wenn dein Vater wissen will, wo du die Stifte gelassen hast? Ich möchte nicht ...«
Adrian ließ sie nicht ausreden. »Als ob Pa mich danach fragen würde! Ich könnte mir den Kopf kahl scheren, und ich wette, ihm würde das gar nicht auffallen. Die Buntstifte gehören jetzt dir, und damit basta!«
Moira strahlte ihn an. »Ich weiß gar nicht, was ich sagen soll. Das ... das ist ein wunderschönes Geschenk ... Danke, Adrian.«
Er winkte verlegen ab. »Mach nicht so ein Theater um ein paar blöde Buntstifte!« brummte er, sprang auf und klopfte sich den Sand von der Hose. »So, und jetzt muß ich zurück.«
Schade, dachte Moira und hatte plötzlich einen verrückten Einfall. »Warte! Ich möchte dir auch etwas geben!«
Mit gerunzelter Stirn sah er zu, wie sie das grüne Samtband von ihrem Strohhut zog. Doch er sagte auch nicht, daß sie es lassen sollte.
»Hier!« Sie hielt ihm das Band hin. »Vielleicht findest du es hübsch genug, um es deiner Mutter zu schenken«, sagte sie und kam sich plötzlich ausgesprochen lächerlich vor, als er keine Anstalten machte, ihr Gegengeschenk anzunehmen, und sie nur anstarrte. Das Blut stieg ihr heiß ins Gesicht, als ihr der entsetzliche Gedanke kam, sich schrecklich blamiert und alles verdorben zu haben.
Doch dann nahm Adrian das Hutband, schüttelte den Kopf

und sagte mit einem Auflachen, während er das Band in die Hosentasche stopfte: »In Ordnung, Hutband gegen Malstifte – das ist ein fairer Tausch!«
»Kommst du oft hierher?« fragte Moira, als sie mit ihm aus dem Schatten trat und zu jener Stelle ging, wo er sein Fahrrad ins dürre Gras gelegt hatte.
Er nickte. »Der Jacaranda ist mein Lieblingsort. Hier kommt sonst niemand her.«
»Hast du was dagegen, wenn ich auch ab und zu mal hierherkomme?« fragte sie erwartungsvoll.
»Nein«, sagte er schlicht, schwang sich auf sein rostiges Fahrrad und trat in die Pedale. Er drehte sich noch einmal um, hob kurz die linke Hand und rief ihr über die Schulter zu. »Bis morgen dann!«
»Wann?« rief sie zurück.
»Am späten Nachmittag, so gegen sechs?«
»Klar, in Ordnung!« Moira sah ihm mit einem halb versonnenen, halb verwunderten Lächeln nach, als könnte sie noch nicht recht glauben, was sie da gerade erlebt hatte. Sie würde morgen um sechs Uhr hier sein. Koste es, was es wolle. Um einen Freund wiederzusehen, mußte man lange Wege und notfalls auch Strafen in Kauf nehmen. Und Moira wußte, daß sie in Adrian Flynn einen Freund gefunden hatte.

DRITTES KAPITEL

Das neue Jahr begann mit verschiedenen Tragödien, die Australiens Zeitungen füllten. Im Hafen von Sydney rammte der Dampfer *Dunmore* die Pinasse des Kriegsschiffes HMS *Encounter*. Fünfzehn Seeleute ertranken. Wenige Tage später forderte ein zweites Seeunglück vierzig Menschenleben, als der Frachter SS *Clan Ranald* vor der Küste von Adelaide im St.-Vincent-Golf sank. In Broken Hill kam es zu blutigen Zusammenstößen zwischen Polizei und streikenden Bergleuten. Düstere Mutmaßungen über das Schicksal der Südpolexpedition von Lieutenant Ernest Shackelton, von der schon allzulange jede Nachricht fehlte, tauchten in den Zeitungen auf. Daß John Murray im Staat Victoria Sir Thomas Bent als Premierminister ablöste, wurde je nach politischem Standpunkt von den einen als Tragödie beklagt und von den anderen als Glücksfall bejubelt. Einig jedoch war sich die Mehrheit der Australier darin, daß der klare Sieg des schwarzen Schwergewichtsboxers Jack Johnson über den weißen Weltmeister eine schreckliche Tragödie war und einen schweren Schlag für die Lehre von der Überlegenheit der weißen Rasse darstellte. Der Kampf, der am 26. Dezember im Stadion von Sydney ausgefochten und nach vierzehn Runden von der Polizei zum Schutz des gänzlich deklassierten weißen Champions abgebrochen worden war, erregte die Gemüter noch Wochen später. Er war Wasser auf die Mühlen der auch so schon starken politischen Kräfte, die es sich zum erklärten Ziel gemacht hatten, Australien »weiß« zu halten. Die Regierung verfolgte immer kompromißloser die Politik, die Einwanderung von Nichtweißen strikt zu unterbinden und nichts unversucht zu lassen, um die einheimische schwarze Bevölkerung, die Aborigines, langsam, aber sicher ihrer Kultur und vor allem ihrer Kinder zu berauben, um sie als Rasse auf vorgeblich humane Weise über mehrere Generationen hinweg in der weißen Kultur »aufzulösen«, das heißt zum allmählichen Aussterben zu verdammen.

Von alldem bekam Moira kaum etwas mit, auch wenn Onkel William bei seiner Zeitungslektüre häufig genug der verschärften Rassenpolitik der Regierung sein Lob aussprach und sich darüber erzürnte, daß man Johnson, den »schwarzen Affen auf zwei Beinen«, überhaupt ins Land und in Sydney in den Ring gelassen hatte.

Nach den ersten bedrückenden Wochen in River Bend, in denen sie sich von aller Welt verlassen und gedemütigt gefühlt hatte, schwebte Moira nun im Himmel ihrer Freundschaft mit Adrian. Sie machten nicht viel Worte darum, sondern waren ganz einfach füreinander da.

Anfangs trafen sie sich ausschließlich unter dem Jacaranda, der für immer ihr liebster Treffpunkt bleiben sollte und schon bald ihre Initialen in seinem Stamm eingeritzt trug. Bei ihrem zweiten Treffen unter dem blühenden Baum kletterte Adrian mit ihr zu einer Astgabelung hoch und zeigte ihr, daß der Murray keine halbe Meile entfernt lag. Er erklärte, daß man den Fluß und die Raddampfer bei Hochwasser von hier oben aus gut sehen konnte und daß er dann am liebsten in dieser Astgabel saß und die Boote beobachtete, die nach Swan Hill und Echuca hinauf dampften oder mit der Strömung flußabwärts glitten.

»Willst du einmal Flußschiffer werden und auf so einem Dampfer anheuern?« fragte Moira.

»Ich und Flußschiffer?« Ihre Frage überraschte ihn sichtlich, denn er lachte laut auf und schüttelte den Kopf. »Nein, ich will eines Tages meine eigene Farm oder Station haben! Ein Dampfer ist schön anzusehen, aber nichts, was man festhalten und worauf man sein Leben bauen kann.« Er machte eine kurze Pause. »Pa hat sich mal an einem Flußschiff beteiligt.

Es hieß *River Gem*, und er hat für seine neun Anteile an dem Frachtboot eine Menge Geld bezahlt.«

»Sind neun Anteile viel?«

»Eigentlich nicht, denn der Besitztitel eines jeden britisch registrierten Schiffes, egal ob es ein Hochseedampfer oder ein kleiner Flußkahn ist, umfaßt vierundsechzig Anteile. Frag mich nicht, warum gerade vierundsechzig und nicht fünfzig oder hundert. Das ist nun mal so. Mit neun Anteilen hat Pa also gerade mal ein Siebtel der *River Gem* besessen, aber so ein Flußschiff kostete auch eine ungeheure Menge Geld, obwohl es schon über zehn Jahre alt war. Ich glaube, es hat immer noch über tausend Pfund gekostet, als Pa sich mit einigen anderen zusammengetan und es in Murray Bridge gekauft hat.«

Moira rechnete schnell im Kopf und riß dann ungläubig die Augen auf. »Ja, aber ... dann hat dein Vater ja mehr als hundertfünfzig Pfund für seine neun Anteile bezahlt!« stieß sie hervor und dachte daran, daß ihre Mutter zu ihrer besten Zeit in der Konservenfabrik in Adelaide einen Wochenlohn von weniger als einem Pfund erhalten hatte, bei einem Stundenlohn von zwei Pennies.

Adrian nickte. »Einen Teil davon hat er von der Bank aufgenommen, und seitdem sitzt sie uns im Nacken, wie Mom ihm immer wieder vorhält, wenn sie sich wegen seiner neuen Spekulationen streiten. Aber das mit der *River Gem* ist schon viele Jahre her. Ich muß da noch ganz klein gewesen sein.«

»Und was ist aus dem Flußboot geworden?«

Adrian verzog das Gesicht. »Es hatte *eine* gute Saison. Dann ist ihm bei einer Fahrt den Murrumbidgee flußaufwärts kurz vor Wagga Wagga der Kessel explodiert, und es ist völlig ausgebrannt.«

»O Gott, wie entsetzlich!«

»Pa hat nun mal ein goldenes Händchen für Geschäfte, die in die Hose gehen«, sagte er sarkastisch. »Nur will er davon nichts wissen. Wenn Mom ihm damit kommt und ihm sagt, daß wir und *Illawarra* zehnmal besser dastünden, wenn er Geld und Arbeit in die Station stecken würde statt in irgendwelche verrückten Spekulationen, dann wird er wild.«

»Und was sagt dein Bruder?«

»Wie ich es dir schon erzählt habe, was die Leute von Lance sagen: ›ganz der Vater!‹ Und er ist auch noch stolz darauf, es ihm in allem nachzumachen!«

»Wenigstens hast du einen Vater. Meiner hat sich schon vor so langer Zeit mit einer anderen Frau davongemacht, daß ich mich gar nicht mehr erinnern kann, wie er ausgesehen hat.«

Adrian warf ihr ein gequältes Grinsen zu. »Ja, ich hab's wirklich gut getroffen«, sagte er selbstironisch, kletterte vom Baum und wechselte das Thema. »Komm, ich bring dir bei, wie man Fahrrad fährt! Und hast du schon mal einen Bumerang geworfen und wieder aufgefangen? Bumerangs, die wieder zu einem zurückkommen, haben die Schwarzen eigentlich nur für ihre Kinder als Spielzeug erfunden, wußtest du das? Mit richtigen Bumerangs jagt man, und die kommen dann nicht zurück.«

Moira lernte mehr als nur Fahrradfahren und Bumerangwerfen von Adrian. Er machte sie in den nächsten Monaten auch mit der Natur des offenen Buschlands vertraut. Dabei saß sie vorn auf der Lenkstange oder hinten auf dem Gepäckträger. Und schon in jenen ersten Monaten ihrer Freundschaft spürte sie, welch eine tiefe Liebe er für dieses karge, sonnendurchglühte Land hegte und wie verbunden er mit allem war, was hier lebte und gedieh.

Es gab kein Tier, keinen Strauch und keine Pflanze, deren Namen und Besonderheiten er nicht kannte. Er führte sie an Uferstellen, wo sich blaue Kraniche und Ibisse einfanden, und zu abgelegenen Billabongs, stillen kleinen Teichen, wo man farbenprächtige Libellen über dem Wasser schweben sah sowie Weißkehlenenten und ganze Schwärme

von Vierfarbensittichen oder Nacktaugenkakadus beobachten konnte.
Auf ihren Streifzügen durch den Busch sah sie ihren ersten Dingo, der in wachsamer Einsamkeit von einer Hügelkuppe aus zu ihnen herüberstarrte. Sie stöberten einen Waran auf und trafen hinter einem Eukalyptushain auf eine Familie großer Roter Riesenkänguruhs, die in gewaltigen Sätzen die Flucht ergriffen, als sie ihnen zu nahe kamen. Adrian machte sie auf grotesk aussehende Echsen wie den Dornenteufel mit seinem dornengespickten Panzer und auf die stachelbewehrte Kragenechse aufmerksam, die Moira mit dem ungeübten Auge des Stadtkindes nicht bemerkt hätte. Er zeigte ihr, wo man mit großer Wahrscheinlichkeit Schlangen finden und wie man Plattschwanzmäuse aus ihrem Versteck im Spinifexgras aufscheuchen konnte.
Adrian erzählte ihr von den Grasbäumen, die erst ein Buschfeuer über sich ergehen lassen mußten, bevor sie blühen konnten, und von den Samen der Feuererbse, die im Boden sogar zehn Jahre Dürre überstehen konnten und dann bei ausreichendem Regen sofort zu keimen beginnen, als hätte der Wind sie erst vor wenigen Monaten davongetragen. Fasziniert hörte Moira ihm auch zu, als er ihr die Blätter eines unscheinbaren Busches zeigte und sagte: »Daraus kann man eine Art betäubendes Gift herstellen. Die Eingeborenen nennen sie *pituri*. Sie kauen die getrockneten Blätter, vermengen den Brei mit Holzasche, legen ihn als Köder für Emus und andere Tiere aus und werfen ihn in fischreiche Billabongs. Die Fische werden von dem giftigen Brei so betäubt, daß sie dann bäuchlings an der Oberfläche treiben, und auch die Emus haben keine Chance, den Jägern zu entkommen.«
»Woher weißt du das alles?« fragte Moira voller Bewunderung.
Er winkte nur verlegen ab. »Ach, das kriegt man einfach so mit, wenn man hier lebt. Und einiges haben mir Crooke und

der alte Bootlace erzählt, der in seinem Leben schon alles gewesen ist: Viehtreiber, Koch, Barbier, Heizer, Scherer und was weiß ich noch alles.«

»Bootlace? Das ist aber ein ulkiger Name.«

Adrian lachte. »Ja, so heißt er, weil er so lang und dürr wie ein Schnürsenkel ist. Ich weiß gar nicht, wie er richtig heißt. Alle rufen ihn nur Bootlace. Meist treibt er sich bei der Moama Wharf und flußabwärts bei den alten Hausbooten herum. Er liebt es, Geschichten zu erzählen.«

»Und wer ist dieser Crooke?«

»Ein armes Schwein«, lautete seine Antwort. »Eigentlich heißt er ja Banguruk, aber alle nennen ihn nur Crooke. Er ist ein paar Jahre älter als ich, ein Aborigine und mißgebildet zur Welt gekommen. Er hat eine Hasenscharte und einen Buckel. Ich komme gut mit Crooke klar, auch wenn er sie manchmal hier oben nicht alle zusammen hat.« Er tippte sich gegen die Stirn. »Deshalb hielt Missis Farrington ihn früher auch die meiste Zeit im Stall eingesperrt und legte ihn nachts sogar in Ketten. Ich glaube, sie hatte richtig Angst vor ihm, nachdem seine Eltern nicht mehr lebten. Ein Grippefieber hat die beiden nämlich vor ein paar Jahren dahingerafft. Dabei würde Crooke nicht mal einer Fliege etwas zuleide tun. Aber sie ist ja auch sonst reichlich verschroben, die alte Witwe!«

»Die Frau hat ihn eingesperrt und in Ketten gelegt wie ein Tier? Ja, ist das denn überhaupt erlaubt?« fragte Moira betroffen.

Adrian zuckte die Achseln. »Na ja, Rechte haben die Schwarzen ja keine, so steht es nun mal im Gesetz, wie mir mein Pa erzählt hat. Und wie er sagt, ist das zu ihrem eigenen Schutz, weil sie eben nicht richtig für sich selbst sorgen können und weil sie sich bloß vollsaufen, wenn man sie läßt.«

Moira erinnerte sich an die wenigen Gelegenheiten, wo ihr Aborigines in Adelaide begegnet waren. Sie mußte zugeben, daß sie meist betrunken gewesen waren und einen abstoßenden Anblick geboten hatten. Meist waren sie in dunklen Gassen in der Nähe einer Spelunke herumgelungert und hatten darauf gewartet, daß es einem von ihnen gelang, eine Flasche billigen Fusel aufzutreiben. Dennoch regte sich Widerspruch in ihr. »Ja, aber das ist doch noch lange kein Grund, jemanden in Ketten zu legen!«

Er grinste. »Die alte Hexe hat es auch bald sein lassen. Ich habe ihr nämlich nachts zweimal einen Stein mit einem Zettel dran durchs Fenster geworfen. Und auf dem Zettel stand, daß ihr Farmhaus in Flammen aufgehen und sie in dem Feuer schmoren werde, wenn sie nicht davon abläßt, Crooke so gemein zu behandeln!« Er lachte. »Das hat ihr mehr Angst eingejagt als Crooke. Sie hat auch nicht gewagt, damit zur Polizei zu gehen. Tja, und seitdem darf der arme Bursche bei ihr schuften, ohne zur Belohnung nachts in Ketten gelegt zu werden!«

Moira zollte ihm unverhohlene Bewunderung. Er aber bemerkte es gar nicht; sein scharfes Auge hatte in dem Moment einen Keilschwanzadler entdeckt, der mit gespreizten Schwingen lautlos auf der Thermik dahinsegelte und einen durchdringenden, pfeifenden Ruf von sich gab, als wollte er die Welt unter sich wissen lassen, daß dies sein Reich sei, so weit seine scharfen Augen blicken konnten. Und bevor sie noch etwas zu der Sache mit seinem mißgebildeten Aboriginefreund Crooke sagen konnte, wurde das Thema von einer anderen Geschichte verdrängt, die er über den Adler zu erzählen wußte.

Der Stolz und die tiefe Verbundenheit, die Adrian für das Land empfand und mit der er Moira seine Heimat zeigte, konnte auf Dauer jedoch nicht darüber hinwegtäuschen, daß er im Grunde seines Wesens von bedächtiger und sehr in sich gekehrter Natur war und eher zum Grübeln als zu unbeschwerter Lebensfreude neigte. In ihm floß ein dunkler Strom der Schwermut.

Als sie sich wieder einmal vor der Hitze in den Schatten am Ufer des Murray geflüchtet hatten, hockten ganz in ihrer Nähe einige Zebrafinken auf dem Geäst eines Busches. Plötzlich stoben sie unter schrillem Geschrei davon, ohne daß sich einer der beiden von der Stelle gerührt oder ein Wort gesagt hätte. Augenblicke später setzte sich ein kleiner Vogel mit grüner Brust auf den Ast, auf dem gerade noch zwei Zebrafinken gesessen hatten, und stimmte einen wunderschönen Gesang an. Die klaren, lieblichen Töne perlten nur so aus seiner Kehle.
»Ah, deshalb!« sagte Adrian leise. »Das ist ein Bunter Flötenvogel. Die Finken haben vor ihm die Flucht ergriffen, was auch sehr klug von ihnen gewesen ist. Dieser bunte Bursche ist nämlich gefährlich wie eine giftige Otter!«
»Was? Ein so herrlicher Vogel, der so hinreißend singt?« fragte Moira ungläubig.
»O ja, das Lied des Bunten Flötenvogels übertönt alle anderen und ist so schön, wie kaum ein anderes. Aber das ist alles Tarnung, Täuschung und Hinterlist. Denn hinter diesem lieblichen Getriller verbirgt sich ein erbarmungsloser, grausamer Killer!« klärte er sie auf. »Siehst du, wie seine Oberschnabelspitze hakenartig nach unten gebogen ist?«
Moira nickte.
»Das ist seine Waffe, und damit stellt er Reptilien und kleinen Vögeln unbarmherzig nach«, fuhr Adrian fort. »Er packt sein Opfer und spießt es erst einmal auf Dornen oder Zweigenden auf. Manchmal klemmt er es auch in eine Astgabel – und dann zerreißt er sein Opfer in kleine, mundgerechte Stücke. Oft lebt es noch, wenn er ihm das Fleisch aus der Brust reißt.«
Moira bekam eine Gänsehaut. »Das hätte ich nie gedacht!«
»Nein«, murmelte Adrian. »Man läßt sich eben immer viel zu leicht täuschen. Nicht nur unter Vögeln. Meinen Vater und meinen Bruder finden die meisten ja auch ganz liebenswert.« Er lachte bitter auf. »Sie wissen eben nicht, wie es ist,

wenn man in der Astgabel steckt.« Er hob einen Stein auf und warf ihn nach dem Bunten Flötenvogel, der dem Geschoß mit geradezu spöttischer Eleganz und Leichtigkeit entwich und davonflog.

Danach saß Adrian eine ganze Weile in brütendem Schweigen neben ihr und starrte auf die braungelben Fluten des Murray, ohne den Fluß jedoch wirklich wahrzunehmen. Moira hatte ihre liebe Mühe, ihn auf andere Gedanken zu bringen. Und solche Stunden der Bitterkeit und Schwermut erlebte sie immer wieder. Er litt unter der Nichtbeachtung und ewigen Zurückstellung durch seinen Vater und unter der Tyrannei seines Bruders, der sich sowohl seiner körperlichen Übermacht als auch seiner Rolle als seines Vaters Liebling und späterer Erbe der Station nur zu bewußt war. Daß seine kleine, gerade vierjährige Schwester Rose ihn anhimmelte, erfüllte ihn mit Stolz, machte ihm das Leben auf *Illawarra* jedoch nicht viel leichter, sosehr er auch an ihr hing.

Moira lernte Adrians Vater und Bruder in der ersten Tagen des neuen Jahres kennen. An jenem Morgen hatte Tante Josepha sie dazu abkommandiert, die vielen Teekessel und Töpfe zu putzen, die unten im Laden zum Verkauf standen. Gerade hatte sie mit der Arbeit begonnen, als die Ladentür aufgestoßen wurde.

»Ah, Mister Flynn!« hörte sie Onkel William mit geschäftsmäßiger Freundlichkeit sagen. »Was kann ich an diesem Morgen für Sie und Ihre prächtigen Söhne tun?«

Moira wandte sich um und war überrascht. Sie hatte sich Adrians Vater ganz anders vorgestellt, nämlich bei weitem nicht so gut gekleidet und schon gar nicht so attraktiv. Jack Flynn war ein wirklich gut aussehender Mann von hochgewachsener, breitschultriger Gestalt mit dunklem vollem Haar, und sein ältester Sohn Lance hatte tatsächlich nicht nur seine kräftige Statur geerbt, sondern war ihm auch sonst wie aus dem Gesicht geschnitten. Und obwohl er erst sechzehn Jahre alt war, bewegte er sich doch schon mit demselben Selbstbewußtsein wie sein Vater. Gegen diese beiden wirkte Adrian mit seiner schmächtigen, schlacksigen Figur und seinen wilden, dunkelblonden Haaren nicht wie jemand, der mit Lance und Jack Flynn auch nur weitläufig verwandt war.

»Drei Kartons 22er Patronen und zwei mit 38er Schrot, McGregor. Und den Kleinkram, den mir meine Frau hier auf den Zettel geschrieben hat, damit ich ihr Zeug nicht wieder vergesse«, sagte Jack Flynn spöttisch und mit einer volltönenden Stimme, die verriet, daß er sich gerne reden hörte.

Onkel William lachte höflich auf. »Jaja, ich weiß, wie das ist, wenn man diesen Kleinigkeiten, die unseren Frauen so wichtig sind, nicht genügend Aufmerksamkeit schenkt. Na, dann wollen wir doch mal sehen ...«

Adrian erblickte sie nun zwischen den Regalen und hob verstohlen die Hand. Im nächsten Moment verpaßte ihm sein Bruder im Vorbeigehen von hinten eine kräftige, schmerzhafte Kopfnuß. Wütend fuhr Adrian herum und versetzte ihm einen heftigen Stoß. »Mach das nicht noch mal!« zischte er.

Lance hatte offenbar nicht damit gerechnet, daß sein jüngerer Bruder auf seine Kopfnuß so reagieren würde. Er stolperte verdutzt gegen einen langen Holztisch, auf dem allerlei Haushaltsutensilien, blecherne Gerätschaften und Werkzeuge aufgeschichtet waren. Es schepperte laut, und drei emaillierte Waschbretter, die gegen eines der Tischbeine gelehnt standen, fielen krachend zu Boden.

»Hast du sie noch alle?« brauste Lance erbost und in scheinbar ahnungsloser Unschuld auf. »Du spinnst wohl, mich einfach so von hinten umzustoßen!«

Bevor Adrian noch etwas zu seiner Verteidigung vorbringen konnte, war sein Vater schon bei ihm und versetzte ihm eine schallende Ohrfeige. »Wirst du dich wohl benehmen, verdammter Taugenichts?« herrschte er ihn an. »Du solltest dich schämen, dich so in der Öffentlichkeit aufzuführen! Und dann auch noch so feige von hinten zu kommen! Heb gefälligst die Waschbretter auf, und dann mach, daß du nach draußen kommst!«

»Es ist doch nichts passiert, Mister Flynn«, meinte Onkel William begütigend.

»Ach was!« sagte Jack Flynn gereizt, während er wieder zu ihm zur Ladentheke zurückkehrte. »Es ist immer dasselbe mit dem Burschen. Was er auch anpackt, es geht schief! Gott allein weiß, womit ich diesen kraftlosen Versager verdient habe! Na ja, er gerät eben ganz nach seiner Mutter, wenn Sie verstehen, was ich meine…«

William McGregor nickte verständnisvoll.

Moira entging nicht, wie Lance seinem Bruder, dem das Blut ins Gesicht stieg, ein hämisches Grinsen schenkte und sich dann an die Seite seines Vaters gesellte, der ihm sogleich einen Arm um die Schulter legte, als Onkel William etwas Lobendes zu ihm sagte.

Schweigend und mit zusammengepreßten Lippen stellte Adrian indessen die Waschbretter wieder auf. Als er sich umdrehte, stand Moira ganz in seiner Nähe, jedoch von einem der hohen Regale verdeckt, so daß man sie von der hinteren Ladentheke aus nicht sehen konnte.

»Bunte Flötenvögel gibt es auch ohne Gefieder, wie du siehst!« murmelte er bitter.

»Komm ans Tor zum Hinterhof!« flüsterte sie ihm zu. »Ich habe etwas für dich.«

Verwundert sah er sie an. »Was denn?«

»Das wirst du gleich sehen«, sagte Moira. »Beeil dich, bevor einer was merkt.«

»In Ordnung.«

Onkel William war so sehr in das Gespräch mit Jack Flynn und dessen Ältestem vertieft, daß Moira sich unbehelligt aus dem Laden schleichen konnte. Auf Zehenspitzen lief sie die Treppe zu ihrer Dachkammer hinauf, damit Tante Josepha, der ihre Mutter gerade ein neues Kleid absteckte, sie ja nicht hörte. Seit Josepha herausgefunden hatte, wie geschickt ihre Mutter mit der Nadel war, hatte sie ständig neue Wünsche.

Moira holte die kleine Papierrolle, glitt die Treppen so lautlos hinunter, wie sie gekommen war, und huschte wenig später hinaus auf den Hinterhof.

Adrian wartete am offenstehenden Tor. Er rieb sich die Wange. Schnell ließ er die Hand sinken, als er Moira erblickte. »Jetzt kennst du auch meinen Vater und meinen Bruder«, sagte er und fügte bedrückt hinzu: »Und bestimmt hältst du mich jetzt für feige, weil ich nichts von der Kopfnuß gesagt habe, die Lance mir von hinten verpaßt hat.«

Moira schüttelte den Kopf. »Nein, das tue ich nicht. Ich wette, du hast nichts gesagt, weil dein Vater dir ja doch nicht geglaubt hätte.«

Sein Gesicht zeigte Erleichterung, daß sie nicht schlecht von ihm dachte, wie er erst befürchtet hatte, und er nickte. »Mein feiner Bruder ist in vielen Dingen ganz toll. So auch darin, es immer geschickt so hinzudrehen, daß ich die Prügel beziehe, obwohl er angefangen hat. Er kann eben auf seine Art so schön trügerisch trillern wie ein Bunter Flötenvogel.«

»Du wirst schon einen Weg finden, dich zu behaupten.«

Er verzog das Gesicht zu einer schmerzlichen Grimasse. »Gegen meinen Bruder? Nein, da habe ich keine Chance. Ich wäre ja schon zufrieden, wenn ich nur halb so stark, halb so geschickt und halb so mutig wäre wie er. Aber das werde ich nie sein.«

»Red doch nicht so einen Unsinn! Er ist dir bloß drei Jahre voraus, das ist alles«, versuchte sie ihn zu trösten und spürte, daß Adrian seinen Bruder ebensosehr bewunderte, wie er mit ihm zerstritten war.

Adrian warf ihr einen halb skeptischen, halb hoffnungsvollen Blick zu. Dann bemerkte er die braune Papierrolle in ihrer Hand. »Was ist das?«

»Mein erstes Bild, das ich mit deinen Buntstiften gemalt habe. Ich möchte es dir schenken, wenn du es haben willst.«

»Ein Bild für mich? Na klar will ich es haben! Laß sehen!« rief er erfreut und streckte die Hand nach der Rolle aus.

Hastig zog Moira das aufgerollte Stück Packpapier zurück, als sich plötzlich Verlegenheit und Besorgnis ihrer bemächtigten. Ihr wurde auf einmal ganz heiß zumute. Was war, wenn sie sich mit ihrem Gekritzel blamierte? »Erst mußt du mir versprechen, daß du mich nicht auslachst!« verlangte sie.

»Versprochen!«

»Ich habe noch nie mit Buntstiften gemalt. Ich weiß, daß es nicht Besonderes ist, und bestimmt wirst du enttäuscht sein. Aber da du mir die Stifte geschenkt hast, dachte ich, daß du auch mein erstes Bild bekommen müßtest. Ich weiß auch gar nicht, wie man richtig malt. Außerdem habe ich bloß ein Stück Packpapier auftreiben können, das ich zurechtgeschnitten habe, und du mußt mir wirklich hochheilig versprechen ...«

»Moira, das reicht!« unterbrach er ihren ängstlichen Redestrom. »Und jetzt zeig, was du gemalt hast.«

Mit klopfendem Herzen rollte sie das Papier von der Größe einer halben Zeitungsseite auseinander und hielt es ihm hin. Sie biß sich auf die Lippen und schwor sich, nicht in Tränen auszubrechen, falls er entgegen seinem Versprechen doch losprusten sollte.

Doch Adrian lachte sie nicht aus, sondern machte ein verblüfftes Gesicht und rief: »Ich werde verrückt, das ist ja unser Jacaranda!«

Moira nickte erleichtert, daß er zumindest erkannte, was sie gemalt hatte. So ganz blamieren würde sie sich also nicht. »Das viele Weiß im Hintergrund gehört eigentlich nicht ins

Bild, aber weil mir das Braun vom Packpapier nicht gefallen hat, habe ich es erst einmal übermalt. Um ehrlich zu sein, es ist gar nicht das erste Bild, das ich mit deinen Stiften gemalt habe. Aber die ersten Versuche habe ich weggeschmissen, weil sie noch viel gräßlicher waren als dieses blöde Gekritzel.«

»Von wegen blödes Gekritzel!« protestierte Adrian. »Das ist ein tolles Bild, das du da gemalt hast. Die Gestalt, die da unter dem Baum kauert, der Vogel in der Luft und der Busch mit seinen niedrigen Sträuchern – das hast du alles gut hingekriegt!«

»Ach, das sagst du ja bloß, weil du mir nicht weh tun und die Wahrheit sagen willst.«

»Nein, das Bild gefällt mir wirklich!« beteuerte er.

Moiras Herz machte vor Freude einen Sprung. »Ganz ehrlich?«

»Ganz ehrlich!« versicherte Adrian ernst. Er lachte. »Für mich hat noch nie jemand ein Bild gemalt. Ich werde mir aus ein paar Lattenresten einen Rahmen basteln und es in meiner Kammer aufhängen. Dein Jacaranda wird das erste richtige Bild auf *Illawarra* sein.«

Moira strahlte ihn an. »Es hat mir auch unheimlich viel Spaß gemacht. Ich hätte nie geglaubt, daß ich einmal stundenlang mit Buntstiften hantieren und das auch noch mit großer Begeisterung tun würde.«

»Du hast das Zeug dazu, so wie mein Vater das Talent hat, immer auf das falsche Pferd zu setzen. Ich wette, eines Tages wirst du noch mal eine weltberühmte Malerin, und dann kann ich sagen, daß ich das erste Bild besitze, das du je gezeichnet hast – mit meinen Buntstiften!«

»Du Spinner! Sowie ich alt genug bin, um aus dem Haus geschickt zu werden, werden mich Tante Josepha und Onkel William irgendwohin in Stellung schicken!« lachte sie ihn aus. Doch von nun an verging kaum ein Tag, an dem sie nicht zu ihren Buntstiften griff und sich im Malen übte. Und alle

Bilder schenkte sie Adrian, der sie wie große Kostbarkeiten behandelte. Zum erstenmal in ihrem Leben hatte sie das Gefühl, etwas ganz Eigenes zu besitzen, was niemand ihr nehmen konnte und was den Makel wettmachte, ein Bastard und auf die Barmherzigkeit von Tante Josepha und Onkel William angewiesen zu sein.

Moira hatte nie zuvor von Dingen geträumt, die über ein gesichertes Zuhause, warme Kleidung, genügend Essen und vielleicht einmal eine Puppe hinausgegangen waren. Nun nahmen in ihr Träume Gestalt an, die so aufregend und so verrückt waren und die ihre vertraute Welt dermaßen weit hinter sich zurückließen, daß sie nicht einmal Adrian davon zu erzählen wagte.

VIERTES KAPITEL

Als die Schule wieder begann, brauchte sich Moira vor den bösartigen Nachstellungen und Bemerkungen von Emily Dickinson und ihren Freundinnen nicht mehr zu fürchten. Und als Shirley, die über die Ferienwochen bei ihren Großeltern in Echuca gewesen war, vor der Schule wieder mit den üblichen gemeinen Sticheleien beginnen wollte, schritt Emily mit blassem, mühsam beherrschtem Gesicht ein und forderte sie scharf auf, Moira in Ruhe zu lassen – jetzt und in Zukunft. Sie machte allen klar, daß sie es mit ihr, Emily, zu tun kriegten, wenn sie sich nicht daran hielten.

Endlich von Emilys Tyrannei befreit zu sein verdankte sie Adrian. Schon bei ihrem zweiten Treffen unter dem Jacaranda hatte er sie beim Abschied beiläufig gefragt: »Sag mal, macht Emily Dickinson dir das Leben schwer?«

»Ja, sehr ... sie und ihre Clique. Die anderen haben schon den Spaß daran verloren.«

»Den wird die Zicke auch schnell verlieren, darauf kannst du Gift nehmen. Überlaß das mir«, lautete seine knappe Antwort. Und ohne eine weitere Erklärung, was er in dieser Sache zu unternehmen beabsichtigte, schwang er sich auf sein klobiges Fahrrad und radelte über den staubigen Buschpfad davon.

Als Moira zwei Tage später ihrem Quälgeist von gegenüber begegnete, kam Emily zu ihrer ebenso großen Erleichterung wie Verwunderung nicht nur keine einzige gehässige Bemerkung über die Lippen, was allein schon völlig ungewöhnlich für sie gewesen wäre, sondern sie machte sogar einen großen Bogen um Moira. Und noch etwas, was auf einmal so fremd an Emily war, fiel Moira auf: Ihre langen Zöpfe, die ihr größter Stolz waren, reichten ihr nicht mehr bis auf den Rücken, sondern baumelten, um mehr als zwei Handbreit gekürzt, knapp über den Schultern.

»Klar, wir haben ihr kurzerhand die Zöpfe etwas gestutzt!« berichtete Adrian stolz, als Moira ihn wenig später traf. »Und ich habe ihr gedroht, ihr einen Kahlkopf zu scheren, wenn sie oder eine von ihren Freundinnen dich noch einmal belästigt.«

»Wer ist wir?«

»Na, Crooke, der *blackfella* von der Farrington-Witwe bei uns draußen, und ich.«

»Um Gottes willen, das hättest du nicht tun dürfen!« sagte Moira besorgt und machte sich nun schwere Selbstvorwürfe. »Jetzt werdet ihr wegen mir Ärger mit Emilys Vater bekommen, und mit dem ist nicht gut Kirschen essen. Der soll sogar seine Frau regelmäßig verprügeln, wenn er samstags betrunken aus dem *Finnegan's Pub* kommt!«

Adrian grinste vergnügt. »Emily weiß nicht, wer ihr die Zöpfe auf halbmast gekappt hat. Wir haben nämlich alte Säcke mit nur schmalen Augenschlitzen über dem Kopf getragen, als wir ihr gestern bei Anbruch der Dämmerung in der Gasse hinter Hartigans Mietstall aufgelauert und ihr zu kurzen Zöpfen verholfen haben. Crooke hat zum Glück auch das Maul gehalten, so wie ich es ihm eingebleut hatte. Du siehst, es ist alles in Butter. Niemand wird uns etwas am Zeug flicken können. So, und jetzt schwing dich zu mir aufs Rad. Heute zeige ich dir, wie man Kaninchen mit einer Schlinge fängt.«

An diesem Tag lernte sie auch Banguruk alias Crooke kennen, mit dem Adrian schon seit vielen Jahren befreundet war. Der Aborigine, dessen unglaublich hellblonde, krause Locken einen verwirrenden Kontrast zu seiner dunklen Haut bildeten, machte auf den ersten Blick einen erbarmungswürdigen Eindruck. Die Natur hatte ihn mit einem verkrümmten Rückgrat und einer häßlichen Hasenscharte ins Leben entlassen. Die zerschlissene Kleidung, die aus einer abgeschnittenen, knielangen Hose und einem lumpenreifen Drillichhemd bestand, schlotterte um seinen Leib und trug zusätzlich dazu bei, ihn wie eine Gestalt aussehen zu lassen, die besser in eine geschlossene Anstalt gehörte.

Als Moira ihn zum erstenmal erblickte, jagte ihr sein Anblick unwillkürlich Angst ein. Um Aborigines hatte sie bisher stets einen Bogen gemacht.

Adrian spürte ihr Zögern. »Du brauchst keine Angst vor ihm zu haben. Crooke ist harmlos. Er tut dir nichts. Er tut keinem was. Und an das andere gewöhnt man sich schnell«, redete er ihr gut zu, ohne besonders leise zu sprechen. »Ich habe ihm schon von dir erzählt.«

Crooke nickte, lächelte Moira an, ohne sich von der Stelle zu rühren, und begann dann den bittend klingenden Ruf eines Buschvogels nachzumachen. Und in dem Moment, als sie in seine sanften, blaßblauen Augen schaute, verlor sie ihre Angst und faßte Zutrauen.

Es war, wie Adrian gesagt hatte: Crookes Deformierungen nahm sie bald schon gar nicht mehr bewußt wahr. Seine stille Fröhlichkeit und seine Sanftmut überwogen alles andere.

Crooke sprach gewöhnlich nicht viel, doch er war ganz und gar nicht der geistig zurückgebliebene Trottel, für den ihn die meisten in River Bend und Umgebung hielten, auch wenn er manchmal mit Steinen und Blumen redete. Sicherlich war er langsam im Kopf, und daß die Witwe Martha Farrington ihn so schäbig behandelte, nahm er mit einem Gleichmut hin, der Moiras Begriffsvermögen überstieg und schon an Idiotie grenzte. Aber wenn es darum ging, die Fußspuren eines Tieres im Sand zu deuten, eßbare Pflanzen und Knollen zu finden, Schmetterlinge oder gar giftige Schlangen mit der Hand zu fangen, bewies er ein waches Auge, Ausdauer und Reaktionsvermögen.

Und er hatte offenbar nicht eine der vielen wundersamen Geschichten vergessen, die seine Eltern ihm in den ersten zehn, zwölf Jahren seines Lebens aus der Traumzeit, der Schöpfungsgeschichte der Aborigines, erzählt hatten. Zu Moiras Bedauern vermochte er diese faszinierenden Geschichten jedoch nicht beliebig abzurufen, sondern irgend etwas mußte seine Erinnerung von außen anstoßen, damit ihm diese oder jene Fabel, die in irgendeiner Weise dazu in Verbindung stand, plötzlich in den Sinn kam.

So sagte er etwa eines Tages, als sich ein Schwarm Elstern in ihrer Nähe niederließ und sie ihren melodischen Gesang anstimmten: »Wenn die Elstern nicht gewesen wären, würden wir noch heute alle im Dunkel kriechen.«

»Ist dir wieder eine Story aus eurer Traumzeit eingefallen? Na, dann erzähl mal«, forderte Adrian ihn auf und fuhr fort, *damper*, Buschbrot, in einem Bett heißer Asche zu backen.

»Am Anfang der Welt war der Himmel so nahe, daß nicht nur alles Licht ausgeschlossen war, sondern auch alle Lebewesen gezwungen waren, in der Dunkelheit herumzukriechen und bloß mit den Händen eßbare Körner und Beeren zu sammeln«, begann Crooke auf seine bedächtige Art zu erzählen, wobei er jede neue Aussage noch mit einem Kopfnicken unterstrich. »Eines Tages reichte es den Elstern. Sie sind ja besonders schlau. Und deshalb kamen sie auf die Idee, den Himmel einfach ein Stück anzuheben, um sich endlich besser bewegen zu können. Sie sagten sich: Wenn wir alle zusammenarbeiten, muß es doch zu machen sein. Sie suchten sich lange Stöcke und hoben den Himmel Stück für Stück an. Zuerst schoben sie kleine Felsbrocken als Stützen darunter, dann immer größere, bis sie endlich aufrecht stehen konnten.« Er machte eine Pause, nickte mehrmals, als stellte er sich das Bild vor seinem inneren Auge vor, und fuhr dann gemächlich fort: »Als sich die Elstern abmühten, den Himmel über ihrem Camp immer höher zu schieben, da passierte es plötzlich: Der Himmel spaltete sich, brach auf und ließ Sonnenstrahlen hindurch – und das war der erste Sonnenaufgang. Überwältigt von der Schönheit und Wärme des Lichtes, brachen sie in einen Jubelgesang aus, und während sie so sangen, brach der Himmel mehr und mehr auf, und die Decke der Dunkelheit löste sich in viele einzelne Stücke auf, die zu Wolken wurden und wegtrieben. Seitdem ist der Himmel frei, und seitdem begrüßen die Elstern jeden Sonnenaufgang mit ihrem einzigartigen Gesang.«

Ein andermal stießen sie in einem ausgetrockneten Bachlauf auf einen Frosch, der sich hastig in Richtung des nächsten Billabongs davonmachte. Und da erzählte Crooke ihr von dem Frosch Tiddalik, dem größten Frosch, den die Welt je gesehen hatte.

»Eines Morgens erwachte Tiddalik mit einem unstillbaren Durst. Er begann zu trinken, und er hörte nicht auf, bis er alles Wasser der Welt in sich aufgenommen hatten. Nun begannen die Tiere und Bäume und Pflanzen überall zu sterben. Und es sah so aus, als würde nur Tiddalik, der zum Bersten mit Wasser gefüllte Frosch, diese schreckliche Trokkenheit überleben. Da machte der schlaue Wombat den Vorschlag, Tiddalik zum Lachen zu bringen. Denn dann mußte doch all das Wasser, das wie ein gewaltiges Meer in seinem Riesenbauch hin und her schwappte, wieder aus ihm herausströmen. Alle Tiere, die noch lebten, versammelten sich nun um Tiddalik und versuchten, ihn mit allerlei Verrenkungen und Späßen zum Lachen zu bringen. Doch Tiddalik saß fest und feist und bis oben voll Wasser da – und lachte nicht. Nicht einmal über die Geschichten des Kookaburras, die doch so lustig waren, daß er sich selbst vor Lachen kaum halten konnte. Das Känguruh sprang über das Emu, und die Echse wackelte auf ihren Hinterbeinen vor ihm hin und her, ohne daß Tiddalik auch nur das Gesicht verzog. Die Tiere waren verzweifelt. Schließlich kam Nabunum, der Aal, den die Trockenheit aus seinem liebsten Bach getrieben hatte, und begann sich vor dem Frosch zu drehen und zu winden und dabei die unglaublichsten Formen anzunehmen. Plötzlich leuchteten Tiddaliks Augen auf, und im nächsten Moment brach er in lautes Gelächter aus. Und während er lachte und lachte, schoß das Wasser nur so aus seinem Maul und füllte wie eine gewaltige Flut zur Regenzeit alle Sümpfe, Seen und Flüsse der Welt. Und seitdem heißt Tiddalik, der Frosch, auch der große Flutmacher.«

Moira liebte diese Traumzeitgeschichten. Sie malte zu der Elsternfabel ein Bild, auf dem mehrere Vögel lange Stöcke im Schnabel hielten und eine schwarze Decke anhoben, die in der Mitte schon durchbrochen war. Ein dicker Balken gelbroten Lichts fiel durch diesen Spalt zwischen die Vögel. Sie fand, daß es ihr nicht allzugut gelungen war. Doch Crooke, dem sie das Bild schenkte, war ganz außer sich vor Freude und Begeisterung. Und damit hatte er endgültig ihr Herz erobert.

Sie waren oft gemeinsam unterwegs, streiften durch den Busch oder hockten im Schatten der Pier und lauschten den abenteuerlichen Geschichten, die Männer wie der spindeldürre Bootlace und Old Vinegar Face zum besten gaben. Sie heckten auch so manchen Streich aus. Dazu gehörte, daß sie mehr als einmal das Kerosin im Behälter des Lampenanzünders durch Wasser austauschten, ohne daß der glatzköpfige Samuel Walsh sie dabei ertappte. Und Mister Morsby, den gestrengen Schulleiter, holten sie mehrmals nachts aus dem Schlaf, indem sie ihm mehrere Handvoll Steine auf das Blechdach seines Hauses hinter der Schule warfen, was einen Höllenlärm verursachte. Was war es für ein herrlicher Anblick, wenn er mit wirrem Haarschopf und wehendem Nachthemd auf die Veranda hinausgestürmt kam und mit schriller Stimme in die Dunkelheit schrie: »Ich weiß ganz genau, wer das getan hat! … Kommt sofort heraus und stellt euch, wenn ihr für eure Unverschämtheit mit einer vergleichsweise milden Strafe davonkommen wollt! … Tut ihr es nicht, werdet ihr es morgen bitter bereuen!«

Sie fielen auf diesen Bluff natürlich nicht herein, sondern flüchteten im Schutz der Nacht prustend und ganz im Hochgefühl ihrer Überlegenheit. Von diesen ungemein aufregenden nächtlichen Ausflügen kehrte Moira, die rasch gelernt hatte, sich gelegentlich zu nachtschlafender Zeit aus dem Haus zu schleichen, um mit Adrian und Crooke zusammen zu sein, stets unbemerkt in ihre Dachkammer im Haus Ecke Bourke und Victoria Street zurück.

Am schönsten aber war es für Moira, wenn sie mit Adrian unter ihrem Baum saß und mit ihm über tausend kleine wie große Dinge reden konnte – oder wenn sie bei Mondschein zum Ufer des Murray hinuntergingen, um dort die vorbeiziehenden Flußboote zu beobachten. In der nächtlichen Stille waren alle Geräusche besonders deutlich zu hören: das Rattern der Schaufelräder, der Klang zuschlagender Feuerklappen und die Stimmen der Flußschiffer und ihrer Passagiere. Moira wunderte sich immer wieder, wie viele Boote bei Nacht noch unterwegs waren. Kein Flußschiffer wollte in der schiffbaren Zeit des Murray auch nur eine kostbare Stunde verlieren – und erst recht nicht, wenn der Wasserstand fiel. Besonders faszinierten sie die Reflexionen der Bordlampen auf dem Wasser und der Feuerschein, der beim Nachlegen von Brennholz jedesmal aus der Feuerluke drang. Dann wurden Ufer und Bäume für kurze Zeit aus der Dunkelheit gerissen und leuchteten, als hätte sie der Gluthauch getroffen und in Flammen gesetzt.

»Wenn ich doch bloß alles so malen könnte, wie ich es sehe«, seufzte Moira einmal und dachte an die vielen mißglückten Versuche, diese nächtlichen Szenen mit ihren Buntstiften auf Papier zu bannen.

»Eines Tages hast du den Bogen raus«, tröstete er sie mit unerschütterlichem Glauben an ihre künstlerischen Fähigkeiten. »Und dann holt man dich nach Melbourne und Sydney und vielleicht sogar nach London.« Er stutzte plötzlich und fügte dann schnell mit deutlich besorgter Stimme hinzu: »Aber natürlich kommst du immer wieder nach River Bend zurück, nicht wahr?«

»Sicher«, antwortete sie ohne Zögern, denn seine Frage

bedurfte keiner Überlegung. Niemals würde sie Adrian im Stich lassen! Er war ihr bester Freund, und eine Freundschaft wie die ihrige war zu kostbar, um sie für irgend etwas aufs Spiel zu setzen – noch nicht einmal für London, das zudem eine unvorstellbare Weltreise von River Bend entfernt auf der anderen Seite des Globus lag. »Was soll ich auf Dauer auch ohne dich und Crooke in London?«
Er nickte erleichtert. »Genau. Da gibt es ja auch nichts zu malen außer irrsinnig vielen Häusern und großen Gebäuden, die doch alle gleich aussehen. Außerdem werde ich dann meine eigene Farm haben, eine, die richtig in Schuß ist und wo du überall tausend tolle Dinge zum Malen finden wirst«, versicherte er, und mit dem zufriedenen Gefühl, alle wichtigen Fragen der Zukunft damit geklärt zu haben, blickten sie wieder in einvernehmlichem Schweigen auf den Fluß hinaus, auf dem sich der Mond spiegelte.

Im Laufe der Monate lernte Moira, mit Tante Josepha und Onkel William soweit auszukommen, daß das Zusammenleben erträglich und nicht ständig von Demütigungen, harschen Vorhaltungen und Schlägen beherrscht wurde. Das bedeutete zwar nicht weniger unangenehme Pflichten im Haushalt der McGregors, aber immerhin doch weniger Tyrannei und mehr eigene Freiheit. Wenn sie ihre Arbeiten gewissenhaft erledigte, konnte sie wenigstens damit rechnen, in Ruhe gelassen zu werden und ihrer eigenen Wege gehen zu können. Daß sie diese kleinen Erleichterungen des alltäglichen Lebens der bedingungslosen Unterordnung ihrer Mutter und ihres unermüdlichen Arbeitseifers verdankte, war ihr sehr wohl bewußt und der Anlaß manch zwiespältiger Gefühle. Auf der einen Seite war sie ihr dankbar, auf der anderen Seite begehrte alles in ihr dagegen auf, wenn sie sah, wie ihre Mutter sich schinden mußte und wie sie alle Erniedrigungen in stummer Demut hinnahm.

Wie hart Tante Josepha ihrer Mutter anfangs auch zusetzte und sie spüren ließ, wie tief sie gesunken und wie abhängig sie von ihrer Barmherzigkeit war, so kam doch nicht ein Wort der Klage oder gar des Aufbegehrens über ihre Lippen. Willig wie eine reuige Büßerin nahm sie das schwere Kreuz auf sich, das ihre ältere Schwester ihr voller Genugtuung aufbürdete, und arbeitete bis zur Erschöpfung.
Erstaunlicherweise zehrte die tägliche Plackerei von Sonnenaufgang bis Sonnenuntergang sie nicht auf. Das genaue Gegenteil war der Fall. Mit jedem Monat, der verstrich, wurde ihre Mutter kräftiger. Eine gesunde Farbe kehrte in ihr Gesicht zurück, so wie auch ihr hagerer Körper langsam, aber beständig wieder an Gewicht zunahm, sein knochig-ausgezehrtes Aussehen verlor und schließlich seine alte, wohlgerundete Form zurückgewann. Ihre Haut glättete und straffte sich, und viele Falten, die Sorgen und Entbehrungen gegraben hatten, verschwanden allmählich, wenn auch nicht alle.
Auf eine stille Art blühte ihre Mutter in der Sicherheit des Hauses der McGregors auf, obwohl Tante Josepha sie rücksichtslos ausnutzte. Zu Anfang, weil sie die späte Genugtuung genoß. Doch schon bald gewöhnte sie sich offensichtlich daran, daß ihre Schwester ihr alle mühevollen Arbeiten abnahm und sie sich um immer weniger zu kümmern brauchte. Ihre Nörgeleien kamen bald mehr aus reiner Gewohnheit statt aus dem Verlangen heraus, sie zu demütigen. Mehr und mehr fand sie Gefallen daran, nicht mehr selbst für alles und jedes hin und her laufen zu müssen, wo sie bei ihrer Körperfülle und dem Wasser in ihren Beine doch so schnell außer Atem geriet. Sie nahm sich immer mehr Zeit, um sich im bequemen Sessel der Wohnstube ebenso reizvollen wie langwierigen Handarbeiten zu widmen sowie der Lektüre diverser Frauenjournale und Almanachs.
Auch Onkel William änderte im Laufe des heißen Sommers, der mehr als einmal die Gefahr eines Buschfeuers und einige Tage mit heftigen Sandstürmen brachte, allmählich sein Ver-

halten gegenüber ihrer Mutter, wie Moira feststellte. Denn je mehr sich Josepha nach oben in die Wohnstube zurückzog, desto mehr Arbeiten übernahm ihre Mutter nicht nur im Haushalt, sondern auch unten im Laden. Ihre bescheidene, freundlich-zurückhaltende Art kam bei den Kunden sehr gut an, und da sie nicht nur einen eisernen Willen besaß, sondern auch eine schnelle Auffassungsgabe, lernte sie in kürzester Zeit, was sie wissen mußte, um die Kundschaft gut bedienen und beraten zu können. Und das nötigte Onkel William, Kaufmann durch und durch, sichtlich Respekt ab, den ihre Mutter aber nicht zu registrieren schien. Sie zog jedenfalls keinen Vorteil für sich daraus, sondern machte weiterhin ihre Arbeit mit gewissenhaftem Eifer und Dankbarkeit. Sie lehnte es sogar ab, für ihre Arbeit im Geschäft einen Lohn zu erhalten.

»Wie könnte ich Geld annehmen, wo Moira und ich auf ewig in eurer Schuld stehen werden? Ich müßte mich schämen«, begründete sie ihre Ablehnung. Es erfüllte sie jedoch im geheimen mit Stolz und Freude, daß ihr Schwager sie nun regelmäßig an seinen Überlegungen, welche Waren er in welcher Quantität einzukaufen gedachte, mit einbezog und gelegentlich sogar um ihre Meinung fragte.

Als der Herbst kam und die ersten milden Nächte brachte, hatte sich ihre Mutter körperlich nicht nur wieder hervorragend erholt, sondern sich im Haus *und* im Geschäft der McGregors auch unentbehrlich gemacht. Doch obwohl sie das wußte, bewahrte sie ihre widerspruchslose Unterordnung gegenüber Tante Josepha, die sie weiterhin wie ein Dienstmädchen und an guten Tagen mit gnädiger Herablassung behandelte.

»Wir haben es geschafft, Moira«, sagte ihre Mutter eines Sonntagmorgens, als sie sich für den Kirchgang fertigmachten und sie sich den neuen Hut mit der braunen Samtschleife aufsetzte, den sie sich tags zuvor aus der neuen Warenlieferung aus Melbourne hatte aussuchen dürfen. Sie sagte es mehr zu sich selbst als zu ihr, Moira, und in ihrer Stimme schwang ebensoviel Verwunderung mit wie Dankbarkeit und Erleichterung. Doch dann wandte sie sich zu ihr um und lächelte sie mit strahlenden Augen an. »Wir sind sicher und haben endlich unseren Platz gefunden, dem Allmächtigen sei Dank!«

Moira verkniff sich die bissige Bemerkung, daß es aber kein sonderlich freundlicher Platz war, den sie im Haus der McGregors gefunden hatten. Sie war sogar so folgsam, später in der Kirche ein besonderes Gebet für Tante Josepha und Onkel William zu sprechen, ganz wie ihre Mutter es ihr aufgetragen hatte. Denn als sie in der Bank niederkniete und ihre Mutter ihr ein stummes Lächeln schenkte, bevor sie die Hände zum Gebet faltete, da wurde ihr plötzlich bewußt, wie lange es schon zurücklag, seit sie ihre Mutter das letztemal so befreit hatte lächeln sehen wie an diesem Morgen. Sie schämte sich plötzlich ihrer Undankbarkeit und hatte Mühe, die Tränen zurückzuhalten. Während der Predigt tastete sie verstohlen nach der Hand ihrer Mutter und hielt sie in ihrem Schoß, bis Father O'Reilly die Kanzel verließ und zum Altar schritt. Da erst entzog ihre Mutter ihr die Hand und kramte ein Taschentuch hervor, um sich die Augen zu tupfen. Moira ahnte nicht, daß sie sich ihr nie wieder so nah und vorbehaltlos verbunden fühlen sollte wie an diesem Herbsttag.

In der Woche darauf, in der Nacht von Freitag auf Samstag, erlebte Moira ihre Mutter jedoch in einer Situation, die sie zutiefst verstörte. Sie hatte sich mal wieder mit Adrian und Crooke zu einem nächtlichen Streifzug verabredet. Adrian war auf der elterlichen Farm dermaßen eingespannt gewesen, daß er die ganze Woche nicht nach River Bend gekommen war. Nicht einmal zum Unterricht war er erschienen, was in der Schule jedoch nicht als etwas Ungewöhnliches verzeichnet wurde. Die Lehrer waren daran gewöhnt, daß die Kinder, insbesondere die Söhne von Farmern, denen es nicht eben rosig ging, einen sehr unregelmäßigen Schulbesuch ableisteten.

Moira hatte in dieser Nacht wie üblich darauf gewartet, bis tiefe Stille im Haus eingekehrt war. Als die Turmuhr der Town Hall elf Uhr schlug, schlich sie sich auf Zehenspitzen aus ihrer Kammer. Das Zimmer ihrer Mutter lag wie das ihre direkt unter dem Dach, jedoch am Treppenaufgang, während Tante Josepha und Onkel William auf der Etage über dem Geschäft ihr Schlafzimmer hatten.

Als Moira zur Treppe schlich, sah sie, daß die Tür zur Kammer ihrer Mutter halb offenstand. Das war nichts Ungewöhnliches und konnte ihren Plan, sich aus dem Haus zu schleichen, nicht durchkreuzen. Denn da sich die Hitze des Tages unter dem Dach staute, konnte ihre Mutter nur dann auf kühlenden Luftzug rechnen, wenn gleichzeitig Fenster und Türen so weit als möglich geöffnet waren. Und als Moira in das dunkle Zimmer schaute, rechnete sie ganz selbstverständlich damit, die gleichmäßigen Atemzüge ihrer Mutter zu hören, die nach des langen Tages Mühen erfahrungsgemäß sofort einschlief, sobald sie sich ausgestreckt hatte.

Um so größer war Moiras Verwunderung, die sich sogleich in Erschrecken und Verstörung verwandelte, als sie ihre Mutter im Zimmer stehen sah. Es dauerte eine lange Schrecksekunde, bis ihr bewußt wurde, daß ihre Mutter *splitternackt* war – und daß sie im schwachen Licht des Mondes, das in das Zimmer fiel, schamlos ihr nacktes Abbild im Spiegel betrachtete, der neben dem Bett hing.

Moira glaubte erst, ihren Augen nicht trauen zu dürfen, als sie sah, wie die Hände ihre Mutter zögernd über ihre vollen Brüste glitten, sie einen Augenblick von unten umfaßt hielten, als müßte sie sie stützen, und dann über ihren flachen Bauch fuhren – hinunter zu dem rätselhaft dunklen Dreieck zwischen ihren Schenkeln, wo sie verharrten. Für ein, zwei Sekunden stand sie so da, reglos wie eine aus Stein gehauene Figur, den Blick wie gebannt auf den Spiegel gerichtet.

Um ein Haar hätte Moira, die wie gelähmt war, sich vergessen und einen Laut des Erschreckens ausgestoßen, als sich der Leib ihrer Mutter plötzlich nach vorn krümmte, begleitet von einem erstickten Schluchzen. Ihre Mutter schlug die Hände vors Gesicht und begann lautlos zu weinen, was ihr zuckender Körper verriet. Dann sank sie vor ihrem Bett auf die Knie, preßte die gefalteten Hände vor die Stirn und begann zu beten.

Mit jagendem Herzen, zugeschnürter Kehle und von einem unbestimmbaren Gefühl gepackt, das eine verstörende Mischung aus Abscheu und verletzter Schamhaftigkeit war, wich Moira von der Treppe zurück, flüchtete sich in ihre Kammer und versuchte das bestürzende Bild, das sich ihren Augen geboten hatte, aus ihrer Erinnerung zu verdrängen.

In dieser Nacht wartete Adrian vergeblich auf sie.

Zwei Monate später nahm Adrian sie zum erstenmal mit zu sich nach Hause. Schon in den ersten Wochen ihrer Freundschaft hatte sie mehrfach den Wunsch geäußert, einmal zu sehen, wo er und seine Familie lebten. Doch wann immer sie ihn gebeten hatte, mit ihr doch einmal nach *Illawarra* hinauszufahren, hatte er dies abgelehnt.

»Unsere Station liegt zu weit draußen, und bei dieser Hitze die Fahrt dreimal zu machen, denn ich muß dich ja wieder nach River Bend zurückbringen, lohnt die Sache wirklich nicht«, hatte er seine Ablehnung anfangs immer mit der weiten Strecke begründet. Später hatte er andere Ausflüchte gefunden. Bis er dann eines Tages gestanden hatte, daß er nicht wollte, daß sie *Illawarra* zu Gesicht bekam.

»Aber warum denn nicht?«

»Weil ...« Er zögerte, schluckte nervös und stieß dann ärgerlich hervor: »Weil unsere Station nichts weiter als ein elendes Stück Land mit einer heruntergekommenen Hütte ist!«

»Aber du brauchst dich dessen doch nicht zu schämen!«

Zornig funkelte er sie an. »Ich schäme mich auch nicht!« log er ganz offensichtlich und fuhr erregt fort: »Ich kann mir nur nicht vorstellen, was du da draußen bei uns willst. Schäbige Bretterbuden und mies bewirtschaftetes Land kannst du dir auch woanders anschauen!«

»Einen Shilling und Sixpence hat meine Mutter noch gehabt, als wir hier in River Bend eingetroffen sind. Wir sind nicht viel besser als Bettler gewesen, als meine Mutter Tante Josepha angefleht hat, uns in ihrem Haus aufzunehmen. Wir waren am Ende, Adrian, wirklich am Ende. Ohne ein Dach über dem Kopf. Wir haben nichts besessen, was auch nur wert gewesen wäre, zum Pfandleiher gebracht zu werden«, erinnerte sie ihn. »Gegen uns seid ihr Flynns geradezu reich.«

Er lachte grimmig auf. »Das erzähl mal meiner Mutter!« sagte er sarkastisch, doch der verkniffene Ausdruck löste sich aus seinen Zügen.

»Du weißt alles über mich und Mom und die McGregors. Und ich möchte eben auch gern wissen, wo du lebst. Dann kann ich mir das besser vorstellen, wenn ich an dich denke und dir wieder ein Bild male«, sagte sie und wußte im selben Augenblick, da sie diese Worte aussprach, daß sie gewonnen hatte.

Adrian verzog das Gesicht. »Also gut, wenn du so versessen drauf bist«, gab er seinen Widerstand mit einem resignierten Seufzen auf. »Übermorgen fährt mein Vater nach Mildura. Die Regierung hat neue Prämien für die Kaninchenjagd ausgeschrieben, um diese Landplage endlich in den Griff zu bekommen. Natürlich nimmt er Lance mit. Mich hat er nicht einmal gefragt. Dann kannst du meinetwegen nach *Illawarra* kommen. Aber ich sage dir gleich, daß du es bereuen wirst. Der lange Weg lohnt sich einfach nicht, bloß um sich eine schäbige Station wie die unsrige anzusehen!«

Der Weg hinaus nach *Illawarra* war in der Tat weit, auch wenn Adrian sie mit dem Fahrrad am Ortsausgang von River Bend abholte. Moira hockte wie immer mit hochgeschürztem

Kleid auf dem Gepäckträger, auf dem Adrian schon vor Monaten ein Brett angebracht hatte, damit sie einen besseren Sitz und mehr Halt hatte. Die staubige Landstraße, durchzogen von den Fahrspuren schwerer Fuhrwerke und voller Schlaglöcher, war dermaßen holprig, daß sie über eine Stunde bis zum Besitz der Flynns benötigten.

Adrian hatte nicht übertrieben. Die Station seines Vaters befand sich in einem erbärmlichen Zustand. Sogar Moira, die von Landwirtschaft nicht das geringste verstand, sah auf den ersten Blick, wie schadhaft die Zäune der Koppeln und Viehgehege waren, als sie den Hof erreichten. Dringend reparaturbedürftige Stallungen und mehrere windschiefe Wellblechschuppen umgaben das Farmhaus, das sich mit seinem rostigen Wellblechdach, den verwitterten Bretterwänden und der Veranda mit den vielen Lücken im morschen Dielenboden in nichts von seiner deprimierenden Umgebung abhob. Dasselbe galt für den rostigen Wassertank, der neben dem Holzgerüst des Windrades stand. Alles machte den Eindruck, als hätte man auf *Illawarra* schon längst den Kampf gegen den allmählichen Verfall aufgegeben, ohne jedoch den Mut zur offenen Kapitulation zu haben.

»Wenn mir das Land gehören würde …«, begann Adrian, mit einem schmerzlichen Ausdruck auf dem Gesicht, als bereitete ihm der Anblick des heruntergekommenen Hofes geradezu körperlichen Schmerz, führte den Satz jedoch nicht zu Ende.

»Was würdest du dann tun?«

Er winkte ab. »Wozu darüber reden? Lance ist der Älteste. Er wird *Illawarra* erben, und das ist in Ordnung. So ist es nun mal. Ich wünschte bloß, er wäre nicht so wie mein Vater. Denn dann könnten wir zusammen etwas aus der Station machen. Aber daraus wird wohl nichts werden. Wenn Lance hier erst einmal das Sagen hat, wird er sich von niemandem dreinreden lassen, schon gar nicht von mir.«

»Na, bis dein Bruder deinen Vater beerbt, ist es ja wohl noch

eine Weile hin. Und wer weiß, wie dann alles aussieht«, versuchte Moira ihn aufzumuntern.
Er grinste schief. »Du hast recht. Vielleicht ist *Illawarra* dann schon längst unter den Hammer gekommen«, sagte er mit bitterem Spott.
Moira lernte bei ihrem kurzen Besuch Adrians kleine Schwester Rose kennen, ein stilles Kind mit großen braunen Augen, das nicht von Adrians Seite wich, sich an seinem Hosensaum festhielt und ihn dermaßen anhimmelte, daß es ihm in Moiras Gegenwart schon peinlich war.
Mit seiner Mutter, die bei ihrem Eintreffen gerade Brotteig knetete, wechselte sie nur ein paar Worte. Missis Grace Flynn war nur sechs Jahre älter als Moiras Mutter, doch mit ihren fünfunddreißig Jahren eine schon früh ergraute, hagere und ausgemergelte Person, der man die zermürbende Mühsal, täglich aufs neue gegen das Übermaß an Arbeit und den immer wieder drohenden wirtschaftlichen Ruin anzukämpfen, im Gesicht ansah. Man hörte es sogar aus ihrer müden Stimme heraus und sah es an ihren eingefallenen Schultern und der leicht gebeugten Haltung. Als Moira ihr in der Küche gegenüberstand, fühlte sie sich augenblicklich an ihre Mutter zur Zeit ihrer ärgsten Not erinnert.
»Mom hält alles zusammen«, sagte Adrian stolz, als er sie in seine Kammer führte, wo er all ihre Bilder an der nackten, ungestrichenen Bretterwand aufgehängt hatte. Jedes Bild hatte einen Rahmen aus Lattenresten oder gespaltenen Zweigen, und der Anblick all ihrer Zeichnungen, die er mit soviel Sorgfalt gerahmt und wie einen Schatz aufgehängt hatte, rührte sie mehr zu Tränen, als daß sie stolz darauf war. Denn sie betonten die Trostlosigkeit und Armseligkeit des Hauses, in dem weiße Mehlsäcke als Fenstervorhänge sowie räudige Känguruhfelle und derbe Matten aus Maissäcken als Bodenläufer dienten.
»Was hast du gesagt?«
»Daß Mom alles kann, was eine perfekte Farmersfrau im

Busch können muß: Sie kann ein Schaf scheren, eine Kuh melken, ein Pferd reiten und eine Schlange töten!« erklärte Adrian, als wollte er dem trostlosen Eindruck ihrer Umgebung unbedingt etwas Positives entgegensetzen.
»Und das macht eine perfekte Farmersfrau aus?«
Er nickte nachdrücklich. »Ja, da kannst du alle Leute fragen. So hat es schon bei den ersten Siedlern geheißen, die sich hier am Murray niedergelassen haben. Und so wird es immer sein.«
»Na, dann werde ich wohl nie eine werden.«
Adrian lachte. »Ach, für dich gelten ausnahmsweise andere Regeln!« versicherte er, und dann spielten sie eine Weile mit Rose, die Moira unbedingt ihre Sammlung bunter Steine zeigen und dann mit ihnen Seilspringen wollte. Danach wurde es Zeit, nach River Bend zurückzukehren.
»So, jetzt weißt du, wie es auf *Illawarra* aussieht und wo deine Bilder hängen«, sagte er, als die ersten Häuser von River Bend vor ihnen auftauchten und sie kurz vor der Ziegelei vom Gepäckträger rutschte. In seiner Stimme schwang ein angespannter Unterton mit, als fürchtete er, einen nicht wiedergutzumachenden Fehler begangen zu haben.
»Ja, und ich bin froh, daß du mich endlich mitgenommen hast«, erwiderte Moira. »Jetzt kann ich mir alles viel besser vorstellen, wenn ich bei mir oben auf der Fensterbank sitze und an dich denke.«
Sein Gesicht entspannte sich zu einem erleichterten Lächeln. »Dann bis morgen unter dem Jacaranda, Moira!« sagte er, drehte sein Fahrrad herum und hob noch einmal die Hand zum Abschied.
»Bis morgen, Adrian!«
Beschwingt lief Moira im weichen Licht der untergehenden Sonne die Victoria Street hinunter und dachte, erfüllt von einem wundersamen Glücksgefühl: Kein noch so großer Reichtum an Geld und Gütern dieser Welt kann unsere Freundschaft aufwiegen!

FÜNFTES KAPITEL

Mit der überschaubaren Welt von River Bend, die bis auf die unberechenbaren Launen der Natur arm an aufregenden Ereignissen war und reich an altvertrauten Regelmäßigkeiten, waren Tante Josepha und Onkel William überaus zufrieden. Daß 1910 im *Royal Victoria Hotel* das erste Telefon installiert wurde und daß Bankdirektor Arnold Patterson ein halbes Jahr später von seinem prächtigen Einspänner auf ein pechschwarzes, laut ratterndes, stinkendes und vor allem furchteinflößend schnelles Automobil umstieg, ein T-Model von Henry Ford mit dem Spitznamen »Tin Lizzie«, fanden sie eher beunruhigend als ein Zeichen von Fortschritt, der aus den großen Städten nun auch allmählich seinen Weg in das rückständige Hinterland fand. Das Verlangen, die engen Grenzen der vertrauten Heimat einmal für kurze Zeit hinter sich zu lassen, in die australischen Metropolen an der Küste zu reisen, etwas zu erleben und sich von den atemberaubenden technischen Errungenschaften des noch jungen Jahrhunderts ein eigenes Bild zu machen, war ihnen völlig fremd.

Einmal im Jahr jedoch verließen sie River Bend. Dann reisten sie auf der *Esmeralda*, einem prächtigen zweistöckigen Raddampfer mit richtigen Passagierkabinen, die dreiundzwanzig Meilen stromabwärts nach Mildura, das ihnen mit seinen mehreren tausend Einwohnern schon wie eine quirlige Stadt vorkam. Anlaß ihrer alljährlichen Reise war die *Annual Mildura Show*, eine Landwirtschaftsausstellung, die stets im Spätsommer stattfand und eine große Besucherzahl aus dem Umland anzog.

Neben der Ausstellung von Zuchtvieh, landwirtschaftlichen Produkten und Maschinen, die man hauptsächlich in der

Institute Hall fand, gab es draußen auf dem freien Gelände Sehenswertes und Unterhaltsames aller Art. Der Besuch der *Annual Mildura Show* war für die McGregors der gesellschaftliche Höhepunkt eines jeden Jahres, gönnten sie sich doch den Luxus, gleich für zwei Tage im besten Hotel des Ortes abzusteigen sowie am Siedlerball teilzunehmen.

Es war ein heißer Februartag, als die McGregors im Jahre 1911 wieder einmal zu ihrer traditionellen Reise nach Mildura aufbrachen. Moira und ihre Mutter begleiteten sie hinunter zur Moama Wharf, wo Josepha es sich nicht nehmen ließ, sie in aller Öffentlichkeit zum wiederholten Mal daran zu erinnern, wie sie Haus und Laden während ihrer Abwesenheit zu hüten hatten. Und Moira erinnerte sich an jenem Morgen mit Bitterkeit daran, daß seit ihrer Ankunft in River Bend nun schon über drei Jahre vergangen waren.

Weder Moira noch ihre Mutter ahnten an diesem drückendheißen Tag, daß sie Josepha nicht lebend wiedersehen würden. Am Abend ihres zweiten Tages in Mildura erlitt sie während des Siedlerballs eine tödliche Herzattacke. Das Glas Portwein, das sie gerade an den Mund hatte setzen wollen, entglitt ihrer Hand und zerschellte auf dem Tisch, während sie mit einem entsetzlichen Röcheln vom Stuhl kippte und ihre linke Faust zwischen ihre mächtigen Brüste preßte, als säße ein Kloß in ihrer Speiseröhre fest. Augenblicke später war sie tot.

So jedenfalls sollte es sich zugetragen haben, wie Moira von Adrian erfuhr, dessen Vater ebenfalls am Siedlerball teilgenommen hatte, zusammen mit Lance, jedoch ohne seine Frau. Wie schlecht es den Flynns auch ging, für derlei kostspielige Extravaganzen hatte Adrians Vater immer Geld, was Adrian jedesmal mit Verbitterung und ohnmächtigem Zorn erfüllte. »Ein Mann, der etwas auf sich hält, läßt sich seine Ehre und seinen Stolz doch nicht von einem saftlosen

Bankangestellten mit blankgescheuerten Ärmelschonern abkaufen, und wenn dieser Schwächling im steifen Kragen sich hundertmal Bankdirektor nennt!« tönte sein Vater stets großspurig, wenn der kleinwüchsige Mister Arnold Patterson, dem die Filiale der Union Bank in River Bend unterstand, ihm wieder einmal wegen verspäteter Zahlungen zusetzte und mit Zwangsversteigerung drohte.

Ganz River Bend und Umgebung erwies der Verstorbenen zwei Tage später die letzte Ehre. Die Kirche war bis auf den letzten Platz gefüllt, und jeder bewunderte den messingbeschlagenen und mit kunstvollem Schnitzwerk reich verzierten Mahagonisarg aus Mildura, in dem William seine so plötzlich dahingeschiedene Frau zu Grabe trug. Einige Lästerzungen unter den Trauergästen konnten es sich beim anschließenden Umtrunk im *Royal Victoria Hotel* jedoch nicht verkneifen, spöttisch darauf zu verweisen, daß die billigen Särge, die Percy Smythe, der örtliche Leichenbestatter, im Angebot hatte, das Gewicht von Josepha McGregor nie und nimmer verkraftet hätten.

William McGregor nahm den Tod seiner Frau offenbar gefaßt und mit stiller Trauer hin. Die wenigen Tränen, die er während der Totenmesse und am offenen Grab vergoß, waren die einzigen, die Moira ihn um sie weinen sah. Er stellte ein gerahmtes Foto von Josepha mit einem schwarzen Samtband über der linken Bildkante auf den Kaminsims. In den ersten Wochen nach ihrem Tod zeigte er sich zwar noch wortkarger als sonst und hielt sich auch noch länger als üblich unten im Geschäft auf. Aber dann nahm das Leben im Haus an der Ecke Bourke und Victoria Street bald wieder seinen gewohnten Gang, einmal davon abgesehen, daß Tante Josepha nicht mehr da war, um sie herumzukommandieren und bei den Mahlzeiten gehässige Bemerkungen zu machen. Und obwohl Moira nicht ganz ausschließen mochte, daß er sich nachts in der Einsamkeit seines Schlafzimmers weniger Selbstbeherrschung auferlegte und mehr

Trauer und Schmerz zeigte, konnte sie sich nicht vorstellen, daß Onkel William hinter verschlossenen Türen in Tränen ausbrach. Nach fast dreieinhalb Jahren glaubte sie ihn gut genug zu kennen, um zu wissen, daß solch ein Verhalten nicht seinem Wesen entsprach.
Zu Moiras eigener Überraschung fehlte ihr Josepha mehr, als sie es je für möglich gehalten hätte. So sehr hatte sie sich im Laufe der Jahre daran gewöhnt, für ihre schwergewichtige Tante das Laufmädchen zu spielen und sie über alles, was sie, Moira, tat oder unterließ, wortreich mäkeln zu hören, daß ihr die plötzliche Stille tagsüber in der Wohnstube manchmal einen Schauer verursachte, wenn sie an der offenen Tür vorbeikam. Tante Josepha hatte sich nie auch nur im geringsten bemüht, ihr irgend etwas leichtzumachen, geschweige denn ihre Zuneigung zu gewinnen. Sogar für ihre wachsende Leidenschaft, das Malen, die Adrian mit seinem Geschenk der Malstifte in ihr geweckt hatte, hatte sie all die Jahre nur schroffe Verständnislosigkeit und manchmal sogar verletzende Häme übriggehabt. Und dennoch hinterließ ihr Tod in ihrem Leben seltsamerweise eine beunruhigend schmerzliche Lücke. Warum sie sich trotz allem, was sie unter ihrer Tante hatte erdulden müssen, auf einmal wünschte, sie wäre noch am Leben und so unerträglich wie eh und je, wußte sie nicht zu sagen. Es verstörte sie, denn irgendwie spürte sie, daß sie sehr wohl eine Ahnung von der Antwort auf diese Frage in sich trug – und daß eine andere Macht in ihr alles daransetzte, um dieses dunkle Wissen nicht ins Bewußtsein dringen zu lassen.
Das bittere Erwachen und die Bestätigung ihrer Ahnung kam für Moira in der letzten Septemberwoche, als der Frühling einzog und den Busch mit einem bunten Teppich wilder Blumen und blühender Büsche überzog, während der Murray wie ein Riese nach einem langen Schlaf plötzlich wieder seine Muskeln spielen ließ und mächtig anschwoll.
Es geschah an einem windigen Sonntagmorgen nach der

Messe, als Onkel William seltsamerweise nicht mit ihnen nach Hause zurückkehrte, sondern sich zu einem Frühschoppen in das *Royal Victoria Hotel* begab.

»Ich muß dir etwas Wichtiges mitteilen, Moira«, sagte ihre Mutter und zog sie in die Wohnstube, kaum daß sie ihren Hut und den leichten Umhang abgelegt hatte. »Setz dich, Kind.«

Moira folgte ihrer Aufforderung und hatte auf einmal eine ungute Ahnung. Ihr waren schon am Morgen die ungewöhnlich geröteten Wangen ihrer Mutter aufgefallen und dieser merkwürdig verträumte, abwesende Blick – und wie sie Onkel William zugelächelt hatte, als er sich nach der Messe von ihr getrennt hatte, nämlich auf eine seltsam vertrauliche Art und Weise, die ihr richtig peinlich gewesen war.

Ihre Mutter setzte sich neben sie auf das Roßhaarsofa, strich ihr Kleid glatt und holte einmal tief Atem. Dann sagte sie feierlich: »Ein Wunder ist geschehen. William und ich werden heiraten.« Sie lächelte. »Deine Mutter wird nun doch noch einen Ehering tragen. Und du wirst endlich einen richtigen Vater bekommen.«

Moira starrte sie ungläubig an. Sprachlos und unfähig, etwas darauf zu erwidern, saß sie da. *Nein!* schrie alles in ihr auf. *Niemals! Das wird mir Mom nicht antun! Sie macht sich einen Scherz mit mir!* Dabei wußte sie im selben Moment jedoch, daß es die Wahrheit war – und daß genau dies es gewesen war, was sie in ihrem Innersten schon seit langem befürchtet hatte.

»Gestern, als wir das Lager aufgeräumt haben, hat William mich in aller Form darum gebeten, die leere Stelle, die der frühe Tod meiner seligen Schwester in seinem Leben hinterlassen hat, auszufüllen«, fuhr ihre Mutter bedächtig fort, und ihre Worte klangen seltsam steif und gedrechselt, als verkündete sie den Text eines offiziellen Dekrets.

Moira spürte, wie ihr das Blut aus dem Gesicht wich. Noch immer brachte sie kein Wort heraus, während in ihrem

Innern ein wilder Aufruhr tobte. Denn auf einmal erinnerte sie sich der verstohlenen Blicke, die Onkel William in Abwesenheit von Tante Josepha ihrer Mutter in den letzten Jahren immer öfter zugeworfen hatte, als sie wieder zu Kräften und zu reizvollen weiblichen Rundungen gekommen war, sowie an scheinbar zufällige Berührungen. Sie sah vor dem Auge ihrer Erinnerung hier eine Hand, die sich auf Mutters Hüfte oder flüchtig auf ihren nackten Arm legte, und da eine Schulter, die scheinbar zufällig die Brust ihrer Mutter streifte. Und es durchfuhr sie heiß und kalt, als sie sich plötzlich jener peinlichen Situation entsann, als ihre Mutter sich in der Waschküche gerade ausgezogen hatte, um im Holzzuber ihr wöchentliches Bad zu nehmen, und Onkel William im Hof vor dem Fenster aufgetaucht war, angeblich ahnungslos, daß sie und ihre Mutter gerade ihr Bad nahmen. Diese und mehrere ähnliche Begebenheiten, wenn auch von bedeutend weniger Eindeutigkeit, stürzten in diesem Moment auf sie ein.

»Wir haben beschlossen, daß die Eheschließung schon im nächsten Monat stattfinden soll – in aller Stille und Bescheidenheit natürlich, wie es seinem noch jungen Witwenstand angemessen ist. Zwar ist das Trauerjahr noch nicht vorbei. Aber wir sind uns einig, daß es noch viel unschicklicher wäre, wenn William weiterhin mit einer unverheirateten Frau und ihrer bald fünfzehnjährigen Tochter allein unter einem Dach wohnen würde, auch wenn ich Josephas jüngere Schwester bin.«

Endlich vermochte sich Moira von der Lähmung und Sprachlosigkeit zu befreien, die sich mit der schockierenden Eröffnung ihrer Mutter auf sie gelegt hatte. »Nein, das kannst du nicht machen!« stieß sie heftig hervor. »Du kannst Onkel William unmöglich heiraten!«

Eleanor sah sie verständnislos an. »Ich verstehe nicht, was du hast, Kind? Ich dachte, du würdest dich freuen. Und dazu hättest du wahrlich allen Grund – genau wie ich«, sagte sie mehr betroffen und verwundert als verärgert. »William ist ein angesehener Geschäftsmann, dem wir unendlich viel zu verdanken haben, wie natürlich auch meiner verstorbenen Schwester. Und daß er uns nun auch noch das unbezahlbare Geschenk macht, mich zu seiner zweiten Frau zu nehmen und mich dadurch in den heiligen, ehrbaren Stand der Ehe zu erheben, so daß wir seinen respektablen Namen tragen dürfen, also das ist ein so großer, unverdienter Segen, für den wir dem gnädigen Schicksal bis an unser Lebensende nicht oft genug –«

Erregt fiel Moira ihr ins Wort. »Hör doch endlich auf mit deiner schrecklich unterwürfigen Dankbarkeit, so als müßten wir vor den McGregors ständig auf Knien rutschen! Ich kann das nicht mehr hören, Mom! Weder Tante Josepha noch Onkel William haben uns je etwas geschenkt! Ganz im Gegenteil, sie haben uns ausgebeutet, unsere Not rücksichtslos ausgenutzt und uns auch noch für die letzte Brotkrume arbeiten lassen, besonders dich!«

»Schweig! Was ist bloß in dich gefahren? Du versündigst dich!« rief Eleanor, und Bestürzung zeichnete ihr Gesicht. »Ich will solche Reden nicht von dir hören!«

Doch Moira war nicht zu bremsen. »Wie kannst du dich bloß so erniedrigen, Mom? Siehst du denn nicht, daß er dich aus reiner Berechnung heiraten will? Du arbeitest für zwei im Haus und bist im Laden die beste Verkäuferin, die er sich nur wünschen kann. Er braucht dich nicht einmal zu bezahlen!« sprudelte es empört aus ihr heraus. »Er will nun, wo Tante Josepha tot ist und dich nicht mehr unter ihrer Fuchtel hat, auf Nummer Sicher gehen. Wenn er dich zu seiner Frau macht, braucht er nicht zu fürchten, daß er dich verlieren könnte, denn das käme ihm teuer zu stehen. Außerdem hat er dir schon immer schöne Augen gemacht, wenn Tante Josepha es nicht sehen konnte, und ich bin nicht so naiv und blind gewesen, um nicht mitzubekommen, wir er dir mehr als einmal …«

Eleanor versetzte ihr eine schallende Ohrfeige, bevor Moira ihren respektlosen Satz beenden konnte. »Kein Wort mehr, hörst du!« herrschte sie ihre Tochter nun ernsthaft verärgert an. »Ich dulde es nicht, daß du so häßliche und unwahre Dinge über William sagst, wo er doch nun bald dein Vater sein wird!«

»Er wird nie mein Vater sein!« schrie Moira mit Tränen in den Augen, stürzte aus dem Zimmer und hinaus ins Freie. Sie suchte Zuflucht unter ihrem Jacarandabaum und bei Adrian Trost und Rat.

Doch der wußte ihr auch nicht zu helfen. »Na klar liegt es auf der Hand, daß dein Onkel die ganze Sache kühl durchgerechnet hat und zu dem Schluß gekommen ist, daß er gar nichts Besseres tun kann, als deine Mutter zu heiraten«, pflichtete er ihr bei, um dann aber mit nüchterner Einsicht fortzufahren: »Aber was kannst du schon dagegen unternehmen? Gar nichts. Auf jeden Fall werden sie dich nicht um deine Erlaubnis bitten, genausowenig wie mein Vater mich vorher fragt, wenn er mal wieder Geld für irgendwelchen Schwachsinn zum Fenster rausschmeißt oder mit Lance auf Sauftour geht. Aber so schlimm, wie es dir jetzt erscheinen mag, ist es bestimmt nicht. Und so viel ändert sich für dich doch überhaupt nicht. Du brauchst nicht mal dein Monogramm im Baumstamm abzuändern.« Er spielte damit auf die Anfangsbuchstaben ihrer Namen an, die sie in den ersten Wochen ihrer Freundschaft in die Borke des Jacarandas geschnitzt hatten. »Dein Monogramm bleibt auch nach der Heirat deiner Mutter MM. Das ist doch schon mal was wert, findest du nicht?«

Moira konnte nicht einmal gequält über seinen Versuch lächeln, sie mit ihrem Monogramm aufzuheitern. Die Vorstellung, nun bald den Namen McGregor tragen zu müssen und ihre Mutter jede Nacht im schweren Ehebett ihres Onkels liegen zu wissen, rief tiefe Abscheu in ihr hervor und bereitete ihr fast körperliche Schmerzen. Nein, es stimmte nicht, daß sich für sie nicht viel ändern würde!

Und sie behielt recht. Ihre schlimmsten Befürchtungen wurden Wahrheit. Onkel William war erst sichtlich schockiert und dann empört, als sie auch ihm unverblümt zu verstehen gab, für wie widerwärtig sie seine Absicht hielt, ihre Mutter zu seiner Frau zu machen. Er hatte zweifellos auch von ihr Dankbarkeit erwartet. Statt dessen erntete er nun offene Ablehnung und mußte sich erbitterte Vorwürfe anhören, auf die er mit wachsendem Zorn reagierte. Er war es nicht gewohnt, daß ihm Respekt und Gehorsam verweigert wurden. Und mit jedem Tag, den die Eheschließung näherrückte, wurde Moira wilder und die Situation im Haus unerträglicher. Schläge machten sie nur noch verstockter, und die tränenreichen Beschwörungen ihrer Mutter, doch um Gottes willen Vernunft anzunehmen, fielen auf taube Ohren.

»Du hast es offensichtlich nicht verdient, aber ich werde dir dennoch meinen guten Namen geben«, sagte Onkel William eines Abends bei Tisch, als Moira zum wiederholten Mal erklärte, daß sie bei der Eheschließung nicht zugegen sein würde, und wenn man sie grün und blau prügeln sollte. »So habe ich es deiner Mutter versprochen, und so werde ich es auch halten. Und als dein Vater ...«

»Du wirst niemals mein Vater sein! Nicht in tausend Jahren, *Onkel* William!« fiel Moira ihm erregt ins Wort. »Eher will ich tot sein als McGregor heißen! Und du solltest dich schämen, daß du meiner Mutter schon nachgestellt hast, kaum daß Tante Josepha im Grab lag. Aber das hast du eigentlich ja schon all die Jahre getan, nicht wahr?«

Ihre Mutter wurde bleich wie ein Leichentuch, während Onkel William erst der Kiefer herunterfiel. Dann schoß ihm die Zornesröte wie eine dunkle Woge ins Gesicht. Er sprang so abrupt auf, daß sein Stuhl zu Boden polterte, und schlug ihr heftig ins Gesicht. »Geh mir aus den Augen, bevor ich mich wirklich vergesse!« schrie er sie an.

Moira schmeckte Blut auf ihrer Unterlippe, die bei dem Schlag aufgeplatzt war, brachte aber trotz des scharfen Schmerzes noch einen triumphierend abfälligen Ausdruck zustande. »Du kannst mich blutig schlagen, nicht aber die Wahrheit aus der Welt schaffen, Onkel William!« krönte sie ihren unbeherrschten Ausfall nun mit einer nicht minder aufreizenden altklugen Bemerkung, wandte sich erhobenen Hauptes um und ging aus dem Zimmer.

Onkel William erhob nie wieder die Hand gegen sie. Er stellte ihr jedoch ein Ultimatum, das ihre Mutter ihr eine Stunde später mit rotgeweinten Augen überbrachte. »Entweder du entschuldigst dich in aller Form bei ihm und versprichst, ihn als deinen Stiefvater zu akzeptieren und ihn vom Tag unserer Eheschließung an nicht länger Onkel William zu nennen ...«

»Oder was?« fragte Moira aufsässig.

»Oder wir schicken dich noch diese Woche nach Mildura zu den Barmherzigen Schwestern vom St. Catherine Convent!« drohte ihre Mutter ihr an. »Und da wirst du dann bleiben, bis du Vernunft angenommen und eingesehen hast, was du mir und William schuldig bist!«

Moira verzog das Gesicht. »Du bist dir also mit ihm einig, daß ihr mich aus dem Haus haben wollt, ja?«

»Ja, ich bin mit ihm einig, Moira! So können wir nicht unter einem Dach leben. Und ich lasse nicht zu, daß du mit deinem bösartigen Widerstand das Leben für uns alle unerträglich machst und vielleicht sogar noch einen Keil zwischen William und mich treibst!« sagte ihre Mutter mit Tränen in den Augen, aber unbeugsam in dem Entschluß, den sie mit William gefaßt hatte. »Es liegt jetzt ganz bei dir, Moira. Wenn du dich für deinen unverschämten Ausfall entschuldigst und dich zukünftig mit dem gebotenen Anstand benimmst, will William vergessen, was heute und die letzten Tage vorgefallen ist. Andernfalls gehst du nach Mildura auf die Klosterschule!«

»Ich denke nicht daran, mich zu entschuldigen!« erwiderte Moira trotzig.
»Dann gehst du zu den Nonnen!« Ihre Mutter klang mehr beschwörend als drohend.
Unbeeindruckt zuckte Moira nur mit den Achseln.

Am übernächsten Tag ging Moira mit ihrer Mutter an Bord des Flußschiffes *Rothbury*, das sie nach Mildura brachte – zu den Barmherzigen Schwestern vom St. Catherine Convent. Adrian und Crooke hatten es sich nicht nehmen lassen, zur Moama Wharf zu kommen. Auf eine rührend verlegene, unbeholfene Art verabschiedete sich Adrian von ihr, drückte ihr einen kleinen Zeichenblock und eine Schachtel Buntstifte in die Hand und murmelte: »Werde mir bei den Betschwestern bloß nicht zu heilig, hörst du? Und komm gefälligst schnell wieder zurück. Länger als der Block hält, ist nicht erlaubt, klar?«
Niemals hatte Moira sich mehr zusammenreißen müssen, um aufsteigende Tränen zurückzuhalten, wie in diesem Moment, als er ihr Stifte und Zeichenblock in die Hand drückte und dann nicht wußte, wo er seine Hände lassen sollte. Adrian und Crooke winkten ihr nach, bis die *Rothbury* um die nächste Flußbiegung dampfte und River Bend hinter den hohen, baumbestandenen Uferbänken ihrem Blickfeld entschwand.
Es wurde eine ähnlich bedrückende Fahrt auf dem Murray wie vor fast vier Jahren, als sie mit ihrer Mutter auf der *Lady Eliza* stromaufwärts gekommen war, niedergedrückt von ihrer Not und voll banger Sorge, was sie in River Bend bloß erwarten mochte. Und obwohl Moira sich äußerlich nichts anmerken ließ und weiterhin die Gleichgültige spielte, bereitete ihr die Ungewißheit, wie das Leben bei den Nonnen wohl sein würde, ein schrecklich flaues Gefühl, das nicht weit von Übelkeit entfernt war.

Moira wechselte nicht viele Worte mit ihrer Mutter, deren Gesicht an diesem Morgen zwar Blässe und die Spuren einer schlaflosen Nacht zeigte, jedoch auch einen harten, unerbittlichen Ausdruck trug.

In Mildura nahmen sie eine Mietdroschke, die sie zum Convent brachte. Als die offene Kutsche vor dem dunkelbraunen Backsteingebäude hielt, das sich mit seinen Seitentrakten als Geviert an die Klosterkirche anschloß, brach ihre Mutter ihr langes Schweigen.

»Es liegt noch immer bei dir, Moira«, sagte sie mit fester, beherrschter Stimme. »Du brauchst nur der ehrwürdigen Oberin, Schwester Lucretia, Bescheid zu geben, daß du zur Einsicht gekommen bist und es dir anders überlegt hast. Dann wird sie uns anrufen, und ich werde dich abholen kommen.«

»Ich glaube, der Kutscher wartet auf sein Geld«, antwortete Moira mit abgewandtem Blick und als hätte sie nicht ein Wort von dem gehört, was ihre Mutter gerade gesagt hatte.

»Du brichst mir das Herz, Moira«, sagte ihre Mutter leise und mit zitternder Stimme, während sie ihren Geldbeutel hervorzog. »Aber du zerstörst mir nicht das bißchen Glück und Zukunft, das ich nach all den Jahren der Selbsttäuschung und der Not an der Seite von William finden kann!«

SECHSTES KAPITEL

Die Klosterschule der Barmherzigen Schwestern genoß in der Region einen ausgezeichneten Ruf und war nicht eben billig, wie Moira erfuhr. Die Oberin, eine resolute Nonne mit asketischen Zügen und ausgeprägtem Sinn für das Praktische, bat Eltern, die es sich leisten konnten, anständig zur Kasse. Dafür gewährte der Convent einer beachtlichen Zahl von Schülerinnen, die wachen Geistes und lernwillig waren, jedoch aus finanzschwachen Familien kamen, großzügige Stipendien.

Moira hatte im stillen befürchtet, sich im Convent mit Dutzenden von Mädchen einen riesigen Schlafsaal teilen zu müssen. Daher war sie angenehm überrascht, als sie feststellte, daß fast drei Viertel der Mädchen externe Schülerinnen waren, die aus Mildura und der näheren Umgebung kamen. Für sie begann die Klosterschule morgens mit der Frühmesse und endete am Nachmittag mit der Vesper, nach der sie zu ihren Eltern zurückkehrten. Und die knapp zweieinhalb Dutzend internen Klosterschülerinnen, deren Familien zu weit von Mildura entfernt lebten, hatten das Glück, sich jeweils zu viert oder gar nur zu zweit ein Zimmer teilen zu können.

Moira wurde eines der kleinen Zimmer für zwei Personen zugeteilt, in dem gerade ein Bett frei geworden war. Das Mädchen, das sie dort in der dunkelblauen Einheitstracht der Klosterschülerinnen antraf, war in ihrem Alter, hatte einen kurzen blonden Haarschopf und war mit einem makellos reinen Gesicht gesegnet. Ihre dunkelbraunen, schalkhaften Augen blitzten, als sie Moira mit den Worten begrüßte: »Ich bin Rebecca Cross. Mit dem Namen komme ich vermutlich nie wieder aus den Mauern

des Klosters heraus. Am besten, ich nehme gleich den Schleier und lege die ewigen Gelübde ab. Und wie heißt du?«
»Moira Mayfield.«
»Ich hoffe, du übertriffst mich nicht im Beten, Moira«, sagte Rebecca mit scheinbar besorgter Miene. »Das ist nämlich das einzige, worin ich wirklich gut bin – nämlich ein frommes Gesicht machen und beten, als wollte ich noch zu Lebzeiten eine Heilige werden. Ich glaube, Schwester Hildegard, die Walküre, die uns in Gebet und Katechismus unterrichtet, hält mich schon für die australische Antwort auf Theresia von Lisieux!«
Moira sah sie verdutzt an und wußte nicht, was sie von Rebecca Cross und ihren Worten halten sollte. Dann jedoch prustete das Mädchen los, stieß sie in die Rippen und sagte kichernd: »O je, jetzt habe ich bei Pater Devlin wieder eine Sache mehr zu beichten. Bestimmt kostet mich das einen ganzen Rosenkranz extra. Dabei hatte ich mir doch so fest vorgenommen, mein lockeres Mundwerk im Zaum zu halten, und nun ist es mir schon wieder durchgegangen wie ein bockiger Gaul. Kein Wunder, daß ich so gut beten kann!«
Moira wurde von ihrem Lachen angesteckt, und noch am selben Abend vertraute sie sich Rebecca an, die zu ihrer besten Freundin werden sollte. Freimütig schüttete sie ihr Herz aus. Sie schämte sich auch nicht ihrer Tränen, die sie vergoß, als sie ihr von ihrer unehelichen Geburt und ihrem beschämenden Leben in Port Augusta und Adelaide erzählte und sich über das bittere Unrecht beklagte, das ihre Mutter und Onkel William ihr angetan hatten, indem sie sie verstoßen hatten.
»Und ganz sicher schlägt Onkel William in River Bend jetzt auch noch Kapital daraus, daß er mich zu den Nonnen geschickt hat«, sagte sie zum Schluß verbittert. »Er wird es als außergewöhnliche Großzügigkeit darstellen, das kannst

du mir glauben! Natürlich ohne viel Worte, wie es seine Art ist, aber es werden schon die richtigen Hinweise fallen! Er wird den Leuten unmißverständlich zu verstehen geben, daß er mir nun auf seine Kosten eine bedeutend bessere Schulbildung zukommen läßt, als es mir meiner schändlichen unehelichen Geburt nach eigentlich zukomme. Er wird es nicht aussprechen, aber alle werden sagen, daß er mich ja auch als Dienstmädchen irgendwohin in Stellung hätte schicken können! Er und Mom werden fein dastehen. Dabei ist es ihnen bloß darum gegangen, mich aus dem Weg und aus dem Haus zu haben!«

»Na ja, die Klosterschule von St. Catherine ist nicht gerade der übelste Ort, an den man geschickt werden kann«, versuchte Rebecca sie zu trösten. »Die Nonnen sind bis auf zwei, drei verbiesterte Schwestern eigentlich ganz in Ordnung, sogar die Oberin. Sie ist zwar reichlich streng, behandelt einen jedoch nie ungerecht. Also, wenn man nicht gerade während des Hochamts wiederholt einschläft, wie die dicke Jennifer letzte Woche, oder so dumm ist, sich beim Abschreiben erwischen zu lassen, dann ist es hier ganz gut auszuhalten.«

»Und wie hat es dich in diese Schule verschlagen?« wollte Moira wissen.

»Seit meine Mutter vor acht Jahren gestorben ist, sind Internate mein Zuhause, und bisher habe ich meistens viel Glück gehabt«, antwortete sie ohne Selbstmitleid oder Verbitterung. »Meine Eltern müssen sich sehr geliebt haben. Denn mein Vater, der Arzt von Beruf und ein attraktiver Mann ist, hat nicht wieder geheiratet. Seit Mutters Tod hält es ihn nicht lange an einem Ort. In den letzten Jahren hat er in Melbourne, Bendigo, Ballarat und Albury gearbeitet, doch ohne irgendwo Wurzeln zu schlagen. Vor zehn Monaten hat Dad dann in Renmark, das einige Bootsstunden weiter flußabwärts liegt, eine Stellung angenommen und mich hier untergebracht. Aber das hat seine Rastlosigkeit nicht kuriert. Letzte Woche hat er sich in Adelaide auf einem Dampfer nach England eingeschifft, um angeblich irgendeine verzwickte Erbschaftsgeschichte zu klären. Aber ich glaube, daß es eher Heimweh nach seiner und Mutters Heimat ist, die ihn zu dieser Reise veranlaßt hat. Denn meine Eltern kommen beide aus Cornwall, haben sich dort kennengelernt und sind kurz nach ihrer Hochzeit nach Australien ausgewandert. Vor einem Jahr wird Dad bestimmt nicht zurück sein.«

»Das tut mir aber leid für dich.« Moira schämte sich plötzlich ihrer tränenreichen Klagen.

»Das braucht es aber nicht«, versicherte Rebecca. »Ich bin es ja nicht anders gewohnt. Und wenn ich es wirklich gewollt hätte, hätte mich mein Vater auch mitgenommen.«

Moira sah sie im Halbdunkel verwundert an und versuchte in ihrem Gesicht zu lesen. »Du hättest mit ihm auf die Seereise nach England gehen können und hast es nicht getan?«

Rebecca schüttelte den Kopf. »Ich liebe meinen Vater, und ich weiß, daß er mich auf seine Art liebt. Aber ich wäre ihm eine Last gewesen und mir an seiner Seite viel einsamer vorgekommen, als ich es hier jemals sein könnte. Denn oft blickt er stundenlang gedankenverloren ins Leere und spricht keinen Ton. Außerdem habe ich hier in Mildura ja noch Sophie und ihre reizende Familie, die Lyndhams.«

»Und wer ist Sophie?«

»Sie ist ein armes Ding, das unter Blutarmut leidet und sich sehr schonen muß. Ich sage Cousine zu ihr, obwohl das nicht stimmt, weil wir so nahe gar nicht miteinander verwandt sind. Aber das macht nichts. Ich bin gern bei den Lyndhams. Wenn ich sie das nächstemal besuche, kommst du mit. Du wirst Sophie und ihre Familie bestimmt auch mögen, da bin ich mir ganz sicher.«

»Das wäre schön«, freute sich Moira auf die Aussicht, dann und wann einmal aus dem Kloster zu kommen.
Sie redeten noch bis tief in die Nacht. Dann drang der helle Klang einer kleinen Glocke zu ihnen ins Zimmer. »Himmel, das ist die Glocke, die die Schwestern zur mitternächtlichen Matutin ruft! Ich dachte gar nicht, daß es schon so spät ist! Laß uns jetzt bloß schnell unser Nachtgebet sprechen!« rief Rebecca erschrocken, um sogleich aber mit Schalk in der Stimme fortzufahren: »Sonst fallen uns morgen bei der Frühmesse die Augen zu – und das könnte unserer unsterblichen Seele einen kaum wiedergutzumachenden Schaden zufügen, wenn man unserer gestrengen Schwester Scholastica Glauben schenkt. Dummerweise beläßt sie es aber nicht nur bei dieser Besorgnis, sondern Schwester Scholastica buchstabiert sie einem auch noch mit dem Rohrstock auf die Handflächen. Und der Trick mit dem Pferdehaar, das man heimlich in den Rohrstock schiebt, damit er gleich beim ersten Schlag bricht, verfängt bei ihr nicht. Ich sage dir, Schwester Scholastica ist so humorlos wie ein alter, störrischer Esel!«
»War da nicht was mit Pater Devlin und der Beichte, was du nicht so schnell vergessen wolltest?« erinnerte Moira sie mit einem leisen Auflachen.
Rebecca schlug sich vor die Stirn, sog scharf die Luft ein und seufzte theatralisch. »Was soll ich anderes sagen als: Jeder trägt sein Kreuz so gut er kann.« Sie schlüpfte aus dem Bett. »Ich bete heute vor. Morgen bist dann du an der Reihe, abgemacht?«
»Ja, in Ordnung.«
Als Moira auf der harten Bastmatte vor ihren Stockbetten niederkniete und mit Rebecca betete, während die Schwestern in der Kirche auf der Nonnenempore ihre geistlichen Lieder zum Lobpreis Gottes anstimmten, überkam sie zum erstenmal seit Tagen ein Gefühl des Friedens. Sie hatte sich immer eine Schwester gewünscht. Nun war ihr Wunsch

in Erfüllung gegangen, wenn auch anders, als sie es sich in ihren Träumen ausgemalt hatte. Aber sah die Erfüllung von Wünschen nicht immer anders aus, als man sie sich vorstellte?

Zu ihrer eigenen Überraschung gewöhnte sich Moira rasch und ohne Schwierigkeiten an das Leben in der Klosterschule. Die strengen Regeln kamen ihr, die sie jahrelang unter Tante Josephas Tyrannei und unberechenbarer Launenhaftigkeit gelitten hatte, gar nicht so einengend und schwer zu befolgen vor wie vielen anderen Mädchen, die von ihrem Elternhaus ein weniger strenges und bösartiges Regiment gewohnt waren. Moira empfand es fast als befreiend, daß ihr Leben nun von einem klar geregelten Tagesablauf mit gleichbleibenden Pflichten und Beschränkungen für alle bestimmt wurde – und nicht von Willkür.

Rebecca war ihr von der ersten Stunde an eine unersetzliche Hilfe. Aber daß Moira im Internat einen so guten Start fand, hing auch sehr mit dem guten ersten Eindruck zusammen, den sie schon am Tag nach ihrer Ankunft auf Schwester Johanna machte.

Schwester Johanna, eine schlanke Frau von fünfundvierzig Jahren mit feinen Gesichtszügen und lebhaften Augen hinter einer schlichten Nickelbrille mit ovalen Gläsern, hatte im Kloster seit kurzem nicht nur das wichtige Amt der Subpriorin und Organistin inne, sondern unterrichtete auch die Fächer Kalligraphie, Musik und Kunst. Moira hatte noch nie jemanden so wunderbar Orgel und Piano spielen gehört, und aus dem Chor der Nonnen, dem sie in der Kirche mit wachsender Bewunderung lauschte, konnte man stets die glockenhelle, klare Stimme von Schwester Johanna heraushören. Doch noch mehr begeisterte Moira, daß Schwester Johanna in ihren Augen eine genauso atemberaubende Virtuosin mit dem Zeichenstift war und selbst eine große Liebe für alle bildenden Künste hegte. Zudem umgab die Subpriorin ein Geheimnis, wie Moira bald erfuhr. Jedenfalls waren viele Schülerinnen fest davon überzeugt, das die Vergangenheit der Nonne bei weitem nicht so makellos rein war wie ihre gestärkte weiße Haube, unter der nie auch nur ein vorwitziges Haar hervorlugte. Denn wie Rebecca und einige andere Mädchen, die in Melbourne verwandtschaftliche Beziehungen besaßen, unter dem Siegel größter Verschwiegenheit zu berichten wußten, entstammte Schwester Johanna nämlich einer nicht gerade frommen Familie, die in Melbourne ein bekanntes Theater betrieb. Und zwar ein Vaudeville-Theater, das für seine überaus frivolen Aufführungen bekannt war. Ihre Mutter sollte zudem selbst einige Jahre als Schauspielerin auf der Bühne gestanden haben, was schon ungeheuerlich war. Doch damit nicht genug. Ein Mädchen beteuerte sogar, daß Schwester Johanna das Kind einer tingelnden Revuetänzerin sei, die so clever gewesen war, sich in Melbourne einen vermögenden Theaterbesitzer zu angeln, bevor ihre Schönheit verblüht war, was natürlich noch viel verruchter klang. Aber hieb- und stichfeste Beweise für diese Behauptungen vermochte kein Mädchen zu erbringen.

So aufregend die Gerüchte auch klangen, so gleichgültig war es Moira doch letztlich, welcher Familie Schwester Johanna entstammte und welchen Beruf ihre Mutter einst ausgeübt hatte. Was allein für sie zählte, war, daß sie in der Subpriorin eine verwandte Seele und eine Förderin ihrer stillen Leidenschaft fand.

»Die Liebe zur Kunst in all ihren Formen, ob es nun Musik, Malerei, Dichtung oder Bildhauerei ist, bedeutet in seiner vollendeten Hingabe immer auch Lobpreis Gottes«, erklärte sie einmal, als sie ihnen von Leonardo da Vinci und anderen großen Kirchenmalern erzählte. »Die Kulturgeschichte der Christenheit ist auf unermeßlich reiche Weise erfüllt von bewegenden Beispielen, wie begnadete Künstler ihr Talent, das Gott ihnen geschenkt hat, als persönlichen Auftrag erkannt und ihre Kunst und ihr Leben dem Ruhme des Allmächtigen geweiht haben.«

Moira gewann die Aufmerksamkeit und Zuneigung der kunstbegeisterten Subpriorin, als sie in ihrer ersten Zeichenstunde die Aufgabe, ein Kirchenfenster zu malen, mit großem Abstand als Beste von allen Schülerinnen meisterte; es folgte ein Madonnenbild, das sogar im Klassenzimmer aufgehängt wurde.

»Was Gott dir für das Pianospiel verwehrt hat, hat er dir in seiner unendlichen Güte offenbar geschenkt, als es um die Gabe des Zeichnens ging! Du hast wirklich ein vielversprechendes Talent, Moira Mayfield!« stellte Schwester Johanna zwei Wochen später freudig überrascht fest, als sie noch weitere Zeichnungen von ihr gesehen hatte.

Von dem Tag an begann sie Moiras Talent geduldig und gezielt zu fördern. Langsam führte die Nonne sie dahin, ihr Auge zu üben, erst Skizzen mit dem Bleistift anzufertigen und die Perspektive zu prüfen. Und welch eine neue, aufregende Welt sich für Moira öffnete, als Schwester Johanna ihr zeigte, wie man Bleistiftzeichnungen mit Wasserfarben kolorierte, und sie dann in die Kunst der Aquarellmalerei einführte.

»Wenn du so weitermachst, werde ich unsere ehrwürdige Oberin bitten müssen, mein Budget für Mal- und Zeichenbedarf gehörig aufzustocken, Moira«, teilte ihr die Subpriorin ein halbes Jahr später mit, als sie ein Landschaftsaquarell von ihr betrachtete. »Denn Leinwand und Ölfarben sind leider um ein Vielfaches teurer als einfache Buntstifte und Wasserfarben.« Sie seufzte scheinbar geplagt, doch ihre Augen leuchteten dabei.

Moira vermochte ihr Glück kaum zu fassen, als sie zum erstenmal vor einer Staffelei mit einer aufgespannten Leinwand saß und den Pinsel in die herrlich duftenden Ölfarben tauchte, die Schwester Johanna ihr auf die Palette gedrückt hatte. Ihre Hand zitterte, als sie die ersten Striche machte. Sie, das uneheliche Kind Moira Mayfield, malte in Öl! Es erschien ihr wie ein Wunder.

Ihre Mutter kam kurz nach ihrer Hochzeit zum erstenmal nach Mildura, um sie zum Einlenken zu bewegen. »Überwinde endlich deinen kindlichen Trotz, und erweise William den Respekt und die Dankbarkeit, die ihm zustehen!«
Moira sah, mit welchem Stolz ihre Mutter den breiten Ehering am Finger trug. Und es stieß sie ab, wie offensichtlich sie ihre Hand mit dem goldenen Band zur Schau stellte. »Hat er dich geschickt, weil ihm die Klosterschule plötzlich doch zu teuer ist?« fragte sie sarkastisch.
»Wie kannst du es wagen, solch ungehörige Worte zu sagen!« herrschte Eleanor sie an. »William ist mein Ehemann und dein Stiefvater, und er ist ein Ehrenmann, der zu seinem Wort steht. Dazu gehört auch, daß du dich bei ihm in aller Form zu entschuldigen hast, wenn du wieder über die Schwelle seines Hauses treten willst! Glaube ja nicht, daß er sich von deiner Aufsässigkeit beeindrucken läßt. Und wenn du darauf hoffst, daß ich ihm zusetze, Nachsicht vor Recht ergehen und dich ohne Entschuldigung nach Hause zurückkehren zu lassen, dann irrst du dich. Ich falle ihm nicht in den Rücken und schlage nicht die Hand, die uns aus der Gosse gezogen und uns ehrbar gemacht hat!«
Moira verzog geringschätzig das Gesicht. Sie dachte weniger denn je daran, zu kapitulieren und vor Onkel William in die Knie zu gehen. »Gut, dann soll er ruhig weiter das Schulgeld bezahlen. Ich habe ja jahrelang hart genug dafür gearbeitet!« sagte sie unbeugsam. Und wenig später verließ ihre Mutter das Kloster unter Tränen des Schmerzes und des Zorns.
Es wunderte Moira gar nicht, daß sie noch am selben Tag zur Oberin gerufen wurde. Schwester Lucretia redete ihr mit der

ihr eigenen Strenge ins Gewissen und hielt ihr vor, sich an ihrer Mutter und ihrem Stiefvater, der doch so viel Gutes für sie getan hatte, zu versündigen. Sie drohte ihr jedoch nicht, weder mit Strafen noch mit dem ewigen Fegefeuer der Hölle, das Schwester Theodora und Schwester Clara immer gleich heraufbeschworen, wenn ihnen irgend etwas am Betragen der Schülerinnen nicht paßte.

Moira nahm all ihren Mut zusammen. »Darf ich Sie etwas fragen, ehrwürdige Oberin?«

»Tust du das nicht schon? Nun denn, frag mich!«

»Kennen Sie meinen Onkel?«

»Nein, die Gelegenheit hat sich bisher noch nicht ergeben. Aber wie mir deine Mutter berichtet hat –«

Moira wagte die Unverfrorenheit, die ehrwürdige Oberin mitten im Satz zu unterbrechen und ihr noch eine zweite, viel provokativere Frage zu stellen: »Wissen Sie, wie wir die letzten Jahre im Haus der McGregors gelebt haben, wie Tante Josepha uns tyrannisiert und Onkel William ihr dabei bereitwillig freie Hand gelassen hat, ehrwürdige Oberin?«

Schwester Lucretia sah sie verblüfft an, als könnte sie nicht glauben, das eine ihrer Schülerinnen die Respektlosigkeit besessen hatte, ihr einfach ins Wort zu fallen. Sie preßte die Lippen zusammen, und Moira rechnete schon mit dem Schlimmsten. Um so überraschter war sie, als die Oberin sie nicht scharf zurechtwies, sondern mit sanfter, nachdenklicher Stimme antwortete: »Ich muß zugeben, daß ich nur eine Seite der Geschichte kenne. Möchtest du mir deine Seite erzählen?«

Moira schüttelte den Kopf. »Nein, ehrwürdige Oberin. Denn es würde an den Dingen ja doch nichts ändern. Ich will nicht McGregor heißen! Und ich will mich auch nicht bei meinem Onkel entschuldigen. Eine Entschuldigung wäre eine Lüge. Denn ich bin mir keiner Schuld bewußt. Außerdem …« – sie stockte und senkte den Blick – »… außerdem fühle ich mich hier mehr zu Hause als jemals im Haus der McGregors.«

Die Oberin sah sie einen langen Augenblick an. Dann seufzte sie und sagte: »Jesus hat den Sündern ins Gewissen geredet und ihnen seine erlösende Hand hingestreckt. Er hat sie aber niemals zur Umkehr gezwungen, sondern ihnen die Freiheit ihrer Entscheidung gelassen. Denn die Umkehr taugt nichts, wenn sie nicht freiwillig in uns selbst stattfindet. Deshalb schicke ich dich auch nicht mit Vorhaltungen und Zurechtweisungen weg, sondern mit der Aufforderung, dich und dein Herz gewissenhaft zu prüfen und um die Kraft zu beten, niemals Unrecht mit Unrecht zu vergelten und das Verzeihen über das Aufrechnen zu stellen. Und nun geh, Moira Mayfield.«

Tags darauf erschien Moira nicht zum Unterricht. Sie schien wie vom Erdboden verschwunden, und man begann nach ihr zu suchen. Wie der Zufall es wollte, war es Schwester Johanna, die sie schließlich in einer dunklen Ecke der Gnadenkapelle fand, auf dem kalten Steinboden kniend.

»Moira, um Himmels willen, was tust du hier?« rief die Schwester mehr besorgt als verärgert.

»Ich sterbe, Schwester«, antwortete Moira mit zitternder Stimme. »Gott hat mich für all meine Sünden gestraft, und jetzt werde ich sterben.«

»Sterben? Was redest du da für einen Unsinn!«

»O doch, es ist wahr!« schluchzte Moira und sagte mit stockender Stimme: »Heute morgen … habe ich schrecklich … zu bluten begonnen, und es hat … seitdem nicht mehr aufgehört … Es fließt aus mir heraus … unten … zwischen den Beinen…«

Schwester Johanna stieß einen erlösten Stoßseufzer aus, kniete sich neben sie und legte ihr einen Arm um die Schulter. »Ach, du armes, ahnungsloses, dummes Ding, du«, sagte sie liebevoll und drückte sie an sich. »Niemand hat dich darauf vorbereitet, nicht wahr?«

»Vorbereitet worauf?« fragte Moira mit neuer Hoffnung, vielleicht doch nicht so schnell sterben zu müssen.
»Was es heißt, eine junge Frau zu werden«, sagte die Schwester und fuhr ihr über das Haar. »Denn das bist du jetzt, Moira. Das Blut ist nicht das Zeichen dafür, daß der Tod dich zu sich nehmen will, sondern daß Gott dich für das Leben geöffnet hat, das du eines Tages empfangen und in dir tragen wirst.«

Im Leben eines jeden Menschen gibt es Situationen, Bilder, Melodien und Worte, die ihn so tief berühren, daß sie sich ihm auf unvergeßliche Weise einprägen und ihn bis zu seiner Todesstunde begleiten, wie lang und ereignisreich sein Leben auch sein mag. Einer dieser einzigartigen, unvergeßlichen Eindrücke sollten für Moira die Worte von Schwester Johanna sein, die sie an jenem Tag in der Gnadenkapelle abschließend zu ihr sagte, nachdem sie sie in das Geheimnis und Wunder der weiblichen Fruchtbarkeit und ihre monatlich wiederkehrende Plage eingeweiht hatte: »Moira, bisher warst du eine junge Knospe, die in verträumter Ahnungslosigkeit auf den Frühling gewartet hat. Nun beginnst du deine Blätter zu entfalten und die Schönheit deiner Blüte zu zeigen. Das ist es, was passiert, wenn ein Mädchen wie du sich in eine junge Frau verwandelt.«
Moira war stolz, auch weil sie Rebecca nun auf ihren besonderen Tag vorbereiten konnte, der jedoch noch sieben lange Monate auf sich warten ließ, so daß Rebecca schon daran zweifelte, daß auch ihr dieses unglaubliche Geschehen widerfahren würde.
In den ersten Stunden ihrer Erlösung hatte Moira die halbherzige Überlegung angestellt, ob sie wohl aus Dankbarkeit, nun doch nicht sterben zu müssen, ihren Widerstand aufgeben und sich dem Willen von Onkel William beugen sollte. Dieser Gedanke verflog jedoch rasch. Warum sollte sie das

tun, wo sie doch nichts nach River Bend zurück zog? Mildura war zwar auch nicht gerade der Nabel der Welt, aber im Vergleich zu River Bend doch eine lebendige Kleinstadt mit vielen Straßen, hübschen Wohnvierteln, herrlichen, schattigen Alleen, mehreren großen öffentlichen Plätzen und kleinen Parks und einem regen, geschäftigen Leben und Treiben am Hafenpier. In Mildura, das von zahlreichen Obsthainen und Zitrusfarmen umgeben war, sah man überall Palmen, die auf Betreiben des Stadtrats angepflanzt worden waren und in diesem Klima prächtig gediehen. Es gab sogar ein Hospital, zudem eine Reihe Vereine und Sportstätten, eine Bücherei, ein landwirtschaftliches College sowie viele Geschäfte und Pensionen, mehrere Banken und sogar drei ansehnliche Hotels. Die Bedeutung dieses Ortes wurde noch dadurch unterstrichen, daß sich nicht nur die *Dry & Packing Company* mit ihrer Fabrik und die *Mildura Fruitgrowers Association*, die sich kämpferisch um stabile Marktpreise für die Rosinen- und Zitrusfarmer bemühte, hier niedergelassen hatten, sondern auch die *Pastoralists' Union*, der Verband der Besitzer großer Stations, und ihre erbitterte Gegenpartei, die Gewerkschaft der Scherer, die sich in der *Shearers' Union* organisiert hatten und seit Einführung elektrischer Schergeräte keinen Streik scheuten.

Nach diesem verschlafenen, staubigen Nest River Bend verspürte Moira wahrlich keine Sehnsucht. Ihre Mutter hatte sich um ihrer wirtschaftlichen Sicherheit willen und für ihre gesellschaftliche Anerkennung an Onkel William verkauft. Von Liebe war nicht einmal flüchtig die Rede gewesen. Sie war ihm auf beschämende Weise völlig untertan und stellte sich nun auch noch gegen sie, Moira, ihr einziges Kind! Nein, in diesem Haus war kein Platz mehr für sie. Jedenfalls nicht unter diesen Umständen. Und somit war Adrian der einzige, den sie wirklich schmerzlich vermißte. Oft dachte sie voller Wehmut an ihre Stunden unter dem Jacarandabaum, an ihre Streifzüge durch den Busch zusammen mit Crooke und an ihre geheimen nächtlichen Ausflüge hinunter zum Fluß.

Anfangs schrieb sie ihm jede zweite Woche nach der Sonntagsmesse. In ihren langen Briefen beschrieb sie ihm ihr Leben im Klosterinternat in allen Einzelheiten, natürlich bis auf die kleinen Geheimnisse, die sie und die anderen Schülerinnen vor den Schwestern hatten. Begeistert erzählte sie von ihren Fortschritten im Malen, den gelegentlichen Ausflügen mit den Schwestern sowie den schulischen Veranstaltungen. Ausführlich berichtete sie auch von ihren regelmäßigen Besuchen im Haus der Lyndhams, zu denen Rebecca sie schon an ihrem ersten Wochenende in Mildura mitgenommen hatte und die sie auf Anhieb in ihre großherzige Gastfreundschaft eingeschlossen hatten. Auch schickte sie Adrian Zeichnungen.

Das Geld für die Briefmarken schenkte ihr Rebecca, denn sie besaß nicht einen Penny. Ihre Mutter hatte zwar einen Geldbetrag bei der Oberin hinterlegt, mit dem notwendige Ausgaben für sie bestritten werden sollten, die nicht vom Schulgeld gedeckt waren. Doch ein festes Taschengeld, über das Moira nach eigenem Gutdünken verfügen konnte, hatte sie ihr mit den Worten abgeschlagen: »Weder ich noch William gedenken, deine Undankbarkeit und Aufsässigkeit auch noch durch ein Taschengeld zu belohnen!«

Zu Moiras Bedauern bekam sie von Adrian höchstens alle zwei, drei Monate Antwort. Seine Briefe umfaßten außerdem nie mehr als ein Dutzend Zeilen. Sein Stil war äußerst ungelenk und hölzern. In kurzen, knappen Sätzen, die im Ausdruck kaum variierten und wie unbeteiligt klangen, bedankte er sich immer erst für ihr Schreiben und die Zeichnungen, erwähnte dann zwei, drei Nebensächlichkeiten, etwa daß sich Samuel Walsh, der Lampenanzünder, das Bein gebrochen hatte, als er über einen streunenden Hund gestolpert war, und nun von seinem versoffenen Bruder Pete vertreten wurde, um dann abrupt mit dem Standardsatz zu enden:

»Sonst ist hier alles wie eh und je. *Illawarra* ist immer noch im Besitz der Familie. Mehr weiß ich nicht zu berichten. Gruß Adrian.«

Seine Briefe waren für sie eine große Enttäuschung, weil sie den Adrian, an den sie sich so oft erinnerte, in diesen holprigen, fast unpersönlich knappen Sätzen überhaupt nicht mehr wiedererkennen konnte. Und der Gedanke, daß er ihr vielleicht bloß aus einer Art von Pflichtgefühl dann und wann einmal antwortete, schmerzte und verwandelte sich schließlich in Verärgerung. Diese führte allmählich dazu, daß nun auch sie immer seltener schrieb. Zu alldem kam noch hinzu, daß jeder Brief von ihm erst durch die Zensur der Oberin ging, bevor er ihr ausgehändigt wurde – wie sie laut Internatsordnung auch jeden Brief, der nicht an ihre Mutter oder Onkel William gerichtet war, bei ihr abgeben mußte, bevor er zur Post ging. Bei allem Respekt, den sie für die Oberin hegte, so störte sie doch mehr und mehr die Vorstellung, daß Schwester Lucretia jedes Wort las, das sie und Adrian sich schrieben.

Ihrer Mutter schickte sie ähnlich unpersönliche Briefe, wie sie sie von Adrian erhielt. Und zwar jeden Monat einen, ganz wie es die Schwestern von den Schülerinnen verlangten, die im Kloster wohnten. Es war jedesmal eine mühselige Pflichtübung, vor der ihr schon Tage vorher graute. Und Moira war überzeugt davon, daß ihre Mutter ihre seltenen Besuche bei ihr in Mildura als ebenso lästige Pflichtübung empfand. Sie hatten sich bei diesen Gelegenheiten denkbar wenig zu sagen, weil keine von ihnen gewillt war, von ihrer Position abzugehen. Bitter warf Moira ihrer Mutter im stillen vor, daß sie sich offenbar nur zu gut daran gewöhnt hatte, Onkel William und das Haus ganz für sich zu haben und sie, Moira, bei den Barmherzigen Schwestern zu wissen.

Alles in allem war Moira jedoch weit davon entfernt, unglücklich zu sein. Sie fühlte sich wohl in der Klosterschule. Denn obwohl sie in den meisten Fächern nur eine mittelmäßige

Schülerin war, galt sie bei ihren Mitschülerinnen doch als etwas Besonderes und wurde ernst genommen – dank ihres Maltalentes und der intensiven Förderung, die Schwester Johanna ihr angedeihen ließ.

Aber daß Moira im St. Catherine Convent nicht von jenem heulenden Elend gepackt wurde, das so manche Mädchen durchlitten, die von weither kamen und sich einfach nicht einzuleben vermochten, verdankte sie in erster Linie ihrer wunderbaren Freundschaft mit Rebecca – und in nicht unwesentlichem Umfang auch den Lyndhams.

Rebeccas »So-gut-wie-Cousine« Sophie war ein Jahr jünger als sie und ein blasses, im ersten Moment erschreckend zerbrechlich wirkendes Geschöpf mit einem überraschend fröhlichen Wesen. Sie zeigte sich überglücklich, nun noch jemanden zu haben, der sie besuchen kam und ihr von der Welt dort draußen, von Schülerinnen und Nonnen erzählen konnte. Sie war ganz versessen auf derlei Geschichten und konnte nicht genug davon bekommen. Denn wegen ihrer schwachen Konstitution, die schon bei der kleinsten Anstrengung mit Erschöpfung reagierte, hatte sie nie eine Schule besucht, sondern immer nur privaten Unterricht erhalten. Sie nahm Moira schon bei ihrem ersten Besuch das Versprechen ab, so oft wie möglich mit Rebecca zu kommen. Ein Versprechen, das Moira nur zu gern gab. Denn noch nie hatte sie eine Familie kennengelernt, die so viel Lebensfreude und Herzlichkeit ausstrahlte – und die in einem derart prächtigen Haus mit einem eigenen kleinen Park und mehr als einem halben Dutzend Dienstboten lebte wie die Lyndhams.

Dem Vater von Sophie, James Randolph Lyndham, gehörte die örtliche Ziegelei, und er besaß die Mehrheitsbeteiligung an einer Sägemühle und einem Bauunternehmen in Swan Hill – und seine Unternehmen florierten. Er war ein korpulenter und doch stattlicher Mann von offenherziger und geselliger Natur, der sich am liebsten im Kreis seiner Familie bewegte und der dem Leben in allen Situationen stets die positiven Seiten abzugewinnen versuchte – auch seinen Schattenseiten. Sosehr er seiner einzigen Tochter auch ein gesundes, unbeschwertes Leben wünschte, so haderte er doch nicht mit dem Schicksal. Und darin unterschied ihn nichts von seiner Frau Martha, wenn diese auch stiller im Wesen war.

»Eine solche Krankheit hat auch sein Gutes, so zynisch das auch klingen mag«, erklärte er Moira eines Tages, als sie ihrem Mitgefühl Ausdruck gab, wie schwer dieses Leben doch für Sophie und ihre ganze Familie war. »Vermutlich hätte ich nie die Chance gehabt, so viel Zeit mit meiner Tochter zu verbringen, ihr so nahe zu sein und von ihr so reich mit Liebe beschenkt zu werden, wenn sie so gesund wie ihre Brüder zur Welt gekommen wäre. Und ganz sicher wäre ich über vieles in meinem Leben oberflächlich oder sogar gedankenlos hinweggegangen, was mich zweifellos um einiges ärmer und möglicherweise auch zu einem anderen Menschen gemacht hätte. Nein, Sophie ist keine Bürde für unsere Familie, Miss Mayfield, sie ist Geschenk und Segen wie unsere anderen Kinder, nur auf eine andere Art und Weise.«

Sophie hatte noch zwei Brüder, Robert und Charles, die den Charme ihres Vaters und das attraktive Aussehen ihrer schwarzhaarigen Mutter geerbt hatten. Robert hatte in der Woche vor Moiras erstem Besuch bei den Lyndhams gerade seinen achtzehnten Geburtstag gefeiert. Charles war zweieinhalb Jahre älter. Beide arbeiteten für ihren Vater in den Unternehmen in Swan Hill, um dort das Geschäft zu erlernen und sich ihre ersten Sporen unter der Aufsicht des väterlichen Partners zu verdienen. Wie Moira später herausfand, hätte James Lyndham seine Söhne gern auf eines der prestigeträchtigen Colleges in England geschickt. Die geistigen und finanziellen Voraussetzungen dafür waren mehr als gegeben. Doch weil Sophie, die abgöttisch an ihren großen Brüdern hing, sehr unter ihrer jahrelangen Abwesenheit gelitten hätte, wurde dieser Plan von allen einvernehmlich und ohne viel Worte darum zu machen fallengelassen.

Moira kam mit Rebecca nicht nur an den Wochenenden und oft auch an den Mittwochnachmittagen zu Besuch, sondern verbrachte zusammen mit ihr auch alle Festtage im Haus der Lyndhams, angefangen mit dem ersten Weihnachtsfest, das sie ohne ihre Mutter beging. Sophie und ihre Eltern bestanden darauf, wie auch Robert und Charles keine schamvollen Ausflüchte gelten ließen.

»Rebecca, wenn deine Freundin nicht freiwillig kommt, müssen wir sie notgedrungen aus dem Kloster holen!« drohte Robert und zwinkerte Moira dabei zu. »Natürlich könnte das einen Skandal geben, wenn wir dabei erwischt werden. Aber das wird uns nicht davon abhalten. Deshalb wäre es für uns alle besser, Sie gäben Ihren Widerstand gleich auf, Miss Mayfield.«

Das tat Moira nur zu gerne. Und ihre Freude kannte keine Grenzen, als für sie unter dem Weihnachtsbaum der Lyndhams eine wunderschön verpackte Geschenkbox lag, die eine aus bestem Holz gearbeitete, zusammenklappbare Staffelei enthielt. Sie vergoß einige Tränen, besonders als sie daran dachte, daß ihre Mutter und Onkel William ihr außer einem Brief mit der durchsichtigen Ermahnung, die Festtage zur Besinnung, inneren Läuterung und Umkehr zu nutzen, nichts zu Weihnachten geschickt hatten.

Bei den Lyndhams, die sich im Familienkreis mit großer Leidenschaft angeregten Diskussionen hingaben und darin einen willkommenen Wettstreit des Geistes sahen, Sophie nicht ausgenommen, lernte Moira so viel Neues, das ihr nach manch einem Besuch ganz wirr im Kopf war. So hatte sie etwa Politik bisher ausschließlich für Männersache gehalten, etwas, das in der Zeitung stand und das der Herr des Hauses entweder zustimmend oder ablehnend kommentierte. Von den Lyndhams, insbesondere von Sophie, die jeden Morgen die Tageszeitung von vorn bis hinten durchlas, lernte sie nun, daß Zeitungslektüre und Politik weder ein Privileg der Männer noch langweilig waren, sondern jeden angingen. Daß Sophie über den Generalstreik in Brisbane, den Untergang der *Titanic*, den britischen Flottenausbau und die wachsenden Spannungen zwischen England und dem deutschen Kaiserreich genauso gut informiert war wie über die Olympiade in Stockholm und das tragische Ende der Südpolexpedition von Captain Robert Scott, war schon beeindruckend genug. Doch daß Sophie auch in politischen Diskussionen mit ihrem Vater und ihren Brüdern, die ihre Überzeugungen wirklich ausgezeichnet zu vertreten wußten, ihre eigenständige Meinung zu behaupten verstand, erfüllte sie mit Bewunderung und weckte in ihr den Wunsch, ihrem Beispiel zu folgen. Denn es beschämte sie schon, als Robert sie danach fragte, was sie denn von der Bewegung der Suffragetten halte, und sie mit dem Wort nichts anzufangen wußte. Wie sie auch nichts zu den Unruhen in Ulster oder dem kostspieligen Bau der Trans-Australian-Railway sagen konnte, weil sie nichts darüber gehört oder gelesen, geschweige denn sich eine eigene Meinung gebildet hatte. Sie kam sich beschämend dumm vor und beschloß, das zu ändern. Und was lag näher, als Sophie um Hilfe zu bitten?

Von dem Tag an nahm Moira jedesmal ein, zwei ältere Tageszeitungen und manchmal auch ein überregionales Magazin aus Melbourne mit, wenn sie mit Rebecca in die Klosterschule zurückkehrte. Dort mußte sie ihre Lektüre vor den Schwestern verstecken, weil diese Tageszeitungen und Gesellschaftsmagazine für einen äußerst schlechten Einfluß auf die Geistesbildung der ihnen anvertrauten Mädchen hielten. Zwar hegte Moira die feste Überzeugung, daß zumindest Schwester Johanna sowie zwei, drei andere Nonnen diese Ansicht wohl nicht teilten, wollte jedoch die Probe aufs Exempel nicht machen. So studierte sie die Zeitungen und Magazine heimlich. Und langsam begann sich ihr eine neue, aufregende Welt zu eröffnen, deren Verlockungen sich mit ihren geheimen Wünschen verbanden, die das Malen in ihr geweckt hatten.

Am 17. März 1913, an dem überall im Land der St.-Patricks-Tag gefeiert wurde, veranstalteten die Lyndhams ein großartiges Gartenfest auf ihrem weitläufigen Anwesen. Im frisch gestrichenen Pavillon des kleinen Parks spielte sogar eine Achtmannkapelle, die Sophies Vater aus Echuca hatte kommen lassen, zum Tanz auf. Und an diesem zauberhaften Herbsttag, fast anderthalb Jahre nach ihrem zwangsweisen Eintritt in die Klosterschule von Mildura, fiel Moira zum erstenmal auf, daß Charles mit Rebecca flirtete und ihr auf dezent charmante Weise den Hof machte.

»Ach was, das hättest du wohl gern!« wehrte Rebecca lachend ab, als Moira sie später im Kloster mit freundschaftlichem Necken auf ihre »Eroberung« ansprach.

»Du hast fünfmal mit Charles getanzt!« erinnerte Moira ihre Freundin, während sie in ihr Nachthemd schlüpfte. »Und ich habe doch Augen im Kopf, um zu sehen, wie er mit dir flirtet und dir bei jeder Gelegenheit Komplimente macht!«

»Wir mögen uns, aber deshalb ist das doch noch nichts Ernstes«, erwiderte Rebecca belustigt. »Charles übt sich, das ist alles. Er schärft sozusagen nur seine Krallen, um für den Tag vorbereitet zu sein, an dem es gilt. Ich bin mit meinen sechzehn Jahren doch bloß Suppengrün für einen gestandenen Mann wie ihn.«

»Na, ich bin mir sicher, daß der Tag für ihn schon gekommen ist – und daß seine Aufmerksamkeit ganz allein dir gilt!« ließ Moira nicht locker. »Und ich wette, seine Eltern würden dich lieber heute als morgen als ihre Schwiegertochter sehen – natürlich nach der angemessenen Verlobungszeit von einem Jahr! Immerhin war deine Mutter ja auch schon mit siebzehn verheiratet, wie du mir erzählt hast. Und Missis Lyndham kann auch nicht viel älter gewesen sein, als sie vor den Traualtar getreten ist. Also tu bloß nicht so, als wärst du zu jung und er dir gleichgültig.«

Rebecca schmunzelte. »Habe ich das etwa behauptet? Ich habe doch gerade zugegeben, daß ich Charles sehr nett finde. Er ist wirklich amüsant, ein guter Unterhalter und versteht sich auch bestens darauf, einem schöne Dinge zu sagen. Aber wenn du meinst, mein Herz stünde deshalb lichterloh in Flammen, dann muß ich dich leider enttäuschen«

»Aber es glüht, gib es zu!«

Rebecca schüttelte amüsiert den Kopf. »Ich gebe gar nichts zu, weil es nämlich dummes Zeug ist! Auf jeden Fall gibt es nichts, was ich Pater Devlin beichten müßte. Keine sündigen Gedanken, auch wenn du das gerne hättest. Außerdem mach mal das!« Sie tippte ihr mit dem Zeigefinger auf die Nasenspitze.

»Was meinst du damit?«

»Dich mal selber an die Nase zu fassen, Moira Mayfield! Denn wenn einer von Sophies Brüdern Süßholz wie eine Sägemühle bei Hochbetrieb raspelt und einem schöne Augen macht, dann ist das doch *dein* Robert!«

Moira errötete. »Was?« fragte sie verständnislos.

»Da steigt dir die Schamesröte ins Gesicht, was?« zog Rebecca sie mit gutmütiger Schadenfreude auf. »Ertappt! Und jetzt tu du nicht so, als wüßtest du nicht, wovon ich rede, junge Dame. Robert scharwenzelt doch unermüdlich um dich herum. Ob wir nun im Garten Federball spielen, Patienten legen oder einander vorlesen, stets sucht er deine Nähe – und manchmal unter was für fadenscheinigen Vorwänden! Sogar Sophie ist es aufgefallen, daß Robert noch viel öfter von Swan Hill nach Hause kommt, seit auch du dich mit ihr angefreundet hast und regelmäßig bei ihr zu Besuch bist.«

Nun war es an Moira, Rebecca auszulachen und ihr Hirngespinste vorzuwerfen. Schließlich aber blieb auch ihr nichts anderes übrig, als einzugestehen, daß Robert ihr in der Tat auffällig viel Aufmerksamkeit schenkte und eine in jeder Hinsicht blendende Partie war. Sie gestand auch, daß sie es sehr aufregend fand, im Mittelpunkt männlichen Interesses zu stehen und Miss Mayfield genannt zu werden. Es war so prickelnd wie der Champagner, den sie am Weihnachtsfest zum erstenmal in ihrem Leben probiert hatte. Und ein bißchen flirten schadete ja keinem, nicht wahr? Doch daß sie sich in Robert verliebt hätte, wollte sie nicht gelten lassen. Es mochten Funken sprühen, wie Moira unter erneutem Erröten einräumte, doch ein Feuer hatten diese nicht entzündet – zumindest noch nicht.

»Na, dann sind wir uns ja einig!« stellte Rebecca schließlich fröhlich fest. »Funkenflug um uns herum: ja – verzehrendes Feuer: nein! Ach, was sind wir doch einmalig – du und ich. Und ist das nicht einmalig?«

Moira blickte irritiert. »Wie bitte?«

»Du hast schon richtig verstanden: Wir sind einmalig, Moira, geradezu umwerfend einmalig!« rief Rebecca gedämpft, aber mit plötzlichem Übermut und ließ sich rücklings aufs Bett fallen, um sich dann schnell wieder aufzusetzen. Ihre Augen leuchteten. »Du und ich, wir könnten jede tausend Geschwister haben, wir wären doch alle einmalig. Ein jeder von uns! Hast du schon mal darüber nachgedacht?«

»Nein«, gestand Moira.

»Aber ich. Und ich kann es einfach nicht begreifen, wie oft ich mir auch den Kopf darüber zerbreche. Jeder Mensch, der auf dieser Erde lebt, ja jemals gelebt hat, ist einmalig und keinem anderen vor ihm oder nach ihm gleich. Menschen mögen einander in vielem ähnlich sein, aber sie sind sich doch niemals gleich, weder im Aussehen noch im Wesen. Nicht mal Zwillinge sind es. Ist das nicht ein unglaubliches Wunder?«

»Ja, so betrachtet, ist es das wohl.«

»Eigentlich sieht es ja wie eine unglaubliche Verschwendung der Natur aus, wenn es nur um das Fortbestehen der eigenen

Art ginge und das Leben nichts als Zufall wäre. Denn dann hätte es ja wohl auch gereicht, wenn wir so ahnungslos von einem Tag in den anderen leben würden wie die Koalas oder die Schmetterlinge«, sinnierte Rebecca. »Aber genau das ist es ja, worin wir uns von allen Kreaturen abheben, nicht wahr? Die Schöpfung hat uns an einen ganz besonderen Platz gestellt, auch wenn wir oft nicht wissen, wo unser Platz ist. Gott hat uns nach seinem Ebenbild geschaffen, so heißt es in der Bibel.«

»Was aber nicht heißt, wie ja Schwester Benedicta letzte Woche betont hat, daß ein Abbild viel über das Original aussagen kann«, warf Moira ein, ohne genau zu wissen, worauf Rebecca eigentlich hinauswollte.

»Ja, die genialste Plastik kann doch nie das Wesen eines Menschen wiedergeben, auch wenn sie noch so naturgetreu geformt ist, sondern nur seine Äußerlichkeit und das, was der Künstler in ihm erkannt hat. Aber wir sind die einzigen Lebewesen, die wissen, so wie sie richtig denken können, daß sie einmal sterben müssen. Doch was wir, nach Jahrtausenden des Nachdenkens und wissenschaftlichen Forschens, trotz allem noch immer nicht herausgefunden haben, ist, warum wir leben und von Kindheit an um unseren unabänderlichen Tod wissen, ob jeder von uns eine ganz besondere Aufgabe zu erfüllen hat und welche dies ist.«

»Adam und Eva haben wegen eines blöden Apfels das Paradies verspielt, und seitdem gibt es Unsterblichkeit eben nur noch in der Kunst«, antwortete Moira scherzhaft, um Rebecca aus ihrer tiefernsten Nachdenklichkeit herauszuholen, die genauso zu ihr gehörte wie ihr Frohsinn. »Und wenn du Crooke fragst, dann wird er dir erzählen, daß Purukupali, eine mächtige Schöpfungsgestalt aus der Traumzeit der Aborigines, daß er das Ende der Unsterblichkeit vor Urzeiten als Strafe für den Tod seines geliebten Sohnes Jinini verfügt hat.«

»So?«

Moira nickte. »Bei denen – ich meine die Aborigines – waren übrigens auch ein Baum und eine ungehorsame Frau im Spiel, ganz wie bei uns in der Bibel, nämlich ein Eukalyptusbaum und Bima, die Ehefrau von Purukupali. Sie hatte die Aufgabe, ihren jungen Sohn, Augapfel ihres Mannes Purukupali, jeden Morgen, wenn sie auf die Suche nach eßbaren Knollen und Beeren ging, in den Schatten eines Baumes zu legen und in seiner Nähe zu bleiben. Doch dann ließ sie sich von Japara, einem unverheirateten Jäger, verführen. Und eines Tages vergaß die treulose Bima, bevor sie mit ihrem Geliebten im Busch verschwand, auf den Schatten des Baumes zu achten. Sie blieb an diesem Tag viel zu lange weg. Als sie schließlich zurückkehrte, war die Sonne am Himmel schon ein großes Stück weitergewandert – und mit ihr auch der Schatten des Baumes, der den armen Jinini nun schon seit Stunden nicht mehr vor der sengenden Sonne schützte. Der Junge lag tot im glühendheißen Sand. Als Purukupali vom Tod seines geliebten Sohnes erfuhr, war er vor Schmerz und Zorn dermaßen außer sich, daß er ins Meer watete, um sich zu ertränken. Doch bevor er starb, verfügte er noch als Strafe für den Verrat seiner Frau und den Tod seines Sohnes, daß von nun an jede Kreatur sterben müsse. Und so geschieht es denn auch seit Urzeiten und Traumzeiten.« Moira legte eine kurze Pause ein und blickte ihre Freundin mit einem verschmitzten Lächeln an. »Ich denke, damit ist das Rätsel unserer Sterblichkeit geklärt: Wir Frauen sind daran schuld! Klingt doch ganz vertraut, oder? Und da die Aborigines sich diese Geschichte schon viele tausend Jahre, bevor es die Bibel gab, erzählt haben und sich ihre Version mit dem Baum und der ungehorsamen Frau fast haargenau mit der aus der Heiligen Schrift deckt, muß es wohl die Wahrheit sein.«
Rebecca lächelte, ging auf die Ablenkung jedoch nicht ein. »Ich glaube, das mit Adam und Eva und der Vertreibung aus dem Paradies ist nur ein Bild, ein Zeichen, das in die Richtung weist, aber das tiefe Geheimnis dahinter nicht löst, weil es

Dinge gibt, die wir Menschen einfach nicht fassen und begreifen können.«
Moira gähnte unterdrückt. »Das ist doch mal was Neues für unsere Fürbitten«, sagte sie, die an diesem Abend mit dem Vorbeten an der Reihe war. »Laß uns also gleich darum beten, daß wir immer ein bißchen mehr begreifen, aber doch auch nicht mehr, als wir gerade vertragen können – besonders wenn man noch auf wilden Funkenflug um einem herum aufpassen muß!« Sie stieß Rebecca mit dem Ellbogen leicht in die Seite, und ihre Freundin konnte ein Kichern nicht unterdrücken.
Rebeccas Frohsinn und Sanftmut waren wie ein unverrückbarer Felsen in der Brandung und etwas Wunderbares, auf das Moira vom ersten Tag im Convent bauen konnte. Aber das war nur die eine, wenn auch die vorherrschende Seite ihres Wesen. Ihr Hang, sich über existentielle und religiöse Fragen den Kopf zu zerbrechen, die Moira nie in den Sinn gekommen wären, brach jedoch auch immer wieder durch.
»Jede wirklich wichtige Frage im Leben ist immer auch eine religiöse«, behauptete Rebecca eines Abends Mitte November, als der Frühling in das Land am Murray River einkehrte. »So wie beten auch wünschen und danken in einem ist – und wenn es ganz besonders gelingt, ist es Dasein vor Gott mit einem offenen Herzen ohne Worte.«
»Du liest zuviel in den Büchern der Theresa von Avila, Rebecca!« sagte Moira besorgt. »Du solltest mal lieber diesen Bericht über die Europäische Opern-Gesellschaft dieses berühmten irischen Opernveranstalters Thomas Quinlan lesen, der mit seiner Truppe gerade durch Australien tourt und überall große Triumphe feiert. Was für ein Erlebnis es sein muß, bei solch einer Opernaufführung dabeisein zu können! Was meinst du, ob wir wohl jemals ein Opernhaus von innen und einen Star wie Nellie Melba auf der Bühne sehen werden?«
Darüber machte sich wiederum Rebecca keine Gedanken.

Statt dessen antwortete sie mit der Frage: »Warum sorgen wir uns eigentlich so viel im Leben? Stimmt es nicht, was Jesus fragt: ›Wer von euch kann mit all seiner Sorge sein Leben auch nur um eine kleine Zeitspanne verlängern?‹ Auch wenn wir ganz genau wissen, daß morgen schon vergessen ist, was uns heute bedrückt, und daß Sorgen uns nicht weiterhelfen, sondern oftmals alles nur noch schlimmer machen, können wir doch nicht davon ablassen. Warum ist es nur so schwer, inneren Frieden zu finden?«

Moira wußte die Frage ebensowenig zu beantworten wie die, mit der Rebecca sich Wochen später eines Nachts vor dem Einschlafen beschäftigte: »Wenn es in der Bibel heißt, wir sollen den Nächsten lieben wie uns selbst, bedeutet das dann nicht, daß wir erst einmal mit uns selbst im reinen sein und uns selbst richtig lieben können müssen? Ist das nicht die Grundvoraussetzung dafür, wenn wir dazu fähig sein wollen, nicht nur oberflächlich mildtätig zu sein, sondern unseren Nächsten wirklich unser Herz zu öffnen?«

»Mhm, ja, das klingt einsichtig«, räumte Moira ein, um spöttisch hinzuzufügen: »Obwohl ich fürchte, daß einige Nonnen wie Schwester Scholastica und Schwester Benedicta von deiner Logik schockiert und entsetzt wären, wenn du ihnen erzählen würdest, daß sie erst einmal sich selbst lieben müssen, bevor sie wahre Nächstenliebe walten lassen können.«

»Ja, aber ist das nicht der richtige Weg? Denn wenn Schwester Scholastica weniger verbiestert und mehr mit sich selbst im reinen wäre, dann würde sie vielleicht auch weniger zum Rohrstock greifen.«

»Ich schlage dennoch vor, daß du deine revolutionäre Auslegung gewisser Bibelstellen besser nur in diesem Raum äußerst, wo du wenig Schaden anrichten kannst!« riet Moira ihr. »Und zwar aus reiner Nächstenliebe, die, wie du ja gerade ganz richtig festgestellt hast, zuerst einmal bei dir selbst beginnt! Und damit eine gute Nacht, Rebecca!«

»Ja, dir auch, Moira«, kam es von unten mit einem leisen Auflachen.

Moira lag noch eine Zeitlang wach und dachte mit einem warmen Gefühl der Zuneigung und Dankbarkeit darüber nach, wie glücklich sie sich doch schätzen konnte, so außergewöhnliche Menschen wie Rebecca und Sophie zu Freundinnen zu haben. So bitter das Zerwürfnis mit ihrer Mutter auch war, so hätte ihr dennoch nichts Besseres widerfahren können, als nach Mildura in die Klosterschule geschickt zu werden.

Tags darauf hielt Moira zum erstenmal in ihrem Leben die gewölbte, lackschwarze Hörmuschel eines Telefonapparats an ihr Ohr und sprach in den Trichter. Der Anruf, der ihrem Leben eine entscheidende Wende geben sollte, kam aus dem *Royal Victoria Hotel* in River Bend.

SIEBTES KAPITEL

Moira war sich keiner Verfehlung gegen die Schulordnung bewußt, als die pummelige Schwester Veronika mit wehendem Habit in die Klasse gestürzt kam, den Geographieunterricht von Schwester Angela unterbrach und verkündete, daß Moira Mayfield »augenblicklich und unverzüglich« im Arbeitszimmer der ehrwürdigen Oberin zu erscheinen habe. Was eine Schülerin hinter Moira in der allgemeinen Unruhe, die darauf eintrat, dazu veranlaßte, mit leisem Spott zu fragen, was denn »augenblicklich« und »unverzüglich« voneinander unterscheide, wenn sich beides ergänzen solle, wie die Formulierung doch suggeriere, oder ob es sich dabei nur um einen »weißen Schimmel« von Schwester Veronika handele.

Moira hörte einige Klassenkameradinnen unterdrückt kichern, konnte selbst aber über diese Spitze nicht einmal im stillen lächeln. Daß ein Mädchen mitten aus dem Unterricht geholt und zur Oberin gerufen wurde, geschah so selten, daß es für jedes Mädchen auch bei einem noch so reinen Gewissen ein beängstigender Vorgang war. Und wer besaß denn schon, bei rechter Überlegung, ein völlig reines Gewissen?

Jemand hat bei mir die Zeitungen gefunden! Ja, das muß es sein! fuhr es Moira durch den Kopf, als sie unter den mitleidvollen Blicken ihrer Mitschülerinnen das Klassenzimmer verließ und Schwester Veronika mit klopfendem Herzen folgte. Ihre Hoffnung, von der Nonne einen Hinweis auf das zu erhalten, was sie erwartete, erfüllte sich nicht.

»Ich weiß wirklich nicht, warum die ehrwürdige Oberin dich so plötzlich in ihrem Zimmer zu sehen wünscht«, bedauerte Schwester Veronika, die als sehr umgänglich galt.

»Ich kam gerade auf dem Flur vorbei, als sie den Kopf zur Tür herausstreckte und mir auftrug, dich unverzüglich zu ihr zu bringen.« Sie warf ihr einen aufmunternden Blick zu. »Es wird schon nicht so schlimm sein. Nur Gottvertrauen, Moira!«
Wenig später traten sie in das spartanisch eingerichtete Arbeitszimmer der Oberin. Schwester Veronika zog sich auf ein stummes Nicken ihrer Vorgesetzten hin zurück. Und Moira machte sich mit angespannten Nerven darauf gefaßt, wegen der Zeitungen, die sie in ihr Zimmer geschmuggelt hatte, eine Strafpredigt über sich ergehen lassen zu müssen.
»Setz dich, Kind«, forderte die Oberin sie auf und wies auf den bequemen Armstuhl mit der gepolsterten Sitzfläche aus dunkelrotem Samt, der in einem schrägen Winkel vor ihrem Schreibtisch stand.
Moira konnte ihre Überraschung nicht verbergen. Ermahnungen und Strafen wurden niemals im Sitzen erteilt. Aber wenn sie nicht wegen ihrer verbotenen Lektüre zu ihr zitiert worden war, weshalb dann?
Die Oberin sah ihre Verwirrung und ihr Zögern. »Du hast schon richtig gehört, Moira. Setz dich, bitte.«
In aufrechter Haltung und die Hände artig im Schoß gefaltet, wie es ihr die Schwestern beigebracht hatten, nahm Moira nun auf der Kante des Lehnstuhls Platz. Doch statt Erleichterung zu verspüren, wuchs ihre innere Unruhe.
»Moira, ich möchte, daß du vorbereitet und gefaßt bist, wenn dein Stief...« Die Oberin unterbrach und verbesserte sich augenblicklich. »... wenn Mister McGregor gleich wieder angeruft.«
Ein ungläubiger Ausdruck trat auf Moiras Gesicht. »Onkel William hat hier im Kloster angerufen?« entfuhr es ihr.
»Ja, und er wird gleich wieder anrufen. Ich habe ihm gesagt, daß es nicht lange dauern wird, dich aus dem Unterricht zu holen. Du wirst also gleich mit ihm sprechen«, teilte die Oberin ihr mit und legte ihre Hand auf den plumpen, schwar-

zen Apparat. »Es tut mir leid, dir sagen zu müssen, daß der Anlaß seines Anrufs leider kein erfreulicher ist. Deine Mutter ...«
Moira wurde ganz flau im Magen. »Was ist mit meiner Mutter?« stieß sie erschrocken hervor.
»Deine Mutter ist krank. Es geht ihr sehr schlecht, wenn ich Mister McGregor recht verstanden habe.«
»Krank? So plötzlich?« Moira schüttelte bestürzt den Kopf. »Aber das kann gar nicht sein. Ich habe doch erst letzte Woche noch Post von ihr erhalten. Und in ihrem Brief stand nichts davon, daß es ihr nicht gutginge. Hat sie vielleicht einen Unfall gehabt?«
Die Oberin wich ihrem verstörten Blick aus. »Nein, das nicht«, sagte sie und machte auf einmal einen merkwürdig verlegenen Eindruck. »Ich bin mir nicht sicher ... Die Verbindung war nicht sehr gut, und bevor ich etwas Falsches sage ... Also, ich denke, es ist besser, wenn du den Anruf deines Onkels abwartest und von ihm Genaueres erfährst, statt ...«
Das durchdringende Schrillen des Telefons unterbrach sie. »Oh, das wird er sicher sein!« rief sie fast erlöst, nahm die Hörmuschel hastig von der Gabel und legte die linke Hand um den Sockel des Telefons, um den Sprechtrichter näher an ihren Mund heranzuziehen. »Ja, am Apparat! ... Mister McGregor? ... Ja, sie ist jetzt hier ... Sie sitzt mir gegenüber ... Nein, noch nicht. Ich wollte Ihnen nicht vorgreifen. Immerhin, ich meine ... Selbstverständlich ... Nein, ganz und gar nicht ... Sie können sich darauf verlassen ... Keine Ursache, Mister McGregor ... Unsere Gebete sind mit Ihnen und Ihrer Frau ... Und jetzt gebe ich Ihnen Moira.«
Moira schlug das Herz wie wild in der Kehle, und ihre Hand zitterte, als sie nun die Hörmuschel entgegennahm und an ihr Ohr hielt. Sie hörte ein lautes Rauschen und Knistern – und dann Onkel Williams Stimme, den sie seit zwei Jahren weder gesehen noch gesprochen hatte.

»Moira? ... Hier ist Onkel William ... Ich rufe aus dem *Royal Victoria* an ... Moira, bist du da? ... Kannst du mich hören?«

Er hat »Onkel William« gesagt und nicht »dein Stiefvater«, war das erste, was Moira in ihrer Verstörung durch den Kopf ging, als sie seine aufgeregte und merkwürdig verzerrte Stimme hörte. Und für einen flüchtigen Moment fragte sie sich, wie so etwas überhaupt möglich war, daß er in River Bend im *Royal Victoria Hotel* in den Sprechtrichter eines solchen Telefonapparates sprach und sie ihn hier, viele Meilen von ihm entfernt, im selben Augenblick hören konnte.

»Moira, kannst du mich verstehen?«

»Nun sag schon was!« forderte die Oberin sie auf.

Moira schluckte, doch der Kloß in ihrer Kehle blieb. »Ja, ich ... ich höre dich.«

»Gott sei Dank, ich fürchtete schon, die Verbindung sei mal wieder unterbrochen. So etwas passiert nämlich immer wieder. Mit dem Kabel stimmt irgend etwas nicht. Erst gestern hat Mister Sawyer, dem das Hotel gehört, wie du dich vielleicht noch erinnern wirst ...«

»Was ist mit meiner Mutter?« unterbrach Moira seinen hastigen, nervösen Redefluß.

Für einen Augenblick drangen nur die fremdartigen, atmosphärischen Geräusche an ihr Ohr. Dann hörte sie wieder Williams Stimme: »Sie ist sehr krank, Moira. Und es steht so schlecht um sie, daß ich schon nach Father O'Reilly geschickt habe, damit er ihr ...« Er führte den Satz nicht zu Ende. »Du mußt sofort kommen, Moira, denn wir müssen mit dem Schlimmsten rechnen.«

Ein Schauer durchlief Moira. Ihr brach der Schweiß aus. »Was ... hat Mutter?«

»Sie hat viel Blut verloren und hohes Fieber ...«

»Aber wobei hat sie denn so viel Blut verloren? Was ist ihr denn bloß zugestoßen?« rief Moira verstört und verständnislos. Ihr Blick ging zufällig zur Oberin hinüber, die aber nun hastig den Kopf senkte und sich mit irgendwelchen Papieren

beschäftigte, als müßten diese gerade jetzt neu sortiert werden. Und da fiel es ihr wie Schuppen von den Augen.
»Deine Mutter hat letzte Nacht eine … eine Fehlgeburt gehabt, Moira«, antwortete William im gleichen Moment mit stockender Stimme. »Sie war im siebten Monat … Das Kind … ein Junge … hat nur ein paar Stunden gelebt … lange genug, um getauft zu werden … Ich habe Dennis heute morgen begraben …«
Moira war im ersten Moment dermaßen schockiert, daß ihr beinahe die Ohrmuschel aus der Hand gerutscht wäre. Daß junge Frauen Kinder bekamen, war der natürliche Lauf der Dinge. Aber daß ihre Mutter noch einmal in anderen Umständen sein könnte, wäre ihr nie in den Sinn gekommen. Denn mit ihren fast sechsunddreißig Jahren befand sie sich doch schon in einem Alter, in dem sich eine Mutter auf Enkelkinder einstellte, statt selbst noch einmal an Niederkunft zu denken!
»Nein!« stieß Moira unwillkürlich hervor, abgestoßen und verletzt von dem Gedanken, daß ihre Mutter und Onkel William ein Kind gezeugt hatten. Die Vorstellung, daß sie beinahe einen siebzehn Jahre jüngeren Halbbruder bekommen hätte, der zu Onkel William Dad gesagt hätte, machte sie fassungslos. Und ihre Mutter hatte bei ihrem letzten Besuch in Mildura vor drei Monaten nicht ein Wort über ihren beschämenden Zustand verloren! Dabei hatte sie doch schon seit langem gewußt, daß sie in anderen Umständen war! Wie hatte sie ihr das bloß antun können?
»Moira, du mußt auf der Stelle nach Hause kommen!« fuhr Onkel William nun mit eindringlicher Stimme fort, als ahnte er, was ihr in diesen Augenblicken durch den Kopf ging. »Deine Mutter braucht dich. Sie hat schon im Fieber nach dir gerufen, und wer weiß, ob sie … ob sie durchkommt … Father O'Reilly und Doktor Austin sagen, daß wir auf alles gefaßt sein müssen.«
Bitterkeit und Wut wallten plötzlich in Moira auf. »So, jetzt

kann ich also nach River Bend zurückkommen, ja? Einfach so?« fragte sie bissig.
Am anderen Ende herrschte Schweigen. Dann antwortete er mit einem schlichten: »Ja.«
»Ach was!« höhnte Moira und ignorierte die zürnenden Blick der Oberin. »Und ich dachte seit zwei Jahren, ich müßte erst Stiefvater zu dir sagen und mich in aller Form entschuldigen, bevor ich meinen Fuß wieder über die Schwelle des McGregor-Hauses setzen darf. Da muß ich all die Zeit wohl etwas falsch verstanden haben, Onkel William.«
»Das ist jetzt kaum der passende Zeitpunkt, um uns darüber zu streiten, Moira«, erwiderte er, klang jedoch nicht verärgert, sondern müde. »Später können wir über alles in Ruhe reden. Doch jetzt geht es erst einmal um deine Mutter und meine Ehefrau, die unser Kind verloren hat und mit dem Tode ringt. Eleanor hat nach dir gerufen und möchte dich an ihrer Seite haben, und damit ist im Augenblick alles andere ohne Bedeutung. Oder möchtest du vielleicht die letzte Gelegenheit, deine Mutter noch einmal lebend zu sehen, aus kindlichem Trotz ausschlagen?«
Moira biß sich auf die Lippen. Ihr Zorn fiel in sich zusammen und wich einem Gefühl der Angst und Beschämung. Ihre Mutter lag möglicherweise im Sterben, und sie stritt sich mit Onkel William über Dinge, die schon eine halbe Ewigkeit zurücklagen! Sie kämpfte auf einmal mit den Tränen und sagte mit erstickter Stimme: »Nein, ich komme.«
»Gut!« Onkel William klang erleichtert und fuhr dann hastig fort: »Und verliere keine Zeit mit dem Aufbruch! Jede Stunde zählt jetzt. Ich habe schon mit der Oberin gesprochen. Sie wird dir ausreichend Geld für die Passage geben und dich in Begleitung einer Schwester umgehend mit einer Mietdroschke hinunter zum Hafen schicken.« Die Nebengeräusche wurden so laut, daß Onkel William Schwierigkeit hatte, sich verständlich zu machen, ohne zu schreien. »Ich habe mich auch schon nach dem nächsten Flußboot erkun-

digt, das du nehmen kannst. Wenn du dich beeilst, schaffst du es bestimmt noch, an Bord der *Ethel Jackson* zu kommen, die in einer knappen Stunde die Leinen loswirft. Dann bist du schon am frühen Nachmittag bei uns in River Bend … Moira, bist du noch in der Leitung? … Kannst du mich noch verstehen?«
Moira nickte und wurde sich dann bewußt, daß er sie ja gar nicht sehen konnte. »Ja, die *Ethel Jackson*. Ich habe dich verstanden, und ich werde mich beeilen!«
»Dann lege ich jetzt auf. Die Verbindung ist ja eine Katastrophe. Aber Gott sei Dank, daß ich dich erreicht habe und du nach Hause kommst.«
»Onkel William?«
»Ja?«
»Sag Mom, daß ich in ein paar Stunden bei ihr bin … und daß sie nicht aufgeben darf!« trug Moira ihm mit belegter Stimme auf und reichte die Hörmuschel an die Oberin zurück, die sie wieder in die Gabel einhängte.

Zum zweitenmal in ihrem Leben machte Moira die Fahrt von Mildura nach River Bend auf dem breiten, gewundenen Murray. An diesem herrlich milden Frühlingstag hatte sie sich die Passage jedoch nicht erbetteln müssen, wie ihre Mutter vor fast genau fünf Jahren. Und im Gegensatz zur heruntergekommenen, stinkenden *Lady Eliza* war die *Ethel Jackson* ein gepflegter Raddampfer mit sauberen Kabinen und einem schattigen Oberdeck, wo den Passagieren sogar Limonade, Tee und Gebäck angeboten wurde.
Sie reiste auch nicht in den alten, abgelegten Kleidern mildtätiger Nachbarn, sondern trug die adrette Internatskleidung, bestehend aus dunkelblauem knöchellangem Rock, hochgeschlossener weißer Bluse mit rundem Kragen und einer dunkelblauen Schößchenjacke mit feinen moosgrünen Paspelierungen und dem Schulemblem auf der linken Seite. Dazu

gehörten solide schwarze Lederschuhe ohne modische Feinheiten, schwarze Wollstrümpfe und ein einfaches, aber makelloses Strohbonnet mit einem blaugrünem Hutband.
Wer dem abgerissenen Kind Moira Mayfield nur einmal auf der *Lady Eliza* begegnet war, hätte dieses gutgekleidete Mädchen, das fast schon eine junge Frau war, mit Sicherheit nicht wiedererkannt. Das einzige, was Moira mit ihrem fünf Jahre jüngeren Ich gemeinsam hatte, waren das blasse Gesicht und ihr angestrengter Gesichtsausdruck. Damals wie heute mußte sie all ihre Selbstbeherrschung aufbringen, um sich ihre Angst nicht anmerken zu lassen und nicht in Tränen auszubrechen.
Moira hielt sich von den anderen Passagieren fern, die fast alle bis nach Swan Hill und Echuca flußaufwärts reisten und Kabinen gebucht hatten, da sie ihr Ziel nicht vor dem nächsten Morgen erreichen würden. Die Angst, zu spät in River Bend einzutreffen und ihre Mutter schon auf dem Totenbett vorzufinden, quälte sie und ließ sie nicht eine Sekunde los. Unablässig zermarterte sie sich das Hirn, warum alles so gekommen war. Hatte dieses bittere Zerwürfnis wirklich sein müssen? Und welche Schuld trug sie daran, daß ihre Mutter und sie sich in den vergangenen zwei Jahren immer fremder geworden waren?
So schnell die *Ethel Jackson* auch war, die Fahrt zurück nach River Bend wurde ihr quälend lang. Als die Siedlung in der scharfen Biegung des Flusses mit seiner hoch aufragenden Moama Wharf endlich auftauchte, war ihr ganz schlecht vor Angst und zermürbenden Selbstvorwürfen. Sowie die kurze Gangway angelegt war, stürzte sie mit ihrem kleinen Reisekoffer von Bord. Auf das freundliche Angebot eines Mitreisenden hin, ihr den Koffer hochzutragen, drehte sie nicht einmal den Kopf.
Sie raffte ihren langen Rock und lief die breite Bohlentreppe unter der Pier in unziemlicher Hast nach oben. Auf der River Street angekommen, mußte sie deshalb einen Augenblick

stehenbleiben, um Luft zu holen. Ihr Blick ging die Straße hinunter, und das Herz wurde ihr noch schwerer. Sie hatte River Bend nie gemocht. Doch an diesem Nachmittag kam ihr die Siedlung noch armseliger, staubiger und bedrückender vor als jemals zuvor. Hier auf Dauer zu leben war, wie lebendig begraben zu sein!

»Moira?« rief eine verunsicherte Männerstimme hinter ihr. »Bist du es, Moira?«

Überrascht fuhr sie herum, sah ein Dutzend Schritte von ihr entfernt einen hochgewachsenen Mann neben einem Pferdefuhrwerk stehen – und hätte ihn beinahe nicht wiedererkannt. »Adrian?« Sie glaubte im ersten Moment, ihren Augen nicht trauen zu dürfen.

»Ich werde verrückt!« stieß er mit einem kurzen Auflachen hervor und kam nun schnell zu ihr herüber. »Du bist es wirklich!«

Sie hatte ihn in all den Jahren, die sie in River Bend gelebt hatte, nie anders als barfuß und in kurzer, zerrissener Hose gesehen. Und nun sah sie sich einem erwachsenen Mann gegenüber, der auch wie ein solcher gekleidet war. Mit dem schlacksigen Jungen von vor zwei Jahren hatte Adrian nichts mehr gemein. Sein Körper hatte alles Ungelenke und Jungenhafte verloren und scheinbar über Nacht ausgesprochen kräftige, männliche Proportionen bekommen. Er trug einen breitkrempigen Lederhut, unter dem seine dunkelblonden sonnengebleichten Locken hervorlugten, eine sandbraune Drillichhose, ein buntkariertes Hemd mit hochgekrempelten Ärmeln und ein rotes Halstuch. Und als er vor ihr stehenblieb, den Hut abnahm und sie mit einem verwirrten Lächeln ansah, da blickte sie in ein Gesicht, dessen Züge ihr seltsam vertraut und fremd zugleich waren.

»Moira!« Er lächelte, musterte sie von oben bis unten und schüttelte fassungslos den Kopf. »Ich glaube es einfach nicht!«

Sie errötete unwillkürlich unter seinem Blick und wurde sich bewußt, daß auch sie nicht mehr das knochige, sommersprossige Mädchen von einst war. Ihr Körper hatte sich stark entwickelt und genau an den richtigen Stellen reizvolle weibliche Rundungen angenommen. »Was glaubst du nicht?«

»Ich weiß nicht ... Als du vor zwei Jahren von hier weggegangen bist, da ... Ich meine ... wie soll ich sagen ...« Sichtlich verwirrt brach er ab, schüttelte erneut den Kopf und sagte dann: »Mein Gott, schau dich doch bloß an. Du siehst gar nicht so aus, wie ich dich in Erinnerung gehabt habe, sondern herausgeputzt wie eine junge Dame aus gutem Haus!«

»Diese Sachen müssen alle Mädchen im Internat tragen. Das ist Vorschrift«, erwiderte Moira verlegen. »Außerdem läufst du ja auch nicht mehr barfuß und in kurzer Hose herum, oder?«

»Das allein meinte ich nicht.«

Für einen Augenblick standen sie sich in verlegenem Schweigen gegenüber, der eine so überrascht und verwirrt wie der andere. Einst hätten sie ihr Leben blind darauf verwettet, daß ihre Freundschaft und ihr gegenseitiges Vertrauen unverbrüchlich waren und bis ans Ende aller Zeiten nicht wanken würden. Nun aber wollte sich dieses Gefühl nicht wieder einstellen – und sie spürten es beide.

»Nun denn«, löste sich Adrian zuerst aus der merkwürdigen Befangenheit ihres Wiedersehens nach so langer Zeit und setzte seinen Hut wieder auf. »Schön, daß du wieder zurück bist.«

Moira zuckte innerlich schuldbewußt zusammen. Für ein paar Minuten hatte sie doch tatsächlich vergessen, daß ihre Mutter im Sterben lag! Sie schämte sich ihrer Gedankenlosigkeit, und schroff erwiderte sie: »Es ist nicht gerade brennende Sehnsucht nach River Bend, die mich zurückgebracht hat! Onkel William hat heute morgen im Kloster angerufen. Meine Mutter ist sehr krank. So krank, daß sie vielleicht nicht durchkommt. Und ich stehe hier herum und vertrödle kostbare Zeit!«

»Um Gottes willen, das habe ich nicht gewußt!« stieß er bestürzt hervor. »Das tut mir leid. Entschuldige, daß ich dich aufgehalten habe. Komm, ich fahre dich nach Hause, Moira.« Er zögerte kurz. »Es sei denn, du ziehst es vor, eine Droschke zu nehmen, so hübsch, wie du angezogen bist.«
Der Gedanke, für diese kurze Strecke gutes Geld für eine Mietdroschke auszugeben, wo sie doch nicht einmal über ein Taschengeld verfügen konnte, wäre ihr nicht im Traum gekommen. Doch das behielt sie für sich. »Nein, mit dem Fuhrwerk ist es schon in Ordnung.«
Adrian nahm ihr den Koffer ab und hob ihn auf das Fuhrwerk, das mit großen Kisten und den Blechen eines Windrades beladen war. Er schien sich nicht entscheiden zu können, ob und wie er ihr auf den Kutschbock helfen sollte. Er begnügte sich schließlich damit, sie am Ellbogen zu stützen. Dann schwang er sich schnell auf seinen Sitz und trieb die beiden Braunen an.
Moira war nicht entgangen, daß auf den Seitenbrettern des Fuhrwerks der Name von Nathan Sullivan stand, dem das größte Fuhrunternehmen von River Bend und Umgebung gehörte. »Seit wann arbeitest du für Mister Sullivan?«
»Seit gut vier Monaten.«
»Ich denke, auf *Illawarra* wird jede Hand gebraucht, wie du mir in deinem letzten Brief geschrieben hast?« wunderte sie sich, um dann bissig hinzuzufügen: »Aber seit du dich das letztemal dazu überwunden hast, mal wieder zehn, zwölf Zeilen zu Papier zu bringen, ist ja auch schon wieder ein gutes halbes Jahr vergangen.«
Adrian warf ihr einen finsteren Seitenblick zu und lenkte das Gespann nach links in die Victoria Street. »Ich hocke ja auch nicht von morgens bis abends in einem feinen Internat, wo ich nichts anderes zu tun habe, als hübsche Bilder zu malen und ellenlange Briefe zu verfassen!« gab er grimmig zur Antwort.
»Das ist kein feines Internat! Und ich male auch nicht den

ganzen Tag Bilder und schreibe Briefe!« wies sie seine spitze Unterstellung entrüstet zurück. »Wir haben genug anderes zu tun!«
»Ja, beten vermutlich!« konterte er. »Und wenn ich so lese, was du über diese Rebecca schreibst, mit der du ein Zimmer teilst, dann wundere ich mich, daß du nicht auch schon einen Heiligenschein hast!«
Moira funkelte ihn wütend an, denn auf ihre Freundin Rebecca ließ sie nichts kommen. »Offenbar hast du nicht ganz verstanden, was ich dir über Rebecca und ihre Gedanken geschrieben habe! Ich hätte es wohl besser dir nachmachen und mich nur auf zehn hölzerne Zeilen nichtssagendes Gewäsch alle halbe Jahr beschränken sollen«, antwortete sie mit derselben verletzenden Schärfe. »Und was den Heiligenschein betrifft, den du bei mir vermißt, mein lieber Adrian, so sind die Leute in diesem staubigen Nest viel zu rückständig und mit Einfalt geschlagen, als daß sie ihn bemerken würden, auch wenn ich ihn hätte!«
Mit einem abrupten, wütenden Zügelmanöver brachte Adrian das Fuhrwerk vor *McGregor's Emporium* zum Stehen. Wortlos und mit verkniffenem Gesicht nahm er ihren Koffer, sprang vom Kutschbock, ohne sich darum zu kümmern, wie sie vom hohen Sitz herunterkam, und stellte ihr Gepäck recht unsanft auf der Veranda ab.
Moira verlor ihren Strohhut, als sie mit nicht minder verstimmter Miene vom Fuhrwerk sprang. Er flog in den Dreck gegen einen Haufen frischer Pferdeäpfel. Wütend, daß der Rand leicht mit Kot beschmiert war, hob sie ihn auf. »Danke für deine großzügige Hilfe, Adrian Flynn! Ganz der Vater, nicht wahr?«
Adrian kehrte zum Fuhrwerk zurück, schwang sich wieder auf den Kutschbock, nahm die Zügel auf und löste die Bremse – alles, ohne sie auch nur anzusehen. »Ich hoffe von Herzen, daß deine Mutter ganz schnell wieder gesund wird. Denn dann kannst du das nächste Flußboot zurück nach Mildura

nehmen und wieder bei den frommen Nonnen dein wohlbehütetes Leben fortsetzen, Miss Mayfield!« rief er ihr mit beißendem Sarkasmus zu, während er die Pferde antrieb und sich nicht um den Staub kümmerte, den die Tiere aufwirbelten. »Einer so feinen, kultivierten jungen Dame wie dir ist River Bend ja wirklich nicht mehr zuzumuten, nicht wahr? Aber vergiß nicht, für uns arme Seelen zu beten, wenn du wieder bei deinen Betschwestern bist! Wir haben es bestimmt bitter nötig!« Mit diesen Worten und einer Staubwolke, die er hinter sich aufwirbelte, jagte Adrian das Gespann die Straße hoch.

»Was bildest du dir bloß ein, du ungehobelter Klotz!« rief sie ihm erbost nach, stampfte wütend mit dem Fuß auf und fragte sich, was sie einst bloß in Adrian gesehen hatte. Was war bloß in ihn gefahren, daß er sich bei ihrem Wiedersehen nach so langer Zeit derart unverschämt aufgeführt hatte? Sie wußte keine Antwort darauf. Aber was immer ihn auch dazu veranlaßt haben mochte, er war auf jeden Fall nicht länger ihr Freund, das war mal sicher!

Onkel William hielt sich unten im Geschäft auf. Unruhig wie ein gefangenes Tier hinter Gittern ging er hinter der Ladentheke auf und ab, als Moira durch die Tür trat.

»Dem Himmel sei Dank, daß du da bist!« rief er wie erlöst, als er sie erblickte. Ein gequältes Lächeln huschte über sein Gesicht, das von großer Sorge und Übermüdung gezeichnet war.

»Wie geht es Mom?« lautete Moiras erste Frage, während sie ihren Koffer achtlos mitten im Laden abstellte. Sein Anblick bedeutete einen leichten Schock für sie. Denn in den Jahren, die sie unter seinem Dach gelebt hatte, hatte sie ihren Onkel nicht einmal so verstört und nachlässig gekleidet in seinen Geschäftsräumen gesehen wie an diesem Nachmittag. Seine Weste, die er stets streng zugeknöpft trug, stand offen,

und es fehlte sogar die penibel gebundene Krawatte, ohne die er sich niemals seinen Kunden präsentierte. Und seinen wirren Haaren sah man an, daß er immer und immer wieder fahrig mit der Hand durchgefahren war. In diesem Moment kam ihr zum erstenmal richtig zu Bewußtsein, daß Dennis sein drittes Kind gewesen war, das er zu Grabe getragen hatte.
»Unverändert. Doktor Austin ist gerade bei ihr oben. Er hat mich aus dem Zimmer geschickt!« stieß Onkel William mit rauher Stimme hervor. »Mein Gott, Moira, ich wünschte …«
Sie hörte nicht mehr, was er sagte. Von der panischer Angst getrieben, kostbare Minuten mit Adrian vertan zu haben und zu spät gekommen zu sein, stieß sie die hüfthohe Schwingtür in der Ladentheke auf, stürzte durch die offenstehende Tür zu den Privaträumen und rannte die Treppe hoch.
Beinahe hätte sie Doktor Austin, der gerade aus dem Krankenzimmer kam, oben im Flur umgerannt. Der bullige Arzt besaß die scharf gekrümmte Nase eines Geiers, die fleischigen Hängebacken einer übergewichtigen Bulldogge und die sanften Augen eines Mannes, der in seinem Leben schon viel Leid gesehen hatte, ohne darüber jedoch sein Mitgefühl und die Leidenschaft für seinen Beruf verloren zu haben.
»Wie geht es meiner Mutter, Doktor?« stieß sie atemlos hervor.
»Leider nicht gut, Moira«, antwortete Doktor Austin nach einem kurzen Moment der Verwirrung, denn auch er hatte sie im ersten Augenblick nicht gleich wiedererkannt, zumal Halbdunkel in dem fensterlosen, langen, schmalen Flur herrschte. »Aber ihr Zustand hat sich, Gott sei gedankt, auch nicht verschlechtert, wie ich es erst befürchtet hatte.«
»Wird … wird sie wieder gesund?«
Doktor Austin zögerte kurz, während er sich über das kantige Kinn fuhr. »Nun, deine Mutter ist in ihren besten Jahren und von kräftiger Konstitution. Sie hat sehr viel Blut verloren, aber ich denke, sie wird es schaffen, wenn sie nur den Willen dazu hat«, machte er ihr Hoffnung, um ihrer Erleichterung

jedoch schon im nächsten Moment einen Dämpfer aufzusetzen, als er einschränkend hinzufügte: »Natürlich immer vorausgesetzt, es kommt nicht zu weiteren Komplikationen.«

»Kann ich zu ihr?«

»Natürlich.« Er schenkte ihr ein aufmunterndes Lächeln. »Es wird ihr helfen, dich bei ihr zu wissen, Moira. Ich komme heute abend noch mal, um nach ihr zu sehen.«

Mit bangem Herzen trat Moira in das Krankenzimmer. Die Fenster standen weit offen, doch die Vorhänge waren vorgezogen, um Staub und Fliegen abzuhalten. Sie trat an das Bett, ergriff die Hand ihrer Mutter, die sich beängstigend heiß und verschwitzt anfühlte, und beugte sich über sie. Das fahle Gesicht war von roten Flecken übersät und glänzte im Schweiß des Fiebers. Und ihr Atem ging schnell und flach, als bekäme sie nicht genug Luft. »Mom? ... Mom? ... Ich bin es.«

Ihre Mutter schien Mühe zu haben, die Lider zu heben. »Moira?« Ihre Stimme war kraftlos und kaum mehr als ein Flüstern. In ihre Augen trat jedoch ein warmer, seliger Glanz, und ein Lächeln legte sich auf ihre Lippen. »O Moira, mein Kind, ... meine geliebte Tochter! ... Es tut mir so leid ... Ich wußte nicht, wie ... wie ich es dir sagen sollte ... Verzeih mir, Kind ... verzeih mir ... Ich wollte dir nicht weh tun ...« Tränen füllten ihre Augen und rannen über ihr Gesicht.

In diesem Moment wurde alles, was Moira zu Recht oder zu Unrecht ihrer Mutter gegenüber an bitteren Vorwürfen geäußert hatte, von der Erkenntnis hinweggefegt, daß sie ihre Mutter liebte. Und wenn diese Liebe auch nicht mehr von jener kindlichen Bewunderung und Bedingungslosigkeit war, die sie vor ihrer Ankunft in River Bend für sie empfunden hatte, so war diese Liebe doch stark genug, um auch die schmerzlichen Wunden, Enttäuschungen und Fehler zu überstehen, die sie einander in der Vergangenheit zugefügt hatten.

»Ich weiß, Mom«, antwortete Moira bewegt, streichelte die

Hand ihrer Mutter und versuchte erst gar nicht, ihre Tränen zurückzuhalten.
Eine halbe Stunde später, als ihre Mutter schon längst in einen unruhigen Schlaf gefallen war, kam Onkel William ins Zimmer. Er zog sich auf der anderen Seite des Bettes einen Stuhl heran und unternahm erst gar keinen Versuch, ein Gespräch zu beginnen. Moira sah, daß er lautlos betete.
Eine gute Stunde später, als die Dämmerung schon ihre dunklen Schatten über das Land am Murray warf, verließ Moira das Zimmer, um den Abort im Hinterhof aufzusuchen. Als sie ins Haus zurückkam, stand Onkel William in der Küchentür.
»Ich habe uns frischen Tee gemacht. Eine Tasse wird dir jetzt bestimmt guttun«, sagte er. Die Art, wie er es sagte, ließ keinen Zweifel zu, daß es keine indirekte Bitte um Gesellschaft war, sondern ein Angebot, bei dem es nicht allein um eine Tasse Tee ging.
Moira zögerte kaum merklich.
»Wir haben eine lange Nacht vor uns, und wir sollten vernünftig sein«, sagte er. »Dazu gehört auch, daß wir uns an Eleanors Bett ablösen.«
Moira nickte, folgte ihm in die Küche und setzte sich mit ihm an den Tisch. Er füllte ihre Tasse, schob ihr die kleine Porzellandose mit dem Zucker zu und nippte dann vorsichtig an seiner Tasse. Moira nahm einen Löffel Zucker, rührte um und wartete.
Weder Onkel William noch sie hatte Eile. Über zwei Jahre hatten sie kein Wort miteinander gewechselt. Und jeder von ihnen erinnerte sich nur zu gut daran, was der andere bei ihrem letzten Gespräch gesagt hatte. Wie eine unsichtbare Wand standen diese Worte zwischen ihnen.
Es war Onkel William, der schließlich das Schweigen brach. »Zwei Jahre sind eine lange Zeit, besonders in der Jugend und im Alter. Du bist kein kleines Mädchen mehr, sondern erwachsen geworden, Moira«, sagte er ohne Umschweife.

»Damit ändert sich so manches.« Er machte eine Pause, und Moira verharrte in ihrem abwartenden Schweigen.
»Was ich damals von dir verlangt habe, halte ich auch heute noch für rechtens«, fuhr er mit fester Stimme fort. »Aber ich bin nicht dein Vater, und daher steht es mir heute nicht mehr zu, von dir Gehorsam zu verlangen. Nicht nach den zwei Jahren, die du fern von uns gelebt hast. Zudem ist es zu spät. Es wäre Selbstbetrug, so zu tun, als könnte einer von uns ungeschehen machen, was damals dazu geführt hat, daß wir dich auf die Klosterschule nach Mildura geschickt haben.«
Moira pflichtete ihm durch ein Nicken bei und dachte: ganz der nüchterne Kaufmann, der emotionslos Bilanz zieht und Außenstände, von denen er weiß, daß er sie nicht eintreiben kann, unbeschönigt als Verlust abschreibt.
»Tatsache ist aber auch, daß Eleanor deine Mutter ist und die letzten beiden Jahre sehr unter dieser häßlichen Situation gelitten hat, weil sie mehr an dir hängt, als du es dir wohl bewußt bist«, erklärte Onkel William, während er seine Tasse wieder auffüllte, und sah sie dann direkt an. »Und weil mir Eleanor mehr bedeutet, als du vermutlich wahrhaben willst, möchte ich diesem für sie unerträglichen Zustand ein Ende bereiten.«
Moira wich seinem Blick nicht aus. »Und wie stellst du dir das vor, Onkel William?«
»Ich biete dir einen Waffenstillstand an.«
Sie hob die Augenbrauen. »Einen Waffenstillstand?«
»Ja, besser gesagt einen Nichtangriffspakt.« Ein spöttisches Lächeln huschte flüchtig über sein Gesicht. »Denn im Gegensatz zu einem Waffenstillstand, der zumeist ja nur eine Feuerpause zwischen den Kampfhandlungen darstellt, ist ein ernst gemeinter Nichtangriffspakt, der die Positionen des anderen akzeptiert, mehr auf Dauer ausgerichtet. Nun, das ist mein Angebot. Jetzt bist du an der Reihe. Wer weiß, vielleicht hast du ja etwas anderes anzubieten.«

Moira dachte einen Augenblick nach und mußte innerlich eingestehen, daß er nicht nur ein nüchterner Kaufmann war, sondern auch einer, der seine Kunden nicht übervorteilte. Ein Nichtangriffspakt war ein faires Angebot und wohl tatsächlich das beste, was sie aus dieser verfahrenen Situation machen konnten. Sie stellte ihre Tasse ab, schüttelte langsam den Kopf und antwortete: »Nein, einen besseren Vorschlag habe ich nicht.«

»Heißt das, daß du mein Angebot annimmst, Moira? Stellen wir von jetzt an alle Kampfhandlungen ein, und schließen wir einen Nichtangriffspakt?« vergewisserte er sich und streckte ihr seine Hand über den Tisch hin.

Moira nickte. »Einverstanden, Onkel William«, sagte sie und besiegelte ihre Abmachung per Handschlag.

Danach kehrte wieder Schweigen zwischen ihnen ein. Sie blieben jedoch noch eine ganze Weile gemeinsam am Küchentisch sitzen, jeder seinen eigenen Gedanken nachhängend, bis Doktor Austin zu seinem abendlichen Krankenbesuch erschien.

Am übernächsten Morgen begann das hohe Fieber langsam, aber stetig zu fallen, womit die akute Lebensgefahr gebannt war. Moira hielt sich auch an diesem Tag fast ausschließlich am Krankenbett ihrer Mutter auf, die nun, ausgezehrt vom Fieber, ein scheinbar grenzenloses Schlafbedürfnis hatte. Onkel William, der mittlerweile eine Aushilfskraft für das Geschäft gefunden hatte, leistete ihr oft Gesellschaft.

»Habt ihr euch endlich miteinander versöhnt?« war eine ihrer ersten Fragen, als ihrer Mutter an diesem Tag zum erstenmal richtig zu Bewußtsein kam, daß William und sie, Moira, gemeinsam an ihrem Bett saßen.

»Wir haben unsere unerledigten Geschäfte in Ordnung gebracht, Eleanor«, antwortete William diplomatisch und mit seiner ausgeprägten Vorliebe für kaufmännische Redewen-

dungen. »Man könnte es auch einen ehrenvollen Vergleich nennen.«
Moira lächelte. »Ja, das trifft es ganz gut, Mom.«
Ihre Mutter war viel zu erschöpft, aber auch zu klug und vor allem auch erleichtert, daß sie ihren bitteren Zwist endlich beigelegt hatten, um über die Art ihrer »Versöhnung« Fragen zu stellen. Manche Dinge, besonders solche von sehr delikater Natur, ließ man besser auf sich beruhen, wenn man keinen Schaden anrichten wollte.
An diesem Abend saß Moira nach langen Jahren wieder einmal im Fenster ihrer Dachkammer, in der sie alles noch so vorgefunden hatte, wie sie das Zimmer im Frühling vor fünfundzwanzig Monaten verlassen hatte. Die Beine angezogen und mit ihren Armen umschlossen, schaute sie im schwindenden Abendlicht über die rostigen Blechdächer und staubigen Straßen von River Bend. Die Zeit schien ihr an diesem Ort stehengeblieben zu sein. Bis auf die beiden neuen, stählernen Lastkräne an der Moama Wharf, die vor einem dreiviertel Jahr anstelle der alten Holzkonstruktionen aufgestellt worden waren, wie Adrian ihr in seinem letzten Brief schrieb, hatte sich hier kaum etwas verändert.
Arnold Patterson, der noch immer die Zweigstelle der Union Bank leitete, war nicht mehr der einzige, der ein Automobil fuhr. Der Anblick von Autos war in River Bend nicht länger ein ungewöhnlicher, aufsehenerregender Anblick, wie auch der Anschluß an das Stromnetz keine Sensation mehr darstellte, obwohl den meisten das Geld für die Verlegung der Kabel und den Kauf neuer Lampen fehlte. Es gab einige neue Geschäfte, Wohnhäuser und sogar ein Kino, das sich *Royal Majestic Cinema* nannte und gegenüber vom Rathaus in einem ehemaligen Lagerschuppen eröffnet hatte. Aber auch mit dem neuen Anstrich in Königsblau und dem schwungvollen Schriftzug, der von einem halben Dutzend Sternen gekrönt war, blieb das *Royal Majestic* nichts weiter als eine langgestreckte Wellblechbaracke.

Bis auf solche Kleinigkeiten spielte sich das Leben jedoch noch genauso ab, wie Moira es in Erinnerung hatte. Dazu gehörte auch, daß der alte Samuel Walsh, die ausziehbare Leiter auf den Rücken geschnallt sowie Kerosinkanister und Nachfüllkanne in seinem Holzkasten auf dem Gepäckträger, noch immer Abend für Abend von einer Straßenlaterne zur anderen radelte und seines Amtes als Lampenanzünder waltete. Wie auch Bootlace und Old Vinegar Face, die sie aus einem der Pubs auf der Victoria Street kommen sah, wohl immer noch all denen, die ihnen zuhörten oder ein Bier spendierten, dieselben Geschichten erzählten.

Nein, an diesem rückständigen, bedächtigen Leben würde sich auch mit dem baldigen Eintreffen der Eisenbahn nicht viel ändern. Wenn River Bend irgendwann Anfang bis Mitte nächsten Jahres an das Schienennetz angeschlossen war, was die Bürger keiner wirtschaftlichen Überlegung zu verdanken hatten, sondern einer politischen Entscheidung im fernen Melbourne sowie schlichtweg den geographischen Gegebenheiten des Landes, würde das keinen nennenswerten wirtschaftlichen Aufschwung bewirken, sondern allenfalls ein Teil des Handels vom Fluß auf die Schiene verlegen. River Bend würde immer ein Ort bleiben, den man auf einer Reise passierte und flüchtig zur Kenntnis nahm, aber nur ganz selten das Ziel selbst.

Lange saß Moira auf dem breiten Fensterbrett, schaute über River Bend hinweg und ließ ihren Gedanken freien Lauf. Sie dachte über die Jahre nach, die sie hier gelebt hatte, und ein merkwürdiges Gefühl der Trauer und des Schmerzes überkam sie, je weiter ihre Erinnerungen in die Vergangenheit zurückgingen. Wie der Murray, der bei Hochwasser über scheinbar sichere hohe Ufer stieg, so schwollen die Fluten ihrer Erinnerung an und trugen sie mit reißender Macht davon.

Die samtene Schwärze der Frühlingsnacht lag schon über River Bend, als Moira schließlich vom Fensterbrett glitt und

das Fenster schloß. Doch kaum hatte sie sich umgewandt, als ein kleiner Stein gegen die Scheibe flog. Ihm folgten ein zweiter und ein dritter.
Das leise Klirren löste augenblicklich die Erinnerung an jene Zeiten in ihr aus, als sie sich regelmäßig heimlich aus dem Haus geschlichen hatte, um mit Adrian und Crooke auf verbotene nächtliche Streifzüge zu gehen.
Moira fuhr herum, öffnete das Fenster wieder und blickte in den Hof hinunter. Die Gestalt, die dort unten stand, zeichnete sich in der Dunkelheit nur als undeutliche Silhouette ab. Dennoch brauchte sie nicht lange zu überlegen, wer die Steine wohl gegen ihre Fensterscheibe geworfen hatte und nun zu ihr heraufschaute. Natürlich war der Mann dort unten Adrian!
Er hob die Hand und bedeutete ihr, zu ihm in den Hinterhof zu kommen.
Eine freudige Erregung packte Moira, über die sie sich aber schon im nächsten Moment ärgerte. Sie war nicht länger das kleine Mädchen, das sich kein aufregenderes Abenteuer vorstellen konnte, als sich nachts aus dem Haus zu schleichen, Steine auf das Dach des Schulleiters zu werfen und mit Adrian und Crooke durch den Busch zu streifen! Außerdem hatte sich Adrian bei ihrem Wiedersehen unmöglich benommen. Ja, sein Verhalten konnte man fast schon unverzeihlich nennen. Aber wenn er gekommen war, um sich zu entschuldigen, wollte sie nicht so sein.
Moira nickte ihm zu und trat wenig später durch die Hintertür auf den Hof hinaus. Sie verschränkte die Arme vor der Brust, sah ihn mit kühler Miene an und wartete auf seine Entschuldigung.
Adrian räusperte sich und zog sein Halstuch zurecht. »Ich habe Doktor Austin getroffen. Er hat mir gesagt, daß deine Mutter außer Lebensgefahr ist.«
Moira nickte. »Es stand schlimm um sie. Aber jetzt befindet sie sich auf dem Weg der Genesung«, antwortete sie mit

kühler Stimme und rechnete damit, daß er sich nun, nachdem er sich nach ihrer Mutter erkundigt hatte, für sein empörendes Betragen vor zwei Tagen entschuldigen würde.
Doch statt dessen sagte er nun: »Du hast ganz schön lange da oben in deinem Fenster gesessen, Moira. Aber das hast du ja auch früher schon gern getan.«
Moira wußte im ersten Moment nicht, was sie auf diese Feststellung erwidern sollte. »Wenn du weißt, wie lange ich auf dem Fensterbrett gesessen haben, mußt du ja eine Menge Zeit damit verbracht haben, mich zu beobachten!« antwortete sie in ihrer Verwirrung und mit einem bissigen Unterton.
Er zuckte die Achseln. »Kann schon sein, Moira. Komm, laß uns zum Fluß hinuntergehen«, forderte er sie auf, als wäre nie etwas zwischen ihnen vorgefallen, und wandte sich um, ohne eine Antwort von ihr abzuwarten.
»Nun mal langsam!« rief Moira gereizt, weil er ihr Einverständnis einfach voraussetzte. »Wer hat denn gesagt, daß ich Lust habe, mit dir zum Fluß hinunterzugehen?«
Er blieb kurz stehen. »Du bist doch zwei Tage nicht aus dem Haus gekommen. Ein bißchen Bewegung und frische Luft werden dir gut tun, und du bist doch immer gerne zum Fluß hinuntergegangen«, erwiderte er gelassen. »Außerdem redet es sich beim Gehen besser, als wenn man in einem dunklen Hinterhof gleich neben dem Abort steht.«
»Nun gut, reden wir also im Gehen«, sagte Moira gnädig und machte an diesem Abend einen Spaziergang mit ihm zum Murray hinunter. Eine Entschuldigung bekam sie von ihm jedoch nicht zu hören. Statt dessen erzählte er ihr, warum er seit vier Monaten für Nathan Sullivan arbeitete. Er hatte es nicht länger ertragen, auf *Illawarra* der billige Knecht zu sein und nach der Pfeife seines Vater und seines Bruders zu tanzen, mit denen er sich über die richtige Bewirtschaftung der Station immer öfter und immer heftiger in die Haare geraten war.

»Es ist allerhöchste Zeit gewesen, meine eigenen Wege zu gehen und auch mal an meine Zukunft zu denken. Denn weder von meinem Vater noch von Lance kann ich später auch nur einen lausigen Shilling erwarten. Wenn ich hier eines Tages meine eigene Farm haben will, muß ich sie mir schon selbst verdienen. Und der alte Sullivan zahlt einen anständigen Lohn.«

»Und wie lange wirst du für ihn arbeiten müssen, bis du die Anzahlung für ein eigenes Stück Land zusammenhast, auf dem du dich dann zu Tode schuften darfst?« fragte Moira spitz, die einfach nicht verstand, wie jemand so versessen darauf sein konnte, sein Leben unbedingt als Farmer zu vergeuden – und dann auch noch in solch einem öden Kaff wie River Bend! »Fünfundzwanzig Jahre?«

Er warf ihr einen verdrossenen Blick zu. »Der Job bei Nathan Sullivan ist nur der Anfang. Es wird sich schon noch was Besseres ergeben«, sagte er, hob einen Stein auf und warf ihn weit über den Fluß. »Oder hast du bei deinen Nonnen vielleicht schon vergessen, daß auch du nicht gleich mit Öl, sondern erst einmal mit ein paar billigen Buntstiften angefangen hast?«

»Es sind nicht *meine* Nonnen!« erwiderte Moira ärgerlich über die Ablehnung, die sie aus seinen Worten heraushörte. »Und daß ich eine natürliche Begabung für die Ölmalerei besitze, wie Schwester Johanna mir mehr als einmal bescheinigt hat, bedeutet ja wohl nicht ...«

»Schau an, die junge Dame hat also eine natürliche Begabung für die feine Ölmalerei, wie die fromme Schwester Johanna festgestellt hat!« fiel er ihr sarkastisch ins Wort. »In Mildura ist man natürlich kultiviert genug, um so etwas festzustellen, während wir hier in River Bend für solche Entdeckungen zu provinziell sind, nicht wahr? Kein Wunder, daß du dir mittlerweile für die primitive Welt der Buntstifte zu fein bist!«

»Du verdrehst mir die Worte im Mund!« fuhr sie erbost auf

und funkelte ihn an. »Vermutlich hast du gar nicht richtig begriffen, was ich gesagt habe, weil du in Gedanken schon …«
Erneut unterbrach er sie. »Klar, ein einfältiger Fuhrknecht aus River Bend kann dem geistreichen Gedankenflug einer gebildeten Klosterschülerin, der man endlich aus berufenem Nonnenmund ein natürliches Talent für die Ölmalerei attestiert hat, natürlich nicht folgen!« blaffte er wütend.
»Das habe ich überhaupt nicht gesagt!«
»Aber gedacht!«
»Das unterstellst du mir!«
»Nein, das sehe ich dir an!«
»Du hast sie ja nicht mehr alle!« rief Moira empört. »Und ich denke nicht daran, mir noch weiter solchen Schwachsinn von dir anzuhören. Mir reicht es. Danke für den wirklich reizenden Spaziergang, Adrian Flynn!« Sie wandte sich abrupt um und stürmte voller Wut davon. Sie ärgerte sich nun, daß sie seiner Aufforderung zu einem Spaziergang gefolgt war. Und über die Schulter rief sie ihm noch zu: »Ich hätte mir ja gleich denken können, daß du nicht genug Anstand im Leib hast, um dich zu entschuldigen.«
Nicht weniger erregt stapfte Adrian hinter ihr her. »Wie bitte? Entschuldigen? Ich wüßte nicht, wofür ich mich zu entschuldigen hätte!«
»Das wundert mich immer weniger!«
»Oder hat sich die junge Dame vielleicht auf die Zehen getreten gefühlt, als ich ihr gesagt habe, daß es noch Menschen gibt, die hart arbeiten müssen und keine Zeit haben, stundenlang über geistvollen Formulierungen zu brüten?«
»Ich bin keine junge Dame! Und ich brüte auch nicht stundenlang über irgendwelchen Formulierungen, wenn ich einen Brief schreibe. Aber ich schmiere auch nicht lustlos ein paar Zeilen hin!«
»Meine Briefe waren für dich also lustloses Geschmiere, ja? Gut, daß ich das weiß. Aber das mit dem Geschmiere trifft doch wohl eher auf deine Ölpinselei zu. Denn es wird ja wohl

einen Grund haben, warum ich von deinen genialen künstlerischen Werken in Öl bisher noch nichts gesehen habe. Dabei hast du mir doch sonst jede Kritzelei geschickt!«

»Warum auch? Die Bilder, die zu dir passen, findest du in keiner Galerie, sondern bei Leuten wie Finton Baker, dem schielenden Schildermaler auf der Stuart Street!«

So ging es Schlag auf Schlag. Eine bissige und verletzende Bemerkung folgte der anderen. Sie stritten sich wie die Kesselflicker, den ganzen Weg vom Fluß zurück in die Bourke Street. Dort knallte Moira ihm die Tür vor der Nase zu, als Adrian ihr mit beißendem Spott noch eine gute Nacht wünschte. »Und vor allem auch noch gute Besserung. Denn irgend etwas stimmt nicht mit dir, das ist ja wohl offensichtlich!« rief er ihr noch erregt nach.

Moira warf sich mit geballten Fäusten auf ihr Bett, vergoß einige Tränen der Wut und schwor sich, Adrian fortan mit eisiger Nichtachtung zu strafen. Diesen Streit, den er vom Zaun gebrochen hatte, und seine Beleidigungen würde sie ihm nie verzeihen. Sie war mit ihm fertig. Endgültig. Und wenn er auf Knien gekrochen kommen und sie tausendfach um Verzeihung anflehen sollte! Aus, Schluß und vorbei!

Doch was tat sie am nächsten Vormittag? So widersinnig es auch war, sie gab einem verstörend starken Drang nach und wanderte zum Jacarandabaum hinaus, der in voller Blüte stand. Daß sie sich ausgerechnet an diesen Ort begab, der doch wie kein anderer in River Bend mit einer Fülle von aufwühlenden Erinnerungen verbunden war, begründete sie vor sich selbst mit der Erklärung, daß sie von diesem abgeschlossenen Kapitel ihrer Vergangenheit ein für allemal Abschied nehmen wollte.

Als sie wenig später das vertraute Geräusch eines Fahrrads hörte, das mit klappernden Blechen über den holprigen Weg kam, war sie nicht im mindesten überrascht, wie ihr zu ihrer eigenen Verwirrung bewußt wurde. Irgendwie hatte sie damit

gerechnet, daß sie hier auf Adrian treffen würde, ja geradezu darauf gewartet. Und obwohl ihr eine innere, zornige Stimme dringend riet, aufzuspringen und sich so rasch wie möglich zu entfernen, rührte sie sich doch nicht von der Stelle. Sie wandte nicht einmal den Kopf, sondern blickte weiterhin stur in die entgegengesetzte Richtung.
Kurz darauf setzte sich Adrian neben sie in den Schatten des Jacarandas. »Komisch, daß man sich immer wieder an denselben Stellen trifft, findest du nicht auch?«
»Ich bin zufällig hier«, antwortete sie mit verkniffener Miene, denn es wurmte sie, daß sie nun doch mit ihrem eisernen Vorsatz gebrochen hatte, kein Wort mehr mit ihm zu wechseln.
»Ich auch«, entgegnete er, völlig unbeeindruckt von ihrer abweisenden Haltung, und fuhr dann leichthin fort, als hätten sie sich die Nacht zuvor nicht fürchterlich gestritten: »Wie ich auch zufällig zwei Karten für das Cinema habe. Hast du Lust, mit mir heute abend in die Vorstellung zu gehen?«
»Nein, habe ich nicht!«
Er schien sie nicht gehört zu haben. »Sie zeigen die Verfilmung von Bert Baileys Theaterstück *The Squatter's Daughter*.«
»Und wenn schon!« gab Moira sich gleichgültig.
»Es soll ein aufregender Film sein.«
»Pah!« sagte sie geringschätzig. »Was kann an der Geschichte schon aufregend sein, wenn es doch bloß um die Tochter eines Buschfarmers geht?«
»In Sydney, Melbourne und Adelaide ist der Film, als er 1910 in die Lichtspielhäuser kam, jedenfalls monatelang mit großem Erfolg gelaufen.«
»Was für ein Wunder, daß der Film bloß mit dreijähriger Verspätung nach River Bend gekommen ist«, stichelte sie. »Oder ist das nur einem Zufall zu verdanken?«
Adrian erhob sich, klopfte sich den Sand von der Hose und sagte: »Ich muß los. Dann also bis heute abend um Viertel

vor acht, Moira. Ich warte vor dem *Majestic*«, sagte er und stieg wieder auf sein Fahrrad.

»Da kannst du aber lange auf mich warten!«

Adrian brauchte nicht eine Minute auf sie zu warten. Um zwanzig vor acht war Moira vor dem *Royal Majestic Cinema*. Sie hatte den ganzen Tag mit sich gerungen und war schließlich zu dem Ergebnis gekommen, daß es eine gute Gelegenheit war, endlich einmal einen Film zu sehen, auch wenn die Einladung dazu von Adrian kam. Aber da sie ja mit vielen anderen in einem Raum saß und während der Vorstellung jegliches Reden verboten war, konnte es ihr doch völlig gleichgültig sein, daß er an ihrer Seite saß. Und daß er ihr Ticket bezahlte, war angesichts der Tatsache, daß er zu keiner Entschuldigung fähig war, nur recht und billig!

Im *Royal Majestic Cinema* saßen sie auf langen, harten Holzbänken und unter einem schadhaften Dach, das jede Vorstellung bei Regen zu einem sehr zweifelhaften, feuchten Vergnügen machte. Kurz bevor die nackten Glühbirnen über ihnen ausgingen, stellte Moira fest, daß Adrian ein frisches Hemd anhatte und nach einem Rasierwasser roch, von dem sie erst nicht wußte, ob ihr der Geruch angenehm war oder nicht. Ärgerlich über ihre Unschlüssigkeit, beschloß sie, den Duft als zu aufdringlich zu finden und nicht zu mögen. Und sie hoffte, daß er nicht auf den lächerlichen Gedanken kam, sie habe sich seinetwegen so sorgfältig frisiert und sich die schwarze Samtschleife ins Haar gebunden!

Der Film war ungeheuer aufregend, und Moira war von der Handlung völlig gebannt. Zeitweilig vergaß sie sogar Adrian und sein Rasierwasser. Nach der Vorstellung hatte sie allergrößte Mühe, sich ihre Begeisterung für den Film nicht anmerken zu lassen und sich nur milde beeindruckt zu geben. Daß sie Adrian wie selbstverständlich hinüber in *Terence O'Farrell's Pharmacy* folgte, der auf der anderen Straßenseite in seinem Geschäft kurz nach der Eröffnung des *Majestic* eine zusätzliche Theke nahe dem ebenfalls neuen Schaufenster

eingebaut hatte, wo man auch noch am späten Abend kalte Limonade und Eiscreme serviert bekam, und daß sie sich von Adrian dort zu einem gemischten Eis einladen ließ, das alles kam ihr erst viel später zu Bewußtsein, als sie längst in ihrem Bett lag. Denn kaum hatten sie das Lichtspielhaus verlassen, als sie sich auch schon wieder in die Haare gerieten. Moira konnte sich hinterher nicht mehr daran erinnern, welche Bemerkung genau ihren Streit ausgelöst hatte, war jedoch davon überzeugt, daß er ihn zu verantworten hatte. Gut, sie hatte vielleicht etwas zu wenig Begeisterung für den Film gezeigt. Aber sich eines zurückhaltenden Urteils zu befleißigen hatte ja wohl nichts mit Überheblichkeit zu tun. Wie ihm auch eine dumme Kinokarte und ein Eis bei *O'Farrell's* noch lange nicht das Recht gaben, auf jeder ihrer Äußerungen herumzuhacken und alles zu verdrehen, was sie sagte!
»Wie froh bin ich doch, wenn ich River Bend endlich den Rücken kehren kann und wieder in Mildura bin!« murmelte sie leise und voller Ingrimm vor sich hin, bevor sie sich auf die andere Seite drehte und Adrian aus ihren Gedanken zu drängen versuchte, weil sie endlich einschlafen wollte. »Wenn es nicht wegen Mom wäre, hätte ich schon längst den nächsten Dampfer genommen! Ja, das hätte ich!«

Die Oberin hatte Moira nicht nur ihren Segen mit auf den Weg gegeben, sondern auch die ausdrückliche Erlaubnis, so lange in River Bend zu bleiben, wie sie es für notwendig fand. Moira blieb länger als eigentlich nötig, nämlich geschlagene zwölf Tage. Dabei fühlte sich ihre Mutter schon nach einer Woche wieder kräftig genug, um das Krankenbett zu verlassen. Und wenn sie ihr auch viele Stunden am Tag Gesellschaft leistete sowie den größten Teil der Hausarbeit erledigte, so beherrschte doch Adrian eindeutig ihre Gedanken und Gefühle, die sich in einem verwirrenden Aufruhr befanden. Das Chaos in ihrem Innern hatte ein geradezu beängstigendes Ausmaß angenommen. Sie verstand sich selbst nicht mehr. Jeden Tag war sie mit ihm zusammen. Und obwohl sie sich über jede Kleinigkeit stritten und offenbar in nichts einer Meinung waren, verabredete sie sich doch immer wieder mit ihm. Es war wie eine Sucht, die unabänderlich einer Katastrophe zusteuerte. Sie ertappte sich sogar dabei, daß sie morgens am Fenster stand und mit einem merkwürdigen Gefühl der Unruhe darauf wartete, daß er mit seinem Fuhrwerk unten auf der Victoria Street vorbeikam. Doch wenn er zu ihr hochblickte, wich sie ganz schnell hinter die Gardine zurück. Manchmal leider nicht schnell genug. Und dann winkte er ihr zu, was sie augenblicklich wütend machte – auf sich selbst und auf ihn, der sich ja bloß über sie lustig machen wollte! Deshalb stritt sie es auch glattweg ab, jeden Morgen am Fenster zu stehen und darauf zu warten, daß er vorbeifuhr …

Am späten Nachmittag des Tages ihrer Abreise suchte Moira noch einmal den Friedhof auf, um am Grab ihres Halbbruders Dennis ein Gebet zu sprechen. Sie konnte nicht vergessen, mit welcher Empörung und innerer Ablehnung sie reagiert hatte, als sie von Onkel William am Telefon von der Fehlgeburt ihrer Mutter erfahren hatte – und von dem Halbbruder, den sie beinahe bekommen hätte. Sie schämte sich ihrer eifersüchtigen, egoistischen Gefühle.

Moira wunderte sich nicht, daß Adrian mit dem Fuhrwerk auf dem Platz vor der Kirche auf sie wartete. Er hatte gewußt, daß sie zum Grab gehen wollte.

»Für heute habe ich Feierabend. Also, wo sollen wir hinfahren?« fragte er, als sie zu ihm auf den Kutschbock geklettert war.

»Zum Jacaranda«, sagte sie, ohne zu überlegen.

Adrian zeigte sich nicht im mindesten überrascht, nickte nur und nahm die Zügel auf. Schweigend, als hätten sie sich plötzlich nichts mehr zu sagen, saßen sie auf dem harten Sitz des Fuhrwerks, und keiner machte Anstalten, dieses merkwürdige Schweigen zu brechen. Auch als sie den Baum erreicht und sich in seinen Schatten begeben hatten, sprachen sie mehrere Minuten lang nicht miteinander.

Dann platzte Adrian auf einmal damit heraus, daß Crooke von Missis Farrington weggehen und sich auf einer Schafstation verdingen wollte, die acht Meilen weiter südöstlich lag. »Er muß völlig den Verstand verloren haben!« ereiferte er sich.

»Was hast du denn dagegen, daß er sich endlich einen Job sucht, wo er auch anständig bezahlt wird? Ich finde das gut und verstehe überhaupt nicht, weshalb du dich darüber so aufregst!« erwiderte Moira. Sie hatte Crooke in den vergangenen zehn Tagen nur einmal gesehen, als sie gemeinsam zum Fischen gegangen waren. Das waren auch die einzigen Stunden gewesen, wo sie sich nicht mit Adrian gestritten hatte.

»Daß du das nicht verstehst, wundert mich gar nicht!«

»Tu doch nicht so überheblich, als wüßtest nur du allein, was für Crooke gut ist und was nicht! Er ist nicht nur alt genug, sondern auch klar genug im Kopf, um das allmählich für sich selbst zu entscheiden! Du bist sein Freund, nicht sein Vormund.«

Er warf ihr einen grimmigen Blick von der Seite zu. »Was verstehst du denn schon von dem Leben hier draußen! Du bist morgen wieder in deiner heilen Klosterwelt und bei deiner kunstverständigen Schwester Johanna!« giftete er.

Moira funkelte ihn gereizt an. »Laß dir doch mal was Originelleres einfallen, als ständig auf diese primitive Art über die Klosterschule und Schwester Johanna herzuziehen. So was zeugt von einem ganz kleinen Geist! Einmal davon abgesehen, daß du gar nicht weißt, worüber du sprichst. Denn du hast doch noch nie eine Klosterschule von innen gesehen, geschweige denn eine Schwester kennengelernt, um dir ein Urteil erlauben zu können!«

Und damit stürzten sie sich wieder einmal in einen erbitterten Streit, bei dem der Anlaß schon nach einem kurzen Wortwechsel vergessen war. Sie schenkten sich nichts. Keiner

wollte nachgeben oder einlenken und dem anderen das letzte bissige Wort lassen.
Plötzlich explodierte Adrian. »Jetzt hör endlich auf damit, immer das Gegenteil von dem zu behaupten, was ich sage!« stieß er hervor, und es klang wie ein gequälter Aufschrei. Er packte sie grob an den Schultern. »Sei still, Moira! ... Sei, um Gottes willen, endlich still!«
»Nein, ich denke gar nicht daran. Und laß mich gefälligst los!«
Adrian starrte sie mit verstörter Miene an. »O nein! Ich lasse dich nicht los, Moira ... O mein Gott, du bringst mich noch um! ... Ich kann dich nicht gehen lassen ... Ich kann nicht! ... Nicht so!« stieß er hervor, zog sie an sich und küßte sie auf den Mund, bevor sie wußte, wie ihr geschah.
Es traf Moira wie ein Schock, als sie den Druck seiner warmen, festen Lippen spürte. Ein Schauer durchlief sie, und ein unbeschreibliches Gefühl der Schwäche breitete sich in ihr aus. Sie spürte die Kraft seiner Arme, seine Hände auf ihrem Rücken und seinen Brustkorb, der sich gegen ihre Brüste preßte.
Dann stieß sie ihn mit beiden Händen zurück und gab ihm eine Ohrfeige. »Untersteh dich, das noch einmal zu tun, Adrian! ... Tu das nie wieder!« Sie hatte Mühe, die Worte herauszubringen. Ihre atemlose Stimme zitterte so sehr wie ihr Körper. Daß sie nicht den Impuls unterdrücken konnte, mit der Hand behutsam ihre Lippen zu berühren, auf denen sie noch immer seinen Kuß spürte, steigerte ihre Verstörung nur noch mehr.
Mit blassem Gesicht, aber ganz und gar nicht beschämt sah er sie einen langen Moment an. »Nein? Soll ich es wirklich nie wieder tun, Moira?« fragte er dann leise, strich ihr das Haar über dem linken Ohr zurück und legte seine Hand dann auf ihre Wange. »Dann mußt von jetzt an du den ersten Schritt tun.«
Die zärtliche Berührung seiner Hand ging ihr durch und

durch. Ihr war, als öffneten sich in ihr verborgene Schleusen, aus denen sich ein gewaltiger Strom sehnsüchtiger Gefühle in ihr ergoß. Ihr Herz schlug auf einmal wie verrückt, als die Erkenntnis sie traf, daß sein Kuß das Schönste war, was sie je in ihrem Leben erfahren hatte – und daß sie ihn schon all die Tage sehnsüchtig herbeigewünscht, gegen dieses Sehnen jedoch mit aller Kraft angekämpft hatte. So wie er sich mit aller Macht dagegen gewehrt hatte, sich seine wahren Gefühle für sie einzugestehen. Was waren sie doch bloß für Narren gewesen!

Moira kapitulierte vor der Wahrheit, legte nun ihre Hand auf die seine und küßte ihn innen auf das Handgelenk. »Doch, ich möchte, daß du mich küß t… Ich möchte es sogar sehr! … Es ist verrückt …« Sie schüttelte den Kopf. »Adrian, was ist bloß mit uns geschehen?« flüsterte sie.

Er lächelte und nahm sie sanft in seine Arme. »Ich glaube, man nennt es Liebe, Moira.«

ACHTES KAPITEL

Am nächsten Morgen kehrte Moira mit der *Shamrock* ins Klosterinternat nach Mildura zurück – und das lange Leiden begann, das allein Verliebte, die das Schicksal voneinander getrennt hat, kennen und nachempfinden können. Moira hegte jedoch die Überzeugung, daß ihr qualvoller Zustand, ein Taumeln zwischen himmelhochjauchzender Glückseligkeit in der einen Stunde und tiefster Verzweiflung in der anderen, mit keinem anderen zu vergleichen war. Mochten andere Liebespaare auch noch so viel gelitten haben, bei ihr war alles noch um ein Vielfaches schlimmer, wie sie Rebecca und Sophie versicherte.

»Aber das ist doch wunderbar!« freute sich Rebecca für sie, als Moira sie schon in der Stunde ihrer Ankunft in alles einweihte. Sie fand es ungeheuer aufregend und romantisch, daß Moira sich ausgerechnet in ihren langjährigen Jugendfreund verliebt hatte. »Wenn es mir auch um den armen Robert ein bißchen leid tut. Ich hätte dich schon gern als Missis Robert Lyndham vor den Traualtar treten sehen. Aber ein Adrian Flynn ist mir natürlich auch recht.«

Moira sah sie gequält an. »Wunderbar? Ja, als ich gestern noch mit Adrian zusammen war, da ist es wunderbar gewesen. Doch jetzt bin ich mir dessen schon nicht mehr so sicher.«

»Sag bloß, du hast jetzt schon erste Zweifel an der Ernsthaftigkeit und Tiefe deiner Gefühle zu ihm?« fragte Rebecca mit bestürzter Miene.

»Zweifel?« Moira sah ihre Freundin verwirrt an. »Wie kommst du denn darauf? Nein, ich habe ganz und gar keine Zweifel. Im Gegenteil.«

Rebecca schmunzelte und tat so, als wüßte sie nicht, worauf

ihre Freundin eigentlich hinauswollte. »Na, dann ist doch alles in bester Ordnung.«
Moira verdrehte die Augen. »Aber verstehst du denn nicht, daß doch gerade darin das Entsetzliche liegt, wenn einen die Liebe mit solch einer Macht trifft? Man möchte nur noch füreinander dasein und kann an nichts anderes mehr denken.«
»Ja«, sagte Rebecca leise. »Das kann ich dir nachfühlen.«
»Ich habe letzte Nacht kaum ein Auge zugetan, und die Fahrt nach Mildura hat mich fast umgebracht, weil ich es nicht ertrage, von ihm getrennt zu sein!« fuhr Moira bedrückt fort. »Aber wenn *das* schon so qualvoll ist, wie soll ich dann erst die nächsten Wochen überstehen, geschweige denn die nächsten zehneinhalb *Monate*. Denn so lange ist es ja noch bis zu unserem Schulabschluß hin!«
»Du wirst es schon schaffen, Moira. Nächsten Monat gibt es schon Weihnachtsferien. Und auch zu Ostern, Pfingsten und zu anderen Feiertagen wirst du nach River Bend fahren und Adrian wiedersehen können. Was sind denn schon zehn Monate, wenn es euch ernst ist und ihr wißt, daß ihr noch euer ganzes gemeinsames Leben vor euch habt?« sprach Rebecca ihr Mut zu.
»Du hast gut reden!« sagte Moira mit leidender Miene. »Jeder Tag fern von Adrian ist wie eine Ewigkeit. Am liebsten würde ich morgen schon von der Schule gehen und seine Frau werden!«
Rebecca seufzte mitfühlend. »Ja, das glaube ich dir gern, aber wovon wollt ihr denn leben?« gab sie ihr zu bedenken. »Einmal ganz davon abgesehen, daß du noch gar nicht volljährig bist, um das frei entscheiden zu können. Dein Onkel hat eine ganze Menge Geld in deine Ausbildung hier bei den Barmherzigen Schwestern gesteckt.«
»Ja, aber aus welchen Gründen!«
»Und wenn schon. Ich glaube kaum, daß du die Erlaubnis deiner Mutter und deines Stiefvaters bekommst, so kurz vor

dem Ziel alles hinzuschmeißen und Adrian zu heiraten. Das wäre auch sehr unvernünftig«, beharrte Rebecca. »Denn ohne einen ordentlichen Schulabschluß kommst du nicht ins Lehrerinnenseminar und hast auch keine Chance, irgendwann einmal in die Akademie der schönen Künste aufgenommen zu werden, falls du wirklich Malerin werden willst. Ja, ohne Empfehlungen von den Schwester findest du vermutlich nicht einmal eine halbwegs anständig bezahlte Anstellung als Gesellschafterin auf einer Station weit draußen im Busch!«

Moira sah sie fast beleidigt an. »Mußt du denn so herzlos nüchtern sein, Rebecca? Glaubst du etwa, ich weiß das nicht alles selber?« sagte sie vorwurfsvoll, begann zu schluchzen und lag im nächsten Moment in den Armen ihrer Freundin, um sich trösten zu lassen. »Liebe kennt kein Warten!«

Rebecca schüttelte den Kopf. »O doch! Denn wahre Liebe ist nicht für den heutigen Tag, sondern für ein ganzes Leben!«

Die Trennung von Adrian bedeutete für Moira die schlimmste Prüfung ihres Lebens. Dagegen war die Zeit ihrer bittersten Not in Adelaide, ja sogar die Tyrannei von Tante Josepha geradezu leicht zu ertragen gewesen. Und wer weiß, wozu sie sich hätte hinreißen lassen, wenn sie nicht den Beistand von Rebecca und Sophie gehabt hätte.

Robert Lyndham erwies sich als wahrer Gentleman, als er von seiner Schwester erfuhr, daß es einem anderen gelungen war, Moiras Herz zu erobern.

»Ich hoffe für Moira, daß er ihrer auch wert ist. Weißt du, ich wollte ihr an ihrem achtzehnten Geburtstag einen Antrag machen. Und ich hätte sie auf Händen getragen«, sagte er zu Sophie in dem Wissen, daß seine Schwester jedes Wort an Moira weitergeben würde. »Aber was heißt, ich hätte? Ich *werde* sie auf Händen tragen. Denn noch ist sie nicht Missis Flynn, nicht wahr? Ich werde mich ihr nicht aufdrängen, aber ich bin für sie da, wenn sie mich braucht.«

Rebecca und die Lyndhams waren alle für Moira da, jeder auf

seine ganz besondere Weise. Daß Robert sich weder geknickt von ihr zurückzog noch trotzig versuchte, mit allen Mitteln Adrian bei ihr auszustechen, rechnete sie ihm hoch an. Wenn er auch auf ihre Liebe verzichten mußte, so wollte er doch wenigstens ihre Freundschaft und ihr Vertrauen bewahren. Es berührte sie und tat ihr weh, daß er auf stille, vornehme Art weiterhin auf eine Art Wunder hoffte, nämlich daß sie eines Tages ganz von selbst zu ihm finden und ihm ihre Liebe schenken würde.

»Das wird nie passieren, so gern ich deinen Bruder habe. Adrian ist die Liebe meines Lebens. Was ich für ihn empfinde, werde ich für keinen anderen Mann empfinden können«, versicherte sie Sophie kurz vor dem Weihnachtsfest. »Und ich wünschte, du könntest Robert diese unumstößliche Tatsache auf schonende Weise beibringen. Denn seine Freundschaft ist mir zu kostbar, um ihm falsche Hoffnungen zu machen und ihn leiden zu wissen.«

Sophie verzog das Gesicht. »Ich kann es versuchen. Aber ich fürchte, daß Robert die Geduld und Standfestigkeit eines Ochsen hat, was dich betrifft.«

Und damit behielt sie recht. Ihr Bruder dachte gar nicht daran, Moira als verloren aufzugeben und alle Hoffnung fahrenzulassen. Unaufdringlich und charmant wie eh und je, sorgte er dafür, daß sie einander in seinem Elternhaus nicht weniger oft begegneten als vorher.

Moira wußte nicht, was sie in den ersten Monaten des neuen Jahres ohne die Hilfe ihrer Freundinnen gemacht hätte. Zwar verbrachte sie über Weihnachten und Neujahr wunderbare Wochen in River Bend, in denen sie sich jeden Tag mit Adrian traf und sich nachts wieder heimlich aus dem Haus schlich, so wie sie es einst als Kind getan hatte. Aber dafür litt sie nach ihrer Rückkehr noch schlimmer als zuvor. Jetzt hungerte sie auch noch nach seinen Küssen und erregenden Zärtlichkeiten. Adrian hatte mit seinen Lippen und Händen ihren Körper aus dem Schlaf mädchenhafter Unschuld und

Ahnungslosigkeit erweckt und so manchesmal ihre Selbstbeherrschung auf eine harte Probe gestellt. Seine Zärtlichkeiten und intimen Berührungen waren zu einer Droge geworden, nach der nun jede Faser ihres Körpers verlangte. Sie hatte plötzlich eine deutliche Vorstellung von der gewaltigen Macht, die ihre Mutter einst dazu verführt hatte, alle Regeln der Konvention zu ignorieren und sich ohne Rücksicht auf die Folgen, die ihr Handeln nach sich ziehen konnte, in diesen unglaublichen rauschhaften Strudel der Liebe und der Lust zu stürzen. Die Versuchung, es ihr gleichzutun, wurde immer stärker.
Daß Moira dieser Versuchung widerstand, verdankte sie ihren Freundinnen in Mildura. Während Rebecca ihr tagtäglich aufmunternd zur Seite stand, an Moiras Vernunft appellierte, sie manchmal auch recht grob zurechtwies und ihr vor allem immer wieder vor Augen führte, daß sie sich so kurz vor dem Ende ihrer Ausbildung keinen verhängnisvollen Fehler leisten konnte, etwa mit Adrian durchzubrennen, so verdankte sie es Sophie, daß sie wenigstens regelmäßigen Briefkontakt mit Adrian halten konnte.
»Sag ihm, er soll seine Briefe an mich adressieren und als Absender den Namen deiner Mutter benutzen«, schlug Sophie spontan vor, als Moira sich über die rigide Zensur im Kloster beklagte, die jeden aufrichtigen Briefwechsel zwischen Adrian und ihr zu einer Farce machte. Denn wie sollte sie ihm schreiben, ohne auch nur ein Wort von ihrem qualvollen Sehnen nach ihm und seinen Zärtlichkeiten zu erwähnen. »Ich gebe sie dann an dich weiter.«
Moiras Gesicht leuchtete auf. Doch schon im nächsten Moment kamen ihr Bedenken. »Aber was ist mit deinen Eltern? Sie werden doch bestimmt wissen wollen, warum meine Mutter mir nicht direkt ins Kloster schreibt?«
Sophie zuckte die Achseln. »Dann erzählen wir ihnen einfach, daß ihr euch einige sehr private Dinge zu sagen habt, die auch deine Mutter nicht gern durch die Postzensur der

Nonnen gehen lassen möchte. Und daß es bei euch im Kloster keine verschlossenen Türen oder Schubfächer gibt, zumindest nicht in den Zimmern der Mädchen.«
»Aber die Post von unseren Eltern wird nicht zensiert!«
»Das wissen aber meine Eltern nicht, Moira!« erwiderte Sophie vergnügt. »Mein Vater ist ein lebensfroher Freigeist, wie du weißt, und meine Mutter kommt aus einer ähnlichen Familie. Beide sind so ganz anders als Rebeccas Vater, der ja zum katholischen Glauben konvertiert ist, als er Rebeccas Mutter geheiratet hat. Eine Klosterschule ist für meine Eltern eine fremde Welt. Ich wette, sie trauen den gestrengen Nonnen alles zu.«
Sophie irrte sich nicht. Als sie beim Tee auf der Terrasse beiläufig das Problem erwähnte, das Moira und ihre Mutter angeblich mit der Zensur der Nonnen hatten, da machte ihr Vater Moira ganz von sich aus den Vorschlag, die Briefe doch an die Adresse der Lyndhams zu senden.
Moira wurde vor Scham über diese Täuschung hochrot im Gesicht und wußte nicht, was sie sagen sollte. Sophies Eltern hielten das gerührt für Dankbarkeit und Verlegenheit, was sie dazu veranlaßte, rasch das Thema zu wechseln, nachdem sie Moira das Versprechen abgenommen hatten, sich in dieser höchst privaten Angelegenheit von ihnen helfen zu lassen.
Als Moira an diesem späten Sonntagnachmittag mit Rebecca ins Kloster zurückkehrte, fühlte sie sich glücklich und bedrückt zugleich. Wie konnte sie ihren Freundinnen jemals in ihrem Leben nur für so viel treuen Beistand danken? Und wie konnte sie bloß wiedergutmachen, daß sie die Warmherzigkeit und Güte von Sophies Eltern so mißbraucht und mit Lügen vergolten hatte? Sie hatten Besseres verdient, als von ihr hintergangen zu werden, auch wenn sie ihre Liebe zu Adrian und ihre quälende Sehnsucht vor ihrem Gewissen als mildernde Umstände für ihr beschämendes Verhalten ins Feld führen konnte!
Beim Rosenkranzgebet, das jedes Abendessen im Convent

abschloß, legte sie im stillen einen Schwur ab. Und wenn ihr auch die tiefe Frömmigkeit und natürliche Hingabe ans Gebet fehlte, die Rebecca auszeichnete, so kam dieser Schwur für sie einem heiligen Gelübde gleich: Solange sie lebte, sollte kein Tag vergehen, an dem sie nicht für Rebecca, Sophie und deren Familien ein besonderes Gebet sprach! Nie wollte sie ihre Dankbarkeit der Vergessenheit anheimfallen lassen. Was das Leben ihr bringen und wie alt sie auch werden mochte, diese Menschen sollten immer in ihrem Herzen und ihren Gedanken lebendig sein. Und noch am selben Abend, während der Vesper in der von Kerzen nur schwach erleuchteten Klosterkirche, begann sie mit der Einlösung ihres Gelübdes.

Fortan schrieb Moira jeden Tag an Adrian und schickte zwei Briefe pro Woche an ihn ab. Sich ihre brennende Sehnsucht von der Seele schreiben und auf dem Papier von ihrem zukünftigen gemeinsamen Leben träumen zu können half ihr zwischen den kurzen Aufenthalten in River Bend während der Ferienzeiten sehr, die Wochen und Monate der Trennung zu ertragen, ohne zu verzweifeln. Die Besuche im Haus der Lyndhams wurden nun noch wichtiger, als sie es vorher schon gewesen waren. Sie fieberte jedem Mittwochnachmittag und jedem Sonntag nach der Messe entgegen, immer in der Hoffnung, daß endlich wieder ein Brief von Adrian eingetroffen war.

So eifrig im Briefeschreiben wie Moira war Adrian jedoch auch jetzt nicht, mochte ihn auch die gleiche Sehnsucht quälen. Aber daß sie nun nicht mehr ein halbes Jahr auf Antwort von ihm warten mußte, sondern alle anderthalb bis zwei Wochen einen Brief von ihm in Händen hielt, war ein deutliches Zeichen dafür, wie sehr er sie liebte. Sie wußte, wie schwer es ihm fiel, nach einem harten Arbeitstag gegen die Erschöpfung anzukämpfen, zu Papier und Stift zu greifen und

seine Gefühle und Gedanken niederzuschreiben. Denn wenn er seine Fahrten für Nathan Sullivan erledigt hatte, wartete auf *Illawarra* immer noch mehr als genug Arbeit auf ihn. Zudem lag es einfach nicht in seiner Natur, seine innersten Gefühle wortreich zu formulieren, sosehr er sich auch darum bemühte. Immerhin gelang es ihm, von sich und seiner Liebe zu ihr zu schreiben und nicht schon nach wenigen Zeilen zu einem abrupten Ende zu kommen. Knappe zwei Seiten waren jedoch das Äußerste, was er sich abzuringen vermochte.
Moira hütete seine Briefe wie einen Schatz. Und nach dem Osterfest, das von der Bevölkerung von River Bend besonders festlich gefeiert worden war, weil die Eisenbahn endlich bis zu ihnen vorgerückt war, versank sie weniger oft und weniger tief in den Abgründen der Verzweiflung.
»Ja, weil du jetzt endlich die Augen aufgemacht hast und nun das helle Licht am Ende des Tunnels siehst!« stellte Rebecca mit großer Erleichterung fest. Es war an einem Sonntag im Juni, einem sonnenklaren kühlen Tag, an dem ihre Freundin von Sophie wieder einmal einen Brief von Adrian ausgehändigt bekommen hatte. »Bis zu deinem achtzehnten Geburtstag, an dem ihr euch offiziell verloben wollt, sind es nur noch fünf Monate.«
Moira schüttelte lächelnd den Kopf. »Nicht nur deshalb.«
»Sondern?«
Moira wedelte mit Adrians Brief. »Adrian hat endlich eingesehen, daß er in River Bend keine Zukunft hat. Er ist es endgültig leid, auf *Illawarra* ewig den unbezahlten Knecht zu spielen, auf dem man zudem noch ständig herumhackt. Denn wie er hier schreibt, vergeht kaum noch ein Tag, an dem er sich nicht mit seinem Vater und seinen Bruder Lance in die Haare gerät. Lance will ihn von der Farm ekeln. Nun, er wird seinen Willen bekommen. Tja, und daß er als Fuhrknecht bei Nathan Sullivan nie auf einen grünen Zweig kommt, hat er auch begriffen. Er ist jetzt bereit, nach unserer Hochzeit mit

mir nach Melbourne oder Sydney zu gehen, um dort unser Glück zu versuchen.«
Rebecca warf ihr einen überraschten Blick zu. »Dann hast du es also wirklich geschafft, ihn von River Bend loszueisen? Na, wenn das nicht ein unschlagbarer Beweis seiner Liebe ist, daß er mit dir in die Stadt ziehen will, wo er doch mit Herz und Seele ein Mann der Scholle und mit dem Land verbunden ist! Ich gestehe, daß ich da meine Zweifel hatte.«
»Na ja, zumindest vorerst ist er bereit, in die Stadt zu gehen, wo man gutes Geld verdienen kann«, räumte Moira einschränkend ein. »Er träumt schon noch davon, eines Tages genug Geld zusammenzuhaben, um irgendwo hier am Murray eine eigene Farm zu kaufen. Aber ich baue fest darauf, daß er diesen Plan früher oder später fallenläßt, wenn er sich erst einmal an das Leben in einer großen Stadt mit all seinen Vorteilen gewöhnt hat.«
»Darauf würde ich an deiner Stelle aber nicht bauen«, riet Rebecca besorgt. »Es ist nämlich gut möglich, daß er am Stadtleben nie Geschmack finden wird.«
Moira sah sie einen Augenblick mit gerunzelter Stirn an, tat die Bedenken ihrer Freundin dann aber mit einem fröhlichen Auflachen ab und zuckte die Achseln. »Und wenn schon, Rebecca! Erst einmal werden wir ein paar Jahre in der Stadt leben. Und wenn wir dann wirklich einmal genug Geld zusammenhaben sollten, daß Adrian sich seinen Traum erfüllen kann, dann soll es mir auch recht sein. Hauptsache, wir sind zusammen. Alles andere wird sich dann ganz von selbst ergeben.«
Rebecca nickte. »Das ist ein guter Vorsatz. Hoffentlich hältst du auch an ihm fest.«

Zwei Sonntage nach diesem Gespräch, es war der 28. Juni 1914, gab ein neunzehnjähriger serbischer Gymnasiast an einem fernen Ort, der Sarajevo hieß und irgendwo auf dem

Balkan in einem Land namens Bosnien lag, zwei tödliche Schüsse ab. Die Kugeln des jugendlichen Attentäters trafen den Erzherzog Franz Ferdinand und dessen Frau Sophie von Hohenberg, die am Morgen desselben Tages erst einem Bombenanschlag unversehrt entkommen waren.

»Die Ermordung des österreichisch-ungarischen Thronfolgers fällt wie ein Donnerschlag auf Europa!« kommentierte in England der *Daily Chronicle* das Attentat. Und Kaiser Wilhelm II., mit Österreich in enger Allianz verbunden, ließ den Abbruch der Kieler Woche anordnen und kehrte demonstrativ nach Berlin zurück, um mit seinen politischen Beratern und Generälen die angemessene Antwort auf die Verschwörung gegen Österreich und Kaiserreich zu finden, die angeblich hinter dem Attentat des jugendlichen Mörders stand.

Der Donnerschlag wurde auch in Australien vernommen, wenn auch bedeutend gedämpfter und ohne die düstere Ahnung eines heraufziehenden Weltkrieges. Denn wenn schon England, das Herz des britischen Empire auf der anderen Seite des Globus, für die Mehrzahl der Australier unendlich weit entfernt lag, so gehörte das kontinentale Europa mit dem krisengeschüttelten Balkan für sie zu jenem fernen fremden Teil der Welt, der mit ihrem Leben unter dem Kreuz des Südens kaum etwas gemein hatte. In Mildura und besonders im St. Catherine Convent löste das Attentat zwar auch Bestürzung aus, jedoch nicht die tiefe Sorge, wie sie etwa dem todkranken Papst Pius X. in Rom galt.

Im Haus der Lyndhams wurde in jenen Tagen viel diskutiert: über das Attentat in Sarajevo, das mühsam gewahrte Gleichgewicht zwischen den verfeindeten europäischen Mächten, den Teufelskreis des ruinösen Wettrüstens und die gefährlich verschachtelte Bündnispolitik, die Europa zu einem Pulverfaß machte, an dem ein halbes Dutzend Lunten schwelten.

Moira hatte in diesen Tagen jedoch wenig Interesse für das, was sich auf der fernen europäischen Bühne tat und was in die Tragödie millionenfachen Todes auf unzähligen Schlachtfeldern und in namenlosen Schützengräben münden sollte. Ihre Gedanken waren erfüllt von ihrer baldigen Verlobung – und natürlich dem Malwettbewerb.

Das Schuljahr mit einem Mal- und einem Musikwettbewerb im Pianospiel abzuschließen ging auf eine Anregung zurück, die Schwester Johanna schon vor vielen Jahren gemacht hatte, nämlich kurz nachdem sie die ewige Profeß abgelegt hatte.

Die Oberin hatte ihre junge Mitschwester damals geduldig angehört und ihr dann mitgeteilt, daß sie sich den Vorschlag in aller Ruhe durch den Kopf gehen lassen und zu gegebener Zeit zu einer Entscheidung kommen würde. Und da Zeit in einem Kloster mit zu den wenigen Gütern gehört, die in reicher Fülle vorhanden sind, hatte die Oberin auch großzügig davon Gebrauch gemacht. Sie hatte aber auch triftige Gründe gehabt, so lange mit ihrer Entscheidung zu warten, besser gesagt: mit der Verlautbarung derselben. Denn schon am Tag, als Schwester Johanna ihr den Vorschlag mit dem ihr eigenen leidenschaftlichen Engagement unterbreitet hatte, war sie von der Idee überaus angetan gewesen. Die Klosterschule von St. Catherine erfreute sich in Mildura und im Umland wachsender Anerkennung, und die Zahl der Neuanmeldungen stieg mit jedem Jahr. Eine solche Veranstaltung wie von Schwester Johanna vorgeschlagen stünde dem klösterlichen Institut und seiner jeweiligen Abschlußklasse junger, wohlerzogener Damen deshalb gewiß gut zu Gesicht. Ganz besonders in einer Zeit des gesellschaftlichen Um- und Aufbruchs, in der sich die katholische Minderheit des Landes mit erwachendem Stolz und Selbstbewußtsein gegen die traditionelle Benachteiligung und üble Nachrede der anglikanischen Mehrheit zur Wehr setzte.

Da es jedoch nicht recht gewesen wäre, eine andere Schwester mit dieser ebenso verantwortungsvollen wie prestigeträchtigen Aufgabe zu betrauen, war es der Oberin in Anbetracht von Schwester Johannas noch sehr weltlichen Dingen zugeneigter Natur überaus ratsam erschienen, die Angelegenheit aufzuschieben. Sie wollte ihr erst noch einige Jahre der Übung in demütiger Gottesverehrung und Unterordnung in der Ordensgemeinschaft gönnen sowie ausreichend praktische Erfahrung im alltäglichen Unterricht in der Klosterschule, bevor sie ihre junge Mitschwester der nicht geringen Gefahr aussetzte, sich und ihre unbestrittenen Talente allzu wichtig zu nehmen. Nun, siebeneinhalb Jahre später, im australischen Winter des Jahres 1914, glaubte sie, daß Schwester Johanna dieser anspruchsvollen Aufgabe gewachsen war. Und als sie ihr im Juli ihre positive Entscheidung mitteilte, fühlte sich die Oberin in ihrem Urteil sicher genug, um Schwester Johanna auch die Gründe für die lange Zeit ihrer scheinbaren Unentschlossenheit zu nennen.

Nicht nur Moira war Feuer und Flamme für den Mal- und Musikwettbewerb, sondern so gut wie alle Schülerinnen begeisterten sich dafür. Rebecca rechnete sich gute Chancen aus, in der höchsten der drei Altersgruppen, der Abschlußklasse, einen der ersten Plätze im Pianospiel zu belegen. Moira nahm dagegen nicht einmal an den Vorausscheidungen teil, weil sie sich ihrer äußerst bescheidenen Talente am Piano nur zu bewußt war. Sie konzentrierte sich völlig auf den Malwettbewerb und grübelte tagelang darüber nach, welche Motive sie für die drei Bilder wählen sollte. Denn jedes Mädchen konnte jeweils ein Bild in den Kategorien Bleistiftzeichnung, Aquarell und Ölmalerei zur Auswahl einreichen. Die Aussicht, an einer richtigen kleinen Ausstellung teilzunehmen, war für sich allein schon ungeheuer aufregend. Bis zur Abschlußfeier sollten nämlich alle Bilder in der Eingangshalle sowie in den Fluren aufgehängt werden. Auf die neun preisgekrönten Bilder wartete danach noch die besondere Ehre, bis zum Weihnachtsfest im Rathaus ausgestellt zu

werden – und zwar fachgerecht gerahmt und mit einer Messingplakette versehen, die nicht nur den Titel des Bildes nannte, sondern auch den vollen Namen der jeweiligen Preisträgerin und das Datum der Auszeichnung trug. Doch als Schwester Johanna bekanntgab, daß die Arbeiten nicht von der Oberin und ihr beurteilt würden, sondern daß eine dreiköpfige Expertenjury, zu der sogar ein berühmter Kunstgalerist aus Melbourne namens Anthony Shaw gehörte, die drei besten Arbeiten auswählen und die jeweiligen Preisträger bei der Schulabschlußfeier prämieren würde, verwandelte sich ihre Begeisterung in brennenden Ehrgeiz. Sie wollte ihr Bestes geben, um diese einmalige Gelegenheit zu nutzen, eine Jury aus anerkannten Kunstexperten zu beeindrucken und auf ihr Talent aufmerksam zu machen.
Nach reiflicher Überlegung entschied Moira sich dafür, mit Bleistift eine Flußszene mit zwei alten Raddampfern anzufertigen, die am Ufer als Hausboote vertäut lagen, das Haus der Lyndhams mit seinem traumhaften Park und Pavillon als Motiv für das Aquarell zu verwenden – und ihren blühenden Jacarandabaum von River Bend als Ölbild zu malen.

Indessen fraßen sich am anderen Ende der Welt, in Europa, die glimmenden Lunten dem Pulverfaß entgegen – langsam zwar, aber unaufhaltsam. Vom Kaiserreich ermutigt, erklärte Österreich nach wochenlangem Zögern und geheimer Diplomatie Serbien schließlich am 28. Juli den Krieg. Und damit begann die verhängnisvolle Kettenreaktion.
Der russische Zar, Serbien durch einen Beistandspakt im Angriffsfall verpflichtet, befiehlt tags darauf die Mobilmachung. Was nun das Kaiserreich, Österreich bündnispolitisch verpflichtet, dazu veranlaßt, Rußland und dem mit ihm verbündeten Frankreich ein Ultimatum zu stellen. Als die Ultimaten erwartungsgemäß scharf zurückgewiesen werden, verkünden am 31. Juli Extrablätter die Mobilmachung im deutschen Kaiserreich. Die offizielle Kriegserklärung an Rußland

erfolgt am 1. August, die an Frankreich zwei Tage später. Deutsche Truppen marschieren indessen ins neutrale Belgien ein, um Frankreich an seiner nur schwach gesicherten Grenze zu Belgien zu treffen, so wie es der Geheimplan von Generalstabschef Alfred von Schlieffen schon seit gut einem Jahrzehnt vorsieht. England, Bündnispartner und Garant der Neutralität Belgiens, bleibt daraufhin gar nichts anderes übrig, als Deutschland den Krieg zu erklären. Und mit großer Begeisterung stürzen sich nun die europäischen Nationen in den sogenannten vaterländischen Krieg – ahnungslos, daß er die ganze Welt mit seinem mörderisches Feuer von Tod und Vernichtung in Brand setzen wird.

»Überall in Europa verlöschen die Lichter. Wir werden sie in unserer Lebensspanne nicht wieder aufleuchten sehen!« prophezeite Sir Edward Grey, der britische Außenminister.

Australien blieb von der blinden patriotischen Kriegseuphorie nicht verschont. Vorgewarnt von der britischen Regierung, daß der Krieg wohl unabwendbar sei, erklärte Andrew Fisher, der Führer der Labor Party und zukünftige Premierminister, schon am 31. Juli unter donnerndem Applaus in Colac, Victoria, daß Australien »bis zum letzten Mann und bis zum letzten Shilling« für die Verteidigung Englands einstehen und kämpfen werde.

Seit dem 5. August befand sich auch Australien offiziell mit Deutschland im Kriegszustand. Sofort öffneten überall im Land Rekrutierungsstellen, wo sich die Freiwilligen für das erste Expeditionscorps einschreiben konnten. Und die jungen Männer strömten zu den Fahnen – unter dem Jubel der Bevölkerung. Jung und alt versuchten sich gegenseitig an patriotischem Stolz und Gehabe zu überbieten. Es galt, britischer als das ferne »Mutterland« zu sein. Anstecknadeln, Fähnchen, Schleifen für Hut und Revers, Banner, Plakate – die Phantasie der Kriegsbegeisterten kannte keine Grenzen. Komitees aller Art, die mit Paraden, Reden von Veteranen aus dem Burenkrieg, Marschkapellen, Tombolas und anderen Veranstaltungen die Trommel für die »große patriotische Sache« rührten, schossen überall wie Pilze nach einem warmen Regen aus dem Boden.

»Weihnachten ist der Krieg vorbei!« versicherte Charles nicht ohne Enttäuschung im Haus der Lyndhams, als Rebecca und Moira am Sonntag nach der Kriegserklärung zu Besuch kamen. »Das hört man an jeder Straßenecke. Und bis die Schiffe mit unserem ersten australischen Expeditionscorps in Europa eintreffen, ist die ganze Sache schon längst gelaufen.«

Robert lachte grimmig auf. »Und dieses Expeditionscorps, das ja bloß 20 000 Mann umfassen soll, ist auch noch handverlesen, als gelte es, eine neue Königsgarde aufzustellen!« beklagte er sich über die rigiden Auswahlkriterien, die nur den kräftigsten und gesündesten Freiwilligen eine Chance gaben, die Musterung zu bestehen und angenommen zu werden. »Schon wer ein Hühnerauge hat oder zu Plattfüßen neigt, wird von der Musterungskommission abgelehnt! Aber ich melde mich trotzdem, auch wenn ich ein schwaches linkes Auge habe. Immerhin ziele ich ja mit dem rechten.«

»Ja, es ist unfair. Aber ich fürchte, daß du keine Chance hast, Bruderherz«, sagte Charles mitfühlend. »Schade, es wäre schön gewesen, wenn wir beide zusammen den Hunnen eins auf die Haube hätten geben können. Nun, ich werde die Familienehre auch in deinem Namen hochhalten!«

»Von wegen! Wenn du glaubst, daß ich dir allen Ruhm kampflos überlasse, dann irrst du, Richie!« widersprach Robert leidenschaftlich. »Ich bin mit von der Partie, verlaß dich drauf. Denn noch sind nicht alle Trümpfe ausgespielt!«

»Ich weiß nicht, was Töten mit Ruhm und Ehre zu tun haben soll«, bemerkte Rebecca nun, die dem Gespräch der Brüder mit fassungsloser Miene gefolgt war. »Wie könnt ihr so tun, als ginge es zu einer fröhlichen Jagdparty? Und wie könnt ihr euch bloß darauf freuen, andere Menschen zu erschießen? Menschen, die ihr nie in eurem Leben gesehen habt und die euch nichts getan haben. Was geht nur in euch vor, daß ihr euch auf einmal darum schlagt, das Blut von anderen jungen Männern zu vergießen? Jeder Krieg ist eine Katastrophe und entsetzliche Tragödie – und letztlich nichts anderes als ein gegenseitiges Morden. Nur daß es für die Zeit des Krieges zur patriotischen Pflicht erklärt wird.«

Moira pflichtete ihr bei. »Wenn ich auf eine Flasche Essig ein edles Champagneretikett klebe, so ändert das doch nichts an ihrem Inhalt – und der bleibt Essig.«

Robert und Charles sahen sie verdutzt an und lachten dann halb verlegen, halb belustigt auf. »Ich weiß gar nicht, was ihr habt?« sagte Robert verwundert. »Sogar die Kirche gibt doch ihren Segen dazu – in allen Ländern wohlgemerkt!«

»Ja, und das ist unverzeihlich!« antwortete Rebecca, ohne zu zögern, um mit wachsender Empörung fortzufahren: »Es ist nicht nur beschämend oder bloß eine Schande, sondern geradezu abstoßende Perversion! Wie können ...«

»Nun aber mal langsam!« versuchte Robert ihr Einhalt zu gebieten. »Krieg hat es immer schon gegeben. Das liegt eben in der Natur des Menschen.«

Rebecca dachte jedoch nicht daran, sich von Robert in ihrer scharfen Kritik bremsen zu lassen. Sie ging nicht auf seinen Einwand ein, sondern nahm ihren Satz dort, wo er sie unterbrochen hatte, unbeirrt wieder auf: »Wie können ausgerechnet Priester, die sich Christen nennen, das Evangelium verkünden, das Kreuz auf der Brust tragen und in Friedenszeiten ihre Gemeinde zu täglicher Gewissenserforschung und Bußfertigkeit sowie zur Nachfolge Christi aufrufen, wie können diese Kirchenmänner, egal in welchem Land, den Haß und das Morden auch nur im Ansatz gutheißen? Haben sie die zehn Gebote vergessen und die Botschaft des Evangeliums, die doch ganz klar Nächstenliebe heißt und Aufgabe allen Strebens nach weltlicher Macht und Gütern um der Erlangung des Himmelreichs willen? Haben diese sogenannten

Christen, die dem Feuer und dem Schwert das Wort reden und kanonengespickten Schlachtkreuzern ihren Segen geben, das Neue Testament jemals richtig gelesen und auch *begriffen*, was Jesus gelehrt hat?«

Charles räusperte sich. »Siehst du das nicht ein wenig zu dogmatisch, Rebecca? Jeder Mensch hat das Recht, sich seiner Feinde zu erwehren«, sagte er mit versöhnlicher Stimme, aber hart in der Sache. »Und so wie man von einem Mann wohl zu Recht erwarten kann, daß er seine Ehre und seine Familie in Zeiten der Bedrängnis verteidigt, so muß sich natürlich auch eine Nation verteidigen, wenn sie nicht Opfer der Tyrannei werden will!« warb er um ihr Verständnis, denn nichts lag ihm ferner, als Rebecca gegen sich aufzubringen. In den letzten Monaten hatte er ihr verstärkt den Hof gemacht hatte, so daß ein Heiratsantrag förmlich in der Luft lag.

»Also ich finde Uniform ungemein attraktiv«, ergriff Sophie, von der allgemeinen schwärmerischer Begeisterung für den »Ruf zu den Waffen« angesteckt, die Partei ihrer Brüder, versuchte aber gleichzeitig die gespannte Situation zu entschärfen. »Und ich bin sicher, daß Robert und Charles in Khaki einfach umwerfend aussehen werden.«

Ihre Diskussion ging noch eine ganze Weile recht hitzig hin und her, ohne daß es zu Veränderungen der Standpunkte kam. Robert und Charles entschuldigten sich schließlich, für diesen Sonntag leider auf ihre weitere Gesellschaft verzichten zu müssen. Ihr Vater hatte nämlich für sie drei ein Gespräch mit Jonathan McKenzie, dem Vorsitzenden der mächtigen *Pastoralists' Union*, im Club arrangiert. James Lyndham hoffte wie seine Söhne, Jonathan McKenzie bei diesem Treffen bewegen zu können, seinen Einfluß dahingehend geltend zu machen, daß Robert trotz einseitiger Sehschwäche die Musterung bestand und zusammen mit seinem Bruder für das erste australische Expeditionscorps angenommen wurde.

»Was wird Adrian tun?« fragte Sophie, als die drei Freundinnen allein im verglasten Wintergarten zurückblieben.
»Er wird sich nicht freiwillig melden«, antwortete Moira.
»Dem Himmel sei Dank!«
»Das hoffst du, weil du es nicht erwarten kannst, mit ihm verheiratet zu sein«, zog Sophie sie auf.
Moira schüttelte den Kopf. »Adrian hat es mir versprochen. Ich habe es schriftlich, in seinem letzten Brief.«
»Wenn sein Beispiel doch nur Schule machen würde«, seufzte Rebecca mit bedrückter Miene.
»Sie werden ihn als Feigling brandmarken, Moira!« warnte Sophie sie. »Sie werden ihn mit der weißen Feder, dem Schandzeichen der Drückeberger, zu Hause und am Arbeitsplatz verfolgen. Man wird ihn auf offener Straße anspucken und ihn vielleicht sogar verprügeln. Du weißt, wie die Leute sind.«
Moira nickte. »Ja, ich weiß, wie die Leute sind, wenn man nicht mit ihnen im Strom schwimmt – ganz egal, ob man nicht will oder nicht kann«, antwortete sie mit einem bitteren Unterton. Denn sie hatte nicht vergessen, woher sie kam und wie es war, angespuckt und verachtet zu werden. »Aber mir ist das lieber, als Adrian im Krieg zu wissen, Sophie. Außerdem besteht ja offensichtlich kein Mangel an Männern, die es gar nicht abwarten können, in den Krieg zu ziehen. Das wird ja wohl reichen.«

Anfang September, als die erfolgreiche Offensive der deutschen Truppen die unterlegene französische Armee zum Rückzug gezwungen hatte und die Verteidigungsschlacht um Paris einsetzte, begann Moira die Arbeit an dem Ölbild mit dem Jacaranda. Nach langer Überlegung konzipierte sie das Gemälde so, daß der Baum fast das ganze Bild einnahm. Doch statt als Hintergrund die einsame Weite des Busches zu wählen, die diesen prächtigen Jacaranda bei River Bend um-

gab, setzte sie ihn, ganz dem Geschmack der Zeit entsprechend, in eine gepflegte Gartenlandschaft. Als Vorbild für das elegant gekleidete Paar, das im Schatten des blühenden Baumes an einem Tisch mit feiner Spitzendecke saß und sich Tee und Gebäck von einer Bediensteten in makelloser Dienstmädchenuniform servieren ließ, nahm sie Sophies Eltern sowie deren Serviermädchen Iris. Nach langem Zögern übernahm sie sogar den mohnroten Parasol, zu dem Missis Lyndham am liebsten griff, weil er einen so herrlichen Kontrast zu ihrem jadeschwarzen Haar bildete. Dieser tiefrote Farbfleck stach äußerst prägnant im Bild hervor, fast zu prägnant, wie Moira befürchtete. Rebecca überzeugte sie jedoch schon nach den ersten Skizzen davon, daß gerade dieses Element dem Bild mit seinen frischen Grün- und vielen Blautönen einen ganz besonderen Effekt verleihen würde.
Dreimal übermalte Moira das halbfertige Bild, weil sie nicht zufrieden mit der Perspektive war, und begann neu. Die Farbe war noch feucht, als sie ihr Ölgemälde am letztmöglichen Tag, nämlich genau eine Woche vor der Abschlußfeier, bei Schwester Johanna einreichte.
Die Nonne, die sie in den vergangenen drei Jahren unermüdlich gefördert und ihr stets mit Rat und Ermutigung zur Seite gestanden hatte, betrachtete schweigend und mit ausdrucksloser Miene das Bild.
»Hast du auch schon einen Titel, Moira?« fragte sie schließlich, und weder ihre Stimme noch ihr Gesicht ließ einen Rückschluß darauf zu, ob das Ölbild ihren hohen Erwartungen entsprach oder nicht.
»Ja, ich möchte es *Unter dem Jacarandabaum* nennen, Schwester Johanna«, antwortete sie und hatte allergrößte Mühe, ihre innere Anspannung und Ungeduld unter Kontrolle zu halten. Am liebsten wäre sie mit der Frage herausgeplatzt, was sie denn von ihrem Bild hielt und welche Chancen sie ihr einräumte, bei der Preisverleihung in einer Woche auf dem Podium der kleinen Aula zu stehen. Doch eine solche Frage,

die von mangelnder Selbstbeherrschung und eitlem Geltungsdrang zeugte, gehörte sich nicht für eine Absolventin von St. Catherine. Zudem wußte sie aus Erfahrung, daß Schwester Johanna mit ihrem ehrlichen Urteil ohnehin nicht hinter den Berg hielt.
Endlich, nachdem sie es noch einmal eine ganze Weile schweigend betrachtet hatte, zeigte sich ein warmes, irgendwie stolzes Lächeln auf ihrem Gesicht. »Ich wußte, daß du mich nicht enttäuschen würdest, Moira«, sagte sie und nickte, ohne den Blick vom Ölgemälde zu nehmen. »Ich glaube, du wirst es unserer erlauchten Jury recht einfach machen.«
Moira hätte ihr vor Freude um den Hals fallen können, besann sich jedoch ihrer Erziehung und beschränkte sich darauf, mit strahlendem Gesicht zu antworten: »Danke, Schwester Johanna!« Draußen auf dem Flur jedoch erlaubte sie sich, ganz zur Verblüffung von zwei jungen Mädchen, einen ausgelassenen Luftsprung und einen unterdrückten Juchzer.

Die letzte Schulwoche, in der deutsche Truppen auf der anderen Seite der Erde Gent und Lille eroberten, schien einfach nicht vergehen zu wollen. Dann aber war es endlich soweit. Der große Tag der Abschlußfeier brach über Mildura und dem St. Catherine Convent an – und auf einmal rasten die Stunden nur so dahin.
Adrian, ihre Mutter und Onkel William waren, wie die meisten Eltern, schon am Abend vorher in Mildura eingetroffen und nahmen am morgendlichen Dankgottesdienst teil, mit der die Abschlußfeier begann. An diesem frischen, klaren Oktobermorgen trug Adrian zum erstenmal in seinem Leben Anzug und Krawatte. Als Moira ihn erblickte, wie er mit ausgesprochen feierlicher Miene neben ihrer Mutter in der Kirchenbank stand, kamen ihr vor Glück und Rührung fast die Tränen. Der Anzug kam natürlich von der Stange und saß nicht sonderlich gut, und die Krawatte mit ihrem etwas

eigenwilligen Knoten war verrutscht. Aber all das machte nichts. In ihren Augen stach er jeden anderen Mann, ob mit oder ohne maßgefertigter Kleidung, auf dieser Welt aus. Sie wußte, wie hart Adrian für seinen geringen Lohn arbeiten mußte, wie verbissen er jeden Penny für ihre gemeinsame Zukunft sparte und wie wenig er sich selbst gönnte. Und doch hatte er ein Gutteil seines mühsam verdienten Geldes dafür ausgegeben, um an ihrer Abschlußfeier im Anzug zu erscheinen und eine gute Erscheinung zu machen. Das war es, was zählte.

Nach der Messe hatten die Mädchen nur einen kurzen Moment Zeit, um ihre Eltern, Verwandten und Freunde zu begrüßen, bevor es in die Aula ging. Wie gern hätte Moira Adrian umarmt und ihm einen Kuß gegeben, doch das war unter den Augen der Nonnen natürlich undenkbar. Und als Rebecca ihre Mutter und Onkel William kurz ablenkte, indem sie ihnen die Lyndhams vorstellte, die es sich nicht hatten nehmen lassen, vollzählig zu erscheinen, da drückte sie Adrians Hand, strahlte ihn selig an und flüsterte ihm zu: »Du siehst umwerfend aus, Adrian. Ich liebe dich. Und ich kann es nicht erwarten, endlich mit dir allein zu sein!«

Er lächelte, doch es war ein recht verlegenes Lächeln, so als fühlte er sich mit Anzug, steifem Hemdkragen und Krawatte äußerst unwohl. »Wenn hier einer umwerfend aussieht, dann bist du es, Moira. Du … du strahlst so sehr, daß es fast schon weh tut, dich anzusehen«, raunte er und biß sich auf die Lippen.

»Ja, weil ich dich habe und heute endlich frei bin, Adrian! Nur noch diese Abschlußfeier, und dann kann uns nichts mehr voneinander trennen.« Die Oberin machte ein Zeichen, und Schwester Johanna klatschte in die Hände. Es wurde Zeit für den Einzug in die Aula. »Wir müssen zu den andern. Bis nachher. Und drücke mir die Daumen für die Preisverleihung!«

Die Jury hatte schon tags zuvor die drei besten Arbeiten in

jeder Altersklasse ausgewählt und die Bilder in der Aula auf dem Podium links vom Rednerpult aufgestellt. Dort standen sie nun auf Staffeleien, die mit Tüchern verhängt waren. Und vor den Bildern standen neun Stühle für die Preisträgerinnen des Malwettbewerbes, die hier oben auf dem Podium nach der Verleihung Platz nehmen würden. Rechts vom Rednerpult standen ein Flügel und drei weitere Stühle für die drei Mädchen, die in ihrer Altersgruppe den ersten Preis gewonnen hatten und dem Auditorium eine Kostprobe ihres Könnens geben würden.

»Was bin ich jetzt froh, daß ich gar nicht mehr in die Gruppe der letzten neun gekommen bin«, raunte Rebecca ihrer Freundin zu, als sie sah, wie Moira immer nervöser wurde, je länger die Preisverleihung auf sich warten ließ. Denn zuerst mußten sie eine Reihe von Reden über sich ergehen lassen, die bei den männlichen Rednern mit patriotischen Anklänge nur so gespickt waren. Es sprach nicht nur die Oberin, sondern auch Pater Devlin trat ans Pult, gefolgt vom stellvertretenden Bürgermeister und einem grauhaarigen Mann, den die Oberin als einen langjährigen Förderer des Ordens und insbesondere der Klosterschule vorstellte.

Moira bekam nur wenig von den feierlichen, gesetzten Reden mit. Wie gebannt starrte sie auf die verhängten Bilder und versuchte anhand ihrer Größe festzustellen, ob eines von ihr darunter war. Aber da Schwester Johanna ihnen wenig Spielraum gelassen hatte, was die Formate der Bilder betraf, variierten sie kaum in der Größe und ließen sich daher auch nicht auf Anhieb voneinander unterscheiden.

Endlich trat Schwester Johanna ans Pult. Sie hielt ihre Rede kurz und stellte dann die Jury vor. Und obwohl sie dem pensionierten Professor, der einst an einem College an der Ostküste Kunstgeschichte unterrichtet hatte und seit einigen Jahren bei seinem Sohn in Mildura lebte, genauso viel Hochachtung und Anerkennung schenkte wie dem Grafiker aus Echuca, der für eine Zeitung arbeitete und schon mehrere

Bücher illustriert hatte, so konnte sie doch nicht verhindern, daß der renommierte Galerist aus Melbourne einen langen Schatten über sie warf. Daß ihm die Ehre gebührte, die Enthüllung der prämierten Bilder sowie die Überreichung der Urkunden vorzunehmen, verstand sich daher von selbst.

Anthony Shaw war für Moira eine Überraschung. Sie hatte mit einem älteren und konservativ gekleideten Mann von entweder korpulenter oder hagerer Statur gerechnet. Ihr Irrtum hätte kaum größer sein können. Der bekannte Kunstgalerist aus Melbourne entpuppte sich nämlich als eine überaus attraktive, schlanke Erscheinung und konnte kaum älter als Ende Dreißig sein. Er war auch keineswegs konservativ gekleidet, sondern trug einen auffallend eleganten, ja fast schon extravagant hellen Sommeranzug mit einer burgunderroten Seidenkrawatte, in der eine Perlennadel steckte.

Anthony Shaw schritt nun zur Preisverleihung. Er begann mit den Bleistiftzeichnungen. Zuerst verkündete er jeweils den Namen der Preisträgerin, während Schwester Johanna das entsprechende Bild enthüllte, und rief die glückliche Gewinnerin unter dem Applaus des Publikums zu sich aufs Podium. Dann sagte er zu dem ausgezeichneten Bild einige lobende Worte, bevor er die Urkunde überreichte und zur nächsten Staffelei schritt.

Moiras Flußbild mit den Hausbooten gehörte nicht zu den prämierten Bleistiftzeichnungen. Auch ihr Aquarell hatte die Jury nicht für preiswürdig genug befunden, um ihr den ersten Preis zuzusprechen. Mit wachsender Unruhe, die immer mehr zu Bedrückung wurde, blickte sie auf die sechs Mitschülerinnen, die dort oben auf dem Podium mit einer Mischung aus Stolz und Verlegenheit vor den ausgezeichneten Bildern saßen und ihre Urkunde in den Händen hielten.

Vielleicht hätte sie weniger ruhige und mehr ansprechende Motive wählen sollen, grübelte Moira, nämlich so etwas Ähnliches wie die lebendige Marktszene, mit der ihre mollige

Klassenkameradin Helen Sanders den ersten Preis in der Kategorie Bleistiftzeichnung gewonnen hatte, oder wie Rosemary Winslow-Carr, deren farbenfrohes Bild vom Aufflattern eines Vogelschwarms das Rennen bei den Aquarellen gewonnen hatte. Und ob sie ausgerechnet mit einem Jacarandabaum in der Kategorie Ölbild eine Chance hatte, kam ihr nach den bisherigen Entscheidungen der Jury plötzlich sehr unwahrscheinlich vor.

Rebecca spürte Moiras innere Anspannung, nahm wortlos ihre Hand und drückte sie ganz fest, als Anthony Shaw die Preisträgerin in der jüngsten Altersgruppe verkündete. Dann enthüllte Schwester Johanna das zweite Bild.

Damit blieb nur noch ein einziges Bild übrig – das beste Ölbild der Abschlußklasse. Moira war ganz schlecht vor Aufregung, und sie wagte nicht hinzusehen, als Schwester Johanna das Tuch wegzog. Und dann hörte sie, wie aus weiter Ferne, ihren Namen.

»... Miss Moira Mayfield aus River Bend ...«

Wie gelähmt saß sie da, als Applaus aufbrandete, voller Angst, sich nur eingebildet zu haben, daß Mister Anthony Shaw ihren Namen verkündet hatte. Sie fürchtete, das Wunschdenken spielte ihr einen Streich. Nein, sie würde sich nicht blamieren, indem sie freudig aufsprang, nur um ...

Aber dann stieß Rebecca sie an und rief lachend: »Moira, was ist? Steh auf! Du hast den ersten Preis gemacht!«

Moira erhob sich von ihrem Platz. Sie konnte ihr Glück nicht fassen und bewegte sich wie in Trance auf die Bühne. Schwester Johanna strahlte sie an und nickte ihr zu. Moira wurde ganz flau im Magen, und sie wußte nicht, wo sie ihre Hände lassen sollte, als Anthony Shaw ihr Ölgemälde in den höchsten Tönen lobte und seine Eloge mit den Worten schloß: »Kurzum, dieses Ölbild *Unter dem Jacarandabaum* von Miss Moira Mayfield ist eine beeindruckende Leistung – und zweifellos das Versprechen eines jungen Talents, das zu den kühnsten Hoffnungen Anlaß gibt!«

Flammende Röte überzog Moiras Gesicht, als das Auditorium erneut Beifall spendete und Anthony Shaw ihr die Urkunde mit den Worten überreichte: »Meinen Glückwunsch, Miss Mayfield. Ich hoffe von Herzen, daß Sie das Talent, das Gott Ihnen geschenkt hat, auch richtig zu nutzen wissen. Sollten Sie je daran denken, ein Kunststudium in Melbourne oder anderswo zu beginnen und sich um Aufnahme zu bewerben, helfe ich Ihnen gern mit einem Empfehlungsschreiben.« Er drückte ihr seine Visitenkarte in die Hand. »Zögern Sie nicht, sich an mich zu wenden, Miss Mayfield.«
Überwältigt und regelrecht benommen sank Moira auf ihren Stuhl. Die Worte von Anthony Shaw wirbelten durch ihren Kopf und kehrten immer wieder: ... *das Versprechen eines jungen Talents ... zu den kühnsten Hoffnungen Anlaß ... Studium in Melbourne ... helfe ich Ihnen gern mit einem Empfehlungsschreiben ... das Versprechen eines jungen Talents ... zögern Sie nicht, sich an mich zu wenden ... zu den kühnsten Hoffnungen Anlaß ... zu den kühnsten Hoffnungen Anlaß ...*
Wie ein endloses Echo hallten diese Satzfetzen in ihr nach, während sich die Aufmerksamkeit der meisten Anwesenden schon längst den drei Preisträgerinnen im Pianospiel zugewandt hatte. Ihre Auszeichnung durch eine andere Jury, deren Vorstellung Moira überhaupt nicht registrierte, und ihre Darbietungen stellten den unbestrittenen Höhepunkt der Abschlußfeier dar. Denn nichts genoß höheres Ansehen in der gutbürgerlichen Gesellschaft als der gefällige und möglichst seelenvolle Vortrag am Piano. Diese Fertigkeit als junge Dame im heiratsfähigen Alter erworben zu haben galt als der Beweis für eine gelungene höhere Bildung.
Als die Abschlußfeier zu ihrem Ende kam, hatte Moira sich wieder so weit gefaßt, daß sie die Glückwünsche genießen konnte, mit denen sie überhäuft wurde. Und jetzt ließ sie es sich auch nicht nehmen, Adrian um den Hals zu fallen.
»Nichts gegen diesen Mister Shaw«, sagte er mit einem

schiefen Lächeln, »aber habe ich dir nicht schon vor vielen Jahren gesagt, daß du das Zeug zu einer berühmten Malerin hast?«

»Das habe ich alles dir zu verdanken, Adrian. Wenn du mir damals nicht deine Buntstifte geschenkt hättest, hätte ich wohl nie zur Malerei gefunden.«

Er schüttelte den Kopf. »O doch, das hättest du.«

Ihre Mutter strahlte vor Stolz und drückte sie mit Tränen in den Augen an sich. »O mein Kind … mein Kind«, sagte sie nur mit erstickter Stimme. Sogar Onkel William zeigte sich beeindruckt von dem, was Mister Shaw über ihr Talent gesagt hatte.

Nach der Abschlußfeier herrschte jedoch nicht nur überschäumende Freude und Erleichterung, endlich die Schule abgeschlossen zu haben, im heiratsfähigen Alter zu sein und nun in die Welt der Erwachsenen eingelassen zu werden, sondern es galt auch, von langjährigen Freundinnen und liebgewonnenen Schwestern Abschied zu nehmen.

Moira wußte, daß sie die meisten ihrer Klassenkameradinnen vermutlich nie wiedersehen würde, auch wenn sie einander unter Tränen beteuerten, den Kontakt nicht abreißen zu lassen. Es war ihr deshalb ein großer Trost, Rebecca noch mindestens drei Monate in Mildura bei den Lyndhams zu wissen. Denn ihr Vater hatte ihr telegrafiert, daß mit seiner Rückkehr erst zum Weihnachtsfest zu rechnen sei.

Die Lyndhams hatten es sich nicht nehmen lassen, in ihrem Haus für Rebecca und Moira zum Lunch eine Art Party zu veranstalten, zu der auch noch drei andere Klassenkameradinnen und deren Familienangehörige eingeladen waren. Es war eine fröhliche Angelegenheit, bei der die Bediensteten der Lyndhams Champagner und nur dezent mit Alkohol angereicherten Fruchtpunsch reichten sowie eine Fülle köstlicher Häppchen auf Silbertabletts.

Moira hätte die Einladung gern ausgeschlagen, weil sie wußte, daß Adrian sich im herrschaftlichen Haus der Lyndhams nicht wohl fühlen würde. Auch schon wegen Robert wäre es ihr lieber gewesen, wenn sie nach der Abschlußfeier gleich den nächsten Dampfer nach River Bend hätten nehmen können. Aber das hatte sie Sophie, die ebenso wie Rebecca darauf brannte, Adrian endlich kennenzulernen, und ihren Eltern nicht antun können.

Ganz wie Moira befürchtet hatte, fand Adrian nicht den geringsten Gefallen an der Party. Steif, mit verschlossener Miene und wortkarg bis an die Grenze der Unhöflichkeit ertrug er die Stunden bei den Lyndhams. Einzig im Gespräch mit Sophie taute er ein wenig auf. Es gelang ihr sogar, ihn zum Lachen zu bringen.

»Er ist sonst gar nicht so«, entschuldigte Moira ihn, als sie einen Moment mit Rebecca allein war. »Aber in dieser pompösen Umgebung ...« Sie zuckte hilflos mit den Achseln. »Mein Gott, ich weiß noch zu gut, wie ich mich gefühlt habe, als du mich das erstemal zu den Lyndhams mitgenommen hast!«

Rebecca nickte. »Adrian liebt dich, das sieht man, wenn er dich anschaut. Das allein ist entscheidend. Alles andere sind Äußerlichkeiten. Und wir wollen doch bitte nicht vergessen, daß Sophies Vater nicht mit einem silbernen Löffel im Mund zur Welt gekommen und in solch einem feudalen Haus aufgewachsen ist, sondern in einem Waisenhaus!« Sie machte eine kurze Pause. »Adrian und du, ihr werdet euren Weg schon machen.«

Auch Moira hegte daran nicht den geringsten Zweifel. Was jedoch nichts daran änderte, daß sie innerlich erleichtert aufatmete, als sie sich endlich von allen verabschiedeten und mit einer Mietdroschke zum Hafen hinunterfuhren. Sie und Adrian schwiegen, während ihre Mutter und Onkel William die Lyndhams in den höchsten Tönen lobten.

Moira wußte, daß weder ihnen noch Adrian entgangen war, daß Robert sich auf sehr charmante Art um sie bemüht hatte und offensichtlich große Sympathien für sie hegte. Sie rechnete daher fest damit, später darauf angesprochen zu werden, besonders von Onkel William. Er hatte ihr schon mehr als einmal geraten, sich ja nicht an Adrian zu binden, und ihn einen »netten, ehrenwerten Hungerleider« genannt, der ihr »nichts als Armut und einen Stall Kinder« bieten konnte. Darüber waren sie sich nach langer Zeit zum erstenmal wieder heftig in die Haare geraten. Dieser Streit würde nun bestimmt wieder aufflammen, wie sie befürchtete. Denn auch ihre Mutter war mit ihrer Wahl alles andere als glücklich und meinte wie Onkel William, daß sie sich »weit unter Wert verschenkte« und eine »zehnmal bessere Partie machen« konnte, als sich mit »einem von Nathan Sullivans Fuhrknechten« zu verheiraten.

Moira war froh, als sie endlich an Bord der *Rothbury* gingen, wo sie auf der Steuerbordseite des Oberdecks einen Platz fanden, um abseits von ihrer Mutter und Onkel William ungestört miteinander reden zu können.

Adrian blieb jedoch einsilbig und verschlossen. Seine Miene wurde sogar noch um einiges ernster. Und besorgt fragte Moira sich, ob Robert wohl Eifersucht in ihm geweckt hatte – oder gar vielleicht die unsinnige Befürchtung, daß diese starke Anziehungskraft auf Gegenseitigkeit beruhen könnte. Um ihm indirekt, aber unmißverständlich zu verstehen zu geben, wie grundlos solche Sorgen waren, sofern sie ihn denn quälten und für seine bedrückte Stimmung verantwortlich waren, nahm sie seine Hand, flüsterte ihm zu, wie sehr sie ihn liebte, und begann dann voller Enthusiasmus über ihre bevorstehende Verlobung zu reden.

»Vielleicht sollten wir mit der Hochzeit gar kein Jahr mehr warten. Ich werde schon dafür sorgen, daß Mom und Onkel William sich nicht länger querstellen. Niemand wird mich von dir trennen!« Sie strahlte ihn an.

Adrian wich ihrem verliebten Blick aus. »Moira, ich … muß dir etwas gestehen.«

»Du mußt mir etwas gestehen?« fragte Moira betroffen. Die

Ahnung, daß irgend etwas nicht mit ihm stimmte, verwandelte sich in beklemmende Gewißheit.
Er nickte. »Wir müssen mit der Verlobung warten.«
»Worauf?«
»Bis ... bis ich aus dem Krieg zurück bin.«
Moira spürte, wie ihr das Blut aus dem Gesicht wich. Ungläubig starrte sie ihn an.
»Ich habe mich Montag freiwillig gemeldet und bin angenommen worden, zusammen mit Lance. Mitte übernächster Woche rücken wir schon ein. Es tut mir leid, Moira. Aber es ist nun mal geschehen.«
»Ja, aber ... aber ... du hast es mir versprochen!« stammelte Moira. »Du hast es mir geschrieben ... Du hast es mir versprochen, dich nicht zu melden!«
Sein Gesicht nahm einen harten, trotzigen Ausdruck an. »Ich weiß, aber ich konnte nicht anders. Es war auch nicht richtig, daß du mir dieses Versprechen abgenötigt hast. Ich lasse mich von niemanden einen Feigling nennen – schon gar nicht von meinem Vater und meinem Bruder!«
Moira flehte ihn unter Tränen an, seinen Antrag zurückzuziehen. Aber wie schuldbewußt Adrian auch war und wie sehr es ihn schmerzte, ihr dies antun zu müssen, so wollte er doch nichts davon hören – weder an diesem Tag noch an den wenigen folgenden, die ihnen noch blieben. Wie er auch nichts von einer überstürzten Verlobung oder gar Hochzeit noch vor seinem Einrücken wissen wollte. Er würde seine patriotische Pflicht erfüllen, und danach war Zeit genug, ihre Träume zu verwirklichen.
»Krieg ist Krieg, Moira! Und kein Mann, der auch nur ein bißchen Anstand im Leib hat, steckt der Frau, die er liebt, vor seinem Einrücken noch den Ehering an den Finger – es sei denn, es ist Nachwuchs unterwegs! Wie es heißt, werden wir ja schon in wenigen Monaten zurück sein, wenn die deutsche Offensive zum Stehen gebracht worden ist. Aber niemand weiß, was in so einem Krieg passiert. Und ich möchte dich

nicht schon mit achtzehn zu einer Witwe machen!« blieb er hart.
Es gelang Moira auch nicht, ihn bei ihren Zärtlichkeiten dazu zu verführen, bis zum Letzten zu gehen, ihr die Unschuld zu rauben und sich daraufhin verpflichtet zu fühlen, sie doch noch vor dem Einrücken zu heiraten, für den Fall, daß ihre Leidenschaft Folgen zeitigte.
Und so trug Moira nicht einmal einen Verlobungsring, als sie keine zwei Wochen nach der Abschlußfeier in Mildura und nur fünf Tage vor ihrem achtzehnten Geburtstag an einem milden Frühlingsmorgen auf dem primitiven Bahnsteig von River Bend Abschied von Adrian nahm. Es zerriß ihr fast das Herz, als sie ihn gehen lassen mußte und sah, wie er zusammen mit seinem fröhlich grinsenden Bruder und fünf anderen jungen Männern in den Zug stieg, der sie zuerst zur Sammelstelle nach Swan Hill und von dort ins Ausbildungslager bei Melbourne bringen würde.
Die Tränen vermischten sich auf ihrem Gesicht mit feinen Rußpartikeln, als sich der Zug unter den Klängen einer Musikkapelle und den Hochrufen der Menge in Bewegung setzte. Sie winkte, während ein schreckliches Schluchzen ihre Kehle würgte und sie sich verzweifelt fragte: Wann würde Adrian zu ihr zurückkehren? Ja, würde sie ihn überhaupt lebend wiedersehen?

ZWEITES BUCH

Das Maß aller Dinge
1919–1923

ERSTES KAPITEL

W*o bleibt Lance?*
Leuchtgranaten zerplatzten am Himmel und rissen grelle Lichtkrater in die regengepeitschte Nacht. Das feindliche Maschinengewehrfeuer, noch bis vor wenigen Augenblicken ein unregelmäßiges und vereinzeltes Stakkato, schwoll zu einem mörderischen Chor aus unzähligen feuerspeienden Mündungen an.

Lance, wo ist unser verdammter Feuerschutz?

Die schlammverdreckten Soldaten, die mit aufgepflanztem Bajonett im strömenden Regen über das Niemandsland der Westfront taumelten, glichen im kalten Magnesiumlicht der herabfallenden Leuchtfeuer bizarren Marionetten in einem absurden Theaterstück. Und dann setzte Granatfeuer ein. Dunkle Fontänen aus Schlamm, Eisensplittern, Stacheldraht und Leichenteilen spritzten hoch.

Lance, wo bist du? Ich kann dein Maschinengewehr nicht hören! Und ich habe es immer gehört! Wenn ich es höre, weiß ich, daß du lebst!

Die Erde erzitterte wie eine geprügelte Kreatur unter den unaufhörlichen Einschlägen schwerer Geschosse, die tiefe Krater rissen und dabei oft alte Trichter verschwinden ließen, samt Toten und Verwundeten. Es gab kaum noch eine Handbreit Boden, der in den vergangenen Monaten nicht schon mehrfach von Granaten umgepflügt worden war. Seit Wochen hatte die Artillerie auf dem Schlachtfeld an der Somme nicht für eine einzige Stunde geschwiegen.

Wo ist mein Bruder?

Von der Druckwelle eines nahen Artillerietreffers umgerissen, stürzte Adrian in den knöcheltiefen Schlamm. Als er den Kopf hob, sah er direkt vor sich im Dreck ein Bein liegen, das aus der Hüfte herausgerissen war. Er sprang auf, riß sich von dem Stacheldraht frei, der sich an seinem linken Fuß verfangen hatte, und schrie seinen Männern zu, den selbstmörderischen Angriff abzubrechen und in die Schützengräben zurückzukehren. Damit ignorierte er die ausdrückliche Order seines Kommandeurs, um jeden Preis vorzurücken. Doch dieser Preis war zu hoch! Seine Kameraden wurden niedergemäht wie reifes Getreide unter einer scharfen Sichel, und dabei hatten sie erst einen der vielen Stacheldrahtverhaue überwunden, die das Labyrinth der feindlichen Bunker und Schützengräben umgaben. Er brüllte aus Leibeskräften, doch sein Befehl war wie ein stummer Schrei. Keine menschliche Stimme kam in diesem Inferno gegen das ohrenbetäubende Hämmern der Maschinengewehre, Granatwerfer und Haubitzen an. Die unablässigen Detonationen erstickten jedes andere Geräusch so mühelos, wie die berstenden Geschosse die Soldaten zerstückelten. Und während er schrie und wild gestikulierte, wurde direkt vor seinen Augen einer seiner Kameraden von einem Granattreffer zerfetzt. Der Mann schien zu explodieren und sich in eine Fleischmasse zu verwandeln, die nach allen Seiten wegspritzte.

Lance, gib uns Feuerschutz! Feuerschutz, Lance! Hörst du mich? Gib mir ein Zeichen, daß du lebst, Bruder! Laß uns nicht im Stich! Laß Mom und Dad nicht im Stich!

Die geballte Feuerkraft des Feindes brachte den wahnwitzigen Angriff zum Stehen. Und dann reagierte Adrians Einheit endlich auf seine Zeichen, den Rückzug anzutreten.

Adrian fand seinen Bruder in einem Geschoßkrater, ein gutes Stück vor dem ersten Stacheldrahthindernis. Zwischen den Munitionskästen lagen die Leichen von Rick Hall und Stan Weston, zwei jungen Burschen aus dem Outback bei Alice Springs, die sich an Lance gehängt hatten. Sie waren von einer Granate getroffen worden. Rick hatte eine tiefe Brustwunde in der Herzgegend, die vermutlich sofort tödlich gewesen war, während es Stan beide Beine weggerissen hatte. Doch er war nicht verblutet, sondern hatte sich eine Kugel in den Kopf geschossen, um sein Leiden zu verkürzen, wie die Pistole in seiner Hand verriet.

Lance hatte den Treffer als einziger überlebt – und zwar ohne auch nur einen Kratzer abbekommen zu haben. Er lag jedoch nicht hinter dem Maschinengewehr, um den eigenen Kameraden Feuerschutz zu geben, sondern er kauerte ganz unten im Trichter, zusammengekrümmt wie ein Embryo im Mutterleib. Die Hände auf die Ohren gepreßt, wimmerte und zitterte er.

Adrian hatte Mühe, ihn aus dem Bombenkrater zu zerren. Der Regen stürzte so heftig auf sie nieder wie der Hagel aus Granaten und Kugeln. Lance war nicht bei Sinnen. Er widersetzte sich, kreischte und schlug wild um sich. Schließlich blieb Adrian nichts anderes übrig, als ihn mit zwei wuchtigen Faustschlägen bewußtlos zu schlagen. Dann warf er sich seinen Bruder wie einen schweren nassen Sack über die Schulter und stolperte los – mitten durch eine apokalyptische Landschaft des Grauens, beleuchtet vom kalten, zuckenden Licht explodierender Leuchtgranaten.

Bis zu den eigenen Schützengräben waren es keine fünfzig Yards mehr, als ihn die erste Kugel traf. Sie bohrte sich in seinen linken Oberarm, und ihm war, als hätte ihm jemand einen tiefen Messerstich versetzt. Aber der Schmerz ließ sich ertragen, und er wankte noch nicht einmal. Er hatte schon ganz andere Verwundungen überstanden.

Die zweite Kugel, die ihn wenige Schritte später verwundete, durchschlug zuerst den Oberschenkel seines Bruders, bevor sie in Adrians rechte Schulter drang. Der Einschlag hatte aber noch immer die Wucht eines Keulenhiebes und warf ihn samt seiner Last in den Schlamm. Das Inferno um ihn herum hatte noch nichts von seiner erbarmungslosen Vernichtungswut verloren. Ein glühender Schmerz breitete sich in seiner Schulter aus. Groß war jetzt die Versuchung, die eigene Haut zu retten und auf den nächsten Schützengraben zuzukriechen. Aber konnte er seinen Bruder hier im Niemandsland zurücklassen?

Es ist Lance! Ich kann ihn nicht sich selbst überlassen! Ich darf ihn nicht im Stich lassen. Verflucht soll er sein, dreimal verflucht! Aber er ist mein Bruder! Er ist mein Bruder! Er ist mein Bruder!

Schreiend vor Schmerz und Angst, wuchtete er sich Lance über die linke Schulter und kroch auf Knien weiter. Ihm war, als hätten sich alle Geschütze und Gewehre nun ausschließlich auf ihn und seinen Bruder gerichtet. Die Geschosse schlugen in einem wahren Trommelfeuer rechts und links von ihm ein und pflügten die Erde um, die schon von unendlich viel Blut getränkt und mit verwesten Leichenteilen durchsetzt war.

Adrian glaubte plötzlich, durch ein Leichenfeld zu kriechen, das kein Ende hatte. Ein Leichenfeld, das sich um die ganze Erde erstreckte und auf dem für ewig das nächtliche Inferno pausenloser Bombardierung herrschte. Er verlor die Kontrolle über seine Körperöffnungen und erbrach sich. Auch Darm und Blase entleerten sich, ohne daß er etwas dagegen tun konnte. Er war am Ende und wollte seine Todesangst und Verzweiflung hinausschreien, doch er konnte nicht. Seine Lungen brannten wie Feuer, und sein Bruder wurde zu einer tonnenschweren Last. Er mußte ihn abwerfen, sich von Lance freimachen – ein für allemal. Warum sollte er ihn noch weiterschleppen, wo das Ende für sie beide ja doch unabänderlich war?

Weil er dein Bruder ist!

Und was heißt das? Habe ich mir meinen Bruder etwa ausgesucht? Lance ist ein verfluchter Feigling und Drückeberger! Schon seit Gallipoli! Er hat es gar nicht verdient, daß ich mich auch nur einen Yard mit ihm abschleppe. Hol ihn der Teufel!

Der Teufel wird uns alle holen, keine Sorge.

Na also! Was macht es da noch für einen Unterschied?

Genau, was macht es für einen Unterschied – außer daß du einigermaßen aufrecht krepierst, statt mit dem Gesicht im Schlamm zu ersticken wie ein elender Feigling!

Adrian lachte über die wütenden Stimmen, die sich in seinem Kopf stritten. Wie lächerlich, wie sinnlos das alles doch war. Es war ein schrilles Lachen, das er allein in seinem Kopf hörte. Doch gleichzeitig krallten sich seine Hände in die Erde, und er schleppte sich auf Knien weiter. Es machte nichts, daß der Schützengraben mit jedem Yard, den er sich durch den Schlamm zog, um ein Yard zurückwich. Er akzeptierte nun, daß er nie das erreichen würde, was er sich vorgenommen hatte. Das gehörte mit zu den Unabänderlichkeiten seines Lebens. Warum hatte er nicht eher begriffen, daß ihm als Zweitgeborener nichts zustand?

Aber ich bringe dir Lance zurück, Dad.

Willst du dich vielleicht mit etwas brüsten, was deine gottverdammte Pflicht ist, du elender Taugenichts?

Nein, ich möchte nur, daß du einmal stolz auf mich bist, Dad. Daß ich etwas in deinen Augen richtig gemacht habe, daß ich einmal »ganz der Vater« gewesen bin.

Nerve mich doch nicht mit deinem dummen Geschwätz! Streng dich gefälligst an, daß du deinen Bruder endlich hinter die eigenen Linien bekommst. Er muß eines Tages meine Nachfolge auf **Illawarra** ***antreten!***

Das entscheide ich allein! Ich allein habe es in der Hand, ob er Illawarra *eines Tages übernimmt! Und wenn ich es so will, wird er hier im Niemandsland der Somme verrecken!*

Den Teufel wirst du tun! Deine Mutter und Rose werden auf dein Grab spucken, hörst du? Also kriech weiter, verdammt noch mal! Kriech weiter, denn nur dafür bist du von Nutzen!

Ja, Vater. Ich krieche, ich krieche weiter. Immer weiter. Bis nach Illawarra, *wenn es sein muß … Ich bringe Lance nach Hause, Vater, ich verspreche es … Sag Mom und Rose, daß wir kommen … Es sind nur noch ein paar Yards …Moira? …Moira, bist du es?*

Adrian hörte in dem Hämmern und Dröhnen der Detonationen eine vertraute Stimme und riß die Augen auf. Dann traf ihn die dritte Kugel. Sie riß ihm den Stahlhelm vom Kopf, und er stürzte mit Lance in die Tiefe. Er spürte es schon nicht mehr, als er im knietiefen Wasser des Schützengrabens versank.

ZWEITES KAPITEL

Mit schweißüberströmtem Gesicht und rasendem Puls schreckte Adrian aus dem Schlaf auf. Er brauchte einen Moment, um zu sich zu kommen und sich bewußt zu werden, daß der Krieg vorbei war und er im dunklen Abteil eines Zuges saß, der am Nachmittag Melbourne verlassen hatte und nun durch die Nacht gen Norden ratterte. Die Bilder jener Nacht an der Westfront, die ihn nun schon seit vielen Monaten als immer wiederkehrender Alptraum verfolgten, wollten jedoch nur langsam verblassen.

Adrian wischte sich den Schweiß vom Gesicht und rieb sich dann die schmerzende linke Schläfe, mit der er hart gegen die Holzverkleidung des Zugfensters gestoßen war, als der Zug sich in eine weite Kurve gelegt hatte. Vorsichtig blickte er sich im Abteil um, das mit heimkehrenden Soldaten voll besetzt war, ob jemand mitbekommen hatte, wie er von seinem Alptraum gequält worden war. Doch keiner der Männer war wach. Sie alle hatten in den Kriegsjahren gelernt, in jeder noch so unbequemen Lage zu schlafen und auch die kürzeste Feuerpause dafür zu nutzen. Sie schliefen den tiefen Schlaf der Erschöpfung – oder ihren Rausch aus.

Lance gehörte zu den letzteren. Er hatte mit Norman, Sid und Gregg die halbe Nacht gepokert und sich dabei mit Alkohol vollgeschüttet. Den Kopf auf der Brust und mit offenem Mund schnarchend, saß er Adrian gegenüber auf der Holzbank.

Adrian hatte plötzlich das Gefühl, in dem engen Abteil, das mit zu vielen Soldaten und zu vielen Gepäckstücken vollgestopft war, erdrückt zu werden und nicht genug Luft zum Atmen zu haben. Es stank nach Schweiß, kalter Asche, vergossenem Bier und Erbrochenem. Diesen widerlichen Geruch konnte er nicht länger ertragen. Er brauchte unbedingt frische Luft.

Draußen auf dem Gang passierte er fremde Soldaten, die an offenen Fenstern standen und in die Nacht hinausblickten. Die wenigsten redeten, und wenn, dann nur im Flüsterton, als fürchteten sie noch immer, der Feind könnte sie hören und einen seiner Scharfschützen auf sie ansetzen. Zumeist standen sie nur stumm Seite an Seite, rauchten und starrten gedankenverloren oder mit ausdruckslosem Gesicht hinaus in die nächtliche Landschaft ihrer Heimat, die sie vor Jahren als ahnungslose junge Männer verlassen hatten, um an einem angeblich kurzen und aufregenden Abenteuer am anderen Ende der Welt teilzunehmen, das sich Krieg nannte. Nun, viereinhalb Jahre später, kehrten sie in ihre Heimat zurück, beraubt aller jugendlichen Träume und Illusionen und als gezeichnete Veteranen, die älter waren, als ihre Entlassungspapiere es auswiesen. Gezeichnet waren sie alle, auch die, die ohne äußere Wunden und Narben zurückkehrten. Und bei vielen sollten die Wunden, die das Grauen des Krieges in ihre Seelen gebrannt hatte, niemals heilen.

Adrian ging bis ans Ende des Zuges und stieß die Tür zum Perron auf. Nach der verbrauchten, stinkenden Luft im Innern des Zuges war der milde, warme Fahrtwind, der ihn augenblicklich umwehte, ein wahres Geschenk. Er atmete tief durch. Die Luft trug den Geruch des scheidenden Sommers in sich. Ihm war, als könnte er das Heu des letzten Schnitts auf den Weiden sowie die abgeernteten Felder und Äcker, die dort draußen in der Dunkelheit lagen, förmlich riechen.

Adrian war nicht überrascht, auf der Plattform, die von einem hüfthohen rostigen Eisengitter eingefaßt war, Mark Cuddeford anzutreffen. Cuddy, wie er von allen genannt wurde, war gerade siebzehn und Deckshelfer auf einem Flußschiff gewesen, als er im Frühjahr 1914 die Unterschrift seines Vaters gefälscht hatte, um den Krieg nicht zu verpassen. Er gehörte zu jenen Männern, die Adrian im Zug zum Ausbildungslager kennengelernt und mit denen ihn viereinhalb Jahre lang buchstäblich eine Freundschaft auf Leben und Tod verbunden hatte. Viele von den Kameraden aus den ersten Tagen des Krieges befanden sich nicht in diesem Zug. Sie würden auch mit keinem anderen Transport die Rückfahrt nach Hause antreten, weil sie irgendwo auf den Dardanellen, bei Ypern, an der Somme oder in Belgien in einem Grab lagen – sofern sie im Tod wenigstens das bißchen Glück gehabt hatten, daß ihre Leichen nicht zu jenen Zehntausenden gehörten, die im Artillerieregen Hunderttausender Granaten zerfetzt und unter die Erde gepflügt, sondern geborgen worden waren und ein armseliges Begräbnis in einem Massengrab erhalten hatten.

Cuddy wandte nur kurz den Kopf und hielt ihm die Packung State-Express-Zigaretten hin, die er gerade aufgerissen hatte. »Was gegen den schlechten Geschmack im Mund gefällig, Captain Flynn?«

»Auch wenn wir noch Uniform tragen, so gehören doch die Zeiten, wo unsereins einen militärischen Rang bekleidet hat, der Vergangenheit an. Und ich muß sagen, dem Himmel sei Dank dafür«, antwortete Adrian. »Aber die Zigarette nehme ich gerne, *Lieutenant* Cuddeford.«

Cuddy lachte leise auf und schnippte eine Zigarette aus seiner Packung. Adrian zog sie aus der Schachtel, klopfte sie mit einem Ende kurz auf seinen Daumennagel, steckte sie zwischen die Lippen und legte dann beide Hände schützend um die Flamme aus Cuddys Feuerzeug.

Einen Augenblick standen sie schweigend auf dem Perron, während der Zug mit mäßiger Geschwindigkeit durch die Hügelketten ratterte, die der Calder Range vorgelagert waren. Das Land wurde nach Norden hin allmählich flacher und ging in die weiten Ebenen über, die den Murray umgaben. Bei Echuca würde der Schienenstrang, aus Melbourne kommend, zum erstenmal auf den mächtigen Strom stoßen.

Im Morgengrauen, dachte Adrian, werde ich zum erstenmal nach viereinhalb Jahren den Murray wiedersehen – und einige Stunden später Moira!

»Mena Camp in der ägyptischen Wüste«, brach Cuddy schließlich ihr einvernehmliches Schweigen. »Weißt du noch? Mein Gott, die Zeit scheint mir heute eine Ewigkeit zurückzuliegen.«

»Kairo.« Adrian lauschte dem Klang des Wortes nach und nickte gedankenvoll. »Das Ausbildungslager zu Füßen der Pyramiden, auf Decken unter den Sternen zu schlafen, weil noch nicht genug Zelte vorhanden waren, das Training in der Wüste, die Streifzüge durch die Bazare, die Bootstouren auf dem Nil – all das war in einem anderen Leben, Cuddy.«

»Ja, das war es wohl. Und damals war ich felsenfest davon überzeugt, daß mich in meinem Leben nichts tiefer beeindrucken würde als der Ausblick von der Spitze dieser jahrtausendealten Grabmähler.« Cuddy machte eine kurze Pause, lachte trocken auf, schüttelte den Kopf und deutete in die Nacht hinaus, während er fortfuhr: »Und jetzt habe ich eine noch stärkere Gänsehaut, obwohl ich doch nichts weiter als nächtliches hügeliges Buschland vor Augen habe. Wie wird mir erst zumute sein, wenn ich den Murray sehe und wieder an Deck eines Raddampfers stehe? Bloß nicht das große Abenteuer des Krieges verpassen, das zum Weihnachtsfest schon wieder vorbei ist, und die Pyramiden als der Höhepunkt meines Lebens! Mein Gott, was für ein verdammter Einfaltspinsel ich doch gewesen bin!«

»Das waren wir wohl alle, Cuddy. Und jetzt können wir nicht dankbar genug sein, daß wir für unsere Blauäugigkeit nicht mit unserem Leben bezahlt haben«, sagte Adrian mit einem bitteren Unterton, drückte die glühende Kippe sorgsam auf dem Eisengestänge aus und zermalmte sie dann unter seinem Stiefelabsatz. »Was hast du jetzt vor, Cuddy?«

»Zuerst einmal so schnell wie möglich Steuermann auf einem anständigen Raddampfer werden, eine Familie gründen –

und dann jedes Pfund sparen, um mir in ein paar Jahren eine Beteiligung leisten zu können. Und was steht bei dir an, Adrian?«

»Moira wartet auf mich. Seit viereinhalb Jahren.«

Adrian dachte an die unzähligen Briefe, die sie ihm geschrieben hatte, und daß mit jedem Jahr die Angst in ihm gewachsen war, sie würde nicht länger auf ihn warten, trotz aller Beteuerung, niemals in ihrer Liebe zu ihm zu wanken. Zu dieser Angst hatte sich in den letzten anderthalb Jahren, die er im entsetzlichen Stellungskrieg an der Westfront verbracht hatte, noch eine andere bedrückende Befürchtung in ihm festgesetzt. Nämlich die quälende Frage, ob sie bei ihrem Wiedersehen nach so langer Trennung überhaupt noch viel Ähnlichkeit mit jener Moira und jenem Adrian besaßen, die vor fünfeinhalb Jahren in Liebe zueinander entbrannt waren. Würden sie einander noch verstehen und die Empfindungen des anderen teilen können?

Ihre langen Briefe, so voller Sehnsucht und Liebe, hatte er wie einen Schatz gehütet und immer und immer wieder zur Hand genommen, wenn er geglaubt hatte, das tägliche Grauen nicht länger ertragen zu können. Aber in letzter Zeit hatte er sich mehr und mehr gefragt, was dieses Leben in der Heimat am Murray River, das Moira ihm in so liebevoller Ausführlichkeit schilderte, noch mit ihm und seinem Leben zu tun hatte. Daß Emily Dickinson den einzigen Sohn von Ken Sawyer, dem Besitzer des *Royal Victoria Hotel* in River Bend, geheiratet und schon nach siebeneinhalb Monaten eine angebliche Frühgeburt gehabt hatte, bei der sie aber wundersamerweise ein überaus kraftstrotzendes Baby zur Welt gebracht hatte; daß Rebecca mit ihrem Vater nach Bathurst in New South Wales gezogen, Sophie nach langer schwerer Krankheit im heißen Sommer von 1917 gestorben und Moira danach in die Dienste eines vermögenden Zitrusfarmers in Mildura getreten war, der für seine halbblinde Mutter eine Gesellschafterin brauchte – all dies waren Mitteilungen aus

einer Welt, die ihm so fern und fremd geworden war, daß er sie kaum noch mit seinem Leben an der Front zu verbinden vermochte, mit all den Toten, dem Grauen ohne Ende. Sogar die Nachrichten vom erbitterten Streit über die Einführung der allgemeinen Wehrpflicht, der Australien 1916 in zwei feindliche Lager spaltete, mit dem Fanatismus eines Religionskrieges geführt und nach einem Bürgerentscheid mit knapper Mehrheit abgelehnt wurde, berührte ihn kaum. Denn dort, wo er im Schützengraben kauerte, beherrschten ihn ganz andere Gedanken: *Überleben! Die nächste Stunde! Der Kampf Mann gegen Mann um einen elenden Streifen Schützengraben! Der Gasangriff!!* Allein schon der nächste Tag schien eine Ewigkeit entfernt, wenn man monatelang pausenlos unter Beschuß lag.
Würde er also nach alldem, was er in den vergangenen Jahren gesehen, durchlitten und im Nahkampf getan hatte, wirklich wieder in dieses alte Leben zurückfinden – vor allem zurückfinden zu Moira?
Adrian fuhr aus seinen beklemmenden Gedanken auf, als der Zug abbremste. Cuddy sah ihn schweigend an und wartete offenbar darauf, daß er seine unvollständige Antwort beendete. Er verdrängte die Furcht mit aller Macht. »Wir werden heiraten, Moira und ich!« erklärte er mit fester Stimme. »Alles andere wird sich ergeben.«
»Du wirst es schon schaffen«, versicherte Cuddy, als wüßte er genau, was ihn insgeheim quälte. »Man wird dir nicht nur einen großen Bahnhof bereiten, sondern dir auch jede Chance geben, beruflich vorwärtszukommen. Du bist ein hochdekorierter Kriegsheld, mit dem sich jeder gern schmücken wird und …«
»Nun mach nicht so ein Theater um ein paar Blechorden an bunten Bändern!« fiel Adrian ihm ins Wort.
Cuddy lachte spöttisch auf. »Theater? Du bist gut! Hast du vielleicht die Pressemeute vergessen, die sich bei unserer Ankunft in Melbourne auf dich gestürzt hat? Immerhin hat

man dir nicht nur nach der Schlacht von Gallipoli für besondere Tapferkeit vor dem Feind den *Star* und in Ypern auch noch die *Military Medal* verliehen, sondern du bist auch der erste australische Soldat gewesen, der mit dem *Victoria Cross* ausgezeichnet worden ist, der höchsten Auszeichnung, die das britischen Empire zu vergeben hat, mein Freund! Und im ganzen Krieg sind gerade mal vierundsechzig dieser besonderen Orden an uns Aussies vergeben worden! Man kann also nicht einfach von glücklichen Zufällen sprechen, daß du es bis zum Captain gebracht hast.«

»Ach was, das verdanken wir den verfluchten Tommy-Generälen, die Einheiten aus Australien und Neuseeland immer dort an die Front geworfen haben, wo die Verluste besonders groß waren«, sagte Adrian voller Groll auf die britischen Oberbefehlshaber, die sich mehr um das richtige Salutieren, die buchstabengetreue Einhaltung von Vorschriften und insbesondere um die Wahrung der Klassenunterschiede gekümmert hatten als um ihre Soldaten. Die Männer aus Australien, das als einziges Land eine Freiwilligenarmee in den Krieg entsandt hatte, besaßen ein anderes Verständnis von Freiheit. Weder kannten sie die rigiden und oftmals demütigenden Rangunterschiede zwischen einfachen Mannschaften und Offizieren, wie sie bei den Briten vorherrschten, noch waren sie bereit, diese zu akzeptieren. Und daß sie nie daran dachten, auf Schritt und Tritt zu salutieren, hatten die arroganten britischen Offiziere am wenigsten verwinden können. Doch Adrian und Männer wie Cuddy waren stolz darauf, daß bei ihnen ein kameradschaftliches Verhältnis zwischen »Lamettaträgern« und einfachen Soldaten bestanden hatte, ohne daß darunter Respekt und Kampfmoral gelitten hätten. Und in den wenigen krassen Fällen, wo einer aus der Mannschaft zum Offizier aufgestiegen war und sich trotz wiederholter Warnungen seiner Untergebenen wie ein hochnäsiger, karrieresüchtiger Tommy-Offizier gebärdet und sie mit gezücktem Revolver in aussichtsloser Lage zum Vormarsch ange-

trieben hatte, da hatte dieser mit dem Leben bezahlt – erschossen von den eigenen Männern, die sich als Freiwillige keiner Tyrannei zu beugen gewillt waren. »Und so, wie unsere Truppen in Gallipoli, Ypern, an der Somme und anderswo dezimiert wurden, blieb der Führung ja gar nichts anderes übrig, als Leute wie dich und mich für die Dauer des Krieges zu Offizieren zu machen. Wo sollten sie sie auch sonst herholen, wo wir doch bei Kriegsausbruch so gut wie keine nennenswerte Armee mit einem entsprechenden Offizierskorps hatten? Irgendeiner mußte ja den blutigen Job übernehmen, die Kompanien ins Massaker zu führen!«
»Alles wahr, und doch ändert das nichts an dem, was du geleistet hast. Und darauf wie auch auf die Orden kannst du verdammt stolz sein, denn du hast sie dir mit deinem Blut und einem halben Dutzend Verwundungen bitter verdient!«
Adrian machte eine verlegene Geste. »Mein Gott, Cuddy, wir alle wissen doch, wie das im Inferno einer Schlacht mit diesen angeblichen Ruhmestaten ist, die hinterher zur moralischen Aufrüstung dezimierter Truppen mit Orden belohnt und von den Zeitungsleuten zu heroischen Taten für Volk und Vaterland verklärt werden«, wandte er ein. »Dahinter steckt weder heldenhaftes Draufgängertum noch Vorsatz, ja häufig nicht einmal bewußtes Denken während der Tat. Die Angst unterbindet jeden klaren Gedanken, und man tut etwas, ohne recht zu wissen, was und warum. Es passiert einfach – und wenn es das Richtige ist und man dann zudem noch das unverschämte Glück hat zu überleben ...« Er führte den Satz nicht zu Ende, sondern zuckte nur mit den Achseln.
»Ja, ich weiß, wie das ist«, pflichtete Cuddy ihm bei und griff wieder zur Zigarettenpackung. »Ich weiß aber auch nur zu gut, wie es ist, wenn jemand sich widerstandslos seiner Angst überläßt, nur seine eigene Haut zu retten versucht und seine Kameraden feige im Stich läßt.«
Adrian verstand den Hinweis und wich Cuddys Blick aus. »Reden wir nicht länger vom Krieg. Er hat uns allen schon

genug gekostet. Keiner wird jetzt noch etwas von den alten Geschichten wissen wollen – ich am wenigsten von allen.«

»Du irrst. Das genaue Gegenteil wird der Fall sein«, widersprach Cuddy. »Es gibt nur einige wenige Dutzend australische Soldaten, die entweder den Star, die Military Medal oder das Victoria Cross tragen, während du alle drei verliehen bekommen hast! Du kannst es deshalb drehen und wenden, wie du willst, aber du bist ein echter Held – und den läßt man nicht so schnell in der Versenkung verschwinden!« Lachend schlug er ihm auf die Schulter. »Und darauf rauchen wir jetzt noch eine!«

Als der Morgen über der Flußebene von Echuca heraufdämmerte, standen Adrian und Cuddy noch immer auf dem hinteren Perron, mal redend, mal lange Zeit in Gedanken versunken.

Plötzlich flog die Tür auf, und Lance trat zu ihnen auf die Plattform hinaus. Seine Khakiuniform sah übel mitgenommen aus. »Ah, hier also treibt sich mein Bruderherz herum!« rief er spöttisch und schwang eine Flasche Whisky. »Zum letztenmal auf nächtlichem Patrouillengang gewesen? Und jetzt hast du hier deinen letzten Kommandoposten aufgeschlagen, ja? Immer alles voll im Blick und fest im Griff, das ist ganz mein kleiner Bruder!«

»Mir war nach frischer Luft zumute«, antwortete Adrian ruhig.

»Ich wette, dir hat die Gesellschaft in unserem Abteil nicht gepaßt. Nur gemeines Fußvolk ohne Silbersternchen auf den Schulterklappen, nicht wahr? Das ist für einen feinen Mann, der sich so tapfer zum Offizier hochgedient hat wie du, natürlich nicht die passende Gesellschaft«, höhnte Lance und starrte ihn aus mißgünstigen, schmalen Augen an. »Da will man unter seinesgleichen sein, nicht wahr, *Captain* Flynn a.D.!«

»Laß den Scheiß, und reiß dich gefälligst zusammen!« fuhr Cuddy ihn ärgerlich an. »Wenn du wüßtest, was für einen

Schwachsinn du von dir gibst, würdest du dir die Seele aus dem Leib kotzen!«

»Laß ihn«, wehrte Adrian leise ab. »Mein Bruder ist noch immer betrunken – oder schon wieder.«

Lance gab sich erschrocken und tat so, als wollte er nun respektvoll Haltung annehmen. Übertrieben schlug er die Haken zusammen und salutierte mit der Flasche in der Hand. »Zu Befehl, *Sir!* ... Werde kotzen, ganz wie Lieutenant Deckhand es befehlen, *Sir!*« brüllte er nach Tommy-Ausbilder-Manier. »Erbitte aber vorher noch untertänigst Erlaubnis, *Sir*, mit meinen hochwohlgeborenen Bruder und Blechordenträger einen anständig zur Brust zu nehmen, *Sir*, Lieutenant Großmaul, *Sir!*«

»Typen wie du widern mich an, Lance!« beschied Cuddy ihn verächtlich und mit kaltem Blick.

Lance spuckte vor ihm auf die Plattform, wagte jedoch nicht, sich mit ihm anzulegen. Denn Cuddy hatte nicht von ungefähr dreimal die Regimentsmeisterschaft im Boxen gewonnen. »Das beruht ganz auf Gegenseitigkeit, du Flußpisser«, erwiderte er. »Und darauf trinke ich jetzt mit meinem kleinen Bruder. Denn seit unserer Ausmusterung in Melbourne ist es mit der Glorie und dem Silbersternchenfirlefanz des Offizierslebens vorbei! Also dann, trinken wir auf das, was wirklich zählt, und das sind River Bend und *Illawarra*, habe ich nicht recht, Bruderherz?« Er legte dabei seinen Arm um Adrians Schulter und hielt ihm die Flasche hin.

»Ich habe nicht vor, mich schon am Morgen zu betrinken. Außerdem weißt du, daß ich diesen billigen Fusel nicht anrühre«, lehnte Adrian ab und versuchte, den Arm seines Bruders abzuschütteln.

Doch Lance hielt ihn fest. »Was ist? Ist dir die Offiziers- und Ordensscheiße so in den Kopf gestiegen, daß du dir jetzt sogar zu fein dafür bist, mit deinem Bruder einen Drink auf unsere Rückkehr zu nehmen?« zischte er.

Ganz vermochte Adrian seinen aufflammenden Zorn nicht

zu beherrschen. »Hör doch endlich mit diesem dummen Gerede auf, Lance!« erwiderte er gereizt und stieß den Arm seines Bruders weg. »Allmählich werden deine idiotischen Unterstellungen lästig. Und dadurch, daß du sie ständig wiederholst, werden sie auch nicht um einen Deut wahrer, wie du sehr wohl weißt. Also, laß es endlich sein, dich selbst lächerlich zu machen!«

Lance kniff die Augen zusammen und setzte zu einer Erwiderung an. Doch in dem Moment tauchte Sid, einer von seinen Pokerfreunden, in der Tür auf und rief: »Was hängste denn hier draußen rum, Mann? Ich hab den ganzen Scheißzug nach dir abgesucht. Wir warten auf dich. Oder willst du dir die Scheine, die Norman dir gestern abgeknöpft hat, nicht wieder holen?« Dann fiel sein Blick auf die Whiskyflasche, und er verzog das pockennarbige Gesicht zu einem breiten Grinsen. »Wußte doch, daß du noch 'ne Flasche in Reserve hast, Alter! Gib her, ich brauch 'nen Schluck, um den verdammten Pelz von der Zunge zu spülen!«

Lance überließ ihm die Flasche, warf Adrian und Cuddy einen verächtlichen Blick zu und verschwand mit Sid im Waggon, ein vulgäres Soldatenlied anstimmend.

»Um den bist du nicht zu beneiden«, sagte Cuddy, nachdem sie eine ganze Weile geschwiegen hatten. »Er wird es dir nicht leichtmachen, wenn ihr wieder zu Hause seid. Auf *Illawarra* hat er wieder das Sagen, nicht wahr?«

Adrian nickte mit bedrückter Miene. »Ja, und er kann es nicht erwarten, mich das spüren zu lassen. Aber ich werde ihm nicht den Gefallen tun, ihm seine Position streitig machen zu wollen. Ich werde ihm die Station kampflos überlassen, weil alles andere zwecklos wäre und nur noch mehr böses Blut zwischen uns schaffen würde, und mir etwas Eigenes aufbauen.«

»Zusammen mit deiner Moira.«

»Ja, das so hatten wir es geplant.«

»Hatten oder *haben?*« hakte Cuddy nach.

Adrian sah ihn nur stumm an.
Cuddy verstand. »Mach dir keine Sorgen. Nach dem, was du mir von ihr erzählt hast, hast du mit deiner Moira bestimmt einen guten Griff gemacht«, versuchte er seine unsensible Frage schnell wiedergutzumachen. »Sie ist sicher nicht so wie die vielen anderen Kriegsbräute, die ihre Verlobten und Ehemänner mit heiligen Treueschwüren in den Krieg geschickt und kaum, daß diese in Übersee waren, sich schon mit einem anderen getröstet haben.« Mit einem verschmitzten Blick und in leichterem Tonfall fügte er dann noch hinzu: »Außerdem: Die Absolventin einer Klosterschule macht so was schon gar nicht! Die ist treu, schon um ihres Seelenheils willen.«
Ein Lächeln vertrieb die bedrückte Miene von Adrians Gesicht. »In ein paar Stunden werden wir es wissen.«
»Ich wette, ganz River Bend wird dich heute am Bahnsteig empfangen – und deine Moira wird in vorderster Reihe ihr Fähnchen schwingen und es nicht erwarten können, sich mit ihrem hochdekorierten Liebsten irgendwo hinter die Büsche zu verdrücken, um ihm zu zeigen, wie verrückt sie noch immer nach ihm ist – natürlich ganz in der züchtigen Art, die Klosterschülerinnen auszeichnet«, scherzte Cuddy.
Nun mußte Adrian herzhaft lachen. »Wenn du wüßtest! Aber wenn du glaubst, nun Einzelheiten aus mir herauslocken zu können, dann irrst du!« rief er, und ihr Gespräch nahm von nun an einen unbeschwerteren Verlauf.
In Echuca leerte sich der Zug beträchtlich. Adrian und Cuddy nahmen kurz und ohne viel Worte, aber mit aufrichtiger Verbundenheit Abschied voneinander. Adrian versprach, von sich hören zu lassen und ihn zu seiner Hochzeit einzuladen. Und sie gelobten sich gegenseitig, einander die Patenschaft ihres ersten Sohnes zu reservieren. Sie wußten, daß ihre Freundschaft Bestand haben würde, auch wenn sie in Zukunft nur selten Gelegenheit finden sollten, einander zu besuchen.
Als der Zug sich wieder in Bewegung setzte, dachte Adrian,

daß vermutlich niemand ihn so gut kannte und nachempfinden konnte, wie es in ihm aussah, wie Mark »Cuddy« Cuddeford. Die viereinhalb Jahre Krieg, die sie Seite an Seite überlebt hatten, hatten sie seelisch wie physisch unbarmherzig voreinander entblößt – entblößt bis auf den ungeschützten nackten Kern ihres Ichs. Da war keine noch so dünne Maske äußeren Anscheins geblieben, hinter der sie hätten Zuflucht finden können.

Gegen Mittag trafen sie in Swan Hill ein, wo ein weiterer großer Schub Kriegsheimkehrer den Zug verließ. Jetzt waren es nur noch wenige Stunden bis nach River Bend.

Adrian rang lange mit sich selbst, bevor er zu dem Entschluß kam, sich mit seinem Bruder zu versöhnen. Es war nicht recht, im Streit nach Hause zu kommen. Und es war auch nicht von Bedeutung, wer im Recht und wer im Unrecht gewesen war und wem es eigentlich oblag, die Hand zur Versöhnung auszustrecken. Einer von ihnen mußte sich dazu überwinden. Und wenn ihm das eher gelang als seinem Bruder, dann lag es eben an ihm, diesen ersten Schritt zu tun.

Lance saß allein in ihrem Abteil und starrte aus dem Fenster. Er wandte nicht einmal den Kopf, als Adrian die Tür aufschob und sich ihm gegenüber auf die harte Holzbank setzte.

»Ich glaube, es wird Zeit, daß wir miteinander reden, Lance«, sagte Adrian ruhig. »Wir haben Krieg genug gehabt. Laß uns endlich Frieden schließen.«

Lance drehte sich nun langsam zu ihm um, und Adrian erschrak unter dem Blick seines Bruders, in dem unverhohlener Haß brannte. »Frieden?« stieß er mit verkniffener, angeekelter Miene hervor und sprang auf. »Geh zum Teufel, Adrian!« Und damit stürzte er aus dem Abteil.

Der Zug, in dem außer Adrian und Lance nur noch einige zivile Reisende saßen sowie die wenigen Soldaten, deren Ziel

Mildura war, traf mit nur halbstündiger Verspätung in River Bend ein.

Adrian stand mit seinem Kleidersack wieder ganz hinten auf der Plattform, als die Ortschaft hinter einem langen Eukalyptushain endlich in Sicht kam und der Zug unter dem durchdringenden Heulton seiner Dampfsirene die Landstraße bei Alistair Cogans Ziegelei kreuzte. Wenige Minuten später konnte er die Bahnstation ausmachen, die schräg gegenüber vom *Royal Victoria Hotel* am Westende der River Street lag. Der primitive Bahnsteig aus schweren Bohlen hatte während seiner Abwesenheit ein Wellblechdach erhalten sowie einen schuppenartigen Anbau, in dem man wohl bei schlechtem Wetter Schutz finden konnte.

Das langgestreckte Dach und der Anbau, die beide in einem frischen Anstrich leuchteten, lenkten Adrian einen Moment ab. Dann aber bemerkte er die Menschenmenge, die sich dort unter dem langen Band aus Wellblech drängte. Obwohl Cuddy und andere ihm mehr als einmal prophezeit hatten, daß man ihm in seinem Heimatort einen stürmischen Empfang bereiten würde, hatte er doch nicht so recht daran geglaubt. Warum sollten die Leute von River Bend auch seinetwegen zusammenlaufen, wo doch jeder seit Kindesbeinen wußte, wer er war – nämlich der zweitgeborene Sohn von Jack Flynn, dem die armselige Station *Illawarra* gehörte, der junge Bursche, der als Fuhrknecht für Nathan Sullivan gearbeitet hatte und dessen Bruder Lance »ganz der Vater« war und *Illawarra* übernehmen würde? Was änderten die Orden, die er am anderen Ende der Welt verliehen bekommen hatte, schon an dem, was er war? Nichts. Der Krieg war vorbei. Vergangenheit.

Und doch wogte auf dem Bahnsteig eine gewaltige Menschenmenge, wie er sie noch nie zuvor in River Bend gesehen hatte. Hunderte hatten sich eingefunden. Wahrhaftig die ganze Ortschaft schien zusammengelaufen zu sein.

Adrian wußte nicht, wohin er zuerst blicken sollte. Eine Flut

von unglaublichen Eindrücken stürzte auf ihn ein. Kinder, die ihre Schulkleidung trugen und geordnet in Klassen aufgestellt standen, schwenkten wie verrückt Papierfähnchen. Pfosten und Dachränder der Bahnstation waren mit Girlanden in den australischen Nationalfarben geschmückt. Ein Podium mit Rednerpult, gleichfalls üppig mit Fähnchen und Bannern versehen, ragte vorn an der Bahnsteigkante auf, umringt von Männern im besten, schwarzen Sonntagsstaat. Dahinter der örtliche Kirchenchor in seinen burgunderroten Roben. Die blank polierten Instrumente einer Blaskapelle blitzten in der Nachmittagssonne auf und stimmten nun, als der Zug langsam zum Halten kam, im schmissigen Marschtempo *Rule Britannia* an, während die Menge in einen unbeschreiblichen Jubel ausbrach.
Und all das galt ihm, Adrian Flynn?
Er war fassungslos und überwältigt. Sein Blick irrte verstört über die Menschenmenge. Vertraute Gesichter flogen vorbei. Beim Rednerpult James Callahan, der schwergewichtige Besitzer des Sägewerks und langjährige Bürgermeister von River Bend. Neben ihm der baumlange Hotelier Ken Sawyer und sein schon jetzt dicklicher Sohn Dave. Father O'Reilly und Father Jamison von der anglikanischen Kirche. Nathan Sullivan, der kantige Fuhrunternehmer, und Les Furlow, dem der Drugstore gegenüber dem Kino gehörte. William McGregor mit seiner zweiten Frau, aber ohne Moira an ihrer Seite und direkt dahinter John Masefield, der kahlköpfige Konkurrent von William McGregor, der sein Geschäft auf der River Street hatte. Hinten beim Wassertank entdeckte er Crooke und ganz in seiner Nähe sogar den alten Bootlace und Old Vinegar Face.
Sein Blick blieb kurz auf den Gesichtern seiner Eltern und seiner Schwester Rose haften, die gleich hinter den Honoratioren in der vordersten Reihe der Menge standen. Sein Vater, im dunklen Anzug und die Daumen in die Seitentaschen seiner gestreiften Weste gehakt, blickte nicht in seine

Richtung, sondern lächelte die Umstehenden huldvoll an, während seine Mutter und Rose strahlten und ihre Arme schwenkten.
Aber wo war Moira?
Die Blaskapelle spielte schon *Tarara Boomdeay*, als Adrian sie endlich entdeckte. Sie stand weit links, hinter dem Kirchenchor und den Schulklassen, fast versteckt neben einem der schweren Stützpfosten. Er erkannte sie an ihrem wie Kupfer schimmernden Haar, das in sanften Wellen auf ihre Schultern fiel. Sie winkte nicht, sondern hielt die Hände gefaltet und vor den Mund gepreßt, während sie seinen Blick suchte.
Für ein, zwei kurze Sekunden trafen sich ihre Blicke, und Adrian spürte, wie sein Herz wild zu schlagen begann. Ein Gefühl, das er nicht zu benennen vermochte, schnürte ihm die Kehle zu und trieb ihm die Tränen in die Augen. Viereinhalb Jahre! Viereinhalb Jahre hatte er auf diesen Augenblick gewartet. Wie oft hatte er geglaubt, daß er ihn nicht mehr erleben würde. Und nun sahen sie einander nach so langer Zeit wieder in die Augen, mit einer Mischung aus Bangen und wilder Freude. Doch dieses Wiedersehen war ganz anders, als er es sich vorgestellt hatte. War es ein böses Omen, daß diese ausgelassene Menschenmenge sie voneinander trennte?
Schon im nächsten Moment riß der Blickkontakt ab, als Nathan Sullivan die Tür vom Perrongitter aufriß, ihm mit seinem typisch kehligen Lachen etwas zurief, ihn am Arm packte und unter dem Jubel der Menge auf das Podium führte. Irgend jemand nötigte kurz darauf auch Lance, sich hinter ihm auf das Podest zu stellen. Sein Bruder zwang ein Lächeln, das wie eingefroren wirkte, auf sein Gesicht. Und der stürmische Empfang, den River Bend ihm bereitete, nahm nun seinen Lauf.
Adrian bekam von der schwungvollen Rede, die Bürgermeister Callahan hielt, nur Bruchstücke mit, weil sein Blick in der hin und her wogenden Menge immer wieder nach

Moira suchte. Auch an den Inhalt des Gedichtes, das ein Junge mit roten Ohren vortrug, konnte er sich später so wenig erinnern wie an das Lied, das der Kirchenchor sang. Und immer wieder brandete begeisterter Jubel auf, als hätte er für River Bend ein Wunder vollbracht. Das Ganze erschien ihm unwirklich wie ein Traum. Daß ihm diese Ehrung und Begeisterung gelten sollte, vermochte er noch nicht zu verarbeiten.

Schließlich schloß der Bürgermeister den Empfang auf dem Bahnsteig mit den Worten: »Bevor wir jetzt im *Royal Victoria* auf den Helden nicht nur von River Bend, sondern von Australien, ja vom gesamten britischen Empire anstoßen – und zwar auf Einladung des Hausherrn, meines verehrten Freundes Mister Kenneth Sawyer, wie ich nicht zu erwähnen vergessen möchte ...« Beifall und Jubel zwangen ihn zu einer kurzen Pause. »Bevor wir also zum Hotel hinüberziehen, möchte ich das Wort dem leuchtenden Vorbild unsere Nation erteilen – dem Träger des Victoria Cross ... der Military Medal ... und des Star...« Nach jedem Halbsatz brach die Menge in Applaus und Hochrufe aus. »Einem Mann aus unserer Mitte ... den wir voller Stolz den tapfersten Sohn von River Bend nennen ... *Captain ... Adrian ... Flynn!*« Wie ein Marktschreier rief er den Namen aus.

Die Menge schien förmlich vor Begeisterung zu explodieren, als der Bürgermeister seinen Arm um Adrian legte und ihn zu sich an das Rednerpult zog. Es dauerte eine ganze Weile, bis der Jubel sich wieder gelegt hatte.

»Richten Sie ein paar Worte an die Bürger von River Bend, Captain Flynn!« forderte der Bürgermeister ihn mit hochrotem, aber strahlendem Gesicht auf. »Wir brennen darauf, von Ihnen zu hören, was Sie in dieser Stunde bewegt!«

Es wurde still. Keiner wollte sich entgehen lassen, was nun kam. Hunderte erwartungsvolle Gesichter waren auf ihn gerichtet. Doch Adrian wußte nicht, was er sagen sollte. Mit einem verwirrten, hilflosen Lächeln hob er schließlich die

Hand. »Was kann ich in diesem Moment schon groß sagen? Worte können nicht ausdrücken, was ich empfinde … Ich bin überwältigt … Doch vor allem bin ich dankbar und froh …« Er stockte kurz und verbesserte sich schnell. »… sind mein Bruder und ich dankbar und froh, daß der Krieg vorbei ist und wir wieder hier in River Bend sind.«

Offenbar hatte er damit genau das Richtige gesagt, denn die Menge brach sofort in einen Beifallssturm aus. Der Bürgermeister und die anderen Honoratioren von River Bend klatschten demonstrativ. Und dann ging es unter den Klängen der Blaskapelle in einer Art Triumphzug von der Bahnstation hinüber ins *Royal Victoria Hotel*.

Trotz des wüsten Gedränges, das nun einsetzte, schafften es seine Mutter und seine Schwester ohne große Schwierigkeiten, sich zu ihm durchzukämpfen, hatten sie doch gleich in der vordersten Reihe gestanden. Lachend und weinend zugleich fielen sie ihm um den Hals, drückten ihn und ließen ihn wissen, wie glücklich und stolz sie waren. Adrian registrierte jedoch sehr wohl, daß sein Vater den kurzen Weg zu ihm nicht schaffte, sondern sich ohne viel Widerstand zur Seite drängen ließ. »Wir sehen uns drüben im Hotel!« rief er ihm zu und wich an den Rand der Menge zurück, wo Adrian Augenblicke später auch Lance bemerkte. Und als er sah, wie sein Vater den Arm um die Schultern seines Bruders legte, versetzte es ihm einen scharfen Stich, der die alten Wunden mit brennendem, zornig-bitterem Schmerz wieder aufriß.

Für die sechzig, siebzig Yards über die River Street zum Hotel brauchte Adrian fast eine geschlagene halbe Stunde. Die Menschen drängten sich um ihn, wie Motten ein helles Licht bei Nacht umschwirren. Jeder wollte ihm die Hand schütteln, ihm auf die Schulter klopfen und einen Willkommensgruß loswerden. Männer, mit denen er noch nie zuvor ein Wort gesprochen hatte, wollten ihm ihre Frauen und Kinder vorstellen, und die Vorsitzenden von allerlei Komitees und

Clubs luden ihn ein, bei ihnen Ehrengast zu sein und eine Rede zu halten.
Nach Moira hielt Adrian jedoch vergeblich Ausschau.
Umringt von den Honoratioren der Stadt, die ihn wie eine Prätorianergarde nicht von der Seite wichen, gelangte Adrian schließlich in den großen Saal des Hotels, wo Ken Sawyer eine zweite Bar hatte aufstellen lassen. Für ihn und die Bessergestellten des Ortes mit Rang und Namen gab es Champagner und Drinks nach Wunsch. Für den Rest der Bevölkerung floß draußen auf der Straße Freibier aus den Fässern, die dort auf Tischen bereitstanden.
Und dann geschah es. Als Adrian sich kurz aus der Belagerung der Männer und Frauen befreite, weil er die Toilette aufsuchen mußte, und den Saal verließ, stand er in der Halle plötzlich Moira gegenüber.
Für einen Moment schien die Zeit zum Stillstand gekommen zu sein. Die vielen Menschen um sie herum, das Gelächter und Stimmengewirr, alles verwandelte sich schlagartig in eine Hintergrundkulisse, wo alle Stimmen und Geräusche zu einem unbestimmbaren Summen wie in weiter Ferne verschmolzen und wo Räumlichkeiten und Gestalten ihre scharfe Konturen verloren.
»Du hast eine neue Frisur. Du trägst die Haare jetzt offen und bis auf die Schultern«, stellte Adrian fest und kam sich im selben Moment ausgesprochen einfältig vor, daß dies die ersten Worte waren, die er nach so vielen Jahren der Trennung als erste über die Lippen brachte.
Sie lächelte unsicher. »Ja, gefällt es dir?«
Er nickte und dachte, daß sie in dem luftigen Sommerkleid mit seinen pastellfarbenen gelben, blauen und weißen Streifen wunderbar aussah, nein schmerzhaft begehrenswert.
»Moira.«
»Adrian.«
Er nahm ihre Hand, und plötzlich brach der Lärm wieder durch die unsichtbare Wand, die sie für einen kurzen Augen-

blick schützend umgeben hatte. »Nicht hier, Moira«, sagte er mit belegter Stimme. »Nicht bei all dem Rummel und all den Leuten.«

Sie verstand. »Treffen wir uns am Baum?« fragte sie leise.

Er nickte. »Ja, am Baum.«

»Wann, Adrian?«

»Jetzt. Sofort!« Er konnte es nicht länger erwarten, mit ihr allein zu sein.

»Aber du kannst doch jetzt nicht weg von hier!«

»Und ob ich kann! Außerdem soll die große Feier doch erst am Sonntag – also in drei Tagen – auf dem Festplatz stattfinden, wie ich erfahren habe«, raunte er ihr zu. »Mach dich sofort auf den Weg. Ich schleiche mich auf getrenntem Weg davon. Aber ich werde noch vor dir beim Jacaranda sein, das schwöre ich dir. Also, beeil dich, Moira!«

»Ja, Adrian«, flüsterte sie, wandte sich um und verließ das Hotel durch das breite Portal.

Adrian nahm die andere Richtung und begab sich in die Toilette. Er hatte Glück, einen Augenblick abgepaßt zu haben, in dem sich gerade niemanden dort aufhielt. Schnell riß er das Fenster auf, sprang mit einem Satz hinaus, zog es von außen wieder zu und rannte in gebückter Haltung an der Rückfront des Hotels entlang, die zum Murray hinausführte. Erst als er die letzten Häuser am Ortsende einige hundert Yards hinter sich wußte, verließ er das schattige Ufer mit seinen hohen Eukalyptusbäumen und lief auf dem sandigen Weg weiter, der zu Farmen in der Gegend führte. Bis es dann Zeit wurde, auch diesen zu verlassen und querfeldein durch den Busch zu laufen.

Bis auf die letzte Faser seines Körpers durchtrainiert und beflügelt von einem grenzenlosen Glücksgefühl, lief er durch den Busch, ohne eine Pause einzulegen oder auch nur vorübergehend in Schrittempo zu fallen.

Er erreichte den Jacaranda, wie er es vorausgesagt hatte, noch vor Moira. Als er seine Hand auf den Stamm des Baumes legte und über die Kerben der beiden Monogramme fuhr, die kaum noch zu erkennen waren, hatte Moira es aber auch nicht mehr weit. Sie kam auf einem robusten schwarzen Fahrrad, das seinem alten sehr ähnlich sah, aus der Richtung, wo in River Bend gleich neben der Schule der spitze Glockenturm von St. Mark's aufragte. Das Fahrrad sprang auf dem holprigen Gelände wie ein bockiges Fohlen hin und her.

Moira war noch zwanzig, dreißig Yards entfernt, als sie abbremste, vom Sattel sprang, das Fahrrad achtlos aus ihren Händen gleiten ließ und mit wehendem Kleid und Haar auf ihn zugelaufen kam.

Adrian rannte ihr entgegen. Jede Sekunde Warten schien jetzt zuviel. Auf halbem Weg fielen sie sich in die Arme. Moira preßte sich an ihn und hielt ihn fest, als wollte sie ihn nie wieder freigeben. Dann nahm er ihr tränenüberströmtes Gesicht in seine Hände und küßte sie.

Als Adrian spürte, mit welcher Leidenschaft sie seinen Kuß erwiderte, verflüchtigten sich in ihm alle Ängste und Zweifel, ob sie jemals wieder zueinanderfinden würden. Ihre Liebe hatte in diesen Jahren nichts von ihrer Stärke verloren, das wußte er nun. Sie würden heiraten und alles andere gemeinsam bewältigen!

Daß Adrian sich am Tag seiner Rückkehr schon so schnell aus dem *Royal Victoria* verdrückt hatte, fiel den wenigsten auf. Der Alkohol tat ein übriges, um die gute Stimmung an diesem Nachmittag nicht zu trüben. Zudem fand das richtige Fest ja erst drei Tage später, nämlich am Sonntag, auf dem Festplatz zwischen Schule und Kirche statt. Denn in diesen turbulenten Wochen, wo Hunderttausende Soldaten in die Heimat zurückkehrten, die Ausmusterungslager in den Hafenstädten durchliefen und die Züge ins Hinterland überfüllten, mußte man mit Verzögerungen aller Art rechnen. Und da das Festkomitee unter Leitung des Bürgermeisters schon Monate der

Planung sowie ein Menge Geld und Arbeit in dieses aufwendige Fest investiert hatte, das ein richtiges Volksfest mit allerlei Attraktionen und Wettkämpfen für jung und alt sein würde, durfte es nicht passieren, daß alles aufgebaut wurde, der große Tag kam – und Captain Flynn immer noch in Melbourne oder sonstwo auf seine Ausmusterung wartete.
Wann immer Adrian sich in diesen Tagen in River Bend blicken ließ, verursachte er jedesmal einen kleinen Menschenauflauf. Die Aufmerksamkeit und Achtung, die man ihm entgegenbrachte, machten ihn zwar noch immer verlegen, weckten jedoch auch Stolz und stärkten vor allem sein Selbstbewußtsein. Der Respekt tat auch deshalb besonders gut, weil sein Vater ihm auch jetzt noch jedes Wort der Anerkennung verweigerte.
»Auf *Illawarra* hat sich nichts geändert«, berichtete er Moira am Morgen nach seiner Rückkehr verbittert. Nathan Sullivan hatte ihm seinen hübschen Einspänner förmlich aufgedrängt, und sie waren zu ihrem Lieblings-Billabong hinausgefahren, wo sie im Schatten eines Baumes eine karierte Wolldecke ausgebreitet hatten. »Mein Vater ist mir fremder als je zuvor. Lance hat er umarmt, und mit ihm hat er gefeiert. Aber mich hat er nicht einmal richtig willkommen geheißen, geschweige denn ein Wort über meine Auszeichnungen verloren. Als Mom und Rose heute morgen voll freudiger Aufregung über das Fest am Sonntag und diesen Mister Seabrook geredet haben, da hat er sie barsch zum Schweigen gebracht. ›Ich habe allmählich genug von diesem Kriegsheldengerede! Und ich will nichts mehr davon hören. Adrian hat seine gottverdammte Pflicht getan wie alle anderen Soldaten auch. Er hat nur mehr Glück gehabt und sich besser in Szene gesetzt, das ist alles!‹ Und dann ist er mit Lance auf die Jagd gegangen.«
»Dein Vater kann es nun mal nicht verwinden, daß du seinen Augapfel Lance meilenweit in den Schatten gestellt hast. Das nimmt er dir persönlich übel, weil er und Lance sich doch so ähnlich sind. Sein Stolz verbietet ihm das Eingeständnis, daß

er dir all die Jahre Unrecht getan hat. Er ist einfach neidisch und wehrt sich mit aller Kraft dagegen, dir den Respekt zu zollen, den du verdient hast.«

»Ich weiß nicht, ob es nur das allein ist«, sagte Adrian mit bedrückter Miene und warf einen kleinen Kiesel in das stille Wasser, über dem blaue Libellen schwebten. »Ich könnte es ja noch verstehen, wenn er mißgünstig wäre, daß nicht Lance, sondern ausgerechnet ich, der einstige Schwächling und Taugenichts, die Auszeichnungen und diesen unglaublichen Empfang in River Bend erhalten habe. Aber wenn er mich anschaut, dann sehe ich in seinen Augen keine Mißgunst und auch keinen neidvollen Groll, sondern vielmehr Verachtung. *Verachtung*, Moira! Er sieht mich an, als hätte ich etwas Verabscheuungswürdiges getan. Und das macht keinen Sinn. Ich verstehe es jedenfalls nicht.«

Moira strich ihm zärtlich über den Arm. »Es ist schmerzlich für dich, ich weiß, und ich wünschte, ich könnte etwas für dich tun. Aber manche Dinge im Leben kann man nun mal nicht ändern, Adrian. Ich kann davon ein Lied singen. Du mußt dich wohl oder übel damit abfinden, daß du nie die Beziehung zu deinem Vater haben wirst, wie du sie dir wünschst. Aber dafür hängen Rose und deine Mutter um so mehr an dir.«

Er seufzte schwer, dann drehte er sich zu ihr auf die Seite. »Und du?« fragte er, legte seine Hand um ihren Nacken und zog sie an sich.

»Ich bin ganz dein, mein Liebling«, flüsterte sie, und dann trafen sich ihre Lippen zu einem langen, leidenschaftlichen Kuß, während ihre Hände Knöpfe öffneten, Bänder lösten und liebkosend über nackte Haut glitten.

Moira mußte eine gute Weile später für sie beide die Kraft aufbringen, um vor ihrem brennenden Verlangen nach völliger Hingabe nicht zu kapitulieren. Beide standen sie gefährlich kurz davor, bis zum Letzten zu gehen. »In ein paar Wochen sind wir verheiratet, mein Liebster«, tröstet sie ihn, als

sie widerstrebend voneinander abließen. »Dann müssen wir uns nie wieder so voneinander losreißen. Dann … dann werden wir uns so lieben können, wie wir es uns so sehnlich wünschen.«
»Laß uns nicht eine Woche länger warten, sondern gleich am Montag das Aufgebot bestellen!« sagte Adrian mit schwerem Atem.
»Ja, das tun wir!« Moira lächelte ihn glücklich an. »Und wenn wir Mann und Frau sind und fern von *Illawarra* und River Bend in Melbourne oder eines Tages vielleicht sogar in Sydney leben, wirst du auch den nötigen inneren Abstand zu deinem Vater und Lance finden.«
»Melbourne.« Ein Schatten fiel über sein Gesicht, und er rollte sich auf den Rücken, die Arme im Nacken verschränkt. »Ob das so klug ist, Moira? Das Leben in der Stadt ist teuer. Und ich weiß überhaupt nicht, ob ich mich da auf Dauer zurechtfinde und auch eine gute Anstellung finde.«
Moira lachte über seine Bedenken. »Natürlich wirst du eine gutbezahlte Stellung finden! Du wirst sogar die Wahl unter Dutzenden von guten Angeboten haben«, versicherte sie.
»In welcher Branche denn? Ich habe nichts Richtiges gelernt, Moira. Das einzige, wovon ich wirklich etwas verstehe, sind das blutige Handwerk des Krieges und die alltägliche Arbeit auf einer Farm. Und weder mit dem einen noch mit dem anderen ist in einer Stadt groß Staat zu machen, wie ich fürchte.«
»Was redest du denn da, Adrian? Du bist der am höchsten dekorierte Kriegsheld von ganz Victoria! Damit stehen dir alle Türen offen. Du wirst eine Karriere als Geschäftsmann machen – und ich werde endlich an der *Academy of Fine Arts* oder vielleicht sogar an der *Royal National Gallery School* studieren!«
Er machte eine skeptische Miene. »Wer weiß, wie lange diese Begeisterung für einstige Kriegshelden noch anhält, Moira – einmal ganz davon abgesehen, daß mir diese Rolle

sehr fremd ist und ich darauf nicht mein Leben aufbauen möchte ...«

»Aber es ist die einmalige Chance, den Fuß an irgendeiner einflußreichen Stelle in die Tür zu bekommen, wo du dann schon beweisen wirst, was in dir steckt!« warf Moira ein.

»Möglich, aber ich möchte nicht, daß du dir zu große Hoffnungen machst und dann bitter enttäuscht bist, wenn sich deine Erwartungen nicht erfüllen. Denn wenn es den Menschen um Geld und Posten geht, dann ist es mit dem Patriotismus ihrer Sonntagsreden nicht weit her«, gab er zu bedenken.

»Und was ist mit so einflußreichen Bürgern wie Mister Seabrook aus Ballarat, der dir am Sonntag nicht nur eine echt silberne Taschenuhr, sondern auch noch hundertfünfzig Pfund in barem Geld überreichen wird?« fragt sie.

Adrian grinste. »Das ist natürlich ein echter Glückstreffer, vor allem die hundertfünfzig Pfund in bar«, räumte er ein. »Aber der gute Mister Seabrook hat diese Prämie ja nicht erst gestern, sondern schon gleich zu Beginn des Krieges für den ersten Soldaten aus Victoria ausgelobt, dem das Victoria Cross verliehen wird. Außerdem hat diese publikumswirksame Demonstration von Patriotismus bestimmt eine Menge damit zu tun gehabt, daß er damals für einen Sitz im Abgeordnetenhaus kandidiert hat, wie ich gehört habe. Diese großzügige Geste hat garantiert mächtig Eindruck gemacht und in der lokalen Presse auch die erhofften Schlagzeilen gebracht. Ich will ihm ja nicht zu nahe treten, aber da das Victoria Cross bekanntlich äußerst selten verliehen wird, konnte er wohl darauf vertrauen, niemals beim Wort genommen zu werden. Pech für den armen Mister Seabrook, daß er nicht nur die Wahl verloren hat, sondern jetzt auch noch sein Versprechen von damals einlösen muß.«

»Das mag ja alles stimmen, aber es ändert doch nichts an den Tatsachen, daß du am Sonntag die Uhr und das Geld erhältst – und daß du es nun bedeutend leichter haben wirst als alle anderen, was immer du auch anpackst!« beharrte Moira energisch. »Zusammen mit dem Geld, das ich in den letzten Jahren eisern gespart habe, brauchen wir uns erst einmal keine finanziellen Sorgen zu machen. Und du wirst ja wohl nicht ernstlich in Erwägung gezogen haben, hier in River Bend zu bleiben und zu versauern, oder?«

Adrian zögerte und blickte mit nachdenklicher Miene über die Wasserstelle. Dann schüttelte er langsam den Kopf und sagte mit einem zärtlichen Lächeln: »Wie könnte ich dir das antun, mein Schatz.« Und in Gedanken fügte er hinzu: *Wie könnte ich auch mein Versprechen nach all den Jahren, die du treu auf mich gewartet hast, brechen?*

Sie lächelte ihn erleichtert an. »Du wirst es auch nicht bereuen. Die Welt da draußen wartet doch auf uns – und wir werden sie gemeinsam erobern, das verspreche ich dir«, erwiderte sie, beugte sich zu ihm hinüber und küßte ihn.

Mein Bedarf an »der Welt dort draußen« ist seit langem mehr als gedeckt, fuhr es Adrian durch den Kopf, er sprach es jedoch nicht aus. Sosehr Moira ihn auch liebte, sie würde es nicht verstehen. Und die Erkenntnis, daß es so vieles gab, was Moira und alle anderen, die die Barbarei des Krieges nicht am eigenen Leib erfahren hatten, niemals richtig verstehen würden, drückte wie eine schwere Last auf seine Seele.

Das Volksfest, das am Sonntagmorgen mit einem besonderen Dankgottesdienst begann und am frühen Nachmittag im Festzelt mit der Ehrung durch einen in jeder Hinsicht gewichtigen Gregory Seabrook aus Ballarat seinen offiziellen Höhepunkt erreichte, wurde ein glänzender Erfolg, auch für die Betreiber der Imbißbuden, Verkaufsstände und Attraktionen. Die Bürger von River Bend und Umgebung sollten noch Jahre später mit glänzenden Augen von diesem Tag schwärmen.

Auch Adrian und Moira behielten diesen Sonntag zeit ihres

Lebens unauslöschlich in Erinnerung. Jedoch nicht wegen der besonderen Ehrung durch Mister Seabrook, zu der auch Reporter aus Ballarat, Mildura und sogar Melbourne angereist waren, und auch nicht wegen des gelungenen Festes, sondern weil der häßliche und folgenschwere Zwischenfall, der sich am frühen Abend hinter dem Festzelt ereignete, sie als Alptraum verfolgte.

Die Kapelle hatte gerade zum ersten Tanz aufgespielt, als Mister Seabrook sowie die beiden Reporter aus Ballarat und Melbourne zum Aufbruch drängten. Sie wollten den Abendzug nach Swan Hill nicht verpassen. Obwohl sie höflich genug waren, andere Gründe vorzuschieben, vermutete Adrian insgeheim, daß die einfachen Zimmer des *Royal Victoria* nicht ihren Ansprüchen entsprachen. Swan Hill bot da nun mal bedeutend luxuriösere Hotelunterkünfte.

»Ich bin gleich zurück«, sagte Adrian zu Moira, wußte er doch, wie sehr sie sich darauf freute, in seinen Armen über die Tanzfläche zu wirbeln.

Die Melodie der Tanzmusik mitsummend, sah Moira ihm nach, wie er die drei Männer aus dem Zelt begleitete und sich am neuen, offenen Ford-Viersitzer, den Nathan Sullivan samt Fahrer an diesem Tag für den Transport der besonderen Gäste zur Verfügung gestellt hatte, von ihnen verabschiedete. Als der Wagen losfuhr, verfolgt von einer johlenden Schar Kinder, kehrte er jedoch nicht zu ihr zurück, sondern schien auf einen Zuruf zu reagieren – und verschwand nach kurzem Zögern aus ihrem Blickfeld.

Moira fürchtete, daß Adrian wieder einmal von irgendeinem ehemaligen Schulkameraden oder Arbeitskollegen in Beschlag genommen worden war. Sie ging ihm deshalb rasch nach, um ihn notfalls loseisen zu können. Die Leute hatten sich den ganzen Tag um Adrian gedrängt und ihm kaum eine ruhige Minute gelassen. Jetzt wollte sie ihn ein paar Stunden für sich haben!

Als sie aus dem Zelt kam, wandte sie sich nach rechts in die

Richtung, in der Adrian soeben verschwunden war. Im Westen zerfloß die Sonne zu einem Meer feurig lodernder Lava, und die hohen Eukalyptusbäume, die den Vorplatz der Kirche säumten, warfen schon lange Schatten. Die Nacht würde gleich hereinbrechen.

Dort bei den Bäumen sah Moira zu ihrer Überraschung Adrian mit seinem Bruder und seinem Vater vor dem alten Pferdefuhrwerk der Flynns stehen. Haltung und Gestik der drei Männer ließen nichts Gutes erahnen. Und als sie nun schnell näher trat, hörte sie, wie Adrian erregt fragte: »Was willst du damit sagen, Vater? Rück doch endlich mit der Sprache heraus. Ich habe genug von deinen Andeutungen!«

»Und mir steht das Getue, das sie um dich machen, bis hier oben!« erwiderte sein Vater nun heftig und fuhr sich mit der flachen Hand über die Kehle. »Ich habe es satt, gute Miene zu machen, während du dich für etwas feiern und auszeichnen läßt, was dir überhaupt nicht zusteht!«

»Was steht mir nicht zu, Vater?« fragte Adrian mit rauher, herausfordernder Stimme.

»Frag nicht so dumm! Die Orden natürlich, die du dir erschlichen hast!« zischte sein Vater verächtlich.

Moira sah trotz des Dämmerlichtes, wie Adrian das Blut aus dem Gesicht wich. Er schluckte krampfhaft. »Das ... das kann nicht dein Ernst sein, daß du glaubst, ich hätte mir die Auszeichnungen erschlichen!« stieß er bestürzt hervor.

»Ich kenne meine Brut! Du hast mich nie getäuscht, Adrian. Und es wird dir auch jetzt nicht gelingen!«

Lance legte seinem Vater die Hand auf den Arm, als wollte er ihn besänftigen. »Laß es gut sein, Pa. Es läßt sich jetzt ja doch nichts mehr ändern.«

»Nein, er hat mich herausgefordert, und die Geister, die er rief, wird er nun nicht mehr los«, stieß sein Vater zornig hervor. »Ich bin sogar froh darüber, daß dieses Theater endlich vorbei ist! Er soll ruhig wissen, daß ich über seine

gemeinen Intrigen, mit denen er dich um die Früchte deiner Tapferkeit gebracht hat, voll und ganz unterrichtet bin.«
Adrian schüttelte wie benommen den Kopf. »Von welchen Intrigen redest du? Ich habe …«
»Du hast deinen Bruder betrogen!« schnitt sein Vater ihm scharf das Wort ab. »Die Auszeichnungen, die ihm zugestanden hätten, hast du dir erschlichen. Lance hat mir alles erzählt. Und ich rechne es ihm hoch an, daß er sich erst standhaft geweigert und dich auch noch in Schutz genommen hat. Ja, Lance hat Anstand im Leib. Doch ich habe auch nie ernsthaft daran geglaubt, daß du zu solchen Heldentaten fähig wärst, dafür kenne ich dich viel zu gut. Und schon in den Briefen, die Lance mir aus dem Lazarett geschickt hat, habe ich sehr wohl die Wahrheit zwischen den Zeilen herausgelesen.«
»Es tut mir leid, Adrian, aber ich konnte Pa nicht länger anlügen«, sagte Lance scheinbar bedrückt. »Eines Tages wäre es ja doch herausgekommen.«
»Ich habe immer gewußt, daß du nichts taugst, Adrian!« sagte sein Vater mit Bitterkeit und Ablehnung. »Aber ich hätte nicht geglaubt, daß du deinem eigenen Fleisch und Blut so etwas Schändliches antun würdest.«
Adrian zitterte, als könnte er sich nur noch mit äußerster Willensanstrengung unter Kontrolle halten. »Du willst also die Wahrheit wissen, Vater?« brach es aus ihm heraus, und die Worte sprudelten wie bei einem Dammbruch nur so aus ihm hervor: »Gut, du kannst sie haben. Ich hoffe nur, du kannst sie auch ertragen. Denn die Wahrheit ist, daß dein geliebter Lance ein elender Versager an der Front war, ein jämmerlicher Waschlappen, der seine Kameraden mehr als einmal im Stich gelassen hat! Schon auf den Dardanellen ist er deshalb vor ein Kriegsgericht gestellt worden. Daß er nicht ins Gefängnis gekommen und hinterher unehrenhaft aus der Armee entlassen worden ist, verdankt er mir und seinen anderen Kameraden von unserem Zug, die für ihn vor Ge-

richt gelogen haben! Und warum, glaubst du, hat dein ach so tapferer Lieblingssohn in den beiden Jahren, wo er überhaupt nicht zu meiner Einheit gehört hat, es zu keinerlei Auszeichnungen, ja nicht einmal zu einer lächerlichen Beförderung zum Obergefreiten gebracht, während ich in dieser Zeit Offizier geworden bin? Glaubst du vielleicht, die ganze Armee hätte sich mit mir gegen Lance verschworen?«

Sein Vater zeigte sich jedoch nicht verunsichert. »Du streust mir keinen Sand in die Augen, Adrian«, fertigte er ihn mit eisigem Tonfall ab.

»Man soll sich eben nicht mit fremden Federn schmücken, Bruderherz. Hättest du die Nase nicht so hoch getragen und auf mich gehört, dann wäre dir das heute erspart geblieben«, sagte Lance mit geheuchelter Unschuld.

Adrian ballte die Fäuste in ohnmächtiger Wut und starrte seinen Bruder an. »Du Schwein!« keuchte er. »Du hinterhältiges, mieses Dreckschwein! Nach allem, was ich für dich getan habe, hast du noch die Unverfrorenheit, mich bei unserem Vater mit dem Dreck dieser ebenso lächerlichen wie widerlichen Verleumdungen zu bewerfen? Schämst du dich denn gar nicht, *Bruder?*«

Lance lächelte mitleidig. »Du kannst jeden Trick versuchen, Adrian, aber es wird dir nicht gelingen, Pa zu täuschen, wie es dir bei all den anderen Gutgläubigen gelungen ist. Denn wie Pa gerade schon gesagt hat: Wir kennen dich einfach zu gut. Also laß es gut sein und ...«

Adrian spuckte ihn an und schlug im nächsten Moment ohne Ansatz zu. Seine rechte Faust rammte sich in den Magen seines Bruders. Blitzschnell ließ er einen linken Haken folgen, der Lance am Kopf traf und ihn zu Boden schleuderte.

Nun machte Jack Flynn Anstalten, die Fäuste gegen seinen jüngsten Sohn zu erheben. Doch da sprang Moira, die im Schatten der Bäume gestanden hatte und von keinem der drei Männer bemerkt worden war, auf sie zu. »Aufhören!« schrie sie und stellte sich zwischen Adrian und seinen Vater.

Jack Flynn ließ die halb erhobenen Fäuste sinken. Die Zeit, wo er es mit seinem jüngsten Sohn hatte aufnehmen können, war lange vorbei. »Ja, ihr paßt wirklich gut zusammen«, sagte er mit abgrundtiefer Verachtung. »Ein dahergelaufener Bastard und mein ehrloser jüngster Sohn – was für ein gelungenes Paar.« Er wandte sich Lance zu, der röchelnd auf die Beine kam. »Komm, Junge, wir haben hier nichts mehr verloren. Wir werden unsere eigene Feier veranstalten, und du kannst dir nehmen, was du willst, ich komme für die Kosten auf. Die *Waltzing Matilda*, wo auch die billigste Hure noch mehr Anstand im Leib hat als Adrian, der einmal mein Sohn gewesen ist, liegt nur drei Meilen flußabwärts. Da sind wir unter ehrlichen Leuten!« Er half Lance auf den Kutschbock und trieb das Gespann an.
Moira wußte nicht, wie sie ihre Bestürzung in Worte fassen und wie sie ihn trösten sollte. »Adrian, dein Bruder wird auf Dauer nicht damit durchkommen, und wenn dein Vater erst ...«
Er ließ sie nicht ausreden. »Ich will nicht darüber reden, Moira! Nicht ein Wort! Es ist sinnlos ... und es ist vorbei. Dies ist unser Tag. Nicht einmal mein Vater und mein Bruder werden ihn uns kaputtmachen! Gehen wir tanzen!« stieß er abgehackt hervor und zog sie von den Bäumen fort.
Seine Hand lag wie kalter Stein auf ihrem Arm, und sie spürte, daß er am ganzen Leib zitterte. »Ja, laß uns tanzen«, flüsterte sie mit tränenerstickter Stimme.

DRITTES KAPITEL

In der Dachkammer behaupteten sich noch die letzten dunklen Schatten der Nacht gegen das erste Licht des neuen Tages, als die Tür aufgestoßen und Moira jäh aus dem Schlaf gerissen wurde.

»Moira! … O mein Gott, Moira, wach auf!«

Moira wollte nicht aufwachen, denn sie war erst weit nach Mitternacht ins Bett gekommen. Jemand rüttelte sie jedoch so heftig an der Schulter, daß an Schlaf nicht länger zu denken war. Benommen richtete sie sich auf und blickte in das bleiche, verstörte Gesicht ihrer Mutter.

»Was ist, Mom?« murmelte sie ungehalten.

»Steh auf, Kind! …Komm hoch, bitte! … Es ist etwas Schreckliches passiert!«

Moira erschrak, und augenblicklich war jeder Rest von Schläfrigkeit verflogen. Ihr Herz begann zu rasen. Sie ergriff den Arm ihrer Mutter. »Ist … ist etwas mit Adrian?« stieß sie hervor, und die Angst legte sich wie eine Klammer um ihre Brust.

»Die Flynns … der arme Adrian … Mein Gott, es ist zu schrecklich, als daß man es glauben könnte«, stammelte ihre Mutter erschüttert. »Gestern noch haben wir an einem Tisch gesessen …«

Moira sprang mit einem Satz aus dem Bett, packte ihre Mutter mit beiden Händen an den Schultern und rüttelte sie so heftig, wie ihre Mutter sie vor wenigen Augenblicken geschüttelt hatte. »Mom, ist Adrian etwas zugestoßen?« Sie schrie beinahe. »Mom, sag mir endlich, was passiert ist!«

Ihre Mutter hatte Mühe, sich unter Kontrolle zu bekommen. »Adrian? … Nein, ihm ist nichts zugestoßen, dem Himmel sei Dank! … Er ist unten … Er wird es dir selber sagen wollen, Kind«, antwortete ihre Mutter. »Was für eine Tragödie … Und das nach diesem wunderbaren Fest, das wir gestern gehabt haben … Ich kann es noch immer nicht glauben.«

In höchster Aufregung riß Moira ihren Morgenmantel vom Kleiderbügel und schlüpfte in die Ärmel, während sie schon aus der Dachkammer rannte und die Treppe hinunterstürzte.

Adrian stand im kleinen Flur, der die Geschäftsräume mit der Wohnung verband. Sein Haar war ungekämmt, das Hemd achtlos in die Hose gesteckt und unrasiert sein totenblasses Gesicht, das wie eine Maske wirkte. Er machte keine Anstalten, sie zu begrüßen. Er starrte sie nur aus geröteten Augen an und sagte dann mit tonloser Stimme: »Sie sind tot, Moira.«

»Wer ist tot?«

»Mein Vater und mein Bruder.«

Moira schüttete in ungläubigem Entsetzen den Kopf. »Nein! Das kann nicht sein, Adrian!«

»Sie sind tot, Moira. Lance und mein Vater sind tot. Verbrannt. Ich habe ihre Leichen identifiziert.« Adrian schluckte krampfhaft. »Die *Waltzing Matilda* ist in den frühen Morgenstunden abgebrannt, bis auf die Wasserlinie. Vermutlich hat ein undichter Kerosinkanister das Feuer verursacht. Es befinden sich noch ein dritter Mann und zwei von den … den Frauen unter den Todesopfern.«

Ein eisiger Schauer durchlief Moira. Sie konnte einfach nicht glauben, daß Adrians Bruder und Vater tot sein sollten. Sie hatte wenig Kontakt mit den beiden Männer gehabt und ihnen – schon vor der abscheulichen Szene am gestrigen Abend! – keinerlei Sympathien entgegengebracht, doch ihr schrecklicher Tod erschütterte auch sie.

»Wie es heißt, sollen sie alle stockbetrunken gewesen sein. Und als dann das Feuer ausgebrochen ist, waren sie wohl schon vom Rauch bewußtlos, bevor die Flammen sie erreichten«, fuhr Adrian fort, und seine Stimme zitterte nun. »Und ich … ich habe Schuld an ihrem Tod!«

Moira sah ihn bestürzt an. »Aber das ist doch völliger Unsinn, Adrian! Wie kannst du so etwas bloß denken? Ein undichter Kerosinkanister hat das Feuer ausgelöst, wie du gerade selbst gesagt hast. Also, wie kann dich Schuld an einem Feuer treffen, das Meilen von uns entfernt auf einem schwimmenden Freudenhaus ausgebrochen ist?«
»Ich ... habe mir ihren Tod so oft herbeigewünscht, Moira«, gestand Adrian mit gebrochener Stimme. »Früher, da habe ich in meiner Wut und Ohnmacht, wenn Lance mich herumgestoßen und Vater mich überhaupt nicht beachtet hat, da habe ich gewünscht, sie wären tot. Und jetzt sind sie tot. Mein Gott, wie konnte ich jemals nur solche entsetzlichen Gedanken haben!«
»Das ist doch verrückt, Adrian! Wenn man sich als Kind jemanden tot wünscht, der einen ständig tyrannisiert oder mit verletzender Nichtachtung straft, ist das kein Verbrechen, sondern wohl etwas ganz Normales!« versicherte sie. »Was glaubst du, wie oft ich meiner Mutter und vor allem Tante Josepha früher die Pest auf den Leib gewünscht habe ... ja, und auch den Tod! Aber das ändert doch nichts daran, daß ich meine Mutter liebe und nie wirklich ihren Tod gewünscht habe! Und ich fühle mich auch nicht dafür verantwortlich, daß Tante Josepha in Mildura beim Ball einen Herzschlag erlitten hat und da gestorben ist. Adrian, was diese Nacht geschehen ist, hat nicht das geringste mit dem zu tun, was dir als Junge in Stunden ohnmächtigen Zorns und der Verzweiflung durch den Kopf gegangen ist!!«
»Aber hätte ich meinen Vater gestern abend nicht herausgefordert und zur Rede gestellt, wäre vielleicht alles anders gekommen«, sagte Adrian gequält.
»Das ist doch Irrsinn, dieses Wenn und Aber! Dann könnten wir ja bis zu Adam und Eva zurückgehen und alles, was den Menschen je an Gutem wie Schlechtem widerfahren ist, ihnen in die Schuhe schieben!«
Er schien sie gar nicht gehört zu haben. »Hätte ich nicht

meine Beherrschung verloren und meinen Bruder nicht zu Boden geschlagen, wären sie womöglich nicht zur *Waltzing Matilda* hinausgefahren, sondern auf dem Fest geblieben. Und dann wären sie jetzt noch am Leben.«

»Um Gottes willen, rede dir das doch nicht ein!« beschwor Moira ihn. »So wie er dich die Tage vorher behandelt hat, hast du allen Grund gehabt, deinen Vater zur Rede zu stellen. Und nach diesen ungeheuerlich bösartigen Verleumdungen, mit denen Lance euren Vater gegen dich aufgehetzt hatte, hast du auch alles Recht der Welt gehabt, die Beherrschung zu verlieren und deinen Bruder zu schlagen.«

»Ich habe die Hand gegen meinen Bruder erhoben – und nun ist er tot, wie auch mein Vater«, flüsterte Adrian, als wäre er in seinem Innern auf einen entsetzlichen Abgrund gestoßen. »So wie Kain seinen Bruder erschlagen hat ...«

»Hör auf damit!« schrie Moira, von einer namenlosen Angst gepackt. Wie das ferne Donnergrollen eines aufziehenden Gewitters, so stieg eine dunkle, schreckliche Ahnung in ihr auf. Doch sie wollte nichts davon wissen und verdrängte sie mit aller Macht aus ihrem Bewußtsein.

Ihre Hände krallten sich in sein Hemd. »Hör auf! Hör auf damit! Du bist nicht Kain, Adrian! Und Lance ist kein Abel gewesen! Du hast niemanden erschlagen und auch sonst keine Schuld auf dich geladen!« redete sie erregt auf ihn ein. »Du hast mit deinem Vater und deinem Bruder einen häßlichen Streit gehabt, und danach sind sie zu diesem verfluchten Hausboot gefahren, wie es dein Vater bestimmt schon von Anfang an vorgehabt hat. Du hast sie so wenig auf dem Gewissen, wie ich für den Tod von Sophie oder Tante Josepha verantwortlich bin! Hast du mich verstanden, Adrian? Auch wenn es gestern nicht zu diesem Streit zwischen euch gekommen wäre, hätte das nichts geändert. Aber auch gar nichts! Denn sie wären so oder so zur *Waltzing Matilda* gefahren!«

Tränen füllten plötzlich Adrians Augen und liefen ihm über

das Gesicht. »Was ich getan habe, damit muß ich leben ... und damit werde ich auch fertig«, sagte er mit bebender Stimme, die kaum mehr als ein Flüstern war. »Doch wie bringe ich es Rose und meiner Mutter bei?«
Moira las grenzenlose Verzweiflung in seinen Augen und spürte, wie sie nun auch nach ihr griff.

Die Tragödie machte auch überregional Schlagzeilen. Daß der gerade erst heimgekehrte hochdekorierte Kriegsheld noch in der Nacht des Festes, mit dem sein Heimatort ihn gefeiert hatte, seinen Bruder und Vater beim Brand eines in Flammen aufgegangenen Hausboot-Bordells verloren hatte, war so ganz nach dem Herzen der Zeitungsreporter, die nur zu gut wußten, daß auf dem Markt der schnell verderblichen journalistischen Waren mit Sensationen und Tragödien die besten Geschäfte zu machen waren. Daß die gewaltige Menschenmenge, die am Trauergottesdienst und an der Beerdigung teilnahm, zudem eine ausgezeichnete Kulisse abgab und daß Adrians Mutter am Grab zusammenbrach, rundete das Ereignis in den Augen der angereisten Reporter perfekt ab. Die Story hatte nicht nur all die richtigen Zutaten, sondern lieferte zudem auch noch ergreifende Bilder. Die Magnesiumlichter der Fotografen flammten wie ein Blitzgewitter auf, als Adrians Mutter sich am offenen Grab schreiend auf den Sarg ihres Mannes warf, sich an den Tragegriffen festklammerte und sich weder von Adrian noch von Rose zum Loslassen bewegen ließ. Mit der unglaublichen Kraft eines Menschen, der nicht mehr Herr seiner Sinne ist, umschlossen ihre hageren Hände die schweren Messinggriffe und zwangen zu einer fast halbstündigen Unterbrechung der Beerdigung. Erst nachdem Doktor Austin ihr im zuckenden Licht der Blitzlichter eine Beruhigungsspritze gegeben hatte, erschlaffte ihr Körper und damit auch ihr krampfhafter Griff.
Moira gab Adrian und auch sich selbst vier Wochen Zeit, um

ein wenig Abstand von diesem entsetzlichen Geschehen zu gewinnen und Klarheit in den wilden Mahlstrom der eigenen Gedanken zu bekommen. Zwar waren sie in diesen Wochen fast täglich viele Stunden zusammen. Doch über das, was nun vor ihnen lag und zu entscheiden war, redeten sie nicht. Adrian wich dem Thema jedesmal aus, sowie sie es auch nur ansatzweise anzusprechen versuchte. Auch die größte Behutsamkeit, die sie dabei walten ließ, brachte sie keinen Schritt weiter.

Es war an einem stark bewölkten Nachmittag Mitte Mai, als Moira die Sprachlosigkeit zwischen ihnen und die daraus resultierende Ungewißheit nicht länger ertrug. Sie schwang sich auf ihr Fahrrad und radelte nach *Illawarra* hinaus.

Auf der Station der Flynns hatte sich in all den Jahren nichts zum Guten geändert. Eher traf das Gegenteil zu. Das Wohnhaus und die Schuppen darum herum waren noch mehr heruntergekommen, als Moira sie von ihrem letzten Besuch in Erinnerung hatte – und der lag nun schon fünf Jahre zurück!

Adrians Mutter saß in einem alten Schaukelstuhl auf der Veranda. Reglos und mit starrem Blick schaute sie durch Moira hindurch, als diese vor dem Haus vom Rad stieg und die drei Stufen zur Veranda hinaufging. Und Rose, ein hageres Mädchen von vierzehn Jahren in einem sackähnlichen Kleid, sprang mit einem nervösen Lachen vom Stuhl auf und legte das Buch, aus dem sie ihrer Mutter gerade vorgelesen hatte, aufgeschlagen auf den geflochtenen Sitz.

»Wie geht es ihr?« fragte Moira leise mit Blick auf Adrians Mutter, als Rose zu ihr an den Pfosten des Verandageländers trat.

»Schon viel besser, Moira. Man kann wieder mit ihr reden, auch wenn sie oft stundenlang nur stumm dasitzt und mit einem derart schrecklich starren Blick ins Leere schaut, daß ich manchmal eine Gänsehaut bekomme«, antwortete Rose ebenso leise, als wären sie zwei Verschwörerinnen. »Aber es

geht aufwärts mit Mom. Doktor Austin meint sogar, daß er die Medizin, die er ihr verschrieben hat, vielleicht in ein paar Wochen schon ganz absetzen kann.«
»Das sind gute Nachrichten, Rose.«
Das Mädchen lächelte zaghaft. »Adrian hat auch zwei neue *station hands* angestellt, die ihm bei der Arbeit zur Hand gehen sollen. Crooke kennst du ja. Und der andere, Jonathan, ist einer der Kelley-Brüder, deren Vater drüben auf *Mia-Mia* Vormann ist. Jonathan ist nur zwei Jahre älter als ich, aber er ist stark wie ein Pferd und versteht auch seinen Grips zu gebrauchen.« Sie errötete, und schnell fügte sie hinzu: »Das hat Adrian gesagt!«
»Dann wird es auch stimmen.«
»Wenn du Adrian suchst, er ist hinten bei der alten Pferdekoppel.«
Moira nickte Rose zu. »Danke, und Kopf hoch, Mädchen. Ihr werdet es schon schaffen«, sagte sie aufmunternd, doch zugleich mit einem unguten, fast schuldbeladenen Gefühl, und Adrians Mutter rief sie zu: »Einen schönen Tag noch, Missis Flynn.« Doch Grace Flynn wandte nicht einmal den Kopf, sondern fixierte weiterhin den imaginären Punkt, der irgendwo in weiter Ferne lag – oder auch nur in ihrer Erinnerung.
Moira ging um das Haus herum und folgte dem sandigen Weg, der an den baufälligen Wirtschaftsgebäuden von *Illawarra* vorbeiführte und sie zur Pferdekoppel brachte.
Adrian war damit beschäftigt, die morschen Pfosten des Zaunes herauszureißen und durch neue Pfähle zu ersetzen, deren unterer Teil mit einer pechhaltigen Tinktur bestrichen war. Sie war froh, als sie Adrian allein antraf.
Er war überrascht, sie auf *Illawarra* zu sehen. »Hatten wir uns für heute nachmittag verabredet?« fragte er mit gerunzelter Stirn, als fürchtete er, eine Absprache vergessen zu haben.
»Nein.«
»Gott sei Dank!« sagte er erleichtert und wischte sich mit dem Unterarm den Schweiß von der Stirn. »Denn ich habe

hier noch für ein paar Stunden Arbeit. Aber wenn du möchtest, können wir ja heute abend ...«

»Die Arbeit wird warten müssen«, fiel Moira ihm ruhig, aber bestimmt ins Wort. »Wir müssen reden, Adrian.«

»Reden?« Er machte ein besorgtes Gesicht.

»Ja, und es wird allerhöchste Zeit!«

Er zuckte scheinbar gleichmütig die Achseln, doch seine Augen verrieten nervöse Anspannung. »Schön und gut, aber das wird doch wohl Zeit bis heute abend haben, oder?« Bittend sah er sie an.

Moira war entschlossen, diesmal nicht weich zu werden und nachzugeben. »Nein!« widersprach sie hart. »Wir haben diese Aussprache schon über vier Wochen vor uns hergeschoben. Das reicht. Ich will nun nicht eine Minute länger warten. Wir müssen über uns und unsere Zukunft reden, und wir werden reden – und zwar jetzt, Adrian!«

Er seufzte. »Also gut, reden wir, Moira«, gab er widerstrebend nach, und etwas gereizt fügte er hinzu: »Aber wie die Dinge nun mal liegen, wird die Situation vom Reden auch nicht besser.«

»Und wie sieht diese Situation deiner Meinung nach aus?« Er sollte endlich Farbe bekennen

»Mein Gott, das weißt du doch selbst! Vater und Lance sind erst vier Wochen unter der Erde. Da können wir jetzt doch nicht Hochzeit feiern, sosehr ich mir das auch wünsche. Das würde hier keiner verstehen. Wir müssen das Trauerjahr einhalten, so bitter es uns auch ankommt. Und du kannst mir glauben, daß ich mir nichts mehr wünsche, als mit dir verheiratet zu sein«, beteuerte er. »Na ja, vielleicht ist es möglich, daß wir uns in einem halben Jahr wenigstens schon offiziell verloben. Aber nicht mal das können wir richtig groß feiern.«

»Also Verlobung in sechs Monaten und Hochzeit in einem Jahr.«

Er nickte. »Wir haben schon schlimmere Zeiten überstan-

den, mein Liebling. Wir werden auch dies aushalten«, sagte er leise und fast beschwörend, es dabei zu belassen.
Aber das war nicht das, was Moira hören wollte. Das, worum es ihr ging und was seit Wochen wie eine dunkle Wand zwischen ihnen stand, hatte er mit keinem Wort erwähnt. Und seine Nervosität verriet ihr, daß er das sehr wohl wußte. Er hatte Angst vor diesem Thema – genau wie sie. Doch sie konnten der wohl wichtigsten Entscheidung ihres Leben nicht immer wieder ausweichen. Sie mußten den Dingen, so wie sie sich ihnen darstellten, offenen, klaren Blickes ins Auge sehen, sie beim Namen nennen – und eine eindeutige Entscheidung treffen.
»Gut, daß wir erst in einem Jahr vor den Altar treten können, damit bin ich unter den gegebenen Umständen einverstanden ...«, begann Moira.
Adrian lächelte erlöst.
Moira nahm all ihren Mut zusammen, um es nicht wieder dabei zu belassen, und fuhr fort: »... aber damit hast du die wichtigste Frage noch nicht beantwortet, die hinter alldem steht, wie du sehr wohl weißt.« Sie machte eine kurze Pause. »Was geschieht, wenn wir verheiratet sind, Adrian? Gehen wir dann endlich nach Melbourne, wie du es mir all die Jahre versprochen hast?«
Sein Gesicht nahm einen gequälten Ausdruck an. »Warum können wir nicht alles auf uns zukommen lassen, Moira? Warum wollen wir uns jetzt schon den Kopf über Dinge zerbrechen, die wir heute unmöglich beurteilen können?«
»Weil ich die Wahrheit wissen will, Adrian!« antwortete sie unerbittlich. »Bleibt es dabei, wie wir es abgesprochen haben? Ich bin bereit, noch ein Jahr zu warten, Adrian. Aber ziehen wir dann endlich in die Stadt?«
Er schwieg.
»Adrian, antworte mir! Gehen wir von hier fort? Oder hast du etwa vor hierzubleiben?«
Ein schmerzhafter, vorwurfsvoller Ausdruck trat in seine

Augen. »Wie kannst du mich so etwas fragen? Siehst du denn nicht, daß mit dem Tod meines Vaters und meines Bruders alles anders geworden ist? Ihr Tod hat all meine Pläne zunichte gemacht …«

»Du meinst all *unsere* Pläne?«

»Natürlich. Du gehörst doch zu meinem Leben wie nichts sonst auf dieser Welt. Ich liebe dich, und …«

»Heißt das also, daß du nicht mit mir nach Melbourne gehen willst, wenn wir geheiratet haben?« fiel sie ihm rasch ins Wort. »Sehen deine neuen Pläne für uns vor, daß ich all *meine* Träume aufgeben soll, nachdem ich schon viereinhalb entsetzlich lange Jahre um dich gebangt und auf dich gewartet habe? Erwartest du, daß ich zu euch nach *Illawarra* ziehe und eine Farmersfrau werde? Ist das die Zukunft, wie du sie dir neuerdings vorstellst, ohne mit mir darüber zu reden? Sag es endlich! Sprich es aus, Adrian! Ich will eine klare Antwort!« verlangte sie erregt.

»Mein Gott, Moira! Ich habe es doch nicht so gewollt, aber es ist nun einmal so gekommen. Wie kannst du von mir erwarten, daß ich meine Mutter und meine kleine Schwester, die allein niemals zurechtkommen werden, jetzt im Stich lasse?« hielt er ihr nicht weniger erregt entgegen. »Meine Mutter ist eine gebrochene Frau, seelisch wie körperlich völlig ausgelaugt und unfähig, länger verantwortungsvoll für sich zu sorgen. Und Rose ist zu jung und zu unerfahren, um jetzt schon eine so enorme Belastung zu tragen, die eine Station wie *Illawarra* darstellt. Sie ist noch viel zu kindlich. Nein, ich kann nicht, Moira! Ich kann nicht weg von ihnen. Sie brauchen mich. Ich bin ihre einzige Hoffnung, nicht in Armut zu verkommen und in der Gosse zu landen! Ich kann es unmöglich auf mein Gewissen nehmen, sie hier sich selbst zu überlassen. Spätestens in einem Jahr wären sie ruiniert.«

»Und was ist mit mir?« fragte Moira mit zitternder Stimme. »Habe ich nicht dasselbe Recht, daß du für mich da bist? Habe ich denn nicht schon genug für unsere Liebe geopfert,

Adrian? Viereinhalb Jahre lang habe ich gewartet und Angst um dich ausgestanden. Wenn dann endlich wieder mal ein Brief von dir eintraf, war auch das kein wahrer Trost. Denn nie habe ich wissen können, ob du in den Wochen, die der Brief zu mir unterwegs war, nicht schon längst schwer verwundet oder gar tot warst? Die Angst hat mich nicht einen Tag verlassen.«

»Ich weiß, mein Schatz«, sagte er besänftigend.

»Nein, du weißt es nicht! So vieles weißt du nicht!« fuhr sie aufgebracht fort. »Hast du schon mal einen Gedanken daran verschwendet, daß ich in einem halben Jahr dreiundzwanzig bin? Dreiundzwanzig, Adrian! Und noch immer unverheiratet und im Besitz meiner kostbaren Unschuld!«

»Jetzt tu nicht so, als wärst du deshalb eine alte Jungfer. Und wenn, dann bist du die hübscheste und begehrenswerteste von ganz Australien«, versuchte er zu scherzen. »Der Krieg hat eben vieles …«

»Natürlich fühle ich mich nicht wie eine alte Jungfer, aber ich werde bald eine sein!« fiel sie ihm mit wachsendem Zorn ins Wort. »Fast alle alten Schulkameradinnen hier in River Bend wie auch die meisten meiner Freundinnen aus der Konventschule sind längst verheiratet und haben Kinder. Sogar Emily Dickinson, die dumme Ziege, ist Ehefrau und stolze Mutter von zwei Kindern.«

»Deine beste Freundin Rebecca ist aber auch noch nicht verheiratet«, warf er hastig ein.

»Ja, weil sie wie ich auf einen Mann gewartet hat, dem vor fast fünf Jahren nichts Besseres in den patriotisch verblendeten Sinn gekommen ist, als sich freiwillig zu einem netten kleinen Kriegsabenteuer zu melden, das ja nicht länger als bis zum Weihnachtsfest dauern würde«, erwiderte sie bissig. »Außerdem könnte Rebecca schon längst mit Charles verheiratet sein, wenn sie nicht darauf bestanden hätte, erst das Lehrerinnenseminar in Bathurst zu beenden. Und darum geht es auch gar nicht, Adrian.«

»Sondern?«
»Welches Leben wir beide einmal führen wollen. Wir waren uns einig, zu heiraten *und* nach Melbourne zu gehen, um dort gemeinsam unser Glück zu machen. Oder hast du vergessen, daß Gott mich mit einem besonderen Talent ausgestattet hat und ich gleich nach meinem Schulabschluß mit Unterstützung von Mister Anthony Shaw in Melbourne das Studium der Malerei hätte aufnehmen können?« erinnerte sie ihn. »Fast fünf Jahre habe ich die Verwirklichung meines Traumes aufgeschoben, und ich habe mich nicht darüber beklagt. Ich habe auf dich gewartet, weil ich dich liebe. Und ich werde mich auch jetzt nicht beklagen, wenn wir die Trauerzeit einhalten und noch ein weiteres Jahr warten müssen. Aber dann *muß* unser gemeinsames Leben beginnen, Adrian, und zwar dort, wo auch ich endlich das tun kann, was in mir angelegt ist! Dieser Ort heißt jedoch mit Sicherheit nicht *Illawarra* oder River Bend, sondern Melbourne oder Sydney!«
Beschwörend sah er sie an. »Moira, ich liebe dich! Mit Herz, Seele und jeder Faser meines Körpers. Und ich möchte alles tun, um dich glücklich zu machen. Aber ich kann mich nicht zerreißen – wie ich auch meine Mutter und Rose nicht einfach hinter mir zurücklassen kann!« sagte er mit verzweifelter Eindringlichkeit.
Moira ließ seinen Einwand nicht gelten. »Habe ich denn von dir verlangt, daß du sie im Stich läßt? Nein! Natürlich muß für sie gesorgt sein, und darum werden wir uns auch kümmern. Ich habe jeden Penny gespart, den ich bei den Lyndhams und später als Gesellschafterin von Missis Appleton verdient habe. Zusammen mit deinem Sold und der wunderbaren Prämie von Mister Seabrook haben wir Geld genug, um deine Mutter irgendwo gut unterzubringen. Wir behalten sogar noch genug übrig, um eine kleine Wohnung in Melbourne einzurichten und uns die erste Zeit keine Sorge über unser Auskommen machen zu müssen. Und was

Rose betrifft, so werden wir schon eine Anstellung für sie finden!«
Er schüttelte den Kopf. »Ich kann meine Mutter nicht in irgendeines dieser schrecklichen Heime abschieben, Moira.«
»Wer hat denn von abschieben gesprochen? Viele alte Menschen, die nicht mehr ...«
Diesmal fiel er ihr ins Wort. »Es *ist* ein Abschieben, Moira, und so grausam kann ich nicht sein. Nicht, wenn es in meiner Macht steht, das zu verhindern. Und was meine kleine Schwester angeht, so hat Rose etwas Besseres verdient, als mit vierzehn Jahren irgendwohin in Stellung geschickt zu werden – und damit dazu verdammt, ein armseligen Leben als Dienstmädchen zu führen.«
Moira kämpfte mit den Tränen der Wut und der Verzweiflung. »Ach so, deine Schwester hat also ein besseres Leben verdient? Aber ich soll mein Leben aufgeben und es für deine Mutter, Rose und *Illawarra* opfern, ja?«
»Sag so etwas nicht, Moira. Nicht einmal in der Erregung. Denn du weißt, daß ich es so nie und nimmer gemeint habe.«
»Aber es läuft daraus hinaus!«
Sein Gesicht nahm einen harten Zug an. »Ich habe es mir nicht so ausgesucht, Moira! Ich bin nun mal der einzige männliche Flynn, der für sie sorgen kann – und sorgen *muß!* Und was *Illawarra* betrifft, so hat meine Familie dreißig Jahre Arbeit, Blut und Schweiß in diese armselige Station gesteckt. Nun, wo mir die finanziellen Möglichkeiten gegeben sind, endlich etwas aus *Illawarra* zu machen, jetzt soll ich das Land aufgeben?« Er schüttelte den Kopf. »Nein, das kann ich nicht, Moira. Es wäre wie Fahnenflucht. Ich könnte es mir nie verzeihen.«
»Aber du könntest damit leben, mich aufzugeben?«
Er sah sie entsetzt an. »Um Gottes willen, sag so etwas nicht! Ich gebe dich doch nicht auf!«
»Aber das wirst du müssen, wenn du darauf bestehst, auf *Illawarra* zu bleiben!« sagte sie mit Nachdruck – es war ein

Ultimatum. »Ich bin jedenfalls nicht bereit, mein Leben für ein elendes Stück Land wegzuwerfen!«

»Du tust mir und dem Land Unrecht, Moira! Nein, warte, höre mich an, und laß mich ausreden, bitte! *Illawarra* taugt nicht für die Viehzucht, das habe ich schon vor Jahren begriffen. Dafür ist es viel zu klein. Aber mein Vater und Lance wollten davon nichts hören. Für sie war Viehzucht die einzig richtige männliche Art, von eigenem Land zu leben. Die Scholle mit dem Pflug aufzubrechen und »wie ein Tagelöhner mit den Händen in der Erde zu wühlen«, wie sie die Arbeit von Farmern zu bezeichnen pflegten, dafür hatten sie nur Verachtung übrig. Aber ich weiß es besser. Aus der schäbigen Station wird eine blühende Farm werden!« sprudelte er hastig und mit glänzenden Augen hervor, sichtlich begeistert von seinen eigenen Zukunftsplänen. »Das Land ist fruchtbar, wenn es nur richtig bewässert und bewirtschaftet wird. Ich werde Zitrusfrüchte anbauen, wie es die Farmer in Mildura erfolgreich vorgemacht haben. Ich habe Geld genug, um die drückende Hypothek endlich abzuzahlen und die notwendig Umstellung vorzunehmen. Mit dem Ansehen, das ich jetzt in River Bend genieße, werde ich keine Schwierigkeit haben, bei Arnold Patterson jedwede Unterstützung zu finden. Ich denke daran, mehr Land dazuzukaufen. Eines Tages, das schwöre ich dir, werde ich uns ein neues, wunderschönes Wohnhaus bauen, und unter dem Jacaranda, der dann zu unserem Garten gehört, werden unsere Kinder spielen.«

Adrians Zukunftsvision von einem Leben auf *Illawarra* erschreckte sie und bestätigte ihre schlimmsten Befürchtungen. »Das sind deine Träume. Und was ist mit meinen Träumen?«

»Das Leben fragt nicht danach, wovon man träumt, Moira«, antwortete Adrian leise. »Es stellt sich uns mit Tatsachen in den Weg, die wir nicht ignorieren können, wenn wir ein Gewissen haben. Es überträgt uns Verantwortungen, die wir nicht gesucht haben, aber auch nicht von uns weisen können, wenn wir uns nicht selbst verleugnen wollen. Kurz und gut: Das Leben kümmert sich nicht um unsere Träume, sondern will so bewältigt werden, wie es sich uns in der Wirklichkeit präsentiert.«

»Nein! Damit kannst du mir nicht kommen, Adrian! Diese Art von Kapitulation, die du von mir erwartest, akzeptiere ich nicht!« begehrte Moira auf. »Ich denke nicht daran, meine Träume jetzt schon aufzugeben, wo ich noch nicht einmal ernstlich den Versuch unternommen habe, sie Wirklichkeit werden zu lassen. Ich will nicht auf einer Farm versauern und mir mein Leben lang vorwerfen, mein Talent achtlos weggeworfen zu haben. Niemand kann von mir und auch nicht von dir verlangen, daß wir unsere Träume aufgeben und unser Leben opfern. Niemand hat das Recht dazu, auch nicht deine Mutter und deine Schwester!«

»Aber begreife doch, daß ich nicht anders handeln kann, Moira!« beschwor Adrian.

»Du willst nicht!« warf sie ihm vor.

»Ich kann nicht, ich schwöre es bei Gott!« beteuerte er verzweifelt.

»Dann wirst du mich verlieren, Adrian!«

Mit kalkweißem Gesicht und entsetztem, gequältem Blick sah er sie an, blieb jedoch stumm. Er hatte gesagt, was es von ihm aus zu sagen gab. Dem war nun kein Wort mehr hinzuzufügen – wie auch kein Wort zurückzunehmen war.

Moira wartete einen schrecklich langen Moment. Sie hoffte auf ein Zeichen des Einlenkens. Als er jedoch in seinem unbeugsamen Schweigen verharrte, sah sie keine andere Möglichkeit, als zu sagen: »Ich gebe dir noch zwei Wochen, es dir anders zu überlegen. Wenn du dann immer noch meinst, *Illawarra* sowie deine Mutter und Schwester hätten mehr Anspruch auf dich als ich, werde ich allein nach Melbourne gehen!« Ihre Stimme zitterte. »Ich liebe dich, Adrian. Ich liebe dich so sehr, daß es mich fast umbringt. Aber ich lasse nicht zu, daß aus unserer Liebe ein Leben in Streit und Bitterkeit auf *Illawarra* wird. Denn genau das wird uns erwarten, wenn ich unsere Träume verrate und tue, was du von mir verlangst!«

»Du weißt, wie sehr ich dich liebe«, antwortete er nun mit belegter Stimme.

»Ist das alles, was du darauf zu sagen hast?«

Er nickte. »Ist denn das nicht das einzige, was wirklich wichtig ist, Moira? Daß wir uns lieben und zusammen sind – egal wo?«

Moira wandte sich abrupt um, damit er ihre Tränen nicht sah, und lief den Weg zum Haus zurück. Sie hoffte inständig, er möge ihr nachlaufen, sie in seine Arme nehmen und ihr versichern, daß sie gemeinsam schon einen Weg finden würden, mit dem auch sie leben könnte. Doch Adrian kam nicht.

Es tat weh. Aber dennoch zweifelte Moira nicht daran, daß er sich letztlich besinnen und sich für sie entscheiden würde. Und wenn sie dafür zum letzten Mittel greifen mußte, das einer Frau zur Verfügung stand, um einen Mann, den sie aufrichtig liebte und der diese Liebe erwiderte, endgültig an sich zu binden …

Auf den Tag genau zwei Wochen später stand Moira am frühen Morgen mit zwei Koffern auf dem kleinen, windigen Bahnsteig von River Bend. Ihre Augen waren noch von den Tränen gerötet, als sie im Morgengrauen von ihrer Mutter Abschied genommen hatte. In ihrem Herzen jedoch brannte der Triumph, den sie in der vorletzten Nacht über Adrians scheinbar unerschütterliche Standhaftigkeit errungen hatte, wie ein loderndes Feuer.

Natürlich war sie viel zu früh. Die Zeiger der Bahnhofsuhr standen auf zwanzig Minuten nach sechs. Damit blieb ihr noch eine gute halbe Stunde bis zum Eintreffen des Morgenzuges aus Mildura, der Adrian und sie über Swan Hill nach Echuca bringen würde, wo sie dann in den Expreß nach Melbourne umsteigen mußten.

Moira spürte nicht den frostigen Atem des Winters, der in dieser frühen Morgenstunde das endgültige Ende der milden Herbstwochen verkündete. Die Erinnerung an die Nacht mit Adrian, in der sie ihre Unschuld in seinen Armen verloren hatte, weckte ein wunderbar erregendes, warmes Gefühl in ihr. Nie würde sie vergessen, wie sie auf der Decke unter dem Jacarandabaum gelegen hatten, während das letzte Sonnenlicht im Buschland verglüht war und sich der Himmel in ein samtschwarzes Tuch mit funkelnden Sternen verwandelt hatte. Wie klar das Kreuz des Südens durch die Äste geleuchtet hatte, als sie Adrian mit fiebriger Hast entkleidet und ihn zum erstenmal völlig nackt gesehen hatte! Wie sie erzittert war, als sie seinen Hände und Lippen überall auf ihrem Körper gespürt hatte. Und dann der süße Schmerz und die Lust ihrer ersten Vereinigung, das berauschende Wissen, nun ganz Frau zu sein und den geliebten Mann tief in sich zu umschließen. Hinterher hatten sie einander nicht losgelassen, sondern nur die Decke über sich geschlagen, bis er wieder in ihr gewachsen war und sie sich ein zweitesmal geliebt hatten. Nie hätte sie sich träumen lassen, daß die Vereinigung von Mann und Frau in beiden eine derartig lustvolle Leidenschaft erzeugen konnte, die sie dann plötzlich in diesen unfaßbaren atemraubenden und rauschhaften Sinnentaumel gerissen hatte. Was für ein Wunder …

Das Geräusch eines Pferdewagens, der die Straße heraufkam und vor dem Bahnhofsschuppen hielt, holte Moira aus ihrer wollüstigen Erinnerung, die ihr Blut unwillkürlich in Wallung gebracht und eine kräftige Röte in ihre Wangen getrieben hatte. Sie fuhr herum und lauschte auf die Stiefelschritte, unter denen nun die fünf Treppenstufen hinter dem Bretterhaus des Bahnhofsvorstehers knarrten.

»Bitte, laß es Adrian sein!« flehte sie leise, während sich im

Westen von River Bend der herannahende Zug mit dem durchdringenden Ton seiner Dampfsirene ankündigte.

Und er war es auch. In dicker Schaffelljacke und seinen breitkrempigen Cattleman-Hut auf dem Kopf, bog Adrian um die Ecke und ging festen Schrittes auf sie zu. Doch er kam mit leeren Händen. Er trug nicht ein einziges Gepäckstück! Dabei hatte er doch den ganzen gestrigen Tag Zeit gehabt, um seine Geschäfte fürs erste in Ordnung zu bringen. Wenn sie in Melbourne erst eine Unterkunft gefunden hatten, konnte er ja immer noch vorübergehend nach River Bend zurückkehren, um den Verkauf von *Illawarra* abzuwickeln und was es sonst zu regeln gab.

In dem Moment, als Moira ihn ohne Gepäck auf sich zukommen sah, spürte sie zum erstenmal die winterliche Kühle des Morgens. Doch ihr Verstand weigerte sich, die erschreckende logische Folgerung daraus zu ziehen.

Adrian blieb vor ihr stehen. Weder gab er ihr einen Kuß, noch lächelte er sie an. Er tat vielmehr etwas, das Moira einen kalten Schauer über den Rücken jagte: Er nahm den Hut ab wie jemand, der gekommen war, um Abschied zu nehmen!

»Wo ist dein Gepäck?« fragte sie und hatte Mühe, die Angst aus ihrer Stimme herauszuhalten.

»Ich brauche kein Gepäck, Moira.«

Sie zwang sich zu einem Lächeln. »Du hast ja recht. Wir werden in Melbourne einen Neuanfang machen.«

Er schüttelte den Kopf. »Ich komme nicht mit nach Melbourne, Moira. Ich bleibe hier, wie ich es dir gesagt habe. Du hast die letzten Tage ja nicht mehr darüber reden wollen, aber das hat an den Dingen nichts geändert.«

Moira vermochte ihre Fassungslosigkeit und Bestürzung nicht zu verbergen. »Das ... das kannst du mir nicht antun, Adrian!« stieß sie ungläubig hervor. »Wir gehören zusammen! ... Du kannst mich nicht verstoßen! ... Ich habe dir alles gegeben, Adrian! Die besten Jahre meines Lebens ... meine

Liebe und Treue ... und meine Hingabe, hast du das schon wieder vergessen?«
»Mein Gott, wie könnte ich? Was vorgestern nacht geschehen ist ...« Er machte eine verzweifelte, hilflose Geste. »Es war so wunderbar, daß ich es nicht in Worte fassen kann, Moira. Aber du hast dich mir nicht hingegeben, weil du meinem Drängen nicht länger standhalten konntest, sondern du hast mir deine Hingabe aufgedrängt. Du wußtest, daß ich dir nicht widerstehen würde. Und wir beide wissen auch, warum du nicht länger warten wolltest.«
Moira kämpfte gegen ein aufsteigendes Gefühl der Übelkeit an. Was er sagte, entsprach der Wahrheit. Aber was änderte das an der Tatsache, daß sie in seinen Armen ihre Unschuld verloren und vielleicht sein Kind empfangen hatte? »Ist das alles, was du mir dazu zu sagen hast?«
Sein Gesicht war grau und gezeichnet von seelischer und körperlicher Erschöpfung. »Ich habe diese Nacht nicht eine Minute geschlafen, sondern mir Stunde um Stunde das Gehirn zermartert, was ich tun soll«, antwortete er, während der Zug sich der Bahnstation näherte. »An meinen Gefühlen zu dir hat sich nichts geändert. Ich liebe dich, und ich wünsche mir nichts mehr, als dich zur Frau zu haben. Und ich will alle Konsequenzen für unser ... unser Zusammensein tragen, mit Freuden sogar. Aber genausowenig, wie sich meine Gefühle zu dir geändert haben, hat sich meine Situation geändert. Es bleibt dabei, Moira: Ich kann nicht mit dir nach Melbourne gehen und damit vor meiner Verantwortung und meinem Gewissen wegrennen.«
»Aber du kannst mich nach allem, was gewesen ist, einfach so gehen lassen, ja? Du gibst deiner elenden, heruntergekommenen Station und deiner Mutter, die ihr Leben schon gelebt und kein Recht hat, unser Glück zu zerstören, den Vorzug?« stieß sie erregt hervor, während der Zug einfuhr und unter zischenden Dampfwolken langsam zum Stehen kam. »Mit einer geknickten Miene, vielleicht noch einem netten Ab-

schiedskuß hier auf dem Bahnsteig und einem Gewissen, hinter dem man sich so blendend verstecken kann, ja?«
»Nein, ich bin gekommen, um dich ein letztesmal zu bitten, meine Frau zu werden!« erwiderte er eindringlich und ergriff ihre Hand. »Moira, ich liebe dich, und ich will dich nicht gehen lassen, begreife das doch! Und da dies vorletzte Nacht nun mal geschehen ist, bin ich jetzt auch bereit, mich über die verdammten gesellschaftlichen Konventionen hinwegzusetzen und dich schon nächste Woche zu heiraten. Mir ist es gleichgültig, wenn manche Menschen deshalb über uns reden, wenn ich dich nur als meine Ehefrau an meiner Seite weiß.«
»Aber nur, wenn ich in River Bend bleibe und zu euch nach *Illawarra* ziehe, nicht wahr?«
»Ja, vorerst, weil mir keine andere Wahl bleibt, Moira! Und nur bis wir uns ein eigenes Haus bauen können. Ich flehe dich an, Moira, vergiß Melbourne! Wir können auch hier zusammen unser Glück finden, das weiß ich!« beschwor er sie. »Wir lieben uns, und nichts sonst ist für unser Glück entscheidend!«
Sean Everton, der junge Mann, der dem Bahnhofsvorsteher zur Hand ging und gleichzeitig auch als Gepäckträger fungierte, trat zu ihnen und lüftete kurz seine Lederkappe. »Guten Morgen, Captain … Miss Mayfield«, grüßte er respektvoll und erkundigte sich dann: »Fahren Sie und Miss Mayfield mit dem Zug, Captain? Wenn ja, ist es Zeit, daß ich Ihr Gepäck ins Abteil trage und daß Sie einsteigen.«
»Nein, ich fahre nicht mit dem Zug, Sean«, antwortete Adrian mit fester Stimme, und auch seine Miene verriet, daß sein Entschluß unumstößlich war.
Die Gedanken jagten sich hinter Moiras Stirn, auf der plötzlich kalter Schweiß stand, während ihr Herz wie wild raste. Die letzte Entscheidung lag nun bei ihr. Sie liebte Adrian, aber sie hatte auch Träume und Ambitionen! Und hatte der berühmte Galerist Anthony Shaw damals nicht in aller Öf-

fentlichkeit verkündet, daß ihr preisgekröntes Ölbild »*das Versprechen eines jungen Talents war, das zu den kühnsten Hoffnungen Anlaß gibt«?* Und was war daraus geworden? Fünf kostbare Jahre ihres Lebens waren ihr wie Sand zwischen den Fingern zerronnen, ohne daß sie ihrem Ziel auch nur einen Schritt nähergekommen wäre. Wenn sie Adrians Heiratsantrag jetzt annahm und bei ihm blieb, würde sie nie mehr aus River Bend wegkommen. Dann würde sie enden wie Emily und Norma – und ihre Mutter, gefangen in einem eintönigen Alltag in der hintersten Provinz, während das wahre Leben mit all seinen Wundern und grenzenlosen Verheißungen und Möglichkeiten in fernen Städten ohne sie seinen Lauf nahm! Konnte sie mit einem solchen Opfer leben und dennoch das Glück ihres Lebens finden? Konnte irgend jemand von ihr ein derartiges Opfer überhaupt verlangen, vor allem wenn er beteuerte, sie wie nichts sonst auf der Welt zu lieben?

Ihre eigene Stimme war ihr fremd, als sie sich plötzlich zu Sean Everton sagen hörte: »Ich fahre mit dem Zug. Sie können das Gepäck schon ins Abteil tragen.«

»In Ordnung, Miss Mayfield«, sagte der junge Mann, nahm ihre Koffer und trug sie in den Waggon.

Adrian war noch um eine Spur blasser geworden, und er mußte erst heftig schlucken, bevor er ein Wort herausbrachte: »Moira, du begehst einen –«

Sie unterbrach ihn, um in ihrem Entschluß nicht schwankend zu werden. »Ich werde dir schreiben, wo ich untergekommen bin«, sagte sie. »Und meiner Mutter habe ich versprochen, sofort nach meiner Ankunft ein Telegramm mit meiner Adresse in Melbourne zu schicken.«

Er blickte sie mit versteinertem Gesicht an. »Ich wünsche dir … alles Glück … der Welt, Moira.« In seiner gebrochenen Stimme lag ein letztes, inständiges Flehen.

»Ich dir auch, Adrian.«

»Ich werde hier auf dich warten.«

»Dann wirst du vergeblich warten. Du mußt schon nach Melbourne kommen, Adrian.«
»Ich bin verdammt, auf *Illawarra* zu bleiben.«
»Keiner ist zu irgend etwas verdammt, Adrian. Wir sind frei.«
»Freiheit ohne Verantwortung ist Selbstsucht.«
Dieser Abschied auf dem Bahnsteig kam ihr so unwirklich vor wie ein Alptraum, der keinen Sinn ergab. Sie waren einander so vertraut und standen sich jetzt doch wie Fremde gegenüber.
Weil Moira befürchtete, jeden Moment ihre mühsam erzwungene Beherrschung zu verlieren, beugte sie sich schnell vor und gab ihm einen Kuß. »Ich liebe dich, Adrian«, flüsterte sie, wandte sich dann rasch um und ergriff die dargebotene Hand von Sean Everton, der ihr beim Einsteigen half und sie in ihr Abteil führte.
Zitternd sank Moira auf die gepolsterte Sitzbank und blickte mit einem Gefühl würgenden Elends aus dem Fenster. Adrian stand reglos auf dem Bahnsteig und hielt ihren Blick fest. Als der Zug sich dann langsam in Bewegung setzte, sprang sie auf, riß das Schiebefenster herunter und hoffte verzweifelt, er würde neben dem Waggon herlaufen und ihr zurufen, daß er mit dem nächsten Zug nachkomme.
Adrian rührte sich jedoch nicht von der Stelle, und er hob auch nicht die Hand. Wie gelähmt stand er unter dem Wellblechdach und schaute dem Zug nach, der sie aus River Bend fortbrachte – und aus seinem Leben.

VIERTES KAPITEL

Melbourne galt unter den Städten Australiens als die unangefochtene *Queen of the South*, und sie empfing Moira äußerst ungnädig. Es regnete nämlich in Strömen. Sintflutartig stürzten die Wassermassen vom Himmel, gepeitscht von einem böigen Wind. Sie vermochte nicht einmal einen Blick auf Melbournes berühmten Yarra River zu werfen, der sich mit ansehnlicher Breite durch die Stadt schlängelte und einige Meilen weiter südlich in die große Bai mündete. Dabei fuhr der Zug, bevor er im Herzen von Melbourne in die Flinders Street Railway Station an der Princess Bridge einlief, ein gutes Stück parallel zum Fluß und nur einen Steinwurf vom Ufer entfernt. Das Wetter entsprach ihrer Gefühlslage, die aus einer Mischung aus Verzweiflung und trotziger Wut bestand.

Moira quartierte sich im *Montford House for Young Ladies* ein. Das geräumige Backsteinhaus, umgeben von einem kleinen Garten mit alten Bäumen, lag in South Melbourne an der Ecke York und Cecil Street und damit in einer preiswerten, aber für alleinstehende junge Frauen zugleich doch noch respektablen Wohngegend.

Schwester Johanna hatte ihr diese Unterkunft im Sündenbabel Melbourne wärmstens ans Herz gelegt, als Moira sie im Frühjahr 1917 das letztemal in Mildura besucht hatte. Wenige Tage später hatte die Nonne, die sie, Moira, so viele Jahre lange gefördert hatte, mit fünf weiteren Schwestern den St. Catherine Convent verlassen, um im Auftrag des Ordens an der tropischen Ostküste von Queensland einen neuen Convent aufzubauen.

Die Regeln im *Montford House* waren kaum weniger streng als in der Klosterschule von Mildura. Und Missis Edna Mont-

ford, die mit der einstigen Königin Victoria nicht nur die kräftige Statur gemeinsam hatte, sondern auch den frühen Verlust ihres Mannes und die Unbeugsamkeit in ihren rigiden viktorianische Ansichten von Moral und Etikette, wachte mit Argusaugen auf die Einhaltung der Vorschriften.
Den jungen, aber doch ausnahmslos erwachsenen Frauen war Herrenbesuch nur bei offenstehender Zimmertür und dann auch nur bis Sonnenuntergang erlaubt. Danach mußte jeder Besuch unten im Salon, der allen Bewohnern als Gemeinschaftsraum zur Verfügung stand, empfangen werden. Ausgang war wochentags bis 22 Uhr gestattet, an Wochenenden und Feiertagen bis 23 Uhr. Dann hatten alle Pensionsgäste wieder im Haus zu sein. Zeigte die schwere Standuhr in der Eingangshalle auch nur eine Minute mehr an, galt dies als Übertretung der Hausregel. Bei drei Übertretungen stellte Edna Montford einem die Koffer vor die Tür, und dann half auch alles Bitten und Betteln um eine letzte Chance nichts. Wollte man an einer besonderen, respektablen Veranstaltung teilnehmen, die wie etwa ein Opernball einen längeren Ausgang nötig machte, als es die Montford-Regeln vorsahen, bedurfte es einer glaubhaften Begründung *und* der persönlichen Vorstellung des männlichen Begleiters, um eine Ausnahmeerlaubnis zu erhalten. Eigenes Kochen auf dem Zimmer war ebenso verboten wie das Aufhängen von Wäsche. Das Bett mußte stets vor dem Frühstück gemacht sein. Strümpfe und Leibwäsche jeglicher Art durften nach dem Ankleiden nicht im Zimmer herumliegen. Züchtige Bekleidung in Form eines hochgeschlossenen Morgenmantels auf dem Weg zwischen Zimmer und Bad gehörte ebenso zu den Vorschriften wie das strikte Verbot von unschicklicher Tageskleidung, die zuviel Bein oder Busen entblößte. Darunter fielen vor allem die von den Suffragetten propagierten Bloomers, wie weite Hosen sowie auch Hosenröcke für Frauen genannt wurden, und insbesondere die Flapper-Mode mit ihren kurzen Kleidern, tiefen Ausschnitten, Bubiköpfen und

wilden Tänzen, die nach Missis Montfords Worten »aus dem moralischen Sumpf der amerikanischen Großstädte« über den Pazifik nach Australien schwappte.
Moira hatte andere Sorgen, als sich über die viktorianischen Hausregeln von Missis Montford zu entrüsten und sich in dieser großen und ihr so fremden Stadt auf eigene Faust eine Unterkunft zu suchen, wo sie einem weniger scharfen Reglement unterworfen war. Dafür war sie viel zu verstört. Sie konnte es noch immer nicht fassen, daß Adrian sie tatsächlich allein nach Melbourne hatte fahren lassen. Wie konnte er sie und ihre Liebe nur für dieses armselige Stück Land namens *Illawarra* verraten? Es ging ihr einfach nicht in den Kopf. Und sie wollte auch jetzt noch nicht daran glauben, daß es ihm Ernst damit war.
Gleich am Morgen nach ihrer Ankunft suchte sie das Telegrafenamt auf und schickte ihrer Mutter eine kurze Nachricht. Im letzten Moment überwand sie ihren Stolz und fügte auf dem Formular noch die ausdrückliche Aufforderung hinzu: *Teile auch Adrian unverzüglich Adresse mit!*
Eine schrecklich lange Woche wartete Moira auf Adrian. Nicht auf ein Telegramm oder einen Brief, sondern auf ihn persönlich. Jetzt, wo er wußte, daß er sie tatsächlich verlieren würde, wenn er nicht zu seinem Wort stand, würde er zur Einsicht kommen und ihr nach Melbourne folgen! Es konnte gar nicht anders sein. Schon sein Ehrgefühl würde es nicht zulassen, daß sie nicht seinen Namen und Ehering trug, nachdem sie in seinen Armen ihre Unschuld verloren hatte. Daß sie es wohl noch mehr gewollt hatte als er, tat dabei nichts zur Sache. Er würde kommen, und er würde bei ihr bleiben – hier in Melbourne!
In den ersten Tagen hegte sie nicht den leisesten Zweifel, daß er ihr nachreisen würde. Sie war sich so sicher, er könnte jeden Augenblick vor dem *Montford House* aus einer Mietdroschke steigen und ihr in die Arme fliegen, daß sie sich kaum aus dem Haus wagte. Deshalb beschränkte sie sich

darauf, nur kleinere Spaziergänge zu unternehmen und dabei die nähere Umgebung zu erkunden.

Nur vier Häuserblocks weiter südlich lagen die St. Vincent Gardens, die sie am liebsten aufsuchte. Bei diesen Gärten handelte es sich um einen überschaubaren kleinen Park mit einem Pavillon in der Mitte, der von mehrstöckigen Mietshäusern umschlossen war und den man auch bei gemächlichem Tempo in einer guten Viertelstunde durchschritten hatte. Zum Ufer des Yarra River, der im Norden lag, war es auch nicht viel weiter. In diesem nördlichen Bereich von South Melbourne waren jedoch zahlreiche kleinere Fabriken und Betriebe ansässig sowie viele Schienen zu überqueren, so daß dieser Teil des Stadtviertels nicht eben zu Spaziergängen einlud. South Melbourne besaß respektable Viertel, wo Mittelstand, Angestellte und kleine Ladenbesitzer, ansehnliche Häuser und Mietwohnungen besaß. Es gab jedoch auch Straßenzüge mit verwinkelten und ungepflasterten Gassen, die durch ein Labyrinth heruntergekommener Wellblech- und Bretterhütten sowie handtuchschmaler Hinterhöfe führten, wo bittere Armut und katastrophale sanitäre Bedingungen herrschten.

Bis auf die Mahlzeiten hatte Moira in diesen Tagen wenig Kontakt mit den anderen Pensionsgästen, zumal diese alle einer geregelten Arbeit in einem der großen Warenhäuser, in Banken oder Versicherungen nachgingen, früh in die Innenstadt fuhren und meist erst gegen 18 Uhr wieder zurückkehrten. Und nach dem gemeinsamen Abendessen zogen es viele aus verständlichen Gründen vor, ihre freie Zeit außerhalb der Pension zu verbringen, wo sie nicht der Kontrolle von Missis Montford unterworfen waren. Moira war überdies auch gar nicht danach zumute, sich Fremden anzuvertrauen und neue Freundschaften zu schließen. Sie vertraute unerschütterlich darauf, daß sie nicht lange im *Montford House* logieren würde.

Sie verbrachte die meiste Zeit auf ihrem Zimmer, das mit viel zu wuchtigen und dunklen Möbeln eingerichtet war, dafür jedoch den großen Vorzug besaß, hell und sonnig zu sein und nach Südwesten in den kleinen Garten hinauszugehen. Stundenlang saß sie am Sekretär, der unter dem Fenster stand, schrieb lange Briefe an Rebecca, die Lyndhams und andere gute Freunde, vertrieb sich die Zeit mit der Lektüre von Romanen und Büchern über Kunstgeschichte, die sie in der örtlichen Bibliothek auslieh – oder blickte in gedankenverlorener Sehnsucht hinaus in den Garten, während sie auf Adrian wartete.

Aber Adrian kam nicht.

Am achten Tag nach ihrer Ankunft erhielt sie einen Brief von ihm, der mit vier Seiten eine für seine Verhältnisse beeindruckende Länge hatte. Darin bedauerte er jedoch nicht sein Verhalten und kündigte auch nicht sein Kommen an, sondern er beschwor sie immer und immer wieder, nach River Bend zurückzukehren, ihn zu heiraten und mit ihm *Illawarra* zu einem Juwel zu machen. Der Brief enthielt nicht den geringsten Hinweis darauf, daß er nachzugeben bereit war, im Gegenteil. Unmißverständlich und mit verletzender Direktheit teilte er ihr in einem Postskriptum mit: *Wenn Du darauf baust, daß ich Dir nachreise, dann befindest Du Dich in einem schrecklichen Irrtum! Ich werde weder nach Melbourne kommen noch in Melbourne mit Dir leben, um Dir das noch einmal klarzumachen. Ich liebe Dich, Moira, und ich bin zu jedem Opfer bereit, um Dir meine Liebe zu beweisen! Aber ich kann und werde meine Mutter und meine Schwester nicht im Stich lassen, weil ich mir das nie verzeihen könnte. Also nimm, um Gottes und unserer Liebe willen, Vernunft an, und komm nach Hause, Moira!*

Moira zerfetzte den Brief in einem Anfall von Wut und Verzweiflung in tausend Stücke und warf sich mit einem Weinkrampf auf ihr Bett.

Am nächsten Tag, nach einer Nacht bitterer Tränen über seinen schändlichen Verrat an ihrer Liebe, besann sie sich auf ihren trotzigen Entschluß, sich in ihrem Vorhaben von nichts beirren zu lassen. Noch war es zu früh, um alle Hoffnung fahrenzulassen. Es war jedoch allerhöchste Zeit, ihre Tage nicht mit quälender Warterei zu verbringen, sondern ihr Leben in die Hand zu nehmen und Tatsachen zu schaffen, die Adrian früher oder später beeindrucken und überzeugen würden.

So nahm Moira ihre schwarze Mappe, die ihre besten Ölbilder, Aquarelle und Zeichnungen enthielt, stieg an der Ecke York und Clarendon Street in die elektrische Kabeltram und fuhr in die Innenstadt von Melbourne, um Anthony Shaw aufzusuchen. Dank seiner Visitenkarte, die sie all die Jahre wie einen goldenen Schlüssel zum Paradies ihrer Träume gehütet hatte, wußte sie, daß er seine Kunstgalerie auf der noblen Collins Street hatte.

Die lange Collins Street war *die* geschäftliche Hauptschlagader von Melbourne. An ihrem Südende, wo sie auf die Spencer Street und die Gleisanlagen der dortigen Eisenbahnstation traf, beherrschten kleine Geschäfte mit moderaten Preisen das Bild der Straße. Doch schon einige Häuserblocks weiter, in Richtung Stadtmitte ragten die ersten imponierenden Versicherungsgebäude aus massivem Granit auf, gefolgt von Banken und Bürohäusern mit prächtig gestalteten Fassaden, in denen die erfolgreichsten Ärzte, Anwälte und Finanzmakler der Stadt ihre Geschäftsräume hatten. Hotels, Theater, Restaurants, vornehme private Clubs, Cafés sowie Pubs der gehobenen Klasse hatten sich in unmittelbarer Nähe dieser zahlungskräftigen Kundschaft angesiedelt. Am berühmtesten war jedoch »The Block«, der nördliche Teil zwischen Elizabeth und Swanston Street. Hier fand man die exklusivsten Kaufhäuser und Geschäfte, nicht nur von ganz Melbourne, sondern von ganz Victoria, vermutlich sogar von ganz Australien, auch wenn Sydney diesen Anspruch neuerdings für seine Prachtstraßen reklamierte.

Das *doing the block* gehörte in Melbourne zu einem Ritual, an dem sich alle Gesellschaftsschichten beteiligten, insbesondere an Sonn- und Feiertagen. Da flanierte dann nach dem Kirchgang nicht nur alles, was in Politik, Wirtschaft und Kultur Rang und Namen besaß im feinsten Sonntagsstaat gemächlich an den Schaufenstern dieses berühmten Häuserblocks vorbei, sondern auch die Angehörigen der Mittelschicht und der Arbeiterklasse mischten sich, möglichst fein herausgeputzt, in großer Zahl unter die Menge. Und wenn auch die weniger Begüterten von den importierten Waren, mit denen die Schaufenster der Geschäfte und Kaufhäuser prächtig dekoriert waren, nur träumen konnten, so gehörte der sonntägliche Bummel um den Block doch zu den Höhepunkten der Woche. Das galt ganz besonders für unverheiratete junge Männer und Frauen, die einen unverbindlichen Flirt oder eine Verbindung fürs Leben suchten.

Auch an diesem Vormittag mitten in der Woche, als Moira gegenüber vom Rathaus aus der Tram stieg, herrschte auf der Collins Street mit ihrer prächtigen Allee aus alten Ulmen und Eichen reger Verkehr. In der Hand die Visitenkarte, die der bekannte Galerist ihr vor fünf Jahren auf dem Podium der Klosterschule zugesteckt hatte und die mittlerweile schon reichlich abgegriffen war, machte sie sich auf die Suche nach der Kunstgalerie von Anthony Shaw. Sie brauchte nicht lange zu suchen, sondern stand schon wenige Minuten später davor.

The Shaw Art Gallery lag nämlich nur wenige Dutzend Schritte von der Tramstation entfernt, gleich gegenüber vom *Australia Theatre* und einem feudalen Hotel, das denselben Namen trug. Im großen Schaufenster, von einem breiten Rahmen aus schwarzweißem Marmor mit auf Hochglanz polierten Abschlußleisten aus Messing eingefaßt, hingen vor einem elegant drapierten, faltenreichen Hintergrund aus perlgrauem Seidenstoff drei großformatige Ölgemälde. Sie zeigten klassische, mediterrane Landschaftsbilder. Der Vorhang im Schaufenster und hinter der Tür verhinderte den Blick ins Innere der Galerie.

Moira steckte die Visitenkarte weg, sandte ein stummes Stoßgebet zum Himmel und zwang ein zuversichtliches Lächeln auf ihr Gesicht. Dann drückte sie die Tür auf und trat ein. Ein großer und für seine Länge erstaunlich heller Raum, der die Form eines T besaß, tat sich vor ihr auf. An den Wänden rechts und links hingen mehrere Dutzend Ölbilder verschiedener Stilrichtungen in ausnahmslos kostbaren Rahmen, die zum Teil sogar mit Blattgold belegt waren. In der Mitte des Längsraums standen im Abstand von jeweils sechs, sieben Schritten drei kreisrunde bequeme Sitzgelegenheiten, die mit ihrem moosgrünen Samtbezug wie stille Inseln in einem schillernden Meer der Kunst wirkten.
Am hinteren Ende der Galerie schlossen sich links und rechts noch je ein kurzer Ausstellungsraum an. Dazwischen und somit im Blickfeld aller drei Räume stand ein wunderschöner, antiker Schreibtisch auf einem großen Perserteppich, hinter dem eine Frau um die Fünfzig mit einer eisengrauen Pagenfrisur saß und in Papieren blätterte.
Die Frau hob mit einem freundlichen Lächeln den Kopf, stutzte, nahm die Brille ab, die sie offenbar nur zum Lesen benötigte, musterte Moira mit irritierter Miene und kam dann hastig hinter dem Schreibtisch hervor.
Moira trug ihr bestes Herbstkostüm, das sie anläßlich Adrians Rückkehr im besten Geschäft von Mildura gekauft und zum erstenmal auf dem Fest am Sonntag vor fast zwei Monaten voller Stolz getragen hatte. Alle hatten ihr versichert, daß ihr das Kostüm aus flaschengrünem Feinkord besonders gut zu Gesicht stünde. Als sie nun aber diese Frau in ihrem eleganten und leise raschelnden Kleid aus lavendelfarbenem Taft auf sich zukommen sah, da überfiel sie die Ahnung, daß man ihr und ihrem Kostüm ihre Herkunft aus der tiefsten Provinz an jedem Knopf und jeder Naht ablesen konnte.
»Guten Morgen«, grüßte Moira und nahm im stillen an, daß es sich bei dieser Frau wohl um Missis Shaw handelte. »Mein

Name ist Moira Mayfield, und ich möchte gern Mister Anthony Shaw sprechen, wenn es möglich ist.«
»Nein, das ist nicht möglich, Miss«, antwortete die Frau mit kühler Reserviertheit, warf einen abschätzigen Blick auf die sperrige Bildermappe, die Moira unter dem rechten Arm geklemmt hielt, und fügte dann von oben herab hinzu: »Außerdem kaufen wir nichts von der Straße! Das überlassen wir anderen Bilderläden. Dies hier ist eine Kunstgalerie!«
Moira schoß das Blut ins Gesicht, und sie hatte Mühe, ihr freundliches Lächeln zu bewahren. »Ich bin nicht gekommen, um etwas zu verkaufen. Ich möchte nur Mister Shaw sprechen. Ich habe seine Bekanntschaft gemacht, als –«
»Alle Welt kennt Mister Shaw«, fiel die Frau ihr unbeeindruckt ins Wort.
»Er hat mir seine Visitenkarte gegeben und mich ausdrücklich aufgefordert –«, setzte Moira erneut an und zog dabei die abgegriffene Visitenkarte hervor, kam jedoch auch jetzt nicht dazu, ihren Satz zu beenden.
»Mister Shaw ist ein vielbeschäftigter Mann, der seine Karte an allen möglichen und unmöglichen Stellen hinterläßt. Zudem liegen sie auch hier für unsere kunstversierte Kundschaft aus. Wir lassen sie deshalb stets im Tausenderpaket drucken«, beschied die Frau sie frostig. »Wenn Sie mich jetzt bitte entschuldigen würden, Miss. Mister Shaw ist außer Haus. Und ich habe die Verschiffungspapiere für einen Renoir vorzubereiten.« Sie machte eine kurze Pause, um dann schon halb im Weggehen noch einen spitzen Seitenhieb anzubringen. »Vielleicht ist Ihnen der Name ja schon mal zu Ohren gekommen.«
Diese Frechheit sollte Moira endgültig den letzten Rest Mut rauben und sie dazu bringen, beschämt und mit hochrotem Kopf aus der Galerie zu stürzen. Doch auf Moira hatte dies genau die entgegengesetzte Wirkung. Empörung und Trotz fegten jede Verlegenheit und Minderwertigkeitsgefühle hinweg, die sich eben noch in ihr geregt hatten.

»Mir ist nicht klar, mit wem ich es hier zu tun habe, denn Ihr Verständnis von Anstand und guten Umgangsformen schließt ganz offenbar nicht ein, daß man die Höflichkeit der Vorstellung erwidert, *Miss!*« entgegnete sie nun mit funkelndem Blick und zorniger Stimme.
»*Missis* Dora Gardiner, wenn ich bitten darf!« korrigierte die Frau sie entrüstet, während sich Verblüffung und Verunsicherung auf ihren Gesichtszügen abzeichneten. »Und ich –«
Daß Missis Gardiner ihr zweimal schnippisch das Wort abgeschnitten hatte, zahlte Moira ihr nun mit gleicher Münze heim. »Ich bin noch nicht fertig, Missis Gardiner!« teilte sie ihr selbstbewußt mit, insgeheim ungemein erleichtert, sich nicht mit Anthony Shaws Ehefrau angelegt zu haben. »Ich bin hier, weil ich einer ausdrücklichen und sehr persönlichen Einladung von Mister Shaw, ihn hier aufzusuchen, gefolgt bin. Und das ist alles, was Sie wissen müssen, Missis Gardiner.«
Dora Gardiner schnappte vor sprachloser Verblüffung sichtlich nach Luft und antwortete dann verunsichert und zugleich mit vorbeugender Entschuldigung: »Es gehört nun mal zu meinen Aufgaben, Bittsteller jeder Art schnellstmöglich aus der Galerie zu komplimentieren. Damit befolge ich nur Mister Shaws Anweisungen, die in dieser Hinsicht sehr eindeutig sind.«
Moira verkniff sich den bissigen Hinweis, daß zwischen einem arroganten Auftreten mit grobem Hinauswurf und einem höflichen Hinauskomplimentieren Welten klafften. Statt dessen fragte sie: »Und wann erwarten Sie ihn zurück?«
»Das ist schwer zu sagen, denn wie ich schon sagte, ist er außer Haus. Erst vor einer Viertelstunde ist er zu einem frühen Luncheon mit Geschäftsfreunden aufgebrochen. Aber gegen halb eins dürfte er spätestens zurück sein. Unser Spediteur hat sich für ein Uhr angesagt, um den Renoir abzuholen. Und vorher muß Mister Shaw noch einige Papiere un-

terschreiben. Außerdem hat er am frühen Nachmittag noch einen wichtigen Termin in Hawthorn«, teilte Dora Gardiner ihr nun mit grimmiger Höflichkeit mit.

Moira überlegte nicht lange. »Ich werde hier auf ihn warten«, erklärte sie, wollte sie doch Anthony Shaw weder verpassen noch seiner eingebildeten Angestellten Gelegenheit geben, sie bei ihm in ein schlechtes Licht zu stellen.

»Ja, aber ... das kann Stunden dauern!« wandte Dora Gardiner verblüfft ein. »Wir haben doch erst kurz nach halb elf!«

Moira lächelte. »Das macht mir nichts aus, Missis Gardiner«, versicherte sie ihr zuckersüß. »Zudem habe ich seit Jahren die Angewohnheit, stets ein Buch bei mir zu tragen. Da wird mir das Warten nicht lang. Außerdem habe ich so Zeit, um mir die Gemälde hier in aller Ruhe anzuschauen.«

Darauf wußte Dora Gardiner nichts einzuwenden, und sie resignierte, wie ihr Achselzucken und unterdrücktes Aufseufzen verrieten. Sie bestand jedoch darauf, daß Moira ihre Bildermappe an die Wand hinter den Schreibtisch stellte, wo sie nicht gleich ins Auge fiel.

Das Warten wurde Moira tatsächlich nicht lang. Über zwei Stunden verbrachte sie damit, ein Bild nach dem anderen zu studieren, oft von einem der bequemen Rundsofas aus. Sie stieß dabei auf die Namen mehrerer berühmter Künstler, die ihr von der Lektüre diverser Sachbücher über Malerei her bekannt waren. Und wenn ihr auch bei weitem nicht jedes der ausgestellten Gemälde gefiel, so war der Gesamteindruck, den sie in der Galerie von Anthony Shaw erhielt, dennoch überwältigend – und zugleich niederschmetternd. War es angesichts solcher Meisterwerke nicht geradezu vermessen, von einer eigenen Karriere als Malerin zu träumen? Am meisten hatten es ihr die Bildern der renommierten australischen Maler angetan, die Anthony Shaw in den beiden Seitenräumen zusammengefaßt hatte. Da hingen Ölgemälde von Nicholas Chevalier, Haughton Forrest, Louis Buvelot und Eugene von Guérard, die zu den großen australischen

Landschaftsmalern des 19. Jahrhunderts zählten, auch wenn sie aus Frankreich, Deutschland oder England stammten. Die *Shaw Art Gallery* hatte aber auch ein gutes Dutzend Arbeiten von den australischen Impressionisten der Melbourner »Heidelberg School« wie Tom Roberts, Charles Conder und Arthur Streeton ausgestellt, deren Stil jedoch nicht mit dem französischen Impressionismus von Monet und seinen Zeitgenossen gleichzusetzen war.

Moira stand besonders lange vor den beiden leuchtenden Impressionen *Sunlight: the path to Podge Newton's* von Arthur Streeton und *Looking towards Port Melbourne from St. Kilda* von Girolamo Nerli, fasziniert von der Intensität, die diese typisch australischen Landschaftsbilder wie Momentaufnahmen ausstrahlten. Sie schienen scheinbar mühelos, wie im Vorbeigehen, hingeworfen zu sein, mit schnellen Strichen und kräftigen Farben, die dem sonnenhellen Land entsprachen.

Ja, dies waren Gemälde, die im wahrsten Sinnes des Wortes ein kunstreiches Eigenleben besaßen, dachte Moira innerlich aufgewühlt. Gemälde, die auch den Betrachter späterer Generationen berühren und bewegen würden. Dagegen waren alle ihre Bilder, an denen sie die letzten Jahre mit so viel Ehrgeiz und Begeisterung gearbeitet hatte, nichts als blasse Fingerübungen, ohne Originalität und vor allem ohne einen Funken künstlerischer Inspiration.

Aber andererseits: Hatten denn nicht auch alle großen Maler erst einmal damit begonnen, das reine Handwerk zu erlernen, bevor sie ihren eigenen Stil gefunden hatten und bereit für die göttliche Inspiration gewesen waren?

Um zwanzig vor eins kehrte Anthony Shaw von seinem Geschäftsluncheon zurück. In blendender Laune und mit dem beschwingten, selbstzufriedenen Gang eines Mannes, der beim Lunch nicht nur angenehme Gesellschaft, sondern auch einige Gläser guten Weines genossen hatte, kam er zur Tür herein.

Moira sprang aufgeregt von dem mittleren Rundsofa auf, wo sie gerade eine Weile in Betrachtung der klassischen Gemälde vertieft gewesen war, und ging ihm mit klopfendem Herzen entgegen. Die fünf Jahre, die seit ihrer kurzen Begegnung in Mildura vergangen waren, schienen an dem renommierten Melbourner Galeristen spurlos vorbeigegangen zu sein. Er sah nicht um einen Tag älter aus, als sie ihn in Erinnerung hatte. Aber Anthony Shaw hatte nicht nur seine attraktive, elegante Erscheinung bewahrt, sondern auch nichts von seinem Hang verloren, seiner maßgeschneiderten Garderobe eine distinkte Note von Extravaganz zu geben. So trug er an diesem Tag zu einem mokkabraunen Anzug eine safranfarbene Seidenweste mit einem rauchblauen Mäandermuster sowie Halbstiefel, deren zartes Leder in genau demselben Safranton gehalten war. Ein Spazierstock aus dunklem Ebenholz mit fein ziseliertem Silberknauf hielt er mit der linken Hand unter die Armbeuge geklemmt.

Als nun sein Blick auf Moira fiel und sie sich ihm vorstellen wollte, damit er sich wieder der Abschlußfeier im St. Catherine Convent entsann, da hob er rasch die rechte Hand und gebot ihr Einhalt. »Nein, bitte sagen Sie nichts! Weder Namen noch Ort!« bat er sie. »Geben Sie mir eine Sekunde! Ich rühme mich nämlich eines glänzendes Gedächtnisses, wenn es um Gesichter und Bilder geht. Warten Sie, ich bin Ihnen schon auf der Spur!« Im nächsten Moment schnippte er mit den Fingern und rief lachend: »Mildura! Im Jahr des Kriegsausbruchs! Der Protegé meiner verehrten Schwester Johanna, richtig?«

Moira nickte erfreut, daß er sich so schnell an sie erinnert hatte.

»Und Ihr preisgekröntes Ölbild trug den schlichten Titel *Unter dem Jacarandabaum*, nicht wahr?«

Moira strahlte nun über das ganze Gesicht, daß er sich sogar daran noch entsinnen konnte. »Ja, und Sie hatten die Freundlichkeit, mir Ihre Visitenkarte zu geben und mich dazu zu ermutigen ...«

Fröhlich ging er über ihren zaghaften Vorstoß hinweg, sogleich zum Grund ihres Besuches zu kommen. »Wie gesagt, Bilder und Gesichter prägen sich mir unverzüglich ein. Doch mit Namen gelingt mir das leider entschieden weniger gut. Da müssen Sie mir schon ein wenig nachhelfen.«

»Moira Mayfield«, sagte sie und roch nun deutlich den Hauch von Alkohol in seinem Atem. Doch weder war er richtig beschwipst, noch war ihr sein Atem unangenehm, vermischte er sich doch mit einem herben Duft von Tabak und Rasierwasser.

»Natürlich!« Er schenkte ihr ein wohlwollendes Lächeln. »Nun, Sie haben aber wirklich lange gebraucht, um den Weg zu mir zu finden. Fünf Jahre für eine Reise von Mildura nach Melbourne sind eine beachtliche Zeit, Miss Mayfield. Oder muß ich schon Missis sagen?« erkundigte er sich charmant.

»Miss ist noch zutreffend, Mister Shaw«, antwortete sie mit leichtem Erröten.

Er schüttelte schmunzelnd den Kopf, als könnte er die Männer ihrer Generation nicht verstehen, und wollte gerade etwas sagen, als Dora Gardiner hinter dem Schreibtisch seine Aufmerksamkeit auf sich lenkte, indem sie demonstrativ mit einem Stoß Papiere wedelte. »Ja, ich weiß, der elende Papierkram!« rief er seiner Angestellten zu und sagte zu Moira gewandt: »Warten Sie, ich habe gleich Zeit für Sie, Miss Mayfield.«

Anthony Shaw eilte zu Dora Gardiner, beugte sich zu ihr hinunter und setzte seine Unterschrift schwungvoll unter ein gutes Dutzend Papiere, während er gleichzeitig mit ihr redete und ihr irgendwelche geschäftlichen Anweisungen erteilte. Denn Moira sah, wie die Frau immer wieder nickte, wenn auch mit einer leicht mißbilligenden Miene.

Keine fünf Minuten später stand der Galerist wieder bei ihr

und fragte sie: »Hätten Sie vielleicht Zeit und Interesse, mit mir einen Blick auf die Arbeiten einiger junger Maler zu werfen, von denen zwei, drei möglicherweise kurz vor ihrem Durchbruch stehen, Miss Mayfield?«

Moira hatte an diesem Vormittag mit vielem gerechnet, nicht jedoch mit einer solchen Einladung. »Zeit? Sicher habe ich Zeit, Mister Shaw, mehr als genug sogar«, begann sie verwirrt. »Aber eigentlich ...«

»Wunderbar! Dann lassen Sie uns gehen! Je eher wir in Hawthorn sind, desto größer sind die Chancen, daß die besten Früchte der jungen Kunst noch darauf warten, gepflückt zu werden.« Er zwinkerte ihr verschwörerisch zu, bot ihr seinen Arm und führte sie hinaus auf die Straße, wo direkt vor der Galerie eine geschlossene, langgestreckte Limousine in silbergrauer Lackierung geparkt stand, bei der es sich um einen *Prince Henry* von Vauxhall handelte. Ein ältlicher, schnurrbärtiger Fahrer namens Percy, der in eine dunkelgraue Chauffeursuniform gekleidet war, sprang aus dem Automobil und öffnete ihnen die Tür vom Wagenfond. Und wenig später war Moira mit Anthony Shaw unterwegs nach Hawthorn, einem noblen Vorort im Osten von Melbourne. Dort hatten sieben befreundete Maler ihr letztes Geld zusammengeworfen, um ein Haus, das vor einer aufwendigen Renovierung stand, vor Beginn der Arbeiten für drei Wochen zu mieten und in dieser Zeit in den Räumen eine gemeinsame Ausstellung zu veranstalten – in der Hoffnung, die Beachtung der wichtigsten Kritiker und Galeristen Melbournes zu finden und natürlich einige Bilder zu verkaufen.

»Der Vorteil des Erfolges ist, daß man gewisse Privilegien genießt«, teilte Anthony Shaw ihr auf der Fahrt mit. »In meinem Fall bedeutet das, daß man mir und zwei, drei anderen Galeristen schon vor dem offiziellen Ausstellungsbeginn einen privaten Rundgang einräumt – und damit natürlich auch die Möglichkeit, mir die besten Stücke, sofern vorhanden, zu einem mir genehmen Preis zu sichern.«

»Und ich dachte, Sie verkaufen nur Bilder von Künstlern, die schon einen Namen auf dem Kunstmarkt haben«, sagte Moira erstaunt und noch immer völlig verwirrt, daß dieser berühmte Galerist sich ihrer mit einer fast familiären Liebenswürdigkeit annahm.
Er lächelte. »Das ist richtig, was die ausgestellten Werke in meiner Galerie betrifft. Aber kaufmännisch macht es mehr Sinn, möglichst viele Bilder eines später berühmten und hochpreisigen Künstlers in der Phase zu erwerben, wo er beides noch nicht ist – also vor seinem Durchbruch«, erklärte er ihr. »Wenn man als Galerist seinen Lebensunterhalt verdient, dann ist es mit der Kunst nämlich häufig wie mit guten Weinen: Einen edlen Jahrgang kann man selbstverständlich sofort konsumieren und seine Freude an ihm haben, aber der wahre Kenner zieht es vor, ihn sorgfältig zu lagern und reifen zu lassen, um nach geduldigem Warten schließlich in den vollen Genuß zu kommen.«
Wenig später hielt der Vauxhall vor dem renovierungsbedürftigen Haus, das der Malergruppe kurzzeitig als Galerie diente. »Was halten Sie davon, wenn wir uns die Bilder erst einmal getrennt ansehen und Sie mir dann sagen, welche Sie für beachtenswert halten und welche Sie für einen Ankauf in Betracht ziehen würden, wenn Sie an meiner Stelle wären?« schlug Anthony Shaw vor.
»Aber ich verstehe von diesen Dingen doch gar nichts! Wie könnte ich Ihnen da eine Hilfe sein?« wehrte sie ab, auch wenn sein Vorschlag ihr ungemein schmeichelte.
»Machen wir uns dennoch den Spaß!« sagte er vergnügt. »Und wer weiß, vielleicht lernen wir ja beide etwas dadurch. Suchen Sie die Ihrer Meinung nach zehn besten Bilder aus. Ach, und noch etwas, Miss Mayfield.«
»Ja?«
»Behalten Sie ruhig für sich, woher wir uns kennen, und reagieren Sie auf die Neugier, mit der man Sie als meine geheimnisvoll unbekannte Begleiterin vermutlich belästigen

wird, mit dem stummen Zauber einer Sphinx«, riet er ihr mit einem verschmitzten Lächeln. »Das wird Sie dann noch interessanter machen.«

Sie lachte und hatte fast den Eindruck, als flirtete er mit ihr. Die Vermutung des Galeristen bestätigte sich. Während er mit einer Mischung aus nervöser Aufregung und gespielter bohemehafter Gelassenheit begrüßt wurde, weckte Moira bei den Künstlern und deren Freunden und Familienangehörigen, die sich im Haus eingefunden hatten, um bei den letzten Vorbereitungen für die offizielle Ausstellungseröffnung am Abend zu helfen, unverhohlene Neugier. Sie hielt sich jedoch eisern an den Rat, den Anthony Shaw ihr gegeben hatte, und antwortete auf alle Fragen und Schmeicheleien mit einem stummen Lächeln. Was hätte sie auch sagen können, ohne zu verraten, wie verwirrt sie in Wirklichkeit war – und wie fehl am Platze sie sich mit dem kleinen Block und Bleistift, den Anthony Shaw ihr in die Hand gedrückt hatte, in dieser Umgebung von Künstlern fühlte. Denn die fünf Maler, zu denen auch zwei Frauen gehörten, waren nicht nur Jahre älter als sie, sondern ausnahmslos Absolventen der prestigeträchtigen *Royal National Gallery School.* Sie stellten mit ihren Bildern durchwegs alles in den Schatten, was sie, Moira Mayfield, jemals gemalt hatte. Nicht, daß ihr alles gefiel, aber allein schon die Technik, die diese Künstler beherrschten, machte ihr bewußt, wie weit sie selbst noch davon entfernt war, es mit ihnen aufnehmen zu können. Deshalb atmete sie erleichtert auf, als man endlich von ihr abließ und sie allein und ungestört ihre Runde durch die Ausstellungsräume machen konnte.

Es wurde zu einem faszinierenden Erlebnis. Immer wieder mußte sie daran denken, daß dies ihr erster Besuch einer Vernissage war, die zudem noch von den Künstlern selbst organisiert worden war. Der Gedanke, daß sie mit einem berühmten Galeristen wie Anthony Shaw das Privileg genoß, all diese Bilder noch vor der offiziellen Eröffnung betrachten zu dürfen, rief in ihr ein Gefühl der Erregung hervor. Doch wenn sie auf ihrem kleinen Block ein Bild notierte, das ihr besonders gut gefiel, hatte sie stets das Gefühl, sich der Hochstapelei schuldig zu machen.

Anderthalb Stunden später rief Anthony Shaw sie in den Wintergarten des Hauses, wo am Abend ein Büfett mit Früchten, Rotwein, Käse und allerlei Backwerk auf die Gäste warten würde, wie sie von ihm erfuhr.

Er saß in einem alten Korbstuhl. Vor ihm auf dem Tisch standen eine Flasche Rotwein und zwei Gläser, die schon gefüllt waren. »Nun, dann wollen wir doch mal unsere Notizen vergleichen!« forderte er sie mit gedämpfter Stimme auf – und schob ihr dabei eines der Weingläser zu, als wäre es eine Selbstverständlichkeit, die keiner besonderen Erwähnung bedurfte, daß sie nach dem Rundgang ein Glas Wein mit ihm trank. »Also, welche Bilder würden Sie erstehen, wenn Sie an meiner Stelle wären?«

»Ich komme mir wie ein dummes Kind vor, das Dinge beurteilen soll, von dem nur Erwachsene etwas verstehen«, raunte sie ihm verlegen zu. »Ich werde mich bloß blamieren, und Sie werden mich auslachen.«

Er hob die Augenbrauen und sah sie spöttisch an. »Daß es Ihnen an Erfahrung und kaufmännischen Überlegungen mangelt, ist mir klar. Wenn Sie aber nicht sagen wollen, was Ihnen gefallen hat, weil Ihnen der Mut zu einer eigenen Meinung fehlt, dann, Miss Mayfield ...« – er machte eine bedeutsame Pause und nippte an seinem Glas, bevor er seinen Satz beendete – »...dann sind Sie in einer Stadt wie Melbourne nicht nur am falschen Ort, sondern dann haben Sie sich auch ein sehr unrealistisches Ziel gesteckt. Denn wenn Sie es in der Kunst, egal in welcher, zu etwas bringen wollen, dann gehören Mut und unerschütterliches Selbstvertrauen im eisigen Gegenwind von Ablehnung und Mißerfolg ebenso zu den Grundvoraussetzungen wie Talent, Besessenheit und ein Arbeitswille bis zur völligen Erschöpfung.«

Ihr Gesicht brannte wie Feuer unter seinem fragenden Blick. »Also gut«, sagte sie dann, nahm schnell einen kräftigen Schluck Rotwein und las ihm vor, welche Künstler sie besonders beeindruckt hatten und welche Bilder sie ankaufen würde.
Er hörte ihr zu, ohne daß seine Miene verriet, was er von ihren Einschätzungen hielt. Dann klappte er sein in Leder gebundenes Notizbuch auf und sagte: »Das waren aber nur sieben Bilder von insgesamt vier Malern, die Sie da aufgelistet haben. Hatten wir nicht zehn ausgemacht?«
»Beeindruckt haben mich alle sieben Künstler, Mister Shaw. Ich konnte aber keine zehn Bilder finden, für die ich hätte *Geld ausgeben* wollen«, erklärte sie.
Ein breites Lächeln trat nun auf sein Gesicht. »Kompliment, Miss Mayfield. Sie haben mich angenehm überrascht. Mir ist es nämlich ähnlich ergangen. Meine Liste umfaßt sogar nur drei Maler, von denen ich insgesamt fünf Bilder kaufen werde. Und zwei von Ihren Favoriten finden sich mit drei Bildern, die Ihnen besonders ins Auge gefallen sind, auch auf meiner Liste. Das ist eine beachtliche Trefferquote!«
Moira strahlte und lachte dann verlegen: »Ach, das ist bloß das Glück des Anfängers!« wehrte sie ab.
»Das Gefühl habe ich nicht«, widersprach er. »Ein durch langjährige Erfahrung erworbener Kunstverstand ist nämlich noch lange nicht das ganze Erfolgsrezept. Ein guter Galerist braucht auch ein gehöriges Quentchen Instinkt, dieses gewisse Gefühl im Bauch, das mit rationellen Überlegungen nichts zu tun hat, einem aber sagt, dieses oder jenes zu tun – oft genug auch gegen die Stimme des Verstandes. Und mir scheint, daß Sie in dieser Beziehung mit ausgezeichneten Anlagen gesegnet sind.«
Das Kompliment stieg ihr fast so sehr zu Kopf wie der Wein auf nüchternen Magen.
Später, auf der Rückfahrt in die Stadt, erkundigte sie sich, warum er keine Bilder von den anderen beiden Malern er-

worben hatte, die sie ebenso beeindruckt hatten wie die, die auch auf seiner Liste gestanden hatten.
»Sie meinen Thea Gunner und Eric Boyd?«
»Ja.«
»Ich habe ihre ersten Arbeiten vor neun Jahren gesehen, Miss Mayfield. Und ich habe sie damals für großartige Talente gehalten.«
»Und das sind sie heute nicht mehr?«
»Doch, das Talent ist noch immer vorhanden«, erklärte er. »Aber das allein reicht nun mal nicht. Die Anlagen müssen sich auch entwickeln und reife Frucht tragen. Man kann nicht sein Leben lang das vielversprechende Talent sein. Nach einer gewissen Zeit muß die Frucht auch halten, was die Blüte einst versprochen hat. Thea Gunner und Eric Boyd gehören leider nicht dazu. Sie werden verblühen, ohne Frucht getragen zu haben, und der Vergessenheit anheimfallen. So traurig es auch ist, aber das ist nun mal das Schicksal der meisten Talente.«
Moira hatte plötzlich ein flaues Gefühl im Magen und wußte instinktiv, daß sie seine Worte nie vergessen würde. In Mildura hatte er auch sie ein vielversprechendes Talent genannt. Aber war es ihr auch gegeben, eines Tages reife Früchte zu tragen? Oder würde sie das bittere Schicksal von Künstlern wie Thea Gunner und Eric Boyd teilen?
Anthony Shaw bestand darauf, sie nach Hause zu bringen. Als sie schon die Clarendon Street in South Melbourne hinunterfuhren, fiel ihr plötzlich ein, daß sie ihre Bildermappe in der Galerie vergessen hatte. Auf ihre Bitte, doch besser umzudrehen und mit ihm zum Geschäft auf der Collins Street zurückzukehren, antwortete er mit den überraschenden Worten: »Machen Sie sich um Ihre Bildermappe keine Sorge, Miss Mayfield. Die bringe ich morgen mit, wenn ich Sie abholen komme.«
»Morgen abholen?« echote Moira verständnislos.
»Am Samstag findet in St. Kilda eine bedeutsame Auktion

statt. Der gesamte Besitzstand von Sir Edward Haughton, einschließlich seiner umfangreichen Kunstsammlung, kommt unter den Hammer. Ab morgen haben interessierte Bieter Gelegenheit, sich vor Ort ein Bild von den angebotenen Objekten zu machen, die dann am Samstag meistbietend versteigert werden – und das Angebot ist beachtlich«, teilte er ihr im Plauderton mit. »Sir Edward zählte nämlich einst zu den Eisenbahnbaronen dieses Landes, hat sich dann aber an der Börse in den Ruin spekuliert und vor kurzem feigen Selbstmord begangen, statt sich mannhaft den bitteren Konsequenzen seiner verantwortungslosen Spekulationen zu stellen. Die demütigende Aufgabe, den Konkurs anzumelden, das Haus zu räumen und den Auktionator zu bestellen, hat der feine Herr seiner Witwe überlassen. Aber keine Sorge, Missis Haughton wird natürlich nicht zugegen sein. Und wie mir zu Ohren gekommen ist, birgt die Kunstsammlung einige gute Stücke, die ausgezeichnet in meine Galerie passen würden. Nun, werden Sie mir den Gefallen und die Freude bereiten, mich zu dieser Auktion zu begleiten?«
»Ich fühle mich wirklich überaus geehrt und geschmeichelt, Mister Shaw …«, setzte Moira verwirrt zu einer freundlichen Ablehnung an.
Doch er gab ihr keine Gelegenheit, diese auszusprechen. »Sie nehmen also an! Na, wunderbar!« Er klatschte in die Hände, während der Vauxhall vor dem *Montford House* sanft zum Stehen kam. »Dann sehen wir uns also morgen um zehn Uhr, Miss Mayfield.«
Und bevor Moira sich fassen und etwas sagen konnte, war Percy schon ausgestiegen und hielt ihr die Tür auf. Verdutzt und mit dem seltsam trunkenen Gefühl, das wenig mit dem Rotwein im Wintergarten zu tun hatte, blickte sie dem silbergrauen Vauxhall nach, der mit Anthony Shaw im Fond wenige Augenblicke später wieder anfuhr und um die Straßenecke bog.
Hatte sie die letzten Stunden wirklich erlebt? Moira ver-

mochte es kaum zu glauben. Doch am nächsten Vormittag fuhr der Vauxhall um Punkt zehn Uhr wieder vor, um sie und Anthony Shaw zur Auktion nach St. Kilda zu bringen.

Zum Mittagessen lud der Galerist sie in das *Vienna Café* ein, das nahe der langen Pier lag und dessen Klientel aus der gehobenen Bürgerschicht kam. Von ihrem mit weißem Damast gedeckten Fenstertisch aus hatte man einen ausgezeichneten Blick auf die Hobson Bay.

»So, und nun wollen wir endlich von Ihnen reden, Miss Mayfield«, sagte Anthony Shaw, nachdem er die Bestellung für sie beide aufgegeben und der Kellner als Aperitif einen trockenen Sherry gebracht hatte. »Vor allem auch darüber, was ich für Sie tun kann.«

FÜNFTES KAPITEL

Was Anthony Shaw für sie tat, hätte Moira sich nicht einmal in ihren kühnsten Träumen zu erhoffen gewagt. Daß er ihr ein Empfehlungsschreiben für die Aufnahmekommission der *Royal National Gallery School* ausstellte und sie beriet, welche ihrer Arbeiten sie als Portfolio zusammen mit seinem emphatischen Schreiben einreichen sollte, war nur der Beginn seiner Unterstützung und kennzeichnete sein persönliches Interesse an ihr.

Schon in den ersten Tagen ihrer Bekanntschaft fragte er sie ohne Umschweife nach ihren Ersparnissen, deren Summe Moira ihm nicht ohne Stolz nannte. An die Stelle von Stolz traten jedoch schnell Ernüchterung und Bedrückung, als er eine Liste all jener Fixkosten aufstellte, mit denen sie während des mehrjährigen Studiums rechnen mußte – zusätzlich zu den normalen Ausgaben für einen bescheidenen Lebensunterhalt. Seine Aufstellung ergab nämlich, daß ihre Ersparnisse kaum für ein einziges Jahr reichten, geschweige denn für die gesamte Studiendauer.

»Dann werde ich mir eben eine bedeutend billigere Unterkunft als das *Montford House* suchen und jede Arbeit annehmen, die ich finden kann!« erklärte Moira unbeirrt, behielt jedoch ihre feste Hoffnung, daß Adrian bald nachkam und sie gemeinsam schon ihr Auskommen finden würden, für sich. »Notfalls mache ich eben nachts Schichtarbeit in der Fabrik.«

Anthony Shaw ersparte ihr sowohl den Umzug in eine der billigen Absteigen als auch die schäbig bezahlte Schinderei in einer Fabrik oder Wäscherei. »Es gibt einen beachtlichen Markt für gefällige Gebrauchsmalerei, mit der man sich, das nötige Handwerk vorausgesetzt, ganz ordentlich über Wasser halten kann. Man muß nur die richtigen Beziehungen zu den Geschäften haben, die ein nettes Aquarell für eine halbe Krone ankaufen, es in einen Rahmen für ein paar Shilling stecken – und das Ganze dann problemlos für eine Guinea an den Mann bringen«, sagte er und verschaffte ihr diese nötigen Beziehungen.

Seine Rolle als ihr einflußreicher Mentor erschöpfte sich jedoch nicht darin, ihr zur Aufnahme an der *Royal National Gallery School* und zu einem bescheidenen, aber relativ sicheren Nebeneinkommen zu verhelfen. Er nahm sich ihrer vielmehr wie ein guter Freund oder Verwandter an, der es sich zudem leisten konnte, ein junges Talent zu fördern. Und Missis Montford war nach einem diskreten Gespräch mit Anthony Shaw unter vier Augen schnell davon überzeugt, daß Moira sich in seiner Begleitung in bester Gesellschaft befand, wie sie sie sich für alle ihre Schützling wünschte. Daß Anthony Shaw zudem noch weitläufig mit Schwester Johanna verwandt war, für die Missis Montford eine ähnlich große Verehrung hegte wie Moira, besaß zusätzliches Gewicht. Und so fiel es ihr nicht schwer, Moira unter ihren Schützlingen, wie sie ihre unverheirateten Pensionsgäste gern nannte, eine Sonderstellung einzuräumen, was ihre strikten Ausgangszeiten anging.

Mit dem Einbruch der kühlen Jahreszeit hatte in Melbourne die neue gesellschaftliche Saison begonnen. Das kulturbegeisterte Bürgertum und die ausgeprägte Boheme der Stadt stürzten sich mit der ihr eigenen Begeisterung in den bunten, aufregenden Reigen von Theater- und Opernaufführungen, Bällen und vielen anderen kulturellen und gesellschaftlichen Veranstaltungen. Und Anthony Shaw eröffnete Moira diese faszinierende, glitzernde Welt, indem er sie regelmäßig in seine Opernloge einlud, mit ihr die Gastspiele berühmter ausländischer Theaterensembles und Orchester besuchte und sie zu festlichen Bällen und zu Partys der Boheme mitnahm.

Moira war überwältigt von der Aufmerksamkeit, die dieser renommierte Kunstgalerist ihr schenkte, zumal er sie mit einer bezaubernden Mischung aus weltmännischem Charme und gentlemanliker Zurückhaltung behandelte. Manchmal hatte sie das bewegende Gefühl, daß er in ihr so etwas wie eine Tochter sah, mit der er sich voller Stolz schmückte. Das machte es ihr auch leichter, seinem Drängen nachzugeben, sie mit einigen wunderschönen Kleidern auszustatten, damit sie sich in den Kreisen, in denen er sich bewegte, mit ihrer allzu einfachen und auf praktischen Nutzen ausgerichteten Garderobe nicht fehl am Platze fühlte. Und was lernte sie nicht für interessante und außergewöhnliche Leute kennen! Daß Moira ihre anfänglichen Bedenken und Hemmungen überwand und sich mit jeder Woche mehr auf ihre Verabredungen mit Anthony Shaw freute, hatte aber auch nicht unwesentlich mit Adrians Reaktion auf ihre Briefe zu tun. In den ersten Wochen nach ihrem Wiedersehen mit Anthony Shaw hatte sie im Abstand von jeweils acht, neun Tagen insgesamt drei Briefe an Adrian abgeschickt. Darin, insbesondere im ersten, hatte sie ihm mit großer Begeisterung berichtet, daß ihre Aufnahme an der *Royal National Gallery School* sicher war, wie ihrem Mentor von einem seiner Freunde im Aufnahmekomitee inoffiziell bereits mitgeteilt worden war, und daß sie also Mitte Oktober, wenn das neue Semester begann, ihr Studium aufnehmen würde. Sie hatte ihm auch geschildert, wie wunderbar aufregend das Leben in Melbourne war und daß sie dank Anthony Shaws Vermittlung durch regelmäßige Verkäufe von gefälligen Stilleben und Landschaftsbildern mit einem relativ sicheren Einkommen rechnen konnte. Ja, und sie hatte ihm auch wortreich mitgeteilt, daß sie ihn liebte und sich schrecklich nach ihm sehnte, aber daß ihre Zukunft nicht in River Bend lag, sondern hier in Melbourne, wo *ihnen beiden* alle Möglichkeiten offenstanden, ihr Glück zu machen. Daß sich ihre Tage inzwischen wieder eingestellt hatten und er sich keine Sorgen mehr

wegen einer möglichen Schwangerschaft zu machen brauchte, teilte sie ihm dagegen nicht mit.
Moira hatte auf eine umgehende Antwort gehofft – und wurde bei ihrem ersten Brief auch nicht enttäuscht, denn Adrians Antwort erfolgte prompt. Sein Schreiben bestand jedoch nur aus drei offensichtlich wütend quer über das Blatt hingeworfenen Zeilen, die da lauteten: *Alles, was es noch zu sagen oder zu schreiben gab, kannst Du in meinem ersten Brief an Dich nachlesen! Daran hat sich und daran wird sich auch nichts ändern! In Liebe, Dein Adrian*
Von wegen »In Liebe, Dein Adrian«!
Moira fühlte sich wie geohrfeigt, als sie seine ebenso kurze wie verletzende Antwort in Händen hielt. Dennoch rang sie sich in den folgenden Wochen dazu durch, Adrian noch zweimal zu schreiben und ihn zu beschwören, ihre Liebe nicht zu verraten und so bald wie möglich zu ihr nach Melbourne zu kommen. Den dritten Brief beendete sie mit einem indirekten Ultimatum, nämlich mit der Beteuerung, daß sie alles in ihrer Macht Stehende getan habe und daß es nun an ihm sei, sich endgültig für oder gegen sie zu entscheiden. Wenn er nichts mehr von sich hören lasse, werde dies definitiv ihr letzter Brief sein.
Adrian zeigte sich von ihrer Drohung völlig unbeeindruckt und reagierte überhaupt nicht auf ihre letzten beiden Briefe. Weder rief er im *Montford House* an, noch schrieb er ihr zurück. Er kaum auch nicht nach Melbourne. Daß er jedoch nicht krank war, sondern bei bester Gesundheit, erfuhr sie aus den Briefen ihrer Mutter, die voller Besorgnis und Vorwürfe waren. Sie und Onkel William standen eindeutig auf Adrians Seite und zeigten keinerlei Verständnis dafür, daß sie ihn und River Bend verlassen hatte. Nichts, kein noch so großes Talent, vermochte diese Entscheidung in ihren Augen zu rechtfertigen. Und auf Träume, die wie bei Moira mit aller Kraft danach drängten, verwirklicht zu werden, gaben sie schon gar nichts. Die bescheidenen, aber sicheren Früchte

eines arbeitsamen Lebens zählten für sie mehr als jede noch so große Chance, eines Tages nach zähem Kampf ein hochgestecktes Ziel zu erreichen, etwas Besonderes zu leisten und sich aus der alltäglichen Mittelmäßigkeit zu erheben.
Anthony Shaw hielt den Traum in Moira nicht nur lebendig, sondern gab ihm jedesmal neue Nahrung, wenn er mit ihr die prunkvollen Räume der Nationalgalerie sowie andere Gemäldeausstellungen aufsuchte und ihr in diesen Stunden mehr über Kunst und Kunstgeschichte beibrachte, als sie aus Büchern lernen konnte.
»Du hast einen angeborenen Blick für Kunst, Moira!« stellte er mehr als einmal bewundernd und zu ihrer großen Freude fest. »Vielleicht solltest du dich nicht darauf versteifen, selbst Malerin zu werden, sondern eine Karriere als Galeristen ins Auge fassen!«
Mit den Wochen und Monaten, die vergingen, wuchs in ihr das berauschende Gefühl, den provinziellen Schatten von River Bend abgeschüttelt zu haben und endlich in dem Licht jener Welt zu stehen, wo sie wachsen und blühen konnte und wonach sie all die Jahre gehungert hatte.
Schmerz und Erbitterung über Adrians Verhalten, das für sie feiger Verrat an ihrer Liebe war und sie an der wahren Tiefe ihrer Gefühle zweifeln ließ, führten zudem unweigerlich dazu, daß Moira immer empfänglicher für Anthonys Charme und Zuneigung wurde. In ihrem Hinterkopf begannen sich verlockende Gedanken und Vorstellungen zu formen, wie es wohl sein mochte, ein Leben an seiner Seite zu führen. Ließ er denn nicht immer wieder durchscheinen, daß sie für eine Karriere als Galeristen von Natur aus prädestiniert sei? Und damit meinte er ganz bestimmt nicht, daß er sie sich als seine *geschäftliche* Partnerin vorstellen konnte, obwohl sie bestimmt auch in dieser Beziehung ein gutes Paar abgeben würden. Hinter seinen Worten und seinem ganzen Verhalten steckte mehr, nämlich das dezente, geduldige Werben eines wahrhaftigen Gentleman, der sich und ihr viel Zeit gab – wohl weil

er befürchtete, sie bei zu forschem Vorgehen zu verlieren. Bestimmt machte er sich auch wegen ihres Altersunterschiedes ernste Gedanken.
Die Szenarien, die sie sich in langen schlaflosen Nächten ausmalte, wurden immer lebendiger, vertrauter und im wahrsten Sinne des Wortes immer begehrenswerter. In ihr wuchs sogar ein körperliches Verlangen nach ihm. Sie wünschte immer drängender, daß Anthony endlich seine ritterliche Zurückhaltung aufgab und ihr mutiger seine Zuneigung zeigte. Denn sie spürte, daß Anthony zu großer Leidenschaft und Hingabe fähig war. Und der Altersunterschied hatte bei ihnen nichts zu sagen. Sie waren zwei verwandte Seelen, und sie war sicher, daß sie einander auch körperlich ein großes Maß an Erfüllung bereiten konnten. Und wenn dem so war, warum sollte er sich dann nicht für sie scheiden lassen?
Daß Anthony verheiratet war und daß seine Ehe mit Regina nur auf dem Papier existierte, wußte sie von Harris Sutcliff, der sein Anwaltsbüro auf derselben Straße hatte wie Anthony seine Galerie. Dr. Harris Sutcliff, einer der besten Freunde von Anthony, war trotz seiner zweiundfünfzig Jahre noch ein exzellenter Reiter und Florettfechter. Eine daumenlange Narbe gab seinem scharfgeschnittenen, aristokratischen Gesicht eine zusätzlich markante Note.
»Die leidenschaftlichsten Momente in der Ehe von Anthony und Regina fanden noch vor ihrer Trauung statt – und zwar in meiner Kanzlei, als sie über die Details ihres Ehevertrages gefeilscht haben«, hatte Harris Sutcliff ihr bei einem Fest anvertraut, als ihm der viele Brandy und Champagner schon Schwierigkeiten mit der Artikulation gemacht hatte. »Weder haben die beiden bisher auch nur einmal gemeinsam ein Bett geteilt noch einander nackt gesehen, wie mir Anthony selbst gestanden hat. Nein, diese Ehe ist fauler Zauber und so trocken wie der Sand, den sie der Gesellschaft damit in die Augen streuen wollen... wenn Sie junges Unschuldslamm verstehen, was ich meine.«

Moira hatte beteuert, ihn nur zu gut zu verstehen. Nur mit seinem unverhohlenen Spott, der seinen letzten Satz begleitet hatte, wußte sie nichts anzufangen. Aber sie machte sich darüber weiter keine Gedanken. Denn ein Mann, der schon so gut wie betrunken war, sagte eben nicht nur die Wahrheit, sondern manchmal auch noch einigen Unsinn.
Anthony selbst erwähnte seine Ehefrau mit keinem Wort. Und es fand sich auch nicht ein einziges Bild von ihr in seinem herrschaftlichen Haus, das in einer ruhigen Nebenstraße der St. Kilda Road lag und oft Ort fröhlicher Feste mit bunt gemischter, manchmal sogar sehr extravaganter Gesellschaft war. Wie Moira einer Anspielung hier und einer kurzen Bemerkung da entnehmen konnte, befand sich Regina Shaw häufig und mit Vorliebe auf Reisen. Und wenn sie sich einmal in Melbourne aufhielt, dann nie für länger als ein paar Wochen. Vor dem Krieg hatten lange Aufenthalte in Europa und Ägypten, stets begleitet von ihrer Gesellschafterin Jennifer Rhodes und irgendwelchen befreundeten Paaren, zu ihrem normalen Lebensstil gehört. Diesen würde sie nun wieder aufnehmen, nachdem der Weltkrieg mit der Unterzeichnung des Friedensvertrags am 28. Juni in Versailles sein Ende gefunden hatte.
In diesen Wintermonaten des Jahres 1919 hielt Regina Shaw sich mit ihrer Gesellschafterin bei ihrer chronisch kränkelnden Schwester in Brisbane auf, wo das Wetter milder war als in Melbourne, und bereitete ihre nächste große Auslandsreise vor.
Nein, Moira sah Regina Shaw nicht als Hindernis. Eine Ehe, die nur auf dem Papier bestand, konnte auch durch Papier wieder aufgelöst werden, wenn der Wille dazu bei Anthony gegeben war. Und dieser Wille würde zweifellos vorhanden sein, wenn sie ihn erst dazu gebracht hatte, seine liebenswürdige Scheu abzulegen und sie als Frau kennenzulernen, die bereit war, ihm weit mehr als nur ihre reizende Gesellschaft bei Veranstaltungen aller Art zu schenken.

Moira faßte diesen Entschluß am letzten Augusttag nach einem langen, gedankenvollen Spaziergang durch die Orangerie des Botanischen Gartens. Doch dann kam der 5. Oktober, der die folgenschwere Anklage von Julian Sutherland brachte – sowie Moira und Anthony in die Schlagzeilen der Presse.

An diesem ersten Freitag im Oktober, dem ersten wirklich sonnig warmen Frühlingstag des Jahres, wurde zum Abschluß der Saison erstmalig seit dem Winter 1914 wieder eine Wagneroper aufgeführt. Auf dem Spielplan stand *Tannhäuser*. Der neue Spielplan wurde in der Presse von einigen übereifrigen Patrioten wegen der »Teutonen-Oper« scharf kritisiert. Glücklicherweise behielten aber jene Gegenkräfte die Oberhand, die darauf verwiesen, daß Australien und seine Verbündeten nicht gegen die deutsche Kultur, sondern gegen die Armeen des Kaisers Krieg geführt hatten.
Wegen der Länge der gut fünfstündigen Oper hatten Anthony und seine Freunde beschlossen, diesmal nicht wie sonst nach der Vorstellung zum Abendessen zu gehen, sondern sich schon am frühen Nachmittag im Haus des Galeristen zu treffen und sich dort für Wagners Monumentalwerk zu kräftigen – mit Champagner und einer reichen Auswahl köstlicher Kanapees, die der Partyservice vom *Hotel Australia* auf Silberplatten anlieferte.
Es war gegen halb fünf und die Party war noch keine volle Stunde im Gange, als die beiden zivilen Kriminalbeamten Alvin Steuben und Pat Moreland eintrafen. Moira hörte das melodische Klingeln der Türschelle und kam wenige Augenblicke später aus der Toilette, die sich in einem Seitengang neben der breiten Treppe ins Obergeschoß befand. Sie wollte schon die mit Teppichen ausgelegte Halle durchqueren und zu den anderen Gästen im großen Salon zurückkehren, deren fröhliches Stimmengewirr gedämpft durch die hohen, zuge-

zogenen Kassettentüren drang, als sie die beiden schlicht gekleideten Männer bemerkte, die im Vestibül standen und mit Anthony sprachen.

»Das ist ja lächerlich!« hörte sie ihn rufen. Aus seiner Stimme sprach jedoch nicht nur Empörung, sondern auch Erschrecken. »Das ist eine infame Lüge!«

»Detective Moreland und ich finden diese Anklage alles andere als lächerlich, Mister Shaw!« erwiderte Alvin Steuben, ein breitschultriger Mann mit kantigen Gesichtszügen. »Sodomie ist ein schweres Vergehen, auch ohne den Tatbestand der Vergewaltigung. Und wer hier lügt, das wird sich vor Gericht zeigen!«

Harris Sutcliff kam aus Anthonys Arbeitszimmer, wo er ein Telefongespräch geführt hatte. »Was geht hier vor, Anthony?« hörte Moira ihn alarmiert fragen, während sie selbst im Halbdunkel des Flurs verharrte. »Ich bin Dr. Sutcliff, Freund und Anwalt von Mister Shaw.«

»Detective Alvin Steuben«, sagte der breitschultrige und ältere der beiden Kriminalbeamten. »Und das ist mein Kollege Detective Pat Moreland.«

»Julian Sutherland hat mich angezeigt!« stieß Anthony entrüstet hervor. »Angeblich habe ich gestern nachmittag versucht, ihn hier in meinem Haus zu vergewaltigen! Dieser verdammte Bastard will sich dafür rächen, daß ich seinem gemeinen Erpressungsversuch nicht nachgegeben habe! Dabei hat er vor Wochen das letztemal seinen Fuß in dieses Haus gesetzt.«

»Wenn Sie Zeugen für Ihre Aussage haben, brauchen Sie sich ja nicht so aufzuregen, Mister Shaw«, sagte Steuben. »Und was diesen angeblichen Erpressungsversuch betrifft …«

»Natürlich habe ich keine Zeugen!« fiel Anthony ihm erregt ins Wort. »Dieser Dreckskerl hat genau gewußt, daß meine Angestellten gestern ihren freien Tag hatten und ich bis um halb neun allein im Haus war. Er hat mich sogar hier angerufen, um ganz sicher zu sein! Noch keine achtzehn und schon so verdorben wie ein morphinsüchtiger Stricher!«

»Zumindest behaupten Sie nicht, Mister Julian Sutherland sei Ihnen unbekannt!« stellte Moreland bissig fest.

»Ich *behaupte* gar nichts, Detective!« antwortete Anthony wutentbrannt. »Im Gegensatz zu diesem Dreckskerl sage ich die Wahrheit! Und ich verbitte mir jede Unterstellung von Ihnen, meine Herren!«

»Sie werden reichlich Gelegenheit bekommen, uns von Ihrer Wahrheit zu überzeugen, Mister Shaw«, entgegnete Detective Steuben völlig unbeeindruckt. »Das Protokoll Ihrer Aussage werden wir jedoch nicht hier, sondern im Polizeipräsidium aufnehmen.«

Mit wachsendem Entsetzen hatte Moira dem Wortwechsel der vier Männern gelauscht. Aber so erschreckend und verstörend die Angelegenheit auch klang, so zweifelte sie doch nicht eine Sekunde daran, daß Anthony die Wahrheit sagte. Natürlich war diese Anzeige eine infame Lüge, die seinen guten Ruf ruinieren konnte, wenn sie an die Öffentlichkeit drang! Er sollte versucht haben, einen jungen *Mann* zu vergewaltigen? Was für eine abstoßende, absurde Vorstellung!

Plötzlich durchfuhr sie blitzartig der Gedanke, daß dies die Gelegenheit war, um Anthony einen kleinen Teil ihrer Schuld zurückzuzahlen und ihm zudem zu zeigen, daß er in jeder Situation auf sie zählen konnte – und wie sehr sie sich ihm schon verbunden fühlte. Dafür wollte sie auch die Demütigung durch diese Detectives ertragen. Aber was kümmerte sie, was diese Männer von ihr dachten, die sie vermutlich nie wiedersehen würde, wenn sie nur Anthony vor einem schrecklichen Skandal bewahren konnte?

Mit klopfendem Herzen, aber fest in ihrem Entschluß, trat Moira nun aus dem Flur in die Halle. »Diese Anklage ist in der Tat eine infame Lüge«, sagte sie, während sie auf die Männer zuging, die sich nun überrascht zu ihr umwandten. »Und ich kann es beweisen, denn ich habe den gestrigen

Nachmittag und frühen Abend hier mit Mister Shaw verbracht, von halb fünf bis um sieben Uhr, wenn Sie es genau wissen wollen.«

Anthony sah sie entsetzt an. »Um Gottes willen, halte dich da heraus, Moira!« beschwor er sie.

Detective Steuben trat schnell zwischen ihn und Moira. »Darf ich fragen, wer Sie sind?«

»Mein Name ist Moira Mayfield, und ich kann wie gesagt bezeugen, daß es gestern nachmittag in diesem Haus keine Vergewaltigung gegeben hat!« antwortete sie mit fester Stimme. »Genügt Ihnen das, Detective?«

Er schien ihre spitze Frage gar nicht zur Kenntnis genommen zu haben. »Miss oder Missis Mayfield?«

»*Miss* Mayfield.«

Steuben sah sie mißtrauisch an. »Aha, und Sie wollen Ihrem Freund also ein Alibi verschaffen, *Miss* Mayfield«, stellte er süffisant fest. »Aber wie erklären Sie sich, daß Mister Shaw sich gar nicht daran erinnern kann, daß sich gestern zur fraglichen Zeit außer ihm noch jemand im Haus befunden hat? Haben Sie sich vielleicht so gut versteckt, Miss Mayfield?«

Sein Kollege lachte trocken auf.

»Moira, tu es nicht!« rief Anthony eindringlich. »Halt den Mund, um Gottes willen! Du stürzt dich ins Unglück! »

Steuben wandte sich abrupt um. »Pat, führe Mister Shaw schon nach draußen zum Wagen!« befahl er mit schneidender Stimme.

Sutcliff protestierte.

»Sein Anwalt kann ihn gern begleiten, Pat. Aber wenn Mister Shaw sich weigert oder weiterhin versucht, unsere Arbeit zu behindern und mögliche Zeugen zu beeinflussen, leg ihm Handschellen an.«

»Moira, bitte!« flüsterte Anthony noch mit plötzlich kalkweißem Gesicht, während Detective Moreland die Tür aufriß und ihn recht unsanft aus dem Haus schob.

Sutcliff zögerte sichtlich, ob er Anthony folgen oder im Haus bleiben sollte. Er entschied sich für letzteres.
Steuben drehte sich nun wieder zu Moira um. »Nun haben Sie meine ungeteilte Aufmerksamkeit«, sagte er sarkastisch. »Und ich erwarte Ihre Antwort voller Spannung, Miss Mayfield! Warum, bitte schön, deckt sich Mister Shaws Aussage nicht mit Ihrer Beteuerung, zur fraglichen Zeit zugegen gewesen zu sein?«
Moira schluckte. »Anthony wollte mich nicht kompromittieren. Deshalb hat er verschwiegen, daß ich den freien Tag seiner Angestellten dazu genutzt habe, um einige ungestörte Stunden bei ihm sein zu können.«
»Darf ich fragen, was genau Sie mit ›bei ihm sein‹ meinen?« fragte der Detective mit hochgezogenen Augenbrauen.
»Als seine Geliebte«, antwortete Moira leise, wich seinem stechenden Blick jedoch nicht aus. Sie dankte im stillen der Vorsehung, die sie gestern nachmittag dazu gebracht hatte, sich ganz allein im Lichtspieltheater auf der Bourke Street den neuen Stummfilm *The Sentimental Bloke* anzuschauen. Von dort war sie erst um halb acht ins *Montford House* zurückgekehrt.
»Als seine ehebrecherische Geliebte wie in ›Die verlorene Unschuld der Moira Mayfield‹?« fragte er mit beißendem Spott.
Ihr Gesicht begann unter seinem Blick zu glühen. »Ja, Sie haben mich richtig verstanden!«
»Und das sind Sie auch auf Ihren Eid zu nehmen bereit?« bohrte der Detective nach.
»Selbstverständlich, denn es ist die Wahrheit.«
»Gut, ich werde Ihnen Gelegenheit geben, Ihre Aussage und die Antworten auf einige zusätzliche Fragen, die ich noch habe, unter Eid abzugeben. Denn so leicht werden wir es Ihnen nicht machen, Ihrem Freund möglicherweise ein Gefälligkeitsalibi zu verschaffen!« teilte ihr Steuben argwöhnisch mit.

Sutcliff gab einen gequälten Laut von sich. »O mein Gott, das macht die Katastrophe komplett«, murmelte er und warf ihr kopfschüttelnd einen verständnislosen Blick zu.
»Ich werde einen zweiten Wagen brauchen. Wo kann ich hier telefonieren?« fragte Steuben.
»Dort drüben im Arbeitszimmer von Mister Shaw.« Sutcliff wies mit verkniffener Miene auf die andere Seite der Halle.
»Danke.«
»Wenn Sie nichts dagegen haben, möchte ich jetzt gern mit Miss Mayfield unter vier Augen sprechen.«
Steuben lächelte frostig. »Das wird sich aber nicht sehr gut machen, wenn ich dem zuständigen Staatsanwalt berichten muß, daß Sie Miss Mayfield auf Ihre Aussage vorbereitet und ihr womöglich entlastende Aussagen in den Mund gelegen haben. Wenn Sie darauf bestehen, werde ich Sie natürlich nicht daran hindern. Ob Sie Ihrem Freund damit jedoch einen Gefallen tun ...«
»Ich brauche mich nicht mit Mister Sutcliff zu besprechen!« fiel Moira ihm ins Wort. Sie wollte auf keinen Fall, daß auch nur der Schatten eines Zweifels auf ihre Aussage fiel.
»Das sollten Sie besser mir überlassen!« sagte der Anwalt ärgerlich. »Ich weiß am besten, wie ich Ihre und Mister Shaws Interessen zu vertreten habe.«
»Ich habe Sie nicht um Ihren Beistand gebeten, und ich will ihn auch jetzt nicht!« beharrte Moira.
Sutcliff starrte Steuben und Moira einen Augenblick an, als wollte er im nächsten Moment explodieren. »Also gut, ganz wie Sie wollen. Es ist Ihr guter Ruf, den Sie aufs Spiel setzen«, stieß er schließlich mit verkniffener Miene hervor, und sagte zu Steuben: »Sie brauchen keinen zweiten Wagen zu bestellen. Wir können meinen nehmen. Selbstverständlich werde ich bei der Befragung meines Klienten zugegen sein!«
»Wenn Sie fahren und Miss Mayfield hinter uns sitzt, nehme ich Ihr Angebot gern an«, sagte Steuben.
Sutcliff nickte knapp. »Geben Sie mir nur einen Augenblick.

Mister Shaw hat Gäste. Ich muß ihnen mitteilen, daß er in einer sehr persönlichen Angelegenheit aus dem Haus gerufen worden ist, sowie dem Personal einige Anweisungen geben.«
»Ich bin nicht in Eile«, sagte Steuben gnädig.
Harris Sutcliff verschwand in Richtung Küchenräume und kehrte wenige Minuten später wieder zu ihnen zurück. Er brachte Moiras perlfarbene Stola mit, hielt jedoch auch noch sein silbernes Zigarettenetui in der Hand. »Stola und Zigarettenetui, beides hätten Sie beinahe vergessen«, sagte er knurrig und drückte ihr beides recht grob in die Hand.
»Ja, aber ...«, setzte Moira zu dem Einwand an, daß dies doch sein Zigarettenetui war und sie doch gar nicht rauchte, wie er sehr wohl wußte.
Doch dann fing sie seinen beschwörenden Blick auf und begriff, daß er sehr genau wußte, was er tat. Er wollte, daß sie das Etui an sich nahm und so tat, als gehörte es ihr. Und das ließ nur einen logischen Schluß zu: Es enthielt eine wichtige Nachricht für sie, von der Steuben nichts wissen durfte!
»Ich weiß, Ihr Feuerzeug muß auch noch irgendwo im Salon liegen, aber dafür ist jetzt keine Zeit. Sie werden sich mit der Schachtel Streichhölzer begnügen müssen, die ich noch irgendwo im Auto liegen habe«, schnitt er ihr scheinbar unfreundlich das Wort ab und wandte ihr schroff den Rücken zu. »Gehen wir!«
Anthony saß schon im zivilen Polizeiwagen, der auf ein Zeichen von Steuben hin sofort losfuhr. Im Auto des Anwalts, einem laut ratternden Austin, setzte sie sich direkt hinter den Beifahrersitz, so daß Steuben sie nicht im Auge behalten konnte. Und während Sutcliff sie in die Stadt fuhr und sich dabei wortreich bei Steuben darüber beschwerte, daß Anthony Shaw so rüde zu einer Vernehmung aufs Präsidium abgeholt worden war, klappte Moira in ihrem Schoß das silberne Etui auf. Sie fand ihre Vermutung bestätigt. Statt Zigaretten enthielt es einen zusammengefalteten Zettel. Vorsichtig faltete sie ihn auseinander und las die hastig hingekrit-

zelte Nachricht des Anwalts: *Wenn Sie Anthony helfen wollen, tun Sie es richtig oder gar nicht! Verweigern Sie jede weitere Aussage, wenn Sie glauben, es nicht durchhalten zu können. Damit schaden Sie ihm und sich am wenigstens. Ansonsten: Keine*, absolut keine *Details über Ihre Affäre, was Dauer etc. angeht! Ziehen Sie sich auf Diskretion zurück. Niemand kann Sie zwingen, mehr preiszugeben, als Sie wollen. Damit man Ihrer Aussage bezüglich Alibi gestern nachmittag Glauben schenkt, wird man jedoch gewissermaßen Beweise wollen, daß Sie tatsächlich mit ihm intim gewesen sind. Nennen Sie nur zwei: daß A. beschnitten ist und ein pennygroßes, winkelförmiges Muttermal links in der Leistengegend hat. Kein weiteres Wort mehr! Und lassen Sie sofort den Zettel verschwinden, wenn Sie ihn gelesen haben. Kauen und runterschlucken. Verfangen Sie sich, um Gottes willen, bloß nicht in Details! Nochmals: Zettel SOFORT vernichten!!!*

Als Moira las, welch genaues Wissen Harris Sutcliff über Anthonys intime Anatomie besaß, beschlich sie ein unangenehmes Gefühl. Sie verdrängte jedoch mit aller Macht die verstörenden Gedanken, die sich ihr plötzlich aufdrängten, rollte den Zettel zu einem kleinen Papierball zusammen, steckte ihn in den Mund und zerkaute ihn zu Brei, den sie hinunterschluckte.

Ihr brach der Schweiß aus, als ihr zum erstenmal halbwegs klar zu Bewußtsein kam, auf was sie sich da eingelassen hatte. Übelkeit stieg wie bittere Galle in ihr auf, und sie hatte Mühe, diesem Reiz nicht nachzugeben.

Im Polizeipräsidium wurde Moira getrennt von Anthony zur Sache befragt. Sie hielt sich strikt an Sutcliffs geheime Anweisung, keine Details zu nennen und sich dadurch vor Widersprüchen und einer Anklage wegen Meineides zu bewahren. Steuben und seine Kollegen ließen sie erst über eine Stunde in einem fast kahlen Zimmer warten, wohl um ihre Nervosität zu steigern und sie mürbe zu machen. Als sie endlich Gelegenheit bekam, ihre Aussage unter Eid zu Protokoll zu geben, da behandelten die anwesenden Beamten sie mit einer kühlen Höflichkeit, die keinen Zweifel darüber ließ, welche Geringschätzung sie für sie empfanden. In ihren Augen war sie bestenfalls ein leichtes Flittchen, das für jeden, der ihr Champagner spendierte und ein paar hübsche Kleider kaufte, zu haben war. Moira bewahrte jedoch trotz der demütigenden Situation Haltung. Nur als sie auf die skeptischen Nachfragen von Steuben zu den beiden intimen Details kam, die Harris Sutcliff ihr mitgeteilt hatte, da versagte ihr fast die Stimme.

Endlich hatte die Tortur ein Ende. Sie setzte ihre Unterschrift unter das Protokoll und durfte das Präsidium verlassen. Als sie jedoch aus dem Zimmer stürzte und die breite Treppe hinunterlief, da wurde sie plötzlich von den Blitzlichtern mehrerer Fotoapparate geblendet. Jemand hatte den Reportern der großen Melbourner Zeitungen einen Tip gegeben. In diesem Moment begriff Moira entsetzt ihren schrecklichen Irrtum. Nichts war vorbei. Das Spießrutenlaufen hatte gerade erst begonnen.

Die Reporter umdrängten Moira wie eine Meute Bluthunde und überboten sich gegenseitig mit Fragen, die weder Scham noch Rücksicht kannten.

»Wann haben Sie sich Mister Shaw das erstemal hingegeben, Miss Mayfield?«

»Hat er Sie verführt oder Sie ihn?«

»Was sagen Sie zu den Gerüchten, daß Mister Shaw mehr seinem eigenen Geschlecht als Frauen zugeneigt sein soll? Oder haben Sie ihn erst davon kuriert?«

»Hat Mister Shaw Sie ausgehalten?«

Wie Peitschenhiebe prasselten die Fragen auf sie herab. Ihr war, als würde man ihr in aller Öffentlichkeit die Kleider vom Leib reißen und sie dann ob ihrer nackten Hilflosigkeit auch noch verhöhnen. Sie wünschte, der Boden würde sich unter ihr auftun und sie verschlingen.

Sutcliff tauchte plötzlich auf, stieß zwei der Sensationsjournalisten grob zur Seite und packte Moira am Arm. »Kommen Sie, draußen wartet mein Wagen!« zischte er ihr zu, während erneut Blitzlichter aufflammten. »Und kein Wort zu den Reportern! Weder jetzt noch zu irgendeiner anderen Stunde!«
Moira nickte nur und lief gesenkten Kopfes mit ihm über die Straße, wo sein Austin geparkt stand. Die Reporter verfolgten sie bis zum Wagen.
»Haben Sie sich an das gehalten, was ich Ihnen aufgeschrieben habe?« wollte Sutcliff wissen, als sie die Reporter und das Polizeipräsidium hinter sich gelassen hatten und die Elizabeth Street hinauffuhren.
»Ja«, antwortete sie mit zitternder Stimme.
»Dann haben Sie wenigstens in dieser Hinsicht Vernunft bewiesen!« sagte er erleichtert, aber nicht eben freundlich.
»Stimmt es, was ... was man über Anthony sagt?«
»Diese Anzeige wegen versuchter Vergewaltigung ist von vorn bis hinten erstunken und erlogen! Anthony würde keiner Fliege etwas zuleide tun. Und dieser skrupellose Charakterlump mit dem Gesicht eines Engels wollte sich damit doch nur für seinen gescheiterten Erpressungsversuch rächen und zugleich seine einflußreiche Familie bloßstellen. Denn er hat sich nämlich mit seinem Vater, der für das Bürgermeisteramt kandidiert, wegen seiner zügellosen Spielleidenschaft und anderer Dinge überworfen. Er hat wohl geglaubt –«
»Das meinte ich nicht«, unterbrach Moira ihn. »Dieser Julian interessiert mich nicht. Ich möchte wissen, ob diese Gerüchte über Anthony der Wahrheit entsprechen ... Sie wissen schon, was ich meine!« Sie biß sich auf die Unterlippe, daß es schmerzte.
Er atmete laut aus. »Ich habe Ihnen mehr als einmal zu verstehen gegeben, daß Anthony zwar die Gesellschaft von Frauen liebt, aber nicht in seinem Schlafzimmer«, antwortete Sutcliff gereizt. »Sie haben oder wollten es jedoch offenbar nicht begreifen.«

Die häßliche Wahrheit raubte ihr fast das Bewußtsein. Sie klammerte sich am Türgriff fest. Und sie hatte geglaubt, die zweite Missis Shaw werden zu können. Dabei war er seinem eigenen Geschlecht verfallen!
»Warum haben Sie heute nachmittag nicht auf meine und Anthonys eindringliche Warnungen gehört, sich aus dieser brisanten Sache herauszuhalten?« Unbeherrscht schlug er mit der Hand aufs Lenkrad. »Ich hätte diese häßliche Geschichte schon irgendwie aus der Welt geschafft und Julian dazu bekommen, seine Anzeige zurückzuziehen. Aber nein, Sie mußten ja unbedingt so einfältig sein, sich als seine Geliebte auszugeben! Mein Gott, ich will gar nicht darüber nachdenken, was für idiotische Gedanken und Motiven Ihnen wohl vorher durch den Kopf gegangen sind!«
»Ich ... wußte doch nicht ... ich wollte ihm ... beistehen, weil ich ... an seine Unschuld glaube!« antwortete sie stockend und mit tränenerstickter Stimme. »Und nach ... meiner Aussage ... wird es nun zu keiner Anklage kommen.«
Er lachte sarkastisch auf. »Ja, und gleichzeitig haben Sie Ihren eigenen Ruf ruiniert! Das nennt man einen Pyrrhussieg. Morgen finden Sie nämlich nicht nur Ihr Bild in allen Zeitungen Melbournes, sondern auch Ihr Geständnis, die Geliebte des bekannten Galeristen Anthony Shaw gewesen zu sein. Damit ist der Gute ebenso sicher aus dem Schneider, wie Sie hier erledigt sind. Einem Mann wie Anthony verzeiht die Gesellschaft einen Seitensprung sehr schnell, zumal man ihn zu den Künstlern rechnet. Aber an einer jungen unverheirateten Frau, die sonst nichts zu ihren Gunsten vorzuweisen hat, bleibt der Makel des Flittchens und der Ehebrecherin haften. Meinen Sie, das ist es, was Anthony für Sie gewollt hat?« hielt er ihr mit ärgerlicher Erregung vor.
Ihr liefen die Tränen über das Gesicht.
»Ins *Montford House* können Sie nicht zurück. Ich bringe Sie zu Missis Talbot, das ist die verwitwete Mutter von Missis Gardiner. Betty Talbot ist eine gute Seele und bereit, Sie

vorerst bei sich aufzunehmen«, teilte Sutcliff ihr mit. »Dort werden Sie ein paar Tage bleiben, bis sich die erste Aufregung gelegt hat.«
Betty Talbot erwies sich als eine rundliche, herzensgute Frau, die Moira in ihrem bescheidenen Heim im nördlichen Vorort Coburg ohne Vorbehalte aufnahm und ihr sogar mit abgelegten Kleidern ihrer Tochter aushalf.
Im Haus von Missis Talbot sah Moira am nächsten Tag auch Anthony wieder. Er sah entsetzlich erschöpft und mitgenommen aus, was sicherlich nicht allein an mangelndem Schlaf lag. »Es tut mir leid«, sagte er mit gebrochener Stimme. »Ich werde es mir nie verzeihen, daß ich dir das angetan habe, Moira.«
Sie zuckte scheinbar gelassen mit den Achseln. »Das ist meine eigene Schuld. Ich habe mir alles selbst zuzuschreiben. Ihr habt ja sogar noch versucht, mich zum Schweigen zu bringen.«
Er schüttelte den Kopf. »Ich hätte dich nicht im unklaren über meine ... Veranlagung lassen dürfen.«
Sie lachte bitter auf. »Ja, das wäre vielleicht recht hilfreich gewesen, dich und dein Verhalten besser zu verstehen. Aber ich nehme an, dir kam die naive Unschuld vom Land, die so leicht zu beeindrucken und zu lenken war, ja ganz gelegen, nicht wahr?«
Schuldbewußt wich er ihrem Blick aus. »Ja, das stimmt«, gestand er leise. »In letzter Zeit hielten sich hartnäckig Gerüchte über mein Privatleben, die ich gern zum Schweigen bringen wollte, und da kamst du mir anfangs in der Tat sehr gelegen. Ich wollte, daß man mich mit dir, einer hübschen jungen Frau, an meinem Arm sah. Aber die anfängliche Berechnung wurde sehr schnell zu aufrichtiger Zuneigung ... Mein Gott, ich wollte nicht, daß es so kam, Moira. Das mußt du mir glauben. Ich habe dich tatsächlich wie eine Tochter geliebt, und ich tue es noch immer!«
»Ich bin wirklich zu Tränen gerührt, Anthony!« stieß Moira

hervor und war tatsächlich den Tränen nahe, aber nicht aus Rührung.
Mit gequältem Blick sah er sie an, als sehnte er sich nach einem Wort der Vergebung. Dann zog er einen Umschlag hervor und legte ihn auf den Tisch mit der gehäkelten Decke, der zwischen ihnen stand. »Nimm das bitte.«
»Was ist in dem Umschlag?«
»Zweihundert Pfund und ein Brief von mir, der unter anderem die Adresse von einem alten Freund namens Victor White enthält, der in Sydney lebt und sich schon einen beachtlichen Ruf als Maler gemacht hat. Er kann dir sicher dabei helfen, neue Verbindungen zu knüpfen.«
»Ich nehme kein Geld von dir! Und ich will auch von deinen Freunden in Sydney nichts wissen!«
»O doch! Du wirst beides brauchen, denn hier in Melbourne hast du keine Zukunft mehr. Ich habe erfahren, daß deine Aufnahme an der Kunstschule widerrufen worden ist. Der Bescheid wird dir die nächsten Tage zugestellt. Du hast auch keine Chance, anderswo angenommen zu werden. Und die Geschäfte, denen du bisher regelmäßig ein paar Bilder verkaufen konntest, werden deine Arbeiten nicht mal mehr geschenkt nehmen. Du mußt weg von hier, und Sydney ist die einzige Stadt, die weit genug weg liegt und dir alles bietet, um deinen Weg zu machen.«
Moira wußte, daß es die Wahrheit war, dachte jedoch nicht daran, es vor ihm einzugestehen. »Und wie sieht deine Zukunft aus, Anthony? Vermutlich wirst du dich mit deinem jungen Geliebten versöhnen und deiner toleranten Ehefrau weiterhin lange Auslandsreisen finanzieren, während die Gesellschaft dieser Stadt dir wie einem unartigen Kind nur einmal kurz auf die Finger schlägt, um dich dann aber wieder gnädig in ihrer Mitte aufzunehmen«, sagte sie mit bitterem Hohn. »Denn eine Krähe hackt der anderen kein Auge aus, nicht wahr?«
Anthony wurde noch um eine Spur blasser im Gesicht.

»Nein, so billig komme auch ich nicht davon. Ich werde das Land nächste Woche verlassen, zusammen mit meiner Frau. Dora Gardiner, die sich mit der Galerie auskennt, wird für die Dauer meiner Abwesenheit die Geschäfte führen. Regina und ich werden erst nach Indien und dann nach England gehen, bis Gras über diesen Skandal gewachsen ist. Sie hat mir das Messer auf die Brust gesetzt, und mir bleibt keine andere Wahl. Deshalb mußt du auch das Geld und die Adresse an dich nehmen, Moira! Denn ich kann dir hier nicht mehr helfen. Und in Sydney kenne ich außer Victor keinen, an den du dich wenden könntest.«

»Danke für deine Hilfe, aber nach den Erfahrungen, die ich bisher damit gemacht habe, bin ich ohne sie besser dran!«

Anthony kam um den Tisch herum und legte seine Hände auf ihre Oberarme. »Ich habe Fehler gemacht, die ich mir nie verzeihen werde. Aber auch du hast Fehler begangen, die du nun nicht mehr rückgängig machen kannst. Bitte sei, um Gottes willen, wenigstens jetzt klug genug, nicht aus lächerlichem Stolz und Trotz auf mein Geld und die Hilfe zu verzichten, die Victor White dir geben kann!« beschwor er sie. »Bestraf dich nicht selbst, Moira!«

Moira funkelte ihn mit zusammengepreßten Lippen an. »Ich hoffe, deine Ehefrau bereitet dir die Hölle auf Erden! Und wage es nicht, mir noch einmal unter die Augen zu kommen!« stieß sie dann hervor, schüttelte seine Hände ab, nahm den Umschlag an sich und ging ohne ein weiteres Wort aus dem Raum.

Am späten Montag vormittag fuhr Sutcliff sie quer durch die Stadt nach South Melbourne zum *Montford House*. Er hatte am Sonntag mit Edna Montford telefoniert und Moiras Sachen eigentlich abholen lassen wollen. Doch die Pensionswirtin hatte eisig darauf bestanden, daß Moira ihr Zimer gefälligst persönlich ausräumte – jedoch zu einer Tageszeit, an dem sich keiner ihrer anderen Gäste mehr im Haus aufhielt.

Moira ahnte, warum Edna Montford sie persönlich kommen ließ. Natürlich fühlte sie sich von ihr ausgenutzt und hintergangen und brannte wohl darauf, ihr ins Gesicht zu sagen, welch ein verkommenes, verwerfliches Subjekt sie sei. Sie war jedoch nicht darauf vorbereitet, daß diese Frau ihr mit abgrundtiefem Abscheu ins Gesicht spuckte, als sie in der Tür stand.

»Hurengesindel! Dreck aus der Gosse ist noch mehr wert als du!« schleuderte sie ihr entgegen, und die roten Flecken auf ihrem Gesicht verrieten ihre Erregung. »In fünfzehn Minuten hast du deinen Dirnenplunder gepackt und bist verschwunden. Und das gilt auch für deinen Besuch!«

»Besuch?« fragte Moira verständnislos und wischte sich den Speichel vom Gesicht.

»Weiß der Himmel, warum ich ihm erlaubt habe, hier auf dich zu warten. Er sieht mir nämlich gar nicht so aus, als wollte er etwas mit einer käuflichen Schlampe zu tun haben! Aber vielleicht hast du ihn ebenso getäuscht wie mich, du verdorbenes Stück!«

Moira rannte die Treppe hoch und in ihr Zimmer. Es war Adrian, der dort auf sie wartete. Er saß am Fenster vor ihrem kleinen Sekretär. Neben ihm lagen die Zeitungen der letzten Tage, deren Schlagzeilen und Fotos ihr nur zu bekannt waren. Wie ein Blitzschlag fuhr ihr das Entsetzen in die Glieder.

»Adrian, mein Gott!«

Ohne Hast erhob er sich. Sein Gesicht zeigte keinerlei Gefühlsregung. Es wirkte erschreckend starr. »Stimmt das, was da in den Zeitungen steht?« fragte er mit rauher Stimme. »Bist du die Geliebte von diesem Anthony Shaw?«

Hastig schloß Moira die Tür hinter sich. »Nein, nichts davon ist wahr, Adrian!« flüsterte sie.

»Aber du hast deine Aussage unter Eid gemacht, so steht es zumindest in den Zeitungen!«

»Dennoch ist nie etwas zwischen uns gewesen! Nicht einmal

ein Kuß, geschweige denn … das andere«, beteuerte sie. »Ich kann dir alles erklären. Anthony …«

»Ich will nichts davon hören!« schnitt er ihr das Wort ab. »Mir genügt, was ich gestern und heute in diesen Zeitungen über dich und deinen … Gönner gelesen habe. Und wenn ich deinem Wort nicht mehr glauben kann, dann ist auch alles andere verloren.« Mit einer wütenden Bewegung fegte er die Zeitungen vom Sekretär.

»Du kannst meinem Wort glauben, das schwöre ich dir bei allem, was mir heilig ist!«

»Gut, dann laß uns gehen!« forderte er sie schroff auf. »Ich habe deine Sachen schon gepackt.«

Erst jetzt bemerkte Moira ihre beiden Koffer und die Reisetasche, die neben ihrem Bett standen. »Warte!« rief sie verstört. »Wohin wollen wir gehen?«

»Natürlich nach River Bend, wo du hingehörst!« antwortete er grimmig und nahm ihre Koffer auf. »Oder glaubst du vielleicht, ich bin nach Melbourne gekommen, um hier mein Glück auf die Art zu machen, wie du es offenbar mit diesem feinen Galeristen versucht hast?«

Moira sah ihn bestürzt an. Sie wünschte sich nichts mehr, als daß er sie in seine Arme nahm, ihr sagte, wie sehr er sie liebte und begehrte, und mit ihr in eine andere Stadt zog, um dort gemeinsam einen Neubeginn zu machen. Er aber war gekommen, um sie nach River Bend zurückzuholen. »Nicht nach River Bend, Adrian! Ich kann nicht!« stieß sie gequält hervor. Die Erinnerung an ihre Mutter, die sich geschlagen gegeben und jede Erniedrigung auf sich genommen hatte, um bei den McGregors gnädige Aufnahme und ein sicheres Auskommen zu finden, war noch immer lebendig in ihr. Und ihr schauderte bei dem Gedanken, daß auch sie eines Tages in Versuchung geraten könnte, sich geschlagen zu geben und demütig nach River Bend zurückzukehren. Nein, dies durfte niemals geschehen, wenn sie nicht ihre Selbstachtung verlieren wollte!

»Was heißt: Ich kann nicht?« brauste er auf. »Ich habe meinen Stolz überwunden und bin dir nachgereist, weil ich dich liebe und weiß, daß wir zusammengehören. Fünf Tage habe ich mit mir gerungen, *hier in Melbourne!*«
»Du bist schon seit fünf Tagen in der Stadt?« fragte Moira fassungslos.
»Ja, und jede Stunde davon war ein Kampf mit mir selbst, das kannst du mir glauben! Ich habe mit mir gerungen, ob ich nicht besser wieder nach Hause zurückkehren sollte, ohne mit dir gesprochen zu haben. Dreimal war ich schon auf dem Bahnhof und entschlossen, den nächsten Zug zu nehmen. Doch ich konnte nicht, und als ich dann am Samstag dein Bild in der Zeitung sah ....« Er holte tief Atem. »Wenn wir aus diesem Zimmer gehen, werde ich den Namen Anthony Shaw nie wieder erwähnen, du hast mein Ehrenwort. Ich werde auch nicht mehr darüber reden, daß du mich all die Monate in der Ungewißheit gelassen hast, ob ... ob du nicht vielleicht in anderen Umständen bist. Es gibt vieles, worüber wir uns in die Haare geraten können, Moira. Aber ich will nicht mit dir streiten, sondern dich nach Hause holen, dich heiraten und mit dir die Familie gründen, die du dir genauso sehnlichst wünschst wie ich!«
»Ja, aber nicht in River Bend!« Ihr Blick war wie ihre Stimme ein einziges Flehen.
Adrian kniff die Augen zusammen. »Moira, ich werde nicht noch einmal tagelang mit dir darüber debattieren! Ich bin bereit, hier und jetzt unter dein Melbourne-Abenteuer einen Schlußstrich zu ziehen und kein Wort mehr darüber zu verlieren ...«
»Wie überaus großzügig von dir!«
»... aber das mit dem Leben in der Stadt schlag dir gefälligst aus dem Kopf!« fuhr er ungerührt fort. »Du weißt, daß ich nicht von *Illawarra* wegkann, auch wenn ich es wollte!«
»Dann fahren unsere Züge in verschiedene Richtungen, Adrian! Denn nach River Bend bekommst du mich nicht

zurück, sosehr ich dich auch liebe!« erklärte sie mit bebender Stimme, aber entschlossen, sich von den ersten bitteren Schicksalsschlägen nicht ihre Selbstachtung und schon gar nicht ihre Träume rauben zu lassen. »Ich werde den nächsten Zug nach Sydney nehmen.«
Das Blut wich aus seinem Gesicht. »Mir ist es Ernst, Moira!«
»Mir auch.«
Einen langen Moment sah er sie an, fassungslos und unfähig, etwas zu sagen. Dann stellte er ihre Koffer langsam ab. »Ich habe nie geglaubt, daß du ...« Er führte den Satz nicht zu Ende, sondern fuhr sich mit einer fahrigen Geste über die Augen. »Mach's gut, Moira.« Er ging an ihr vorbei und berührte sie flüchtig am Arm. In der Tür drehte er sich noch einmal zu ihr um. »Und falls du dich doch noch besinnst, du kennst den Weg zu mir.«
»Ich werde dir schreiben, Adrian«, flüsterte sie, während jede Faser in ihr danach schrie, zu ihm zu stürzen und ihn festzuhalten. Doch sie rührte sich nicht von der Stelle.
»Ich werde deine Briefe nicht mehr lesen, Moira. An dich zu denken schmerzt schon genug«, erwiderte er, und es war mehr als nur die Zimmertür, die er nun hinter sich zumachte.

SECHSTES KAPITEL

Mit schäumender Bugwelle pflügte die Fähre *Kiandra* durch das opalblaue Wasser von Sydney Cove, die selbst unter weitgereisten Seeleuten unbestritten als der schönste Naturhafen der Welt galt.

Moira stand auf dem offenen Vorderdeck an der Backbordreling. Der warme Fahrtwind zerrte spielerisch an ihrem Strohhut, dessen Samtbänder sie vorsichtshalber unter dem Kinn zusammengebunden hatte, und drückte gegen ihre sperrige Bildermappe, die sie mit dem linken Arm an ihren Körper gepreßt hielt.

Der hufeisenförmige Circular Quay im Herzen von Sydney, wo das Ein- und Auslaufen Dutzender Fährschiffe das Bild des betriebsamen Hafens bestimmte, fiel mit seiner eindrucksvollen Kulisse prächtiger Hochhäuser aus hellem Sandstein schnell hinter ihnen zurück. Die *Kiandra* war nur eines der zahlreichen kleinen und großen Fährschiffe, die an diesem sonnigen Vormittag in der Bai vor Anker lagen und Passagiere sowie Automobile und schwerbeladene Pferdefuhrwerke von und nach Sydney brachten.

Moiras Ziel war die Lavender Bay auf der North Shore. Wie sie dem Gespräch von zwei Männern in ihrer Nähe entnehmen konnte, gab es konkrete Pläne, Sydney eines gar nicht so fernen Tages durch eine Brücke mit der anderen Seite zu verbinden. Es fiel ihr jedoch sehr schwer, sich solch ein monumentales Projekt vorzustellen. Wie sollte eine Brücke jemals diese weite offene Wasserfläche zwischen den beiden Ufern überspannen?

Die Überfahrt dauerte weniger als eine halbe Stunde. Dann legte die *Kiandra* am Fährenkai von Milson's Point an, wo sich auch der Endbahnhof der dortigen Eisenbahnlinie befand. Mehrere Dutzend junge Männer warteten jedoch nicht ab, bis das Boot sicher an der Anlegebrücke vertäut war, sondern sprangen schon vorher von Bord. Niemand nahm daran Anstoß. Es schien vielmehr für alle ein vertrauter Sport der jungen Leute zu sein, beim Anlegemanöver miteinander zu wetteifern, wer von ihnen am meisten Mut und Sportlichkeit besaß, um den frühesten Sprung zu wagen.

Moira wartete geduldig mit dem Hauptstrom der Passagiere, bis es sicher war, von Bord der *Kiandra* zu gehen. Es hatte sie schon genug Überwindung gekostet, sich zwei Tage nach ihrem Eintreffen in Sydney überhaupt zu dieser Fahrt nach Milson's Point zu entschließen. Aber dann hatte sie sich gesagt, daß eigentlich nichts dagegen sprach, diesem Maler Victor White einen Besuch abzustatten. Sie hatte wirklich nichts zu verlieren, höchstens ein wenig Kleingeld für die Fähre und die Mietdroschke, auf die sie nun zuhielt.

»16 Falcroft Hill, Lavender Bay«, teilte Moira dem Kutscher die Adresse des Malers mit, nahm auf der rissigen Lederbank der Kutsche Platz und versank in ihren Gedanken.

Die Ereignisse von Melbourne lagen noch immer wie ein Alptraum auf ihrer Seele, und sie wußte, daß sie noch lange Zeit brauchen würde, um über diese bittere Erfahrung hinwegzukommen. Von all dem Widerlichen und Schändlichen und dem Unrecht, das ihr in der letzten Woche von einer unbarmherzigen Presse und Menschen wie Missis Montford angetan worden war, hatte Adrians Verhalten die tiefsten Wunden geschlagen. Er hatte den Zeitungen mehr geglaubt als ihr, auch wenn er es nicht eingestanden hatte. Und wie sicher er sich gewesen war, daß sie nach diesem Skandal vom Leben genug gedemütigt worden war, um nun voll schuldbewußter Dankbarkeit an seiner Seite wie ein geprügelter Hund mit eingezogenem Schwanz nach River Bend zurückzukehren! Diese Selbstgerechtigkeit würde sie ihm auch bei aller Liebe nie verzeihen, das hatte sie sich auf der sechshundert Meilen langen Fahrt mit dem Melbourne-Sydney-Expreß geschworen. Im Vergleich dazu war Anthony Shaws Schuld kaum der Rede wert. Auch wenn sie sich von ihm hintergangen und in gewisser Weise sogar ausgenutzt fühlte, so empfand sie für ihn doch eher Mitleid, als daß sie ihn verurteilte.

Es tat Moira jetzt auch nicht mehr leid, daß sie sein Geld angenommen hatte. Die zweihundert Pfund versetzten sie zusammen mit ihren eigenen Ersparnissen in die beruhigende Lage, sich für die ersten anderthalb bis zwei Jahre keine Sorgen um ihr Auskommen machen zu müssen. Bei bescheidener Lebensführung blieb sogar noch genug Geld für Studiengebühren. Dieses Wissen stärkte ihre wilde Entschlossenheit, es ihnen allen, jetzt erst recht, zu zeigen, insbesondere Adrian. Martha Osborne, die mit ihrem Mann Rupert im Stadtteil Darlinghurst die Pension betrieb, wo sie vorgestern Quartier bezogen hatte, berechnete ihr für Kost und Logis, beides von gediegener Qualität, nur vierzehn Shilling die Woche. Sie konnte sich also in aller Ruhe nach einer eigenen Unterkunft umsehen und sich um Aufnahme bei einer der Kunstakademien bewerben.

»Wir sind da, Ma'am«, holte der Kutscher Moira aus ihren Gedanken. »16 Falcroft Hill!«

Moira bezahlte ihn und stieg aus. Der Maler Victor White wohnte in einer stillen Straße, die über den Kamm eines Hügels führte. Bei den Häusern handelte es sich um bescheidene Cottages, wie man sie überall entlang der Küste fern der großen Städte fand. Aus Brettern gezimmert und mit einem pastellfarbenen Anstrich versehen, der bei den meisten Häusern längst von der Sonne und der salzhaltigen Luft ausgeblichen war, lagen sie wie eine verschlafene dörfliche Siedlung inmitten von umzäunten Gärten unterschiedlicher Größe. Die Großstadt Sydney mit ihren über einer Million Einwohnern schien nicht eine halbe Stunde mit der Fähre entfernt zu sein, sondern viele hundert Provinzmeilen.

Im halb verwilderten Vorgarten von Victor Whites Cottage

blühten weißer Jasmin, gelber Hibiskus und lavendelblauer Mulla-Mulla, und eine wild wuchernde Bougainvilleahecke entfaltete gerade ihr rote Blütenpracht.
Moira öffnete das hüfthohe Tor im schadhaften, einst weißen Gartenzaun, schritt über den von Gras und Unkraut halb überwucherten Kiesweg auf das Haus zu und betätigte dort den schweren Messingklopfer, der einem grinsenden Satyrkopf in Form einer überlangen Zunge aus dem Mund hing. Mehrfach und mit Nachdruck wiederholte sie das Klopfen, doch niemand kam an die Tür. Es blieb still im Haus von Victor White.
»He! ... Sie da, Miss! ... Was wollen Sie da? ... Wen suchen Sie?«
Erschrocken vom unerwarteten und barschen Anruf fuhr Moira herum. Auf der anderen Seite des Gartenzauns stand eine ältere, stämmige Frau mit fleischigen Oberarmen in einem entsetzlich aufdringlich geblümten Kittelkleid und mit überaus nachlässig hochgestecktem grauschwarzem Haar.
»Ich möchte zu Mister White«, sagte Moira und trat auf die Frau zu, bei der es sich offensichtlich um eine Nachbarin des Malers handelte.
»Und wer ist ich?« fragte die Frau mißtrauisch und kniff die Augen zusammen, als könnte sie nicht allzugut sehen. Starker Haarwuchs warf einen dunklen Schatten auf ihre Oberlippe.
»Mein Name ist Moira McGregor«, antwortete Moira höflich. Unter dem Namen hatte sie sich auch ins Gästebuch der Osbornes eingetragen. Anthony hatte ihr in seinem Brief dazu geraten, sich erst einmal des Namens ihres Stiefvaters zu bedienen, auch wenn sie sich an einer Kunstschule um Aufnahme bewarb. »Ich komme aus Melbourne und ...«
»Den weiten Weg hätten Sie sich sparen können, Moira McGregor. Der Herr Künstler ist nämlich nicht zu Hause«, fiel ihr die Frau verdrossen ins Wort.
»Und wann kommt Mister White zurück?« fragte Moira und

hätte gern gewußt, ob dieses »der Herr Künstler« spöttisch oder respektvoll gemeint war.

»Woher soll ich das wissen? Bin ich vielleicht sein Kindermädchen?« fragte die Nachbarin ungnädig zurück. »Ich führe ihm nur den Haushalt und halte ein Auge auf sein Anwesen, wenn er sich irgendwo in der Weltgeschichte herumtreibt. Aber auch wenn er mir gesagt hätte, wann er von seiner Reise zurück ist, hätte das nichts zu sagen. Er kommt und geht nun mal, wie es ihm beliebt, der Herr Künstler, und auf sein Wort ist soviel Verlaß wie auf das Gewäsch von Zirkusleuten, die einem das Schicksal angeblich aus der Glaskugel lesen! Das letztemal wollte er nur für einen Monat nach Singapur reisen, einen Freund besuchen. Doch dann ist er erst nach einem dreiviertel Jahr wieder zurückgekommen. Aber nicht aus Singapur, das er gar nicht zu Gesicht bekommen hat, sondern aus dem Norden von Queensland!«

Moira machte ein enttäuschtes Gesicht. Insgeheim hatte sie doch darauf gehofft, von diesem Victor White, der es Anthonys Worten nach als Maler schon zu einigem Ansehen in New South Wales gebracht hatte, ein wenig Hilfestellung zu erhalten. »Mister White ist auf Reisen?«

»Ja, das habe ich doch gerade gesagt!« blaffte die Frau. »Seit letzten Freitag. Und der Teufel soll mich holen, wenn er nicht wieder den ganzen Sommer wegbleibt und glaubt, ich halte ihm für die paar Shilling, die er mir zahlt, auch noch seinen Garten in Ordnung. Soll er sich doch einen Gärtner anstellen!«

Moira überlegte kurz, was sie tun sollte. Dann kritzelte sie eine kurze Nachricht an Victor White sowie die Adresse ihrer Pension in Sydney auf einen Zettel, händigte ihn der übellaunigen Person aus und hoffte, daß Victor White ihre Nachricht bei seiner Rückkehr auch zu sehen bekam. Aber das war im Augenblick alles, was sie tun konnte.

Sie zwang sich zu einem höflichen Gruß, zog die quietschende Gartentür hinter sich zu und ging die Falcroft Hill Street

hinunter. Zwei Querstraßen weiter stieß sie vor einem Pub auf eine freie Mietdroschke, die sie zehn Minuten später am Hafen von Milson's Point wieder absetzte.
Auf der Überfahrt zurück nach Sydney schüttelte Moira ihre Enttäuschung ab. Victor White befand sich auf Reisen und kehrte womöglich erst in einem halben Jahr oder gar noch später zurück. Nun gut, dann müßte sie sich eben ohne fremde Unterstützung in Sydney zurechtfinden und ihren Weg machen. Ja, das war sogar die einzig richtige Methode. Jetzt galt es, radikal einen Strich unter ihr bisheriges Leben zu ziehen und noch einmal ganz neu anzufangen, ohne Ballast und auch ohne irgend jemandes Protegé zu sein. Sie wollte und sie würde es aus eigener Kraft schaffen!

In der Pension der Osbornes wurde im kleinen Speisezimmer gerade der Lunch serviert, als Moira unerwartet früh zurückkehrte. Ihren Ausflug nach Lavender Bay hatte sie mit einem Besuch der prächtigen St. Mary's Cathedral am Hyde Park abgeschlossen. Jetzt brannten dort vor dem Seitenaltar der Muttergottes drei Kerzen. Je eine für ihre Mutter, Rebecca und die Lyndhams, denen sie alle dringend schreiben mußte. Am besten noch an diesem Nachmittag, bevor sie zu sehr damit beschäftigt war, ihr Leben hier in Sydney neu zu ordnen.
»Oh, Sie sind schon zurück? Aber keine Sorge, Suppe und Sandwiches reichen auch noch für Sie, Miss McGregor!« rief ihr Martha Osborne freundlich zu.
»Danke, ich bin sofort im Speiseraum, Missis Osborne. Ich bringe nur rasch meine Bildermappe nach oben und mache mich ein wenig frisch«, antwortete Moira mit einem dankbaren Lächeln und eilte die Treppe hoch.
Als sie oben um die Ecke kam, sah sie Rupert Osborne – und er kam aus ihrem Zimmer! Als er sie erblickte, zeigte er jedoch nur für einen flüchtigen Moment Überraschung. »Schon so

schnell wieder von der North Shore zurück? Nun, da brauche ich ja nicht wieder abzuschließen«, sagte er gelassen, steckte den Nachschlüssel ein und machte eine einladende Geste.
»Darf ich fragen, was Sie in meinem Zimmer zu tun hatten, Mister Osborne?« Moira gab sich Mühe, nicht zu kühl und argwöhnisch zu klingen. Daß er aus ihrem Zimmer gekommen war, konnte ja eine einsichtige Erklärung haben.
»Ach, Sie hatten nur vergessen, Ihr Fenster zu schließen, Miss McGregor«, antwortete Rupert Osborne, ein stiernackiger und rotgesichtiger Mann in den Fünfzigern, und bedachte sie mit einem nachsichtigen Lächeln. »Es ist eigentlich nicht der Rede wert. Aber der guten Missis Partridge, die das Zimmer neben Ihnen bewohnt, ist ihr Mittagsschlaf heilig. Und falls gleich Wind aufkommt und Ihr Fenster zu schlagen beginnt, macht sie einen gewaltigen Aufstand. Eine alte Dame wie sie ist in solchen Dingen sehr unleidlich. Ich hielt es für ratsamer, uns alle davor zu bewahren.« Er nickte ihr zu und entfernte sich rasch über die hintere Dienstbotentreppe.
Moira fand die ganze Sache reichlich merkwürdig, denn sie hätte schwören können, daß sie ihr Fenster nach dem Lüften am Morgen sehr wohl geschlossen hatte. Und während sie ihre Bildermappe abstellte, ein wenig Wasser in die Porzellanschüssel auf der Waschkommode goß und sich Hände und Gesicht wusch, fragte sie sich, was sie von diesem Vorfall halten sollte. Dann begab sie sich hinunter in den Speiseraum zu den anderen Pensionsgästen. Und das ungute Gefühl wich während der ganzen Mahlzeit nicht von ihr, im Gegenteil, es wuchs mit jeder Minute.
Plötzlich kam ihr ein schrecklicher Verdacht. Sie mußte an sich halten, um nicht abrupt vom Tisch aufzuspringen und aus dem Zimmer zu stürzen. »Danke, für mich heute keinen Nachtisch, Missis Osborne«, sagte sie, faltete rasch ihre Serviette zusammen und murmelte eine Entschuldigung, während sie sich erhob. Sie mußte sich beherrschen, um nicht aus dem Speiseraum zu rennen.

In ihrem Zimmer riß sie die Türen des Kleiderschranks auf, zerrte ihre Reisetasche hervor und suchte zwischen ihren Malutensilien nach dem dicken Manila-Umschlag, der ihr ganzes Geld, Anthonys Brief mit Victor Whites Adresse sowie diverse Zeitungsausschnitte enthielt. Vergeblich. Er war nicht mehr da.

Gestohlen!

Ihr stockte das Herz, und sie wollte es erst nicht glauben. Mit zitternden Händen leerte sie den Inhalt ihrer Reisetasche auf dem Bett aus. Der dicke Umschlag befand sich jedoch nicht darunter.

»O Gott, gib, daß ich ihn nur verlegt habe!« flüsterte Moira entsetzt, wußte jedoch im selben Moment, daß dies nicht der Fall war. Denn nachdem sie sich nach dem Frühstück noch einmal vergewissert hatte, die Adresse des Malers richtig behalten zu haben, hatte sie den Brief wieder zu dem Geld und den Melbourner Zeitungsberichten mit ihrem Bild in den Umschlag gesteckt und diesen in der Reisetasche unter ihren Malkasten geschoben. Und nun war er verschwunden.

Obwohl Moira sich ihrer Sache absolut sicher war, suchte sie jeden Winkel ihres Zimmers ab. Sie befand sich am Rande einer Panik, und der Angstschweiß brach ihr aus, als sie sich nicht länger gegen die Gewißheit stemmen konnte, daß man sie bestohlen hatte. Und der Dieb konnte kein anderer als Rupert Osborne sein!

Aber was konnte sie … nein, was *sollte* sie jetzt bloß tun? Denn wenn er den Umschlag gestohlen hatte, bedeutete dies gleichzeitig, daß er inzwischen wohl auch wußte, daß …

Moira kam nicht mehr dazu, ihren Gedanken zu beenden. Es klopfte in diesem Moment nämlich kurz und herrisch an der Tür, die sofort aufgestoßen wurde, noch bevor sie »Herein!« oder »Einen Augenblick bitte!« rufen konnte.

Es war Rupert Osborne, der so dreist in ihr Zimmer platzte, die Tür sofort wieder hinter sich schloß und sich von innen dagegenlehnte. Das hämische Grinsen auf seinem Ge-

sicht bestätigte Moiras Verdacht – und ihre schlimmsten Ahnungen.
»Ist Ihnen nicht gut, Täubchen? Sie sehen ja richtig blaß um das hübsche Näschen aus«, spottete er und puhlte mit einem Zahnstocher in seinen nikotinbraunen Zähnen. »Man könnte ja fast Angst um Sie haben. Ist Ihnen vielleicht irgend etwas Wichtiges abhanden gekommen?«
»Ich weiß jetzt, was Sie in meinem Zimmer gemacht haben! Sie haben meine Sachen durchsucht und mich bestohlen!« stieß Moira hervor. »Geben Sie mir sofort mein Geld und meine Papiere zurück, oder ich hetze Ihnen die Polizei auf den Hals!«
Er lächelte sie geradezu amüsiert an. »Ich weiß nicht, wovon Sie reden. Aber nehmen wir einmal an, Sie wären wirklich so dämlich, die Herren von der Polizei zu bemühen: Was wollen Sie ihnen denn erzählen, Miss McGregor? Daß Sie ein käufliches Flittchen sind, eigentlich Moira Mayfield heißen und in der feinen Melbourner Gesellschaft einen Skandal verursacht haben? Jaja, es hat schon sein Gutes, daß ich es mir zur Regel gemacht habe, mir auf meine diskrete Art ein Bild von den Leuten zu machen, die bei uns logieren.« Er lachte spöttisch.
»Ich lasse mir nicht mein Geld von Ihnen stehlen, Sie dreckiger Dieb!« zischte Moira mühsam beherrscht. »Ich warne Sie! Entweder Sie rücken sofort heraus, was Sie mir gestohlen haben, oder ich werde das ganze Haus zusammenschreien und dafür sorgen, daß ...«
»Spar dir deinen Atem! Über deine Drohungen kann ich bloß lachen!« schnitt er ihr grob das Wort ab. »Meinetwegen kannst du ruhig zur Polizei gehen. Einer Mätresse wie dir wird man kein Wort glauben. Oder hast du vielleicht Beweise? Nein, nichts hast du gegen mich in der Hand.« Er lachte höhnisch auf. »Du kannst es drehen und wenden, wie du willst, ich habe alle Asse in der Hand, Täubchen. Ich werde dich wegen Verleumdung verklagen, und unsere Zeitungs-

reporter werden sich wie die Geier auf dich stürzen, wenn sie von einem anonymen Anrufer den Tip kriegen, wer da aus Melbourne zu uns nach Sydney geflüchtet ist. Und wenn diese Burschen mit dir fertig sind, kannst du dich bloß noch irgendwo im Busch verstecken!«

Moira konnte ihre Angst nicht verbergen. Nichts fürchtete sie mehr, als noch einmal von Reportern wie ein Stück Wild gejagt und mit Blitzlichtern zur Strecke gebracht zu werden. Wenn auch nur ein größerer Artikel mit Bild über sie in einer der Zeitungen erschien, war sie auch in Sydney erledigt.

»Das können Sie mir nicht antun!« stieß sie mit einem entsetzlichen, würgenden Gefühl in der Kehle hervor. »Sie können mir nicht all mein Geld nehmen. Ohne Geld ...«

Er ließ sie nicht ausreden. »Du wirst morgen früh deine Sachen packen und verschwinden! Und laß dir bloß eine vernünftige Erklärung für meine Frau einfallen, verstanden? Wenn du dich daran hältst, ist die Sache damit erledigt und bleibt unter uns!« teilte er ihr unbarmherzig mit. »Solltest du aber irgendwelche Zicken machen, dann liefere ich dich ans Messer, darauf kannst du Gift nehmen!«

Moira begriff, daß sie seinen Forderungen hilflos ausgeliefert war. Ihr Gesicht verzerrte sich zu einer Grimasse aus ohnmächtiger Verzweiflung und brennendem Haß. Mit einem erstickten Aufschrei stürzte sie sich auf ihn, um ihm die Augen auszukratzen.

Rupert Osborne schien damit gerechnet zu haben. Denn blitzschnell schossen seine Hände vor, packten ihre Unterarme und hielten sie mit schmerzhaft kraftvollem Griff fest. »Keinen Zicken, habe ich gesagt!« zischte er, drängte sie zurück und stieß sie brutal aufs Bett. Dabei rutschte ihr Kleid hoch. Sein Blick fiel auf ihre halb entblößten Oberschenkel. Er beugte sich vor, umschloß Moiras Kehle mit der linken Hand und griff ihr mit der rechten brutal in den Schritt. »Wenn du das noch einmal versuchst, kommst du nicht so billig davon!«

Moira erstarrte, die Augen in grenzenlosem Entsetzen weit aufgerissen.
Ein schrecklich langer Moment verstrich. Dann nahm er seine Hände von ihr. »Keine Zicken! Und morgen bist du verschwunden!« stieß er hervor, und seine Stimme klang plötzlich verändert, rauh und belegt, als hätte er Mühe, sich unter Kontrolle zu halten. Dann wandte er sich abrupt um, riß die Tür auf – und schloß sie hinter sich mit umsichtiger Behutsamkeit.
Sie sprang vom Bett und stürzte zur Waschkommode hinüber, die sie keine Sekunde zu früh erreichte. Ihr revoltierender Magen schien sich nach außen stülpen zu wollen, als sie sich über der Porzellanschüssel erbrach, bis sie nur noch bittere Galle und salzige Tränen schmeckte.

SIEBTES KAPITEL

Noch vor dem Frühstück stand Moira mit ihren beiden Koffern und der Reisetasche unten im Foyer der Pension und log der mitfühlenden Missis Osborne etwas vor, warum sie so plötzlich abreisen mußte. Angeblich trieben sie Gewissensbisse zu ihrer Mutter zurück. Moira konnte die Tränen nicht zurückhalten, als diese rechtschaffene Frau, die von den verbrecherischen Umtrieben ihres Ehemannes keine Ahnung hatte, darauf bestand, ihr neun Shilling von ihrem Kost- und Logisgeld zurückzugeben. Damit belief sich ihre gesamte Barschaft nun auf fünf Pfund und zwölf Shilling. Denn zufällig hatte sie gestern eine Fünfpfundnote in ihrem Portemonnaie gehabt. Und dieser glückliche Zufall bewahrte sie vor dem Sturz in die völlige Mittellosigkeit.

Eine Zeit bitterster Not begann.

Sie kam in Surry Hills unter, wo sie unweit der Gleisanlagen der Central Railway Station in einem Mietshaus bei einer Familie irischer Abstammung ein schäbiges Hinterhofzimmer mit schimmelbefallener Tapete zur Untermiete bezog. Die dunklen Straßenschluchten und engen Gassen dieses lärmenden, stinkenden und überbevölkerten Stadtviertels wurden von irischen Einwanderern und deren Nachkommen beherrscht, die es wie ihre Eltern nicht geschafft hatten, in ein besseres Wohnviertel zu ziehen. Die Kirkpatricks, bei denen Moira für fünf Shilling die Woche ein Zimmer gemietet hatte, waren nicht besser und nicht schlechter dran als der Großteil der Bewohner dieses Stadtteils.

Vincent Kirkpatrick, ein kräftiger Mann Ende Dreißig, war als Kind irischer Einwanderer in Surry Hills zur Welt gekommen und verdiente bei einem Subunternehmer der Eisenbahn seinen bescheidenen Wochenlohn als einfacher Arbeiter, der sich beim Trassenbau und bei Gleisausbesserungen mit Spitzhacke und Schaufel abplagte. Es kam aber auch vor, daß er manchmal für mehrere Tage ohne Arbeit war, weil es gerade mal nichts auszubessern gab. Dann mußte er sich anderswo Gelegenheitsjobs suchen, bei denen man nie wußte, ob man am nächsten Tag auch wieder zu den Glücklichen gehörte, die aus der Schar der Arbeitsuchenden aufgerufen wurden. Er und seine zähe Frau Delia, die sich trotz ständiger Überarbeitung einen bewundernswerten Lebensmut bewahrte, würden sich nie den Traum erfüllen können, einmal in einem der besseren Vororte ein kleines, helles Häuschen zu bewohnen. Ihnen blieb kein Penny, den sie auf die hohe Kante legen konnten. Ihr Geld reichte gerade aus, um ihre fünf Kinder vor Hunger zu bewahren, ihnen einigermaßen saubere Kleider und anständiges Schuhwerk zu besorgen sowie die Medikamente für die dreijährige Jennifer zu bezahlen, die Jüngste, die einfach nicht wachsen wollte und es auf der Lunge hatte. Ein sechstes Kind war unterwegs. Und manchmal vermochte auch Vincent der Versuchung nicht zu widerstehen, es wie so viele andere Männer zu machen, die am Ende einer harten Arbeitswoche einen Großteil ihres Lohns oder ihres Arbeitslosengeldes in einem der vielen Pubs ließen und ihre Sorgen in einem Strom von Bier ertränkten. Zumindest gehörte er nicht zu jenen Männern, die zu allem Übel auch noch ihre Frauen schlugen, im Rausch oder wenn die Katerstimmung am nächsten Morgen angesichts unbezahlter Rechnungen beim Lebensmittelhändler oder fälliger Miete einsetzte. Im großen und ganzen unterschied sich das Leben der Kirkpatricks in nichts von dem harten Existenzkampf, dem sich die Mehrheit der Menschen von Surry Hills und ähnlichen Vierteln tagtäglich ausgesetzt sah.

Moira hatte zu wissen geglaubt, was es hieß, arm zu sein und um ihr tägliches Brot bangen zu müssen. Doch die Erinnerungen an die bitteren Jahre ihrer Kindheit verblaßten im harschen Licht der Gegenwart und wurden zu harmlosen Schatten.

Als Kind hatte sie, je nach Gefühlslage, ihrer Mutter die Verantwortung für all ihr Unglück zuschreiben oder sich in die Hoffnung flüchten können, daß es ihrer Mutter durch irgendein wundersames Tun bestimmt schon bald gelingen würde, ihnen ein besseres, sorgloses Leben zu verschaffen. Und in den Jahren der Tyrannei von Tante Josepha hatte das Wissen, daß sie als Kind dieser Frau hilflos ausgeliefert war und nichts dagegen tun konnte, immer noch einen gewissen Trost geboten. Als erwachsene Frau gab es diesen Schutz und schwachen Trost nicht mehr. Sie hatte River Bend verlassen, weil sie ihr Leben in die eigenen Hände nehmen und unbevormundet eigene Entscheidungen treffen wollte. Nun trug sie allein die Verantwortung für ihr Tun – und für ihre Fehler. Gutgläubigkeit und Unerfahrenheit taugten jetzt nicht einmal mehr als jammervolle Entschuldigung. Zudem kannte sie außer den Kirkpatricks keinen Menschen in Sydney, bei dem sie sich hätte ausweinen können. Aber nicht einmal ihnen schüttete sie ihr Herz aus. Denn die Kirkpatricks hätten für ihre Probleme kein Verständnis gehabt, konnte sie doch jederzeit nach River Bend zurück, wenn sie meinte, dieses Leben nicht länger ertragen zu können. Sie hatte Alternativen, denn bei ihrer Mutter und Onkel William würde sie jederzeit Aufnahme finden. Ja, sogar Adrian würde sie immer noch mit offenen Armen empfangen, wie sie sehr wohl wußte …

Bei aller Wut, Depression und zeitweiligen Verzweiflung dachte Moira jedoch nicht daran, diesen wiederkehrenden Einflüsterungen ihres schwachen zweiten Egos zu folgen und ihren Traum, ihr Glück »draußen in der Welt« zu schaffen, als gescheitert zu betrachten.

»Ich werde auch diese Katastrophe überwinden und mich durchbeißen!« sprach sie sich selbst Mut zu und machte sich auf die Suche nach einer Anstellung.

Obwohl sie sich vor harter Arbeit nicht scheute und sich in den folgenden Tagen Blasen an die Füße lief, war das Ergebnis ihrer Bemühungen niederschmetternd. Die Zeiten waren schlecht für Frauen, die mit ihrer Arbeit nicht nur ein Zubrot verdienen wollten. In fast allen Fabriken wurden die aus dem Krieg heimgekehrten Soldaten jedem anderen männlichen Bewerber vorgezogen. Und nicht einmal die ehemaligen Soldaten fanden alle eine Anstellung. Zu groß war die Zahl der Männer, die innerhalb weniger Monate auf den heimischen Arbeitsmarkt drängten. Hunderte von arbeitslosen Kriegsheimkehrern zogen sogar schon demonstrierend durch die Straßen von Sydney, Melbourne, Brisbane und Adelaide und forderten von der Regierung ein weiteres Arbeitsbeschaffungsprogramm, das nicht nur denjenigen zugute kam, die irgendwo im Busch auf Regierungsland ihr Glück als Farmer versuchen wollten. Viele der Frauen, die während der Kriegsjahre gebraucht worden waren, um die plötzlich frei gewordenen Arbeitsplätze der Männer in zahlreichen Industriebetrieben auszufüllen, mußten nun wieder Männern weichen und konnten noch von Glück reden, wenn sie in den Fabriken eine Beschäftigung fanden, die wie die Textilindustrie traditionell auf schlechtbezahlte Frauenarbeit bauten.

Ihre erste Arbeitsstelle verdankte Moira nicht eigenen Anstrengungen, sondern der Fürsprache von Vincent Kirkpatrick. Als dieser sah, daß sie keine Arbeit fand und zu verzweifeln begann, fürchtete er, sie bald als Untermieterin und damit wöchentlich fünf lebenswichtige Shilling zu verlieren. »Irisches Blut muß zusammenhalten!« sagte er, hörte er sich in seinen Kreisen um und brachte sie schließlich bei der Tramgesellschaft als eine der Putzfrauen unter, die im Morgengrauen die Wagen im Tramdepot vom Dreck des vergangenen Tages säuberten.

Die Tramgesellschaft zahlte einen Hungerlohn, der nicht einmal für eine halbe Woche Untermiete bei den Kirk-

patricks reichte, aber es war ein Anfang. Von einer der anderen Frauen erfuhr Moira wenig später, daß die Betreiber der großen Markthallen in der George Street Putzfrauen suchten, und sie gehörte zu den vier Glücklichen, die am selben Tag dort eine zweite, genauso schändlich bezahlte Arbeitsstelle für täglich anderthalb Stunden fanden. Dank eines glücklichen Zufalls kam sie im November auch bei der Putzkolonne unter, die abends im Kaufhaus *Horden* Flure und Verkaufsräume wieder auf Hochglanz brachte.
Aber auch mit drei Putzstellen konnte Moira nicht genug Geld verdienen, um ihren Lebensunterhalt zu sichern. Das Geld reichte gerade für das Nötigste. Es blieb ihr am Ende der Woche aber nicht einmal ein Sixpence übrig, den sie für wichtige zukünftige Anschaffungen wie ein neues Paar Schuhe oder einen neuen Kittel zurücklegen konnte.
»Sie müssen sich eben weiter um eine Stelle in einer der Fabriken bemühen, Miss Mayfield. Irgendwann wird es schon klappen«, redete ihr Delia gut zu, mittlerweile im sechsten Monat schwanger.
Anfang Dezember verlor sie ihre Stelle bei *Horden*, weil sie sich mit der neuen Vorarbeiterin in die Haare bekam, die von allen Frauen eine regelmäßige, zehnprozentige Vermittlungsprovision verlangte. Sie weigerte sich als einzige und zudem noch unter lautstarker Empörung, ihr dieses Schmiergeld zu zahlen, und warf ihr Erpressung vor, worauf sie auf der Stelle gefeuert wurde. Und bei *Horden* wollte niemand etwas von ihren Beschwerden hören.
Den Verlust machte sie zum Teil dadurch wett, daß sie auf der Flinders Street für eine Wäscherei abends noch Pakete mit fertiger Wäsche austrug. Lohn erhielt sie dafür keinen, doch manche der bessergestellten Kunden gaben ein Trinkgeld von einem halben oder auch mal einem Penny. Und eine junge Nachbarin, die mit ihrer Familie ein Stockwerk tiefer wohnte, nahm sie manchmal als Aushilfe auf die Martin Place mit, wo die Blumenmädchen mit ihren Wagen standen.

Von Victor White, dem sie einen kurzen Brief mit ihrer neuen Anschrift geschrieben hatte, kam keine Antwort. Er befand sich wohl noch immer auf Reisen – oder wollte nicht belästigt werden.
Das Weihnachtsfest in diesem Jahr war das traurigste und einsamste ihres Lebens. Die Kirkpatricks luden sie zwar ein, das Fest mit ihnen zu verbringen. Aber Moira vermochte die Fröhlichkeit dieser kinderreichen Familie an diesem Tag nicht zu ertragen, weil sie ihr schmerzlich vor Augen führte, was ihrem Leben fehlte: der geliebte Mensch an ihrer Seite, der auch in Zeiten der Not unerschütterlich zu ihr hielt, eine eigene Familie, Kinder und das Vertrauen darauf, daß all die Sorgen und Mühen einen Sinn hatten.
Moira verbrachte die beiden Weihnachtstage allein und fern ihrer Unterkunft, in die sie erst nach Einbruch der Dunkelheit zurückkehrte. Sie wanderte stundenlang ziellos durch die Stadt, flüchtete vor der hochsommerlichen Hitze in die schattigen Oasen des Botanischen Gartens und in die feierliche Kühle der St. Mary's Cathedral und gab das Geld für die Mosman-Fähre aus, ohne jedoch dort von Bord zu gehen. Ein halbes dutzendmal fuhr sie mit dem Dampfer hin und her, bis über der weiten Bai der letzte Strahl Sonnenlicht in einer rosa Wolke verglüht war und die Nacht ihre Tränen vor fremden Blicken verbarg.
In ihren Briefen an ihre Mutter, die Lyndhams und Rebecca erwähnte sie ihre verzweifelte Lage jedoch mit keinem Wort. Sie log vielmehr, indem sie ihre Unterkunft so schilderte, als führten die Kirkpatricks in Surry Hills eine gepflegte Pension. Auch nannte sie ihre wahren Tätigkeiten nicht beim Namen. Sie schrieb ihnen, daß sie bei einer Tramgesellschaft angestellt sei und noch regelmäßig auf dem George Street Market aushelfe. Daß sie seit ihrer Ankunft in Sydney noch nicht einmal wieder zu Pinsel und Palette gegriffen hatte, verschwieg sie ebenso wie die Tatsache, daß sie sich bisher auch nicht die Mühe gemacht hatte, sich an einer der Kunst-

schulen um Aufnahme zu bewerben. Warum auch, wo sie doch nicht einmal genug Geld besaß, um einmal ins Kino oder zum Tanz zu gehen, geschweige um Studiengebühren und all die vielen Malutensilien bezahlen zu können, die sie bei einem Studium tagtäglich benötigte?

Das Neujahr 1920 fiel auf einen Donnerstag. Er war für Moira ein trister Tag wie jeder andere, an dem sie sich noch vor dem Morgengrauen aus ihrem Bett quälte und sich auf den Weg zum Tramdepot machte, um dort den Dreck und das Erbrochene wegzuputzen, das die letzten Fahrgäste in der Silvesternacht in den Waggons zurückgelassen hatten.

Ein neues Jahr hatte begonnen – und kein Wort von Adrian. Er hatte weder zu ihrem Geburtstag im November geschrieben noch zu Weihnachten oder Neujahr.

Wie auch sie nicht ihm.

Moira blieb unwillkürlich stehen. Sie hatte es allein, aus eigenen Kräften schaffen wollen. Doch sie hatte nicht geahnt, daß sie auf diesem dornigen Weg auch ganz allein auf sich gestellt sein würde. Sie hatte von einem aufregenden Leben in der Stadt und einer Karriere als Malerin geträumt. Aber gefunden hatte sie bisher nur Einsamkeit und Not.

Moira biß sich auf die Lippen und ging hastig weiter. Auf keinen Fall wollte sie zu spät kommen und es riskieren, unangenehm aufzufallen. So mühselig und einsam der Weg auch sein mochte, für den sie sich mit dermaßen naiver Ahnungslosigkeit entschlossen hatte, so war sie doch nicht gewillt, aufzugeben und umzukehren.

Im Februar veränderte sich Moiras Situation zum Besseren. Eine neue Konservenfabrik nahm in der Druitt Street am Darling Harbour, dem Industriehafen von Sydney, ihre Produktion auf, und Moira gehörte zu den fünfundachtzig Glücklichen, die dort Arbeit fanden. Wie es hieß, hatten sich fast tausend Frauen um eine Anstellung beworben.

Die Arbeit in der *Sun Crest Cannery* verlangte keine besonderen Kenntnisse, war aber von ermüdender Monotonie und anstrengender, als Moira gedacht hatte. Wie einst ihre Mutter in der Konservenfabrik in Adelaide, so stand jetzt auch sie am Fließband und unter dem Druck, nicht hinter den anderen zurückzufallen – achtundvierzig Stunden in der Woche, davon vier am Samstagvormittag. Und der Lohn lag nur knapp über der Hälfte dessen, was Männer für dieselbe Arbeit erhielten. Der *National Council of Women* verlangte zur selben Zeit eine Anhebung des Frauenlohns auf mindestens vier Fünftel von dem, was Männer in vergleichbaren Positionen nach Hause brachten. Aber darauf gingen die Vertreter des öffentlichen Dienstes nicht ein, geschweige denn die privaten Unternehmer. Diese konterten auf die Forderungen mit der üblichen zynischen Bemerkung: »Wem die Bezahlung nicht paßt, der braucht die Arbeit ja nicht anzunehmen! Wir zwingen niemanden, bei uns gutes Geld zu verdienen!«
Moira beklagte sich jedoch nicht und hielt sich von jenen Frauen fern, die mit den Gewerkschaften sympathisierten oder ihnen gar schon heimlich angehörten – jedoch mehr aus Angst, ihre Stelle wieder zu verlieren, denn aus Ablehnung. Sie war froh, endlich jede Woche ein paar Shilling mehr zu ihrer Verfügung zu haben. Vorsichtshalber behielt sie auch noch ihre Putzstelle im Tramdepot, konnte sie diese Arbeit im Morgengrauen doch verrichten, bevor sie in der Fabrik am Fließband zu stehen hatte. Daß sich das Depot auf ihrem Weg hinunter zum Viertel am Darling Harbour befand, war dabei ein günstiger Umstand. Und was machte es schon, daß sie nach jedem Arbeitstag völlig erschöpft nach Hause kam? Sie ging nach den notwendigen privaten Wasch-, Putz- und Näharbeiten eben früh zu Bett und schlief gewöhnlich sofort ein, kaum daß sie sich ausgestreckt hatte. So hörte sie wenigstens nicht mehr das Kindergeschrei aus den Nebenzimmern, den Streit der Nachbarn, das Grölen der Betrunkenen und das Scheppern der Mülldeckel im Hinterhof. Zudem befreite

ihre nach tiefem Schlaf hungernde Erschöpfung sie vor bohrenden Zweifeln und Ängsten.
Den einzigen Luxus, den sie sich in dieser Zeit leistete, war, daß sie bei den Kirkpatricks auszog. Als sie die Gewißheit besaß, den Anforderungen in der Konservenfabrik gewachsen und sich ihrer Arbeitsstelle sicher zu sein, machte sie sich auf die Suche nach einer besseren Unterkunft. Sie überstürzte nichts und nahm auch nicht die nächstbeste Offerte an, sondern hörte und sah sich geduldig in Surry Hills um.
Ihre Geduld wurde belohnt, und sechs Wochen nach ihrem ersten Tag in der Fabrik nahm sie herzlich, aber ohne Bedauern Abschied von den Kirkpatricks und zog mit ihrem wenigen Hab und Gut in die Rosebank Lane Nummer 9 um. Dort standen schmale Reihenhäuser so dicht gedrängt wie steinerne Palisaden. Die von rostigen Gittern eingefaßten Vorgärten waren kaum größer als ein Bettlaken, und in dieser Straße gab es nirgends fließendes Wasser im Haus, geschweige denn ein Badezimmer. Der einzige Wasserhahn befand sich gleich neben dem Abortverschlag auf dem engen Hinterhof, in den sogar während der Mittagsstunde, wenn die Sonne im Zenit stand, wegen all der umliegenden Gebäude und Mauern kaum Licht fiel.
Trotz alledem fühlte sich Moira vom Glück begünstigt, nun hier zu wohnen. Denn daß sie in dem schmalbrüstigen Haus Rosebank Lane Nummer 9 für nur zehn Shilling Wochenmiete von nun an zwei ordentliche Zimmer im Obergeschoß ihr eigen nannte und unten auch noch die Küche mitbenutzen durfte, war nicht der einzige Vorteil ihrer neuen Unterkunft. Sie brauchte den Rest des Hauses nicht mit einer vielköpfigen Familie zu teilen, sondern nur mit der Witwe Gretna Drummond.
Mrs. Drummond, der das Haus gehörte, war eine kleine, rundliche Person in den Endsechzigern und taub wie ein Holzklotz. Sie hatte sich schon vor vielen Jahren damit abgefunden, daß Gespräche mit Angehörigen und Nachbarn die

Mühen des gegenseitigen Anschreiens und ewigen Mißverstehens nicht wert waren – einmal ganz davon abgesehen, daß ein waches Auge mehr sah, als Lippen gemeinhin preiszugeben bereit waren. Und da ihr Augenlicht noch ebenso klar war wie ihr Verstand, hatte sie sich der unerschöpflichen Welt der Bücher verschrieben. In dieser Welt bewegte sie sich mit der Abenteuerlust einer Liebhaberin für Labyrinthe, der die Irrgärten mit ihren verschlungenen Wegen gar nicht kompliziert genug sein konnten. Sie stürzte sich mit derselben Entdeckerfreude in die romantischen Romane von Sir Walter Scott, mit der sie sich auch die schwierigen Epen der großen russischen Dichter und die sozialkritischen Werke französischer Schriftsteller wie Balzac oder Victor Hugo vornahm.

Rüstig, wie sie war, machte sie sich jeden Freitagmorgen auf den Weg in die öffentliche Stadtbücherei, gestützt auf ihren Schirm, ohne den sie niemals das Haus verließ, um Stunden später freudestrahlend mit zwei, drei neuen Bücherschätzen zurückzukehren. Das erste nach ihrer Rückkehr war, sich eine Kanne Tee aufzubrühen. Dann holte sie ihre Schale mit Ingwerkeksen aus dem Schrank, machte es sich, so für alle ihr wichtigen Sinnenfreuden gerüstet, in ihrem mit Kissen gespickten Ohrensessel am Fenster des vorderen Zimmers bequem – und nahm die neuen Bücher zur Hand. Dabei war sie jedesmal so aufgeregt wie ein junges Mädchen, das ihren ersten Liebesbrief in Händen hält.

Moira kam mit Gretna Drummond blendend zurecht. Die alte Dame wollte gern eine alleinstehende Frau wie sie in ihrem Haus haben, die ihr den gelegentlichen Hausputz und die harte Arbeit der wöchentlichen Wäsche abnahm. Sie wußte sehr wohl, was sie wollte, ohne jedoch unmäßig in ihren Erwartungen zu sein. Sie ließ ihrer jungen Mieterin freie Hand. Im Gegensatz zu vielen anderen alleinstehenden älteren Menschen verlangte sie nicht, daß Moira ihr ständig Gesellschaft leistete oder »nur mal eben« diese und jene

Dinge für sie erledigte. Ihre relative Anspruchslosigkeit und Großzügigkeit beruhten jedoch nicht auf einem Übermaß an Sanftmut und Menschenfreundlichkeit, mit denen manche im Alter gesegnet waren, sondern entsprang vielmehr einem überaus ausgeprägten Egoismus: Gretna Drummond hatte kein Verlangen nach Gesellschaft und wollte auch nicht durch andere Dinge in ihrer Welt der Bücher gestört werden. Sogar beim Essen hatte sie ihr Buch im Leseständer vor sich auf dem Tisch stehen und nahm den Blick kaum von der Seite, wenn sie ihre Suppe löffelte oder auf einem Stück Lammbraten kaute.

Moira fand an diesem Arrangement nicht das geringste auszusetzen, sondern dankte dem Himmel dafür. Das einzige, was sie anfangs irritierte, woran sie sich aber bald gewöhnte, war Gretna Drummonds Vorliebe für Talkumpuder und Lavendelwasser. Von beidem machte sie ähnlich großzügig Gebrauch wie früher Tante Josepha von ihrem Eukalyptusöl, so daß nicht nur alle Kleider danach rochen, sondern das ganze Haus. Zum Glück vermochte sie diesem dominierenden Geruch zumindest in ihren Zimmern durch ausgiebiges Lüften sowie einer Schale mit Sandelholzspänen, die sie oben im kleinen Flur auf die Dielenkommode stellte, recht erfolgreich beizukommen.

Mit dem festen Wochenlohn und der neuen, freundlicheren Umgebung kehrten nun auch wieder etwas Mut und Zuversicht zurück. Zum erstenmal, seit sie nach Sydney gekommen war, packte Moira ihre Malsachen aus. Sie baute ihre Staffelei zusammen, stellte sie am Fenster ihres kleinen Wohnzimmers auf, besorgte sich aus der Fabrik zwei Lattenkisten, die sie aufeinanderstellte und mit einem bunten billigen Tuch bedeckte, legte darauf Palette, Pinsel und Farbenkasten zurecht und nahm sich fest vor, schon in den nächsten Tagen ihre Malerei wieder aufzunehmen.

Das letzte bunte Herbstlaub fiel in den Parks und Alleen von den Bäumen, als Moira an einem frühen Samstagnachmittag im April unerwartet Besuch bekam. Sie hatte nach der Arbeit in der Fabrik ihren wöchentlichen Einkauf erledigt und überlegte, ob sie sich an diesem Wochenende die Ausgabe für einen Kinobesuch leisten sollte, als sie in die Rosebank Lane einbog – und Rebecca auf der Treppe vor dem Haus sitzen sah.

Die Überraschung und Freude war so groß, daß Moira beinahe ihre Einkaufstasche hätte fallen lassen. »Rebecca? Was für eine wunderbare Überraschung! Ich kann es gar nicht glauben! O mein Gott, wie lange wir uns nicht gesehen haben!« stieß sie hervor. »Über ein Jahr ist es her!«

Rebecca erhob sich von den Stufen und kam ihr lächelnd entgegen. »Laut meinem Tagebuch sind seit unserem letzten Treffen in River Bend genau sechzehn Monate und zehn Tage vergangen. Ich habe ja gehofft, du würdest mal den Weg zu mir nach Bathurst finden. Aber wenn der Prophet nicht zum Berg kommt, dann muß sich eben der Berg in Bewegung setzen«, scherzte sie.

Moira setzte ihre schwere Tasche im Vorgarten ab, und die beiden Freundinnen fielen sich lachend und mit Tränen in den Augen um den Hals. Die Freude über das Wiedersehen überwältigte sie beide gleichermaßen.

Rebecca hatte schon über eine Stunde vor dem Haus gewartet. Denn Gretna Drummond hielt zu dieser Tagesstunde ihren Mittagsschlaf. Aber auch wenn sie wach gewesen wäre, hätte sie ihr Klopfen nicht gehört.

»Wie lange kannst du bleiben?« lautete Moiras erste Frage.

»Über das Wochenende.«

Moira drückte sie noch einmal fest an sich. »Warum hast du mir nicht geschrieben, daß du kommst?« wollte sie dann wissen, während sie aufschloß. »Ich wäre dann sofort nach der Arbeit nach Hause gekommen und hätte etwas zum Mittag vorbereitet.«

»Es war ein sehr spontaner Entschluß, dich zu besuchen, und das Warten hat mir nichts ausgemacht«, versicherte ihre Freundin.
»Ich brühe uns einen Tee auf und mache schnell ein paar Sandwiches«, sagte Moira, setzte den Wasserkessel in der Küche auf den Gasherd und holte das frische Weißbrot aus ihrer Einkaufstasche. »Gut siehst du aus, Rebecca. Wie das blühende Leben. Das macht wohl die Liebe. Charles ist wahrlich ein Glückspilz.«
Rebecca lächelte, ging aber nicht darauf ein. »Du hast abgenommen«, stellte sie besorgt fest. »Und du siehst reichlich blaß und erschöpft aus, weißt du das?«
»Ich hatte sowieso ein paar Pfunde zuviel auf den Rippen. Und nach einer langen Arbeitswoche ist man eben nicht mehr ganz so taufrisch. Aber nach ein paar Stunden Schlaf kommt das wieder in Ordnung«, erklärte Moira mit strahlendem Blick. Die Aussicht, nach so langer Zeit wieder mit Rebecca zusammensein zu können, wenn auch nur für ein Wochenende, erfüllte sie mit einem überschwenglichen Glücksgefühl.
Als der Tee lange genug gezogen hatte sowie die Gurken- und Schinkensandwiches geschmiert und in Dreiecke geschnitten waren, führte Moira ihre Freundin nach oben in ihr kleines Reich, auf das sie bei aller Einfachheit sehr stolz war. Jedenfalls hatte sie sich bemüht, mit ihren bescheidenen Mitteln das Beste daraus zu machen. Das Lob, das Rebecca ihr spendete, tat ihr gut. Und ganz plötzlich überfiel sie der sehnsüchtige Wunsch, Sophie wäre noch am Leben und jetzt bei ihnen, so wie in der Zeit ihrer Jungmädchenjahre in Mildura, die ihr nun im nachhinein unbeschwert und idyllisch erschienen. Wo war nur die verträumte Unschuld dieser Jahre geblieben? Und wo die unerschütterliche Überzeugung, in ihrem Leben alles besser zu machen als ihre Eltern?
»Weißt du, woran ich gerade denken mußte? An Sophie.

Wenn sie doch jetzt bei uns sein könnte, dann wäre es wie früher in Mildura«, seufzte Moira. »Manchmal kann ich gar nicht glauben, daß sie schon fast drei Jahre tot ist.«
»Ja, ich vermisse sie auch sehr«, gestand Rebecca, und eine Weile ergingen sie sich in wehmütigen Erinnerungen an die vielen Mittwochnachmittage, Wochenenden und Festtage, die sie zusammen mit Sophie verbracht hatten. Wie wenig ernst sie Sophies Krankheit damals doch genommen und wie sicher sie sich gefühlt hatten, daß sie immer füreinander dasein würden.
Schließlich aber wechselte Rebecca das Thema und fragte: »Hast du inzwischen von Adrian gehört?«
Moira setzte langsam ihre Tasse ab. »Von den Briefen meiner Mutter weiß ich, daß er sich von morgens bis abends auf *Illawarra* abrackert. Von ihm selbst habe ich jedoch seit Melbourne nichts mehr gehört. Aber wenn er glaubt, er kriegt mich auf diese Weise klein und ich krieche doch noch zu Kreuze, dann täuscht er sich gewaltig!« antwortete sie und wollte dieses Thema so kurz wie möglich halten. Es hatten sich seit Melbourne jedoch zuviel Kummer und Zorn in ihr angestaut, und der Drang, ihrer Freundin ihr Herz auszuschütten, obwohl sie ihr das meiste ja schon in ihren Briefen mitgeteilt hatte, erwies sich einfach als zu übermächtig.
Rebecca war eine ebenso geduldige wie mitfühlende Zuhörerin. Und der Tee in der Kanne war längst kalt geworden, als sich der Kreis von Moiras Klagen und quälenden Fragen, auf die allein sie eine Antwort finden mußte, zum wiederholtenmal geschlossen hatte.
»Es tut mir leid, daß ich dir mit meinem altbekannten Dilemma die Ohren voll heule«, entschuldigte sich Moira später und wischte sich die letzten Tränen aus den Augenwinkeln. »Manchmal weiß ich beim besten Willen nicht, was mit mir los ist und was ich mir wirklich vom Leben ersehne, Rebecca. Ich fürchte, ich bin den Problemen der Liebe einfach nicht gewachsen.«

»Liebe ist nie ein Problem, Moira. Liebe ist das Maß aller Dinge und die Lösung aller Probleme.«
Moira verzog das Gesicht. »Ja, vielleicht bei dir und Charles. Aber für Adrian ist Liebe ganz und gar nicht das Maß aller Dinge«, widersprach sie grimmig. »Das ist für ihn allein *Illawarra*, und für diese elende Station ist er zu jedem Opfer bereit. Wie du siehst, hat er dafür sogar mich aufgegeben.«
»Ich glaube nicht, daß er dich aufgegeben hat. So wie auch du ihn wohl noch nicht aufgegeben hast. Denn sonst würdest du bei diesem Thema anders reagieren«, erwiderte Rebecca. »Aber vielleicht ist eurer beider Liebe nicht stark genug, um das Zentrum eures Lebens zu bilden und alles andere, was euch antreibt, in den Schatten zu stellen.«
»Ich liebe Adrian, und ich sehne mich nach ihm«, beteuerte Moira leise. »Aber ich kann nicht nach River Bend zurück, Rebecca. Ich kann einfach nicht! Auf *Illawarra* mein Leben verbringen zu müssen würde mich umbringen – langsam, aber unaufhaltsam.«
»Sagt Adrian nicht dasselbe von einem Leben in der Stadt?«
Moira schüttelte den Kopf. »Ich habe über zehn Jahre in River Bend und Mildura verbracht und weiß daher, wovon ich rede, wenn ich sage, daß ich auf Dauer für ein Leben auf dem Land nicht geschaffen bin. Doch Adrian hat das Leben in der Stadt erst gar nicht in Erwägung gezogen. Er ist ja nicht einmal bereit gewesen, mit mir auch nur ein Jahr in der Stadt zu verbringen und zu sehen, wie es ihm gefällt. Er klammert sich an die enge Welt der eigenen Scholle und verlangt von mir, daß ich all meine Sehnsüchte und Träume aufgebe.«
»Immerhin mußte er die Verantwortung für seine Mutter und seine kleine Schwester übernehmen«, wandte Rebecca ein. »Er konnte sie ja schlecht im Stich lassen und …«
»Ja, ich weiß, was du sagen willst. Hinter dieser Verantwortung hat Adrian sich immer verschanzt«, fiel Moira ihr ergrimmt ins Wort. »Pflichterfüllung und sich mit dem bescheiden, was man sicher in der Hand tat, das ist für Adrian

das Maß aller Dinge! Andere Lösungen kommen nicht in Frage und werden deshalb auch erst gar nicht gesucht.«

»Du gehst wirklich harsch mit ihm ins Gericht.«

»Ich werde nie vergessen, was er nach dem Tod seines Vaters und Bruders zu mir gesagt hat, als ich ihn beschwor, mit mir fortzugehen und unsere Träume nicht zu verraten: ›Das Leben fragt nicht danach, wovon man träumt, Moira! Es stellt sich uns mit Tatsachen in den Weg und überträgt uns Verantwortung. Kurz und gut: Das Leben kümmert sich nicht um unsere Träume, sondern will so bewältigt werden, wie es sich uns in der Wirklichkeit präsentiert!‹ Das waren seine Worte! Und danach lebt und handelt er, weil es für ihn das Maß aller Dinge ist – und nicht unsere Liebe und die Träume, die wir einmal zusammen geträumt haben!«

»Und was machen deine ehrgeizigen Träume, dir in der Kunst einen Namen zu machen?« wollte Rebecca wissen und deutete mit dem Kopf zur Staffelei hinüber. »*Dein* Maß aller Dinge?«

Ein bitteres Lächeln glitt über Moiras Gesicht. »Ich habe viele Bilder im Kopf, die darauf drängen, gemalt zu werden. Aber was nützen Phantasie und Wille ohne die notwendige Kraft, eine Idee auch in die Tat umzusetzen?« fragte sie zurück. »Ich habe mich hier in Sydney durchgebissen, Rebecca. Und ich bin stolz darauf, daß ich Arbeit gefunden habe, mit den anderen Frauen mithalten kann und auf eigenen Füßen stehe – wenn auch noch etwas wacklig. Doch das letzte Bild habe ich in Melbourne gemalt, vor gut acht Monaten. Denn wenn ich von der Fabrik nach Hause komme, dann fehlt mir einfach die Energie, die Müdigkeit zu überwinden und mich noch für einige Stunden an die Staffelei zu setzen. Den Traum von einem Studium habe ich natürlich längst aufgegeben. Ich werde nie mehr so viel Geld zusammenbekommen, um die Studiengebühren bezahlen und auch noch meinen Lebensunterhalt bestreiten zu können.«

»Und dabei hast du ein so großes Talent!« sagte Rebecca,

und in ihrem Blick lag schmerzliches Bedauern, daß diese außergewöhnliche Gabe ihrer Freundin schon so lange brachlag.
Moira zwang sich zu einem Lächeln. »Mach doch nicht so ein trauriges Gesicht, Rebecca! Die meisten Künstler, die etwas geworden sind, haben nie eine Kunstakademie besucht. Also warum soll ich dem nachtrauern? Wenn ich wirklich etwas tauge, dann werde ich es auch so schaffen. Und ich glaube, daß die schlimmste Zeit jetzt hinter mir liegt. Immerhin habe ich mich schon wieder so weit gefangen, daß ich die Staffelei aufgestellt und mir ernsthaft vorgenommen habe, wieder zu Malstift und Pinsel zu greifen. So, und nun haben wir genug über mich und Adrian geredet!« sagte sie und setzte sich mit einem demonstrativen Ruck auf. »Jetzt bist du an der Reihe. Du hast mir bestimmt eine Menge zu erzählen. Aber spann mich nicht auf die Folter! Du rückst besser sofort damit heraus, für wann ihr den Hochzeitstermin festgelegt habt!«
Rebecca lächelte zurückhaltend. »Charles und ich, wir haben unsere Verlobung gelöst.«
»Ihr habt was?« fragte Moira entgeistert.
»Es wird keine Hochzeit geben. Eigentlich war uns das schon länger klar, doch wir wollten uns das nicht eingestehen. Keiner wollte dem anderen weh tun. Wir haben uns nun aber endlich ausgesprochen und uns als gute Freunde getrennt.«
»Ja, aber warum?«
»Weil mir klargeworden ist, daß ich eine Sehnsucht in mir habe, die mir das Leben als Ehefrau nie erfüllen kann, sosehr ich mich auch zu Charles hingezogen fühle«, antwortete Rebecca mit einem Ernst, der jedoch von einem glücklichen Strahlen überlagert war. »Die Erfüllung dieser Sehnsucht, die mich treibt und mit jedem Jahr stärker geworden ist, kann ich nur in einer anderen Lebensweise der Hingabe finden ...«
Moira wußte plötzlich, wovon ihre Freundin sprach. »Sag bloß, du nimmst den Schleier?« stieß sie hervor, betroffen zwar, aber doch nicht wirklich überrascht. Ihr war, als hätte

sie schon seit Beginn ihrer Freundschaft damit gerechnet, ohne sich dessen jedoch selbst bewußt gewesen zu sein. »Du willst einem Konvent beitreten, nicht wahr?«

Rebecca lächelte. »Ja, ich werde Nonne und trete nächste Woche ins Noviziat des Klosters *Our Lady of the Sacred Heart* ein. Die Abtei liegt in einem abgeschiedenen Tal der Blue Mountains bei Katoomba und gehört dem kontemplativen Orden der reformierten Benediktinerinnen an, die besser als Zisterzienserinnen bekannt sind.«

»Ja, aber ...« Moira wußte in ihrer Verstörung nicht, was sie darauf erwidern sollte.

Rebecca lachte. »Nun mach nicht so ein Gesicht, als hätte ich dir eine unheilbare Krankheit gestanden oder dir die Freundschaft aufgekündigt. Weißt du noch, was Schwester Johanna immer gesagt hat? ›Vor törichter Frömmigkeit und sauertöpfischen Heiligen verschone uns, o Herr!‹«

»Ja, Schwester Johanna hat gern und häufig Theresia von Lisieux zitiert«, erinnerte sich Moira mit einem flüchtigen Lächeln.

»Und ich bin weder von törichter Frömmigkeit, noch habe ich einen Hang zum Sauertöpfischen, wie du weißt. Ich bin vielmehr glücklich, daß ich endlich den Mut gefunden habe, zu dem zu stehen, was mich erfüllt und unwiderstehlich anzieht. Jahrelang habe ich diese Entscheidung vor mir hergeschoben, weil ich Charles und auch meinen Vater nicht enttäuschen wollte. Aber es wäre nicht recht gewesen, Charles zu heiraten und sich innerlich doch nach einem ganz anderen Leben zu sehnen.«

»Aber du hast ihn doch aufrichtig geliebt und wolltest doch so gern Lehrerin sein!«

»Ja, ich habe zuerst ein anderes Leben gesucht, als ich nach der Schule frei in meinen Entscheidungen war, das ist richtig. Wir alle brechen zu dieser Suche auf, wenn wir sozusagen flügge geworden sind und das elterliche Nest verlassen oder daraus gestoßen werden. Aber suchen und etwas ganz anderes finden, das ist nun mal die wahre Natur des Lebens.« Sie erhob sich. »Komm, laß uns einen Spaziergang machen. Es ist ein so herrlicher Tag, und die Herbstsonne wird uns guttun. Wir können auch beim Spazierengehen über alles reden.«

Sie nahmen die Tram zum Botanischen Garten, dessen weitläufige, gepflegte Anlagen sich vom Hyde Park bis hinunter an die blaue Bucht von Farm Cove erstreckten. Das Herbstlaub raschelte unter ihren Schuhen, während sie in immer neuen Schleifen den gewundenen Wegen folgten, gelegentlich auf einer Bank eine Rast einlegten und die milde Nachmittagssonne des scheidenden Herbstes genossen.

»Eigentlich hätte ich ja gar nicht überrascht sein dürfen«, sagte Moira nachdenklich. »Denn gleich am ersten Tag, als ich in die Klosterschule kam, hast du ja schon prophezeit, daß du mit deinem Namen vermutlich nie wieder aus den Mauern des Klosters herauskommst. Und nun nimmst du tatsächlich den Schleier.«

»Ich habe mich lange genug davor gedrückt. Wir alle wollen den Regenbogen, doch ohne den Regen ist der nicht zu haben.«

»Hast du es dir auch wirklich gut überlegt, Rebecca?« fragte Moira eindringlich. »Ist dir klar, was du alles aufgibst, wenn du Nonne wirst?«

»Gewinn und Verlust, Erfolg und Versagen sind keine objektiven, feststehenden Größen, sondern immer subjektive Einschätzungen, Moira. Beispielsweise stellt für einen überzeugten Junggesellen die Ehe den bitteren Verlust individueller Freiheit dar, während zwei Menschen, die sich lieben, erst in ihrer Verbindung Glück und Freiheit finden.«

»Das kann man damit doch nicht vergleichen.«

»Da bin ich aber anderer Meinung. Denk doch nur an dich und Adrian: Du hältst das Leben in einer großen Stadt im Vergleich zum Leben auf dem Land für so erstrebenswert, daß du dafür große Opfer auf dich zu nehmen bereit bist,

während Adrian genau entgegengesetzt denkt und fühlt. Was nun mich betrifft, so gebe ich nichts auf, sondern ich gewinne«, widersprach Rebecca ihr fast belustigt. »Ich bin endlich frei für das geworden, was meinem innersten Wesen entspricht, Moira. Es ist, wie wenn nach einer verworrenen Nacht der helle Tag anbricht. Christus fordert von uns allen die große Lebensentscheidung, die natürlich für jeden anders ausfällt – eben entsprechend seinen Anlagen und wahren Bedürfnissen, die in seinem Wesen angelegt sind. Und meine ziehen mich unwiderstehlich ins Kloster.«
»Und was sagt dein Vater dazu?«
Rebecca seufzte und machte ein trauriges Gesicht. »Er versteht es nicht, weil er es nicht verstehen will. Er akzeptiert es nicht, so wie er auch den Tod meiner Mutter nicht akzeptiert hat. Er kann nicht loslassen, so daß Trauer bei ihm in Wirklichkeit grenzenloser Egoismus ist. Und er will sich auch nicht wieder binden – in keiner Beziehung. Wie so viele andere Menschen verwechselt er Freiheit, die doch immer eine Freiheit *für etwas* und somit ziel- und sinngerichtet ist, mit reiner Bindungslosigkeit und versucht die Sinnfrage des eigenen Lebens durch angestrengten Aktivismus zu verdrängen.«
»Vielleicht legst du seine Trauer und seine Besorgnis über deinen radikalen Schritt nur falsch aus.«
Rebecca verneinte das. »Mein Vater ist ein agnostischer Skeptiker, der alles für unsicher hält, seine eigene Existenz eingeschlossen. Er will nicht sehen, daß Schöpfung mehr ist als bloße Natur – und daß Glaube und Verstand sich nicht ausschließen, sondern einander vielmehr ergänzen. Er glaubt an den Fortschritt im Kleid des Humanismus, den Götzen der Aufklärung, der angeblich alles erklären und der Welt das Heil bringen kann.«
»Na, da sprechen die Kriege der letzten Jahre aber eine ganz andere Sprache«, sagte Moira.
»Ja, das ist leider wahr. Aber mein Vater verbarrikadiert sich

hinter dem Schild seiner Bildung und akzeptiert allein das, was die Wissenschaft beweisen und der Verstand nachvollziehen kann – und sieht damit den Menschen selbst als das Maß aller Dinge«, sagte Rebecca. »Der moderne Mensch will seine Existenz keinem mehr verdanken, sondern selbst Schöpfer sein. Doch je mehr er sich über sich erhebt, desto unzufriedener wird er und desto weniger versteht er sich selbst. Mein Vater ist leider ein gutes Beispiel dafür, und allein das macht mich an seinem Verhalten traurig.«
»Und dennoch hat er dich in eine Klosterschule geschickt?« wunderte sich Moira.
Rebecca schmunzelte. »Das Internat des St. Catherine Convent hat er zweifellos aus praktischen Gründen gewählt, weil er mich dort in der Nähe der Lyndhams gut aufgehoben wußte. Aber vielleicht hat er im Hinterkopf ja auch noch den Gedanken gehabt, daß die strenge Zucht einer Klosterschule die beste Voraussetzung dafür sei, eine starke Abneigung gegen Religion und Glauben zu entwickeln.« Ihre Augen funkelten vergnügt. »Wie konnte er auch ahnen, daß ich dort trotz der verbiesterten Schwester Scholastica sowie Schwester Theodora und Schwester Clara, die uns den Glauben an einen barmherzigen Gott und an ein Evangelium als befreiende *Froh*botschaft nicht gerade leichtgemacht haben, daß ich dort nicht nur die Liebe zum Gebet finden würde, sondern auch den richtigen Weg zu mir selbst? Zugegeben, er hat mich erst einmal viele Jahre durch einen Irrgarten der Zweifel geführt, aber inzwischen habe ich erkannt, daß auch das dazugehört.«
Moira war dankbar für die anderthalb Tage, die sie nach so langer Zeit, die sie einander nicht gesehen hatten, miteinander verbringen konnten. Manchmal umfing sie ein wunderbares Glücksgefühl, als seien sie wieder in jene Zeit ihrer Vergangenheit zurückgekehrt, als sie ein Zimmer, manchmal auch ein Bett und viele kleine Geheimnisse geteilt hatten und als ihnen die Welt jenseits der Klosterschule so verheißungs-

voll erschienen war, daß sie es nicht hatten abwarten können, erwachsen zu werden und ihre Ansprüche in dieser Welt anzumelden.

Ihre Freundschaft hatte nichts an Tiefe verloren, sondern vielmehr an Reife und gegenseitiger Verbundenheit gewonnen. Das bewiesen ihre langen, ernsten Gespräche wie auch die ausgelassenen Stunden, in denen sie miteinander lachten und mehr den jungen Mädchen ähnelten, die in der Klosterschule kichernd Streiche ausgeheckt und sich über die Schrullen mancher Schwestern lustig gemacht hatten, als erwachsenen Frauen am Scheideweg ihres Lebens. Sie unternahmen lange Spaziergänge, fuhren mit der Fähre über die Bai, kochten zusammen in Gretna Drummonds Küche und besorgten deren Wäsche, legten Patiencen, beteten wie früher Seite an Seite vor dem Schlafengehen und am Morgen nach dem Aufstehen und schliefen Arm in Arm in einem Bett.

Und dennoch kämpften das ganze Wochenende über tief in Moiras Innerstem widerstreitende Gefühle miteinander. Einerseits spürte sie die starke innere Freude und Befreiung, die ihre Freundin erfüllte, und sie freute sich für Rebecca, daß sie wußte, wo ihre Sehnsucht Erfüllung finden konnte. Aber andererseits weckte die Vorstellung, sie von der nächsten Woche an hinter den Mauern eines Klosters und damit quasi nicht mehr zu ihrem weiteren Leben gehörend zu wissen, in ihr heftigen Widerstand. Sie wollte es sich nicht eingestehen, aber sie fühlte sich nun auch von Rebecca im Stich gelassen. Oder war es gar Neid auf ihre Freundin, weil Rebecca gefunden hatte, wonach sie, Moira, noch immer vergeblich suchte?

ACHTES KAPITEL

Rebeccas Besuch rüttelte Moira auf. Die Radikalität, mit der ihre Freundin ihr Leben neu ausgerichtet hatte, erinnerte sie nachdrücklich daran, weshalb sie River Bend verlassen hatte. Der Wunsch, sich in die Masse der schlechtbezahlten Fabrikarbeiterinnen einzureihen und sich im täglichen Überlebenskampf zu behaupten, hatte sie ganz sicher nicht nach Melbourne und jetzt nach Sydney getrieben. Arbeit bis zur Erschöpfung und zu einem Hungerlohn hätte sie auch in River Bend gefunden. Nein, Malerin hatte sie werden wollen! Diesem ehrgeizigen Traum, an den sie unerschütterlich geglaubt hatte und für dessen Verwirklichung sie zu jedem Opfer bereit gewesen war, war sie gefolgt.

O ja, Opfer hatte sie bereitwillig gebracht. Aber was war indessen aus ihrem Traum geworden? Brannte er noch mit lodernder Flamme in ihr, oder war dieses Feuer nicht schon längst in sich zusammengefallen und zu einem armseligen Häufchen Glut geworden?

Seit acht Monaten lebte sie nun schon in Sydney. Doch in dieser Zeit hatte sie noch nicht ein Museum besucht, war in keiner Galerie gewesen, hatte noch nicht eine einzige Kunstakademie aufgesucht – und was das Schlimmste war: Sie hatte in diesen Monaten noch nicht ein einziges Bild gemalt! Was für eine ernüchternde und beschämende Bilanz!

Moira erschrak, als sie sich eingestehen mußte, in einen lähmenden Alltagstrott aus Ermüdung und Gleichgültigkeit gesunken zu sein, der sie wie ein tückischer Sumpf immer tiefer zog. Statt weiterhin verbissen nach den Sternen ihrer Träume zu greifen, hatte sie sich mehr und mehr damit zufriedengegeben, eine feste Arbeitsstelle zu finden und ein

sicheres Auskommen zu haben. Sie hatte ihre Ideale für eine Handvoll schäbiges Kleingeld verkauft!
Aber der Mensch lebte nicht von Brot allein.
Rebecca hatte ihr, wohl ohne es zu wissen, den Spiegel vorgehalten. Und was Moira darin sah, gefiel ihr gar nicht. Es war ein erschreckend trostloses Bild, das ihr da entgegenblickte. Konnte sie in den müden Zügen der Fabrikarbeiterin Moira Mayfield denn nicht jetzt schon die Verbitterung erkennen, die ihr Gesicht in späteren Jahren zeigen würde?
Die Erschütterung ging tief. Die Angst, vielleicht schon in wenigen Jahren alle Träume und damit auch ihr Selbstwertgefühl begraben zu haben, wenn sie sich weiterhin so gehenließ, weckte ungeahnte Energien in ihr. Noch am Montag setzte sie sich gleich nach der Arbeit vor ihre Staffelei und begann zu malen. Daß ihr das Bild, das die Hinterhöfe der Rosebank Lane zeigte, nicht sonderlich gelang, war dabei ohne Bedeutung. Daß sie überhaupt die Kraft fand, sich an die Arbeit zu machen, weckte Zuversicht und spornte an. Und am Wochenende besuchte sie zum erstenmal wieder eine Galerie. Mit einer Mischung aus Neid und Bewunderung studierte sie die Bilder zeitgenössischer Künstler, die in den Räumen der *New South Wales National Gallery of Art* ausgestellt waren und die sie sich danach noch oft anschauen sollte. Dabei gingen ihre Gedanken oft in die Zeit zurück, die sie in Melbourne verbracht hatte – als Anthonys Protegé. Und wie oft meinte sie, in ihren Gedanken seine Stimme zu hören, wie er sein kritisches Urteil über das jeweilige Werk fällte, das sie gerade betrachtete. Er hatte ihr Auge für die Kunst geschärft und ihr unglaublich viel in den wenigen Monaten beigebracht – und sie hätte alles für ihn getan. Ihr Leben in Melbourne hätte wunderbar sein können. Sie hatte sich auf dem richtigen Weg befunden, um eines Tages mit ihrem Talent in dieser kunstbeflissenen Stadt anerkannt zu werden. Und dann dieser entsetzliche, erniedrigende Skandal, der sie alles gekostet hatte, was sie sich in Melbourne erträumt und

zum Teil schon in Händen gehalten hatte. Wie hatte er sie nur so ausnutzen und hintergehen können?
Die Wunde, die Anthony Shaw ihr geschlagen hatte, schmerzte nicht weniger als das, was Adrian ihr angetan hatte – und noch immer antat.

Daß Moira noch rechtzeitig aus der drohenden Sackgasse der Willenlosigkeit und schleichenden Resignation herauskam, verdankte sie ohne jeden Zweifel dem Besuch ihrer Freundin. Aber daß sie nicht schon wenige Wochen später wieder rückfällig wurde, hatte in erster Linie mit einer Verwechslung sowie mit Jill Sullivan zu tun.
Jill Sullivan gehörte zu jenen Frauen in der Konservenfabrik, über die hinter vorgehaltener Hand getuschelt wurde, daß sie Verbindung zu militanten Gewerkschaftlern unterhielten, und mit denen Moira von Anfang an jeden Kontakt gemieden hatte. Und sie war nicht die einzige, die nichts mit ihr zu schaffen habe wollte.
Die quicklebendige und recht attraktive, schwarzhaarige Person arbeitete in der Halle zwei Bänder vor ihr und zählte wie sie zu der kleinen Schar derjenigen, die zwar schon Mitte Zwanzig waren, aber noch keinen Ehering trugen. Die Mehrzahl der Arbeiterinnen bei *Sun Crest Cannery* bestand aus jungen unverheirateten und älteren verheirateten Frauen. Und es waren insbesondere die verheirateten Frauen, die sich von Jill Sullivan fernhielten.
Auf dem freien Gelände, in den zugigen Gängen sowie in den Umkleide- und Toilettenräumen der Fabrik hatte Moira im Laufe der Monate die eine oder andere Bemerkung über Jill Sullivan aufgeschnappt. Keine davon war geeignet gewesen, ein positives Bild von ihr zu zeichnen. Angeblich verkehrte sie nicht nur in den Kreisen der radikalen »Wobblies«, wie die militanten Gewerkschaftler der aus Amerika stammenden Bewegung *Industrial Workers of the World* genannt wurden,

sondern führte auch noch ein sehr freizügiges, um nicht zu sagen zügelloses Leben.
Jill Sullivan verstand jedoch ebenso zügig wie ausdauernd zu arbeiten und konnte alle Arbeiten gleich gut verrichten, egal an welchem Platz. Wenn irgendwo jemand ausfiel, sprang Jill Sullivan für sie ein. Deshalb, so nahm man an, hatte Jack Archer, der bullige Hallenaufseher, sie bisher auch in Ruhe gelassen. Dabei war er unter den jungen Frauen nicht nur als Po- und Busentatscher gefürchtet, sondern auch als Sozialisten- und Gewerkschaftshasser bekannt, der nichts lieber tat, als Arbeiterinnen, die er gewerkschaftlicher Umtriebe verdächtigte, bei Mister Mortland zu denunzieren. Was unweigerlich dazu führte, daß Justus Mortland junior, der arrogante, eitle Sohn des Fabrikbesitzers und als stellvertretender Direktor zuständig für alle Personalfragen, wieder einmal auf seine sadistische Art vor aller Augen ein Exempel statuierte. Denn statt die betreffende Person kurzerhand zu sich zu zitieren und ihr die Kündigung auszusprechen, kam er in solchen Fällen jedesmal aus seinem Büro spaziert, schritt mit einer Lohntüte in der erhobenen Hand gemächlich und manchmal sogar pfeifend an den Reihen der verschreckten Mädchen und Frauen entlang und blieb schließlich vor der Unglücklichen stehen. Und mit immer denselben lauten und sarkastischen Worten »Du wirst hier nicht mehr gebraucht. Grüße an deine sozialistische Internationale, die dir jetzt sicher eine andere und natürlich viel besser bezahlte Arbeit besorgen wird!« drückte er ihr dann den Restlohn in die Hand und wies sie vom Fabrikgelände.
Daß die Gerüchte, die unter den Arbeiterinnen über Jill Sullivans Kontakte zu den Wobblies der IWW kursierten, der Wahrheit entsprachen, fand Moira an einem dunklen, stürmischen Wintermorgen heraus. Aus Gleichgültigkeit und völlig gegen ihren Willen wollte sie weder etwas mit ihr zu tun haben noch Genaueres darüber wissen, in welche linken Aktivitäten sie verwickelt war.

An diesem regnerischen Morgen traf Moira fast eine halbe Stunde früher als sonst auf dem Gelände der *Sun Crest Cannery* ein. Im Tramdepot war weniger Arbeit als üblich angefallen, weil an diesem Tag eine brandneue Tram in Betrieb genommen worden war und drei Waggons noch im Reparaturschuppen standen. Ein böiger, kalter Wind, der von der See kam und durch die Straßenschluchten fegte, peitschte ihr den Regen ins Gesicht. In ihrer Eile, so schnell wie möglich ins Trockene zu kommen, stolperte sie auf dem Vorplatz über einen Stein und stürzte. Dabei schürfte sie sich auf dem Schotterboden schmerzhaft den rechten Unterarm auf. Die Wunde reichte vom Handgelenk bis fast zum Ellbogen.
Die Angst vor einer Entzündung, die zur Vereiterung der Wunde führen und sie dann um ihre Arbeit bringen konnte, war größer als der brennende Schmerz in ihrem Arm. Schnell stand sie auf, eilte über den freien Platz und suchte in der Fabrik den Toilettenraum auf, um die Wunde sofort auszuwaschen und mit einem Taschentuch zu verbinden. Sie konnte noch von Glück im Unglück sagen, daß sie an diesem Morgen schon so früh in der Fabrik war und daher ausreichend Zeit hatte. Denn sonst hätte sie es nicht mehr rechtzeitig an ihren Arbeitsplatz geschafft, was ihr eine Verwarnung von Jack Archer sowie eine Lohneinbuße eingebracht hätte.
Um mehr Bewegungsfreiheit zu haben und den Dreck auch vom eingerissenen Ärmel zu waschen, zog Moira nicht nur ihr Regencape, sondern auch ihr Baumwollkleid aus und hängte es an den Nagel, der neben dem halb erblindeten Spiegel aus der rissigen Wand ragte. Eine nackte Glühbirne baumelte in der Mitte des langgestreckten Raums von der Decke, der sechs primitive Toilettenverschläge und zwei uralte Waschbecken mit tropfenden Wasserhähnen voll häßlich brauner Rostflecken enthielt.
Sie hörte die wütenden Rufe, die gedämpft aus der Richtung zu ihr drangen, wo sich das Lager befand, schenkte ihnen

jedoch keine Beachtung. Sie war viel zu sehr damit beschäftigt, die lange Schürfwunde an ihrem Unterarm auszuwaschen, und das ging nicht ohne Schmerzen vonstatten, wie behutsam sie dabei auch vorging.

Plötzlich wurde die Tür zum Waschraum aufgestoßen – und Jill Sullivan stürzte herein, gefolgt von einem etwas älteren, kräftigen Mann in der derben Kleidung eines Dockarbeiters. Er trug ganz nach Art der Schauerleute eine schwarzlederne Ballonmütze. Von derselben Farbe war auch sein volles lockiges Haar, das wie ungebändigte Putzwolle darunter hervorquoll. Unter dem Arm hielt er ein in Jute eingewickeltes Paket.

»Hier werden sie dich zuletzt suchen, Byron!« stieß Jill atemlos hervor, riß sich ihre Pudelmütze vom Kopf, die sie sich bis über die Ohren gezogen hatte, und fuhr sich durch das verschwitzte Haar. »Das Fenster da hinten führt …« Jäh brach sie ab, als sie nun Moira bemerkte. Ihre Augen weiteten sich vor ungläubigem Erschrecken. Sie hatte natürlich damit gerechnet, den Waschraum um diese Zeit verlassen vorzufinden.

Moira war nicht weniger erschrocken.

Der Mann namens Byron, dessen Gesicht mit der kantigen Kinnpartie und den hohen, ausgeprägten Wangenknochen eine herbe Männlichkeit ausstrahlte, zeigte jedoch weder Bestürzung noch Anzeichen von Verlegenheit. Und dabei stand Moira im Unterrock vor ihm, unter dessen dünnem Stoff sich ihr Hüfthalter mit den breiten Strumpfbändern sowie ihr BH deutlich abzeichneten.

»Wir scheinen wohl zu etwas unpassender Zeit hier hereinzuplatzen«, sagte er fast vergnügt und blickte nicht einmal schamhaft zur Seite, sondern nahm lächelnd in sich auf, was sich seinen unglaublich blauen Augen darbot. »Ich bitte um Nachsicht für die kleine Störung, Miss.« Er tippte wie ein Seemann an seine Kappe, zwinkerte ihr zu und ging an ihr vorbei zum schmalen Milchglasfenster, das sich am hinteren

Ende des schlauchartigen Waschraums befand. Es klemmte. Byron zerrte mit aller Kraft am Eisengriff, doch das Fenster bewegte sich nur eine Daumenlänge in seinen eingerosteten Scharnieren.

Jill stürzte auf Moira zu. »Du bist doch eine von uns. Dein Name ist Moira, nicht wahr? Du mußt uns helfen!« stieß sie beschwörend hervor. »Jack Archer und das Dreckstück Mortland junior sind mit zwei von den Wachleuten hinter Byron her! Wenn sie ihn mit den Flugblättern der Wobblies erwischen, werden sie ihn brutal zusammenschlagen, und ich verliere meine Arbeit. Das darfst du nicht zulassen!«

»Flugblätter?« Es stimmte also, was man über Jill und ihre Verbindung zu den Wobblies der IWW tuschelte! Ein Anflug von Panik erfaßte Moira, und sie wollte der Frau antworten, daß sie nicht die Absicht hatte, sich von ihr und ihrem Freund mißbrauchen zu lassen. Dann aber las sie die Angst in Jills Augen, und sie wurde wankend. Sie verabscheute Jack Archer und Mortland junior wie alle anderen, die für die *Sun Crest Cannery* arbeiteten. Und sie sagte sich, daß sie nicht so feige sein konnte, Jill und ihren Freund an die beiden auszuliefern, auch wenn sie nichts mit ihren gewerkschaftlichen Umtrieben zu tun haben wollte.

Auf dem Gang vor den Toilettenräumen wurden Männerstimmen laut. Das mußten Jack Archer und Justus Mortland mit ihrem Gefolge sein.

»Wenn sie uns hier finden, steckst du mit drin!« stieß Jill warnend hervor. »Sie werden dir nicht glauben, daß du ausgerechnet heute morgen zufälligerweise genauso früh hier warst wie Byron und ich. Da kannst du reden, was du willst!«

Moira fand diese Drohung empörend, zumal sie ihr eben noch aus freien Stücken hatte helfen wollen, und warf ihr einen wütenden Blick zu. Doch für einen Wortwechsel war jetzt keine Zeit. Jill hatte recht: Wenn man sie in Gesellschaft dieser beiden Wobblies erwischte, würde man sie ebenfalls, ohne mit der Wimper zu zucken, vor die Tür setzen.

»Versteckt euch in der hintersten Toilettenkabine!« forderte Moira sie grimmig auf. »Aber laßt die Tür halb offenstehen, als wäre sie genauso unbesetzt wie die anderen!«
Byron und Jill taten wie geheißen. Sie versteckten sich hinter der Tür des letzten Verschlags.
Moira zögerte kurz, dann zog sie hastig den Unterrock über den Kopf, hängte ihn zu ihrem Kleid und beugte sich mit ihrem aufgeschürften Unterarm wieder über das Waschbecken. Sie spürte ihr Herz bis zum Hals schlagen. Würden die Männer es wagen, auch hier auf der Frauentoilette nach den beiden Wobblies zu suchen?
Die Tür flog mit einem Knall auf, und Moira brauchte ihr Erschrecken nicht zu spielen, als die beiden Wachleute in den Raum stürzten. Der Schrei, der ihr beim Eindringen der Männer entfuhr, war echt und durchdringend. Sie fuhr vom Waschbecken zurück, kreuzte verstört die Arme vor der Brust, griff dann mit einer Hand nach ihrem Unterrock und hielt ihn sich schützend vor den Körper. »Was ... was hat das zu bedeuten?« rief sie schrill, hochrot im Gesicht vor echter schamvoller Verlegenheit, aber auch vor Empörung. »Raus! ... Was für eine Unverschämtheit! ... Wie können Sie es wagen, hier ... Raus! ... Verschwinden Sie! ... Sofort!«
Die beiden Wachleute blieben abrupt und sichtlich verdutzt stehen. Dann schlich sich ein breites Grinsen auf ihre Gesichter.
»Habt ihr das dreckige Aufwieglerpack gefunden?« Jack Archer tauchte in der Tür auf, gefolgt von Justus Mortland, der sich gerade eine Zigarette angezündet hatte.
»Nein, dafür aber eine andere Überraschung, Boss«, sagte einer der Wachmänner mit einem anzüglichen Grinsen.
»Oh!« kam es verblüfft von Jack Archer. Dann zeigte sich auch auf seinem grobflächigen Gesicht ein vergnügtes, schadenfrohes Lächeln.
»Das ... das ist empörend ... erniedrigend!« protestierte Moira. »Wie können Sie einfach hier hereinplatzen? Das

ist … skandalös!« Moira wich zurück, als fürchtete sie das Schlimmste.

Justus Mortland musterte Moira mit unverhohlenem Interesse. »Wer ist diese Frau, Jack?«

»Miss Moira Mayfield.«

»Und?«

Jack Archer schüttelte den Kopf. »Eine tüchtige Arbeiterin, die vom ersten Tag an dabei ist. Mit dem faulen Gewerkschaftspack hat sie nichts zu tun, Mister Mortland«, versicherte er. »Von diesem Gesindel hält sie sich fern. Sie weiß, was gut für sie ist.«

»Was wollen Sie von mir?« fragte Moira, und es gelang ihr, ihrer Stimme die richtige Mischung aus Entrüstung und Unterwürfigkeit zu geben. »Wovon reden Sie überhaupt?«

»Wir suchen einen Mann und eine Frau, arbeitsscheues Gewerkschaftsgesindel, vermutlich Wobblies, vielleicht sogar Kommunisten. Die beiden wollten hier wohl heimlich Flugblätter verteilen«, erklärte der Hallenaufseher. »Vielleicht sind Ihnen die beiden begegnet, Miss Mayfield?«

Moira schüttelte den Kopf und antwortete mit grimmiger Miene: »Ich habe mit diesen Leuten nichts zu tun, Mister Archer! Ich habe genug andere Sorgen.« Sie erklärte kurz, weshalb sie an diesem Morgen schon so früh in der Fabrik war, und hob ihren Arm, damit sie alle die häßliche Schürfwunde sehen konnten, die sie sich beim Sturz zugezogen hatte.

»Los, steht nicht so blöde herum. Hier ist das verdammte Wobblypack nicht. Also sucht woanders!« forderte Justus Mortland die beiden gaffenden Wachmänner ungehalten auf, die daraufhin mit einem hastigen »Ja, Sir!« aus dem Waschraum stürmten. Er warf Moira noch einen abschätzigen Blick zu und ging dann ebenfalls hinaus – ohne ein Wort der Entschuldigung.

»Tut mir leid für die kleine Unannehmlichkeit, Miss Mayfield«, sagte Jack Archer, während sein lüsterner Blick an ihren Beinen hochwanderte und seine Worte Lügen strafte.

»So hat eben jeder Tag seine unangenehmen und seine erfreulichen Überraschungen. Also dann, nichts für ungut.« In der Tür blieb er noch einmal kurz stehen und fügte mit leiser Stimme unverhohlen zweideutig hinzu: »Sie haben schon immer einen guten Eindruck auf mich gemacht, Moira. Und den habe ich jetzt mehr als bestätigt gefunden. Ich kann eine Menge für Sie tun, wenn Sie Interesse haben. Denken Sie mal darüber nach.« Er nickte ihr zu und schloß die Tür hinter sich.

»Schmieriger Denunziant und Grabscher!« schleuderte Moira ihm voller Abscheu, aber nur im Flüsterton hinterher.

Die hinterste Kabinentür knarrte, als Byron und Jill aus ihrem Versteck kamen. »Das hast du ja ausgezeichnet hingekriegt!« lobte Jill leise.

Byron sah blaß aus, vermochte jetzt jedoch schon wieder zu lächeln. »Ja, das war wirklich gelungen, Miss Mayfield – und zudem natürlich bestimmt auch noch hübsch anzusehen.«

Moira lief unter seinem unverschämt schamlosen Blick hochrot an. »Drehen Sie sich gefälligst um, wenn Sie auch nur einen Funken Anstand im Leib haben!« fuhr sie ihn gedämpft an.

»Byron wollte doch nur ...«

Moira fiel Jill scharf ins Wort. »Wage es nicht noch einmal, so etwas mit mir zu machen!« zischte sie zornbebend. »Und jetzt seht zu, daß ihr das Fenster aufbekommt und verschwindet!«

»Der Vorschlag hat eine ganze Menge für sich«, pflichtete Byron ihr spöttisch bei. »Komm her und hilf mir, Jill!«

Hastig zog Moira sich wieder an. Sie zitterte vor innerer Aufregung und konnte gar nicht schnell genug aus dem Waschraum kommen. Was aus Jill und Byron wurde, kümmerte sie nicht.

Beide entkamen unerkannt ihren Häschern. Und es wunderte Moira nicht, als Jill pünktlich an ihrem Arbeitsplatz erschien und Jack Archer sie nicht einmal mit Fragen belästigte. Er

trieb sich vielmehr ungewöhnlich oft in ihrer Nähe herum, belästigte sie jedoch nur mit Blicken.
Jill bedeutete ihr während der Mittagspause, daß sie gern mit ihr reden wollte. Doch Moira dachte gar nicht daran, auch nur noch ein Wort mit ihr zu wechseln. Und als Jill sie nach der Arbeit auf dem Weg zum Tor einholte, gab Moira ihr keine Gelegenheit, sie in ein Gespräch zu verwickeln. »Sprich mich bloß nicht an!« zischte sie warnend. »Tust du es doch, wirst du es bitter bereuen, das verspreche ich dir!«
Jill Sullivan ließ sie auf dem Fabrikgelände in Ruhe und entfernte sich wortlos.
Moira glaubte erleichtert, daß die Angelegenheit damit ein Ende gefunden hatte. Sie ahnte jedoch nicht, daß Jill so schnell nicht aufgab, wenn sie sich etwas in den Kopf gesetzt hatte. Zwei Tage später, am Sonntagnachmittag, stand Jill in der Rosebank Lane vor der Haustür.
Moira verstand nicht, wie man so penetrant und unverschämt sein konnte. In diesem Fall sogar beides zur selben Zeit. Sie zeigte sich unversöhnlich und kurz angebunden. »Verschwinde!«
Jill rührte sich jedoch nicht von der Stelle. »Ich bin gekommen, um mich zu entschuldigen und dir alles zu erklären. Ich denke, das bin ich dir schuldig nach dem, was vorgestern passiert ist.«
»Hast du nicht gehört, was ich gerade gesagt habe?« blaffte Moira sie ärgerlich an. »Verschwinde!«
»Ich glaube nicht, daß du das wirklich so meinst«, sagte Jill völlig unbeeindruckt. »Und wenn du mich nicht ins Haus läßt und mich nicht anhörst, lasse ich alle Leute wissen, daß du dich um Aufnahme bei den Wobblies beworben hast.«
Moira fiel fast der Kiefer herunter.
»Aber ich bin sicher, daß du mich nicht zu solch einem Unsinn zwingst«, fuhr Jill da schon mit einem beinahe schelmischen Lächeln fort, als sei ihre Drohung nur ein Scherz gewesen. »Denn als ich heute morgen schon mal hier war, da

hat mir Missis Drummond gesagt ... na, zugeschrien ist wohl der zutreffendere Ausdruck dafür ..., daß du zur Messe in der St. Mary's Cathedral bist. Und so kurz nach dem sonntäglichen Kirchgang wirst du doch kaum so verbiestert unchristlich sein, jemandem die Tür zu weisen, der sich bei dir entschuldigen möchte. So schlecht kann unser Bischof doch gar nicht gepredigt haben.«

Moira wußte im ersten Moment nicht, was sie darauf erwidern sollte. Sie fühlte sich von Jills Worten entwaffnet. Ihr war aber nicht ganz klar, ob sie darüber wütend oder belustigt sein sollte. Sicher jedoch war, daß sie ihr wirklich nicht die Tür weisen konnte, wenn sie kam, um sich zu entschuldigen.

»Also gut, komm herein und sag, was du zu sagen hast«, gab sie nach und ließ sie ins Haus, bat sie jedoch nicht nach oben in ihre privaten Räume, sondern führte sie in die Küche, wo sie gerade den Wasserkessel aufgesetzt hatte. Sie lehnte sich gegen die Spüle, verschränkte die Arme vor der Brust und sagte knapp: »Ich höre. Und tu uns beiden einen Gefallen: Mach es kurz!«

»Es tut mir leid, daß mir vorgestern die Nerven durchgegangen sind«, entschuldigte sich Jill und machte eine zerknirschte Miene. »Ich hätte das nicht sagen dürfen, was mir da herausgerutscht ist. Ich wollte dir eigentlich auch nicht wirklich drohen ...«

»Na, dafür klangst du aber sehr überzeugend!« warf Moira bissig ein.

Jill verzog schuldbewußt das Gesicht und nickte. »Ich weiß, es war richtig gemein von mir. Aber ich habe panische Angst um Byron gehabt, denn ich weiß, was Jack Archer und die beiden Wachmänner mit ihm gemacht hätten, wenn er ihnen in die Hände gefallen wäre. Sie hätten ihn brutal zusammengeschlagen. Die Knochen hätten sie ihm gebrochen.«

»Ach nein! Und diese Offenbarung habt ihr erst gehabt, nachdem man euch auf die Schliche gekommen ist, ja?« fragte Moira sarkastisch. »Und ich Einfaltspinsel habe immer gedacht, ihr Wobblies wäret intelligent genug, um zu wissen, was euch blüht, wenn ihr in einer Fabrik Propaganda für eure Organisation macht und Flugblätter verteilt.«

»Ich gehöre der IWW gar nicht an, auch wenn ich vieles richtig finde, was die Wobblies und andere Gewerkschaftler zu erreichen versuchen – und zwar für uns alle!«

»Danke, daß ihr so besorgt um mein Wohl seid! Aber wenn ich irgendwo Heil suche, dann gehe ich in die Kirche und bete. Und wenn ich mit meiner Arbeitsstelle nicht mehr zufrieden bin, dann suche ich mir eine andere oder beteilige mich an einem Streik, wenn ich davon überzeugt bin. Ich brauche jedoch keinen Vormund, schon gar nicht von den Wobblies, sag das deinem Freund!«

»Byron ist nicht mein Freund, er ist mein älterer Bruder, und er kann fürchterlich starrköpfig sein.«

»Um so schlimmer.«

»Ich habe zu spät von seiner geplanten Flugblattaktion bei uns erfahren. Du mußt mir glauben, daß ich dir und den anderen keinen Ärger machen wollte. Aber wer hätte mir denn geglaubt? Und hättest du deinen Bruder einfach sich selbst überlassen, wenn du an meiner Stelle gewesen wärst?«

Moira zuckte die Achseln. »Was ich getan oder unterlassen hätte, steht hier ja wohl nicht zur Debatte«, erwiderte sie kühl. »So, ist das alles?«

»Noch nicht ganz«, sagte Jill, öffnete ihre Handtasche und hielt ihr zwei Tickets hin. »Die sind für dich, als kleines Trostpflaster für den Ärger, den wir dir gemacht haben.«

»Ihr habt mir keinen Ärger, sondern mich um Haaresbreite arbeitslos gemacht – und das ist ja wohl ein himmelweiter Unterschied!« stellte Moira klar.

Jill lächelte. »Du hast recht, und deshalb mußten es ja auch Logenplätze sein. Karten fürs Parkett kann ich leicht besorgen. Das wäre keine Buße gewesen.«

»Logenplätze?« fragte Moira verständnislos.

»Ja, die beiden Eintrittskarten hier sind für das *Arcadia Star-*

light Theatre. Da wird gerade *The Lure of the Bush* gespielt. Ein toller Film«, schwärmte sie. »Er wird deinem Freund genauso gefallen wie dir, das verspreche ich dir.«
»Ich habe keinen Freund!«
»Na gut, dann lädst du eben deine Freundin ein.«
»Ich habe auch keine Freundin!« wehrte Moira spontan ab, stutzte über ihre eigenen Worte und wurde sich in diesem Moment zum erstenmal bewußt, daß sie in den fast zehn Monaten, die sie nun schon in Sydney lebte, nicht eine einzige richtige Freundschaft geschlossen hatte. Diese Feststellung bestürzte sie. Sie kam mit vielen Arbeitskolleginnen im Depot und in der Konservenfabrik gut aus, wie sie auch ein recht gutes Verhältnis zur Nachbarschaft hatte. Doch neue Freunde gab es in ihrem Leben keine. Sie hatte sich gegenüber Frauen wie Männern, die Interesse an einer näheren Bekanntschaft mit ihr bekundet hatten, mit freundlichem, aber unmißverständlichem Desinteresse verhalten und sich abgekapselt. Die Erkenntnis, daß sie wirklich niemanden in Sydney hatte, der ihr nahestand, erschreckte sie. Hastig und als müßte sie sich verteidigen, fügte sie nun schnell hinzu: »Zumindest nicht hier in Sydney!«
Jill sah sie erst ungläubig und dann mitfühlend an. »Was, du hast keine Freundin? Das geht aber nicht. Dann gehen eben wir beide in den Film!«
»Wie bitte?«
Jill lachte sie an. »Ich erkläre mich hiermit zu deiner Notfreundin auf Zeit, bis du eine gefunden hast, die dir besser gefällt!« erklärte sie. »Ich verspreche dir auch hoch und heilig, dich von meinem unmöglichen Bruder Byron fernzuhalten und allen Wobbly-Schaden von dir fernzuhalten. Und wer könnte das besser als ich, der ich damit geschlagen bin, seine Schwester zu sein?«
Im ersten Moment war Moira sprachlos über diese Mischung aus dreister Anmaßung und fröhlicher Unbekümmertheit, mit der Jill Sullivan sich einfach zu ihrer Freundin erklärt

hatte. Dann konnte sie jedoch nicht anders, als sich von dem entwaffnenden Lachen dieser unmöglichen Frau und ihrer penetranten Beharrlichkeit auf Versöhnung anstecken zu lassen.

Sie gingen an diesem Sonntag nicht nur zusammen ins *Arcadia Starlight Theatre*, sondern verbrachten auch noch anschließend den Rest des Abends in einer Teestube auf der George Street. Und danach brauchte Moira nicht mehr nach einer Freundin zu suchen, hatte sie diese doch schon in Jill Sullivan gefunden.

NEUNTES KAPITEL

Mit Jill, die wie ein frischer Wirbelwind über sie herfiel und mit sich fortriß, kehrten Unternehmungslust und Freude an der Gesellschaft anderer Menschen in Moiras Leben zurück. Erst jetzt nahm sie mit Erschrecken wahr, in welch einer trostlosen, einsiedlerischen Welt sie das vergangene Dreivierteljahr verbracht hatte. Sie hatte in dieser dichtbevölkerten, ruhelosen, lärmenden Großstadt wie auf einer einsamen Insel gelebt.

Jill holte sie von dieser Insel und sorgte dafür, daß sie wieder unter Menschen kam und ihre Lebensfreude zurückgewann. Dabei hätte Jill selbst allen Grund gehabt, mit dem Schicksal zu hadern und verbittert zu sein. Vor dreieinhalb Jahren war sie mit einem Mann aus guter Familie heimlich verlobt gewesen, der nicht in den Krieg gezogen war.

Andrew, so hieß Jills große Liebe, versprach ihr hoch und heilig, sie zu heiraten und immer zu ihr zu halten, was seine Familie, die im Zuckerhandel tätig war, auch sagen oder tun würde. Doch erst wollte er auf eigenen Füßen stehen und ein eigenes Geschäft aufbauen. Nach über anderthalb Jahren standhaften Bewahrens ihrer Unschuld gab Jill seinem Drängen schließlich nach und wurde auch prompt schwanger. Kurz darauf ging Andrew nach Brisbane, um dort den väterlichen Partner kennenzulernen und für einige Wochen in dessen Kontor zu arbeiten. Aus den wenigen Wochen wurden Monate, und als er nach über einem halben Jahr schließlich zurückkehrte, tat er es als frisch verheirateter Mann. Andrew hatte die ebenso hübsche wie mit Mitgift reich gesegnete Tochter des Geschäftspartners seines Vaters geheiratet. An Jill konnte er sich nach seiner Rückkehr nicht mehr erinnern. Als es ihr eines Tages endlich gelang, zu ihm vorzudringen und ihn zur Rede zu stellen, da behandelte er sie wie eine Hure. Und bevor er sie hinauswarf, drohte er ihr, sie wegen Verleumdung und Erpressung vor Gericht zu bringen, sollte sie noch einmal behaupten, daß er sie geschwängert habe oder mit ihr auch nur liiert gewesen sei. Wenige Minuten später lag sie schwer verletzt unter einem Automobil, dem sie in ihrer tränenblinden Verzweiflung in den Weg gelaufen war. Sie verlor das Baby und beinahe auch noch ihr Leben.

»Byron hat nichts unversucht gelassen, um herauszubekommen, welcher Charakterlump mir das angetan hatte«, erzählte Jill, als sie ihr zum erstenmal Modell saß. »Aber ich habe natürlich eisern geschwiegen.«

»Und warum? Dieser Andrew hätte es verdient gehabt, zur Rechenschaft gezogen zu werden!«

Jill schüttelte den Kopf. »Byron kennt manchmal kein Maß, wenn er in Zorn gerät. Aber davon einmal ganz abgesehen: Wie kann ich einem Menschen, den ich einmal aufrichtig geliebt und dessen Kind ich unter dem Herzen getragen habe, etwas Böses wünschen, geschweige denn ihn von meinem Bruder blutig schlagen lassen?«

»Und das sagst du nach alldem, was er dir angetan hat? Sag bloß, du bist ihm noch immer verfallen!«

»Nein, bin ich nicht. Aber ich weiß, daß Andrew mich einmal wirklich geliebt hat«, erwiderte Jill ruhig. »Doch dann ist er in Brisbane schwach geworden und hat es mit der Angst vor seiner Familie und seiner eigenen Courage zu tun bekommen. Andrew ist einfach nicht der mutige Held gewesen, für den ich ihn einst gehalten habe. Letztlich trage ich an allem genausoviel Schuld, weil ich mich eben genauso in ihm geirrt habe wie er sich in seiner Liebe zu mir. Das ist bitter, Moira, aber doch kein Grund, ihn nun zu hassen und ihn von meinem Bruder und seinen Freunden zum Krüppel schlagen zu lassen.«

»Du würdest dich auch bestimmt gut mit Rebecca verstehen«, sagte Moira bewegt und erzählte ihr von ihrer Freundin, die im Kloster *Our Lady of the Holy Cross* in den Blue Mountains ihr Noviziat angetreten hatte und ihr regelmäßig schrieb.

Jill bewohnte mit ihrem Bruder und ihrer verwitweten Mutter Pamela eine kleine dunkle Wohnung in einem der kasernenähnlichen Mietshäuser, die in Surry Hills auf der verkehrsreichen Elizabeth Street schnell und billig hochgezogen worden waren und seitdem teuer an Arbeiterfamilien vermietet wurden.

Als Moira dort Jills Bruder anderthalb Wochen nach dem Zwischenfall im Waschraum der Konservenfabrik wiedersah, trieb ihr die Erinnerung daran sofort die Röte ins Gesicht.

»Ich stehe vermutlich ewig in Ihrer Schuld, Miss Mayfield«, bedankte er sich, gab sich jedoch keine Mühe, das belustigte Lächeln vor ihr zu verbergen. »Das war wirklich eine ansehnliche Vorstellung, ansehnlich in jeder Hinsicht …«

Moiras Gesicht brannte, und sie fühlte sich unter seinem spöttischen Blick wieder halb entblößt.

»Werde bloß nicht unverschämt, sonst kriegst du es mit uns beiden zu tun!« rief Jill ihren Bruder zur Ordnung.

»Keine Sorge, ich räume das Feld«, sagte er mit breitem Grinsen, warf sich einen dicken roten Wollschal um den Hals und nahm seine Ballonmütze vom Haken. »Wenn ich gewußt hätte, daß du heute deine mutige Kollegin mit den reizenden Sommersprossen mit nach Haus bringst, hätte ich das Treffen mit den Genossen natürlich verschoben.«

»Als ob du deine Genossen auch nur einmal für irgend etwas hintanstellen würdest!« sagte Jill grimmig. »Dir sind die Internationale und deine neuen Kommunistenfreunde doch zehnmal wichtiger als deine Familie! Statt dir eine beständige Arbeit zu suchen, die gutes Geld bringt, bist du ständig auf Achse, um irgendwelche Komitees zu gründen, Reden zu halten, Flugblätter zu verteilen und Streiks anzuzetteln.«

»Ich helfe Streiks zu organisieren, nicht sie anzuzetteln, Schwesterchen!«
Jill winkte ungehalten ab. »Erspare mir deine Wortspaltereien, Byron. Jedenfalls bringt nichts von dem, was du tust, auch nur einen Penny in die Haushaltskasse!«
»Dir fehlt noch immer das richtige Bewußtsein, Schwester. Denn sonst wüßtest du, daß ich von uns beiden die wichtigere Arbeit leiste, nämlich die Arbeit der kampfbereiten Genossen, die eines Tages der kapitalistischen Ausbeutung ein Ende bereiten und uns, der unterdrückten Arbeiterklasse, die Kontrolle über die Produktionsmittel verschaffen wird!« erklärte Byron leidenschaftlich. »Das habe ich unserem Vater noch auf dem Totenbett geschworen. Und so wird es auch kommen!«
»Dad hat aber immer erst mal dafür gesorgt, daß die Miete pünktlich bezahlt und genug für Brot und Winterkohle da war!« hielt Jill ihrem Bruder vor. »Dir sind Druckerschwärze und Papier für Flugblätter wichtiger!«
Pamela Sullivan, eine hagere und sehr redsame Person, die ihren Mann schon vor zehn Jahren verloren hatte, kam aus der Küche und mischte sich sogleich in ihr Gespräch. »Ja, mein William hat immer gut für uns gesorgt, das ist wohl wahr, Jill«, bestätigte sie mit ihrer Reibeisenstimme. »Und er war beliebt auf den Docks wie kein zweiter, ein Schauermann von altem Schrot und Korn. Ach, er ist viel zu früh von uns gegangen. Keine fünfzig ist er geworden. Es war die verfluchte Schwindsucht. Am Schluß hat er sich die Lunge aus dem Leib gehustet«, teilte sie Moira mit.
»Nein, es waren die Knüppel der Polizisten und die Eisenstangen der Wachleute, die ihn umgebracht haben!« widersprach Byron heftig. »Damit haben sie ihn beim Streik im Winter 1905 zum Krüppel geschlagen, so daß er nicht mehr arbeiten konnte. Erst danach ist er krank geworden und hat die Schwindsucht bekommen! So, und jetzt muß ich los. Bis bald mal wieder, Miss Mayfield.«

Moira verspürte jedoch kein Verlangen danach, ihn bald schon wiederzusehen. In seiner Gegenwart fühlte sie sich jedesmal verlegen und innerlich angespannt. Ihr war dann immer, als gingen seine Blicke durch ihre Kleider hindurch. Es ärgerte sie zudem, daß er Jill und sie mit einer Mischung aus Belehrung und Gönnerhaftigkeit behandelte. Aber da Byron sich der militanten Gewerkschaftsbewegung mit Leib und Seele verschrieben hatte, ständig unterwegs war und meist spät in der Nacht für einige Stunden Schlaf in seiner kleinen Kammer nach Hause kam, blieben ihre Kontakt zumeist auf flüchtige Begegnungen zwischen Tür und Angel beschränkt. Und das war ihr ganz recht so. Wichtig war ihr allein die Freundschaft mit Jill, die sie aus ihrer Selbstisolierung herausholte.

Moira fühlte sich wie befreit, und dieser Quell frisch sprudelnder Lebensfreude in ihr belebte auch ihre Lust an der Malerei, in die sie sich nun mit neuem Enthusiasmus stürzte. Der einzige negative Effekt war, daß ihr die ermüdend monotone Arbeit in der Fabrik auf einmal nicht mehr so leicht von der Hand ging. Was sie monatelang in einem Zustand innerer Lähmung gleichmütig hingenommen hatte, wurde nun mehr und mehr zur Quälerei, auch weil sie es nun nicht erwarten konnte, nach Hause und an die Staffelei zu kommen.

Jill bewunderte sie ob ihres Talents, und diese Bewunderung tat Moira gut. Sie half ihr, wieder an sich zu glauben. »Ich verstehe ja nichts von Kunst«, gab Jill offen zu. »Aber was du malst, finde ich fabelhaft. Und wenn ich du wäre, würde ich meine kostbare Zeit nicht damit verschwenden, achtundvierzig Stunden in der Woche in einer Konservenfabrik am Fließband zu stehen!«

»Und wovon soll ich leben?« Sie hatte bisher noch nicht einmal eine drittklassige Galerie gefunden, die bereit war, auch nur einige ihrer »gefälligen Bilder«, wie Anthony kommerzielle Arbeiten genannt hatte, anzukaufen oder wenigstens in

Kommission zu nehmen. Die australische Künstlerszene hatte Sydney zu ihrem Mekka auserkoren, und dementsprechend erdrückend war auch das Angebot auf dem Kunstmarkt, egal in welcher Preis- und Qualitätsklasse.
»Bis du den großen Durchbruch hast, mußt du dich eben mit anderen Jobs durchschlagen, die dir mehr Zeit für deine Kunst lassen. Zum Beispiel könntest du abends mehrmals die Woche als Platzanweiserin im Filmtheater arbeiten«, schlug Jill vor. »Du weißt, ich kann dich bei uns unterbringen. Unser Chef nimmt nur attraktive junge Frauen, und in diese Kategorie paßt du ja blind hinein!«
Jill wollte eines Tages ein eigenes kleines Geschäft aufmachen. Um trotz allen eisernen Sparens nicht jeden Sixpence zweimal umdrehen zu müssen, arbeitete sie noch fünf Tage die Woche abends als Platzanweiserin im *Arcadia Starlight Theatre*, das mit seiner exklusiven Ausstattung und dem als Sternenhimmel ausgemalten Deckengewölbe zu den schönsten Lichtspielhäusern gehörte. Der eigentliche Stundenlohn war, wie Jill selbst zugab, eine glatte Unverschämtheit. Aber dafür gab es Trinkgeld, das an einem einzigen Abend schon mal zwei Shilling ausmachen konnte. Viele Besucher, die im *Arcadia Starlight Theatre* für die besten Logenplätze immerhin die enorme Summe von vier Shilling zahlen mußten, steckten den herausgeputzten hübschen Platzanweiserinnen in ihren uniformierten Sterntaler-Kostümen einen halben Penny und manchmal sogar auch mehr zu.
»Ruby ist schon im dritten Monat schwanger. Sowie Mister Slater, unser Boß, davon Wind kriegt, und das ist bald der Fall, fliegt sie – und dann könnte ich dir die freie Stelle besorgen.«
Moira versprach, darüber nachzudenken, denn auch sie wünschte sich nichts lieber, als in der Konservenfabrik aufhören und sich ihrer Malerei intensiver widmen zu können. Aber soviel sie auch überlegte und rechnete, das Ergebnis blieb immer dasselbe: Mit dem Geld von ihrem morgendli-

chen Putzjob im Tramdepot und dem, was sie abends als Platzanweiserin verdienen konnte, würde sie auch bei sparsamster Lebensweise nicht auskommen.
Und in dieser Situation führte das Schicksal sie an einem Frühsommertag in die Räume der *Sydney Academy of Art*, in der es dann zu der folgenschweren Verwechslung kam.

Eigentlich kamen zwei Irrtümer zusammen. Moira hatte in Gretna Drummonds Zeitung von einer Ausstellung gelesen, bei der die Arbeiten der Kunststudenten zu sehen sein würden. Eine solche Ausstellung interessierte sie natürlich sehr. Als sie sich an diesem frühen Samstagnachmittag im November jedoch in die Kunstakademie in der Pitt Street begab, mußte sie feststellen, daß sie sich im Datum geirrt hatte und eine ganze Woche zu früh gekommen war. Die Studenten begann gerade erst damit, die langen, hohen Flure für die Ausstellung vorzubereiten. An den Wänden standen überall schon Bilder, die meisten leider mit dem Gesicht zur Wand. Neugierig, wie Moira war, schlenderte sie einfach die Flure hinunter, als gehörte sie zu den Kunststudenten. Sie blickte auch hier und da in die Unterrichtsräume – und stand plötzlich in der Tür eines Studios, das offensichtlich einem der Dozenten auch als Büro diente, wie ein Schreibtisch und Aktenschränke verrieten.
Auf der Staffelei am Fenster stand ein großformatiges Bild, das Moira magisch anzog und sie dazu verleitete, ins Studio und an die Staffelei zu treten. Es war eine fast schon anatomisch zu nennende Bleistiftzeichnung, die in sechs Sequenzen einen Männerkopf darstellte. Die erste Zeichnung zeigte den Kopf von hinten. Doch mit jeder Sequenz wandte er sich dem Betrachter mehr zu, bis er ihm direkt in die Augen schaute.
Moira war fasziniert von der unglaublich genauen Wiedergabe jedes einzelnen Muskels und jeder Gesichtslinie. Deshalb

schrak sie auch zusammen, als plötzlich eine etwas atemlose Stimme hinter ihr sagte: »Gut, daß Sie doch noch gekommen sind!«
Sie fuhr herum und sah einen schwergewichtigen Mann in den Mittfünfzigern mit einem zerzausten Haarkranz um einen ansonsten kahlen Schädel und einer goldgerahmten Brille, die fast am Ende einer kräftigen Nase saß und mit ihren Halbgläsern seinem runden, schweißnassen Gesicht eine interessante Note gab. Mit einem Seufzer, der ebenso Erschöpfung wie Erleichterung ausdrücken konnte, ließ er sich in den drehbaren Armstuhl hinter seinem unordentlichen, mit Papieren und Büchern überladenen Schreibtisch fallen.
»Oh, entschuldigen Sie –«, begann Moira.
»Nein, schon gut!« fiel er ihr ins Wort und winkte sie zu sich heran. »Es ist zwar schon eine Stunde über der verabredeten Zeit, aber ich will mich nicht beklagen. Ich fürchtete schon, daß Sie der Mut verlassen hätte und ich doch noch gezwungen sein würde, wieder eines von diesen … na ja, schamlosen Geschöpfen zu verpflichten. Wie war doch Ihr Name?«
»Moira Mayfield«, antwortete sie automatisch. »Doch ich fürchte, daß Sie mich …«
»Bitte, setzen Sie sich und hören Sie mich erst an, Miss Mayfield!« fiel er ihr erneut ins Wort. »Danach ist es Ihnen immer noch unbenommen, mein Angebot abzulehnen.«
Moira zögerte, denn er verwechselte sie zweifellos mit einer anderen Person, die er erwartet hatte. Aber obwohl dem so war, nahm sie dennoch aus einem unerklärlichen Impuls heraus Platz. »Was für eine verrückte Situation«, sagte sie. »Ich weiß noch nicht einmal, mit wem ich es zu tun habe.«
»Oh, entschuldigen Sie, Miss Mayfield!« Er sprang auf und reichte ihr die Hand über den Schreibtisch. Sein Händedruck war erstaunlich fest. »Professor Eugene Anderson, ich lehre hier die Kunst der Perspektive und der Anatomie.«
»Ist das Ihre Zeichnung?« Moira deutete zur Staffelei hinüber.

»Jaja, eine kleine Studie«, sagte er beiläufig, als sei die Zeichnung keiner besonderen Erwähnung wert, und kam sofort zu seinem Thema zurück. »Wie ich Ihnen ja schon bei unserem Telefongespräch zu vermitteln versucht habe, gehört die Aktzeichnung zur höchsten und schwierigsten Form der Malerei. Kein anderes Motiv stellt eine größere Herausforderung an den Künstler als die natürliche Wiedergabe des menschlichen Körpers mit seinen unendlichen Nuancen.«
Mit großer Begeisterung schilderte Professor Eugene Anderson ihr nun die enorme Bedeutung, die der von ihm geleitete Kurs der Aktmalerei für die handwerkliche Entwicklung seiner Studenten besaß – und welch wichtige Rolle dabei den Aktmodellen zufiel.
»Sie dienen der Kunst in einem nicht zu unterschätzenden Maße, Miss Mayfield! Aktmodelle sind hohe Inspiration und Herausforderung zugleich!« versicherte er und beteuerte wortreich, daß die Studenten in seinem Kurs mit der menschlichen Nacktheit ähnlich vertraut waren wie Ärzte und Krankenschwestern.
Moira dämmerte nun, daß der Professor sie für ein Aktmodell hielt. »Das mag ja sein«, unterbrach sie nun seinen Wortfluß. »Aber ich glaube nicht, daß ich dazu geeignet bin, Herr Professor. Ich bedaure auch die Verwechslung …«
Eugene Anderson ließ sie nicht ausreden. »Ich bitte Sie, nicht gleich nein zu sagen!« beschwor er sie und sprang auf. »Sie werden sich schnell daran gewöhnen, das verspreche ich Ihnen. Und ganz nackt werden Sie nicht sein, zumindest in den ersten Wochen nicht. Da können Sie einen Schal oder ein anderes Tuch benutzen. Wir können auch mit Rückenansichten und Profilstudien beginnen. Und bitte glauben Sie mir, wenn ich Ihnen versichere, daß es in meinen Kursen weder aufdringliche Blicke noch irgendwelche anzügliche Bemerkungen gibt. Wer so etwas wagt, wird der Akademie verwiesen. Sie haben mein Wort, daß meine Studenten, zu denen auch fünf junge Frauen gehören, Ihnen mit Respekt

begegnen werden. Und ich bin auch bereit, Ihnen drei Shilling zu bezahlen. Denn im Gegensatz zu vielen meiner Kollegen ist es mir nicht egal, woher meine Aktmodelle kommen und welche Moral ihnen zu eigen ist!«

Moira hatte sich schon erhoben und wollte gehen, zögerte nun aber. »Drei Shilling für was?« fragte sie nach.

»Drei Shilling für jede anderthalbstündige Sitzung natürlich, was bei drei Wochensitzungen immerhin die hübsche Summe von neun Shilling ausmacht«, sagte Eugene Anderson, und Moira hatte Mühe, ihr ungläubiges Staunen zu verbergen. »Das ist fast doppelt soviel, was ich bisher bezahlt habe. Aber ich bin diese ... schamlosen Personen leid, die Modellstehen mit Exhibitionismus verwechseln oder gar darauf spekulieren, sich einen der Studenten zu angeln, von denen ja manche von Haus aus nicht eben unbegütert sind.«

Moira wußte erst nicht, wie sie reagieren sollte. Neun Shilling für insgesamt viereinhalb Stunden! Das war auf den Penny genau die Hälfte ihres Wochenlohns, den sie für achtundvierzig Arbeitsstunden in der Konservenfabrik erhielt!

Das Angebot war zu verlockend, als daß sie es rundheraus hätte ablehnen können, so wenig sie sich selbst auch als Aktmodell vorstellen konnte. »Geben Sie mir ein paar Tage Bedenkzeit!« bat sie, die Eugene Anderson ihr nur zu bereitwillig einräumte.

Moira besprach sich noch am selben Tag mit Jill, die ihr ohne Zögern riet, sich darauf einzulassen. »Ich sage dir, diese Verwechslung ist ein Wink des Schicksals! Zusammen mit dem Geld, das du für das Putzen im Depot und als Platzanweiserin im Lichtspieltheater bekommst, hast du doch mehr als genug, um dich den Rest des Tages ganz der Malerei widmen zu können!«

»Ja, das stimmt schon, aber hast du vergessen, was ich dafür tun muß?« wandte Moira mit gequälter Miene ein. »Ich muß mich vor fremden Männern und Frauen splitternackt ausziehen!«

»Nein, du ziehst dich nicht vor ihnen aus, sondern du stehst ihnen so, wie Gott dich geschaffen hat, Modell – und ich denke, das ist ein himmelweiter Unterschied«, redete Jill ihr gut zu und machte ihr Mut.
Moira traute sich mittlerweile einiges zu, fürchtete in diesem Fall aber dennoch, daß sie im letzten Moment die eigene Courage verlieren könnte. Die verlockende Aussicht, in der Konservenfabrik aufhören und sich mit den drei nicht sehr zeitaufwendigen Jobs gut über Wasser halten zu können und endlich viel Zeit zum Malen zu haben, erwies sich jedoch als stärker als ihre Angst. Zumindest wollte sie es versuchen.
Um für den schlimmsten Fall gerüstet und dann nicht ohne ihre Arbeit in der Fabrik zu sein, vereinbarte sie mit Eugene Anderson, daß sie am kommenden Samstagnachmittag zum erstenmal als Modell vor seine Klasse treten sollte.
Eine quälend lange Woche malte sie sich alle möglichen schrecklichen Szenarien aus, und in der Nacht vom Freitag auf den Samstag fand sie kaum Schlaf. Dann war es soweit. Zitternd kleidete sie sich in einem Nebenzimmer aus und band sich ein großes, buntes Kopftuch um ihre Hüften, das sie sich von Jill ausgeliehen hatte. Das nächstemal würde sie ihren Morgenmantel mitbringen und sich erst hinter dem Paravent völlig entblößen, der neben dem Podium vor der Tür zum kleinen Nebenzimmer stand – falls es überhaupt ein nächstesmal gab.
»Nur die Nerven bewahren, Miss Mayfield«, beruhigte Eugene Anderson sie. »Die ersten vier, fünf Sitzungen steht Ihnen ein kleines, aber doch recht bequemes Kanapee zur Verfügung. Sie strecken sich dort auf der Seite liegend aus und legen ihren Kopf in die linke Armbeuge. Meine Studenten werden also nur ihre Rückenansicht zu sehen bekommen. Und vergessen Sie nicht, wie bildhübsch Sie gebaut sind – ganz im Gegensatz zu den meisten Anwesenden. An Ihnen ist nichts, dessen Sie sich schämen müssen, ganz im Gegen-

teil, seien Sie stolz für das Geschenk Ihrer reizvollen Weiblichkeit.«

Er führte sie vor dem Eintreffen der Studenten auf das kleine Podium im hellen Saal, und Moira verbarg ihren feuerroten Kopf dankbar in ihrer Armbeuge. Irgendwie überstand sie die Sitzung, wenn sie hinterher auch nicht zu sagen vermochte, wie sie es geschafft hatte.

»Nun, wie haben Sie sich entschieden?« fragte Eugene Anderson, zwischen Besorgnis und Zuversicht schwankend, als Moira angezogen aus dem Nebenzimmer trat. »Sie haben Ihre Sache ganz ausgezeichnet gemacht. Kann ich auf Sie rechnen, Miss Mayfield?«

Moira dachte an das Geld und die Freiheit, die ihr das Modellstehen verschaffen konnte, und an das, was Rebecca bei ihrem letzten Besuch zu ihr gesagt hatte: *Wir alle wollen den Regenbogen, doch ohne Regen ist der nicht zu haben.* Wie recht sie damit hatte. Ohne Opfer ließen sich ehrgeizige Ziele nun mal nicht erreichen. Und was bedeutete die Überwindung ihrer Scham schon im Vergleich zu dem, was sie dadurch gewann?

Moira gab sich einen Ruck und antwortete entschlossen: »Ja, Sie können, Herr Professor!«

Mit den Wochen fiel es ihr leichter, sich den Blicken dieser Gruppe von gut zweieinhalb Dutzend fremden jungen Männern und Frauen nackt auszuliefern. Zumindest mußte sie bald nicht länger mit dem panikartigen Drang kämpfen, aufzuspringen und aus dem Raum zu stürzen. Es kostete sie jedoch weiterhin jedesmal große Überwindung, hinter dem Paravent ihren dünnen Morgenmantel abzulegen, vor die Studenten zu treten und auf dem Podium die Pose einzunehmen, in der die Kunststudenten sie zeichnen sollten. Als sie sich das erstemal im Profil darbieten und ihre Hände in den Schoß legen mußte, so daß ihr Busen gänzlich unbedeckt blieb, saß sie vor innerer Beklemmung die ganze Zeit wie erstarrt. Später dann lernte sie, daß nach der Überwindung

des Schamgefühls der anstrengendste Teil als Aktmodell die stundenlange Beibehaltung der vorbestimmten Pose war.
Zwei Wochen vor Weihnachten entdeckte Moira unter den Studenten plötzlich ein neues Gesicht. Der Mann paßte so gar nicht in die Gruppe, war er doch mindestens Mitte Dreißig und damit um gute zehn, zwölf Jahre älter als alle anderen Kursteilnehmer. Sein dichtes sandfarbenes Haar fiel ihm in natürlichen Wellen bis auf die Schultern, und ein etwas dunklerer, kurz gestutzter Vollbart rahmte ein schmales, sonnengebräuntes Gesicht mit feinen, aber doch nicht femininen Zügen ein. Er nahm ganz hinten in der Ecke Platz, und statt wie die anderen eine der Staffeleien zu benutzen, arbeitete er mit dem Zeichenblock, den er auf den übereinandergeschlagenen Knien balancierte.
Irgendwie war Moira nicht überrascht, daß dieser Fremde sich auch in anderer Hinsicht deutlich von den Kunststudenten abhob. Bisher hatte es keiner der Kursteilnehmer gewagt, sie anzusprechen oder gar mit ihr anzubändeln, ganz wie Professor Eugene Anderson es ihr versprochen hatte. Der Fremde dagegen wartete an diesem Tag auf sie, als sie angezogen aus dem kleinen Hinterzimmer des Zeichensaals kam, und zeigte nicht die geringsten Hemmungen, sie anzusprechen.
»Eugene hat recht, Sie sind das beste Modell, das er je gehabt hat«, sagte er anerkennend. »Vermutlich liegt das daran, daß Sie Ihr natürliches Schamgefühl noch immer nicht überwunden haben und dadurch so verletzlich wirken.«
Sein Lächeln, das mehr Hochachtung als Bewunderung ausdrückte, machte es wohl aus, daß sie bei seinen Worten nicht im mindesten das Gefühl hatte, das Ziel hintersinniger Anzüglichkeiten zu sein und ihre wahren Empfindungen leugnen zu müssen. »Oh, sieht man das so deutlich?«
»Jedenfalls sehe ich das, Miss Mayfield.«
»Nun ja, leicht fällt es mir wirklich nicht, dort dreimal die Woche nackt aufs Podium zu steigen«, gab sie zu und verzog

das Gesicht zu einer Grimasse. »Aber Professor Anderson zahlt gut, und ich brauche nun mal das Geld.«
»Ja, davon hat Eugene mir erzählt. Aber ich mache Ihnen einen besseren Vorschlag. Werden Sie mein privates Modell. Ich zahle Ihnen sogar zwölf Shilling die Woche, denn ich weiß, daß Sie jeden Penny davon wert sind, Miss Mayfield.«
Moira sah ihn verblüfft an. »Und wer sind Sie?«
Er lächelte, streckte ihr eine sonnengebräunte, sehnige Hand entgegen und sagte: »Victor White.«

ZEHNTES KAPITEL

Missis Edith Dircksey Cowan, die erste Frau, die in ein australisches Parlament einzieht! Na, das wurde aber auch allerhöchste Zeit ... Deutschland ist mit seinen enormen Reparationszahlungen im Verzug, und alliierte Truppen besetzen das Rheinland ... Der blutige Bürgerkrieg in Irland tobt mit neuer, grausamer Härte. In Dublin fallen ganze Stadtviertel in Trümmer. Die britischen Truppen werden von den irischen Freiheitskämpfern der Gefangenenfolter, des Mordes an Kindern und Frauen sowie der Vergewaltigung beschuldigt. Mein Gott, was für eine Tragödie – und keiner nimmt richtig Kenntnis davon!«

Moira lag ausgestreckt auf der buntkarierten Decke, die Victor im hohen Gras seines Anwesens oberhalb der Lavender Bai ausgebreitet hatte, und las aus der Zeitung vor. Eine hohe Hecke, die den Garten zum Nachbargrundstück seiner Haushälterin begrenzte, warf ihren Schatten über ihren nackten Körper. Der März neigte sich zwar schon seinem Ende zu, doch die Sonne besaß an diesem Spätsommermorgen noch brennende Kraft.

Victor, der einige Schritte von ihr entfernt vor seiner Staffelei unter dem Vordach des Cottages saß, ließ Pinsel und Palette sinken. »Moira, bitte! All diese Nachrichten interessieren mich im Augenblick wenig. Mir ist mehr daran gelegen, daß du endlich einmal ruhig auf der Seite liegen bleibst!« ermahnte er sie.

»Wird nicht wieder vorkommen, großer Meister«, sagte Moira fröhlich, faltete die Zeitung zusammen, warf sie vor sich ins Gras und nahm wieder die scheinbar schlafende Pose ein, in der er sie auf seine Leinwand bannen wollte.

Sie bewunderte die Ausdauer und eiserne Disziplin, mit der

Victor an seinen Bildern arbeitete. Dabei führte er alles andere als ein zurückgezogenes Leben. Er rühmte sich, ein Hedonist mit einer allzu starken Schwäche für die ewigen Künste zu sein, und nahm überaus aktiv am turbulenten Bohemeleben der Stadt teil. Sydney hieß in australischen Künstlerkreisen nicht von ungefähr *The Sea Coast of Bohemia*. In Sydney stand das in allen Farben schillernde Karussell verrückter Partys und Bälle, Vernissagen und Dichterlesungen, privater Theater- und Gesangsaufführungen, bukolischer Picknicks und halsbrecherischer Automobilrallyes, leidenschaftlicher Diskussionen und schlichter Besäufnisse niemals still. Egal, an welchem Tag oder zu welcher Stunde, in irgendeinem Pub, Club oder Café, wo entgegen dem allgemeinen Ausschankverbot auch nach achtzehn Uhr noch Alkohol ausgeschenkt wurde, fand immer etwas Besonderes statt – von den wilden Flaschenpartys einmal ganz abgesehen, die in privaten Wohnungen und Häusern gefeiert wurden, manchmal tagelang, und die sich nicht selten zu Orgien entwickelten.
Victor hatte sie in diese lebendige, verrückte Bohemeszene eingeführt, die sie mit ihrer Maßlosigkeit sowie Geringschätzung für das Morgen und die bürgerliche Sicherheit ebenso faszinierte wie erschreckte. Mehr als einmal hatte sie erlebt, daß Victor fast bis zur Besinnungslosigkeit betrunken gewesen war. Und doch setzte er sich am nächsten Morgen jedesmal eisern an die Staffelei, egal, wie wenig Schlaf er bekommen hatte und wie groß sein Kater auch war. »Nur Genies können es sich leisten, auf eiserne Disziplin zu verzichten!« lautete eine seiner Überzeugungen. »Und die meisten, die zu großer Berühmtheit gelangt sind und Genies genannt werden, haben ihre Genie in Wirklichkeit auf der brutalen Ochsentour der täglichen Plackerei entwickelt. Wahre Genies sind nämlich so selten wie Trüffel unter Eukalyptusbäumen!«
Moira seufzte unterdrückt und wünschte, sie hätte auch nur halb so viel Disziplin wie Victor. Allzuoft erwies sich ihre

Willenskraft nämlich als zu schwach. Eine nicht ganz gelungene Bleistiftskizze so lange zu wiederholen, bis jeder Strich saß, so wie Victor es häufig tat, ging einfach über ihre Kräfte. Aber wie konnte sie sich auch mit ihm vergleichen! Immerhin war er ein Dutzend Jahre älter als sie und konnte sich allein auf seine Malerei konzentrieren.

Einige Minuten arbeitete er in konzentrierter Stille. Dann fragte er: »Woran arbeitest du zur Zeit, Moira?«

»Ich habe das Bild *Fähre nach Lavender Bay* genannt.«

»Und wie kommst du voran?«

»Gemessen an deinem oder meinem Können?«

»Sei eine Stimme, nicht ein Echo. Die Welt hat schon genug Kopisten.«

Sie lachte auf. »Du hast gut reden, Victor. Du bist von Hause aus finanziell unabhängig, beherrschst dein Handwerk und hast dir schon einen Namen als Maler gemacht. Da ist es leicht, Stimme und nicht Echo zu sein!«

»Zur Heldenverehrung besteht kein Anlaß. Denn meine Stimme ist noch nicht sehr weit über die engen Grenzen von Sydney hinausgedrungen«, erwiderte er mit selbstkritischem Spott, der für ihn kennzeichnend war. »Und daß mein Vater vor seinem Tod veranlaßt hat, daß ich meinen Erbanteil nicht auf einen Schlag in die Hände bekam, sondern wohl bis an mein Lebensende nun jedes Vierteljahr mit einer Art von Leibrente in Höhe von einigen Dutzend Pfund rechnen kann, ist nicht gerade ein Kompliment an meinen Charakter und meine Fähigkeit, mit Geld umzugehen. Wer weiß, was aus mir hätte werden können, wenn ich all die Zeit nicht diese Sicherheit im Rücken gehabt hätte.«

»Ein müdes Aktmodell«, antwortete Moira gähnend.

Er lachte. »Aber bestimmt nicht halb so betörend wie das, das ich gefunden habe.«

Moira antwortete mit einem Lächeln auf seine Schmeichelei und wünschte, sie hätte eine auch nur halb so komfortable Leibrente wie Victor, der sich allein davon schon ein bequemes Bohemeleben und sogar kostspielige Reisen ins Ausland leisten konnte – von den Erlösen aus seinen Bilderverkäufen, die er zudem auch noch ohne großen Nachdruck betrieb, einmal ganz abgesehen. Jedes Vierteljahr ein Scheck, das wär's! Es bräuchten auch nicht gleich fünfzig, sechzig Pfund zu sein, mit denen Victor alle drei Monate rechnen konnte. Zwölf oder fünfzehn Pfund würden reichen. Dann bräuchte sie sich nicht mehr jeden Werktag noch vor Morgengrauen aus dem Bett quälen und zum Putzen ins Tramdepot zu gehen. Daß sie noch mehrmals die Woche mit Jill abends als Platzanweiserin im Lichtspieltheater arbeitete, machte ihr dagegen nichts aus. Sie sah die Filme gern zum zehntenmal, und da sie diese Stunden zusammen mit ihrer Freundin verbrachte, verging ihr die Zeit auch schnell.

Aber sie wollte nicht undankbar sein. Sie konnte von Glück reden, daß Victor White sie nach seiner langen Auslandsreise gefunden und ihr angeboten hatte, nur noch für ihn als Aktmodell zu arbeiten. Und es war nicht nur die gute Entlohnung, die das Arrangement so vorteilhaft machte. In den drei Monaten, die seit ihrer ersten Begegnung in der Kunstakademie vergangen waren, hatte sie von ihm viel gelernt. Und wenn die kritischen Anmerkungen, die er über ihre Bilder machte, oft auch empfindlich unter die Haut gingen, so öffneten sie ihr doch die Augen, wo ihre Schwächen und wo ihre Stärken lagen. Erstaunlicherweise gerieten ihr die sonnendurchglühten Buschbilder der Landschaft um River Bend, die sie aus ihrer Erinnerung malte, seiner Ansicht nach wesentlich besser als alles andere. Was aber nichts an der Tatsache änderte, daß sie dabei noch viel zu stark den impressionistischen Stil von Malern wie Charles Conder, Arthur Streeton und Tom Roberts imitierte, ohne jedoch deren Qualität zu erreichen. Eine schmerzliche Erkenntnis, zu der Victor sie geführt hatte. Erstaunlicherweise schätzte er aber ihr Urteil, wenn sie die Ausstellungen anderer Maler besuchten, genauso wie Anthony es getan hatte, der mit seiner Frau noch immer in London weilte und sich mit dem Gedanken trug, länger zu bleiben und dort eine Galerie zu eröffnen. Aber auch Victor hatte schon seit Monaten keine Post mehr von ihm erhalten.

Es stimmt leider, was Victor vorhin gesagt hat. Ich bin keine eigene Stimme, sondern nur ein Echo, und noch nicht einmal ein sehr gutes, ging es Moira durch den Kopf, während sie mit der Müdigkeit kämpfte. *Aber ich werde meine eigene Stimme schon noch finden!* Und diesen Gedanken nahm sie mit in den Schlaf, der sie wenig später übermannte.

Erst anderthalb Stunden später erwachte sie aus einem erotischen Traum. Hände glitten zärtlich über ihren nackten Körper, liebkosten ihre Brüste, kreisten über ihren Bauch und ihre Schenkel, um dann langsam wieder nach oben zu wandern, bis sie ihr Gesicht erreichten.

Moira bog sich diesen Händen entgegen, die ihren Körper in Erregung versetzten. Ein tiefes Sehnen nach Zärtlichkeit und Leidenschaft erwachte in ihr. *O ja, Adrian, liebe mich! Nimm mich in deine Arme, und mach alles vergessen, was uns so lange Zeit getrennt hat!* flüsterte sie im Traum.

Dann öffnete sie die Augen und sah, daß sie die intimen Zärtlichkeiten nicht geträumt hatte. Victor kniete neben ihr und blickte auf sie hinunter, während seine rechte Hand wieder über ihre Haut glitt und auf ihrer Brust verharrte.

»Ich konnte einfach nicht länger an mich halten. Ich mußte es einfach tun«, sagte er leise. »Schon von der ersten Sitzung an habe ich dich berühren wollen, und du weißt es.«

Es stimmte, Moira war nicht überrascht. Ihre Beziehung war vom ersten Tag an von einer prickelnden erotischen Spannung begleitet, und es war ihr nicht unangenehm gewesen. Wie ihr auch seine Hand auf ihrer Brust alles andere als unangenehm war.

Moira richtete sich auf. »Ja, ich weiß«, sagte sie und legte ihre Hand auf seine Hand.

Victor legte nun seinen Arm um ihre Schulter, zog sie an sich und küßte sie. Moira gab sich dem leidenschaftlichen Druck seiner Lippen und dem Spiel seiner Zungenspitze bereitwillig hin. Ihr Körper sehnte sich nach Hingabe. Sie erwiderte seinen Kuß, und die Erregung in ihr wuchs. Doch es war nicht so, wie sie es einst mit Adrian erlebt hatte. Nicht für einen Moment hatte sie das Gefühl, daß alles von ihr fiel und sie von einem anschwellenden Strom bedingungsloser Hingabe davongetragen wurde.

»Das war schön«, sagte Moira, als sich ihre Lippen voneinander lösten, und lächelte ihn an. »Ich bin schon lange nicht mehr geküßt worden und daher ein bißchen außer Übung.«

»Ich begehre dich, Moira. Aber ich bin kein Mann für feste Verhältnisse«, sagte er unumwunden und strich mit den Fingerkuppen über ihre Hüfte. »Der gute Anthony hat mich gebeten, ein Auge auf dich zu halten. Und ich mag dich zu sehr, um dir Sand in die Augen zu streuen und dir weh zu tun. Ich will ehrlich sein …«

»Wenn du jetzt genauso ehrlich bist wie bei der Kritik meiner Bilder, dann kann ich mich ja auf was gefaßt machen«, warf sie spöttisch ein.

Er war es. »Ich wäre glücklich, wenn du meine Geliebte wärst, und ich würde auch in bescheidenem Maß dafür sorgen, daß du nicht mehr zu arbeiten brauchst«, fuhr er fort. »Wir könnten eine wunderbare Zeit zusammen haben, ohne jedoch Ansprüche oder Verpflichtung für die Zukunft einzugehen. Ich bin dafür nicht geschaffen. Ich habe immer die katastrophale Ehe meiner Eltern vor Augen, das Gejammer und Gezeter meiner Mutter und die tausend Affären meines Vaters. Und ich möchte, daß wir auch hinterher noch Freunde bleiben, wie ich dich auch nicht als Modell verlieren möchte, wenn wir in ein paar Monaten oder in einem Jahr unsere Lust aneinander gestillt haben.«

Sie sah ihn belustigt an. »Verstehe ich dich richtig, Victor? Bietest du mir an, für eine Zeitlang sozusagen deine Mätresse zu sein, die von deinem Geld lebt?«

Er zuckte die Achseln, jedoch ohne verlegen zu sein. »Man kann solch einem Arrangement viele verschiedene Namen geben, aber ja, darauf liefe es hinaus.«
Sie stieß einen scheinbar resignierten Seufzer aus. »Du bist tatsächlich genauso ehrlich wie bei deiner Kunstkritik, Victor.«
»Habe ich dich damit verletzt?«
»Nein, nur vor falschen Hoffnungen bewahrt.«
»Du wirst dich doch wohl nicht in mich verliebt haben?« stieß er besorgt hervor.
Moira lachte über sein erschrockenes Gesicht. »Nein, keine Sorge, das ist nicht geschehen«, versicherte sie. »Aber deshalb tauge ich auch nicht für das von dir vorgeschlagene Arrangement, Victor.«
»Schade«, bedauerte er.
»Obwohl ich zugeben muß, daß deine Küsse und deine … Berührungen mich nicht gerade kaltgelassen haben«, gestand sie. »Aber dennoch würde es nicht funktionieren.«
»Wegen eines anderen Mannes oder einer anderen Lebensphilosophie?«
»Sowohl als auch.«
Er verzog das Gesicht zu einer Miene des Bedauerns. »Siehst du, das hat man nun von seiner Ehrlichkeit«, machte er sich über sich selbst lustig. »Na ja, wenigstens bleiben mir dein aufregender Anblick und deine platonische Liebe erhalten. So, und jetzt laß uns ins Haus gehen. Mir wird es allmählich zu heiß hier draußen. Außerdem brauche ich jetzt ein Glas Wein, um den bitteren Geschmack der Zurückweisung aus meinem Mund zu spülen und Trost im Alkohol zu suchen.« Er lachte dabei, gab ihr einen Kuß auf die Wange und stand von der Decke auf.
Moira folgte ihm langsam, erleichtert, daß sich in ihrer Beziehung nichts ändern würde, und zugleich doch auch von einer tiefen Trauer erfüllt.
Warum hing ihr Herz noch immer an Adrian? Zwei Jahre

waren vergangen, seit sie River Bend den Rücken gekehrt hatte, um »draußen in der Welt« ihren Weg zu machen. Adrian hatte sie das letztemal vor achtzehn Monaten gesehen – und da auch nur für wenige Minuten, in denen sie nur Zeit für Zorn und gegenseitige Vorwürfe gehabt hatten. Seitdem hatte sie von ihm nichts mehr gehört. Die anderthalb Jahre kamen ihr wie eine Ewigkeit vor. Ob er sich noch immer genauso nach ihr sehnte wie sie nach ihm? Doch wenn er sie wirklich noch liebte, hätte er dann nicht schon längst sein unversöhnliches Schweigen gebrochen?

Sie hatte immer wieder versucht, der Stimme der Vernunft zu folgen und ihn zu vergessen und aus ihrem Herzen zu drängen. Aber es war ihr nicht gelungen. Sie brachte es ja nicht einmal fertig, sich eine Liebschaft mit einem Mann wie Victor zu erlauben, obwohl sie sich sehr zu ihm hingezogen fühlte.

Was sollte sie bloß tun?

Auf der Rückfahrt mit der Fähre von Milson's Point über die weite Bai zurück nach Sydney hallte diese Frage scheinbar endlos in ihr nach. Wie die Wellen der Brandung, die immer aufs neue den Strand hochspülen, um dann im Sand auszulaufen und wieder in die dunklen Tiefen der See zurückzufallen, kehrte diese quälende Frage immer und immer wieder.

Sechs Monate später, als der Frühling die nackten Bäume in den Straßen und Parks mit frischem Grün bekleidete und sie endlich einen kleinen Galeristen für ihre »gefälligen Bilder« fand, erhielt Moira Post von ihrem Jugendschwarm Robert Lyndham. Er war schon vor mehr als einem Jahr von Swan Hill nach Mildura zurückgekehrt und hatte die Sägemühle seines Vaters übernommen, der die Warnung eines leichten Herzinfarktes ernst genommen und sich zur Ruhe gesetzt hatte. Robert lud sie herzlichst zu seiner Hochzeit mit Dorothy Wallace, der Tochter eines örtlichen Geschäftsmannes, ein, der ihm zur ersten Ford-Niederlassung im Bezirk verholfen hatte, wie er nicht ohne Stolz berichtete.

Und dann fuhr er fort: *Solltest Du in der großen Stadt mittlerweile das Autofahren gelernt haben, stelle ich Dir gern den neusten Ford für ein paar Tage Probefahrt zur Verfügung, andernfalls gebe ich Dir ein paar Fahrstunden. Du siehst, ich lasse nichts aus, um Dich nach Mildura zu locken. Wäre es denn nicht schön, wenn wir uns nach so langer Zeit einmal wiedersehen würden? Der Wind hat uns in alle Himmelsrichtungen zerstreut: Dich erst nach Melbourne und dann nach Sydney, Rebecca in die Blue Mountains und Charles in den tropischen Norden von Queensland. Nun wird es Zeit, daß unsere Wege sich wieder einmal hier treffen, wo unsere Freundschaft begann, findest Du nicht auch? Deine Briefe kommen in letzter Zeit allzu selten, und wie kostbar mir und meinen Eltern Deine Schreiben auch sind, so können sie natürlich niemals ein persönliches Zusammensein ersetzen. Vielleicht erhält Rebecca – ich meine Schwester Benedicta (ich gestehe, es fällt mir noch immer schwer, mich an ihren neuen Namen zu gewöhnen) – die Erlaubnis ihrer Oberin, das Kloster für ein paar Tage zu verlassen und an der Hochzeit teilzunehmen. Die Chancen stehen nicht schlecht, wie sie mir geschrieben hat. Dann wären wir, bis auf unsere selige Sophie natürlich, nach langer Zeit wieder einmal vereint wie zu alten Zeiten.*

Also setze bitte Himmel und Hölle in Bewegung (ersteres sollten wir vielleicht doch besser den besonderen Beziehungen unserer Novizin überlassen), damit wir uns endlich einmal wiedersehen können – und zwar hier in Mildura. Charles kommt natürlich auch. Ich habe gestern mit ihm telefoniert. Er läßt herzliche Grüße ausrichten und hat mir versprochen, daß auch er Rebecca – da ist es mir schon wieder passiert! – schreiben und nichts unversucht lassen wird, damit bei diesem Treffen Mitte Dezember hier in Mildura auch ja keiner von der alten Truppe fehlt. Wir rechnen fest mit Dir, Moira. Eine Absage wird nicht akzeptiert …

Wenige Tage später hielt sie einen Brief von Rebecca in der

Hand, in dem sie ihr freudig mitteilte, von ihrer Oberin die Erlaubnis zur Teilnahme an der Hochzeit ihres »Cousins« in Mildura erhalten zu haben.
Roberts Einladung versetzte Moira in freudige Erregung, und Rebeccas Schreiben war wie das Tüpfelchen auf dem i. Sie zweifelte nicht daran, daß seine Einladung eine Fügung des Himmels war, eine Antwort auf die quälende Frage, was sie bloß tun sollte. Roberts Hochzeit bot ihr die ideale Gelegenheit für einen Besuch in River Bend. Sie würde anschließend die Woche über Weihnachten und Neujahr im Haus ihrer Mutter verbringen und damit Zeit genug haben, um sich mit Adrian zu versöhnen und ihn endgültig an sich zu binden.
»Wäre es nicht toll, wenn ich Roberts Angebot mit dem Ford annehmen könnte?« fragte Moira mit einem verträumten Lächeln, als sie Jill dabei half, Wäsche im Hinterhof aufzuhängen. »Was würden die Leute in River Bend für Augen machen, wenn ausgerechnet ich, der Mayfield-Bastard, bei meinem ersten Besuch in einem Automobil auftauchen würde! Vielleicht sogar noch richtig chic herausgeputzt und nach neuster Mode mit einem Bubikopf? So mancher würde vor Neid platzen. Ach, was wäre das nicht eine Genugtuung für all das, was ich als Kind in diesem Kaff ertragen mußte!«
»Und was steht dem im Wege?« wollte Jill wissen.
»Die schlichte Tatsache, daß ich nicht Auto fahren kann.«
»Das kann man lernen.«
»Aber für Fahrstunden fehlt mir das nötige Kleingeld, wie du sehr wohl weißt.«
»Es reicht, daß du Freunde hast«, erwiderte Jill munter. »Byron wird dir Fahrstunden geben.«
»Nein, das kommt gar nicht in Frage!« wehrte Moira sofort ab. »Damit will ich ihn nicht belästigen. Außerdem kommen wir beide nicht sonderlich gut miteinander aus, wie du weißt. Ich werde schon …«
»Dummes Zeug!« fiel Jill ihr energisch ins Wort. »Mein

Bruder ist dir viel mehr als nur ein paar Fahrstunden schuldig! Und ich werde schon dafür sorgen, daß er sich anständig benimmt, da kannst du sicher sein.«

»Ich möchte es dennoch nicht, Jill.«

»Mein Bruder hat seine Schwächen, aber mit einem Automobil weiß er ausgezeichnet umzugehen. Er ist ja ständig mit einem Wagen der Gewerkschaft unterwegs. Und er wird es dir beibringen«, erwiderte Jill entschlossen, klemmte sich den leeren Wäschekorb unter den Arm und kehrte mit Moira in die Wohnung zurück.

Moira gab ihren Widerstand gegen den Vorschlag ihrer Freundin sehr schnell auf. Die Aussicht, mit einem von Roberts Automobilen durch die Straßen von River Bend zu fahren, war einfach zu verlockend und schon einige Unannehmlichkeiten mit Jills Bruder wert.

Und so fuhr Byron wenige Tage später, an einem milden Frühsommerabend, in einem kastenförmigen Overland mit mattschwarzer Lackierung in der Rosebank Lane vor. Der Wagen war ein ausgemustertes Armeefahrzeug, dessen Stoffdach fast ebenso viele Ausbesserungen aufwies wie das Chassis Beulen.

Als Moira sah, wie Byron den Wagen mit der schweren Kurbel anwarf, äußerte sie Zweifel, ob sie wohl ohne fremde Hilfe dazu in der Lage sein würde. Worauf er spöttisch antwortete: »Eine so ansehnliche junge Frau wie Sie wird sich kaum selbst mit der Kurbel abmühen müssen. Außerdem kommt es mehr auf Geschick als auf Kraft an. Und wieviel Geschick Sie besitzen, werden wir ja bald wissen.«

Er fuhr mit ihr auf einen freien Platz in Kings Cross, wo Moira ihre erste Fahrstunde erhielt. Obwohl *Fahr*stunde das falsche Wort war und dem entsetzlichen Gerucke nicht gerecht wurde, das ihre Fahrversuche kennzeichnete. Sie hatte das beschämende Gefühl, sich ausgesprochen begriffsstutzig anzustellen und alles falsch zu machen, was man nur falsch machen konnte.

»Ich denke, das reicht uns beiden für heute«, sagte er schließlich. »Ich fahre Sie jetzt nach Hause, Moira.«
Mit hochrotem Kopf kam sie hinter dem Lenkrad hervor, nahm wieder auf dem Beifahrersitz Platz und wagte nicht, ihn anzublicken. Sie schwor sich, daß dies ihre erste und letzte Fahrstunde mit Byron war.
Als er vor Gretna Drummonds Haus hielt, sagte er jedoch zu ihrer Überraschung: »Für den Anfang war das gar nicht so schlecht, Moira. Dann also bis übermorgen zur selben Zeit.«
Ohne einen Gruß oder eine Antwort abzuwarten, gab er Gas und fuhr davon.
Verblüfft sah sie ihm nach. Bildete sie sich das nur ein, oder hatte Byron ihr soeben tatsächlich ein Lob ausgesprochen? Nach den vielen spöttischen Bemerkungen, die er die ganze Zeit über gemacht hatte, als sie sich mit Kupplung, Gas und Bremse abgemüht hatte, fiel es ihr schwer, das zu glauben. Aber es hatte anerkennend geklungen. Und dabei hatte sie geglaubt, sich bis auf die Knochen vor ihm blamiert zu haben!
Moira lernte Jills Bruder in den folgenden Wochen ein wenig besser kennen und verlor allmählich die Angst vor ihm und seinen spöttischen, sarkastischen Bemerkungen. Nicht, daß Byron diese nun sein ließ. Sie lernte jedoch, besser mit seiner herausfordernden und oftmals burschikosen Art umzugehen. Früher hatte sie in Diskussionen mit ihm oft das unangenehme Gefühl beschlichen, daß ihren Ansichten eine solide Grundlage fehlte, um sie selbstbewußt verteidigen zu können. Diese Unsicherheit legte sich jedoch mehr und mehr. Je besser sie hinter dem Steuer wurde, desto mehr Mut fand sie auch, sich mit ihm zu streiten und sich in ihren Überzeugungen nicht erschüttern zu lassen. Vor allem nahm sie es nicht länger hin, daß er sich über ihren Glauben lustig machte.
»Religion ist Opium fürs Volk!«
»Und dein Atheismus ist eine Mischung aus Größenwahn und Blindheit!« konterte sie daraufhin.
Das alles schien ihm Respekt abzunötigen. Seine bissigen

Kommentare wurden seltener. Er griff sie nicht mehr so häufig wegen ihrer angeblich unpolitischen Haltung als Künstlerin an, die sich trotz ihrer proletarischen Herkunft und Erfahrung als einfache Arbeiterin noch immer nicht mit den Zielen der ausgebeuteten Arbeiterklasse solidarisiert hatte. Er verschonte sie bald auch mit seinen weitschweifigen theoretischen Erläuterungen über den Kampf um die Produktionsmittel und den unaufhaltsamen Sieg der Proletarier aller Länder.

Statt sie wie früher zu belehren und herauszufordern, zeigte er ihr mehr von seiner privaten Seite. Er verstand es, eine Geschichte fesselnd zu erzählen. Etwa wie er als kleiner Junge seinen ersten Streik erlebt und dabei seine erst anderthalbjährige Schwester in einem Rucksack auf dem Rücken getragen hatte – und wie er Jahre später Zeuge geworden war, mit welcher Brutalität Polizisten und Wachleute seinen Vater und andere Arbeiter niedergeknüppelt hatten, um von auswärts angekarrten Streikbrechern ein Gasse zu schlagen.

Moira freute sich bald auf die Fahrstunden mit Byron. Sie bekam allmählich ein anderes Bild von ihm, und zwar das eines Mannes, der unter der Schale seiner derben, rauhen Männlichkeit eine sehr empfindsame Seele verbarg, die von ähnlich vielen und tiefen Wunden gezeichnet war wie die ihre, und der auch von ähnlich leidenschaftlichen Lebensträumen getrieben wurde, die sie beherrschten. Was ihr die Malerei bedeutete, war ihm der leidenschaftliche Kampf der Arbeiterklasse gegen den Kapitalismus. Und deshalb machte es ihr auch nicht allzuviel aus, als sie dahinterkam, daß er ihre gemeinsamen Fahrten oft dazu nutzte, dicke Pakete mit Flugblättern von kommunistischen Druckereien zu irgendwelchen Komitees zu transportieren.

»So, mehr kann ich dir nicht beibringen. Du hast die Abschlußprüfung mit Bravour bestanden«, sagte er Mitte November, nachdem sie anderthalb Stunden kreuz und quer durch Sydney gefahren war und nicht einen Fehler begangen hatte. »Wenn du mal bei uns als Fahrerin aushelfen willst, kann ich mich zwar nicht für dein politisches Bewußtsein verbürgen, aber dafür doch meine Hand für deine Qualitäten als Fahrerin ins Feuer legen.«

»Mir sowie Jill und deiner Mutter ist es viel lieber, du hältst nicht nur deine Hand, sondern auch deinen Kopf aus dem Feuer, Byron«, erwiderte Moira, wußte sie doch, daß er tags darauf mit einer Gruppe von Gewerkschaftsfunktionären nach Newcastle fahren würde, um dort die Werftarbeiter bei ihrem Streik zu unterstützen.

»Jetzt, wo du mit so einem Automobil umzugehen verstehst, liegen die Stunden größter Gefahr ja hinter mir«, erwiderte er spöttisch.

»Paß in Newcastle auf dich auf! Danke für deine Geduld, Byron«, verabschiedete sie sich von ihm, beugte sich schnell zu ihm hinüber und gab ihm einen Kuß auf die Wange.

Er hob überrascht die Augenbrauen und sagte mit einem verlegenen Lächeln: »Wenn ich es recht überlege, brauchst du eigentlich doch noch viel mehr Unterricht.«

Moira lachte und stieg aus.

Am nächsten Tag nahm sie sich ein Herz und ging Victor um ein Darlehen in Höhe von fünf Pfund an. Sie wollte sich nicht nur eine neue, modische Frisur zulegen, sondern sich für ihren Besuch in River Bend auch mit einer neuen Garderobe von guter Qualität ausstatten. Und die Geschenke, die sie mitbringen wollte, sollten ebenfalls nicht von der billigen Sorte sein. Ihre kläglichen Ersparnisse reichten dafür jedoch nicht aus.

»Ich zahle dir das Geld von dem Erlös meiner Bilder zurück, die die Jamieson-Galerie in Kommission genommen hat«, versprach sie und wollte in diesem Augenblick besser nicht darüber nachdenken, wie lange es wohl dauern mochte, bis sie ihre Schulden bei ihm abbezahlt hatte. Denn Godfrey Jamieson, der spitzbärtige Besitzer, der auf der unteren, weniger feinen Hälfte der King Street mehr einen gehobenen

Trödelladen als eine Galerie führte, zahlte ihr bei Verkauf armselige drei Shilling für ein Aquarell und gerade mal neun für ein Ölbild.

Victor wußte von ihren Plänen und schmunzelte. »So, du willst also einen großen Auftritt in deinem Heimatort inszenieren.«

Trotzig hob Moira das Kinn. »Du hast es erfaßt! Und dieser Auftritt bedeutet mir mehr, als du dir vermutlich vorstellen kannst!« erwiderte sie hitzig.

In gespieltem Erschrecken wich er vor ihr zurück und hob abwehrend die Hände. »Schon gut, du hast meinen Segen, Moira!«

Er gewährte ihr ein großzügiges unbefristetes Darlehen. Statt der erbetenen fünf Pfund gab er ihr zehn. Sie wollte so viel Geld erst nicht annehmen, doch er bestand darauf, und sie erlag recht schnell der Verlockung, beim Einkauf einmal nicht auf einen Sixpence schauen zu müssen.

Jill begleitete sie bei ihren Einkäufen, wobei sie sich viel Zeit ließen und die Geduld so mancher Verkäuferin auf eine harte Probe stellten. Denn sie fanden beide ein prickelndes Vergnügen daran, den endgültigen Kauf eines Kleides oder einer Garnitur spitzenbesetzter Leibwäsche möglichst lange hinauszuschieben. In manchen Läden erschienen sie ein halbes dutzendmal, bevor Geld und Ware endlich den Besitzer wechselten.

Moira gab das meiste Geld für ein zauberhaftes, aufregend geschnittenes Kleid aus veilchenblauem Chiffon aus, das sie nicht nur bei Roberts Hochzeit zu tragen gedachte, sowie für drei bildhübsche Sommerkleider und zwei Paar Schuhe. Es blieb aber noch genug für Accessoires und Weihnachtsgeschenke übrig, auch für Jill und Rebecca.

Eine Woche vor ihrer Abreise fiel ihr schulterlanges Haar unter der Schere eines Meisterfriseurs in der Pitt Street, bei dem der modische Bubikopfschnitt eine volle Guinea kostete, was ein geradezu sündhafter Betrag war. Aber sie bereute es

nicht, für diese Frisur mehr ausgegeben zu haben, als sie früher in der Konservenfabrik in anderthalb Wochen verdient hatte.
»Mein Gott, du siehst wunderbar aus – absolut unwiderstehlich!« rief Jill voller Bewunderung aus, als Moira sich ihr mit ihrer neuen Frisur und in einem ihrer neuen Sommerkleider präsentierte.
Moira strahlte sie an. Unwiderstehlich! Mehr als jemals zuvor wollte sie unwiderstehlich sein – für Adrian.

ELFTES KAPITEL

Robert ließ es sich nicht nehmen, sie in Mildura persönlich vom Bahnhof abzuholen. Gute drei Jahre hatten sie einander nicht gesehen. Und während Robert in dieser Zeit nur an Gewicht zugenommen, sich sonst jedoch nicht verändert hatte, besaß Moira nur noch wenig Ähnlichkeit mit der bieder gekleideten jungen Frau aus der Provinz, die nach dem Krieg in die Stadt gezogen war, um Karriere zu machen. Mit dieser frechen Kurzhaarfrisur und den neuen, raffiniert geschnittenen Kleidern, die viel nackte Haut sehen ließen und so leicht wie eine Sommerbrise den Körper umschmeichelten, fühlte sie sich selbst wie verwandelt.

»Ist es möglich, daß du die Moira Mayfield bist, die hier in die Klosterschule gegangen und so oft bei uns zu Besuch gewesen ist?« scherzte Robert, sichtlich überwältigt von ihrem Anblick. »Mein Gott, du siehst einfach umwerfend aus, wie einem dieser amerikanischen Filme entsprungen. Ich fürchte, du wirst bei den anderen Frauen nicht allzu beliebt sein.«

»Und weshalb nicht?«

Er gab ihr einen Kuß auf die Wange. »Weil sie neben dir zu Mauerblümchen verblassen, Moira, und weil du zudem noch ledig bist, was ja wohl die gefährlichste Mischung ist«, sagte er, während er ihren Koffer nahm und sie sich bei ihm einhakte. »Deine einzige Rettung ist Schwester Benedicta in ihrem gestrengen Habit. Wenn du dich züchtig in ihrer Nähe aufhältst, hast du vielleicht eine Chance, das Fest zu überstehen, ohne daß dir eine eifersüchtige Frau die Augen auskratzt. Ich kann vermutlich nicht einmal für Dorothy die Hand ins Feuer legen.«

»Du solltest dich schämen, zwei Tage vor deiner Hochzeit

so maßlos zu übertreiben, Robert«, erwiderte sie lachend, jubilierte innerlich jedoch vor Freude, daß ihre kostspielige äußere Verwandlung die gewünschte Wirkung erzielte. Und wenn Robert schon so beeindruckt war, dann würde Adrian ihr erst recht keinen Widerstand mehr entgegensetzen können.

»Da siehst du, was du schon angerichtet hast, kaum daß du aus dem Zug gestiegen bist«, sagte er und ging auf einen schnittigen, offenen Wagen zu, der im Schatten der Bahnhofshalle geparkt stand. Die Karosserie schimmerte in einem herrlich dunklen Burgunderrot, während die Ledersitze in einem hellen curryfarbenen Ton leuchteten. »So, und das hier ist der Wagen, ein Crewford-Cabrio, der nun ganz zu deiner Verfügung steht.«

»Aber ich habe dir doch geschrieben, daß ich keinen brandneuen Wagen haben möchte, Robert!« wehrte Moira erschrocken ab. Welch ein himmelweiter Unterschied doch zwischen diesem luxuriösen Cabrio und dem verbeulten, alten Overland bestand, auf dem Byron ihr das Autofahren beigebracht hatte!

»Kein Sorge, er ist schon fast ein Jahr alt«, beruhigte er sie und überließ ihr das Steuer. »Und er ist dir doch wie auf den Leib geschneidert.«

Ihre Aufregung legte sich schnell, und sicher steuerte sie das elegante Cabrio durch Mildura. Es bereitete ihr ein sinnliches Vergnügen, solch ein Meisterstück der Technik und edlen Verarbeitung zu fahren. Für einen flüchtigen Moment mußte sie daran denken, daß ihr ein sorgloses, luxuriöses Leben sicher gewesen wäre, wenn sie Roberts Werben vor Jahren ernst genommen und ihn ermutigt hätte, sich ihr zu erklären. Dann wäre sie jetzt schon längst mit ihm verheiratet und womöglich Mutter von zwei, drei Kindern …

Aber nein, sie hatte Adrian und niemanden sonst haben wollen. Adrian *und* ihre Malerei. Und daran hatte sich bis zu diesem Tag nichts geändert!

Moira verbrachte drei zauberhafte Tage in Mildura, in denen sie noch viele Komplimente erhielt, aber auch fast ebenso viele eifersüchtige wie begehrliche Blicke auf sich zog. Das stärkte ihre Zuversicht. Sie wohnte im Haus der Lyndhams, die sich von Herzen freuten, sie nach so langer Zeit wiederzusehen, während ihre Freundin nun bei jenen Nonnen lebte, die sie einst unterrichtet hatten.
Sie verbrachten viel Zeit miteinander, und Rebecca fand großen Gefallen daran, mit ihr im offenen Crewford zu fahren. »Oh, wenn das meine Oberin und Novizenmeisterin sähe!« rief sie lachend, als sie nach einem Besuch an Sophies Grab aufs Land hinausfuhren, wo die Straße meilenweit durch Obstplantagen führte und ihr Schleier wie eine Fahne im Wind flatterte.
Zu Moiras Überraschung gingen sich Rebecca und Charles, die doch schon so kurz vor der Hochzeit gestanden hatten, nicht aus dem Weg. Sie hatten ihre Verlobung wahrhaftig als Freunde gelöst und konnten sich am neuen Glück des anderen aufrichtig freuen. Denn was Rebecca im Kloster gefunden hatte, trug für Charles den Namen Mabel Falkner. Er hatte sich in diese stille junge Frau, die Tochter eines Zuckerrohrfarmers aus Queensland, unsterblich verliebt, sich mit ihr verlobt und würde sie im Herbst schon heiraten, wie er ihnen berichtete. Moira hatte den Eindruck, daß Rebecca darüber sogar noch glücklicher war als Charles' Eltern, die sich schon jetzt auf die Hochzeit ihres ältesten Sohnes im tropischen Cairns freuten.
Moira war nicht die einzige, der bei der Trauung in der Kirche die Tränen kamen. Die feierliche Zeremonie am blumengeschmückten Altar, die Orgelmusik, der Chor und der Anblick des glücklichen Paares ließ in vielen Augen Tränen schimmern, und nicht wenige ältere Frauen schluchzten sogar laut in ihre Taschentücher. Doch daß Moira sich nach dem großartigen Hochzeitsfest, das im Ballsaal des ersten Hotels am Ort stattfand und bis weit nach Mitternacht dau-

erte, in den Schlaf weinte, widerfuhr wohl nur ganz wenigen Hochzeitsgästen, vielleicht sogar nur ihr allein. Den ganzen Tag über war das gemeinsame Glück öffentlich zelebriert worden. Nicht nur Robert und Dorothy, sondern auch viele andere Paare hatten das Fest vom Morgen bis tief in die Nacht mit einer unsichtbaren erotischen Energie erfüllt. Als Moira nun allein im breiten Bett lag, wurde sie sich ihrer eigenen Einsamkeit und Unerfülltheit nur um so nachdrücklicher bewußt.

Tags darauf holte Moira ihre Freundin wie verabredet nach dem Hochamt vom St. Catherine Convent ab und brachte sie zum Bahnhof. Während der Fahrt durch Mildura dachte sie an das frisch verheiratete Paar. Robert und Dorothy hatten die Hochzeitsnacht im Hotel verbracht und befanden sich inzwischen wohl schon auf dem Weg nach Süden, wo sie ihre Flitterwochen in einem angemieteten Cottage an der Südostküste von Gippsland verbringen würden. Wenn sie in einigen Wochen nach Mildura zurückkehrten, trug Dorothy bestimmt schon Roberts Kind unter dem Herzen. Dorothy machte ganz den Eindruck einer Frau, die ihren Ehemann ebenso glücklich zu machen verstand wie ihre Eltern und Schwiegereltern, die auf Nachwuchs hofften. Und im nächsten Jahr würden dann Charles und Mabel vor den Altar treten, um den Bund fürs Leben zu schließen und eine Familie zu gründen.

Moira unterdrückte einen Seufzer. All das, was das Schicksal ihr bisher verwehrt hatte, schenkte Fortuna all ihren Freunden und Freundinnen mit großzügiger Hand. Nicht, daß sie es ihnen neidete. Sie gönnte es ihnen wirklich von Herzen. Aber warum mußte sie nur so verzweifelt um ihr Glück kämpfen?

»Die Tage sind viel zu schnell vergangen«, sagte Rebecca und holte Moira damit aus ihren Gedanken. »Es war wundervoll, wieder einmal in Mildura und mit euch allen zusammenzusein. So leid es mir tut, wieder abreisen und Abschied von dir nehmen zu müssen, so sehr freue ich mich doch auch, bald wieder bei meinem Konvent zu sein.«

»Es geht eben nichts über das eigene Bett«, erwiderte Moira spöttisch, hielt vor dem Bahnhof und stellte den Motor aus.

»Und du fährst jetzt gleich nach River Bend?«

Moira nickte. »Ich hätte es schon viel eher tun sollen. Es war ein Fehler, so lange in trotzigem Schweigen zu verharren, ja ausgesprochen dumm von mir. Denn Adrian kann schrecklich starrköpfig sein. Aber ich habe aus meinen Fehlern gelernt, und wenn ich am Neujahrstag nach Sydney zurückkehre, werde ich nicht allein sein, das kannst du mir glauben!«

»Wenn du wüßtest, wie glücklich ich dann wäre – für euch beide!« sagte Rebecca, um mit besorgter Miene fortzufahren: »Aber wäre nicht ein wenig gesunde Skepsis angebracht, ob auch alles so eintrifft, wie du es dir vorstellst? Ich meine, mußt du nicht auch die Möglichkeit in Betracht ziehen, daß es dir vielleicht doch nicht gelingt, ihn dazu zu bewegen, River Bend zu verlassen und mit dir zu gehen?«

»Ich weiß, daß es nicht gerade ein Kinderspiel sein wird. Aber ich werde es schaffen, und ich werde so lange bleiben, bis ich ihn überzeugt habe!« erklärte Moira entschlossen. »Ich glaube, ich habe den idealen Zeitpunkt getroffen.«

»Du meinst, weil er sich auf *Illawarra* immer schwerer tut, wie dir deine Mutter geschrieben hat?«

»Ja, es geht ihm wohl gar nicht gut, und er quält sich sehr auf der Station«, bestätigte Moira. »Meine Mutter ist leider keine große Briefschreiberin, auch wenn sie mir mit schöner Regelmäßigkeit fast auf den Tag genau alle drei Monate schreibt – so wie früher, als ich noch ein kleines Mädchen und fern von zu Hause in der Klosterschule war. Das Thema Adrian und Ehe ganz allgemein hat sie bisher kaum erwähnt. Ich habe ihr früher nämlich mal in aller Deutlichkeit zu verstehen gegeben, daß sie wohl kaum die richtige Person ist, mir in dieser Hinsicht Ratschläge oder gar Ermahnungen zu erteilen.«

Rebecca zog die Augenbrauen hoch.
Moira verzog das Gesicht. »Ich weiß, das hat sie damals sehr getroffen. Später hat es mir leid getan, und ich habe ihr gesagt, daß ich es nicht so gemeint hätte.«
»Was natürlich eine Lüge war.«
Moira nickte. »Ja, und das wußte auch meine Mutter. Jedenfalls hält sie sich seitdem bei diesen Themen strikt zurück. Wenn sie dann aber schreibt, daß er sich sehr auf *Illawarra* abquält und es dort draußen nicht mehr lange aushalten wird, dann muß es schon schlimm um ihn stehen!«
Sie stiegen aus dem Wagen, und Moira nahm den Koffer vom Notsitz, wo auch ihr Gepäck verstaut war.
»Ich hoffe, du behältst recht, Moira. Und wenn es sich wirklich so verhält, wie deine Mutter geschrieben hat, wirst du viel Fingerspitzengefühl brauchen und ihm goldene Brücken bauen müssen«, riet Rebecca ihr, während sie auf dem Bahnsteig auf den Zug warteten, der jeden Moment einfahren mußte. »Adrian ist ein Mann, dem sein Stolz und seine Ehre viel bedeuten. Da kann man schnell das Falsche tun, auch wenn man es gut meint!«
Moira lachte trocken auf. »Wem erzählst du das! Adrian hat auf *Illawarra* drei kostbare Jahre vertan. Er mußte erkennen, was ich schon von Anfang an gewußt habe, nämlich daß er auf der Station nie auf einen grünen Zweig kommen wird und seine Talente und Chancen auf diesem staubigen Stück Land nur vergeudet. Aber ich will mich nicht beklagen, wenn er jetzt endlich zur Vernunft kommt. Und natürlich werde ich ihm goldene Brücken bauen. Ich werde alles tun, Rebecca, was nötig ist, damit wir endlich zusammen glücklich werden und uns gemeinsam ein Leben aufbauen können!«
Der Zug lief in den Bahnhof von Mildura ein, und Moira schloß ihre Freundin zum Abschied noch einmal in die Arme.
»Ich schreibe dir, wann du zu unserer Hochzeit kommen mußt!« rief sie ihr zu, als Rebecca ihr Zugabteil erreicht und von innen das Fenster heruntergezogen hatte. Sie winkte ihr

nach, bis der Zug in der Biegung hinter dem Wasserturm verschwunden war. Dann kehrte sie zum Wagen zurück und machte sich auf den Weg nach River Bend.

Moira empfand ihre Rückkehr als einen persönlichen Triumph und genoß jede Sekunde, als sie in ihrem edlen Crewford-Cabrio langsam die River Street hinunterfuhr. Daß es ein Triumph auf Pump war und ihr Auftreten schon an Hochstapelei grenzte, daran verschwendete sie an diesem Vormittag nicht einen Gedanken. Vor dreizehn Jahren, als sie mit ihrer Mutter von Bord der *Lady Eliza* gegangen war, hatte sie verschlissene Kleider getragen, war als Bastard verspottet worden und der Tyrannei von Tante Josepha hilflos ausgeliefert gewesen. Und nun kam sie nach dem letzten Schrei der Großstadtmode herausgeputzt daher und lenkte eigenhändig ein elegantes Cabrio durch die staubigen Straßen der Flußsiedlung.

Moira erregte in der Tat Aufsehen, wie sie es sich gewünscht hatte. Alle Köpfe drehten sich nach ihr um und sahen ihr nach. Es war wie eine ganz persönliche Parade, und sie genoß jede Sekunde davon. Sie wollte, daß jedermann sie sah und vor allem wiedererkannte.

Wie der Zufall es wollte, standen gerade zwei von Emily Dickensons Busenfreundinnen, Nora und Shirley, an der Straßenkreuzung, als Moira kurz anhielt, bevor sie nach rechts in die Victoria Street einbog.

»Ist das nicht Moira?« hörte sie Nora ungläubig ausrufen.

»Die Stieftochter vom alten McGregor?«

»Nein, unmöglich!«

»Doch, das ist sie!« versicherte Nora.

Moira konnte es sich nicht verkneifen, den Kopf zu wenden. Sie erwiderte die bewundernden Blicke dieser beiden Frauen, die sie als Kind unbarmherzig gepeinigt hatten, mit einem zuckersüßen Lächeln und winkte ihnen kurz mit der behand-

schuhten Hand zu. »Hallo, Nora, hallo, Shirley. Lebt ihr noch immer in diesem Nest?« fragte sie mitleidig erstaunt, legte den Gang ein und rollte hoheitsvoll an ihnen vorbei, während sie still in sich hineinlachte.
Was für eine Genugtuung!
Auch ihre Mutter glaubte ihren Augen nicht trauen zu dürfen, als sie ihre Tochter extravagant gekleidet und in einem derart teuren Cabrio vorfahren sah. »Moira?... Heiliger Christopherus, du kannst solch ein Automobil fahren?« stieß sie ungläubig hervor.
Onkel William zeigte sich nicht weniger beeindruckt. »Alle Achtung! Dir scheint das Leben in der Großstadt ja ganz gut zu bekommen.«
Moira strahlte. »Ich habe wirklich keinen Grund zur Klage und möchte auch um nichts auf der Welt tauschen!« versicherte sie und badete in der Bewunderung ihrer Mutter, die fast so groß war wie die Freude darüber, sie endlich wiederzusehen und in die Arme schließen zu können.
»Aber wie kannst du dir das bloß leisten, Kind?« wunderte sich ihre Mutter, als Moira in der Dachkammer ihren Koffer auspackte. Ihre Mutter ließ dabei den edlen Stoff der Kleider durch ihre Hände gleiten und strich staunend über die zarte, spitzenbesetzte Wäsche, die darunter zum Vorschein kam.
»Ich verdiene recht gut in Sydney, Mom. Mittlerweile habe ich auch schon meinen eigenen Galeristen und einige Bilder verkauft«, antwortete Moira stolz und hatte nicht das Gefühl, ihre Mutter anzulügen. Daß der Galerist ihre Bilder nicht gekauft, sondern sie nur in Kommission genommen hatte, erschien ihr als ein unwesentliches Detail, mit dem sie ihre Mutter nicht verwirren wollte.
Ihre Mutter freute sich für sie, sparte dann aber nicht mit Vorwürfen. »Es ist schön, daß du endlich mal nach Hause gekommen bist und deine Mutter und deinen Stiefvater besuchst. Du hast dir damit wirklich lange Zeit gelassen. Weißt du, daß wir dich fast drei Jahre nicht gesehen haben?«

Moira machte eine zerknirschte Miene. »Ich weiß, aber mir ist es nicht immer so gut gegangen, Mom. Ich habe auch bittere Zeiten durchgemacht«, antwortete sie.
»Du mußt mir alles erzählen, Kind. Komm, ich mache uns einen Tee, und dann können wir in aller Ruhe miteinander reden!«
Moira ahnte, daß sie an diesem Tag wohl nicht mehr zu Adrian hinauskommen würde, sosehr es sie auch danach drängte. Aber sie wollte ihre Mutter nicht verletzen. Sie war ihr nach drei Jahren Abwesenheit wenigstens einen halben Tag uneingeschränkte Aufmerksamkeit schuldig. Danach würde sie ja die meiste Zeit des Tages mit Adrian verbringen, die Weihnachtstage vielleicht ausgeschlossen.
Tags darauf nahm sie sich kaum Zeit für das Frühstück. Sie war zudem so aufgeregt, daß sie kaum einen Bissen hinunterbekam. Endlich saß sie im Cabrio und fuhr unter einem stahlblauen Sommerhimmel über die Landstraße nach *Illawarra*.
Als die Station der Flynns vor ihr auftauchte, wartete eine große Überraschung auf sie. Im ersten Moment glaubte sie, sich verfahren zu haben und auf den Hof einer völlig anderen Farm gelangt zu sein. Denn dieses *Illawarra*, das da vor ihren Augen lag, besaß kaum noch Ähnlichkeit mit dem schäbigen, heruntergekommenen Hof, an den sie sich erinnern konnte.
Das Wohnhaus von *Illawarra* hatte nicht nur ein neues Wellblechdach erhalten, das in einem satten Grün leuchtete, sondern machte nach einer offensichtlich umfassenden Renovierung einen beinahe stattlichen Eindruck mit seinem weißen Verandageländer und den neuen Schlagläden neben den Fenstern.
Aber nicht nur das Wohnhaus, sondern auch alle Wirtschaftsgebäude, Ställe und Koppeln hatten eine ähnlich erstaunliche Verwandlung mitgemacht. Es gab auf dem Hof von *Illawarra* nicht ein heruntergekommenes oder wind-

schiefes Gebäude mehr – und auch kein einziges rostzerfressenes Dach. Sogar der einfache Schuppen für Feuerholz sah ansprechend aus. Die meisten Scheunen, Schuppen und Ställen waren überdies neu errichtet.
Neu für Moira waren auch die langen Felder, die sich südlich des Hofes eine gute Meile weit erstreckten, durchzogen von schmalen Bewässerungskanälen. Und wenn sie sich nicht ganz täuschte, dann handelte es sich bei den kleinen Bäumen auf der anderen Seite des Feldes um einen Obsthain, den Adrian dort angepflanzt hatte. Zudem konnte sie mindestens sieben Arbeiter zählen, die auf dem Hof und auf den Feldern tätig waren.
Moira brauchte einen Moment, um diese Überraschung zu verarbeiten. Adrian mußte sich wirklich wie ein Berserker in die Arbeit gestürzt haben. Kein Wunder, daß ihre Mutter ihr geschrieben hatte, daß er sich schrecklich abquälte und es wohl nicht mehr lange durchhielt!
Sie wollte nicht wissen, wieviel Geld es gekostet hatte, nicht nur all die Gebäude und Zäune so vorbildlich instand zu setzen, sondern auch noch diese weiten Felder mit den Bewässerungsanlagen sowie den Obsthain anzulegen und die Arbeiter zu bezahlen. Er mußte in den drei Jahren ein kleines Vermögen in *Illawarra* investiert haben. Geld, das er natürlich von der Bank hatte aufnehmen müssen. Und jetzt stand ihm das Wasser bis zum Hals.
Keine Frage, Adrian hatte sich übernommen.
Eine junge Frau in einem einfachen, geblümten Kleid kam aus dem Haus, als Moira aus dem Wagen stieg. Es war Rose, Adrians Schwester. Siebzehn mußte sie jetzt sein, und sie hatte sich zu ihrem Vorteil entwickelt. Ihr Körper hatte ansprechend reizvolle Formen angenommen, und wenn man ihr Gesicht auch nicht als hübsch bezeichnen konnte, so besaß es doch eine sympathische Ausstrahlung und natürliche Klarheit der Züge.
Rose stutzte sichtlich und verharrte auf der Treppe, die zur

Veranda hinaufführte. Verwirrung zeigte sich in ihren braunen Augen. »Miss Mayfield?« fragte sie unsicher.
Moira lächelte sie an. »Schön, daß du mich wiedererkannt hast, obwohl wir uns schon ein paar Jahre nicht mehr gesehen haben, Rose«, sagte sie freundlich.
»Oh, das war mehr geraten als wiedererkannt, Miss Mayfield«, gestand Rose. »Sie ... Sie haben sich wirklich sehr verändert!«
Moira schmunzelte. »Du aber auch, Rose. Ich habe dich als schlaksiges Mädchen mit zu kurzen Zöpfen in Erinnerung. Und jetzt sehe ich eine reizvolle junge Frau vor mir, die sicher schon so manches Männerherz entflammt hat.«
Die verlegene Röte, die Adrians junger Schwester nun in die Wangen stieg, verriet, daß sie ihre scheue Art noch immer nicht abgelegt hatte. Doch ihre Augen glänzten vor Freude über das Kompliment einer scheinbar erfolgreichen Frau, die aus der Großstadt in einem sündhaft teuren Automobil vorgefahren kam und so aussah, als sei sie einem Plakat für einen romantischen Film aus der Welt der vornehmen Gesellschaft entsprungen. »Sie sind bestimmt wegen Adrian gekommen, nicht wahr?« lenkte sie schnell von sich ab.
»Ja, das bin ich.«
»Tut mir leid, Miss Mayfield, aber Adrian ist leider nicht hier«, teilte Rose ihr bedauernd mit.
»Oh!« Moira machte ein enttäuschtes Gesicht. »Wann erwartest du Adrian zurück?«
Rose zuckte die Achseln. »Er ist nach Mildura und Renmark gereist, um dort mit irgendwelchen Farmern zu verhandeln. Es geht um *Illawarra* und wichtige Geschäfte, aber ich weiß nicht, was das für Geschäfte sind. Ich weiß nur, daß er Mutter und mir versprochen hat, spätestens zum Weihnachtsfest wieder zurück zu sein.«
So enttäuschend es für Moira auch war, daß Adrian ausgerechnet jetzt nach Renmark und Mildura gereist war, so hatte diese Nachricht doch auch ihr Gutes. Auf dem Weg zurück

nach River Bend dachte sie über die Gründe nach, die Adrian zu dieser Zeit, wo jedermann sich auf das Weihnachtsfest vorbereitete, zu einer wichtigen Geschäftsreise veranlaßt haben mochten. Und sie kam zu dem Schluß, daß er vermutlich einen Käufer für *Illawarra* suchte. Zweifellos war die Station, die er in eine Farm hatte verwandeln wollen, bis an die Grenze des Möglichen mit Hypotheken belastet, die Adrian nun die Luft abdrückten.
Vielleicht hatte es mit *Illawarra* erst so weit kommen müssen. Jedenfalls würde ihn der Ruin, egal, ob er nun in Form einer Zwangsversteigerung oder eines ehrenvollen Verkaufs stattfand, von allen wirklichen wie eingebildeten Verpflichtungen erlösen – und frei machen für ihre gemeinsame Zukunft. Moira erinnerte sich an Rebeccas eindringlichen Rat und nickte in Gedanken. Ja, sie würde viel Fingerspitzengefühl benötigen und ihm sehr stabile goldene Brücken bauen müssen, damit sie seinen Stolz nicht verletzte. Sie mußte *und sie würde* ihm das Gefühl geben, daß er sich nichts vorzuwerfen hatte, daß er alles getan hatte, was in seiner Macht stand, um das väterliche Erbe zu bewahren und die Familie zusammenzuhalten. Natürlich war es ein schwerer Fehler gewesen, als er sich in die Illusion verbissen hatte, er könnte dieses armselige Stück Land in eine blühende Zitrusfarm verwandeln. Aber wer von ihnen konnte schon behaupten, frei von Fehlern und von Sünden zu sein? Wer von ihnen wollte den ersten Stein werfen? Sie, Moira Mayfield, ganz sicher nicht.

Adrian kam erst am Heiligen Abend nach River Bend zurück, wie Moira am Mittwoch von Rose erfuhr, die inzwischen Nachricht von ihrem Bruder erhalten hatte. Das hieß also noch drei weitere Tage warten.
Moira nutzte die viele freie Zeit, um Pläne zu schmieden, Briefe zu schreiben, lange Spaziergänge zu machen, Stunden

unter dem Jacarandabaum mit Träumen zu verbringen und viel mit ihrer Mutter zusammenzusein. Sie hatte sich die Woche vor dem Weihnachtsfest zwar ganz anders vorgestellt, akzeptierte aber ohne Hadern, daß sie geschlagene fünf Tage auf Adrians Rückkehr warten mußte. Daß sie ihrer Mutter und Onkel William in dieser Zeit so ausgiebig Gesellschaft leistete und sich ihre alten Geschichten und Klagen geduldig anhörte, betrachtete sie als eine Art Opfer für die Versöhnung mit Adrian, der sie immer aufgeregter entgegenfieberte.
Moira hatte beschlossen, daß Adrian sie erst am Heiligen Abend in der Kirche wiedersehen sollte. Die festliche Mitternachtsmesse, an der er mit seiner Mutter und Schwester teilnehmen würde, wie sie von Rose wußte, bot ihr dazu die ideale Gelegenheit. So konnte sie nämlich bei ihrem ersten Wiedersehen nach über zwei Jahren ihr wunderschönes, so raffiniert geschnittenes Kleid aus zartem, veilchenblauem Chiffon, die falsche Perlenkette und den zum Kleid passenden Hut tragen. In dieser Garderobe hatte sie auf Roberts Hochzeit großen Eindruck gemacht, besonders auf die männlichen Gäste, und sie zweifelte nicht daran, damit auch bei Adrian die gewünschte Wirkung zu erzielen.
Am Heiligen Abend ließ Moira es sich nicht nehmen, mit dem Cabrio vor der Kirche vorzufahren, obwohl *St. Mark's* doch keine zehn Minuten zu Fuß entfernt lag. Ihre Mutter genoß diese kurze Fahrt und das damit verbundene Aufsehen, wie sie auch Gefallen an den Ausfahrten an den Tagen zuvor gefunden hatte. Der Stolz ihrer Mutter auf sie war für Moira das schönste Geschenk, das sie ihr machen konnte. Onkel William, der mit dem schmalen Rücksitz vorliebnehmen mußte, konnte der Fahrt in einem Automobil dagegen nichts abgewinnen – schon gar nicht einer solch kurzen, die ihn und seine Familie in den Mittelpunkt des allgemeinen Interesses rückte.
»Zurück gehe ich zu Fuß, wie es sich gehört«, teilte er ihnen

ungnädig mit, als er sich auf dem Kirchplatz aus dem Wagen zwängte.

»Ganz wie du möchtest, Onkel William«, erwiderte Moira und hakte sich mit einem strahlenden Lächeln bei ihm ein. Im erhebenden Bewußtsein, daß alle Augen auf ihr ruhten, betrat sie die Kirche.

Onkel William führte ihre Mutter und sie durch den Mittelgang nach vorn zur dritten Reihe, wo die McGregors auf der linken Seite am Gang seit Jahrzehnten ihre angestammten Plätze hatten. Und obwohl die Kirche so kurz vor Beginn der Messe schon fast voll besetzt war, hatte es doch niemand gewagt, sich dort hinzusetzen. Früher hatte sich Moira darüber lustig gemacht. Jetzt wußte sie den Vorteil, den ihr diese kleinbürgerliche Tradition bot, sehr zu schätzen.

Adrian Flynn saß mit seiner Mutter und Schwester auf der anderen Seite. Früher hatten die Flynns irgendwo ganz hinten gesessen, wo gerade ein Platz frei gewesen war. Doch seit Adrian als hochdekorierter Kriegsheld nach River Bend zurückgekehrt war, hatten er und seine Familie auch in der Kirche einen gewaltigen Sprung nach vorn gemacht. Eigentlich hätte er fortan in den ersten beiden Reihen, wo die Honoratioren des Ortes mit ihren Angehörigen saßen, Platz nehmen können. Doch bescheiden, wie er war, hatte er sich mit der fünften Bankreihe zufriedengegeben.

Ihr Herz schlug wie verrückt, als sie ihn dort sitzen saß. Seine hochgewachsene, kräftige Gestalt mit den dunkelblonden, nur mühsam gebändigten Locken stach ihr sofort ins Auge. Als hätte er ihren intensiven Blick gespürt, drehte er sich in diesem Moment um – und zuckte wie unter einem unsichtbaren Schlag zusammen, als er sie durch den Mittelgang auf sich zukommen sah.

Moira sah seinem fassungslosen Gesicht an, daß Rose Wort gehalten und ihm nichts verraten hatte. Die Überraschung war ihr vollauf gelungen. Sie lächelte ihn an und war dann auch schon an seiner Reihe vorbei.

Moira durchlitt die festliche Christmette – und kostete paradoxerweise zugleich doch jede Minute aus. Einerseits mußte sie all ihre Willenskraft aufwenden, um ihrem Vorsatz, sich nicht nach ihm umzublicken, treu zu bleiben. Wie sie es auch nicht erwarten konnte, endlich mit Adrian zusammenzukommen. Aber andererseits genoß sie auch die Vorfreude darauf und das Wissen, daß Adrian wohl noch mehr litt und immer wieder zu ihr herüberblickte. Sie jubilierte innerlich so laut und überschwenglich wie der Chor beim Halleluja.
Schließlich erteilte Father O'Reilly den Schlußsegen, und die Gemeinde strömte hinaus auf den erleuchteten Vorplatz, um sich vor dem Heimweg in der warmen Sommernacht noch gegenseitig eine gesegnete Weihnacht zu wünschen.
Moira ging zielstrebig auf Adrian zu, der einen verlorenen Eindruck machte. Seine Mutter und seine Schwester sprachen mit einer sehr ärmlich gekleideten Frau mit nußbraunem Haar, die nicht viel älter als sie sein konnte und die einen kleinen Jungen an der Hand hielt.
»Fröhliche Weihnachten, Adrian!« begrüßte sie ihn, und als er sich zu ihr umdrehte, fügte sie leise hinzu: »Wir treffen uns in anderthalb Stunden. Du weißt schon, wo!«
»Ja, aber …«, setzte er verstört zu einem Einwand an, blaß im Gesicht.
»Du wirst mich nicht warten lassen, Adrian, das weiß ich!« raunte sie ihm zu, um dann wieder mit gut vernehmlicher Stimme beschwingt zu sagen: »Dir und deiner Familie ein gesegnetes Weihnachtsfest! Wir sehen uns ja die nächsten Tage bestimmt noch.« Sie nickte Rose, Adrians Mutter Grace und der fremden Frau zu, die sie mit einem nachdenklichen Blick bedachte, und kehrte zu ihrer Mutter zurück, um ihr in den Wagen zu helfen, während Onkel William wie angekündigt sich zu Fuß auf den Heimweg machte.
Zu Hause zog sich Moira in ihrer Dachkammer um, während ihre Mutter und ihr Stiefvater sofort zu Bett gingen.

Sie vertauschte die elegante Garderobe durch ein hübsches lindgrünes Sommerkleid mit feinen, perlweißen Längsstreifen, einer vorderen Knopfleiste und einer Schleife unter der Brust.
Leise schlich sie aus dem Haus, überquerte die Victoria Street, eilte durch die dunklen Seitengassen zur Kirche zurück und fand mit traumwandlerischer Sicherheit den Pfad, der hinter dem Friedhof in den Busch hinausführte – und sie zu ihrem Jacarandabaum brachte.

Moira saß auf der weichen Decke, die sie schon am Nachmittag hier versteckt hatte, umschloß die angezogenen Beine mit ihren Armen und blickte mit einem verträumten Lächeln in die Richtung, aus der Adrian kommen würde. Und er würde kommen. Nicht eine Sekunde lang zweifelte sie daran.
Die brütende Hitze des Tages war einer angenehmen Wärme gewichen. Über dem dunklen weiten Buschland am Murray River wachte das Kreuz des Südens an einem majestätischen, sternenklaren Himmel. Die milde Nachtluft trug den vertrauten Duft der Eukalypten, der honigsüßen Myrtenheiden und der warmen Erde, der die aufgestaute Hitze des Tages entströmte. Irgendwo in der Ferne, vielleicht unten am Steilufer des Flusses, heulte ein Dingo. Und ein Nachtvogel flog mit lautem Flügelschlag, der in der Stille der Nacht weit drang, aus der Krone eines Baumes auf.
Als trommelnder Hufschlag gedämpft an ihr Ohr drang, wußte Moira sofort, daß es sich bei dem nächtlichen Reiter nur um Adrian handeln konnte. Sie lächelte, als sie sich vorstellte, wie sehr er sich beeilt hatte, um seine Familie erst mit dem Einspänner nach Hause zu bringen und sich dann mit seinem besten Reitpferd von *Illawarra* davonzustehlen. Nun, diese Heimlichkeiten würden bald ein Ende haben.

Wenige Minuten später sprang Adrian vor dem Jacaranda aus dem Sattel eines prächtigen Rotfuchses, dem die Anstrengung des scharfen Rittes bis auf die schweißglänzenden Flanken kaum anzumerken waren.
»Warum bist du gekommen, Moira?« rief Adrian verstört, während er auf sie zukam. »Warum bist du gekommen?«
»Weil ich dich liebe«, antwortete sie. »Und weil ich weiß, daß du mich liebst.«
»Das allein reicht aber nicht, um –«
Moira fiel ihm schnell ins Wort und nahm seine Hand. Er wollte sie ihr entziehen, doch sie ließ es nicht zu. »Erinnerst du dich noch an jenen Weihnachtsmorgen vor dreizehn Jahren, als wir uns hier unter diesem Baum zum erstenmal begegnet sind und du mir die Buntstifte geschenkt hast?«
»Mein Gott, wie könnte ich das vergessen, Moira! Ich habe nichts von dem vergessen, was mit uns zu tun hat! Auch nicht das, was in Melbourne gewesen ist, und daß ich über zwei Jahre auf dich gewartet habe!«
»So wie ich auf dich gewartet habe, Adrian. Aber laß uns jetzt nicht von den Fehlern unserer Vergangenheit sprechen«, sagte Moira mit zärtlicher Stimme. »Weißt du, daß ich mich vermutlich schon in dich verliebt habe, als du mir die Malstifte geschenkt hast?«
»Moira, wenn du nicht gekommen bist, um für immer bei mir zu bleiben, dann ...«, begann er mit gequälter Miene.
Sie lächelte ihn an. »O ja, ich bin gekommen, um für immer mit dir zusammenzusein. Aber jetzt ist mir nicht nach Reden zumute, Adrian, sondern ich will dich spüren – deine Liebe und deine Leidenschaft«, erwiderte sie, schlang ihre Arme um seinen Hals und küßte ihn.
Er preßte sie an sich und erwiderte ihren Kuß mit stürmischer Hingabe. Doch dann riß er sich zusammen und gab sie frei. »Wir können das nicht tun, Moira!« stieß er geradezu erschrocken hervor. »Es ist nicht richtig. Ich darf es nicht

zulassen, sosehr ich mich auch nach dir verzehre. Mein Gott, es macht mich verrückt, dich nur anzusehen!«

Moira lächelte. »Wirklich?« fragte sie, löste die Schleife vor ihrer Brust und begann ihr Kleid aufzuknöpfen.

Er schluckte schwer. »Aber die Dinge liegen heute anders als vor zweieinhalb Jahren, Moira! Bitte, tu es nicht!« beschwor er sie. »Denn bevor wir nicht über alles gesprochen haben ...«

Er brach ab, denn in dem Moment streifte Moira ihr Kleid von den Schultern – und stand splitternackt vor ihm. »Ich wußte nicht, was ich dir zu Weihnachten schenken sollte – bis mir dann die Erleuchtung gekommen ist, womit ich uns beiden das schönste Geschenk machen kann«, flüsterte sie, nahm seine Hände und legte sie auf ihre nackte Haut.

»O Gott, stehe uns bei!« stöhnte Adrian, biß sich auf die Lippen und schloß die Augen, während seine Hände über ihren Leib glitten.

Wortlos knöpfte Moira sein Hemd auf, löste den Gürtel seiner Hose und zog ihn auf die Decke hinunter, zitternd vor Erregung und Verlangen, endlich mit ihm eins zu sein.

Es war, als würden sich ihre Körper wiedererkennen. Sie verschmolzen miteinander, als wäre es nie anders gewesen. Jeder Kuß, jede Berührung und jede Bewegung folgte einem harmonischen Spiel wortlos sehnsüchtiger Fragen und zärtlicher Antworten. Und bevor der Taumel der Lust sie davontrug, dachte Moira, daß dies in zweifacher Hinsicht eine heilige Nacht war – nämlich die Nacht von Christi Geburt und die Nacht, in der Adrian und sie endgültig zueinandergefunden und ihr Leben mit ihrer Liebe geheiligt hatten.

Am späten Vormittag des ersten Weihnachtstages fuhr Moira nach *Illawarra* hinaus, so wie sie es mit Adrian nach ihrer himmlischen Liebesnacht vereinbart hatte. Mit einem glücklichen, geradezu seligen Lächeln ließ sie den Crewford mit

gemächlichem Tempo über die Landstraße rollen. Wie unersättlich Adrian doch gewesen war! Kein Wunder, daß sie ihn noch immer mit jeder Faser ihres Körpers zu spüren glaubte. Noch nie hatte sie eine derart wunderbare Ermattung gefühlt, nicht einmal als sie vor drei Jahren in Adrians Armen ihre Unschuld verloren und das Wunder der körperlichen Liebe erlebt hatte.
Adrian erwartete sie schon. Er stand auf der Veranda, als sie in den Hof einfuhr. Sie konnte gar nicht schnell genug aus dem Auto und zu ihm auf die Veranda kommen. Doch statt sie in seine Arme zu schließen und ihr einen langen, leidenschaftlichen Kuß zur Begrüßung zu geben, küßte er sie nur flüchtig.
»Was ist mit dir, Adrian?« fragte sie, verwundert über seine Reserviertheit. »Habe ich irgend etwas falsch verstanden? Hast du mich vielleicht schon früher erwartet?«
Er schüttelte den Kopf. »Wenn einer einen Fehler begangen hat, dann ich. Ich hätte letzte Nacht nicht zulassen dürfen, daß wir …« Er machte eine vage, verlegene Handbewegung. »Wir hätten uns zuerst aussprechen und über alles reden müssen. Das müssen wir jetzt unbedingt nachholen, Moira. Und wir sind ganz ungestört, denn Rose ist mit unserer Mutter bei Nachbarn zu Besuch.«
»Sicher können wir über alles reden«, sagte Moira, während sich ein flaues Gefühl in ihr ausbreitete. »Aber hindert dich das daran, mir einen richtigen Kuß zu geben?«
Er ging auf ihre Frage nicht ein, sondern sah sie mit angespannter Miene an und faßte sie an den Schultern. »Zuerst muß ich eines wissen: Ist deine Liebe auch stark genug? Bist du zu mir zurückgekommen und wirklich entschlossen, bei mir zu bleiben, Moira?«
»Willst du mich verletzen? Wie kannst du nach letzter Nacht fragen, ob meine Liebe auch stark genug ist?«
»Nichts liegt mir ferner, als dich verletzen zu wollen, Moira. Ich liebe dich. Und du hast mir gezeigt, wie unbeschreiblich

und wunderbar deine Leidenschaft ist«, sagte er leise. »Aber das ist nicht die entscheidende Frage. Entscheidend ist, ob du gekommen bist, um hier bei mir auf *Illawarra* zu bleiben – und zwar für immer! Ist deine Liebe dafür wirklich stark genug?«

Moira sah ihn verständnislos an. »Ja, aber ich dachte, du hättest dich entschlossen, *Illawarra* zu verkaufen?« stieß sie hervor.

»Wer hat dir denn diesen Unsinn erzählt?«

»Ich weiß nicht ... ich dachte ... ich meine ...«, stammelte sie verstört und erschrocken, daß sie Adrians Situation womöglich völlig falsch eingeschätzt hatte. »Meine Mutter hat in ihren Briefen Andeutungen gemacht, daß du dich schrecklich quälst ... und all diese Neuerungen auf *Illawarra* dürften doch bestimmt viel mehr gekostet haben, als du dir leisten kannst.«

Nun wurde auch Adrian blaß, denn er verstand, welche Hoffnungen sie sich gemacht hatte. »Es stimmt, daß ich die letzten Jahre wie verrückt gearbeitet und zudem auch noch eine Menge Geld von der Bank aufgenommen und in *Illawarra* investiert habe. Aber ich stehe nicht vor dem Bankrott, wie du wohl angenommen hast, im Gegenteil. *Illawarra* ist nicht länger eine unproduktive Station, sondern eine Zitrusfarm mit einer goldenen Zukunft!«

Moira sah ihn mit sprachloser Erschütterung an, während das Blut ihr in den Ohren rauschte.

»Und da ist noch etwas, was du wissen mußt und was ich dir eigentlich schon letzte Nacht sagen wollte«, fuhr er mit angestrengter, belegter Stimme fort. »Ich hatte bis gestern die feste Absicht, mich am Silvesterabend mit Melissa McGraw zu verloben.«

Moira wich das letzte Blut aus dem Gesicht. »Ist das vielleicht die unscheinbare Frau mit dem Jungen, die gestern nach der Messe bei euch gestanden hat?« fragte sie benommen.

Er nickte. »Melissa ist verwitwet. Ihr Mann ist vor zwei

Jahren, kurz nach der Geburt seines Sohnes Henry, nach einen Jagdunfall an Wundbrand gestorben. Die kleine Farm der McGraws grenzte an *Illawarra*, und ich habe ihr geholfen, zu überleben und die Farm nicht zu verlieren. Dabei haben wir einander näher kennen und schätzen gelernt.«

»Und wenn du sie heiratest, fällt dir ihre Farm gleich mit in den Schoß, ja? Was für ein günstiger Zufall«, höhnte sie. »Jetzt verstehe ich natürlich, warum du zwar gern alles nimmst, was ich dir zu geben bereit bin, dich aber nicht an mich binden willst. Ohne eigenen Grund und Boden kann man bei dir offenbar keine…«

»Hör auf, Moira!« fuhr er ihr erregt ins Wort. »Du weißt, daß das nicht stimmt!« Er fuhr sich mit der Hand über die Stirn und durch die Haare. »Ich habe dir in Melbourne gesagt, daß ich dir nicht in die Stadt folgen werde, weil ich es nicht *kann!* Ich kann es nämlich nicht nur wegen meiner Mutter und Rose nicht vor meinem Gewissen verantworten, sondern ich kann auch nicht in einer Stadt leben. Ich würde dort eingehen.«

»Du hast es doch noch gar nicht versucht!«

»Ich weiß es!« erklärte er kategorisch. »Zwei Jahre habe ich auf dich gewartet und dir Zeit gegeben, dich zu entscheiden, was dir in deinem Leben wichtiger ist, Moira …«

»Ach, du hast *mir* Zeit gegeben?« fragte sie mit bitterem Spott. »Wie überaus großzügig von dir!«

»Das hat mit Großzügigkeit nichts zu tun, sondern damit, daß ich dich liebe und mich nach dir sehne«, erwiderte er eindringlich. »Aber ich habe nicht die Kraft, mein Leben lang auf dich zu warten, Moira. Ich möchte nicht jede Nacht allein im Bett liegen und morgens ebenso allein aufwachen. Ich brauche an meiner Seite einen Menschen, dem ich meine Liebe schenken und mit dem ich Freud und Leid teilen kann. Und ich möchte Kinder, Moira.«

Sie funkelte ihn an. »So, und da hast du also kurzerhand beschlossen, daß Melissa es sein soll, die dir deinen Stamm-

halter zur Welt bringt!« fauchte sie. »Und was ist, wenn ich gestern schwanger geworden bin?«
»Begreifst du denn immer noch nicht, daß ich dir alles zu geben bereit bin, Moira?« antwortete er mit gequälter Miene. »Bleibe bei mir als meine Ehefrau, und ich werde dich mein Leben lang auf Händen tragen und dem Herrgott dafür danken. *Noch* habe ich Melissa nicht darum gebeten, meine Frau zu werden. *Noch* haben wir beide die Chance, aus den Fehlern der Vergangenheit zu lernen und unsere Liebe vor dem Traualtar zu besiegeln.«
»Aber dafür soll ich mein Leben in Sydney und meine Träume aufgeben, ja?« fragte sie empört.
Adrian warf die Hände hoch. »Mein Gott, was gibst du denn schon auf? Sei doch einmal ehrlich zu dir selbst, Moira! Mir jedenfalls streust du mit dem feudalen Automobil und deiner teuren Garderobe keinen Sand in die Augen!« brach es zornig aus ihm heraus. »Ich weiß, daß du weit davon entfernt bist, dir als Malerin einen Namen zu machen. Du hältst dich in Sydney nur mühsam über Wasser. Was du hier in River Bend vorführst, ist doch nichts weiter als ... na ja, es zeigt zumindest nicht, wie es dir in Sydney wirklich geht!«
Moira fühlte sich durchschaut, und ihr schoß das Blut ins Gesicht. »Nicht einen Brief hast du mir geschrieben, aber um mir nachzuspionieren, dafür bist du dir nicht zu schade gewesen!« stieß sie verletzt hervor.
»Ich habe dir nicht nachspioniert, ich habe Sehnsucht nach dir gehabt und mußte dich einfach sehen. Deshalb bin ich vor einem halben Jahr einmal kurz in Sydney gewesen. Doch dann hat mich der Mut verlassen«, erklärte Adrian verzweifelt. »Aber darum geht es doch gar nicht, Moira. Ich flehe dich an, laß uns nicht wieder mit gegenseitigen Vorwürfen aufeinander losgehen. Es ist nichts weiter als eine Laune des Schicksals, daß ich mit meinen Plänen besser vorankomme als du. Aber das macht dich in meinen Augen doch nicht zu einer Versagerin. Du wirst für mich immer eine bewunderns-

werte Malerin bleiben, auch wenn du in den maßgeblichen Künstlerkreisen keine Anerkennung findest. Du hast mir nie etwas beweisen müssen, auch jetzt nicht.«

»Aber vielleicht möchte ich es mir selber beweisen!« erwiderte sie schroff.

»Und dafür ist dir jedes Opfer recht?«

»Und du bist also entschlossen, diese Melissa McGraw zu heiraten, wenn ich nicht bleibe, obwohl du sie nicht liebst?« konterte sie. »Kannst du das mit deinem doch sonst so empfindsamen Gewissen vereinbaren?«

Er wich ihrem stechenden Blick nicht aus. »Ich werde Melissa nie diese große, verzehrende Liebe schenken können, die ich für dich empfinde, Moira. Und diese Liebe wird mich vermutlich auch nie verlassen. Doch wenn ich Melissa heirate, dann werde ich sie ohne Vorbehalt lieben, sie ehren und ihr treu sein, wie sie es als meine Ehefrau verdient.«

»Arme Melissa!« spottete Moira.

»O nein, sie wird sich nie arm vorkommen!« widersprach er mit unverhohlenem Zorn. »Melissa und ich, wir empfinden aufrichtige Zuneigung und Respekt füreinander, und wir beide wissen, wenn wir vor den Altar treten, daß wir nicht aus leidenschaftlicher Liebe heiraten. Wir sind eher wie zwei einsame Wanderer, die der Einsamkeit leid sind und den weiteren Weg gemeinsam gehen wollen. Wenn es dazu kommt, daß wir einander den Ring anstecken, dann, weil wir aus einer Mischung aus Zuneigung und Vernunft zueinandergefunden haben und entschlossen sind, daraus ein gemeinsames Leben zu gestalten.«

»Wie edelmütig das klingt! Ich bin wirklich zutiefst gerührt«, sagte Moira mit bitterem Sarkasmus.

»Nein, du bist nur ungerecht und verblendet, Moira«, entgegnete er traurig. »Ich liebe dich, und zwar mehr, als du wohl jemals ermessen kannst. Aber wenn du nicht als meine Ehefrau mit mir auf *Illawarra* leben willst, dann werde ich wie geplant Melissa bitten, meine Frau zu werden, und auf dem

Silvesterball im Gemeindesaal unsere Verlobung bekanntgeben.«
»Und was ist, wenn ich in neun Monaten ein Kind von dir bekomme?«
»Dann werde ich die Konsequenzen tragen, zu meinem Kind stehen und auch dafür sorgen, daß ihr keine Not zu leiden habt«, erklärte er. »Aber ich lasse nicht zu, daß du die Möglichkeit einer Schwangerschaft dazu benutzt, die Qual einer endgültigen Entscheidung noch zu verlängern. Das wäre nicht fair. Du bist es, die sich zu entscheiden hat, Moira. Liebst du mich genug, um zu bleiben? Oder ist dir etwas anderes wichtiger? Die Wahl liegt ganz allein bei dir.«
Stumm sahen sie sich an. Tränen sammelten sich in Moiras Augen, und sie unternahm keinen Versuch, sie zurückzuhalten. »Dann werden wir immer wie die beiden Königskinder sein, die nie zusammengefunden haben«, flüsterte sie schließlich. »Und das alles nur, weil *Illawarra* für dich das Maß aller Dinge ist.«
»Ich liebe dich und werde dich immer lieben, Moira. Aber du kannst einem Adler nicht die Flügel stutzen, ohne ihm auch zugleich die Seele zu verkrüppeln.« Er biß sich auf die Lippen, ohne jedoch verhindern zu können, daß ihm eine Träne über die Wange lief.
»Ich hoffe für dich, daß du mit Melissa McGraw nun endlich die perfekte Farmersfrau gefunden hast, die du wohl all die Zeit gesucht hast.« Moira hob die Hand, legte sie fast zaghaft und nur für einen flüchtigen Augenblick auf seine Brust, als wollte sie ihn noch einmal fühlen, dann drehte sich wortlos um und ging.
Es war vorbei. Endgültig.

ZWÖLFTES KAPITEL

Moira verließ River Bend noch am selben Tag. Sie brachte das elegante Cabrio nach Mildura zurück, wo sie den Wagen direkt bei Roberts Ford-Vertretung abgab. Den Lyndhams noch einen Besuch abzustatten und dabei vor ihnen zu verbergen, wie es um sie stand, dazu fühlte sie sich nicht in der Lage. Sie quartierte sich für die eine Nacht in einer preiswerten Pension in der Nähe des Bahnhofs ein und rang sich zwei Dankesbriefes ab. Der eine war an Robert gerichtet, der andere an seine Eltern. Es wurde zu einer Qual, den Ton ihrer Schreiben beschwingt zu halten und sich allein auf die traumhafte Hochzeit sowie die Tage davor zu beschränken. Am nächsten Morgen trat sie die Rückreise nach Sydney an. Da sie Zeit brauchte, ihre innere Erschütterung zu verarbeiten, wählte sie statt der Expreß- langsame Regionalzüge, die an jeder kleinen Station hielten.

Es war ein Segen, daß sie allein reiste und die nächsten Tage mit niemandem reden oder irgend etwas erklären mußte. Sie war eine Fremde unter Fremden, der es gleichgültig war, was man von ihr dachte, wenn sie auf keine Ansprache und keinen noch so freundlichen Blick reagierte. Sie konnte schweigen, weinen und versuchen zu begreifen, was geschehen war – und daß es diesmal keine Hoffnung mehr gab, die tiefe Kluft zwischen Adrian und ihr vielleicht doch noch zu überbrücken.

Sie nächtigte in kleinen Ortschaften, deren Namen sie schon vergessen hatte, wenn sie am nächsten Morgen ihre Reise fortsetzte. Häufig fand sie leere Abteile, wo sie dann am Fenster saß und in einen benommenen, fast tranceartigen Zustand versank, während sich ihr Blick in der vorbeiziehen-

den Weite des Landes verlor, ohne die Bilder der Landschaft bewußt in sich aufzunehmen.
Warum hatte sie nur all die Jahre die Augen vor der Wahrheit verschlossen, daß Adrians Welt sich mit der Welt, die sie sich erträumte, niemals decken konnte? Wie hatte sie jemals glauben können, daß er *Illawarra* für sie aufgeben würde, wo ihm das eigene Land doch alles bedeutet?
Auch nach ihrer Ankunft in Sydney grübelte Moira noch lange darüber nach. Wochenlang hielten diese selbstquälerischen Fragen sie, besonders in schlaflosen Nächten, gefangen – vor allem war da aber der Schmerz seiner Zurückweisung. Und sie konnte nicht verstehen, wieso ihre Liebe nicht die Kraft besessen hatte, ihre Differenzen zu überwinden und eine Lösung zu finden, die ihnen das gemeinsame Glück ermöglicht hätte.
Jill blieb natürlich nicht verborgen, in welch einem Zustand sich Moira bei ihrer Rückkehr befand. »Es scheint wohl nicht ganz so gelaufen zu sein, wie du es dir erhofft hast«, stellte sie bei ihrem ersten Wiedersehen fest.
»Die Hochzeit in Mildura war ein Traum, und bis auf die Braut habe ich jeder anderen Frau die Show gestohlen.«
»Spar dir die Mühe, mir etwas vormachen zu wollen, Moira! Du weißt genau, daß ich deinen Aufenthalt in River Bend gemeint habe.«
Moira atmete tief durch. »Es ist vorbei, Jill. Eigentlich war es schon vorbei, bevor es richtig angefangen hat«, gestand sie ein, und es kostete sie Mühe, das auszusprechen. »Aber ich wollte es nicht wahrhaben. Dabei hätte ich bloß besser hinhören und die richtigen Schlüsse ziehen müssen. Denn schon als Junge hat Adrian kein Hehl daraus gemacht, daß ihm das Leben auf dem Land alles bedeutet. Er hat mir sogar die perfekte Farmersfrau beschrieben. »Sie kann ein Schaf scheren, eine Kuh melken, ein Pferd reiten und eine Schlange töten.« Ich habe nichts davon gelernt und wollte es auch nicht. Mich hat es von Jugend an in die Stadt getrieben. Wir sind

einfach wie Feuer und Wasser.« Sie lächelte müde. »Feuer kann Wasser zwar in Wallung bringen, aber beides läßt sich nicht vermischen, ohne eines von beidem zu vernichten.«

»Das tut mir ja so leid für dich.« Jill war voller Mitgefühl und suchte nach Worten des Trostes.

Moira wollte jedoch nicht weiter darüber reden. Es gab nichts mehr zu sagen. Wenn ihr Herz auch noch immer blutete, so hatte doch ihr Verstand endlich die bittere Wahrheit erkannt und auch als das akzeptiert, was sie war – nämlich endgültig.

Gegenüber Victor und Byron, den sie auf Jills Geburtstag Ende Januar wiedersah, verlor sie nicht ein Wort über das, was ihr in River Bend widerfahren war. Jill hatte sie das Ehrenwort abgenommen, ihr Wissen für sich zu behalten. Sie wollte weder Mitleid noch gutgemeinte Ratschläge. Rebecca, der sie Anfang Februar einen langen Brief schrieb, nachdem sie sicher war, kein Kind von Adrian zu erwarten, benötigte keine Ermahnung, auf falschen Trost und Verharmlosungen zu verzichten. Sie antwortete umgehend und auf ihre einfühlsame Weise, die aber dort, wo Rebecca es für angebracht hielt, klare Worte nicht ausschloß.

»... *Wir selbst sind die Ursache all unserer Hindernisse. Das stammt nicht von mir, Moira, sondern diese Erkenntnis hat der Mystiker Meister Eckhart schon vor Jahrhunderten niedergeschrieben*«, schrieb sie. »*Wer sich selbst im Weg steht, kann nicht vorwärts gehen. Und Du hast Dir mit Deiner Illusion, Adrian eines Tages doch noch so zurechtbiegen zu können, wie Du ihn Dir wünschst, nun lange genug selbst im Weg gestanden! Ob Du wohl endlich begriffen hast, daß Adrians Egoismus und Starrsinn, wie Du sein Beharren auf seine Art zu leben in Deinem Brief bezeichnet hast, nur das Spiegelbild Deiner eigenen Kompromißlosigkeit ist? Du sagst, Du kannst nicht anders. Gut, das mag nicht nur so sein, sondern das glaube ich Dir sogar. Aber dieses ›Nichtanderskönnen‹ mußt Du dann auch ihm zugestehen sowie die Konsequenzen daraus ziehen – leg die Ketten Deiner Illusionen ab, und gib Adrian frei, auch in Deinem Herzen! Du mußt jetzt das Vergangene ein für allemal loslassen, damit Du Dich auf das Neue einlassen kannst. Nicht durch unentwegtes Nachgrübeln erfährt der Mensch, wer er ist. Er wird es nur wissen, wenn er sich der Wirklichkeit durch die Tat stellt, wie es Schwester Antonia, unsere Subpriorin und Novizenmeisterin, einmal ausgedrückt hat. Oder mit den Worten des heiligen Thomas von Aquin gesagt: ›Lieber humpelnd in die richtige Richtung als behende ins Verhängnis!‹ Und wo für Dich die richtige Richtung liegt, steht ja inzwischen wohl außer Zweifel – nämlich in einem Leben, in dem Adrian nur noch eine Rolle als Erinnerung spielt, und diese darf dann ebensogut wunderbar wie schmerzlich sein. Ich vertraue darauf, daß Du nun die ersten humpelnden Schritte in diese Richtung tust, Moira! Und nun genug davon. Du hast in Deinem Brief Fragen zu den ewigen Gelübden gestellt, die ich ja in wenigen Wochen ablege, und ich möchte sie Dir gern beantworten und vor allem nicht vergessen, Dir zu danken, daß Du mich in so liebevoller Treue in Deine Gebete einschließt ...«*

Moira beherzigte den eindringlichen Ratschlag ihrer Freundin, sich von den Ketten ihrer eigenen Illusionen zu befreien. Und wenn es anfangs auch wirklich nur ein schmerzhaftes Humpeln war, das sie zustande brachte, so befand sie sich doch wenigstens auf dem richtigen Weg.

Kurz nach Ostern lernte Jill in der Tram Howard Palmer kennen, der als Verkäufer im Warenhaus Horden arbeitete. Sie fiel ihm bei einem abrupten Bremsmanöver des Tramfahrers buchstäblich in die Arme, und Howard Palmer, ein dreißigjähriger Junggeselle von freundlich-stillem Wesen, aber mit einer unbeirrbaren Zielstrebigkeit gesegnet, war entschlossen, sie nicht wieder loszulassen. Jill versuchte Distanz zu wahren und war sehr skeptisch gegenüber der Ernsthaftigkeit von Howards Absichten, erlag jedoch schon bald der Macht der Liebe.

»Mein Gott, ich habe mich doch tatsächlich in Howard verliebt!« gestand sie Moira am Ostermorgen mit glücklich strahlendem Gesicht. »Dabei dachte ich, daß mir das nie wieder passieren würde. Und weißt du, was? Er hat mich gestern nach dem Tanz richtig altmodisch auf Knien gebeten, seine Frau zu werden – und ich habe ja gesagt! Zu Pfingsten wollen wir uns verloben. Hochzeit soll irgendwann im Frühling sein.«

Moira freute sich mit ihr und umarmte sie. Sie gönnte Jill ihr Glück mit Howard von Herzen, konnte jedoch nicht den bitteren Gedanken unterdrücken, daß sie selbst Hochzeiten wohl nur als gute Freundin von Braut oder Bräutigam erleben würde.

Wenige Tage später erhielt Moira einen Brief von ihrer Mutter, in dem sie ihr ganz am Schluß in einem Postskriptum mitteilte, daß Adrian die Witwe Melissa McGraw geheiratet und deren Sohn Henry adoptiert hatte.

Sie fand den Brief auf dem Küchentisch vor, als sie niedergeschlagen von einem Gespräch mit ihrem Galeristen Godfrey Jamieson in das schmalbrüstige Haus in der Rosebank Lane zurückkehrte. Sie hatte ihm ihre besten Arbeiten der letzten Monate gebracht – und er hatte nicht ein einziges Bild in Kommission genommen.

»Ich möchte Ihre Gefühle ja nicht verletzen, Miss Mayfield, aber wenn wir miteinander Geschäfte machen wollen, ist keinem von uns mit artigen Floskeln und falscher Rücksichtnahme gedient.«

Moira sank das Herz noch tiefer, als sie ihn das sagen hörte, nachdem er ihre Bilder kopfschüttelnd begutachtet hatte. Tapfer forderte sie ihn jedoch auf, offen zu sein und sie mit seiner Kritik nicht zu schonen.

Und diese Kritik fiel hart aus. »Ich kann mit diesen Bilder nichts anfangen, und ich bezweifle, ob Sie bei einer anderen Galerie Glück damit haben werden. Ihr Handwerk ist ordentlich, gelegentlich sogar ausgezeichnet, aber Sie bringen kein

Leben auf die Leinwand. Man spürt den Ehrgeiz, doch nirgendwo springt der zündende Funke auf den Betrachter über«, urteilte er unbarmherzig. »Es tut mir leid, aber wenn Sie Geld verdienen wollen, dann rate ich Ihnen dringend, statt dieser Versuche, originär sein zu wollen, besser wieder einige von diesen anderen Bildern zu malen, die Käufer gefunden haben. Sie wissen schon, diese ... nun, wie soll ich sagen ...« Er suchte offenbar nach einem Wort, das ihre Gefühle nicht noch mehr verletzte.
»Sie meinen ›gefällige Bilder‹?«
Godfrey Jamieson entging der sarkastische Ton in ihrer Stimme, und er nickte lächelnd. »Ja, genau! Ihre gefälligen Landschaftsbilder, die einem Charles Conder und Arthur Streeton so reizend nachempfunden sind, können Sie ernähren, Miss Mayfield«, sagte er und bestellte nicht nur sechs neue »gefällige Bilder«, sondern erklärte sich sogar bereit, ihr für jedes Bild ein Drittel mehr zu zahlen.
Und sie hatte diese Auftragsarbeit, die sie zu einer Kopistin ihrer selbst degradierte, sogar angenommen. Was blieb ihr auch anderes übrig? Sie wollte nicht nur Victors Darlehen zurückzahlen, sondern auch endlich die frühmorgendliche Putzarbeit im Tramdepot aufgeben.
»Aber keine Experimente, Miss Mayfield. Halten Sie sich an die Motive und die Technik, die Sie beherrschen!« hatte er ihr noch mit auf den Weg gegeben.
Was für ein niederschmetterndes Urteil über ihr künstlerisches Talent! Und als wäre das nicht schon genug gewesen, was ihr Selbstwertgefühl an Tiefschlägen verkraften mußte, erhielt sie ausgerechnet an diesem Tag auch noch die Nachricht, daß Adrian diese unscheinbare Witwe Melissa McGraw geheiratet hatte, die nun auf *Illawarra* Tisch und Bett mit ihm teilte.
Obwohl Moira darauf vorbereitet gewesen war, löste das Wissen, daß Adrian nun tatsächlich mit einer anderen Frau verheiratet war, einen brennenden Schmerz in ihr aus, der

entschieden heftiger ausfiel und tiefer ging, als sie befürchtet hatte. Sie schloß sich in ihrem Zimmer ein, zog die Gardinen zu, warf sich auf ihr Bett und weinte. Sie meinte, das Herz müsse ihr zerspringen.
Als sie sich in dieser Nacht in ihrem dunklen Zimmer auszog, stand sie einen Augenblick nackt vor ihrem Bett und strich mit ihren Händen über ihre vollen Brüste und ihren flachen, festen Bauch. Nur mit Mühe unterdrückte sie einen neuen Weinkrampf, als sie sich ihrer Sehnsucht nach erfüllter Liebe und zugleich ihrer Einsamkeit bewußt wurde.
Plötzlich erinnerte sie sich an jene Nacht vor mehr als zwölf Jahren in River Bend, als sie sich aus dem Haus der McGregors schleichen wollte, um sich mit Adrian und Crooke wieder einmal auf einen nächtlichen Streifzug zu begeben – und als sie ihre Mutter in ähnlich splitternackter Pose durch die halb offene Zimmertür beobachtet hatte. Wie verstört, ja schockiert sie doch über ihr vermeintlich schamloses Verhalten gewesen war! Ihre Mutter war damals gar nicht so viel älter gewesen als sie heute, doch sie hatte sie für eine alte Frau gehalten und schon gar nicht verstanden, wieso sie nach Tante Josephas Tod so überaus bereitwillig Onkel Williams zweite Ehefrau geworden war.
Nun verstand Moira, und beschämt sank sie auf die Knie, wie einst ihre Mutter, und leistete im stillen Abbitte für das Unrecht, das sie ihr angetan hatte, und den Mangel an Großherzigkeit. Wie grausam Kinder doch waren in ihrem Unverständnis, ihrer unerschütterlichen Ausschließlichkeit und ihrem ahnungslos-arroganten Anspruch, eines Tages alles besser zu machen als die Eltern.
Am Ende derselben Woche überraschte Victor sie mit der Mitteilung, daß er sich wieder einmal zu einer langen Reise entschlossen habe. »Der Winter mit seinem vielen Regen steht vor der Tür, und das ist die beste Zeit, um sich nach Europa einzuschiffen, wo jetzt allmählich der Frühling in den Frühsommer übergeht. Wir werden hauptsächlich Italien,

Frankreich und Spanien bereisen, aber natürlich auch nach England gehen. Vielleicht machen wir auch einen Abstecher nach Griechenland und Ägypten.«

»Und wer ist wir?« erkundigte sich Moira.

Victor nannte ein halbes Dutzend Namen aus seiner Bohemeclique.

Moira warf ihm einen spöttischen Blick zu. »Fehlt da nicht jemand?«

»Du meinst Becky?«

Sie nickte. »Ja, natürlich, oder ist zwischen euch etwas vorgefallen, was mir entgangen ist?« Becky Fleming, eine junge Varietésängerin mit dem Gesicht eines Engels, dem Körper einer Venus und dem Temperament einer Furie, war seit dem letzten *Artists' Masquerade Ball* Victors Geliebte.

»Nein, dir ist nichts Entscheidendes entgangen, obwohl du dich in den letzten Monaten wirklich reichlich rar gemacht und nur noch selten an unseren Festen und Unternehmungen teilgenommen hast. Du weißt, wie anstrengend Becky und wie stürmisch unsere Beziehung ist.«

»Wer sein Schiff wissentlich in einen Taifun steuert, darf sich nicht darüber beklagen, wenn seine Segel in Fetzen gerissen werden und ihm um die Ohren fliegen.«

Er lachte. »Mea culpa, mea maxima culpa, ich weiß. Aber deshalb habe ich Becky ja auch noch nicht gefragt, ob sie mich begleiten möchte. Denn am liebsten würde ich mit dir auf diese Reise gehen, Moira.«

»Oh, danke für die Rosen, Victor! Ist das nun eine schlichte Einladung ohne Bedingungen, oder hast du dabei eher an ein besonderes Arrangement gedacht?« fragte sie mit gutmütigem Spott.

»Habe ich dir je etwas vorgemacht?« fragte er zurück und breitete in einer Geste der Offenheit die Arme aus. »Natürlich haben sich meine Gefühle für dich nicht geändert, Moira. Ich halte dich noch immer für so begehrenswert wie am ersten Tag unseres Kennenlernens, als ich dich in Eugenes

Klasse Modell sitzen sah. Jede Skizze und jedes Bild, das ich von dir male, lebt von diesem tiefen Verlangen. Und natürlich schwebt mir ein solches Arrangement vor, wie ich es dir schon einmal vorgeschlagen habe. Du weißt, daß ich für mönchische Enthaltsamkeit nicht geschaffen bin.«

»Und ich leider nicht für unverbindliche Liebesabenteuer, sosehr ich es mir manchmal auch wünsche«, erwiderte Moira mit einem von Herzen kommenden Seufzer des Bedauerns. »Du wirst dieses Arrangement also schon Becky anbieten müssen, die deine Erwartungen bestimmt nicht enttäuschen wird.«

»Das fürchte ich auch«, sagte er, sichtlich enttäuscht von ihrer Absage. »Wirst du mir dann wenigstens den Gefallen tun, hier in meinem Haus regelmäßig nach dem Rechten zu sehen und den Garten davor zu bewahren, wieder zu wuchernder Wildnis zu werden? Wenn du zweimal die Woche herüberkommst, reicht es. Natürlich bezahle ich dich dafür.«

»Hast du dafür nicht Missis Lindsay, deine Nachbarin und Haushälterin?«

Er winkte ab. »Auf diese kauzige Schachtel ist kein Verlaß mehr, wie du sehr wohl weißt. Außerdem will sie bald zu ihren Kindern nach Tasmanien ziehen. Und wer weiß, wann ich zurückkomme.«

»Wenn du das so möchtest, übernehme ich diese Aufgabe natürlich, Victor«, nahm sie sein Angebot an. »Auf diese Weise kann ich dann wenigstens meine Schulden schneller begleichen.«

»Das kommt gar nicht in Frage!« widersprach er. »Vergiß das Geld, das ich dir für deine Reise nach Hause gegeben habe. Das ist ein Geschenk. Und ich bestehe darauf, dich dafür, daß du zweimal die Woche mit der Fähre nach Lavender Bai kommst, anständig zu bezahlen.«

»Das kann ich nicht annehmen, Victor. Du hast schon mehr als genug für mich getan.«

»Von wegen. Ich stehe in deiner Schuld. Du hast mich zu einer ganzen Reihe exzellenter Bilder inspiriert, die mir eine Menge Geld eingebracht haben. Laß mir bitte die Freude, auch etwas für dich tun zu können, Moira«, bat er eindringlich. »Ich weiß, daß du dich auch allein durchbeißen kannst. Du besitzt einen eisernen Willen und läßt dich nicht unterkriegen. Du stehst immer wieder auf, auch wenn dich ein noch so schwerer Schlag zu Boden geworfen hat. Ich bewundere dich dafür.«

»Laß es gut sein, Victor!« wehrte Moira verlegen ab.

»Nein, ich meine es ganz im Ernst. Ich beneide dich um deine innere Stärke. Denn ich weiß, daß ich im Grunde genommen ein ausgemachter Schwächling bin«, gestand er ein. »Ich habe es nie nötig gehabt, mir Sorgen um meinen Lebensunterhalt zu machen. Ich hatte immer genug Geld für ein recht komfortables Leben, auch ohne ein Bild verkauft zu haben. Ohne diese Sicherheit wäre ich, ganz im Gegensatz zu dir, vermutlich schon längst verkommen und verbittert.«

Moira sah ihm an, daß er dies nicht sagte, um ihr zu schmeicheln. Und es tat ihr gut. »Wenn du so großzügig sein kannst und willst, nehme ich dein Angebot dankend an. Doch nur unter einer Bedingung.«

»Und die wäre?«

»Ich war vor drei Tagen bei Godfrey Jamieson«, sagte sie und berichtete ihm von der niederschmetternden Kritik des Galeristen. »Stimmt es, daß man meinen Bildern den Ehrgeiz ansieht, originär und originell sein zu wollen, und daß ihnen das Leben, der zündende Funke fehlt?«

»Mein Gott, wer ist schon Godfrey Jamieson? Und wer bin ich, daß ich ein wirklich fundiertes Urteil über das abgeben könnte, was in dir steckt?« fragte er zurück. »Und wie viele Künstler, denen man zu Lebzeiten jedes Talent abgesprochen hat, sind später zu Weltruhm gelangt?«

»Mir geht es nicht um Anerkennung *post mortem*, sondern um

das, was *du* von meinen Bildern hältst«, beharrte Moira. Sie war entschlossen, ihn diesmal nicht wieder mit ausweichenden Antworten davonkommen zu lassen. »Wir kennen uns nun schon über zwei Jahre, aber du bist noch nie richtig damit herausgerückt, wie du mein Talent einschätzt und meine Fortschritte – sofern ich überhaupt welche gemacht habe. Ich bitte dich, so offen und ehrlich zu sein, wie du es auch in anderen Belangen bist.«

Er schüttelte den Kopf. »Moira, du suchst Gewißheit – ob du genug Talent hast, um es eines Tages zu schaffen, oder nicht. Aber diese Gewißheit wird dir keiner geben können. Du besitzt ein wunderbares Gespür für Kunst, wenn es um fremde Arbeiten geht, das steht außer Frage, und du hast als Malerin zweifellos Talent, wenn du in den vergangenen Jahren auch nicht die Fortschritte gemacht hast, die du dir wohl erhofft hattest ...«

»Dann stimmt es also, was Jamieson gesagt hat!« folgerte Moira betroffen.

»Ja, es stimmt alles«, räumte er widerstrebend ein. »Aber gleichzeitig stimmt es auch wieder nicht. Wer weiß denn schon, was in dir steckt, Moira? Talent ist doch keine von vornherein festgelegte Größe, die wie eine mathematische Formel immer wieder zum gleichen Ergebnis kommt. Mein Gott, du bist noch keine dreißig Jahre alt!«

»Was hat das damit zu tun, Victor?«

»Der eine braucht vielleicht nur fünf Jahre, um es auf seinem Gebiet zu einer gewissen Meisterschaft zu bringen, der andere zehn oder gar zwanzig und mehr Jahre.«

»Und andere kommen nie über das Stadium des Talentierten hinaus«, fügte Moira hinzu und mußte an das denken, was Anthony Shaw einst nach einer Vernissage gesagt hatte: *Nicht jede Frucht hält, was die Blüte einst versprochen hat.*

»Ja, vermutlich die überwiegende Mehrzahl«, gab Victor zu. »Aber so ist das nun mal, wenn man beschlossen hat, sich als Künstler einen Namen zu machen. Talent, auch wenn es noch so groß ist, garantiert noch gar nichts. Die Chancen, das Ziel zu erreichen, sind so gering wie beim Roulette. Viele versuchen es, doch nur eine Handvoll hat Erfolg, aus welchen Gründen auch immer. Von den wenigen Genies einmal abgesehen, habe ich manchmal den Eindruck, daß es mehr die Fleißigen als die Übertalentierten sind, die es schaffen. Aber auch Fleiß ist keine Garantie. Es gibt nun mal keine Erfolgsgarantie, egal, wie vielversprechend das Talent ist und wie viele Jahre man sich auch abquält. Und deshalb kann heute auch niemand sagen, ob in dir nicht noch wunderbare Werke schlummern, die eines Tages ans Licht kommen können, sofern du dich nur weiterhin abmühst, den darüberliegenden Berg des Gefälligen und Austauschbaren abzutragen.«

»Gesetzt den Fall, du müßtest mir einen Rat geben, was ich deiner Überzeugung nach am besten tun sollte, wie würde der lauten?« fragte Moira.

Flüchtig huschte ein amüsiertes Lächeln über sein Gesicht. Doch als er ihr antwortete, zeigte es wieder einen ernsten Ausdruck. »Gesetzt den Fall, ich käme wirklich nicht darum herum, dann würde ich dir raten, gut darüber nachzudenken, ob das Leben für dich nicht noch andere ebenso verlockende und erstrebenswerte Ziele bereithält als die vage Möglichkeit, eines Tages zu künstlerischem Ruhm zu gelangen. Geh in dich, Moira. Frag dich, ob es sich lohnt, und vor allem, ob du auch besessen genug von diesem Drang zur Malerei bist, um dafür alles andere ohne Bedauern opfern zu können – und zwar nicht nur die nächsten zwei, drei, sondern womöglich die nächsten zehn, fünfzehn Jahre.«

Victors vorsichtige Warnung, nicht ihr ganzes Leben an den Traum zu hängen, eines Tages eine berühmte Malerin zu sein, bewegte sie mehr, als sie in diesem Moment vor ihm und auch vor sich selbst zugeben wollte. Sie ging ihr nicht aus dem Kopf. Immer wieder dachte sie darüber nach, ob wirklich das nötige Feuer in ihr brannte, um allen Enttäuschungen zum Trotz eisern weiterarbeiten und an die eigene Berufung zur Malerin glauben zu können.

Drei Wochen später nahm Moira an Bord des Passagierdampfers *SS Ormonde* Abschied von Victor, der mit Becky Fleming sowie sechs weiteren gutsituierten Freunden die Überfahrt nach Europa antrat. Sie trank ein Glas Champagner, wünschte ihm alles Gute und versprach, gut auf Haus und Garten aufzupassen. Mit ein wenig Wehmut und Neid auf Becky sah sie später vom Kai dem Schiff nach, als es aus dem Hafen auslief und Kurs auf die Heads nahm, hinter denen das offene Meer lag.

Dann aber sagte sie sich, daß sie keinen Anlaß zur Klage hatte. Victor zahlte ihr einen guten Lohn, der so großzügig bemessen war, daß sie endlich ihre Putzstelle im Tramdepot aufgeben konnte. Zusammen mit dem Geld, das sie von Godfrey Jamieson für ihre gefälligen Auftragsarbeiten erhielt, hatte sie bei weiterhin bescheidener Lebensweise genug, um auch nicht mehr auf den Job als Platzanweiserin angewiesen zu sein.

Mit Victors Ermahnung im Sinn, einmal in sich zu gehen und sich gewissenhaft zu prüfen, wie es mit ihr weitergehen sollte, bestieg sie in den ersten Maitagen einen Zug, der sie nach Katoomba in die Blue Mountains brachte. Die Fahrt durch die dichten Wälder, die in herrlich bunter Herbstfärbung unter einem blauen Himmel über die zerklüfteten Bergketten wogten, prägte sich ihr unvergeßlich ein – wie auch der Gedanke, daß sie wohl nie die Kunst beherrschen würde, diese Landschaft auf die Leinwand zu bannen und beim Betrachter auch nur eine ähnlich tiefe Bewegung und staunende Bewunderung hervorzurufen, wie sie sie beim Anblick dieses grandiosen Panoramas empfand.

Sie fand im Kloster, das in einem abgeschiedenen Seitental von wilder landschaftlicher Schönheit an einem kleinen Fluß

lag, herzliche Aufnahme. Eine volle Woche verbrachte sie im Konvent. Die Stille, das andächtige Gleichmaß des Tages, das von den feierlichen Horen und dem Bewußtsein der eigenen Vergänglichkeit bestimmt wurde, die langen Spaziergänge und die Gespräche mit Rebecca waren Balsam für ihre gequälte Seele. Aber sie ahnte, daß dieses Gefühl des inneren Friedens nicht lange anhalten würde, wenn sie erst wieder nach Sydney zurückgekehrt war.
Die Tage vergingen viel zu schnell. Als Moira wieder im Zug saß, der sie in die Stadt zurückbrachte, wurde ihr plötzlich bewußt, worin der entscheidende Unterschied zwischen Rebecca und ihr bestand: Ihre Freundin hatte ihrer Liebe, die der Gottessuche in einem monastischen, kontemplativen Leben galt, freudig alles andere geopfert, was ihr wert und teuer gewesen war. Während sie, Moira, ihre große Liebe geopfert hatte, um einem ehrgeizigen Traum nachzujagen, der ihr immer mehr als Illusion erschien.

DREIZEHNTES KAPITEL

Zwei Wochen nach ihrer Rückkehr stand Byron eines Morgens unerwartet vor ihrer Tür und überraschte sie mit dem Angebot: »Hast du Lust, mit mir nach Parramatta und Windsor hinauszufahren? Ich habe da was zu erledigen, und mein besorgtes Schwesterlein meint, daß du wohl dringend ein paar weitere Stunden Fahrpraxis brauchst, weil du ansonsten das Autofahren wieder verlernst.«

»Jetzt sofort?« fragte Moira verblüfft, die gerade die Küche nach dem Frühstück aufgeräumt hatte und sich an die Staffelei setzen wollte, um ein neues ihrer »gefälligen Bilder« für Godfrey Jamieson in Angriff zu nehmen.

Mit seiner Lederkappe in der Hand deutete er zum Himmel. »Hast du vielleicht an diesem herrlichen Herbsttag etwas Besseres vor, als eine Fahrt übers Land zu machen? Ich verspreche dir auch, daß wir am Nachmittag wieder zurück sind«, sagte er.

Moira zögerte zwischen leidiger Pflicht und verlockendem Vergnügen. Sie liebte es, hinter dem Steuer eines Automobils zu sitzen – auch wenn es nur ein alter, plumper Overland war.

»Außerdem würdest du mir einen Gefallen tun, wenn du mich beim Fahren ablösen würdest«, fuhr er schnell fort, als befürchtete er eine Absage. »Wir hatten gestern in der Gewerkschaftsbaracke am Hafen eine hitzige Diskussion, die sich bis tief in die Nacht hingezogen hat. Ich habe bloß ein paar Stunden Schlaf gehabt, und diesen Trip nach Parramatta kann ich nicht aufschieben.«

Moira gab sich einen Ruck. »Also gut, warum nicht, ich komme mit!« Der Tag war wirklich zu schön, um ihn hinter der Staffelei mit der Arbeit an einem Bild zu verbringen,

das sie so oder ähnlich schon ein halbes dutzendmal gemalt hatte!
Moira störte sich an diesem Tag nicht daran, daß sich auf der Rückbank des Overland und im Fußraum davor mehrere Dutzend Pakete auftürmten. Sie waren in braunes Packpapier eingeschlagen, mit Kordeln verschnürt und enthielten natürlich Flugblätter oder irgendwelches gewerkschaftliches Propagandamaterial. Die Fahrt ins kaum zwanzig Meilen entfernte Parramatta und von dort nach Windsor an den Hawkesbury River bei herrlichem Sonnenschein bereitete ihr einfach zuviel Vergnügen.
Byron überließ ihr auf der ganzen Fahrt das Steuer. Doch daß er müde war, davon merkte sie nichts. Jedenfalls schlief ihre Unterhaltung nicht einmal ein. Was vielleicht aber auch daran lag, daß Moira ihm seine spöttischen Bemerkungen über Howard Palmer, den er einen »reizenden Langweiler« und »dankenswerterweise mundfaulen Pedanten« nannte, genausowenig durchgehen ließ, wie sie auch seine radikale Äußerungen über Menschen, die nicht auf seiten der Gewerkschaften und Kommunisten standen, nicht unwidersprochen hinnahm. Zwar war sie seiner Beredsamkeit, spitzzüngigen Schlagfertigkeit und scharfen Argumentation, die Talent und Übung verrieten, nicht immer gewachsen. Aber das hinderte sie nicht daran, ihm unbeeindruckt die Stirn zu bieten, ihm Kontra zu geben und auf ihren Ansichten zu beharren, auch wenn sie diese nicht immer mit zwingenden Argumenten zu untermauern verstand.
»Ich muß nicht immer alles beweisen, Byron!« beschied sie ihn einmal barsch. »Denn vieles sagt einem einfach der gesunde Menschenverstand, sofern man diesen nicht schon unter einem Berg lebensferner Theorie erstickt hat! Und zu diesen stinknormalen Erkenntnissen eines solch gesunden Menschenverstandes gehört eben auch das Wissen, daß es nicht nur Schwarz und Weiß gibt, sondern eine verdammte Menge Grau dazwischen!«

»Wenn diese Blutsauger von Kapitalisten die Arbeiter aussperren, um ihnen noch miesere Arbeitsbedingungen und Löhne abzutrotzen, wie das jetzt bei den Sägewerken am Hawkesbury River geschieht, dann brauche ich keine Grauzonen zu bemühen!« erwiderte er, mit dem Rücken halb gegen die Beifahrertür gelehnt, so daß er sie und die Straße immer im Blick hatte. »Dann gehört das in die Farbkategorie kapitalistisches Kohlrabenschwarz, die es mit aller Macht zu bekämpfen gilt!«

»Aber wenn ihr militanten Gewerkschaftler bei einem Streik mit Knüppeln auf Streikbrecher losgeht, denen es genauso dreckig geht wie allen anderen, dann ist das geradezu widerwärtig!«

»Nein, ist es nicht!« widersprach er gelassen. »Denn es ist reine Notwehr, wenn wir gegen dieses Lumpenpack, das mit den Erzfeinden des ausgebeuteten Proletariats paktiert und die eigene Arbeiterklasse für einen Judaslohn verrät, gewaltsam vorgehen!«

»Ach nein, im Klassenkampf ist blutige Gewalt also ein akzeptables Mittel! Aber als es im Krieg darum ging, ob die allgemeine Wehrpflicht eingeführt werden sollte, um unser Land zu schützen und den Alliierten beizustehen, da haben die Gewerkschaften erbittert dagegen gekämpft!«

»Weil Kriege immer auf dem Rücken des Proletariats ausgetragen werden. Denn die korrupten Kriegstreiber aus Politik, Wirtschaft und Militär findest du nie in den Schützengräben, sondern in der sicheren Etappe und im komfortablen Zuhause. Und während die Soldaten an der Front krepieren, lachen sich die Unternehmer ins Fäustchen und fahren gewaltige Gewinne ein. Dieses Pack gewinnt immer, egal, wie die Kriege auch ausgehen.«

»Da gebe ich dir recht, Byron. Aber was ist denn mit den blutigen Bürgerkriegen in Rußland? Da haben doch deine kommunistischen Freunde im Kampf um die Vormachtstellung jahrelang Blutbäder untereinander und unter der Bevöl-

kerung angerichtet. Und ständig soll es neue Säuberungen geben.«
»Jede Revolution fordert nun mal ihre Opfer, Moira. Und das mit den angeblichen Säuberungen ist doch bloß Hetze, verleumderische Propaganda der Kapitalisten, die es mit der Angst zu tun bekommen, daß sich die Proletarier aller Völker wirklich vereinigen könnten und sich nicht länger mit den Brosamen zufriedengeben, die ihnen zum Lohn für ihre Arbeit hingeworfen werden.«
»Für bessere Arbeitsbedingungen und gerechte Löhne zu kämpfen und zu streiken ist ja völlig in Ordnung. Aber es macht mich mißtrauisch, wenn ihr Kommunisten behauptet, mit der Lehre von Marx, Engels und Lenin sozusagen den Stein der Weisen, die endgültige Heilslehre für die Menschheit gefunden zu haben.«
»Was die verlogene christliche Kirche fast zweitausend Jahre lang munter für sich beansprucht und gepredigt, aber nie wirklich praktiziert hat, das hat der Kommunismus nun endlich wahrgemacht – nämlich die Gleichheit aller Menschen durchzusetzen!« behauptete er.
»Daß alle Menschen gleich sein sollen, wage ich doch stark zu bezweifeln. Die Schöpfung ...«
»Die Natur!« korrigierte er sie.
Moira ließ sich nicht beirren. »Die *Schöpfung* ist auf Vielfalt angelegt, nicht auf Gleichheit. Jeder Mensch ist anders, ist einmalig und hat seine ganz eigenen Gefühle, Träume und Bedürfnisse. Um das zu sehen, muß man nur die Augen aufmachen und die Scheuklappen ablegen«, verteidigte sie ihren Standpunkt. »Aber wer bei euch nicht gleich sein will, der landet doch vor einem Revolutionsausschuß, oder wie immer ihr das nennt, der ihn in ein Straflager oder gar vor ein Erschießungskommando schickt. Nein, den Kommunismus kannst du mir nicht als Heilslehre verkaufen, Byron.«
Er lächelte nachsichtig, während er zu seinen Zigaretten griff

und sich eine anzündete. »Du bist eben noch immer zu stark von dem Opium der christlichen Religion benebelt.«
»Ich will nicht mit dir über Gott und den Glauben diskutieren. Denn keiner von uns kann beweisen, daß er recht hat. Ich habe das auch nicht nötig. Aber ein klarer Unterschied zwischen deinem kommunistischen und meinem christlichen Messias ist ja wohl nicht von der Hand zu weisen: Christus hat Gewaltverzicht und Nächstenliebe gepredigt, während ...«
Er lachte spöttisch auf. »Deshalb sind in den zweitausend Jahren ja auch so viele Menschen im Namen des Kreuzes bei der Kolonisation und auf Kreuzzügen hingeschlachtet worden und haben während der Inquisition in Folterkammern und auf Scheiterhaufen ihr Leben gelassen!« unterbrach er sie.
»Ja, leider ist das die traurige Wahrheit. Mit dem Kreuz und dem Evangelium ist abscheulicher Mißbrauch getrieben worden. Aber wenn ich dir heute mit der Bibel den Kopf einschlage, dann ist doch wohl nicht die christliche Botschaft der Mörder, sondern ich, der ich sie dazu mißbraucht habe, oder?«
Byron kam um eine Antwort herum, denn in dem Moment merkte er, daß sie drauf und dran war, eine wichtige Abzweigung am Ortseingang von Parramatta zu verpassen. Danach mußte sie sich auf die Anweisungen konzentrieren, die er ihr gab, um sie zum Haus seines Gewerkschaftsgenossen zu dirigieren, wo sie einen Teil der Pakete abluden.
Auf der Fahrt nach Windsor und auf dem Heimweg setzten sie ihre streitfreudige Unterhaltung fort. Byron schien Gefallen an ihrem kämpferischen Widerspruchsgeist zu finden. Und manchmal hatte sie den Eindruck, daß er ganz bewußt extreme Positionen formulierte, um sie zu provozieren.
»Das war wirklich die anregendste Fahrt, die ich seit langem gemacht habe«, sagte er, als er sie am späten Nachmittag vor

ihrem Haus absetzte. »Aber ich habe ja auch noch nie eine so temperamentvolle Fahrerin gehabt.«
»Tut mir leid, wenn ich dich am Einschlafen gehindert habe«, gab sie trocken zurück. »Aber wenn jemand dummes Zeug redet, kann ich meinen Mund nun mal nicht halten.«
Er verzog das Gesicht. »Ich wußte doch, daß du dich für die Fahrstunden auf deine ganz eigene, reizvolle Art und Weise bedanken würdest, Moira. Du hast mich auch wirklich nicht enttäuscht.«
»Ich bin eben immer bemüht, einen guten Eindruck zu hinterlassen, sogar bei Gewerkschaftsfunktionären«, erwiderte sie vergnügt, stieg aus dem Wagen und war schon auf halbem Weg zum rostigen Vorgartengitter, als sie sich umdrehte und noch einmal zum Overland zurückkam. Sie beugte sich zum offenen Seitenfester hinunter und sagte schlicht und diesmal ohne jeden Spott in der Stimme: »Danke für den schönen Tag, Byron. Es war wirklich nett von dir. Bitte, grüße Jill und deine Mutter.«
Zwei Tage später traf sie Byron am Circular Quay wieder. Sie stieg gerade aus der Tram und wollte zu den Fähren hinübergehen, als neben ihr ein Fahrzeug hupte und sie Byron in seinem verbeulten, mattschwarzen Overland erblickte. Er lehnte sich aus dem Fenster und winkte sie zu sich.
»Bist du mal wieder auf dem Weg nach Lavender Bay, um im Haus dieses Malers nach dem Rechten zu sehen?«
»Ja, wie jeden Dienstag und Freitag.«
»Hast du was dagegen, wenn ich dich begleite?«
»Hast du keinen Streik oder keine Gewerkschaftsversammlung zu organisieren?«
»Ach, das hat Zeit. Komm, steig ein und streite dich ein bißchen mit mir«, forderte er sie mit einem charmanten Lächeln auf. »Ich habe die letzten beiden Tage richtig unter Entzugserscheinungen gelitten.«
Sie lachte. »Du bist unmöglich, Byron«, sagte sie und stieg zu ihm in den Wagen.

Woran Moira nicht gedacht hatte, war, daß Victor in seinem lichten Studio, das zum Garten hinausging, viele Aktskizzen von ihr aufbewahrte. Und ein fast fertiges Ölbild lehnte sogar offen an der Wand. Victor hatte sie darauf als Nymphe gemalt, die im goldenen Dämmerlicht des Abends gerade aus einem von Eukalypten umstandenen Billabong stieg. Ein verträumtes Lächeln lag auf ihrem leicht abwärts gerichteten Gesicht, während ihre Hände das dichte Schilfgras vor ihr teilten.

Er stand einen langen Moment stumm davor. Dann wandte er sich zu ihr um und sagte: »Bis jetzt ist es mir noch nie in den Sinn gekommen, Geld für ein Bild auszugeben, auch wenn ich es hätte. Dieser Victor White hat dich wirklich wunderbar getroffen – soweit ich es natürlich beurteilen kann.«

Moira lief puterrot an, warf schnell ein Tuch über das Ölbild und wußte nicht, was sie auf seine Feststellung erwidern sollte. »Wenn du dich nützlich machen willst, kannst du mir draußen im Garten zur Hand gehen!«

Er nickte und bedachte sie mit einem Lächeln, das sie noch verlegener machte, so daß sie sich schnell umdrehte und in den Garten flüchtete.

Die Rückfahrt verlief ungewöhnlich schweigsam. Als sie in Sydney von der Fähre fuhren, erzählte er ihr von der Airshow, die am nächsten Wochenende auf dem Flugfeld vor der Stadt stattfand und eine große Zuschauerzahl anziehen würde. »Die Kunststücke dieser Flugakrobaten sind bestimmt aufregend und sehenswert. Ich kann durch einen Freund, der als Vormann die Aufsicht über den Tribünenaufbau hat, zwei Karten organisieren. Hättest du Lust, dir das Spektakel mit mir anzusehen?«

Moira nahm seine Einladung an, vermied es aber, ihm in die Augen zu sehen, auch als sie vor ihrem Haus ausstieg. Ihr war nämlich noch immer so zumute, als hätte er sie dort in Victors Studio nicht nur auf dem Bild als Nymphe in verführerischer

Nacktheit gesehen, sondern als wäre sie in Wirklichkeit nackt vor ihm gestanden. Und das Beunruhigende an diesem Gedanke war, daß er sie nicht nur verlegen machte, sondern zugleich auch ein sehnsüchtiges, erregendes Gefühl in ihr weckte.

Auf der Verlobungsfeier von Jill und Howard tanzte Moira zum erstenmal mit Byron. Sie war angenehm überrascht, welch gute Figur er dabei machte. Im Gegensatz zu Howard Palmer, der sich beim Tanzen recht ungeschickt anstellte und sich so hölzern bewegte, wie sein weißer Pappkragen steif war, besaß Byron Gefühl für Rhythmus. Und was vielleicht noch entscheidender war: Tanzen machte ihm sichtlich Spaß, besonders mit ihr.

Bei dieser Feier ertappte sich Moira zum erstenmal dabei, daß sie stolz darauf war, im Zentrum seiner Aufmerksamkeit zu stehen. Ihr entging nämlich nicht das Interesse der anderen Frauen, die liebend gern ihre Stelle eingenommen hätten. Denn obwohl man ihn nicht im landläufigen Sinn gutaussehend nennen konnte, strahlte er doch eine geballte Kraft und Männlichkeit aus, die eine enorme Anziehungskraft besaß, wenn man ihr länger ausgesetzt war.

In diesen Wintermonaten verbrachte Moira viel Zeit mit Byron, der kaum einen Vorwand ausließ, um mit ihr zusammensein zu können. Allzu durchsichtig waren seine Beteuerungen, daß sie noch viel mehr Fahrpraxis brauche. Oft bat er sie auch wie bei ihrer ersten gemeinsamen Überlandfahrt nach Parramatta und Windsor, ihm einen Gefallen zu tun und den Overland zu steuern, weil er angeblich zu müde war oder sich nicht gut fühlte. Doch sie spielte dieses durchsichtige Spiel nur zu bereitwillig mit.

Ihre Diskussionen verloren nichts von ihrem Feuer und gestalteten sich weiterhin wie ein Schlagabtausch mit Worten, bei dem verbissen um jeden Zoll gerungen und dem anderen kein Pardon gegeben wurde. Gleichzeitig aber wuchs in Moira Respekt, ja sogar Bewunderung für seinen leidenschaftlichen Einsatz, mit dem er sich für die berechtigten Interessen der Arbeiter engagierte. Ganz besonders imponierten ihr sein Talent als Redner und die Selbstsicherheit, mit der er auf eine Kiste oder eine alte Öltonne stieg und vor einer Menge fremder Gesichter aus dem Stand heraus eine mitreißende, aufputschende Rede hielt. Bei den gemeinsamen Fahrt hatten sie oft genug Gelegenheit zu beobachten, mit welch rhetorischem Geschick es ihm gelang, sogar eine ihm erst feindlich gesinnte Versammlung oder eine Menge demoralisierter Streikender für sich zu gewinnen und sie dazu zu bringen, ihm zuzujubeln und seine radikalen Parolen aufzunehmen.

Die Hochzeit von Jill und Howard fand Ende September statt. Gefeiert wurde sie nach deftig-irischer Manier in Patrick O'Farrells Pub *Journey's End*, das in Surry Hills an der Ecke Fitzroy und Riley Street lag und einen kleinen Festsaal besaß. In dieser Nacht gab Byron Moira den ersten Kuß, als er sie nach Hause begleitete. Obwohl es nur ein Kuß auf die Wange war, erregte er sie eigenartig.

Drei Wochen später traten die gewerkschaftlich organisierten Schiffsanstreicher, Schweißer und Elektriker in den Docks von Sydney in den Streik. Sie wehrten sich gegen die Einführung einer sogenannten *job card*, auf der jede Arbeit sowie die dafür benötigte Zeit eingetragen werden sollten. Die Arbeiter fürchteten, daß diese rigorose Überwachung ihrer einzelnen Tätigkeiten per Stoppuhr das Ziel hatte, ihnen ein noch härteres Arbeitstempo aufzuzwingen.

Byron war in diesen Wochen fast Tag und Nacht unterwegs, um mit zündenden Reden die Empörung der Arbeiter auf den Docks anzuheizen und dabei zu helfen, den Streik zu organisieren. Weder strömender Regen noch eisiger Wind hielt ihn davon ab, stundenlang auf den Landungsbrücken und in zugigen Hallen Flugblätter zu verteilen und zum unnachgiebigen Kampf gegen die Ausbeuter aufzurufen. Daß die Schauerleute aus Solidarität wenige Tage später mit in den Streik traten, verbuchte Byron als ganz persönlichen Erfolg seines unermüdlichen Einsatzes. Er kam mit wenigen Stunden Schlaf aus. Und je härter die Auseinandersetzungen im Hafen wurden, desto mehr Energie schien er zu mobilisieren. Als die Arbeitgeber Streikbrecher, *blacklegs* genannt, von auswärts holten und sie unter dem Schutz brutaler Wachmannschaften auf die Docks zu bringen versuchten, kam es zu den ersten schweren Zusammenstößen. Die Gewalt eskalierte auf beiden Seiten. Und als Ende der dritten Streikwoche Polizeikräfte aufmarschierten, um den *blacklegs* mit allen Mitteln Zugang zu den Docks zu verschaffen, da geriet die Situation außer Kontrolle.

In der milden Novembernacht, als es unten am Darling Harbour auf der Pyrmont Bay Pier zu einer blutigen Straßenschlacht kam, war Moira noch auf. Seit sie nicht mehr jeden Morgen in aller Herrgottsfrühe zum Putzen ins Tramdepot mußte, genoß sie die Freiheit, auch mal später schlafen zu gehen.

Moira hatte Rebecca einen langen Brief geschrieben, einige dringende Näharbeiten erledigt und sich gerade fürs Bett fertiggemacht, als die Standuhr unten in Gretna Drummonds Wohnzimmer halb zwölf schlug. Kaum war der tiefe Glokkenschlag verklungen, als jemand sehr kraftvoll und ungeduldig den Türklopfer betätigte.

Moira hatte sofort ein ungutes Gefühl. Wer immer es war, der da unten klopfte, er wollte bestimmt nicht zu Missis Drummond. Außerdem wußte jedermann, wie stark schwerhörig sie war. Und wenn sie schlief, hätte man neben ihr eine Kanone abfeuern können, ohne sie aus dem Schlaf zu holen. Schnell warf sich Moira ihren geblümten Morgenmantel über und eilte die Treppe hinunter. »Wer ist da?«

»Ich bin's, Byron.«
Fast hatte sie es geahnt. Sie schob den Riegel zurück, schloß auf, öffnete die Tür – und fuhr erschrocken zusammen, als sie sah, wie übel Byron zugerichtet war. Sein Gesicht war blutüberströmt, wie auch sein eingerissenes Hemd. »Um Gottes willen, was ist passiert? Was haben sie mit dir gemacht?«
»Das Übliche, was die Handlanger der Kapitalistenschweine am liebsten mit uns Gewerkschaftlern tun, nämlich versuchen, einem den Schädel einzuschlagen«, stieß Byron zornig hervor und wankte an ihr vorbei in die Diele.
Moira schloß hastig hinter ihm ab und eilte zu ihm. »Du mußt unbedingt zum Arzt!« rief sie besorgt.
»Kommt gar nicht in Frage!« wehrte er sofort ab. »So schlimm ist es nicht. Es ist bloß eine Platzwunde.« Er tastete vorsichtig über eine verkrustete Stelle oberhalb seiner linken Schläfe. »Das zieht sich schon wieder zusammen. Die Narbe, die zurückbleiben wird, liegt ja glücklicherweise unter dem Haar. Aber ich könnte einen Drink gebrauchen und einen Eisbeutel, falls ihr Eis im Haus habt.«
Moira nickte. »Du hast Glück, der Eismann hat das Kühlfach erst gestern aufgefüllt. Und Missis Drummond wird es mir sicher nachsehen, wenn ich dir von ihrem Brandy ein Glas spendiere. Geh schon nach oben. Ich komme gleich.«
Wenig später stieg sie die Treppe hoch mit einem Tablett, auf dem ein großzügig mit Brandy gefülltes Glas, eine Kanne Wasser und eine Schüssel mit Eisstücken standen, die sie schnell vom Block unten im Eisschrank gehackt hatte, sowie ein kleines Fläschchen mit Jod. Saubere Leinentücher und Verbandsstreifen hingen über ihren Arm.
»Was hast du vor?« fragte er mit Blick auf die Jodflasche und die Verbandstücher.
»Jemand muß nach der Wunde sehen, sie auswaschen und verbinden. Und wenn du nicht zum Arzt willst, werde ich das ja wohl tun müssen«, antwortete sie energisch. »Außerdem

will ich vermeiden, daß du mir mit deinen blutverschmierten Sachen meine Möbel beschmutzt. Also zieh schon mal das Hemd aus.«
Er fügte sich mit einem schiefen Grinsen in sein Schicksal, zog das eingerissene, blutverschmierte Hemd aus und setzte sich mit dem Brandyglas in der Hand in den Lichtschein der Lampe, so wie Moira es verlangte.
Moira füllte ihre Waschschüssel mit dem frischen Wasser aus der Kanne, griff zu einem sauberen Waschlappen und begann vorsichtig das Blut von seinem Gesicht abzuwaschen, um sich langsam der Platzwunde unter dem Haar zu nähern.
»Mhm, das tut gut«, sagte er und schaute ihr in die Auge. »Du hast wirklich eine wunderbar zarte Hand.«
Sie errötete. »Mach die Augen zu!« forderte sie ihn scheinbar ungehalten auf. »Es irritiert und stört mich bei der Arbeit, wenn du mich so ansiehst. Erzähl mir lieber, was passiert ist.«
Er schenkte ihr noch einen langen Blick. Dann tat er ihr den Gefallen, die Augen zu schließen, und berichtete ihr, wie die mit Streikbrechern vollbesetzten Lastwagen mit Hilfe von Wachleuten und Polizeikräften versucht hatten, die Barrikaden der Streikenden zu durchbrechen. Dabei war es zu einem brutalen, blutigen Handgemenge gekommen. Die Barrikaden waren in Flammen aufgegangen, aber auch drei Lastwagen.
»Einer von den ausgebrannten Lastwagen geht auf mein Konto«, gestand Byron und zuckte schmerzhaft zusammen, als Moira ihm Jod in die Wunde träufelte, nachdem sie ihm die blutverkrusteten Haare an der Stelle abgeschnitten und die Verletzung mit frischen Lappen vorsichtig gesäubert hatte.
»Du solltest dich schämen, Byron!«
»Ich schäme mich ganz und gar nicht!« erwiderte er. »Wir haben das Recht zu streiken, aber die Polizei hat kein Recht, einfach auf uns einzuprügeln. Und diese Schweinehunde von

Lastwagenfahrer und *blacklegs* wollten uns glatt über den Haufen fahren!«
»Halte still, ich will jetzt den Verband anlegen.«
»Ich weiß nicht, ob mich jemand erkannt hat, als ich den Lastwagen in Brand gesteckt habe. Deshalb bin ich auch nicht zu mir nach Hause gelaufen, sondern zu dir gekommen«, sagte er nach einem Moment des Schweigens. »Was meinst du, kann ich für ein paar Tage Unterschlupf bei dir finden, bis ich weiß, ob was gegen mich vorliegt?«
Moira zögerte kurz. »Missis Drummond läßt mir ja ziemlich viel Freiheit. Aber dennoch werde ich ihr eine plausible Geschichte erzählen müssen.«
»Dir wird bestimmt etwas Überzeugendes einfallen – bei den vielen Talenten, die du hast, Moira«, erwiderte er mit veränderter, zärtlicher Stimme und hielt kurz ihre Hand fest, die gerade den Verband um seinen Kopf wickelte.
Sie schaute auf seinen nackten, muskulösen Oberkörper hinunter. »Wenn du dich mit dem alten Sofa zufriedengibst, will ich es gern versuchen«, sagte sie mit belegter Stimme.
»Danke, Moira. Ich wußte, daß ich auf dich zählen kann«, sagte er und sah sie mit einem Lächeln an.
Sie saßen noch eine halbe Stunde zusammen. Dann brachte Moira ihm ein sauberes Laken und eine leichte Überdecke, wünschte ihm eine gute Nacht und begab sich nach nebenan in ihr Schlafzimmer. Sie konnte sich nur mit größter Mühe auf ihr Nachtgebet konzentrieren, das diesmal sehr kurz ausfiel.
An Schlaf war nicht zu denken. Hellwach lag sie da, lauschte mit angespannten Sinnen auf die schwachen Geräusche aus dem Nebenzimmer und wartete mit klopfendem Herzen.
Worauf?
Daß er zu ihr kam? Ja, sie wollte es! Sie wünschte es sich sogar sehnlichst. Es war an der Zeit, sich nicht länger selbst zu belügen, sondern sich einzugestehen, daß sie genug von diesem einsamen Leben ohne Zärtlichkeit und Liebe hatte.

Sie hatte genug davon, allein zu Bett zu gehen und allein aufzuwachen. Und sie hatte lange genug an einem Traum festgehalten, der unwiderruflich verloren war, als Adrian Melissa McGraw geheiratet hatte.
Im Nebenzimmer ging die Lampe aus, und der Lichtschimmer unter der Tür erlosch. Stille senkte sich wieder über das Haus. Minuten verstrichen, ohne daß Moira einen Laut von Byron hörte. Warum kam er nicht? Sie wußte doch, daß er sie begehrte. Seine Blicke und die Berührung seiner Hand vorhin hatten ihr wieder einmal deutlich bestätigt, was sie eigentlich schon seit Monaten wußte. Aber warum ließ er sie jetzt warten? Spürte er denn nicht, wie sehr sie sich wünschte, daß er zu ihr kam, sie in seine kräftigen Arme nahm und sie alles vergessen ließ, was sie so viele Jahre gequält hatte?
Vielleicht wagt er es nicht, weil er sich nicht ganz sicher ist und in seiner jetzigen Lage nichts riskieren will! fuhr es ihr plötzlich durch den Sinn.
Moira überlege kurz und kam zu dem Schluß, daß dann eben sie die Initiative ergreifen und ihn zumindest ermutigen mußte. Sie schlug die dünne Überdecke zurück, schlüpfte aus dem Bett und ging auf die Tür zu. Ihr schlug das Herz bis zum Hals, und sie sagte sich, daß sie, sollte sie der Mut im letzten Moment verlassen, ja immer noch so tun konnte, als wollte sie hinuntergehen auf den Abort. Auf jeden Fall würde er sie in ihrem dünnen Nachtgewand sehen ...
In diesem Moment öffnete Byron die Tür von der anderen Seite. Beide fuhren gleichermaßen erschrocken zusammen, als sie sich so plötzlich an der Tür trafen. Einen Augenblick standen sie sich stumm gegenüber und sahen sich an.
»Sag, haben wir beide dasselbe gedacht?« fragte Byron dann leise und machte einen Schritt auf sie zu.
Moira nickte. »Ja, ich glaube, das haben wir.«
»Dann laß uns sehen, ob wir auch dasselbe wollen, Liebling«, flüsterte er, nahm sie in die Arme und küßte sie.

Moira schmiegte sich an seinen nackten Oberkörper, legte ihre Hände auf seinen Rücken und erwiderte den Kuß mit einer Leidenschaft, die ihren Hunger nach Liebe offenbarte. Sie erzitterte unter seinen Händen, die ihren Körper durch das dünne Gewebe des Nachtgewandes hindurch liebkosten, bis er es ihr schließlich abstreifte und sie zum Bett trug, wo er sich über sie beugte und sie weiter küßte und liebkoste.

Ein Laut der Lust und zugleich der Erlösung entrang sich ihrer Kehle, als Byron zu ihr kam. Sie war mehr als bereit für ihn. Und schon nach wenigen Augenblicken geschah das Wunder – Wellen höchster Lust durchfluteten sie.

»O Byron, o Byron!« keuchte sie, und später wurde ihr bewußt, daß sie nicht einmal auch nur flüchtig an Adrian gedacht hatte.

Byron gab ihr in dieser Nacht den liebevoll-spöttischen Spitznamen »Nymphe« – und bat sie, seine Frau zu werden. Im ersten Moment wußte sie nicht, was sie darauf antworten sollte. Sie stand noch immer unter dem Eindruck seiner überwältigenden, kraftvollen Leidenschaft. Atemlos lag sie in seinen Armen, und da sagte er, Byron Sullivan, daß er sie liebte und heiraten wollte!

»Und ich dachte bisher, du hältst die Ehe für verlogen, abstoßend dekadent und bourgeois?« wich sie einer direkten Antwort aus. »Hast du zu Jill nicht mal gesagt, daß die Ehe typisch für die Unterdrückungsmechanismen der kapitalistischen Gesellschaft und für jeden aufgeklärten, selbstbewußten Menschen ein beschämendes Armutszeugnis sei?«

»Stimmt, und der Überzeugung bin ich im großen und ganzen noch immer.«

»Und dennoch machst du mir einen Antrag?«

Er strich mit den Fingerkuppen über ihre Brüste. »Ja, weil ich weiß, daß ich dich anders nicht haben kann. Ohne den Ring am Finger wird es für uns keine zweite Nacht geben, nicht wahr?«

Sie war sich dessen nicht so sicher, hütete sich jedoch, das zu sagen. »Du zählst mich also nicht zu dem grandiosen neuen Typus Mensch, den der Kommunismus proklamiert, der noble Genosse, der aufgeklärt und selbstbewußt ist und radikal mit den alten Konventionen gebrochen hat, richtig?«
Er drehte sich auf die Seite und sah sie an. »Ich liebe dich, Moira, und das ist etwas, was ich nicht mit dem Verstand kontrollieren kann. Ich glaube, ich habe mich schon in dich verliebt, als ich dich das erstemal im Waschraum der Konservenfabrik sah. Seit Monaten träume ich von dir. Ich möchte, daß du bei mir bleibst und glücklich bist. Und wenn dazu Trauung und Ehering nötig sind, weil dir dieses Ritual wichtig ist, dann soll es so sein.«
Das aus seinem Mund zu hören, war wohl die höchste Form der Liebeserklärung, die sie sich von einem Mann wie ihm erhoffen konnte. »Dann mußt du mich wirklich sehr lieben, Byron.«
Er zog sie an sich. »Spürst du das denn nicht?«
Moira lächelte. »Was ich ganz deutlich spüre, ist, daß du schnell wieder zu Kräften gekommen bist«, antwortete sie, drückte ihn sanft in die Kissen und glitt auf ihn.
»Sag, daß du mich heiratest!« sagte er unter lustvollem Stöhnen und streckte die Arme nach ihr aus.
»Ich werde darüber nachdenken, wenn ich wieder klar denken kann, und dir morgen, im Licht des neuen Tages, meine Antwort geben«, flüsterte sie, während ihre Körper ihren Rhythmus fanden.
Es war schon hell, als Moira am nächsten Morgen erwachte. Sie lag an Byrons Rücken geschmiegt. Einen Arm hatte sie von hinten um ihn geschlungen, und ihre Hand ruhte auf seiner Brust. Es war ein wunderbares Gefühl, so zu erwachen. Ruhig lag sie da, lauschte seinem gleichmäßigen Atem und war von einem tiefen Glücksgefühl erfüllt. Als er endlich erwachte, küßte sie ihn auf den Nacken. Er seufzte wohlig, strich zärtlich über ihren Arm und drehte sich zu ihr um. »Du

hast mir gestern einen Heiratsantrag gemacht. Gilt er heute morgen noch immer?« fragte sie leise.
Er nickte. »Es ist mir ernst, Moira.«
»Mir auch, Byron.«
»Ist das ein Ja?« fragte er aufgeregt.
Sie lächelte ihn an. »Ja, das ist es.«

VIERZEHNTES KAPITEL

Die Hochzeit fand Mitte Januar statt, als die hochsommerlichen Temperaturen täglich über dreißig Grad kletterten. Noch vor etwas mehr als einem Jahr hatte sie von einem großartigen Fest geträumt. Nun jedoch hatte sie nichts dagegen, in aller Stille und ohne großen Aufwand zu heiraten. Nur der engste Familien- und Freundeskreis nahm an der Trauung teil.

Von auswärts reisten nur Moiras Mutter und Onkel William aus River Bend sowie Rebecca aus Katoomba an. Sie hätte gern auch noch Charles und Robert an ihrem Hochzeitstag zu der kleinen Gästeschar gezählt, doch die Lyndham-Brüder waren beide verhindert. Charles erholte sich gerade von einer Blinddarmoperation, und Robert konnte eine seit langem geplante und mit seinen Geschäftspartnern abgesprochene Geschäftsreise in die Vereinigten Staaten so kurzfristig nicht mehr verschieben, sosehr er das auch bedauerte. Beide sandten herzliche Glückwünsche und wunderbare Geschenke, die Byron zu bissigen Bemerkungen verleiteten.

Moira und Byron ließen sich nicht in Sydney trauen, sondern auf der North Shore in einer schlichten Kapelle außerhalb von Milson's Point – und damit weit entfernt von Byrons Gewerkschafts- und Parteigenossen, die für eine kirchliche Hochzeit einer ihrer aufstrebenden Funktionäre wohl nur Spott und Geringschätzung übriggehabt hätten.

Ihre Mutter weinte vor Glück, ihr einziges Kind nun endlich im heiligen Stand der Ehe und gut versorgt zu wissen. Denn Moira hatte keinen Sinn darin gesehen, ihrer Mutter und Onkel William reinen Wein über Byrons radikalen politischen Überzeugungen und seine lächerlich geringe Entlohnung einzuschenken, die er für seine Gewerkschaftsarbeit erhielt. Und sie hatte Byron das Versprechen abgenommen, sich in den wenigen Tagen, die ihre Mutter und Onkel William in Sydney weilten, um maßvolle Äußerungen zu bemühen. Denn mit einem erklärten Kommunisten hätte sich ihr Onkel nicht an einen Tisch gesetzt. Glücklicherweise hielt Byron sich an sein Versprechen. Die beiden Tage vor der Hochzeit und der Tag der Trauung verliefen daher ohne jeden Mißklang.

Rebecca war wohl die einzige, die tiefer schaute und ernste Besorgnis hegte. »Bist du mit Byron auch wirklich glücklich? Hast du es dir gut überlegt, ob ihr auch wirklich zusammenpaßt?« fragte sie noch am Vorabend der Trauung.

Moira zögerte nicht einen Augenblick mit ihrer Antwort. »Ja, Rebecca. Ich bin glücklich. Ich habe tatsächlich mein Herz an Byron verloren. Wenn es auch nicht diese allumfassende Liebe ist, die mich einst mit Adrian verbunden hat, so steht doch außer Frage, *daß* ich ihn liebe ... und daß er mich liebt«, versicherte sie. »Weißt du noch, was du mir mal gesagt hast? ›Suchen und etwas ganz anderes finden, das ist die wahre Natur des Lebens.‹ Du hast recht gehabt. Ich habe Adrian all die Jahre gesucht und Byron gefunden.«

»Dann freue ich mich von Herzen über euer Glück.«

Und Moira *war* glücklich.

Daß ihre Flitterwochen nicht wie geplant erst nach zwei Wochen, sondern schon nach einem Tag endeten, war der einzige Wermutstropfen. Sie hatten ein kleines Cottage an der wildromantischen, einsamen Bondi Beach gemietet, mitten in den Dünen und mit einer herrlichen Aussicht auf das heranbrandende Meer. Wie sehr hatte sich Moira darauf gefreut, hier die ersten beiden Wochen ihrer Ehe verbringen zu können.

Doch als Moira und Byron am ersten Morgen vom Schwimmen im Meer zurückkamen und sich gegenseitig in fiebrigem Verlangen die nassen Sachen vom Leib zerrten, weil sie es nicht erwarten konnten, in leidenschaftlicher Umarmung auf das Bett zu sinken, da fuhr Percy Jackson in dem Overland vor dem Cottage vor, mit dem er sie erst in zwei Wochen abholen sollte. Percy, ein bulliger, schwergewichtiger Mann und Byrons bester Freund und wie er leidenschaftlicher Gewerkschaftler, hatte als einziger von den Genossen an der Hochzeit teilgenommen. Und nur er allein wußte auch, wohin Byron Sullivan so plötzlich »verreist« war.

»Tut mir wirklich leid, daß ich euch in eurem idyllischen Liebesnest beim Turteln stören muß«, entschuldigte sich Percy mit einem breiten Grinsen auf dem Gesicht, als Byron endlich mit einem Handtuch um die Hüften an der Tür erschien und ihn hereinließ. »Aber du wirst dringend in Newcastle gebraucht.«

»Was ist in Newcastle?« wollte Byron ungehalten wissen, noch den Geschmack von Moiras salziger Haut auf der Zunge.

»Da braut sich der Streik des Jahrzehnts zusammen, Kumpel. Die Werftarbeiter sind geschlossen in den Ausstand getreten, und die Transportgewerkschaft will vielleicht mitziehen«, teilte Percy ihm mit. »Das kann eine ganz große Sache werden, vielleicht sogar ein Generalstreik, wenn wir unsere Karten nur geschickt ausspielen! Aber dafür brauchen wir jeden Mann.«

Byron zögerte nicht eine Sekunde. »Okay, gib uns eine halbe Stunde. Dann haben wir unsere Sachen gepackt.«

Moira hatte sich schnell ihren Morgenmantel übergeworfen und stand in der Tür. Sie hatte jedes Wort gehört. »Byron, das sind unsere Flitterwochen!« protestierte sie. »Sollen diesmal doch andere den Streik organisieren. Du wirst ja wohl für zwei Wochen entbehrlich sein, oder?«

Er schob sie zurück ins Schlafzimmer und stieß die Tür mit einem Fußtritt zu. »Mein Gott, weißt du, was das heißt, ein Streik der Werftarbeiter in Newcastle? Das ist wie Dynamit und kann ein Signal sein, nicht nur für New South Wales, sondern für ganz Australien!« redete er begeistert und mit glänzenden Augen auf sie ein, während er ihr den Morgenmantel von den Schultern streifte und sich das Handtuch von den Hüften zerrte. »Das ist für unsere Sache eine gewaltige Chance zu zeigen, was wir können! Soll ich da hier am Bondi Beach im Sand liegen?«

»Ja, aber ...«, setzte sie zu einem weiteren Widerspruch an und spürte, daß er wieder so hart und erregt war wie vor wenigen Minuten, als Percy gegen die Tür gehämmert hatte.

Er küßte sie, drängte ihre Schenkel auseinander und glitt in sie. »Moira, ich liebe dich. Und wenn du mich nur halb so liebst wie ich dich, wirst du verstehen, daß ich einfach nach Newcastle muß, weil man mich da braucht. Und aufgeschoben ist doch nicht aufgehoben. Wir können die Flitterwochen doch hinterher nachholen, Schatz. Aber wir werden auch in Newcastle auf unsere Kosten kommen, das verspreche ich dir.«

Ihr halbherziger Widerstand zerbrach unter dem Ansturm der Wollust, die er in ihr entfachte, während Percy draußen auf der Veranda in einem der Schaukelstühle aus Korbgeflecht hin- und herwippte und einen von seinen stinkenden Zigarrenstumpen rauchte.

Vierzig Minuten später befanden sie sich auf dem Weg nach Newcastle. Und während Moira auf der Rückbank vor sich hin döste, wund zwischen den Beinen und noch ganz benommen von ihrer leidenschaftlichen Umarmung, schmiedeten Byron und Percy begeistert Pläne, wie sie in den kommenden Wochen einen Feuersturm von Streik in Newcastle entfachen wollten.

Moira konnte es zu dieser Stunde nicht einmal vage ahnen, doch dies war der Tag, an dem ihre rastlosen Wanderjahre mit Byron und ihren Kindern begann. Denn immerhin trug sie zu diesem Zeitpunkt schon ihren Sohn Douglas im dritten Monat unter dem Herzen.

DRITTES BUCH

Die mit Tränen säen …

1936–1945

ERSTES KAPITEL

Blacklegs sind im Anmarsch! Sie treffen mit dem Nachmittagszug um fünf Uhr zwanzig aus Queensland ein!« Diese Nachricht machte an einem ungewöhnlich heißen Novembertag in der Bergarbeitersiedlung von Yuraraba in Windeseile die Runde. So primitiv dieses Mund-zu-Mund-Alarmsystem auch war, es funktionierte wie eine gut geölte Maschine. In den fünf Monaten, die der Streik nun schon andauerte, hatten die Bergarbeiter und ihre Familien reichlich Zeit und Gelegenheit gehabt, diese ebenso einfache wie schnelle Art der Nachrichtenübermittlung zu perfektionieren. Denn auf die drei Telefone, die es in der Siedlung gab, konnte man sich nicht verlassen. Eines davon stand in der Gewerkschaftsbaracke bei den Schotterhalden, und die Telefongesellschaft hatte ausgerechnet in kritischen Phasen des Streiks angeblich immer wieder technische Probleme – was auch für die anderen Telefone galt, die in den beiden Pubs der Siedlung hingen.

Moira half an diesem November nachmittag wieder einmal in der sogenannten »Druckerei« aus, die in einem niedrigen Anbau der Gewerkschaftsbaracke untergebracht war und aus vier alten, reparaturanfälligen Vervielfältigungsmaschinen bestand. Ihr schmerzte der Arm vom unablässigen Kurbeln der Druckrolle, und ihr altes Kittelkleid wies nicht nur zahlreiche Farbflecken auf, sondern klebte ihr auch schweißgetränkt am Körper. Die Sonne brannte unbarmherzig auf das rostige Wellblechdach des kleinen Bretteranbaus, in dem die Luft zum Schneiden war und nach Druckerschwärze stank. Yuraraba lag im hohen Norden von New South Wales. Daß es bis zur Grenze zum tropischen Queensland nur wenige Meilen waren, merkte man

daran, daß die Sommerhitze hier oben um Wochen früher einsetzte als im fast fünfhundert Meilen weiter südlich gelegenen Sydney.
Byron tauchte in der Verbindungstür zur Gewerkschaftsbaracke auf. Er unterrichtete Moira und die drei anderen Frauen, die mit ihr in der Druckerei arbeiteten, von der Ankunft der Streikbrecher aus Ipswich, und rief ihnen noch zu: »Laßt alles stehen und liegen, holt die Kinder und bereitet euch für die Parade am Bahnhof vor!«
»Keine Sorge, wir wissen schon, was wir zu tun haben, Byron!« erwiderte Fanny Jenkins keck, eine attraktive junge Frau, deren graues Kopftuch ihr herrlich honigblondes Haar verbarg. Sie gehörte wie Mary-Anne Barton und Valerie Cook zum harten Kern der jungen, leidenschaftlich engagierten Gewerkschaftlerinnen, die altgedienten Funktionären wie Byron und Percy weder in Entschlossenheit noch in Härte nachstanden.
Byrons Aufforderung galt natürlich auch für Moira. Er legte größten Wert darauf, daß seine Frau und seine Kinder bei derlei Aktionen stets in vorderster Linie anzutreffen waren. Moira selbst fand wenig Gefallen an diesem speziellen »Frauen-und-Kinder-Spießrutenlaufen«, wie die Streikenden diese Aktionen selbstironisch bezeichneten, war aber ganz froh, endlich aus dem stickigen, stinkenden Schuppen herauszukommen. Und sie wollte gerecht sein. In den fast vierzehn Jahren, die sie nun schon mit Byron und ihren beiden Kindern Douglas und Henrietta von einem Streikcamp zum anderen zog, hatte sie genug himmelschreiende soziale Ungerechtigkeit und Elend gesehen, um die Verbissenheit, ja manchmal sogar den Haß zu verstehen, mit denen die Arbeiter und ihre Familien monatelange Streiks ausfochten. Und seit die schwere weltwirtschaftliche Depression, die den Faschisten unter Mussolini in Italien und Hitlers Nationalsozialisten in Deutschland zur Macht verholfen hatte, auch in Australien die Arbeiterklasse in ihren Würgegriff

nahm, war der tagtägliche Kampf ums reine Überleben noch härter geworden.
Moira ging die staubige Straße hoch, die mitten durch die Siedlung der Bergarbeiter führte. Die schäbigen Unterkünfte, überwiegend primitive Bretterhütten mit löchrigen Wellblechdächern, morschen Dielenbrettern und katastrophalen sanitären Einrichtungen, deprimierten sie an diesem Nachmittag mehr als sonst. Sie fühlte sich müde und zerschlagen.
Die Hütte, die Moira mit Byron und ihren Kindern bewohnte, lag am Ende einer schmalen Seitengasse und gehörte zu den miesesten Unterkünften, die man in diesem Viertel von Yuraraba finden konnte. Byron fand das ganz in Ordnung so. Wie oft hatte er ihr schon gepredigt, daß er als kommunistischer Gewerkschaftsfunktionär mit gutem Vorbild vorangehen und sich ganz besonders bescheiden mußte. »Wir müssen so leben wie die Ärmsten, um glaubwürdig zu sein und ihnen die Opfer abverlangen zu können, die ein langer Streik nun mal mit sich bringt!« Das mochte genauso richtig sein wie die Streiks selbst. Doch je älter Douglas und Henrietta wurden, desto schwerer fiel es ihr, diesen Idealismus zu akzeptieren und ohne ein richtiges Zuhause zu leben.
Ihre zehnjährige Tochter, die das schwarze Haar und die blauen Augen ihres Vaters geerbt hatte, saß auf der Stufe unter dem Vordach ihres heruntergekommenen Hauses, das vor einem hastigen und halbherzigen Umbau als Werkzeugschuppen gedient hatte und dessen Bretterwände von Wind und Wetter gezeichnet waren.
Henrietta, die ein buntkariertes Kleidchen trug, das Moira aus einem Stück Vorhangstoff genäht hatte, erblickte sie sofort und lief ihr mit strahlendem Gesicht entgegen. »Mom, es ist ein Brief für dich gekommen!« rief sie schon im Laufen aufgeregt und wedelte mit dem Brief über ihrem Kopf. »Schwester Margareta hat ihn gebracht. Bist du ihr noch begegnet?«

»Nein, mein Kind. Aber Schwester Margareta ist ja nicht aus der Welt«, antwortete Moira und vergaß ihre Sorgen, als Henrietta ihr um den Hals fiel und ihr einen sehr feuchten Kuß auf die Wange drückte. Im Gegensatz zu Douglas, der mit seinen dreizehn Jahren manchmal schon fast den Ernst eines Erwachsenen erkennen ließ, besaß ihre Tochter ein gänzlich unbekümmertes, ansteckend fröhliches Wesen. Schon als Baby hatte sie stundenlang still vor sich hin gelächelt und geträumt, während Douglas ein rechter Schreihals und Unruhegeist gewesen war. Gern hätte sie noch ein drittes Kind gehabt, doch Byron war strikt dagegen.
Moira warf einen kurzen Blick auf den Umschlag von Schwester Margareta. Er trug nur ihren Namen in schöner, sanft geschwungener Handschrift: Mrs. Moira Sullivan. Schwester Margareta gehörte zum Orden der *Sisters of Charity*, die in Yuraraba ein Waisenhaus betrieben und viel für die Ärmsten der Armen taten. Sie war mit Rebecca auf das Lehrerinnenseminar in Bathurst gegangen und hatte den Kontakt zu ihr nie verloren. Und ihrer gemeinsamen Freundin in Katoomba verdankten sie es, daß sie sich kennengelernt hatten und sich gelegentlich gegenseitig besuchten. Leider hatte Byron vor wenigen Tagen in Gegenwart der freundlichen, aufopfernden Ordensfrau einen seiner gefürchteten zornigen Ausfälle bekommen und erklärt, daß »Betschwestern und Pfaffen« unter seinem Dach nicht erwünscht waren.
Moira nahm an, daß der Umschlag die Antwort auf ihren langen Brief enthielt, in dem sie sich für die verletzenden Bemerkungen ihres Mannes entschuldigt hatte. Sie würde Schwester Margaretas Brief später lesen, wenn sie Zeit und Muße hatte. Jetzt war Eile geboten, wenn sie mit ihren Kindern rechtzeitig am Bahnhof sein wollte.
»Wo ist dein Bruder, Liebes?« fragte sie ihre Tochter und steckte den Brief in die Tasche ihres schäbigen Kittelkleides. Sie hatte es wahrlich nicht nötig, sich noch umzuziehen!

»Drüben auf dem Sandplatz Fußball spielen mit den anderen Jungen, Mom.«
»Lauf und hol ihn. Und er soll sofort kommen. Es ist dringend! Wir müssen zum Bahnhof.«
»Kommen wieder *blacklegs?*«
»Ja, und nun lauf schon! Wir dürfen keine Zeit verlieren. Ich lege indessen schon alles bereit.«
Als Henrietta wenige Minuten später mit Douglas zurückkam, zeigte das Gesicht ihres Sohnes einen verdrossenen Ausdruck. »Müssen wir schon wieder dieses Theater spielen?« maulte er.
»Ja, es muß sein, und es ist kein Theater, sondern eine Demonstration«, erwiderte Moira und strich ihrem Sohn, der für sein Alter viel zu schmächtig und zu ernst war, liebevoll über das kastanienbraune Haar. »Du weißt, was Daddy von uns erwartet. Und wir wollen ihn doch nicht enttäuschen, nicht wahr?«
Douglas verzog das Gesicht. »Warum nicht? Er spielt weder Fußball mit mir, noch hat er mir einen Drachen gebaut, obwohl er mir beides schon so oft versprochen hat«, murmelte er, leistete Moiras Aufforderung jedoch Folge.
Während Henrietta nun in ein erbärmliches Kleidchen schlüpfte, das Moira aus einem grauen Jutesack geschneidert hatte, tauschte er seine einfache Straßenkleidung gegen regelrechte Lumpen aus, die für diese Zwecke in einer Kiste bereitlagen. Und alle ließen sie ihre Schuhe zurück. Barfuß schlossen sie sich den anderen Familien an, die sich in ähnlich erbarmungswürdiger Aufmachung auf den Weg zum Bahnhof begaben. Und viele brauchten sich dafür nicht einmal umzuziehen. Ihr Elend war nicht gestellt, sondern entsprach ihrem Leben.
Als der Zug eintraf und die Streikbrecher aus Ipswich ausstiegen, warteten auf dem Bahnhofsvorplatz nicht nur sechs Lastwagen der Minengesellschaft und eine starke Polizeitruppe auf sie, sondern auch viele hundert Frauen und Kinder

jeden Alters. Die Männer hielten Abstand, um der Polizei keinen Vorwand zum Eingreifen zu geben. Aber auch sie machten sich lautstark bemerkbar.

Das Spießrutenlaufen begann für die *blacklegs* schon auf dem Bahnsteig. Die Frauen, halbnackte Babys auf dem Arm und dreckige, zerlumpte Kinder am Rockzipfel, hinderten die Streikbrecher nicht daran, auszusteigen und ihres Weges zu gehen. Deshalb konnten die Polizisten auch nicht gegen sie vorgehen. Doch unbewegt durch diese lange Gasse zu schreiten, die ihnen die Frauen auf dem Weg zu den Lastwagen freigaben, während sie die Männer mit anklagendem Blick, tränenreichem Flehen und verächtlichem Anspucken bedachten, vermochte wohl nur ein kaltes, steinernes Herz.

»Wollt ihr wirklich Handlanger der Minenbosse sein und es auf euer Gewissen nehmen, wenn auch mein jüngstes Kind verhungert?« rief eine Frau und hielt den vorbeikommenden Männern ihr in Lumpen gewickeltes Baby entgegen.

Anklagen, Beschwörungen und Beschimpfungen prasselten unter dem Schreien der Babys auf die *blacklegs* nieder, die mit einem derartigen Spießrutenlaufen nicht gerechnet hatten, wie ihre verstörten, bleichen Gesichter verrieten. Einige verließen erst gar nicht den Zug, viele verdrückten sich schon auf dem Bahnsteig beschämt und andere verließ der Mut, als sie die Menge auf dem Vorplatz sahen und sich in diesem Moment bewußt wurden, daß man sie als Streikbrecher in Yuraraba wie Aussätzige behandeln würde. Von den vielleicht zweihundert *blacklegs* beendeten nur elf harte Burschen unbeeindruckt den demütigenden Gang durch die Gasse. Sprechchöre, die sie als Judasjünger und Verräter an der Arbeiterklasse geißelten, schallten über den Platz, als diese Handvoll Streikbrecher auf einen der sechs Lastwagen kletterten. Doch größer noch war dann der Jubel, als die anderen fünf Lastwagen mit leerer Ladefläche davonfuhren.

Sogar Moira riß triumphierend die Arme in die Luft und freute sich über den Erfolg dieser Aktion. Ihr strahlender Blick suchte Byron. Ihr Lächeln und ihre Freude erloschen jedoch, als sie ihn auf der anderen Seite des Platzes entdeckte, wo er auf der offenen Ladefläche eines Kleinlasters stand – zusammen mit Fanny Jenkins, Valerie Cook und einigen anderen. Er hatte Fanny einen Arm um die Schulter gelegt und drückte sie offenbar im Überschwang der Freude an sich. Eine unschuldige Geste. Nichts, worüber sie sich eigentlich hätte Sorgen machen müssen. Oder vielleicht doch? Immerhin fiel ihr an diesem Nachmittag nicht zum erstenmal auf, mit welch bewunderndem Blick Frauen wie Fanny und Valerie ihren Mann anhimmelten. Zudem waren sie jung und hübsch und mit einer feurigen Begeisterung bei der Sache, die keine Grenzen kannte …

Moira schämte sich plötzlich ihrer Gedanken und wandte sich schnell ab. »Kommt, laßt uns nach Hause gehen«, sagte sie zu ihren Kindern und zwang sich, nicht noch einmal zu Byron hinüberzublicken.

Byron verpaßte wegen einer wichtigen Besprechung das gemeinsame Abendessen, was leider nichts Ungewöhnliches war. Er kam erst nach Hause, als Moira die Kinder schon zu Bett gebracht hatte und mit ihnen das Nachtgebet sprach.

Er stand einen Augenblick wortlos in der Tür, und als sie kurz zu ihm hochschaute, erwiderte er ihren Blick mit verkniffener, verärgerter Miene. Sie wußte seinen Blick zu deuten, ließ sich jedoch nicht beirren und fuhr ohne jedes Stocken zusammen mit Douglas und Henrietta in ihrem vertrauten Gebet fort: »… und wir danken Dir für den Tag, den Du uns geschenkt hast. Wir bitten Dich für uns und für all unsere Lieben um Deinen Beistand und Deinen Segen. Gib uns einen guten Schlaf, und laß uns morgen erwachen mit neuer Kraft, Lebensfreunde und Dankbarkeit für die Wunder Deiner Schöpfung.« Sie hörte, wie er sich abrupt umdrehte und in die Küche zurückging, die ihnen auch als Wohnraum diente. »Sei uns allzeit nahe, sei barmherzig und stärke unseren Glauben. Im Namen des Vaters und des Sohnes und des heiligen Geistes, wie im Anfang, so auch jetzt und alle Zeit und in Ewigkeit, Amen.«

Byron lehnte am Herd, als Moira aus der Kammer der Kinder kam, in der Hand ein Stück kaltes Hammelfleisch. »Mit diesem Unsinn muß Schluß sein, Moira! Es wird Zeit, daß du aufhörst, unsere Kinder mit deiner Religion zu vergiften!« sagte er gereizt. »Es ist schlimm genug, daß du mit penetranter Uneinsichtigkeit daran festhältst, jeden Morgen und jeden Abend vor dem Bett zu knien und zu beten.«

Moira war mit seinen Vorhaltungen viel zu vertraut und hatte sich in den letzten Jahren zu oft mit ihm über Gott und Religion gestritten, um sich noch länger auf eine solch fruchtlose Diskussion mit ihm einzulassen. Sosehr seine Mißachtung ihrer Gefühle sie auch verletzte, so wenig Sinn hatte es, ihn von seiner Intoleranz überzeugen zu wollen. Es brachte keinen Frieden ins Haus, ganz im Gegenteil. Sie beschränkte ihre Erwiderung deshalb auf das, was in solch einer Situation allein noch wirkte, nämlich auf eine Erinnerung.

»Warum sagst du so etwas, wo du doch genau weißt, daß es mir weh tut, Byron?«

»Das hat die Wahrheit manchmal so an sich!«

Einen Moment lang hatte sie das Gefühl, als sei diese altvertraute Spitze nur ein Vorwand für etwas ganz anderes. »Willst du heute nicht mehr wahrhaben, was du mir vor unserer Hochzeit versprochen hast?« fragte sie. »Du hast mir dein Ehrenwort gegeben, daß ich unsere Kinder christlich erziehen kann, bis sie erwachsen sind und selbst für sich entscheiden können. Dafür habe ich dir mein Wort gegeben, daß ich dich in allem, was du tust, unterstützen und dafür jedes Opfer bringen werde. Und habe ich etwa nicht Wort gehalten, Byron? Ziehe ich nicht schon seit fast vierzehn

Jahren mit dir kreuz und quer durch Australien, um hier einen Streik zu organisieren und dort einen neuen Unterbezirk aufzubauen?« Sie vermied es, ihre Malerei anzusprechen und in die Ecke des Zimmers zu schauen, wo ihre verhängte Staffelei stand. Schon seit Wochen hatte sie keine Zeit mehr gefunden, um zu Pinsel und Palette zu greifen. Dabei hatte Godfrey Jamieson ihr schon zweimal geschrieben und gefragt, wo denn die nächsten Bilder blieben, die er bestellt hatte. Wie oft war ihnen das Geld, das sie in all den Jahren mit ihren Auftragsarbeiten in die Haushaltskasse gebracht hatte, in bitteren Zeiten wie ein rettender Notanker gewesen, auf dessen Halt sie sich hatten verlassen können! Aber ihn daran zu erinnern hieße Gleiches mit Gleichem zu vergelten. Sie wollte seinen Stolz nicht verletzen, sondern Verständnis und Rücksicht.

Grimmig biß Byron ins Fleisch. »Ich habe dir ja nicht *befohlen*, mit dem Schwachsinn aufzuhören!« antwortete er barsch, denn er liebte es gar nicht, in die Defensive gedrängt zu werden. »Ich habe nur mal wieder an deinen gesunden Menschenverstand appelliert und gehofft, daß du endlich begriffen hast, was in dieser Welt zählt, was Wirklichkeit und was mittelalterlicher Mumpitz ist und was du unseren Kinder antust, wenn du sie tagtäglich dieser religiösen Gehirnwäsche unterziehst!«

»Ich denke, du bist genauso aufgewachsen wie Douglas und Henrietta jetzt und hast dennoch zu deiner Heilslehre gefunden?« hielt Moira ihm entgegen. Sie wollte jedoch nicht mit ihm streiten, weil sie des Streitens müde war. Deshalb versuchte sie die Sache ins Scherzhafte zu ziehen, indem sie fortfuhr: »Und findest du nicht, daß du mal wieder gewaltig übertreibst? Morgens und abends sowie bei Tisch ein kurzes Gebet zu sprechen und sonntags zum Gottesdienst zu gehen ist ja wohl kaum eine Vorbereitung auf das Priesterseminar oder das Nonnenkloster.«

»Steter Tropfen höhlt den Stein«, brummte er.

Moira wurde plötzlich von einer starken Sehnsucht nach Harmonie, nach Nähe und Zärtlichkeit überwältigt. Sie trat zu ihm und legte ihm ihre Hand auf die Brust. »Müssen wir uns denn immer über diese Dinge in die Haare geraten, Byron? Ich bewundere aufrichtig, was du machst, und respektiere, woran du glaubst und welchem Ziel du dein Leben und Arbeiten verschrieben hast. Ich liebe dich, so wie du bist. Kannst du mir diese Freiheit nicht auch schenken?« fragte sie zärtlich, um sich selbst die Antwort darauf zu geben. »Ja, du kannst es, denn ich weiß, daß du ein großes Herz hast und mich liebst. Du stehst nur schon zu lange unter zu starker Anspannung.«
»Das kann man wohl sagen«, pflichtete er ihr mit versöhnlichem Tonfall bei. »Diese Blutsauger von Minenbossen wollen uns mit allen Mitteln in die Knie zwingen. Aber wir werden nicht nachgeben!«
Moira schmiegte sich an ihn. »Wollen wir heute nicht mal früh zu Bett gehen?« flüsterte sie. »Es ist schon so lange her, über einen Monat, daß du mich in die Arme genommen und geliebt hast.«
»Ja, ich weiß«, murmelte er. Ihm war sichtlich unbehaglich zumute. Er zögerte und gab ihr einen Kuß auf die Stirn, bevor er sie sanft von sich schob. »Aber heute geht es wirklich nicht, Moira. Wir müssen unsere Streikposten heute nacht verstärken und noch mehr auf der Hut sein als sonst schon. Wir fürchten nämlich, daß die Gesellschaft die Streikbrecher wieder zusammengetrieben hat und bei Nacht versuchen wird, sie mit Lastwagen heimlich zurückzubringen. Dafür müssen wir gewappnet sein.«
»Aber mußt du denn deshalb schon jetzt gleich wieder gehen? Ich meine, wenn ...«, begann sie bittend.
Er befreite sich von ihr. »Ich kann jetzt wirklich nicht. Percy wird schon auf mich warten. Ich muß los«, sagte er, ohne sie anzublicken, und eilte aus dem Haus.
Moira schämte sich jetzt, daß sie ihm so offen gezeigt hatte,

wie sehr sie sich nach seiner Liebe sehnte. Sie biß sich schmerzhaft auf die Lippen und putzte Herd und Töpfe, damit ihre Hände etwas zu tun hatten.
Als sie ihre dringendsten Hausarbeiten erledigt hatte, fiel ihr plötzlich der Brief von Schwester Margareta ein, der noch immer in ihrem alten Arbeitskittel steckte. Sie holte den Brief, setzte sich an den Küchentisch und riß den Umschlag auf. Verwundert stellte sie fest, daß er nicht nur einen gefalteten Briefbogen der Ordensfrau enthielt, sondern auch noch einen Brief von Rebecca!
Ihr Gesicht leuchtete auf. Ein Brief von ihrer Freundin war für sie immer ein wunderbares Geschenk. Deshalb öffnete sie ihn zuerst und las:

Meine liebe Moira,
wenn Schwester Margareta alles richtig gemacht hat – und dafür würde ich meine Hand ins Feuer legen –, hältst Du meinen Brief an Deinem besonderen Ehrentag in Deinen Händen. Deshalb zuerst einmal Gottes reichen Segen und alles, alles Liebe zu Deinem 40. Geburtstag, treueste Freundin! Sei innigst umarmt und geküßt von mir. Möge Dir ein langes, erfülltes Leben im Kreise Deiner Lieben vergönnt sein …

Moira las nicht weiter, sondern ließ fassungslos den Brief sinken. Sie hatte ihren eigenen Geburtstag vergessen – und zwar nicht irgendeinen x-beliebigen, sondern das Ende ihres 40. Lebensjahres!
Das war schlimm genug. Doch daß Byron auch in diesem Jahr nicht an ihren Geburtstag gedacht hatte, zumal er doch ein besonderer war, versetzte ihr einen tiefen Stich. Noch nie hatte sie seinen Ehrentag vergessen, und immer hatte sie eine Kleinigkeit für ihn bereit gehabt, wie knapp sie auch mit dem Geld waren.
Vierzig! Ein erfülltes Leben im Kreis ihrer Lieben!
Moira schob den Brief von sich, weil sie jetzt nicht in der Lage

war weiterzulesen. Sie wollte aufstehen, sich ihren Handspiegel holen und ihr Abbild darin mustern, die vielen feinen Linien um Mund und Augen zählen und versuchen, sich daran zu erinnern, wie sie einst als junge Frau ausgesehen hatte. Doch ihr fehlten plötzlich jede Kraft und jeder Mut. Ein Gefühl der Leere und der Müdigkeit überkam sie. Still saß sie am verkratzten Küchentisch, stützte den Kopf in beide Hände und ließ ihren Tränen freien Lauf, während Mücken und Nachtfalter die Glühbirne unter dem Wellblechdach umkreisten.

ZWEITES KAPITEL

Zwei Tage später hängte sie hinter dem Haus gerade Wäsche zum Trocknen auf, als eine fremde, unsichere Stimme ihren Namen rief: »Missis Sullivan?«

»Ja?« antwortete Moira, ohne sich umzudrehen, nahm Byrons nasse Drillichhose aus dem Wäschekorb, warf sie über die Leine und klemmte sie mit zwei Holzklammern an den Hosenbeinen fest.

»Spreche ich mich Missis *Moira* Sullivan?« vergewisserte sich die fremde Frau noch einmal, als wollte sie ganz sichergehen.

»Ja. Was kann ich für Sie tun?« fragte Moira, drehte sich nun zu ihr um und fuhr erschrocken zusammen, noch bevor die fremde Person ihren Namen genannt hatte.

»Mein Name ist Flynn ... Melissa Flynn.«

Ungläubig starrte Moira sie an. Obwohl sie Melissa nur einmal bewußt wahrgenommen hatte, und zwar am Heiligen Abend nach der Mitternachtsmesse, und obwohl diese flüchtige Begegnung mit der damals jungen Witwe Melissa McGraw nun schon vierzehn Jahre zurücklag, erkannte sie die Frau, die Adrian geheiratet hatte, auf den ersten Blick wieder.

Mit einem Blick erfaßte sie auch, wie gut Melissa Flynn gekleidet war. Unauffällig, aber gepflegt. Schuhe, Kleid und Hut waren von gediegener Qualität und verrieten einen sicheren Geschmack für das zurückhaltend Gefällige. Früher hätte sie diese Garderobe geringschätzig gutbürgerlich, bieder oder typisch für die provinziellen Bewohner des rückständigen Hinterlandes genannt. Seit sie jedoch mit Byron durch die Lande zog und sich ihre Kleidung sowie die Sachen für ihre Kinder überwiegend selbst nähen mußte, hatte sie diese naserümpfende Überheblichkeit abgelegt.

Moira fiel auch auf, daß Melissa, die nur wenige Jahre älter war als sie, zwar nicht füllig, aber doch von vollschlanker Figur war. Und wenn ihr Gesicht auch die Züge und feinen Falten einer reifen Frau jenseits der Lebensmitte besaß, so war es doch ein Gesicht von natürlicher Unauffälligkeit geblieben.
Melissa lächelte nervös. »Bitte entschuldigen Sie, daß ich Sie so überfalle, Missis Sullivan. Ich weiß, wie ungehörig mein unerwartetes Auftauchen ist«, entschuldigte sie sich hastig. »Ich hätte Ihnen meinen Besuch ankündigen müssen. Aber ich fürchtete, um ehrlich zu sein, daß Sie meine Bitte um ein Gespräch dann vielleicht abgelehnt hätten.«
Moira faßte sich. »Das kann ich noch immer!«
»Selbstverständlich, und das ist auch ihr gutes Recht, Missis Sullivan«, räumte Melissa mit einem angestrengten Lächeln ein. »Aber ich hoffe, daß Sie mich anhören werden, nachdem ich die lange Reise von River Bend hierher gemacht habe.«
»Ich wüßte nicht, welchen Grund Sie dafür haben könnten«, erwiderte Moira reserviert und wurde sich angesichts Melissas gepflegter Erscheinung ihrer eigenen verschlissenen Kleidung bewußt. »Und ich bin mir nicht sicher, ob ich interessiert daran bin, ihn zu erfahren, Missis Flynn!«
»Es ist Ihr gutes Recht, jedes Gespräch mit mir abzulehnen«, betonte sie noch einmal. »Und ich würde eine solche Reaktion auch nur zu gut verstehen …«
»Ach nein, und wieso würden Sie das?« fragte Moira aggressiv und stemmte die Hände in die Hüften.
»Weil Sie vermutlich denken, daß ich Ihnen den Mann, den Sie so sehr geliebt haben, weggenommen habe. Und weil Adrian bestimmt noch immer einen ganz besonderen Platz in Ihrem Herzen einnimmt – so wie Sie im Herzen meines Mannes.«
Melissas Offenheit verblüffte Moira und machte sie regelrecht verlegen. »Was wissen Sie denn schon, was einmal zwischen Adrian und mir war«, entgegnete sie, doch ohne

jede Schärfe. »Außerdem liegt das alles schon viel zu lange zurück, um heute noch von Belang zu sein.«
Melissa sah sie einen Moment lang stumm an. Dann sagte sie leise: »Ich bin sicher, daß nicht ein Tag vergeht, an dem Adrian nicht an Sie denkt, Missis Sullivan. Und ich bin sicher, daß Sie das ahnen und wohl ähnliches empfinden.«
Moira wußte nicht, wie ihr geschah, als sich ihre Augen plötzlich mit Tränen füllten. Ihr war, als hätte diese fremde Frau, mit der sie noch nie zuvor ein Wort gewechselt hatte, bis in die tiefste, geheimste Kammer ihrer Seele geblickt. Hastig drehte sie sich um und bückte sich nach dem leeren Wäschekorb, damit Melissa nicht den verräterischen Glanz ihrer Augen bemerkte. Sie wollte jedoch auch nicht, daß Melissa ging, ohne ihr den Grund für diesen ungewöhnlichen Besuch genannt zu haben.
»Für solche Gespräche ist es hier draußen zu heiß«, sagte sie, weil sie sich nicht dazu überwinden konnte, Melissa mit einer direkten Einladung ins Haus zu bitten.
Melissa verstand und folgte ihr.
Als Moira in die Wohnküche trat, versuchte sie ihre primitive Unterkunft mit den Augen von Adrians Frau zu sehen, die auf *Illawarra* in einem mittlerweile sicherlich schmucken Farmhaus lebte. Immerhin sah es bei ihr sauber und aufgeräumt aus, und ein glücklicher Zufall hatte es gefügt, daß sie erst an diesem Morgen gründlich saubergemacht hatte.
Nein, sie schämte sich nicht, fand jedoch, daß eine Erklärung angebracht war. »Wer wie mein Mann den Kampf für die Rechte der einfachen Arbeiter zu seinem Lebensinhalt gemacht hat, muß mit gutem Beispiel vorangehen und sich mit solch einer primitiven Unterkunft bescheiden«, sagte sie und machte eine vage Handbewegung, die das ganze Bretterhaus umschloß.
Eine andere Frau hätte jetzt vermutlich irgendeine beschönigende Bemerkung gemacht, zumindest jedoch ein Wort des Lobes für ihren und Byrons Idealismus für angebracht

gehalten. Melissa unterließ beides und nickte nur, wofür Moira ihr dankbar war.
Melissas Blick fiel auf die gerahmte Fotografie von Douglas und Henrietta, die an der Wand hinter dem Küchentisch auf einem Bord stand. Percy hatte die Aufnahme im vergangenen Herbst gemacht. »Ihre Kinder?«
Moira nickte. »Douglas und Henrietta. Unser Sohn ist im August dreizehn geworden, und Henrietta ist zehn«, erklärte sie stolz.
Melissa lächelte. »Wie die Jahre doch vergehen, nicht wahr? Manchmal kann ich es nicht glauben, daß Henry, mein Ältester, bald sechzehn und Jennifer im nächsten Jahr auch schon dreizehn wird. Dagegen ist Olivia mit ihren acht Jahren noch ein richtiges Nesthäkchen.«
Das Gespräch mit Adrians Frau, hier im Bergarbeitercamp von Yuraraba, kam Moira unwirklich vor. Sie holte zwei Emaillebecher aus ihrem Küchenschrank und füllte sie mit kaltem Tee. »Woher haben Sie gewußt, daß wir uns zur Zeit in diesem Ort aufhalten?«
»Ich habe eine verläßliche Freundin gebeten, die sehr gut mit Ihrer Mutter bekannt ist, das für mich unauffällig herauszufinden.«
»Tee?«
Melissa nahm den Becher, den Moira ihr reichte. »Ja, danke, Missis Sullivan.«
»Ich denke, wir können auf das ›Missis‹ verzichten, auch wenn wir uns nicht sehr gut kennen«, sagte Moira und nahm auf dem Stuhl am Kopfende des Küchentisches Platz. Sie deutete auf einen der anderen freien Stühle. »Bitte!«
Melissa nahm ihren leichten Sommerhut ab, legte ihn ans andere Ende des Tisches und setzte sich. Sie nahm einen Schluck und sagte dann: »Ich glaube, ich sollte Ihnen jetzt sagen, weshalb ich gekommen bin.«
»Keine schlechte Idee.«
Melissa holte tief Atem. »Adrian hat sich im Winter überre-

den lassen, für das Amt des Bürgermeisters zu kandidieren – und er hat bei der Wahl im Oktober mit klarer Mehrheit gewonnen.«

»Adrian ist Bürgermeister geworden?«

»Ja, und zwar der jüngste, den River Bend je gehabt hat!« erklärte Melissa mit einem strahlend-stolzen Lächeln.

»Das ist ja wunderbar!« entfuhr es Moira mit spontaner Freude. »Bestellen Sie ihm meine herzlichsten Glückwünsche.«

»Ich möchte gern, daß Sie das persönlich tun, Moira. Und um Sie darum zu bitten, deshalb bin ich gekommen«, eröffnete ihr Melissa, und ihr Gesicht zeigte nun wieder einen nervösen Ausdruck.

Moira runzelte die Stirn. »Sie meinen, ich soll ihn anrufen?«

»Wir haben zwar seit einem halben Jahr einen Telefonanschluß auf *Illawarra*, aber das habe ich damit nicht gemeint. Ich möchte gern, daß Sie zu dem großen Fest kommen, das in zwei Wochen im Festsaal des *Royal Victoria Hotel* zu seinem Amtsantritt stattfindet.«

Moira schüttelte verständnislos den Kopf. »Ausgerechnet Sie, seine Ehefrau, wollen, daß *ich* auf diesem Fest erscheine? Das kann nicht Ihr Ernst sein.«

»Es ist mein Ernst. Aus einer Laune heraus habe ich diese lange Fahrt sicherlich nicht gemacht.«

»Das begreife ich nicht.«

»Oh, das ist nicht schwer zu begreifen, Moira. Adrian ist ungemein stolz auf das, was er in den letzten fünfzehn Jahren erreicht hat, auch wenn er das nach außen hin nicht zeigt. Und ich weiß, wieviel es ihm bedeuten würde, wenn Sie bei diesem Fest zugegen wären. Er wünscht es sich so sehr.«

»Warum hat er mir dann keine Einladung geschickt?«

»Weil er ein treuer und wunderbarer Ehemann ist und niemals meine Gefühle verletzen würde.«

Moira musterte sie mit wachsender Verwunderung. »Und warum tun Sie das?«

»Weil ich Adrian liebe und ihn glücklich sehen möchte«, antwortete sie schlicht. »Er hat mir so viel Wundervolles geschenkt, nicht nur ein gutes Auskommen und Respekt, sondern Glück, ein erfülltes Leben. All das, was er Ihnen hatte schenken wollen.«
Moira saß auf einmal ein Kloß im Hals. Sie senkte den Kopf, beschäftigte sich mit ihrem Becher und nahm einen Schluck Tee, um ihre Verwirrung unter Kontrolle zu kommen. Dann sah sie ihr direkt ins Gesicht und fragte: »Haben Sie keine Angst, daß ich Ihr Glück in Gefahr bringen könnte?«
»Nein, keine Spur von Angst, Moira«, antwortete Melissa, und ihr Lächeln verriet, wie sicher sie sich war. »Dafür kenne ich Adrian zu gut. O ja, ich weiß, daß er Sie noch immer liebt und in seinem Arbeitszimmer sogar ein kleines Aktbild von Ihnen aufbewahrt, das er manchmal wie eine kostbare Reliquie zur Hand nimmt und betrachtet.«
Fassungslosigkeit breitete sich auf Moiras Gesicht aus, gefolgt von einer verlegenen Röte.
»Er hat das kleine Ölbild vermutlich gekauft, als er wenige Monate vor unserer Heirat einige Tage in Sydney war.« Melissa lachte leise. »Es ist wohl sein größtes Geheimnis, wie er meint. Nun, nichts liegt mir ferner, als ihn in Verlegenheit zu bringen und unnötige Erklärungsversuche heraufzubeschwören.«
Moira schüttelte den Kopf und überwand ihre Sprachlosigkeit. »Ich verstehe Sie immer weniger, Melissa.«
»Das kommt Ihnen bloß so vor, Moira. In Wirklichkeit ist alles so einfach«, versicherte Melissa.
»Den Eindruck habe ich ganz und gar nicht.«
»Ich weiß, daß Adrian mich liebt und mir nichts vorenthält. Das ist viel mehr, als ich mir damals erträumt habe, als er mich heiratete und Henry adoptierte. Ich habe nämlich vom ersten Tag an gewußt, welch besonderen Platz Sie in seinem Leben und in seinem Herzen eingenommen haben – und daß es einen Teil von ihm gibt, den ich nie besitzen werde. Er hat

es mir nicht verschwiegen, und ich habe es akzeptiert, mit Dankbarkeit und Zuneigung, aus der Liebe geworden ist.« Sie machte eine kurze Pause. »Nein, ich habe nicht die geringste Angst, daß Sie mir Adrian nehmen könnten, Moira. Es würde Ihnen nicht gelingen, auch wenn Sie nichts unversucht lassen würden. Also, warum soll ich Adrian nicht einen großen Wunsch erfüllen, den er aus Rücksicht auf meine Gefühle für sich behält? Ich bin sicher, Sie werden mich verstehen, wenn Sie in Ruhe darüber nachgedacht haben.«

Moira wußte nicht, ob sie Melissa bewundern und beneiden oder sie für einfältig halten sollte. »Tja, also, ich weiß wirklich nicht ...«, murmelte sie verstört.

»Ihre Mutter und Ihr Stiefvater begehen in derselben Woche das 45jährige Geschäftsjubiläum von *McGregor's Emporium*«, fügte Melissa geschickt hinzu. »Jedermann wird denken, daß Sie nur deshalb wieder einmal nach River Bend gekommen sind, besonders wenn Sie auch noch Ihre Kinder mitbringen. Wenn Sie dann am Fest teilnehmen, zu dem Ihre Eltern ja auch eingeladen sind, wird sich keiner irgendwelche Gedanken darüber machen.«

Moira gab keine Antwort, sondern sah sie nur an. Wie gut sie sich alles zurechtgelegt hatte!

Melissa erhob sich. »Bitte kommen Sie, Moira. Es würde Adrian ungeheuer viel bedeuten«, sagte sie noch einmal eindringlich. »Aber wie immer Sie sich auch entscheiden mögen, ich danke Ihnen aufrichtig, daß Sie mich in Ihr Haus gelassen und mich angehört haben.« Sie nahm ihren Hut, reichte Moira die Hand und ging.

Noch immer verstört und aufgewühlt von einem wilden Strom auf sie eindringender Gedanken und Erinnerungen, sank Moira auf den Küchenstuhl zurück.

Erst eine gute halbe Stunde später bemerkte sie den kleinen Umschlag, der auf dem Stuhl lag, neben dem Melissa gesessen hatte. Er enthielt Geld für drei Rückfahrkarten nach

River Bend und eine kurze Notiz ohne Anrede und ohne Unterschrift: *Vergessen Sie, daß ich es bin, der diese Bitte an Sie gestellt und das Geld hinterlassen hat. Ich bin nur der Überbringer. Das große Geschenk, die Erfüllung eines Herzenswunsches, machen Sie einem anderen. Noch einmal Entschuldigung und Dank zugleich.*

Moira laß die Notiz mehrmals, bevor sie den Zettel verbrannte und das Geld einsteckte.

Nein, Melissa Flynn war alles andere als einfältig!

Byron erhob überraschenderweise keine Einwände, sondern zeigte Verständnis, als Moira den Wunsch äußerte, zum Geschäftsjubiläum von Onkel William mit den Kindern für ein paar Tage nach River Bend reisen zu wollen. Daß sie angeblich einen Notgroschen zusammengespart hatte, mit dem sie die Kosten für die Reise bestreiten konnte, brauchte sie nicht einmal zu erwähnen. Er nahm wohl an, daß ihre Mutter wieder mal Geld geschickt hatte, was sie regelmäßig tat, seit sie wußte, daß Byron mehr am Aufbau einer kommunistisch orientierten Gewerkschaftsbewegung interessiert war als an einer regelmäßigen Arbeit, die einen guten Lohn einbrachte und seiner Familie ein besseres Leben ermöglichte.

Moira richtete es so ein, daß sie mit ihren Kindern erst am Tag des Bürgermeisterfestes mit dem Nachmittagszug aus Swan Hill in River Bend eintraf. Dafür nahm sie gern den Umstand und die Kosten für eine Übernachtung in Wagga Wagga in Kauf, das schon nahe an der Grenze zu Victoria lag.

Ihre Mutter und Onkel William freuten sich sehr über ihren Besuch und daß sie Douglas und Henrietta endlich einmal wiedersahen. Moira war in den vergangenen vierzehn Jahren nur dreimal in River Bend gewesen, das letztemal vor fünf Jahren. Sie war auch stets nur für zwei, drei Tage geblieben, jedoch nie über einen Sonntag. Denn dann wäre sie Adrian und seiner Frau in der Kirche begegnet.

In den ersten Jahren ihrer Ehe hatten ihre Mutter und Onkel William sie noch gelegentlich dort besucht, wo sie gerade für eine Weile lebten. Doch die Spannungen zwischen ihnen und Byron, der sie mit seinen radikalen Ansichten mehr als einmal vor den Kopf gestoßen und in zornige Empörung versetzt hatte, waren schließlich für alle unerträglich gewesen und hatten diesen Besuchen ein Ende bereitet.

Douglas und Henrietta waren todmüde von der langen Reise. Sie brauchten an diesem Abend nicht dazu ermuntert zu werden, einmal früh zu Bett zu gehen, damit sich die Erwachsenen in aller Ruhe für den Bürgermeisterball frisieren und umziehen konnten.

Als Moira aus dem Zimmer kam, in dem Douglas und Henrietta untergebracht waren, schloß die Mutter sie noch einmal mit Tränen in den Augen in ihre Arme. »Es ist schön, daß du mit den Kindern gekommen bist. Ich sehe dich und meine Enkel wirklich viel zu selten«, sagte sie mit sanftem Vorwurf. »Du weißt, wie schwer uns mittlerweile das Reisen fällt. William wird bald fünfundsiebzig.«

»Es tut mir auch leid, Mom«, sagte Moira ein wenig schuldbewußt, zumal sie wußte, wie gern ihre Kinder nach River Bend kamen. Douglas konnte sich stundenlang an der Moama Pier aufhalten, und genauso wie Henrietta liebte er es, unten im Laden zu sein und sich irgendwie nützlich machen zu können. »Aber in letzter Zeit leben wir so weit weg von euch. Und mein Platz ist nun mal an der Seite meines Mannes.«

»Jaja, das ist nun mal der Fluch dieses riesigen, leeren Landes«, seufzte sie. »Es reißt immer wieder Familien auseinander und verstreut sie in alle Himmelsrichtungen. Sarah Dougherty hat ihre beiden Söhne, die ganz oben im Northern Territory bei Darwin leben, schon seit zehn Jahren nicht mehr gesehen.«

»Ich werde versuchen, öfter zu kommen«, versprach Moira, der auf einmal bestürzend bewußt wurde, wie sehr ihre Mutter in den letzten Jahren doch gealtert war. Und wie rasant, im Rückblick betrachtet, die letzten zehn Jahre doch verstrichen waren!

»Das wäre wunderbar, mein Kind.«

Einen Augenblick standen sie schweigend im Flur, hielten sich bei den Händen und sahen sich nur an – zwei reife Frauen, die jedoch immer Mutter und Kind bleiben würden.

Dann sagte Moira: »Ich glaube, jetzt sollten wir uns für das Fest umziehen.«

»Bist du wirklich nicht zu müde dafür?« fragte ihre Mutter. »Ihr hättet wirklich einen Tag früher kommen sollen.«

Moira lächelte. »Nein, ich bin ganz und gar nicht müde, Mom. Ich freue mich darauf, Adrian wiederzusehen und ihm zu seiner Wahl zum Bürgermeister zu gratulieren.«

Ihre Mutter, die von sich aus das Thema Adrian nach dessen Hochzeit nie wieder angesprochen hatte, sah sie einen Moment forschend an und nickte dann. »Ich verstehe, Kind«, sagte sie leise und streichelte ihren Arm.

Moira fühlte sich durchschaut. Ihre Mutter wußte ganz genau, daß sie in erster Linie nicht ihretwegen oder wegen des Geschäftsjubiläums gekommen war, sondern weil sie an Adrians Bürgermeisterfest teilnehmen wollte. Beschämt wich sie ihrem Blick aus.

»Dennoch bin ich von Herzen dankbar, daß du gekommen bist und die Kinder mitgebracht hast.« Ihre Mutter schenkte ihr ein verzeihendes Lächeln und ging rasch in ihr Zimmer.

Das Kleid aus zartem veilchenblauem Chiffon, in dem Moira zu Adrians Fest erschien, war bis auf einige kleine Veränderungen dasselbe, das sie in River Bend vor vierzehn Jahren zur Christmette getragen hatte.

Es gehörte zu ihren drei wirklich guten Kleidungsstücken,

die sie damals noch mit Jill in Sydney gekauft und all die Jahre mit großer Sorgfalt gehütet hatte. Denn seit sie mit Byron verheiratet war und dieses unstete Wanderleben mit zwei heranwachsenden Kindern führte, war nie mehr genug Geld übrig gewesen, um den Kauf eines ähnlich guten Kleidungsstücks auch nur in Erwägung zu ziehen. Sie hatte sich nie darüber beklagt, sondern Vorsorge getroffen. Und deshalb blieben diese drei guten Kleider einzig dem sonntäglichen Kirchgang und ganz besonderen Gelegenheiten vorbehalten, damit sie noch lange hielten.

Der Ballsaal des *Royal Victoria* strahlte im Glanz seiner zwölfarmigen Kronleuchter und festlichen Dekorationen. Als Moira mit ihrer Mutter und Onkel William eintraf, war der Saal schon zu drei Vierteln gefüllt, und die sechsköpfige Kapelle auf dem Podium gab ihr Bestes, um die fröhliche Stimmung noch mehr anzuheizen.

Adrian hatte keinen ernsthaften Gegenkandidaten gehabt, wie Onkel William ihr erzählt hatte. James Callahan, der altgediente Bürgermeister, hatte sich aus Alters- und Gesundheitsgründen nicht noch einmal für das Amt aufstellen lassen wollen. Statt dessen hatten er und seine Ratsfreunde Adrian Flynn dazu bewegt, sich zur Wahl zu stellen. Die überwältigende Mehrheit, mit der Adrian gewählt worden war, zeigte, welchen Respekt und welches Vertrauen in seine Fähigkeiten er sich in River Bend erworben hatte.

Moira mischte sich unter die Menge, wo sie auf viele vertraute Gesichter stieß und eine Menge Fragen nach ihrem Wohlergehen beantworten mußte. Die freundliche, wohlwollende Neugier, die ihr nach so vielen Jahren der Abwesenheit überall begegnete, tat ihr gut. Sie fand Gefallen daran, mit ehemaligen Schulkameradinnen und Nachbarn zu plaudern, und sie war stolz darauf, von ihren Kindern und ihrem ungewöhnlichen Leben an der Seite ihres Mannes erzählen zu können. Daß sie dabei die oftmals sehr extreme Position verschwieg, die Byron im Kampf der Gewerkschaften gegen die übermächtigen Industriebosse bezog, wie auch die wirtschaftliche Ärmlichkeit ihres Lebens, betrachtete sie als läßliche Sünde. Denn sie stand keinem Menschen hier so nahe, daß jemand ein Anrecht auf die ungeschminkte Wahrheit gehabt hätte. So wie sie ja von ihnen auch nicht alles erfuhr, was sich in ihrem Leben jenseits der Öffentlichkeit abspielte.

Als Applaus und Hochrufe die Musik der Kapelle übertönten, wußte Moira, daß Adrian den Saal betreten hatte. Plötzlich fühlte sie sich so aufgeregt wie ein junges Mädchen. Ihr Herz schlug schneller, als er auf dem Podium erschien und der jubelnden Menge zuwinkte. Er trug einen eleganten Nadelstreifenanzug, in dem er mit seiner hochgewachsenen, kräftigen Gestalt eine blendende Figur machte. Vierzehn Jahre hatte Moira ihn nicht gesehen. Doch er schien sich kaum verändert zu haben, einmal davon abgesehen, daß er um die Körpermitte etwas an Gewicht zugenommen hatte und daß die Zeit auch in seinem von Wind und Wetter gegerbten Gesicht ihre Spuren hinterlassen und für eine stärker männliche Prägung gesorgt hatte. Aber was hatte sie denn nach vierzehn Jahren erwartet?

Moira zog sich in den Schutz eines mit Girlanden geschmückten Stützpfeilers zurück. Es kam ihr sehr entgegen, daß erst einmal James Callahan eine Lobrede auf den neuen Bürgermeister hielt, die mehrfach von Applaus unterbrochen wurde. Das gab ihr Zeit, ihre Aufregung in den Griff zu bekommen. Dann trat Adrian ans Rednerpult. Sie lächelte unwillkürlich, als sie ihn reden hörte. Er hielt seine Ansprache, die mit viel trockenem Humor gewürzt war, kurz und ohne die verbalen Ausschmückungen und schwergewichtigen Formulierungen, für die James Callahan ebenso bekannt wie gefürchtet war. Adrian bedankte sich bei allen, die ihn gewählt hatten, versprach auch den wenigen anderen, die das nicht getan hatten, ihre Interessen zu wahren, und schloß schon nach wenigen Minuten mit den für ihn so typischen

Worten: »Die Tat ist ein besserer Beweis der Aufrichtigkeit als das Wort. Das ist stets mein Motto gewesen, und daran will ich mich auch als Bürgermeister messen lassen. Und da dies ein Fest und kein Abend der langen Reden sein soll, bin ich dafür, daß wir Schluß mit den Ansprachen machen und mit dem Feiern beginnen. Ein schönes Fest allerseits! Hiermit erkläre ich die Bar für eröffnet und gebe das Tanzparkett frei!« Er machte der Kapelle ein Zeichen, wieder zu ihren Instrumenten zu greifen, und begab sich mit seiner Frau auf die Tanzfläche, die sich nach dem ersten Ehrentanz schnell füllte.

Zwanzig Minuten später tauchte Melissa plötzlich an Moiras Seite auf. »Ich danke Ihnen, daß Sie gekommen sind, Moira«, sagte sie leise. »Sie machen Adrian damit eine große Freude.«

Moira verzog das Gesicht. »Ich nehme an, Sie haben nicht nur ein bewundernswert großes Herz, sondern können auch ein Pferd reiten, eine Kuh melken und eine Schlange töten, nicht wahr?«

Melissa sah sie mit einem verwunderten Lächeln an. »Sicher, aber wie kommen Sie jetzt bloß darauf?« fragte sie zurück.

»Mir kam nur so ein Gedanke«, antwortete Moira ausweichend.

»Ich habe Adrian gesagt, daß ich eine Weile draußen auf der Terrasse bin, wo der Lammbraten serviert wird. Es wird bestimmt eine halbe Stunde oder gar länger dauern, bis ich wieder in den Saal zurückkomme«, teilte sie ihr mit einem verschwörerischen Augenzwinkern mit. »Noch einmal danke schön.«

Kurz darauf stand Moira hinter Adrian, der sich mit zwei Männern unterhielt. Sie berührte ihn kurz am Arm und fragte: »Hast du einen Moment Zeit, um auch meine Glückwünsche entgegenzunehmen?«

Adrian fuhr zu ihr herum, und sein Gesicht wechselte in rascher Folge seinen Ausdruck von ungläubiger Überraschung

und purer Freude. »Moira! Du hier in River Bend?« rief er und schüttelte mit strahlenden Augen den Kopf. »Mein Gott, mir dir hätte ich nie gerechnet!«
»Ich hoffe, du freust dich dennoch.«
»Und wie ich mich freue!« entfuhr es ihm spontan. »Mir fehlen die richtigen Worte!«
»Eigentlich sollte ich dir böse sein, denn du hast mir keine Einladung geschickt.«
»Nach vierzehn Jahren?« fragte er leise und mit einem Anflug von Verlegenheit. »Nein, das wäre nicht recht gewesen. Schon gar nicht Melissa gegenüber.«
»Nun, ich bin dennoch gekommen, weil ich dir sagen möchte, daß ich stolz darauf bin, was du erreicht hast, und ich überzeugt bin, daß du deine Sache als Bürgermeister bestimmt gut machen wirst. Manchen Menschen kann man einfach nicht böse sein, was immer auch vorgefallen ist. Ich fürchte, du gehörst du dieser seltenen Sorte, Adrian.«
Einen Moment sahen sie sich schweigend an. Dann setzte die Musik wieder ein.
»Tanzt du mit mir, Moira?« fragte er.
»Das ist ja wohl das mindeste, was mir nach der langen Reise zusteht, die ich mit meinen Kindern auf mich genommen habe, um bei deinem Fest dabei zu sein«, scherzte Moira und versuchte damit ihre innere Bewegung zu kaschieren. »Denn Lammbraten und Punsch hätte ich auch bei mir zu Hause haben können!«
Er strahlte sie nur an und führte sie auf das Tanzparkett. Sie tanzten drei Tänze miteinander, ohne daß sie dabei redeten, der dritte Tanz war ein Walzer. Dann legte die Kapelle eine Pause ein, und der beinahe magische Bann, der sie für eine kurze Zeitspanne gefangengehalten hatte, wich unter dem ausgelassenen Stimmengewirr, das nun einsetzte.
»Sag, wie geht es dir, Moira?« wollte Adrian nun wissen.
»Danke, gut.«
»Und was macht deine Malerei?«

Sie zuckte mit den Achseln und lächelte ein wenig gequält. »Das Leben geht seltsame Wege. Und dazu gehört auch, daß sich nicht jeder Traum erfüllt.«
Adrian kam nicht mehr dazu, darauf etwas zu antworten, denn in dem Augenblick traten Harold Sinclair, der neue Filialleiter der *Union Bank*, und dessen Frau Rosalyn zu ihnen. Und das bereitete ihrem privaten Gespräch ein Ende.
»Würdest du mir den Gefallen tun, morgen vormittag nach *Illawarra* zu kommen?« bat Adrian sie jedoch noch, bevor er Rosalyn Sinclairs Wunsch erfüllte, den nächsten Walzer mit ihr zu tanzen. »Ich möchte dir unbedingt etwas zeigen.«
Er lud sie zu einem Besuch auf *Illawarra* ein? Moira wußte nicht, ob sie das wollte, auch wenn Melissa vielleicht gar nicht auf der Farm war. »Mal sehen, ob ich es einrichten kann«, antwortete sie daher ausweichend.
Er nickte nur, doch sein Blick verlieh seiner Bitte noch einen stummen Nachdruck.
Unter dem Vorwand, nach der langen Zugreise nun doch übermächtig von Müdigkeit heimgesucht zu werden, verließ Moira wenig später das Fest. Nach Hause zurückkehrt, vergewisserte sie sich, daß ihre Kinder gut schliefen. Dann begab sie sich nach oben in die Dachkammer, die über all die Jahre hinweg ihr Zimmer geblieben war und damit auch unverändert in ihrer spartanischen Einrichtung. Sie zog sich im Dunkel aus, schlüpfte in ihr dünnes Nachthemd und setzte sich auf das breite Fensterbrett des weit geöffneten Fensters, wie sie es als junges Mädchen in so vielen heißen Sommernächten getan hatte. Das Kreuz des Südens leuchtete klar und vertraut wie ein Zeichen himmlischen Segens – oder Trostes.
Moira blickte über die Dächer von River Bend in Richtung Fluß, wo sich zu ihrer Rechten die schweren Ladekräne der Moama Pier als tiefschwarze Skelette vor dem wolkenlosen Sternenhimmel abhoben. Ein gutes Stück weiter links ragte

das *Royal Victoria* auf. Die Musik aus dem Festsaal des Hotels drang in der nächtlichen Stille schwach, aber doch vernehmlich bis zu ihr.

Wie viele nächtliche Stunden hatte sie hier weinend, träumend und pläneschmiedend verbracht! Wie ungeduldig und siegesgewiß ihre Gedanken ihr in die große, weite Welt ihres zukünftigen Lebens vorausgeeilt waren, und wie sie es doch nicht hatte erwarten können, erwachsen und frei in ihren Entscheidungen zu werden! Und jetzt, als Frau und zweifache Mutter von vierzig Jahren, fühlte sie sich seltsamerweise in ihrem Innersten immer noch wie ein junges Mädchen, nur ohne die unkomplizierte Weltsicht und Illusionen der Jugend – und ohne die Unschuld von Leib und Seele, die einen wunderbaren Schutz vor so vielen Dornen des Lebens bildete und den Glauben stärkte, daß alles möglich sei und daß das Leben nur darauf wartete, über einem das Füllhorn von Glück und Erfolg auszuschütten.

Obwohl Moira dagegen ankämpfte, gelang es ihr nicht, der Verlockung, Adrian noch einmal wiederzusehen, zu widerstehen. Zudem ließ ihr die Frage keine Ruhe, was denn bloß so wichtig auf *Illawarra* sein mochte, daß er es ihr unbedingt zeigen wollte. Sie beschloß jedoch, ihre Kinder mitzunehmen. Die Gegenwart von Douglas und Henrietta würde dafür sorgen, daß keiner von ihnen auch nur für einen Augenblick vergaß, wo ihr Leben unwiderruflich verankert war.

»Wir machen einen kleinen Ausflug aufs Land!« teilte Moira ihren Kinder mit und lieh sich von Onkel William den noch immer makellosen Morris Oxford *Tourer* aus, den er sich vor zehn Jahren zugelegt und seitdem mehr Stunden mit der Pflege des Wagens verbracht hatte als hinter dem Steuer des schmucken Viersitzers.

Ihre Kinder, die für eine Fahrt mit dem Auto immer zu haben

waren, wollten natürlich wissen, wohin es ging. »Zu einer Zitrusfarm, die den Namen *Illawarra* trägt und Mister Adrian Flynn gehört.«
»Und woher kennst du diesen Mister Adrian Flynn?« fragte Henrietta.
»Wir waren schon als Kinder befreundet. Als ich in deinem Alter war und mit Grandma hierher nach River Bend kam, da hat er mir sehr geholfen, daß ich mich nicht so einsam und verlassen gefühlt habe.«
»Und warum sind wir dann nicht früher schon mal zu ihm hinausgefahren, wenn ihr schon so lange gute Freunde seid?« wollte Douglas mit dem untrüglichen Instinkt für die unangenehmste Frage wissen.
Moira seufzte unwillkürlich. »Das ist nicht so leicht zu beantworten, Kind. Keine Freundschaft ist vor Streit und Mißstimmigkeiten gefeit, auch die beste nicht. Und so etwas ist eben auch in unserer Freundschaft passiert.«
»Aber jetzt seid ihr doch wieder gut?« fragte Henrietta hoffnungsvoll. Sie litt unter jedem Streit und hatte nicht nur Moiras künstlerische Ader geerbt, sondern auch ihr großes Harmoniebedürfnis.
Moira schenkte ihrer Tochter ein beruhigendes Lächeln. »Ja, jetzt ist wieder alles in Ordnung.«
Kurz darauf bog Moira von der Landstraße ab und folgte dem Weg, der zum Gehöft von *Illawarra* führte. Weite Obsthaine, durchzogen von einem aufwendigen Bewässerungssystem, erstreckten sich auf der letzten Meile zu beiden Seiten der Straße und gaben ein beredtes Zeugnis von den gewaltigen Umwälzungen und Erfolgen, die aus der einstigen abgewirtschafteten und fast bankrotten Station *Illawarra* eine der produktivsten Farmen im ganzen Bezirk gemacht hatten. Doch zu Moiras Überraschung hatte sich seit ihrem letzten Besuch vor vierzehn Jahren auf dem Hof selbst kaum etwas verändert, von zwei neuen großen Wirtschaftsgebäuden abgesehen.

Kaum hatte Moira den Wagen zum Stehen gebracht, als zwei Mädchen aus dem Haus gelaufen kamen, gefolgt von Adrian und einem kräftigen Jungen, bei dem es sich nur um seinen Adoptivsohn Henry handeln konnte. Jennifer, die älteste von Adrians Töchtern, war ihm wie aus dem Gesicht geschnitten und hatte dieselbe blonde Haarpracht wie ihr Vater. Die kleine pausbäckige Olivia ähnelte dagegen mehr ihrer Mutter. Und obwohl Henry nicht Adrians leiblicher Sohn war, schien der Junge ihm erstaunlicherweise sehr ähnlich. Allen war eine natürliche Kontaktfreude zu eigen, wie Moira und ihre Kinder schon in den ersten Minuten feststellen konnten.

»Wie schön, daß du es einrichten konntest zu kommen, Moira«, sagte Adrian und lächelte sie an.

»Ich gestehe, daß mich die Neugier getrieben hat«, sagte Moira und blickte zu den Kindern hinüber, die sich gegenseitig ausfragten. »Du hast wirklich zwei ganz reizende Töchter.«

»Ja, und einen wunderbaren Sohn«, fügte Adrian hinzu, um dann ihr Kompliment bezüglich der reizenden Kinder zurückzugeben.

»Wenn deine Frau zu Hause ist, sollte ich sie jetzt wohl begrüßen, wie es sich gehört.«

»Melissa ist zwar zu Hause, fühlt sich heute morgen aber nicht ganz wohl. Irgend etwas ist ihr gestern nicht bekommen. Sie hat mir aber erzählt, daß ihr euch auf dem Fest kennengelernt habt. Und sie hat mir aufgetragen, dir Grüße zu bestellen und dich auf *Illawarra* willkommen zu heißen, falls du heute morgen kommen solltest«, teilte er ihr mit.

Sie redeten kurz über das gelungene gestrige Fest, und dann fragte Moira: »So, was ist es nun, das du mir unbedingt zeigen möchtest?«

»Dafür müssen wir ein Stück fahren.«

»Du machst es ja wirklich spannend.«

Die Kinder wollten natürlich mitkommen. Adrian redete

kurz mit seinem Sohn, der daraufhin über das ganze Gesicht strahlte. Moira war überrascht, als sie sah, wie Henry sich auf den Fahrersitz des herrlichen Vauxhall *Velox* schwang und den Mädchen zurief: »Na los, steigt schon ein, ich chauffiere euch!«

»Du läßt deinen Sohn diesen teuren Wagen fahren?« fragte sie verwundert. »Ist das nicht sehr leichtsinnig, wo er doch noch so jung ist?«

Adrian lachte. »Keine Sorge, Moira. Henry weiß mit dem Wagen bestens umzugehen. Außerdem bleiben wir die ganze Zeit auf *Illawarra*-Land.«

Moira ließ ihn hinter das Steuer, und Adrian lenkte den Morris vom Hof. Sie folgten einer breiten ausgefahrenen Piste, die an der Pferdekoppel vorbeiführte und einen Orangenhain durchschnitt. Hundert Yards hinter den Obstbäumen verließen sie den Farmweg und fuhren in nordwestlicher Richtung in den Busch hinaus. Dabei folgten sie keiner Sand- oder Schotterstraße, sondern nur Reifenspuren, die durch das Buschland führten und verrieten, daß jemand diese Strecke schon recht oft gefahren war. Schweigend umfuhren sie dornige Dickichte, weite Felder mit stacheligem Spinifexgras und mehrere kleine Gruppen Eukalyptusbäume. Die Kinder im Vauxhall hielten einen großen Abstand, um nicht in die Staubwolke zu kommen, die der Morris wie eine rotbraune Fahne hinter sich herzog und die der warme Wind nach Süden trieb.

Als sie über die Kuppe eines Hügels kamen, wußte Moira plötzlich, in welcher Gegend sie sich befanden – und wohin die Reifenspuren führten. Ihr Blick glitt über das Buschland. Augenblicke später fand sie, obwohl noch eine gute halbe Meile entfernt, wonach sie Ausschau gehalten hatte.

Ja, da war er, »ihr« Jacarandabaum!

Doch warum wollte er sie ausgerechnet an diesen Ort führen, mit dem sie so wunderbare und einzigartige Erinnerungen an die kurze Zeit ihres gemeinsamen Glückes verbanden?

Als hätte Adrian ihre Gedanken erraten, brach er nun das gedankenvolle Schweigen und sagte: »Ich habe lange mit mir gerungen, ob ich dich hierherbringen sollte oder nicht. Aber ich dachte, es würde dich mit Genugtuung erfüllen, zu wissen, daß der Jacaranda nicht auf Emily Sawjers Land steht, sondern auf meinem.«
»Emily hat das Land hier kaufen wollen?« Allein schon der Gedanke, daß ausgerechnet Emily Dickinson, die sie einst so gequält und zum Gespött gemacht hatte, dieses Land mit *ihrem* Baum hatte erwerben wollen, löste Bestürzung in ihr aus.
Er nickte. »Ja, ich glaube, die Sawjers wollten hier eine Sultaninen-Farm anlegen«, sagte er, während er den Wagen ausrollen ließ. »Aber du weißt ja, daß ich schon als junger Mann entschlossen war, dieses Land eines Tages in meinen Besitz zu bringen. Und was ich mir einmal in den Kopf gesetzt habe, davon lasse ich mich so leicht nicht mehr abbringen. Es war fast wie bei einer Auktion. Ich habe die Offerten der Sawjers so lange überboten, bis der Kauf für sie wirtschaftlich keinen Sinn mehr gemacht hätte.« Er lachte, zog die Handbremse an und öffnete den Türschlag.
»Ja, du hast schon immer Zielstrebigkeit mit Langzeitplanung verbinden können, ohne die Geduld zu verlieren – etwas, was mir immer fremd gewesen ist«, gestand Moira und stieg ebenfalls aus. Dann stutzte sie plötzlich. »Du hast vorhin gesagt, daß wir die ganze Zeit auf *Illawarra*-Land bleiben. Ist das wahr? Gehört all dieses Land zu deiner Farm?«
Er sah sie mit einem stolzen Lächeln an. »Ja, und zwar bis zum Murray hinunter.«
Sie schüttelte ungläubig den Kopf. »Ich kann dich nur bewundern, Adrian. Was ich nie für möglich gehalten hätte, hast du erreicht – mit Weitblick und Zähigkeit. Aus der schäbigen Station hast du eine blühende Zitrusfarm gemacht. Du bist aus ärmsten Verhältnissen zu einem überaus erfolgreichen Landbaron aufgestiegen und jetzt auch noch Bürger-

meister geworden. Du hast wirklich all deine ehrgeizigen Ziele erreicht.«

»Nein, längst nicht alle«, widersprach er leise.

Sie wandte sich schnell ab, um seinem vielsagenden Blick auszuweichen – und bemerkte dabei ein merkwürdiges System von Pflöcken. »Was haben diese Holzpfähle zu bedeuten?«

»Wir haben hier den Grundriß abgesteckt.«

»Den Grundriß für was?«

»Für das neue Farmhaus von *Illawarra*«, eröffnete ihr Adrian. »Die Bauarbeiten beginnen gleich nach Neujahr. Der Jacarandabaum wird auf der Rückfront des Hauses im Garten stehen. Und vom oberen Stockwerk aus wird man den Fluß sehen können.«

»Es wird bestimmt ein wunderbares Haus«, sagte Moira ohne jeden Neid, denn sie wußte, daß sie das Leben auf einer Farm hier draußen im australischen Hinterland nie und nimmer ausgehalten hätte, wie reich auch der materielle Segen ausgefallen wäre.

Adrian sah sie stumm an. Seine Augen sagten, was er nicht auszusprechen wagte: *All das, Moira, hätte dein sein können, wenn du nur gewollt hättest.*

»Nein«, entfuhr es Moira unwillkürlich, und sie spürte, wie ihre Augen feucht wurden. »Du und Melissa, ihr könnt stolz auf das sein, was ihr zusammen erreicht habt.« Dann ging sie schnell zu Douglas und Henrietta hinüber, die zusammen mit Adrians Kindern einen kleinen Waran zu fangen versuchten und gar nicht verstehen konnten, warum sie so schnell wieder zurück in die Ortschaft wollte.

Diesmal vergingen Moira die Tage in River Bend erstaunlich schnell, und sie bewegte sich in der Ortschaft mit einem neuen Gefühl der Freiheit. Obwohl Adrian und sie auch weiterhin in getrennten Welten und mit ihren Narben auf

der Seele lebten, so hatte das Wiedersehen nach vierzehnjährigem Schweigen sie doch von einer bedrückenden Last befreit. Es war gut, daß sie wieder miteinander sprechen und einander begegnen konnten, ohne in Bitterkeit zu verfallen oder sich gar neue tiefe Wunden zu schlagen.
Diesmal blieb Moira eine ganze Woche und nahm auch am sonntäglichen Gottesdienst teil. Nach der Messe sprach sie sogar noch kurz mit Adrian und Melissa, während Henry und Douglas verabredeten, sich am Nachmittag ein Stück unterhalb der Moama Pier an der scharfen Flußbiegung zu treffen. Dort versperrte nämlich ein in den frühen Morgenstunden halb gesunkener Raddampfer die Fahrrinne, und die Versuche der Bergungscrew versprachen spannende Unterhaltung, besonders für technisch interessierte Jungen.
Am Montagmorgen traten sie die Rückreise an, die sie in Katoomba unterbrachen. Wie vorher schon mit Rebecca vereinbart, verbrachten sie zwei Tage im Gästehaus des Zisterzienserinnenklosters. Moira hatte ihre Freundin, die mittlerweile das Amt der Subpriorin bekleidete, schon seit über einem Jahr nicht mehr gesehen. Beide freuten sie sich über die Stunden, die sie nun zusammen verbringen konnten. Moira führte lange Gespräche mit Rebecca, die ihr einmal mehr ins Gewissen redete, an die Zukunft ihrer Kinder zu denken und von Byron mehr familiäre Verantwortung zu verlangen. Sie war erstaunt, als sie merkte, daß sie damit bei Moira auf mittlerweile empfängliche Ohren stieß.
»Glück halten wir gemeinhin für das, was immer die anderen haben und uns fehlt«, sinnierte Rebecca auf einem ihrer Spaziergänge. »Aber ich glaube nicht daran, daß unsere vordringlichste Aufgabe im Leben darin besteht, unser persönliches Glück zu machen, so legitim und natürlich es auch ist, danach zu streben. Unserem Leben einen tiefen Sinn zu geben und unsere Aufgabe zu erfüllen, die für jeden anders aussieht, das muß immer Vorrang vor der rein persönlich-egoistischen Glückssuche haben.«

Moira war in den letzten Wochen zu einer ähnlichen Einsicht gelangt. Nun galt es, der Erkenntnis auch beherzte Taten folgen zu lassen. Als sie am Mittwoch im Zug nach Yuraraba saß und ihr Blick voller Liebe auf ihren schlafenden Kindern ruhte, Henrietta mit ihrem Kopf an die Schulter ihres Bruders gelehnt, da wußte sie, daß jetzt die Zeit dafür gekommen war.

DRITTES KAPITEL

Moira ging mit Bedacht vor. Sie wollte erst noch Weihnachten und Neujahr abwarten, bevor sie Byron mit ihren Plänen konfrontierte. Sie nutzte die Wochen, um Erkundigungen einzuziehen und Absprachen zu treffen. Wenn es ernst wurde, wollte sie so gut wie eben möglich vorbereitet sein, denn Byron würde es ihr gewiß nicht leichtmachen.

In diesen Dezembertagen machte die Abdankung Eduards VIII., der auf den Thron verzichtete, um seine amerikanische Geliebte heiraten zu können, weltweit Schlagzeilen. Moira verstand die Empörung nicht, die andere darüber empfanden, wenn sie von einem Skandal sprachen. Sie bewunderte den König für seinen Mut und seine menschliche Größe – und beneidete ihm um die Stärke seiner Liebe, die ihm die Kraft gab, lieber auf die Krone eines Weltreiches und auf die damit verbundene Macht zu verzichten als auf die Frau, die er liebte. Manchmal schrieb das Leben die schönsten Märchen.

Mit Beginn des neuen Jahres kam es in Rußland unter der Schreckensherrschaft Stalins wieder einmal zu einer der gefürchteten Säuberungsaktionen innerhalb der Partei. Der Schauprozeß endete, wie nicht anders erwartet, mit dem Todesurteil und der tags darauf vollzogenen Hinrichtung von dreizehn Angeklagten, denen jegliche Verteidigung verwehrt worden war. Etwa zur selben Zeit begann sich der Streik in Yuraraba als Mißerfolg abzuzeichnen. Immer mehr Streikbrecher gelangten auf das Minengelände, und damit zerbrach die Solidarität unter den finanziell längst ausgebluteten Streikenden. Die Not ihrer Familien zwang mehr und mehr Bergarbeiter in die Knie.

Eines Abends Mitte Februar gab Byron den fast halbjährigen

Streik für verloren. Bissig zog er über den Kleinmut und die Kurzsichtigkeit der Arbeiter her, die sich geschlagen gegeben hatten. Dann verkündete er, daß sie schon in ein paar Tagen ihr weniges Hab und Gut auf den alten Kleinlaster laden und nach Wonthaggi, Victoria, fahren würden. Dort hatte eine Explosion unter Tage über ein Dutzend Bergarbeiter getötet und viele andere verletzt. Die Bergarbeiter befanden sich im Streik und brauchten angeblich eine stramme Führung. »Percy und ein paar andere bleiben zwar noch eine Weile in Yuraraba, um einen einigermaßen funktionierenden Unterbezirk zurückzulassen, aber im Augenblick ist hier nichts zu gewinnen, ganz im Gegensatz zu Wonthaggi.«
Das war die Gelegenheit, auf die Moira gewartet hatte. »Byron, wir müssen ernsthaft miteinander reden!«
»Das tun wir doch schon«, sagte er, am Küchentisch über seine Kladde gebeugt, in die er all seine Ideen für den Aufbau von gewerkschaftlichen Zellen, Streikaktionen, Plakate, Aufrufe sowie wichtige Kontaktadressen von Genossen und Sympathisanten eintrug.
»Wir müssen über unser Leben reden, Byron, und das, was wir unseren Kindern dadurch antun. Wir können so nicht weitermachen, Byron!« erklärte sie entschlossen. »Ich werde nicht mit dir nach Wonthaggi gehen, und die Kinder auch nicht!«
Verblüfft blickte er auf. »Was meinst du damit?«
»Seit vierzehn Jahren führen wir ein unstetes Leben und ziehen alle paar Monate von einem Ort zum anderen. Als Douglas und Henrietta noch klein waren, war das nicht allzu schlimm. Aber unsere Kinder sind mittlerweile zehn und dreizehn Jahre alt, und ich merke, wie sehr sie darunter leiden, immer dann wieder an einen anderen Ort ziehen zu müssen, wenn sie gerade neue Freunde gefunden haben. Unsere Kinder brauchen endlich eine Heimat, ein richtiges Zuhause! Aber das ist es nicht allein, Byron. Ich möchte, daß unsere Kinder eine möglichst gute Schulbildung erhalten,

und das ist unmöglich, wenn wir dieses Wanderleben fortführen. Vierzehn Jahre habe ich das klaglos mitgemacht, doch damit muß jetzt Schluß sein – um unserer Kinder willen!«
Er lehnte sich zurück, steckte sich eine Zigarette an und musterte sie einen Augenblick. »So, dich zieht es also zurück in ein gutbürgerliches Nest, ja?« fragte er spöttisch. »Und wie hast du dir das vorgestellt?«
»Wir gehen nach Sydney zurück.«
»Ach, einfach so, ja?«
Moira lächelte unwillkürlich, denn jetzt konnte sie zeigen, wie gut durchdacht und vorbereitet ihr Plan war. »Wir können erst einmal bei Jill und Howard unterkommen. Sie haben Platz in ihrem Haus für uns und würden sich freuen, wenn wir zu ihnen ziehen. Du weißt, daß sie in diesen schweren Zeiten mit den Einnahmen aus ihrem Kurzwarenladen nur sehr knapp über die Runden kommen. Eine kleines Zusatzeinkommen wäre ihnen daher sehr willkommen.«
Verblüffung trat auf sein Gesicht. »Du hast das schon alles mit ihnen abgesprochen?«
»Ich habe keine Absprachen getroffen, sondern nur vorgesorgt. Du bist es doch gewesen, der mir beigebracht hat, daß eine Idee ohne einen gut durchdachten Plan nicht viel wert ist«, erwiderte Moira.
Schweigend zog er an seiner Zigarette.
»Es wird uns allen guttun, Byron«, fuhr Moira hastig fort. »Unsere Kinder können eine ordentliche Schule besuchen, und ich werde Godfrey Jamieson wieder regelmäßig mit Bildern beliefern können, was unsere Haushaltskasse sehr entlasten wird. Außerdem habe ich jetzt lange genug Suppenküchen organisiert sowie an Wohltätigkeitsaktionen und am Spießrutenlaufen teilgenommen. Ich bin es auch leid, meine Tage mit dem Drucken von Flugblättern in stickigen Blechschuppen zu verbringen. Ich habe getan, was ich konnte, Byron. Jetzt kann und will ich nicht mehr!«
»Hast du auch daran gedacht, daß ich weiterhin viel reisen

muß und dann für mehrere Wochen nicht in Sydney sein werde?« fragte er.
Moira nickte. »Das ist mir immer noch lieber als dieses Wanderleben. Außerdem sehe ich dich ja jetzt auch manchmal tagelang nicht.«
Schweigend und mit gefurchter Stirn sah er sie eine ganze Weile durch den Rauch seiner Zigarette an. Dann zuckte er die Achseln und sagte völlig ruhig: »Also gut, wenn es das ist, was du willst, sollst du deinen Willen haben, Moira. Du darfst meinen lieben pedantischen Schwager morgen anrufen und sagen, daß wir Ende der Woche kommen und daß sie schon mal die Betten für uns richten können.«
Moira konnte es erst nicht glauben, daß er seine Zustimmung zu dieser radikalen Veränderung ihres Lebens so ohne jeden Kampf gab. Sie hatte fest damit gerechnet, daß er in Rage geraten und ihr heftige Vorhaltungen machen würde, wie sie es schon oft genug und bei viel geringfügigeren Anlässen erlebt hatte. Innerlich hatte sie sich auf eine schwere Auseinandersetzung eingestellt. Und dann sagte er nur: »Wenn es das ist, was du willst, sollst du deinen Willen haben, Moira.«
Kein Streit, keine häßliche Szene, keine Verbitterung.
»Habe ich etwas Falsches gesagt?« fragte Byron.
Moira lachte ihn an. »Nein, ganz und gar nicht!« versicherte sie, fiel ihm vor Freude um den Hals und küßte ihn stürmisch.
In dieser Nacht fanden sie nach langer Zeit wieder einmal in leidenschaftlicher Umarmung zueinander. Moira wollte ihn auch hinterher nicht aus ihren Armen lassen. Lange hatte sie sich ihm nicht mehr so nahe gefühlt. Die Rückkehr nach Sydney würde nicht nur ihren Kindern, sondern auch ihrer Ehe gut bekommen, davon war sie fest überzeugt.

Die Ehe von Jill und Howard war kinderlos geblieben, worunter Jill zweifellos mehr litt als Howard, der sein kleines Geschäft in der Devonshire Street fast so sehr liebte wie seine

Frau und damit große Ähnlichkeit mit William McGregor besaß. Sie freuten sich beide, Moira und ihre Kinder im Hause zu haben.

Jill liebte Douglas und Henrietta, als wären es ihre eigenen Kinder. Was das Verhältnis zwischen Byron und Howard anging, so war von Zuneigung nichts zu spüren. Sie wahrten jedoch mit reservierter Höflichkeit einen stillschweigenden Waffenstillstand und mieden politische Themen. Daß Byron nur eine Nacht in Sydney blieb und schon am nächsten Morgen nach Wonthaggi im Staat Victoria weiterfuhr, erfüllte Howard sicherlich nicht gerade mit Bedauern.

Ihr erster Gang führte Moira zu Godfrey Jamieson, der sich freute, sie nach langer Zeit wieder einmal zu sehen und von ihr zu hören, daß sie mit ihrer Familie nach Sydney zurückgekehrt war. »Kann ich dann jetzt wieder mit neuen Bildern von Ihnen rechnen, Missis Sullivan?« lautete eine seiner ersten Fragen.

»Sie können, Mister Jamieson, und zwar regelmäßig!« versicherte ihm Moira.

Wenige Tage später suchte sie auch Victor White auf, der noch immer in seinem Cottage auf der North Shore lebte, sofern er sich nicht auf Reisen befand. Ihre letzte Begegnung lag schon viele Jahre zurück, doch sie hatten den Kontakt brieflich aufrechterhalten, wenn oft auch ein halbes Jahr und mehr zwischen den einzelnen Briefen verstrichen war.

Obwohl mittlerweile eine gewaltige Brücke die Bai überspannte, nahm Moira nicht die elektrische Tram, sondern fuhr aus nostalgischen Gründen mit der Fähre nach Lavender Bai hinüber. Victor hatte sich weder in seinem Wesen noch in seinem Äußeren verändert. Vor zwei Jahren war ihm der Archibald-Preis für das Ölporträt einer bekannten Schriftstellerin verliehen worden. Der Ruhm, den ihm diese bedeutendste Auszeichnung für einen australischen Maler eingebracht hatte, war ihm jedoch nicht zu Kopf gestiegen. Moira hatte schon nach wenigen Augenblicken das wunderbare

Gefühl, daß ihre Freundschaft die fünfzehn Jahre ihrer Abwesenheit ohne jeden Schaden überstanden hatte.
Moira war deshalb auch nicht überrascht, als er wenige Wochen später eines Morgens in Howards Geschäft anrief und ihr ausrichten ließ, daß er sie am Nachmittag zur Teestunde in der Lobby des *Australia Hotel* erwartete, weil er ihr etwas Wichtiges mitzuteilen habe.
Das *Australia* lag an der Ecke Castlereagh und Rowe Street und gehörte seit seiner Eröffnung im Jahre 1889 nicht nur zu den nobelsten Adressen des Landes, sondern genoß als Luxushotel weltweite Berühmtheit. Moira zog ihr einziges Paar Seidenstrümpfe an, holte ihr gutes Herbstkostüm aus dem Schrank, lieh sich von Jill einen passenden hübschen Hut und freute sich auf die Teestunde mit Victor, die sie wohl im Wintergarten verbringen würden.
Victor enttäuschte sie auch nicht. Er führte sie in den Wintergarten, der erst im Jahr zuvor neu eröffnet worden war und bisher jeden Gast mit seinen schwarzen Marmorsäulen, der hellen Wandtäfelung aus schwedischer Birke und den vielen hohen Fenstern mit ihren üppigen weinroten und mit Silberstreifen verzierten Vorhängen bezaubert hatte.
Als der Kellner den Tee serviert und eine Etagere mit kleinen Sandwichdreiecken und Keksen gebracht hatte, sagte Moira mit einem fast seligen, tiefen Seufzen: »Ach, wie ich das alles genieße, Victor!«
»Was? Diese sündhaft teure Teestunde im *Australia*, die mehr kostet als Godfrey Jamieson dir für eine Woche Arbeit an der Staffelei zahlt?« fragte er mit freundschaftlichem Spott.
»Nein, wieder in einer Großstadt zu sein und diese wilde unbändige Lebendigkeit und dieses Pulsieren zu spüren«, schwärmte sie. »Und endlich wieder in geregelten Umständen zu leben. Du kannst dir gar nicht vorstellen, was das nach vierzehn Jahren des Herumziehens für mich bedeutet. Es ist wie ein neues Leben, eine neue Chance – und

zwar für uns alle. Ich sehe ja, wie Douglas und Henrietta aufblühen.«
»Ja, eine neue Chance können wir alle irgendwann einmal gebrauchen«, pflichtete er ihr bei.
»Genug von mir, Victor. Du hast Howard ausrichten lassen, daß du mir etwas Wichtiges mitzuteilen hast. Ich bin wirklich gespannt, was so wichtig ist, daß du mich dazu zur Teestunde in den Wintergarten des *Australia* einlädst. Wenn ich nicht verheiratet und fünfzehn Jahre jünger wäre und dich nicht besser kennen würde, hätte ich mir wohl schon den ganzen Tag Hoffnungen auf einen Antrag gemacht«, scherzte sie. »Aber da du weißt, daß ich nicht einmal als Geliebte zu haben bin, muß es irgend etwas anderes, wirklich Wichtiges sein. Also, ich bin ganz Ohr, Victor.«
Er schmunzelte. »Oh, diese zügellose weibliche Neugier! Aber ich denke nicht daran, dir jetzt schon zu sagen, warum ich dich ins *Australia* gebeten habe – und aus gutem Grund«, antwortete er leichthin. »Genießen wir erst einmal unsere Teestunde.«
Victor spannte sie wirklich auf die Folter. Unruhig wurde sie jedoch, als er schließlich die Rechnung bezahlte, sie aus dem Wintergarten zu den Fahrstühlen führte und sie bat, mit ihm in den dritten Stock zu fahren.
»Was hat das zu bedeuten, Victor?« flüsterte sie, weil sie nicht wollte, daß der wie ein Gardesoldat herausgeputzte Liftboy sie hören konnte. »Wohin führst du mich?«
»Wenn du nicht verheiratet, fünfzehn Jahre jünger und als Geliebte zu haben wärst, würdest du es wissen«, neckte er sie mit ihren eigenen Worten. »Da dem aber nicht so ist, mußt du dich noch einen Augenblick gedulden. Laß dich überraschen.«
»Victor, bitte!« protestierte sie.
Schon im nächsten Moment kam der Lift mit einem sanften Nachwippen auf der dritten Etage zum Stehen, und der livrierte Boy hielt ihnen die Tür auf.

»Du hast vorhin gesagt, daß du das Gefühl hast, mit deiner Rückkehr nach Sydney so etwas wie eine zweite Chance erhalten zu haben«, sagte Victor, während sie den Flur mit seinen dicken Teppichen, goldgerahmten Spiegeln und exklusiven Wandleuchtern hinuntergingen. »Worauf ich geantwortet habe, daß wir alle wohl irgendwann in unserem Leben einmal eine neue Chance gebrauchen können.«

»Ja, das stimmt.«

Victor blieb vor einer Zimmertür stehen. »Ich bitte dich, gleich daran zu denken und auch ihm eine zweite Chance einzuräumen«, bat er, klopfte kurz und öffnete die Tür.

»Wem soll ich eine zweite Chance einräumen?« raunte Moira nervös und blieb in der Tür stehen.

»Tut mir leid, aber ich habe versprochen, dir auch nicht einen schwachen Hinweis zu geben, wer dich hier sehen möchte und um was genau es ihm geht.«

»Das ist nicht fair!«

Victor nahm ihren Arm. »Komm«, sagte er nur und führte sie mit sanftem Druck ins Zimmer. In einem der schweren cognacfarbenen Ledersessel saß ein Mann mit schütterem, schlohweißem Haar. Er trug einen grauen Tuchanzug und eine Seidenkrawatte mit sehr kraftvollen Farben. Ein Stock lehnte seitlich am Sessel.

Moira erkannte ihn nicht sofort, weil der Mann mit dem Rücken zum hellen Fenster saß und sein Gesicht im Schatten lag. Dann jedoch wandte er den Kopf und blickte zu ihr. Dabei fiel Licht auf sein Gesicht. Und da erkannte sie ihn.

Es war Anthony Shaw!

Fassungslos starrte sie den Galeristen an, der einmal ihr enthusiastischer Mentor gewesen war und von dem sie nach dem Skandal, der all ihre hochfliegenden Pläne von einem Tag auf den anderen zunichte gemacht hatte, nie wieder etwas gehört hatte.

»Ich lasse euch jetzt besser allein, damit ihr euch ungestört aussprechen könnt«, sagte Victor und zog sich zurück.

»Warte!« rief Moira und wollte ihm folgen.
Victor hob abwehrend die Hand. »Bitte, höre ihn zumindest an, Moira. Ich habe dich nie um einen besonderen Gefallen gebeten – jetzt tue ich es.«
Moira biß sich auf die Lippen und warf ihm einen zornigen Blick zu, nickte dann aber knapp und kehrte widerstrebend ins Zimmer zu Anthony zurück, während Victor die Tür hinter sich ins Schloß zog.
»Bitte entschuldige, daß ich so unhöflich bin und sitzen bleibe, Moira«, sagte Anthony, und seine Stimme klang anders, als Moira sie in Erinnerung hatte. Ihr fehlten das weiche, fließende Timbre und die Geschmeidigkeit. Auch war irgend etwas mit seiner linken Gesichtshälfte. Die Erklärung dafür lieferte Anthony mit seinen nächsten Worten: »Aber seit meinem Schlaganfall vor einem Jahr bin ich nicht mehr so beweglich wie früher, wie mir auch die Worte nicht mehr so flink über die Lippen kommen wie früher. Ich bitte daher um Nachsicht, Moira.«
Sie wollte sagen, daß es ihr leid tat, das zu hören, konnte sich jedoch nicht dazu entschließen, dies auszusprechen. Ihre Gefühle waren zu sehr in Aufruhr. Fast achtzehn Jahre waren seit jener Katastrophe in Melbourne vergangen! Sie wußte weder, was sie tun, noch, was sie sagen sollte. Schließlich setzte sie sich in den Sessel ihm gegenüber – mit verschlossen-grimmiger Miene.
»Gut siehst du aus, zwar älter an Jahren und Reife, aber noch ebenso reizvoll wie damals.«
Moira schwieg und dachte, daß die Jahre ganz offensichtlich weniger gut für Anthony gewesen waren, hatten sie doch deutliche Spuren in seinem nun sehr hageren und von tiefen Linien durchfurchten Gesicht hinterlassen. Sie überschlug im Kopf, daß er jetzt Anfang Sechzig sein mußte. Er sah jedoch älter als Onkel William aus.
Er lächelte traurig. »Ich kann verstehen, daß du mich jetzt mit Schweigen strafst und es wohl nicht erwarten kannst, aus

dem Zimmer zu kommen. Ich weiß, es ist meine Schuld, was dir damals widerfahren ist. Der Skandal hat dich unendlich viel gekostet, und vermutlich wirst du mir nie verzeihen, daß ich ...«

»Es ist nicht der Skandal, den ich dir nicht verzeihen kann!« fiel Moira ihm erregt ins Wort. »Mich einzumischen und dir ein Alibi zu verschaffen ist allein meine Idee gewesen. Nein, was ich dir nicht verzeihen kann, ist, daß du mir das Geld und den Brief mit Victors Adresse gegeben hast – und dann auf Nimmerwiedersehen aus meinem Leben verschwunden bist, zumindest für die nächsten achtzehn Jahre!«

Er senkte beschämt den Blick. »Ja, ich habe darauf vertraut, daß Victor sich deiner annehmen würde. Damit habe ich mein schlechtes Gewissen beruhigt und dich einfach deinem Schicksal überlassen. Dafür schäme ich mich mehr als für alles andere, was ich in meinem Leben falsch gemacht habe«, gestand er. »In vielen Dingen, die Mut zur Offenheit erfordert hätten, bin ich ein Feigling gewesen. Nein, das Heldentum ist mir wahrhaftig nicht mit in die Wiege gelegt worden.«

Moira sah ihn nur an. Wenn er glaubte, daß sein klägliches Geständnis reichte, um alles wiedergutzumachen, dann irrte er sich gewaltig!

»Du hast allen Grund, mich so grimmig und abweisend anzuschauen«, fuhr Anthony fort. »Dein Leben hätte vermutlich einen anderen Verlauf genommen, wenn ich nicht so stolz auf dich gewesen wäre, deine Gesellschaft nicht so sehr genossen und ... ja, und wenn ich deine Unerfahrenheit nicht dazu ausgenutzt hätte, um mich mit dir zu schmücken und dadurch Gerüchten über meine sexuelle Veranlagung entgegenzuwirken.«

»Deine sexuelle Veranlagung hat mich weder damals interessiert, noch interessiert sie mich heute!« sagte Moira schroff und wurde sich im nächsten Moment bewußt, daß dies nicht ganz der Wahrheit entsprach. Damals in Melbourne hatte sie sich sehr wohl Hoffnungen darauf gemacht, ihn verführen und dauerhaft an sich binden zu können.

Anthony griff nach einem Wasserglas, das neben ihm auf einem Beistelltisch stand, und nahm einen Schluck. »Jeder ist der Gefangene seiner eigenen Dämonen, die er oftmals selber in sein Leben zerrt. Das war so bei mir, als ich meinte, heiraten zu müssen, um eine gutbürgerliche Fassade präsentieren zu können. Daß Regina eine enorme Mitgift in die Ehe brachte, hat die Verlockung einfach unwiderstehlich gemacht. Dabei hätte ich mich als Galerist auch ohne das Geld meiner Frau durchgesetzt, obwohl ich offen eingestehen will, daß es mit ihrem Geld natürlich um einiges einfacher war. Aber letztlich habe ich für meine Feigheit und für meine Bereitschaft, lieber den einfachen Weg zu gehen, einen hohen Preis bezahlt.«

Moira lachte sarkastisch auf. »Ach, du Ärmster, es tut mir ja so leid, daß dir das Leben so bitter mitgespielt hat«, höhnte sie.

Sein Blick verriet, daß ihm ihr Spott weh tat. »Einmal ganz davon abgesehen, daß es mir nicht zusteht, habe ich auch nicht erwartet, daß du mich bedauerst. Ich erzähle dir das alles nur, damit du zumindest verstehst, wie alles gekommen ist.«

»Ich weiß, wie alles gekommen ist!«

»Nein, du weißt nur einen kleinen Teil«, widersprach er. »Daß Regina damals darauf bestanden hat, Melbourne mit dem nächsten Passagierschiff zu verlassen und nach England zu gehen, bis Gras über den Skandal gewachsen ist, ist dir bekannt. Neu dürfte dir jedoch sein, daß ich meiner Frau hoch und heilig versprochen habe, nie wieder Kontakt mit dir aufzunehmen. Und als ihr später in London ein Brief von Victor in die Hände fiel, in dem er mir schrieb, daß er dich gefunden habe, da mußte ich ihr das Versprechen geben, fortan auch jeden Kontakt mit Victor zu meiden.«

Moira schüttelte den Kopf. »Nein, zum Helden bist du offensichtlich wirklich nicht geboren!« sagte sie geringschätzig.

»Ich weiß«, sagte er leise. »Aber das passierte, nachdem ich mich gerade von einer schweren Erkrankung mit wochenlanger Bettlägerigkeit erholt hatte. Regina hätte ihr Geld nehmen und mich verlassen können, doch sie ist bei mir geblieben, hat zu mir gehalten und mich sogar gepflegt. Wie hätte ich ihr da das Wenige, das sie für ihre Treue von mir verlangte, verwehren können?«

Moiras Zorn verlor viel von seiner Kraft und dem Verlangen, Anthony verletzen zu wollen. Das vernichtende Urteil, das sie seit damals in sich trug, nämlich daß er sie skrupellos im Stich gelassen hatte, wich der Einsicht, daß er tatsächlich der Gefangene seiner eigenen Dämonen gewesen war und seiner Frau mehr verpflichtet als ihr.

Anthony erzählte ihr nun, wie es dazu gekommen war, daß er mit seiner Frau statt der erst geplanten ein, zwei Jahre mehr als anderthalb Jahrzehnte in England geblieben war. Seine Frau hatte an dem regen gesellschaftlichen Leben in London so großen Gefallen gefunden, daß sie nicht mehr nach Australien zurück wollte. So hatte Anthony, des Müßigganges bald überdrüssig, dann eine kleine Galerie eröffnet, jedoch nie wirklich Fuß fassen können in der kleinen verschworenen Gruppe der wirklich exklusiven Galeristen. Mit allen Mitteln hatten sie ihn, den »Krämer der Buschmaler aus der australischen Kolonie«, klein gehalten und verhindert, daß er in ihren inzestuösen Klub der ehrenwerten Gentlemen des Kunsthandels vorstoßen konnte.

In Melbourne war er in der Kunstszene so etwas wie ein ungekrönter König gewesen, in London zählte er dagegen nur zur zweiten Garde. Gleichzeitig ging es mit seiner Galerie in Australien, die Dora Gardiner für ihn weiterführte, immer mehr bergab. Sie mühte sich redlich, war der Aufgabe in ihrer neuen Position als allein verantwortlicher Geschäftsführerin nicht gewachsen. Sie vermochte den Niedergang letztlich nicht aufzuhalten. Ihr fehlte einfach die richtige Mischung aus kaufmännischem Geschick und künstlerischem Instinkt. Vier Jahre nach dem Skandal wickelte Harris Sutcliff die Geschäftsaufgabe der *Shaw Art Gallery* und den Verkauf der Immobilie ab.

»In all den Jahren habe ich jedoch nie die Hoffnung aufgegeben, eines Tages nach Melbourne zurückzukehren und allen zu zeigen, daß ich noch immer zu den Besten in der Branche gehöre«, schloß er seinen Bericht. »Vor anderthalb Jahren ist Regina gestorben, und danach hielt mich nichts mehr in England. Doch bevor ich mein Geschäft in London verkaufen konnte, erlitt ich diesen Schlaganfall, von dem ich mich gottlob gut erholt habe, auch wenn die Lähmungen auf der linken Seite nicht völlig zurückgegangen sind. Aber das wird mich nicht davon abhalten, in Melbourne wieder eine Galerie zu eröffnen.«

»Dazu wünsche ich dir viel Glück, Anthony«, sagte Moira versöhnlich. »Denn das wirst du zweifellos brauchen.«

Er schüttelte den Kopf. »Nein, es ist nicht Glück, was ich brauche, Moira. Ich brauche dich dafür!«

»Wie bitte?« fragte sie verständnislos.

»Ich brauche dich, weil ich es allein nicht schaffe, Moira. So einfach ist das. Der Schlaganfall hat mir für mein weiteres Leben recht enge Grenzen gesetzt. Ich bin nicht mehr so beweglich wie früher und ermüde auch schneller. Es wird mir einfach physisch nicht möglich sein, eine Galerie aufzubauen, im Geschäft Kunden zu beraten, unzählige Vernissagen aufzusuchen, um die großen Künstler der Zukunft zu entdecken, Kontakt zu den etablierten Malern zu halten, Sonderausstellungen zu organisieren und was es sonst noch alles zu tun gibt. All das übersteigt meine Kraft bei weitem«, erklärte er. »Deshalb biete ich dir eine gleichberechtigte Partnerschaft an, Moira. Ich stelle das Grundkapital, die Geschäftsräume und für die ersten Jahre eine kostenlose Wohnung für deine Familie. Dafür bringst du deine Arbeitskraft, deinen Charme und deinen angeborenen Kunstinstinkt ein.«

Anthony wollte mit ihr als Partnerin eine neue Galerie in Melbourne eröffnen? Moira war regelrecht sprachlos.
»Nach meinem Schlaganfall habe ich wieder Kontakt mit Victor aufgenommen. Er hat mir auf meinen ausdrücklichen Wunsch hin ausführlich berichtet, wie es dir seit damals ergangen ist«, fuhr Anthony fort.
»Dann weißt du ja auch, daß ich nicht das Zeug zu einer wirklich guten Malerin habe. Was die Blüte einst versprach, hat die Frucht nicht halten können. Mein Talent reicht nur für gefällige Bildchen, die in drittklassigen Galerien für bestenfalls ein halbes Pfund verkauft werden«, warf Moira selbstkritisch ein.
»Daß sie letztlich nicht das halten, was sie einst versprochen haben, ist nun mal das Schicksal viele Talente. Aber vielleicht liegt deine wahre Begabung ja auch gar nicht auf dem Gebiet des Malens, sondern in der Fähigkeit, die Werke anderer Maler beurteilen zu können«, erwiderte Anthony. »Mir ist schon damals aufgefallen, daß du dieses besondere Quentchen Instinkt, dieses gewisse Gefühl im Bauch besitzt, das einen guten Galeristen zu einem erfolgreichen macht. Und Victor hat mir nun bestätigt, daß du diese Fähigkeit nicht verloren hast, sondern eine bessere Kritikerin und Beobachterin bist als je zuvor.«
Moira fühlte sich geschmeichelt. »Es ist eben immer leichter, andere zu kritisieren, als es selber besser zu machen.«
»Um ein exzellenter Kunstkritiker und Galerist zu sein, bedarf es als Qualifikation nicht der Fähigkeit, es selber besser machen zu können«, widersprach er. »Was man dazu braucht, besitzt du, Moira. Darin sind Victor und ich uns einig. Wir beide würden uns ausgezeichnet ergänzen.«
Ein unangenehmer Verdacht, der ihren Stolz verletzte, beschlich Moira. »Wenn hinter deinem Angebot in erster Linie der Wunsch steht, etwas wiedergutmachen zu wollen, dann –«
Anthony ließ sie erst gar nicht ausreden. »Dann wäre mir

sicherlich etwas anderes eingefallen, als dir die Partnerschaft an einer Galerie anzutragen«, fiel er ihr ins Wort. »Ich sage es noch einmal klar und deutlich: Ich mache dir das Angebot, weil ich überzeugt bin, daß du die richtige Person dafür bist. Du bist meine erste Wahl, Moira. Ich biete dir kein hübsch verpacktes Almosen an, um etwas gutzumachen, was so nie und nimmer gutgemacht werden kann, sondern eine handfeste Partnerschaft bei einem ehrgeizigen Unternehmen, das dir harte Arbeit abverlangen wird. Ich werde auf dich angewiesen sein, so wie du auf mich. Aber zusammen können wir es schaffen, während jeder von uns allein dazu verdammt ist, in seinen unbefriedigenden Lebensverhältnissen zu verbleiben.«

»Was weißt du von meinen angeblich unbefriedigenden Lebensverhältnissen?« wollte Moira gereizt wissen.

»Ich weiß, daß du zwei reizende Kinder hast, bei deiner Schwägerin in sehr beengten Verhältnissen wohnst, mit wenig Geld auskommen mußt und mit einem Mann verheiratet bist, der sich mit Leib und Seele seinen politischen und gewerkschaftlichen Zielen verschrieben hat und oft wochenlang von seiner Familie weg ist«, antwortete er. »Und da er hier keine feste Arbeitsstelle hat und überall im Land tätig ist, dürfte es bei den heutigen Verkehrsverbindungen ja keinen Unterschied machen, ob seine Familie in Sydney oder in Melbourne wohnt.«

Moira schwieg, weil sie dem nichts entgegensetzen konnte. Auch wenn sie es nicht gern hörte, seine knappe Beschreibung ihrer Lebensverhältnisse entsprach der Wahrheit. Und sie waren in der Tat unbefriedigend, auch wenn sie dankbar dafür war, nicht mehr dieses Wanderleben führen zu müssen.

»Ich bitte dich, keine vorschnelle Entscheidung zu fällen«, bat Anthony, griff zu seinem Stock und stemmte sich mühsam aus dem Sessel hoch. »Du hast mindestens zwei Monate Zeit. Denn zuerst muß ich mal nach Melbourne und mich nach einer geeigneten Immobilie umsehen. Für die Collins Street wird mein Geld nicht mehr reichen, aber ich habe berechtigte Hoffnungen, etwas Seriöses auf der Swanston oder Elizabeth Street zu finden. Ich werde dir regelmäßig berichten, ohne daß du mir antworten müßtest. Laß dir also alles gut durch den Kopf gehen, und laß dich nicht von deinem alten Groll auf mich dazu verleiten, eine Chance auszuschlagen, die uns beiden Gewinn bringen kann. Denk auch an deine Familie, Moira.«

Auch Moira hatte sich erhoben. »Gut, ich werde darüber nachdenken«, versprach sie, und wie er so vor ihr stand, auf seinen Stock gestützt und vom Schicksal gezeichnet, da brach die tiefe Zuneigung und Bewunderung, die sie einst für ihn empfunden und nie verlassen hatte, wie sie jetzt feststellte, wieder in ihr durch. Einer spontanen Eingebung folgend, trat sie schnell zu ihm und drückte ihn kurz an sich. Das Leben war einfach zu kostbar, um es an Unversöhnlichkeit und Rachsucht zu vergeuden. »Alles Liebe und paß auf dich auf, Anthony. Du wirst von mir hören.«

»Ich werde warten und hoffen, Moira«, sagte er mit erstickter Stimme und strich über ihren Arm, als sie sich aus der Umarmung löste.

Moira nickte und ging schnell aus dem Zimmer.

Moira fühlte sich zwischen heller Begeisterung und dunklen Selbstzweifeln hin- und hergerissen. Noch am selben Nachmittag besprach sie sich mit Victor, und es tat gut zu hören, wie überzeugt er davon war, daß sie dieser Ausgabe gewachsen war.

Victor war nicht der einzige, der ihr eindringlich riet, Anthonys Angebot anzunehmen. Auch Jill und Howard redeten ihr zu. »Was hast du schon groß zu verlieren, wenn er doch für alle Kosten aufkommt und dir sogar mietfrei eine Wohnung stellt?« meinte Jill. »Ich lasse dich ja nur sehr ungern aus Sydney ziehen, aber es wäre geradezu unverantwortlich, dich zurückhalten zu wollen. Und da du doch selbst sagst, daß dich solch eine großartige Aufgabe reizen würde und du zudem noch eine Schwäche für Melbourne hast, mußt du die Gelegenheit einfach beim Schopf packen!«

Howard pflichtete ihr nachdrücklich bei. »Das ist die große Chance für dich, dir etwas Eigenes aufzubauen, ohne die Existenz deiner Familie einem unverantwortlichen Risiko auszusetzen. So etwas bietet sich einem nicht jeden Tag! Du kannst wirklich nur gewinnen, Moira.«

»Sogar deine Kinder sind dafür. Richtig stolz sind sie gewesen, als sie gehört haben, daß man dir die Partnerschaft an einem ganz besonderen Geschäft angeboten hat, das teure Bilder verkauft. Dafür und für eine eigene Wohnung nehmen sie den Umzug nach Melbourne gern in Kauf, wie du ja gehört hast«, fügte Jill noch hinzu.

»Ja, je länger ich darüber nachdenke, desto verlockender erscheint auch mir diese Partnerschaft mit Anthony. Die entscheidende Frage ist nur, ob auch Byron damit einverstanden ist«, sagte Moira skeptisch.

Howard verzog das Gesicht. »Wieso soll das die entscheidende Frage sein? Was kann er denn schon groß einzuwenden haben, wo er doch so gut wie nie zu Hause ist und es dir überläßt, wie du mit allem klarkommst?« brummte er grimmig. »Erst war er wochenlang in Wonthaggi und Port Augusta, und jetzt treibt er sich in Perth, auf der anderen Seite des Kontinents, herum, weil ihm seine kommunistischen Phantastereien wichtiger sind als Frau und Kinder! Vermutlich wird es ihm gar nicht auffallen, wenn du nach Melbourne ziehst, ohne ihm was davon zu sagen!«

»Howard, bitte mäßige dich!« wies Jill ihren Mann zurecht.

»Ich will Byron nichts Böses und dir schon gar nicht weh tun, Moira«, brummte er. »Aber so liegen die Dinge nun mal. Und sie werden nicht besser davon, nur weil man sich darum drückt, die Wahrheit auszusprechen.«

»Laß nur«, sagte Moira zu Jill. »Howard hat ja recht. Aber Byron ist mein Mann und der Vater meiner Kinder, und wenn wir nach Melbourne gehen, dann möchte ich das nicht gegen seinen ausdrücklichen Willen tun.« Und in Gedanken fügte sie hinzu, daß ihre Ehe auch so schon unter genug Spannungen zu leiden hatte.

Auch Rebecca zeigte sich in ihren Briefen begeistert von der Möglichkeit, die Anthony ihr bot, und machte ihr Mut, sich auf diese Partnerschaft einzulassen. Moira konnte es nicht erwarten, mit Byron über alles zu reden, mußte sich jedoch lange in Geduld üben, verbrachte er doch den ganzen Mai und die erste Juniwoche im mehr als dreitausend Meilen entfernten Perth an der Küste von Western Australia.

In einer regnerischen Nacht kehrte Byron zurück. Doch er kam nicht allein. Percy begleitete ihn. Sie machten einen sehr übermüdeten, angespannt ernsten Eindruck. Moira hatte gleich ein ungutes Gefühl, als Byron ihr nur einen flüchtigen Kuß auf die Wange gab und Percy bloß ein gequältes Grinsen zur Begrüßung zustande brachte.

»Verdammt ungemütliche Nacht«, murmelte Percy geistesabwesend, als sich die beiden Männer in der Küche bei einer Tasse Tee aufwärmten. »Und draußen auf See wird es noch um einiges ungemütlicher sein.«

»Draußen auf See?« fragte Moira verständnislos.

Percy blickte verlegen auf, und Moira sah, daß Byron ihm einen wütenden Blick zuwarf. »Ist wohl besser, ich lasse euch jetzt allein. Danke für den Tee, Moira. Bleib nur sitzen, ich weiß, wo die Tür ist«, sagte Percy, steckte seine Zigaretten ein und stand schnell auf. »Ich warte dann unten im Wagen, Byron.« Er hatte es sichtlich eilig, Moira aus den Augen zu kommen.

»Was hat das zu bedeuten, Byron?« wollte Moira wissen, nun ernstlich beunruhigt.

Byron zögerte seine Antwort hinaus, indem er sich eine neue Zigarette anzündete. »Es tut mir leid, Moira …«

Ihr schlug das Herz auf einmal bis zum Hals. »Was tut dir leid?«

»Daß alles so plötzlich kommt und ich dich nicht darauf vorbereiten konnte, aber ich kann es leider nicht ändern«, sagte er mit gepreßter Stimme. »Ich werde mit Percy und ein paar anderen von unserer Clique das Land noch heute nacht verlassen.«

Moira sah ihn mit ungläubiger Bestürzung an. »Das kann nicht dein Ernst sein!« stieß sie hervor.

»Bei dem fehlgeschlagenen Eisenbahnerstreik in Port Augusta haben einige Hitzköpfe versucht, das Blatt im letzten Moment noch durch zwei Sprengstoffanschläge zu wenden«, berichtete Byron mit gesenktem Blick. »Dabei ist ein Stellwerk schwer beschädigt worden und ein Güterzug entgleist. Es hat mehrere Verletzte gegeben.«

»Und was hat das mit dir zu tun?«

»Mehr, als mir lieb ist. Ich stehe als angeblicher Hintermann und Drahtzieher dieser Sprengstoffanschläge auf der Fahndungsliste der Polizei.«

»Aber wenn du nichts damit zu tun hast, dann ...«, begann Moira betroffen.

»Verschon mich mit deiner Naivität!« unterbrach er sie aufbrausend. »Die Schweinehunde werden mit mir kurzen Prozeß machen, wenn sie mich zu fassen kriegen. Auch wenn ich selbst nicht Hand angelegt habe, werden sie mich wegen Anstiftung zur Sabotage ins Gefängnis stecken! Das Recht der herrschenden Klasse hat nun mal mit Gerechtigkeit nichts zu tun.«

Moira dachte an die unzähligen einpeitschenden Reden, die Byron gehalten und in denen er zur Revolution auch des australischen Proletariats aufgerufen hatte. »Wie oft habe ich dich gewarnt und dir gesagt: ›Wer Gewalt predigt ...‹«

Wieder schnitt er ihr erregt das Wort ab. »Mit dem Predigen ist jetzt Schluß!« erklärte er. »Damit habe ich meine Zeit lange genug vergeudet. Jetzt werden wir für unsere Überzeugung und eine bessere Welt kämpfen – und zwar in Spanien!«

»Nein!« stieß Moira erschrocken hervor.

»O doch!« bekräftigte er grimmig. »Der Militärputsch der Rechten unter General Franco darf nicht mit einem Sieg der Faschisten enden! Mussolini unterstützt die Putschisten mit Waffenlieferungen und einem Kontingent angeblich freiwilliger Soldaten, während Hitler ganz offen seine Luftwaffe Kampfeinsätze fliegen läßt. *Legion Condor* heißt diese 5000 Mann starke Kampftruppe. Die Volksfront der Republikaner braucht in ihrem heldenhaften Freiheitskampf daher dringend Unterstützung. Deshalb werden wir uns den Internationalen Brigaden der Volksfront anschließen, in der Freiwillige aus aller Welt für die Freiheit des spanischen Volkes kämpfen!«

»Das klingt aber nicht so, als hättest du diesen Entschluß erst heute getroffen«, sagte Moira mißtrauisch.

Er zuckte die Achseln. »Was macht das schon für einen Unterschied«, antwortete er ausweichend und bestätigte damit Moiras Verdacht, daß Byron schon vor den Sabotageakten in Port Augusta entschlossen gewesen war, am spanischen Bürgerkrieg auf seiten der kommunistischen Internationalen Brigaden teilzunehmen. »Ein Mann, der sein Pulver wert ist, muß nun mal für seine Überzeugungen einstehen.«

»Und was ist mit uns, mit deiner Familie, Byron?« fragte Moira mit aufflammendem Zorn. »Daran hast du keinen Gedanken vergeudet, nicht wahr? Denn ein Mann, der zuerst einmal für seine Frau und Kinder einsteht, ist in deinen Augen vermutlich sein Pulver nicht wert, richtig?«

»Um dich und die Kinder brauche ich mir keine Sorgen zu machen. Du kommst schon zurecht«, sagte er. »Du hast immer alles gut im Griff gehabt, und daran wird sich auch nichts ändern.«

»Soll ich mich jetzt vielleicht auch noch geschmeichelt fühlen?« fragte Moira sarkastisch.

Byron drückte seine Zigarette aus. »Ich habe weder Lust noch Zeit, mich mit dir über Dinge zu streiten, die sich nicht ändern lassen. Wir werden auf einem Frachter erwartet, der um Mitternacht ausläuft. Mir bleiben gerade noch ein paar Minuten, um einige Sachen einzupacken, dann muß ich los«, sagte er schroff, erhob sich und begab sich ins Schlafzimmer, wo er hastig Schuhe, Hemden, Hosen und ein paar andere persönliche Dinge in einen alten Seesack stopfte.

Moira stand in der Tür und sah ihm schweigend zu, mit blassem Gesicht und einem würgenden Gefühl in der Kehle.

»Willst du nicht wenigstens noch zu den Kindern und dich von ihnen verabschieden?« fragte sie, als er fertig war und seinen Mantel wieder anzog. »Es kann nämlich sein, daß du sie zu Halbwaisen machst. In Kriegen soll es Tote geben, habe ich mir sagen lassen. Ich weiß nicht, ob auch du schon davon gehört hast.«

»Die Kinder brauchen ihren Schlaf, und ich habe keine Zeit mehr«, erwiderte er. »Und was deinen Sarkasmus betrifft, so steht er dir nicht gut zu Gesicht, Moira! Er paßt so gar nicht zu deiner Natur. Versuch es besser mit Beten, darin bist du besser.«

»Ich möchte dich noch etwas fragen«, sagte Moira, als sie schon an der Haustür standen.

»Ja, was denn?« fragte er ungeduldig.

»Du hast vorhin von ›wir‹ gesprochen. Hast du damit nur Percy gemeint, oder gehen auch noch andere von deinen kommunistischen Freunden mit?«

»Ja, wir sind zu acht.«

»Und gehört zufälligerweise auch die hübsche, junge Fanny Jenkins zu eurer verschworenen Gruppe?« Moira hatte Mühe, diese Frage auszusprechen und damit den Verdacht, der sie schon seit vielen Monaten quälte.

Byron zögerte sichtlich mit seiner Antwort. Dann aber blickte er ihr offen ins Gesicht und sagte fast entschuldigend: »Ja, Fanny ist auch dabei, Moira.«

Mehr brauchte er nicht zu sagen. Moira las die Wahrheit auf seinem verlegenen, schuldbewußten Gesicht. Und der Schmerz war größer, als sie geglaubt hatte.
»Es tut mir leid, Moira«, murmelte er, die Hand auf dem Türknauf, und wartete auf eine Antwort. Als jedoch keine kam, senkte er den Kopf, öffnete die Tür und lief rasch durch den Regen zum schwarzen Gewerkschaftswagen, der mit laufendem Motor am Bordstein auf ihn wartete.
Moira sah dem Wagen nach, der Byron zum Hafen brachte, wo Fanny Jenkins, das blutjunge Ding mit den herrlich honigblonden Haaren, wohl schon auf ihn wartete.
Ja, du brauchst dir wirklich keine Sorgen um uns zu machen, Byron. Du hast ja so recht, ich habe alles gut im Griff. Und du wirst jetzt bestimmt nichts dagegen haben, daß ich mit den Kindern nach Melbourne ziehe!
O ja, sie hatte ihr Leben bestens im Griff, hatte es immer im Griff gehabt, nicht wahr? Zwar hatte sie nie gefunden, was sie gesucht hatte, aber von Rebecca hatte sie ja gelernt, daß dies nun mal kein Grund zur Klage, sondern die wahre Natur des Lebens war.
Die Dunkelheit verschluckte den Wagen. Windböen trieben Regenschleier in den Hauseingang und Moira ins Gesicht, wo sich der Regen mit ihren Tränen vermischte.

VIERTES KAPITEL

Die Nachricht, daß Byron buchstäblich bei Nacht und Nebel das Land verlassen hatte, um sich im spanischen Bürgerkrieg den internationalen Brigadisten anzuschließen, löste am nächsten Morgen bei Jill und Howard Bestürzung und Empörung aus. Moira verschwieg jedoch, daß Byron sich auch deshalb ins ferne europäische Ausland abgesetzt hatte, um Gras über die Sprengstoffanschläge in Port Augusta wachsen zu lassen, und daß er sie mit Fanny Jenkins betrog, die seine Tochter hätte sein können. Es gab Schmerzen, die man besser ertrug, wenn man das Wissen um die Ursachen darum mit anderen teilte. Dieser Schmerz gehörte, wie Moira nach reiflicher Überlegung in den langen Nachtstunden eingesehen hatte, nicht dazu.

Douglas und Henrietta reagierten mit Unverständnis und Verstörung, als Moira ihnen mitteilte, daß ihr Vater sich letzte Nacht auf einem Frachter eingeschifft hatte und auf den Weg nach Spanien war, um dort an einem Bürgerkrieg teilzunehmen. Vor allem konnten sie nicht verstehen, daß er sich keine Zeit genommen hatte, um sich wenigstens von ihnen zu verabschieden.

»Dad hat uns einfach vergessen«, schluchzte Henrietta, und Tränen liefen ihr über das Gesicht. »Er hat uns nicht mehr lieb, Mom!«

Moira hatte mit diesem Vorwurf gerechnet. »Was redest du denn da für einen Unsinn, Kind. Natürlich liebt er euch. Und er hat euch auch nicht vergessen. Er wollte euch nicht aus dem Schlaf holen, ist aber noch zu euch ins Zimmer gegangen und hat euch zum Abschied einen Kuß gegeben«, log sie, weil sie wußte, daß die Wahrheit zu schmerzhaft für ihre Kinder gewesen wäre, und drückte ihre Tochter an sich. »Er wäre gern länger geblieben, um noch Zeit mit euch verbringen zu können, aber leider ist das nicht möglich gewesen.«

»Und warum nicht?« fragte Douglas, aus Erfahrung mißtrauisch und längst nicht so gutgläubig wie seine Schwester. »Er hätte doch auch ein anderes Schiff nehmen können!«

»Die Passage war für die ganze Gruppe schon bezahlt, und das viele Geld wäre verfallen«, log Moira gezwungenermaßen weiter. »Und wenn sie auf der Rückfahrt nicht diese unglückselige Panne gehabt hätten, wäre euer Vater ja auch schon einen Tag früher zurück gewesen. Aber manchmal geht es nicht so, wie wir es planen und es uns wünschen.«

Douglas sah sie skeptisch an, beließ es jedoch dabei und zuckte nur die Achseln, als wäre ihm sein Vater sowieso gleichgültig. Moira wußte jedoch, daß er sich nur so ungerührt und erwachsen gab, während er in Wirklichkeit den Trost ihrer Lüge genauso brauchte wie seine Schwester.

Noch am selben Vormittag führte Moira ein Telefongespräch mit Anthony in Melbourne. »Gilt dein Angebot noch immer?«

»Mehr denn je, Moira.«

»Dann hast du jetzt eine Partnerin. Ich hoffe, daß es keiner von uns bereuen wird.«

»Wenn wir etwas bereuen werden, dann höchstens unsere Dummheit, daß wir uns nicht schon eher zusammengetan haben. Wann kannst du mit deinen Kindern in Melbourne sein?«

»Wir kommen in drei Tagen. Ich rufe dich vorher noch einmal an und gebe dir die Ankunftszeit unseres Zuges durch.«

»Wunderbar. Ich kann es kaum noch erwarten, bis du das Haus siehst, das ich in der Swanston Street erworben habe. Es hat über den Geschäftsräumen zwei freie, recht ansprechende Wohnungen und unten ausreichend Platz für unsere Galerie.«

Drei Tage später holte Anthony sie und die Kinder am späten Nachmittag vom Bahnhof ab. Douglas und Henrietta verstanden sich auf Anhieb mit ihm. Anthony hatte alles sorgfältig geplant. Er hielt für Moira einen herrlichen Blumenstrauß und für ihre Kinder liebevoll verpackte Geschenke bereit, und er hatte sich den Spaß erlaubt, einen Dienstmann zu verpflichten, der bei ihrer Ankunft auf dem Bahnhof einen kleinen roten Teppich ausrollte, was Moira erst in Verlegenheit brachte, bevor sie in das Gelächter ihrer Kinder einstimmte, die das kleine Spektakel auf dem Bahnsteig und die Aufmerksamkeit der anderen amüsierten Fahrgäste genossen.

Ein geräumiges Taxi brachte sie in die Swanston Street, wo es vor einem vierstöckigen Patrizierhaus hielt, das mit seiner kunstvollen Fassade und den kleinen halbrunden Balkonen noch aus der Zeit vor dem verheerenden Börsenkrach von 1929 und dem Beginn der Weltwirtschaftskrise stammte.

Henrietta bemerkte Moiras Überraschung als erste. Kaum war sie aus dem Wagen gestiegen, da streckte sie den Arm aus und rief aufgeregt: »Mom! Mom! Sieh doch, da an dem Haus steht unser Name!«

Nun fiel auch Moira der elegante Schriftzug aus geschwungenen Bronzebuchstaben auf, der über dem von innen verhängten Schaufenster angebracht war und nur aus zwei Namen bestand: *Sullivan & Shaw*.

Anthony warf ihr einen fragenden Blick zu, als sei er sich nicht sicher, das Richtige getan zu haben. »Ich habe diesmal auf den Zusatz ›Art Gallery‹ verzichtet. Jedermann wird schon bald wissen, wofür *Sullivan & Shaw* stehen. Aber wenn du lieber deinen Mädchennamen Mayfield verwenden möchtest, dann brauchst du es nur zu sagen, und wir ändern das gleich morgen.«

Moira schüttelte den Kopf. Ihren Namen dort über dem Portal in vornehmer Bronzeschrift prangen zu sehen erschien

ihr wie ein wunderbarer Traum – und zugleich wie Hochstapelei. *Sullivan & Shaw*. Nur zwei Namen, die als Markenzeichen für etwas stehen sollten, was sie sich noch gar nicht vorstellen konnte.
»*Sullivan & Shaw* – ich finde, das klingt gut!« meinte Douglas begeistert und voller Stolz. »Das wird bestimmt ein toller Laden, Mom!«
»Worauf du dich verlassen kannst, Sullivan junior!« sagte Anthony und zwinkerte ihm zu.
Moira nickte und sagte mit einem zaghaften Lächeln: »Ja, der Name klingt ganz gut«, hatte jedoch ein flaues Gefühl im Magen. Denn mit einem wohlklingenden Namen allein würde es nicht getan sein. Was war, wenn sich Anthony und Victor getäuscht hatten und sie die Erwartungen nicht zu erfüllen vermochte? Ihr war schon einmal außergewöhnliches Talent bestätigt und eine großartige Zukunft verheißen worden. Doch dann hatte die Frucht nicht gehalten, was die Blütenknospe versprach.

Um sich Sorgen zu machen und ihren ganz privaten Schmerz zu verarbeiten, blieb Moira in den folgenden dreieinhalb Monaten wenig Zeit. Ein gewaltiger Berg von Arbeit wartete darauf, systematisch angegangen und bezwungen zu werden. Dabei galt die Devise, weder zu weit nach oben noch zu sehr nach unten zu schauen, wenn man den Mut nicht verlieren wollte.
Wenn Anthony auch nicht mehr über große physische Ausdauer verfügte, so besaß er doch sehr präzise Vorstellungen davon, wie die Neugründung einer Kunstgalerie in Angriff zu nehmen war und was Moira zu tun und zu lernen hatte. Daß die ersten Jahre für Moira kein geruhsamer Spaziergang durch einen idyllischen Rosengarten werden würden, zeigte sich schon in den ersten Wochen. Anthony nahm es ernst mit der Partnerschaft, wie er sie ihr angetragen hatte. Seine

langjährige Erfahrung und seine alten Kontakte machten einen Teil des Kapitals aus, das er einbrachte. Er stellte auch die finanziellen Mittel, die nach einigen unglücklichen Spekulationen in London und dem Erwerb des Hauses in Melbourne zwar ausreichend, aber nicht länger üppig zu nennen waren und schon gar nicht zur Verschwendung einluden. Dafür verlangte er, wie er es ihr in Sydney schon in aller Offenheit gesagt hatte, ihre Arbeitskraft bis zur Erschöpfung und ihren entschlossenen Willen, möglichst schnell zu lernen.

Moira verdrängte jeden Morgen aufs neue die dumpfe Angst vor dem Versagen und stürzte sich mit bedingungsloser Hingabe in diese Flut von Arbeiten, Terminen und Studien. Allein schon die Besprechungen mit dem Architekten und dem Innendekorateur sowie die Überwachung der Umbauten in den zukünftigen Ausstellungsräumen hielten sie in Atem. Sie fand kaum die nötige Zeit für die Einrichtung ihrer wunderschönen hellen und geräumigen Wohnung, die gleich über der Galerie lag. Anthony wohnte über ihr in einem etwas kleineren Apartment. Die beiden anderen Wohnungen im dritten und vierten Stockwerk des Hauses, das über einen Aufzug verfügte, waren an einen Rechtsanwalt mit seiner kinderreichen Familie und an zwei alleinstehende ältere Damen, die Zwillingsschwestern Flora und Florence Roderick, vermietet, die einst mit ihren gemeinsamen Klavierkonzerten in Victoria zu regionaler Berühmtheit gelangt waren, später am Konservatorium Unterricht erteilt hatten und jetzt nur noch wenigen Schülern in ihrer Wohnung unter dem Dach an ihrem Flügel Privatstunden gaben.

Douglas und Henrietta lebten sich schneller in ihrer neuen Umgebung ein, als Moira es sich erhofft hatte. Nach den primitiven Behausungen ihres Wanderlebens und der Enge bei Jill und Howard waren sie von der Geräumigkeit und Ausstattung ihrer neuen Wohnung geradezu überwältigt. Die Zimmer verfügten über hohe Fenster und glänzende

Parkettfußböden, es gab fließendes warmes Wasser, so daß Wasser zum Baden nicht erst umständlich in der Küche auf dem Herd erhitzt werden mußte, eine funktionierende Heizung und im Wohnzimmer sogar einen mit weißschwarzem Marmor verkleideten Kamin. Was Douglas und Henrietta jedoch übereinstimmend als Krönung betrachteten, war, daß sie sich nicht länger eine dunkle, enge Kammer zu teilen brauchten. Hier in der Swanston Street besaß jeder von ihnen sein eigenes kleines Zimmer, jedes mit einem großen Fenster samt Vorhängen.

Voller Liebe und Dankbarkeit beobachtete Moira, mit wieviel Stolz und Begeisterung ihre Kinder sich gegenseitig in ihr eigenes, kleines Reich einluden. Es fiel ihr auch ein Stein vom Herzen, als sie sah, daß Douglas und Henrietta innerhalb weniger Tage Freundschaft mit den vier Kindern des Rechtsanwalts James Colburn aus dem dritten Stock schlossen, die zwischen neun und fünfzehn Jahre alt waren und sie rasch mit den anderen Kindern in der Nachbarschaft bekannt machten. Sogar mit den beiden grauhaarigen, stets makellos gekleideten und frisierten Klavierlehrerinnen Flora und Florence Roderick, die darauf bestanden, nach französischer Art mit »Madame« angesprochen zu werden, kamen Douglas und insbesondere Henrietta überraschend gut aus. Dabei standen die beiden Frauen in dem Ruf, es besonders bei Halbwüchsigen mit den Manieren und gesellschaftlichen Konventionen so kompromißlos genau zu nehmen wie mit dem Metronom, mit dem jedem ihrer Eleven, wie sie ihre ausgewählten Schülerinnen zu bezeichnen pflegten, die absolute Taktsicherheit eingebleut wurde.

Bei aller Arbeit und inneren Anspannung, ob sie den Anforderungen dieser Partnerschaft auch gewachsen sein würde, war Moira doch glücklich, wieder in dieser Stadt am gewundenen Yarra River zu leben, deren Zauber sie schon als junge Frau erlegen war und die ihr nun, achtzehn Jahre nach dem Skandal, eine neue Chance bot. Sie spürte förmlich, wie sie in Melbourne auflebte, das schon immer für alle Bereiche der Kunst großes Interesse gezeigt hatte und sich zu Recht einer kultivierten Lebensart rühmte. Mehr und mehr erfüllte sie das beglückende Gefühl, endlich ihre Heimat gefunden zu haben, den Ort in ihrem Leben, in dem sich ihr Leib und ihre Seele zu Hause fühlten und wo ihre Wurzeln kraftvoll und freudig in die Tiefe drängten, um für immer festen Halt zu finden. Gleichzeitig richteten die kleinen Fortschritte und ersten Erfolgserlebnisse, die sich mit den Wochen harter Arbeit einstellten, ihr schwer angeschlagenes Selbstbewußtsein auf. Und als dann das erste Lebenszeichen von Byron in Form einer Postkarte aus Spanien bei ihr eintraf, die Jill ihr nachgeschickt hatte, da warfen sie die wenigen Zeilen nicht gleich wieder aus dem Gleichgewicht.

Byron hatte es sich leichtgemacht. Der kurze Text, der von einer langen und ungemütlichen Seereise und dem Eintreffen »unserer Gruppe« berichtete, war pauschal an *Ihr Lieben zu Hause!* gerichtet. Die Kinder freuten sich über die Postkarte, der fortan alle vier, fünf Monate eine weitere folgen sollte, die eine so unverschämt allgemein und banal im Inhalt wie die andere. Sie würfelten darum, wer sie in seinem Zimmer aufhängen durfte, und Moira machte gute Miene zum bösen Spiel. Im stillen dachte sie jedoch, daß Byron zwar tapfer genug war, um in diesem Bürgerkrieg sein Leben zu riskieren, aber doch nicht genug Mut und Charakterstärke besaß, um ihr einen persönlichen Brief zu schreiben, in dem er Vorschläge machte, wie es mit ihnen weitergehen sollte. Sie setzte sich noch am selben Abend hin und schrieb einen Brief an die Adresse in Spanien, die als Absender auf der Postkarte stand. Darin teilte sie ihm mit, daß sie mit den Kindern nach Melbourne gezogen war, als Partner von Anthony Shaw demnächst eine Kunstgalerie eröffnete und von ihm zu erfahren erwartete, welche Rolle er zukünftig noch in ihrem Leben und dem ihrer Kinder zu spielen gedachte – vorausgesetzt, er überlebte sein spanisches Brigadisten-Abenteuer. Mehrmals zerriß sie den schon fast fertigen Brief, weil es ihr ungeheuer schwerfiel, einen nüchternen Ton einzuhalten und auf bittere und sarkastische Formulierungen zu verzichten. Der Brief, den sie schließlich tags darauf zur Post brachte, klang so nüchtern wie ein amtliches Schreiben und erwähnte Fanny Jenkins nicht mit einem einzigen Wort.

Die Antwort, die sie Monate später von ihm erhielt, war kurz und eine seltsame Mischung aus trotziger Selbstbehauptung und windelweichem Werben um Verständnis für seine »kritische und etwas verworrene Lebensphase«. Er bedauerte, daß die Umstände ihm keine andere Wahl gelassen hätten, als »vorübergehend« seinem politischen Gewissen den Vorzug vor seiner Verantwortung als Ehemann und Familienvater zu geben. Bei seiner Rückkehr, so schrieb er ihr, werde Zeit genug sein, alles in Ruhe zu besprechen. Auch in seinem Brief fand Fanny Jenkins keine Erwähnung – wie auch das Wort Scheidung darin nicht vorkam.

Kein Zweifel, Byron wollte sich alle Türen offenhalten.

Die Idee, *Sullivan & Shaw* mit einer umfassenden Werkausstellung des Archibald-Preisträgers Victor White zu eröffnen, kam von Moira.

Anthony winkte ab. »Vergiß es, Moira. Du weißt doch, wie kauzig Victor in solchen Dingen ist. Bilder verkauft er nur an private Sammler, und auch dann trennt er sich nur höchst ungern von ihnen. Das ist nun mal die Crux mit Künstlern, die finanziell unabhängig sind und nicht gern in der Öffentlichkeit stehen. Er haßt Ausstellungen, besonders wenn er auch noch in persona erscheinen soll. Nein, diesen Gefallen wird er nicht einmal mir tun. Einen von den großen australischen Malern wie Rupert Bunny, Hans Heysen, Max Meldrum oder gar Arthur Streeton für eine unserer ersten Ausstellungen zu gewinnen ist schon unwahrscheinlich und käme

einer Sensation gleich. Aber sogar dafür stehen die Chancen noch besser, als Victor zu seiner ersten Werkausstellung bewegen zu können.«
»Ich möchte es dennoch versuchen, Anthony.«
»Ganz wie du möchtest, Moira. Aber ich sage dir schon heute, daß es verlorene Liebesmüh ist!« prophezeite ihr Anthony.
Moira fuhr gleich am nächsten Tag nach Sydney. Sechs Tage später kehrte sie zurück, müde, aber mit einem strahlenden, triumphierenden Lächeln auf dem Gesicht.
»Erzähl mir bloß nicht, daß Victor zugestimmt hat!« waren Anthonys ersten Worte, als sie sich wiedersahen.
Moira lachte. »Er hat sich wahrlich heroisch gewehrt, um das Übel einer Werkausstellung abzuwenden. Aber schließlich hat er doch die Waffen strecken müssen. Ich habe seine Zusage nicht nur schriftlich, sondern auch schon eine Auswahl getroffen und die ersten Bilderkisten mitgebracht. Und noch etwas: Er wird zur Eröffnung erscheinen.«
Anthony sah sie ungläubig an. »Das ist …« Er schüttelte fassungslos den Kopf. »Ich kann es nicht glauben. Würdest du mir verraten, wie du das angestellt hast?«
»Ganz einfach: Ich habe ihm meinen Körper für die Dauer meines Aufenthaltes verkauft«, antwortete sie vergnügt, als wäre das das Selbstverständlichste von der Welt.
»Um Gottes willen!« rief Anthony erschrocken. »Ich werde keine ruhige Minute mehr haben, wenn …«
Amüsiert unterbrach sie ihn. »Ich habe ihm nur Modell gestanden, Anthony«, erklärte sie schnell. »Als ich mit den Kindern wieder nach Sydney zurückgezogen bin, da hat er mich immer wieder bekniet, ihm noch einmal als Modell zur Verfügung zu stehen. Aber ich habe das stets abgelehnt. In meinem Alter und als Mutter von zwei Kindern fand ich das nicht gerade erstrebenswert.«
»Von wegen! Du bist auch heute noch eine sehr ansehnliche Frau!« versicherte Anthony. »Ich kann sehr gut verstehen, warum er so versessen darauf gewesen ist, dich noch einmal

malen zu dürfen – nun mit der erotischen Ausstrahlung einer reifen Frau.«

Moira lächelte verlegen. »Wie auch immer, wir werden jedenfalls die erste Galerie im Land sein, die der Öffentlichkeit eine Victor-White-Werkausstellung präsentiert.«

Anthony schloß sie begeistert in seine knochigen Arme. »O Moira, das wird in der Kunstszene wie ein Paukenschlag wirken – und zwar nicht nur hier in Melbourne, sondern im ganzen Land!«

Der Erfolg der umfassenden Victor-White-Werkausstellung, mit der *Sullivan & Shaw* zu Beginn des Frühlings im Oktober eröffnete, übertraf ihre kühnsten Erwartungen. Allein schon die Ankündigung der Ausstellung fand im Kulturteil aller großen Tageszeitungen des Landes Beachtung, ganz zu schweigen von den ausführlichen und überwiegend enthusiastischen Berichten, die nach der Eröffnung erschienen. Hier und da fanden sich, wie nicht anders zu erwarten, Anspielungen an jene schlagzeilenmachenden Ereignisse vor fast zwanzig Jahren, die zu Anthony Shaws überstürzter Abreise und Übersiedlung nach London geführt hatten. Aber nach so langer Zeit schien sich niemand mehr für diese alten Geschichten zu interessieren. Das pikante Detail, daß Missis Sullivan mit jener Miss Mayfield von damals identisch war, schien allen Berichterstattern entgangen oder keiner Erwähnung wert zu sein.

Moira war das eine so recht wie das andere. Ihr reichte schon das Interesse, das ihr Victors frühe Aktbilder eintrugen. Denn einige aufmerksame Besucher bemerkten sehr wohl die Ähnlichkeit, die zwischen der Galeristin und der nackten jungen Frau auf den Bildern bestand. Moira hatte diese Aktgemälde nicht ausstellen wollen, sich jedoch Victors Willen beugen müssen, weil er sonst seine Zusage zurückgezogen hätte.

Entgegen ihrer Befürchtung fanden ihre Mutter und Onkel William, die es sich nicht hatten nehmen lassen, zur Eröffnung der Galerie aus River Bend anzureisen, an den Aktbildern nicht das geringste auszusetzen. Sie zeigten überhaupt nur Bewunderung und Stolz, besonders ihre Mutter. Als sie die großzügig geschnittene Wohnung in der Swanston Street betrat, die Moira mit ihren Kindern bewohnte und die sie mittlerweile geschmackvoll eingerichtet hatte, geriet ihre Mutter geradezu in Verzückung. Und als sie dann miterlebte, zu welch einem glanzvollen Ereignis die kunstinteressierte Melbourner Gesellschaft die Galerieeröffnung machte, da konnte keine Mutter stolzer auf ihr erwachsene Tochter sein als sie.

»Daß ich das erleben darf!« sagte sie mit Tränen in den Augen. »Mein Kind, ich bin ja so stolz auf dich. Aber tief in meinem Herzen habe ich immer schon gewußt, daß in dir etwas Außergewöhnliches steckt, das nur wenigen Menschen geschenkt wird. Auch wenn ich es mit meiner einfachen Natur nicht verstanden habe, so habe ich es doch gespürt und fest daran geglaubt, daß du eines Tages etwas Besonderes leisten würdest. Und so ist es nun auch gekommen. Du hast einen langen und schweren Weg hinter dir, das weiß ich nur zu gut, auch wenn du nie darüber gesprochen hast. Doch im Gegensatz zu mir hast du dich niemals unterkriegen lassen, so hart dir das Schicksal auch zugesetzt hat. Du hast die Zähne zusammengebissen und immer wieder einen neuen Weg gesucht, statt dich besiegt zu geben und umzukehren. Ach Kind, wie stolz du mich machst!«

Diese Anerkennung aus dem Mund ihrer Mutter bedeutete Moira mehr, als sie sagen konnte. Sie mußte an sich halten, um nicht in Tränen auszubrechen.

Die Besucher, die zur Eröffnung kamen, waren begeistert, und sogar die Neider unter ihnen mußten widerwillig einräumen, daß Anthony Shaw mit seiner charmanten Partnerin ein grandioses Comeback gelungen war und daß man künftig mit *Sullivan & Shaw* rechnen mußte. Doch obwohl der Besucherstrom auch nach dem Tag der Eröffnung noch über Wochen anhielt, war die Victor-White-Ausstellung alles andere als ein finanzieller Erfolg. Er stürzte die Galerie vielmehr nur noch tiefer in die roten Zahlen. Was jedoch allein daran lag, daß Victor nur ganz wenige Bilder zum Verkauf freigegeben hatte.

»Aber das macht nichts!« erklärte Anthony, dem die Genugtuung über sein gefeiertes Comeback kurzfristig zu einer Rückkehr seiner einstigen Vitalität verhalf. »Wir hätten das Geld gar nicht besser investieren können. Denn jetzt stehen uns alle Türen offen. Wenn wir die frisch geknüpften Kontakte geschickt pflegen, haben wir bald eine solide Kundschaft aus erstklassigen Malern und finanzstarken Sammlern, und dann wird die Galerie auch bald einen Gewinn abwerfen.«

Als Moira an diesem Tag zu später Abendstunde ihren üblichen Rundgang durch die Ausstellungsräume machte, um die Verriegelung der Tür zu prüfen und die Lichter auszuschalten, überkam sie beim Anblick der Gemälde und der gediegenen Ausstattung der Räume plötzlich ein eigenartiges Gefühl. Ihr war, als würde aus ihrem Innern ein wunderbarer Strom der Wärme quellen, der von ihrem ganzen Körper Besitz ergriff und bis in die feinsten Nervenenden drang. Dieses beglückende Gefühl war wie die Erkenntnis, einer großen, einzigartigen Liebe verfallen zu sein und damit gleichzeitig zu sich selbst gefunden zu haben.

FÜNFTES KAPITEL

Nach dem großartigen Erfolg der Galerieeröffnung mit all ihrem Glanz und der Anerkennung warf das Schicksal im November einen dunklen, erschreckenden Schatten auf Moiras Leben und das ihrer Kinder. Von einem Tag auf den anderen wurde Moira an die Vergänglichkeit aller Dinge und die Allgegenwart des Todes erinnert.

Es begann damit, daß Henrietta sich schlapp und müde fühlte. Moira glaubte zuerst, das seien die Folgen der Erkältung, die ihre Tochter gerade erst überstanden und die sie wohl geschwächt hatte.

Doch dann kam Douglas eines frühen Morgens in ihr Zimmer gestürzt und rief aufgeregt: »Mom, Henrietta ist hingefallen, als sie aus dem Bett aufstehen wollte. Sie hat irgend etwas mit ihren Beinen!«

Ein eisiger Schreck durchfuhr Moira, und sie stürzte zu Henrietta ins Zimmer. Ihre Tochter hockte auf der Bettkante, rieb sich die Beine und sagte mit kläglicher Stimme, als schämte sie sich, etwas beichten zu müssen: »Ich kann meine Beine nicht mehr so richtig fühlen, Mom. Sie wollen nicht mehr so, wie ich will. Und hier ist mir auch so komisch.« Sie legte eine Hand auf ihre Bauchdecke.

Eine entsetzliche Ahnung überfiel Moira. Und der schlimme Verdacht wurde wenig später vom Kinderarzt im Krankenhaus bestätigt. Die Diagnose lautete auf spinale Kinderlähmung.

Moira wollte es erst nicht wahrhaben. »Kann es denn nicht auch etwas anderes sein, Doktor Wesley?« Sie suchte nach einem Strohhalm der Hoffnung, an den sie sich klammern konnte.

Doktor Charles Wesley, ein gutaussehender Arzt in den

besten Jahren, schüttelte bedauernd den Kopf. »Es tut mir leid, aber an der Erkrankung Ihrer Tochter an Polio besteht nicht der geringste Zweifel.«

Erst zwei Tage später, als sich zu den Gefühlsstörungen und Muskelspasmen in den Beinen eine eindeutige Bauchdeckenschwäche sowie Fieberschübe gesellt hatten, wagte Moira dem Arzt die Frage zu stellen, die sie Tag und Nacht quälte: »Wie stehen die Chancen, daß mein Kind wieder ganz gesund wird?«

Doktor Wesley zuckte die Achseln. »Das ist in diesem Stadium unmöglich zu beantworten. Es kommt ganz darauf an, welchen Verlauf die spastischen Lähmungen nehmen. Wenn sie sich nur auf die Beine Ihrer Tochter beschränken, kann die Krankheit einen vergleichsweise milden Verlauf nehmen«, sagte er und betonte dabei das Wort »vergleichsweise« nachdrücklich. »Sollten jedoch andere Glieder und Organe befallen werden …« Er führte den Satz nicht zu Ende, sondern sagte schnell: »Sie können darauf vertrauen, daß wir alles tun, was in unserer Macht steht, Missis Sullivan.«

Moira durchlebte Höllenqualen in den folgenden kritischen Tagen, in denen sich entschied, ob die Lähmungen nur auf die Beine beschränkt blieben oder auch auf lebenswichtige Organe wie Herz und Lunge übergriffen – was den sicheren Tod bedeutete. Sie versuchte mit aller Macht und dennoch vergeblich das Wissen zu verdrängen, daß seit Beginn des Winters allein in Victoria schon über tausend Kinder dieser fürchterlichen Krankheit zum Opfer gefallen waren. Sie betete so inbrünstig wie noch nie in ihrem Leben zuvor. Es fiel ihr schwer, niederzuknien und aufrichtig »Dein Wille geschehe« zu beten, wenn es womöglich Gottes Wille war, ihre Tochter zu sich zu nehmen.

Moira weinte hemmungslos vor Dankbarkeit und Erlösung von ihren Qualen, als Doktor Wesley ihr schließlich mitteilte, daß er jetzt sicher sei, ein Fortschreiten der Lähmung auf andere Teile des Körpers ausschließen zu können. Auch

Douglas wischte sich verstohlen Tränen aus den Augen, als er das hörte, tat dann aber so, als hätte er gar nichts anderes erwartet. »Daß Henrietta sich nicht unterkriegen läßt, war doch klar, Mom«, gab er sich scheinbar unbeeindruckt und verschwieg auch, daß er seine Sparbüchse geleert hatte, um jeden Morgen und jeden Abend in der Kirche eine Kerze für seine kranke Schwester aufzustellen. Aber Moira wußte dennoch davon. »Die ist doch ein richtig zähes Luder.«

Moira vergaß in den folgenden schweren Wochen nie ihre Dankbarkeit, daß ihre Tochter dem Tod durch Kinderlähmung entgangen war. Sie vermochte jedoch nicht zu verhindern, daß sie gelegentlich in Schwermut verfiel, wenn sie sah, wie gering die Fortschritte ausfielen, die Henrietta während ihres langen Krankenhausaufenthaltes machte. Trotz intensiver Massagen und Bewegungsübungen gewann sie die Kontrolle über ihre Beine nicht zurück. Es bedrückte sie, wenn sie an die Zukunft ihres Kindes dachte. Henrietta würde zwar nicht für lange Zeit an den Rollstuhl gefesselt sein, jedoch auf Krücken und diese schrecklich sperrigen Orthesen angewiesen bleiben, die sie um ihre Beine schnallen mußte, damit diese nicht unter ihr nachgaben und sie zu Boden stürzen ließen. Sie würde immer knöchellange Kleider tragen müssen, damit man die häßlichen, metallverstärkten Stützkorsetts an ihren Beinen nicht sah. Und in einigen Jahren, wenn Henrietta alt genug war, um mit anderen Mädchen an den Strand von St. Kilda zu fahren oder zum Tanzen zu gehen, würde sie von all diesen wunderbaren Erlebnissen ausgeschlossen bleiben …

Moira zerbrach das Herz, wenn sie sah, wie tapfer ihre Tochter ihre schwere Behinderung ertrug und wie sehr sie sich bemühte, sich ein scheinbar unbekümmertes Lächeln abzuringen, obwohl ihr innerlich vermutlich viel eher zum Weinen zumute war.

»Sie erwarten zu viel in zu kurzer Zeit, Missis Sullivan«, sagte Doktor Wesley und versuchte ihr Mut zu machen. »Ihre

Tochter macht Fortschritte, auch wenn diese in Ihren Augen kaum der Rede wert zu sein scheinen. Aber wenn Henrietta weiterhin regelmäßig Massagen erhält und konsequent jeden Tag an den gymnastischen Übungen festhält, dann hat sie eine gute Chance, eines Tages wieder richtig gehen zu können – und zwar ohne Orthesen und ohne Krücken.«

»Und wie lange wird das dauern?«

»Jahre«, lautete die ehrliche Antwort des Arztes. »Wie viele Jahre, weiß allein Gott.«

Anthony und Jill, die schon in den ersten kritischen Tagen aus Sydney angereist waren und für drei Wochen blieben, waren ihr in dieser schweren Zeit eine große Hilfe, sowohl in praktischer Hinsicht als auch mit ihrem unermüdlichen Zuspruch. Ein großer Trost waren, wie stets in Zeiten großer persönlicher Krisen, Rebeccas Briefe. Auch ihre Mutter hatte kommen wollen, aber die Schwindelanfälle, unter denen sie seit ihrer Rückkehr nach River Bend litt, hielten sie zu ihrer großen Betrübnis davon ab, nach Melbourne zu reisen.

Am Tag vor Weihnachten wurde Henrietta aus dem Krankenhaus entlassen. Am Abend desselben Tages sagte Henrietta nach dem Gutenachtgebet plötzlich mit erstickter Stimme zu Moira: »Es tut mir ja so leid, Mom.«

»Was tut dir leid, Kind?«

»Das mit meiner Krankheit. Es tut mir leid, daß ich dir so viele Sorgen gemacht habe und daß du so viel Zeit bei mir im Krankenhaus verbringen mußtest, wo du doch so viel in der Galerie zu tun hast. Und nun verderbe ich euch auch noch das Weihnachtsfest«, schluchzte Henrietta und vermochte nun die Tränen nicht länger zurückzuhalten.

Moira war von den Selbstvorwürfen ihrer Tochter erschüttert. »Ach, Kind, wie kannst du nur so etwas Dummes denken!« rief sie erschrocken, während ihr die Tränen in die Augen schossen und sie die Tochter in ihre Arme schloß. »Ich bin dir doch nicht böse, daß du krank geworden ist, und Douglas natürlich auch nicht. Ganz im Gegenteil, mein

Schatz. Wir sind überglücklich, daß du wieder bei uns bist. Das ist für uns das schönste Weihnachtsgeschenk. Und wir werden zusammen mit Anthony und euren Großeltern ein wunderbares Fest haben!«

»Aber vielleicht werde ich nie mehr so herumlaufen und dir helfen können wie früher«, wandte Henrietta unter Tränen ein, und Moira dachte bewegt, wie bezeichnend es doch für das Wesen ihrer Tochter war, daß sie zuerst an die Sorgen und Beschwernisse anderer dachte und nicht an ihre eigenen.

»Fürchtest du wirklich, ich könnte dich mit Krücken und Orthesen weniger lieben als vorher?« fragte Moira.

Ihre Tochter biß sich auf die Lippen und nickte.

Moira schüttelte lächelnd den Kopf, wischte ihr zärtlich die dicken Tränen von der Wange und ergriff ihre Hände. »Komm, ich will dir eine Geschichte erzählen, die ich erlebt habe, als ich nur wenige Jahre älter war als du. In dieser Geschichte geht es um ein krankes Mädchen namens Sophie.«

»Ist das die Sophie, für die du jeden Abend betest?«

Moira nickte und erzählte ihr nun von Sophie Lyndham und wie sie einst dem Vater des Mädchens ihr Mitleid hatte ausdrücken wollen, weil sie glaubte, die schwere Krankheit seiner Tochter bedeutete für ihn und die ganze Familie eine traurige, schwere Bürde. »Und weißt du, was er mir da geantwortet hat? Ich kann mich daran auch nach so vielen Jahren noch genau erinnern. ›Eine solche Krankheit hat auch sein Gutes, so zynisch das auch klingen mag. Vermutlich hätte ich nie die Chance gehabt, so viel Zeit mit meiner Tochter zu verbringen, ihr so nahe zu sein und von ihr so reich mit Liebe beschenkt zu werden, wenn sie so gesund wie ihre Brüder zur Welt gekommen wäre. Nein, Sophie ist keine Bürde für unsere Familie, Miss Mayfield, sie ist Geschenk und Segen wie unsere anderen Kinder, nur auf eine andere Art und Weise.‹ Das waren seine Worte, mein Kind. Damals war ich noch zu jung, um das richtig zu verstehen. Denn nur wenn

man selbst Kinder hat, kann man diese Liebe und diese Gedanken nachempfinden.«
»Und du meinst wirklich, daß auch ich keine Last für euch bin, auch wenn ich vielleicht nie wieder laufen kann?« fragte Henrietta, die aufmerksam zugehört hatte, hoffnungsvoll.
Moira strich ihr zärtlich über das tränenfeuchte Gesicht. »Nein, du bist ein Segen, mein Kind, und das wirst du immer sein.«
Henriettas Gesicht verlor den traurigen Ausdruck und begann zu leuchten.
Ja, ihre Tochter wieder bei sich zu haben war das schönste Weihnachtsgeschenk, das Moira sich denken konnte.

SECHSTES KAPITEL

Weltpolitisch gesehen traf Hitler mit seiner skrupellosen Expansionspolitik, die er immer unverblümter propagierte, die folgenschwersten Entscheidungen im Jahre 1938. Auf den Einmarsch in Österreich, der als »Anschluß« an das Deutsche Reich deklariert und von über neunundneunzig Prozent der Österreicher in einer nachträglichen Abstimmung sogar befürwortet wurde, erpreßte Hitler mit Kriegsdrohungen von den europäischen Großmächten das Münchner Abkommen, das die Zerschlagung der Tschechoslowakei und die Einverleibung des Sudetenlandes in das Tausendjährige Reich zur Folge hatte. Die Einführung der Kennkarte für Juden und der systematische Ausbau der Konzentrationslager fand dagegen weltweit kaum Beachtung. Wie auch der andauernde Bürgerkrieg in Spanien nur kurzzeitig wieder ins Bewußtsein der Weltöffentlichkeit rückte, als Vertreter von Deutschland, Italien, Frankreich und Großbritannien sich darüber einigten, die Kosten in Höhe von über anderthalb Millionen Pfund Sterling für die Rückführung der vielen zehntausend Freiwilligen zu übernehmen – vorausgesetzt, es kam zu einem Abzug. Denn obschon die Putschisten und Nationalisten unter General Franco längst die Oberhand gewonnen und einen Großteil des Landes brutal unter ihre Kontrolle gebracht hatten, leisteten die Volksfront und die internationalen Brigadisten noch immer erbitterten Widerstand. All diese fernen weltpolitischen Ereignisse standen in Australien im Schatten der großartigen Feiern, mit denen die Gründung der einstigen Sträflingskolonie vor 150 Jahren begangen wurde.

Moira brachte das Jahr beruflich einige schöne Erfolge und damit ein wachsendes Selbstvertrauen in ihre Fähigkeiten. Mit Anthonys Unterstützung wuchs sie beständig in die ebenso komplexe wie faszinierende Aufgabe hinein, eine anspruchsvolle Kunstgalerie zu führen. Ihre Kontaktfreudigkeit und ihr natürlicher Charme erwiesen sich dabei als große Hilfe, ersetzten jedoch nicht die harte Arbeit, die sich hinter der glanzvollen Fassade verbarg und mit der allein Branchenkenner vertraut waren. Und es *war* hart, sich in einer Stadt wie Melbourne mit ihrer starken und einflußreichen Konkurrenz zu behaupten. Doch sie setzte sich durch und gewann einige etablierte Künstler, die *Sullivan & Shaw* fortan exklusiv in Victoria betreute und deren Werke die Galerie verkaufte, was sie allmählich aus den roten Zahlen führte. Und Moira sicherte sich eine Reihe Bilder von einigen noch unbekannten Malern, an deren Zukunft sie glaubte.

Für Moira Sullivan, die Geschäftsfrau und Mitinhaberin von *Sullivan & Shaw*, hätte sich das Jahr 1938 kaum besser gestalten können. Denn einen noch steileren Aufstieg zu erwarten wäre undankbar und vermessen gewesen. Doch privat wurde 1938 für Moira zu einem Jahr der Trauer, obwohl Henrietta hoffnungsvolle Fortschritte machte.

Ihre Mutter wurde wenige Tage vor Ostern mit Herzrhythmusstörungen in das Krankenhaus von Mildura eingeliefert. Onkel William rief sie sofort an, und zwei Stunden später saß sie mit ihren Kindern im Zug. Als sie in Mildura eintrafen, war Eleanor McGregor jedoch schon tot.

Der viel zu frühe Tod seiner zweiten Frau machte Onkel William von einem Tag auf den anderen zu einem gebrochenen, alten Mann, in dem jeder Lebenswille erlosch. »Sie war eine wunderbare, großartige Frau«, sagte er mit zitternder Stimme. »Es war so schön zu leben, als Eleanor lebte.«

Moira war erschüttert vom plötzlichen Tod ihrer Mutter und daß es ihr nicht vergönnt gewesen war, von ihr Abschied zu nehmen, aber auch von der abgrundtiefen Trauer ihres Onkels, den sie als unbedarftes junges Mädchen bezichtigt hatte,

ihre Mutter nur aus Berechnung geheiratet zu haben. Wie sehr sie ihm doch Unrecht getan hatte!
Am Tag der Beerdigung sah sie Adrian, Melissa und ihre drei Kinder wieder, und so traurig der Anlaß für das Wiedersehen auch war, so besaß die Tatsache, daß sie sich inzwischen unverkrampft begegnen konnten, doch etwas sehr Tröstliches. Es bewies, daß Zeit sehr wohl die Kraft hatte, Wunden zu heilen, von denen man einst geglaubt hatte, daß sie sich nie schließen und nie zu schmerzen aufhören würden.
Beim anschließenden Leichenschmaus im *Royal Victoria* erneuerten Douglas und Henrietta ihre Bekanntschaft mit den Flynn-Kindern. Douglas, der ein unstillbares Interesse für alles Technische entwickelt hatte und entschlossen war, Ingenieur zu werden, fand in Henry eine verwandte Seele. Adrians Adoptivsohn konnte nicht nur Traktor fahren und mit einem Lötkolben umgehen, sondern hatte auch ein altes Motorrad zerlegt und einige defekte Teile selbst repariert und war nun gerade dabei, es wieder zusammenzubauen. Douglas brannte darauf, ihm dabei zusehen und vielleicht sogar zur Hand gehen zu dürfen. Und als Henrietta erfuhr, daß Olivia und Jennifer eigene Ponys besaßen und daß Seraphim, das Lieblingspony von Olivia, erst vor vier Wochen ein Fohlen bekommen hatte, da konnte auch sie es nicht erwarten, zu ihnen nach *Illawarra* zu kommen. Und so verbrachten ihre Kinder den größten Teil der beiden Tage, die Moira noch bei Onkel William in River Bend blieb, auf der Farm, deren prächtiges Wohnhaus sich nun in Sichtweite des Murray erhob – mit dem stolzen Jacarandabaum im Garten.
Douglas und Henrietta fanden so viel Gefallen an dem für sie so fremden und aufregenden Leben auf *Illawarra*, daß ihnen die beiden Tage längst nicht genug waren. Die Flynn-Kinder hatten sie eingeladen, doch über die Ostertage bei ihnen auf *Illawarra* zu bleiben. Moira wollte davon erst nichts wissen, wie sehr ihre Kinder ihr auch in den Ohren lagen. Doch als sich dann auch noch Adrian zu ihrem Fürsprecher machte

und versprach, persönlich dafür zu sorgen, daß ihre Kinder wohlbehalten und rechtzeitig zum Schulbeginn zu ihr nach Melbourne zurückkehrten, da wußte sie nicht mehr, wie sie ihnen den Wunsch abschlagen konnte.
In den folgenden Monaten reiste Moira noch sechsmal nach River Bend, um Onkel William wenigstens ein Wochenende lang Gesellschaft zu leisten. Bei drei Gelegenheiten begleiteten sie ihre Kinder, von denen Onkel William aber nicht viel zu sehen bekam, hatten sie es doch jedesmal eilig, nach *Illawarra* zu kommen.
Es waren für Moira jedesmal traurige, deprimierende Tage. Denn Onkel William ging nicht mehr unter Menschen und aß auch kaum noch etwas. Er saß mit einer Decke über den Knien in seinem alten Sessel, blickte stundenlang in gedankenverlorenem Schweigen auf einen Punkt an der Wand und lebte völlig in der Erinnerung, wenn er denn überhaupt mal sprach. Er hatte ganz eindeutig mit seinem Leben abgeschlossen und wartete auf den Tod. Und nichts, was sie auch versuchte, um ihn aufzurütteln und ins Leben zurückzuführen, fruchtete.
»Leben heißt sterben lernen«, sagte er einmal zu ihr. »Man fängt nur viel zu spät damit an, und dann fällt es schwer und wird zu einem verzweifelten Kampf, den man doch nie gewinnen kann. Ich will nicht mehr kämpfen, Moira. Laß mich in Frieden gehen.«
Und er ging in Frieden, wie die gewissenhafte, aber unaufdringliche Haushälterin, die Moira für ihren Onkel besorgt hatte, bestätigen konnte. William McGregor starb in der zweiten Novemberwoche, als im Deutschen Reich der staatlich organisierte und als »Reichskristallnacht« verharmloste Judenpogrom tobte, friedlich im Schlaf.

Knappe drei Monate später, am 26. Januar 1939, eroberten die Nationalisten die katalanische Hauptstadt Barcelona. Die letzte Postkarte von Byron, datiert vom 12. März, traf Mitte

Mai in Melbourne ein – sechs Wochen nach dem 1. April, dem offiziellen Ende des spanischen Bürgerkrieges, das General Franco mit einer triumphalen Siegesparade feierte. Auf der Postkarte kündigte Byron seine »baldige« Rückkehr an, schloß jedoch einen Umweg über Moskau nicht aus.
»Meinetwegen kann er bleiben, wo er ist!« kommentierte Douglas grimmig die Postkartenbotschaft, die so dürftig und vage gehalten war wie alle anderen vor ihr. »Er hat sich all die Jahre nicht um uns gekümmert. Was also will er hier?«
»Ich möchte nicht, daß du so über ihn redest, Douglas!« wies Moira ihren Sohn mit sanftem Tadel zurecht. Was immer sie ihrem Mann auch vorzuwerfen hatte – und das war nicht wenig –, so versuchte sie doch beständig, bei ihren Kindern die Erinnerung an ihren Vater wachzuhalten. Sie wußte, wie schmerzlich es war, ohne Vater aufzuwachsen. Anthony hatte in den vergangenen Jahren im Leben von Henrietta und Douglas eine bedeutende, fast väterliche Rolle gespielt, aber sosehr er auch Teil ihrer Familie geworden war, so konnte er ihnen doch nicht den Vater ersetzen. »Immerhin ist er euer Vater.«
»Gut, daß du und seine halbjährlichen Postkarten uns daran erinnern. Denn sonst hätten wir das schon längst vergessen!« erwiderte Douglas sarkastisch und ging aus dem Zimmer.
Henrietta, die sich in den ersten anderthalb Jahren noch so herzzerreißend um Verständnis bemüht und sich allerlei Rechtfertigungen und Entschuldigungen für ihren Vater zurechtgelegt hatte, folgte ihm wortlos. Längst gehörte die Zeit, als sie noch darum gewürfelt hatten, wer Daddys Postkarte in seinem Zimmer aufhängen durfte, der Vergangenheit an. Und aus *Daddy* war längst *Vater* geworden. Douglas nannte ihn sogar geringschätzig nur *Postkarten-Vater*.
Moira stellte sich innerlich darauf ein, daß Byron jeden Tag vor der Tür stehen konnte. Immer wieder fragte sie sich, ob sie nach über drei Jahren Trennung nicht nur willens, sondern auch fähig waren, ihre Ehe fortzusetzen. Die Frage,

welches Gewicht Byrons Betrug zuzumessen und wie groß ihre Bereitschaft zur Versöhnung war, spielte in ihren Überlegungen eine eher untergeordnete Rolle. Sie grübelte vielmehr darüber nach, ob der Krieg in Spanien ihn vielleicht verändert haben mochte und daß sie eindeutig nicht mehr dieselbe Person war, die er vor drei Jahren von einer Stunde auf die andere verlassen hatte, ohne sich darum zu kümmern, wie sie und die Kinder zurechtkommen würden. Sie hatte ihre wahre Berufung gefunden. Ihr Leben hatte sich radikal verändert, ebenso ihr Selbstbewußtsein, und daher hegte sie starke Zweifel, daß es noch eine gemeinsame Zukunft für Byron und sie geben konnte.
Die Wochen vergingen, ohne daß sie etwas von Byron hörte. Als sie im August immer noch ohne Nachricht von ihm war, zerbrach Moira sich nicht länger den Kopf darüber, ob ihre Ehe noch zu retten war. Nicht ohne bitteren Zorn kam sie zu dem Schluß, daß Byron wohl mit seinen befreundeten Genossen nach Moskau gereist war und offensichtlich nicht den Wunsch verspürte, seine Ehefrau und seine Kinder wiederzusehen. Eine formelle Scheidung würde also bloß noch dokumentieren, was seit mehr als drei Jahren schon Wirklichkeit war – nämlich das Ende ihrer Ehe.

Am 1. September löste Hitler den Zweiten Weltkrieg aus, als er den Befehl zum Einmarsch in Polen gab. Unter der Mordfackel dieses Schlächters lichterloh in Brand gesetzt, stürzte die Welt in die Hölle millionenfachen Mordens.
Australien erklärte mit Großbritannien und Frankreich dem Deutschen Reich schon am 3. September den Krieg. Das erste australische Kontingent freiwilliger Soldaten schiffte sich jedoch erst Anfang Januar 1940 in Sydney ein – mit dem Ziel Mittlerer Osten.
Moira dankte Gott auf Knien, daß Douglas mit seinen siebzehneinhalb Jahren noch zu jung war, um sich zur Armee zu melden, und daß ihr Sohn überhaupt wenig Neigung zeigte,

in den Krieg gegen Hitlers erschreckend siegreiche Wehrmacht zu ziehen. Er war sehr wohl Patriot, aber sein Patriotismus und Stolz galten Australien, nicht jedoch dem fernen sogenannten Mutterland.

»Warum sollen wir die Kastanien für Großbritannien und Frankreich aus dem Feuer holen?« erregte er sich in einer Debatte mit Anthony und James Colburn, dem Anwalt aus dem dritten Stock. »London behandelt uns Jahr für Jahr wie ein lästiges Stiefkind, das immer wieder diszipliniert werden muß und keinerlei Ansprüche anmelden darf. Aber wenn es zum Krieg in Europa kommt, weil die Herrschaften in Westminster die falsche Politik betrieben und unverzeihliche Fehler begangen haben, als sie Hitler freie Hand ließen, dann sind wir Aussies und Neuseeländer und Inder und Südafrikaner gut genug, um für das glorreiche Empire unser Leben einzusetzen. Nein, nicht mir mir!«

Moira fühlte Stolz und Dankbarkeit, daß ihr Sohn nicht in diesen blinden Patriotismus verfiel, den sie in ihrer Jugend in Mildura und River Bend erlebt und der dazu geführt hatte, daß Adrian sich bei Ausbruch des Ersten Weltkriegs zusammen mit seinem älteren Bruder Lance freiwillig zur ANZAC-Truppe gemeldet hatte. Alles wäre anders gekommen, wenn Adrian damals eine ähnliche Einstellung wie Douglas gehabt hätte …

Am ersten Weihnachtstag brachte Moira ihren Sohn frühmorgens zum Bahnhof, wo er in den Zug nach River Bend stieg. Henry, der tags darauf seinen zwanzigsten Geburtstag feierte, hatte ihn zu seiner Party und für den Rest der Weihnachtsferien nach *Illawarra* eingeladen. Seit dem Tod Eleanors verband die beiden jungen Männer eine feste Freundschaft. Auch Henrietta war wie immer herzlich eingeladen gewesen, hatte es aber vorgezogen, diesmal in Melbourne zu bleiben und zusammen mit Tante Jill und Onkel Howard, die über Weihnachten nach Melbourne gekommen waren, sowie mit den beiden Colburn-Mädchen an den Strand nach St.

Kilda zu fahren. Sie hatte Olivia aber fest versprochen, zur Erntezeit während der Osterferien, wenn die Temperaturen im Hinterland wieder erträglich wurden, für ein paar Tage auf die Farm zu kommen.
Als Moira in die Swanston Street zurückkehrte und im Hinterhof aus dem Wagen stieg, löste sich plötzlich eine bärtige Gestalt in zerschlissener Kleidung aus dem dunklen Torbogen. Sie erschrak und wich unwillkürlich vor dem Mann zurück.
»Moira? Ich bin es, Percy Jackson«, sagte der Mann schnell.
»Percy?« Ungläubig starrte sie ihn an. Wie verändert, wie fremd er aussah! Sie hatte ihn als einen bulligen, schwergewichtigen Mann mit einem runden, meist leicht geröteten Gesicht in Erinnerung gehabt. Er hatte jedoch viel an Gewicht verloren und war jetzt fast sehnig schlank, dazu kam sein dichter, krauser Vollbart. Kein Wunder, daß sie ihn nicht erkannt hatte!
Er verzog das Gesicht. »Ich weiß, ich sehe ein bißchen anders aus als damals in Sydney, als wir uns nach Spanien eingeschifft haben«, sagte er mit müdem Spott.
»Wo ist Byron?« fragte sie mit plötzlichem Herzklopfen und schaute sich unwillkürlich um, als erwartete sie, daß auch er jeden Augenblick irgendwo hervortrat.
Percy schüttelte den Kopf. »Ich bin allein. Können wir irgendwo in Ruhe reden, Moira?«
Moira kämpfte gegen den schrecklichen Verdacht an, der sich ihr sofort aufdrängte. »Wir können nach oben in die Wohnung gehen, wenn es dir nichts ausmacht, mit Jill und Howard zusammenzutreffen. Aber ich habe hier unten in der Galerie auch ein Büro, wo wir ungestört sind, wenn dir das lieber ist.«
Er entschied sich für das Büro.
Moira brühte in der kleinen Kochnische schnell Kaffee auf, während Percy die Toilette aufsuchte und dann einen Blick

in die Ausstellungsräume warf. »Und diese Kunstgalerie gehört dir wirklich zur Hälfte?« fragte er sichtlich beeindruckt.
»Sie gehört mir nicht nur zur Hälfte, sondern ich habe sie auch in Jahren harter Arbeit mit aufgebaut«, erklärte sie nicht ohne Stolz, reichte ihm eine Tasse Kaffee und setzte sich hinter ihren Schreibtisch. »Und jetzt komm bitte zur Sache, Percy. Was ist mit Byron? Lebt er?«
Percy nickte. »Ja, er lebt.«
Zu ihrer eigenen Verwunderung fühlte sie eine große Erleichterung, Byron am Leben zu wissen. Aber schon im nächsten Moment trat Zorn an die Stelle von Erleichterung. »Und warum ist er nicht hier? Hat er nach dreieinhalb Jahren, die er mich mit den Kindern allein gelassen hat, nicht einmal mehr den Mut, mir ins Gesicht zu sagen, daß er nicht mehr zu uns zurückkommen will? Hat er dich geschickt, damit du ihm diese unangenehme Aufgabe abnimmst?«
Percy zog eine Schachtel Zigaretten heraus und zündete sich eine an. »Nein, deshalb hat er mich nicht geschickt.«
»Aber geschickt hat er dich!« stellte sie grimmig fest.
»Ja, weil er selbst nicht kommen kann, denn er sitzt in Port Augusta im Gefängnis. Schon seit fast vier Monaten.«
Bestürzung trat auf ihr Gesicht. »Was sagst du da?«
Percy gab einen schweren Seufzer von sich. »Wegen der Anschläge damals in Port Augusta wollte Byron so weit wie möglich von Port Augusta entfernt einreisen. Darwin oben im Northern Territory schien ihm der sicherste Hafen zu sein, um unbemerkt wieder ins Land zu kommen. Er wußte nicht, ob inzwischen Gras über die Sache mit den Sprengstoffanschlägen gewachsen war«, berichtete er. »Um ganz sicherzugehen, hat Byron sich in Spanien die Papiere eines gefallenen australischen Genossen beschafft. Und dann sind wir über Jakarta nach Darwin gereist. Wenn nicht gerade in der Woche zuvor der Krieg ausgebrochen wäre, hätten wir die Einreisekontrollen bestimmt ohne Probleme passiert. Aber wir hatten Pech. Aus Angst vor Spionen und Saboteuren

sind in allen Häfen extre strenge Kontrollen mit genauen Befragungen eingeführt worden. Als herauskam, daß wir im spanischen Bürgerkrieg auf seiten der Internationalen Brigaden gekämpft haben, mußten wir uns auch noch einer peinlichen Durchsuchung all unserer Sachen inklusive einer Leibesvisitation unterziehen. Tja, dabei sind dann Byrons richtige Papiere, obwohl er sie wirklich gut versteckt hatte, zutage gekommen. Daraufhin sind wir sofort verhaftet, drei Tage später nach Port Augusta transportiert und dort in Untersuchungshaf tgenommen worden.«

Moira erblaßte.

»In der Woche vor Weihnachten haben sie uns den Prozeß gemacht, über den wegen des Krieges aber kaum etwas in der Zeitung gestanden hat, wie ich gehört habe«, fuhr Percy fort. »Byron hat fest darauf vertraut, daß Andrew Barkley, der Anwalt der Gewerkschaft, einen Freispruch für uns erreichen würde. Deshalb hat er sich auch nicht bei dir gemeldet. Er wollte nicht, daß du und die Kinder ihn vor Gericht sehen.«

»Der Prozeß ist also anders verlaufen, als er es sich gedacht hat«, sagte Moira mit belegter Stimme.

Percy nickte mit düsterer Miene. »Für mich einen Freispruch zu erreichen war nicht schwierig, weil ich mich in den kritischen beiden Wochen nachweislich in Perth aufgehalten und außerdem nie so in der Öffentlichkeit gestanden und feurige Reden gehalten habe wie Byron. Er dagegen ist in Port Augusta gewesen, als die Sprengstoffanschläge geplant und ausgeführt wurden.«

»Aber er ist doch gar nicht daran beteiligt gewesen!«

»Natürlich haben sie ihm keine direkte Beteiligung nachweisen können, weil er mit dieser radikalen Splittergruppe ja auch tatsächlich nichts zu tun gehabt hatte«, bestätigte Percy. »Aber die Zeugen der Anklage haben ihn geschickt als Drahtzieher, als den ideologischen Wegbereiter und Anstifter hingestellt. Und in dieser Zeit, wo hier im Land die Angst vor

feindlicher Spionage und Sabotage wie ein Fieber grassiert, hat das dem Gericht gereicht, um ihn schuldig zu sprechen.«
Ihr Herz raste, und ihr Magen verkrampfte sich. »Wie lautete das Urteil?«
Percy wich ihrem Blick aus. »Es war eindeutig ein politischer Prozeß und ein politisches Urteil, dem Andrew Barkley leider nicht gewachsen war. Er hat die wirkliche Gefahr viel zu spät erkannt und darauf vertraut, daß Byron aus Mangel an hieb- und stichfesten Beweisen freigesprochen würde. Byron hat ja mit den Anschlägen tatsächlich nichts zu tun gehabt, das weiß ich. Doch weil dieses rechte Gesinnungspack Leute wie ihn schon per se für Staatsfeinde halten und anders nicht mundtot machen können, haben sie sich einfach diese Konspirationstheorie zusammengesponnen, ein paar willfährige Zeugen bestens präpariert und …«
»Das Urteil, Percy!«
Er drückte seine Zigarette aus, sah sie einen Moment lang schweigend an und sagte dann leise: »Fünfundzwanzig Jahre.«

Moira wartete weder die Abreise ihrer Verwandten noch das neue Jahr ab. Unter dem Vorwand, von einem in Adelaide lebenden renommierten Künstler um ein unverzügliches Treffen gebeten worden zu sein, reiste sie schon am übernächsten Tag nach Port Augusta.
Kalte Schauer liefen ihr den Rücken hinunter, als sie das Gefängnis erblickte, einen festungsartigen, furchteinflößenden Granitbau aus dem vorigen Jahrhundert, der oberhalb des Hafens auf einer Anhöhe aufragte. Die Vorstellung, hier fünfundzwanzig Jahre in einer Zelle eingeschlossen zu sein, erfüllte sie mit Grauen. Und als sie das Gebäude betrat, umfing sie ein ekelhafter Geruch, der ihr wie eine Mischung aus altem Gemäuer, Schimmelpilz und scharfen Desinfektionsmitteln vorkam.

Das Wiedersehen mit Byron im kahlen Besucherzimmer mit der vergitterten Trennwand und unter den scharfen Augen von zwei Wärtern war kurz. Die Gefängnisverwaltung hatte ihr nur fünfzehn Minuten zugestanden.
Moira war froh, daß sie schon auf dem harten Stuhl hinter dem Gitter saß, als man Byron hereinführte. Ein Gefühl der Kraftlosigkeit überkam sie nämlich, als sie ihren Mann nach dreieinhalb Jahren zum erstenmal wieder erblickte – mit kahlgeschorenem Kopf und in der blaugrau gestreiften, verwaschenen Kleidung eines Gefängnisinsassen mit einer Nummer auf der linken Brusthälfte.
Byron nahm auf der anderen Seite des Gitters Platz und lächelte gequält. »Irgendwie hatte ich mir unser Wiedersehen anders vorgestellt, Moira. Tut mir leid, daß ich dir jetzt auch noch die Umstände mache, hierher nach Port Augusta zu kommen. Aber wie du siehst, bin ich in meiner Bewegungsfreiheit drastisch eingeschränkt, wenn auch nur für die nächsten fünfundzwanzig Jahre«, sagte er mit sarkastischer Selbstironie.
Moira nahm es kaum zur Kenntnis. Sein Anblick wühlte sie innerlich viel zu sehr auf. Sein Gesicht hatte einige scharfe Züge erhalten, und seine Augen hatten viel von ihrem einstigen leidenschaftlichen Feuer verloren. Aber all das änderte nichts daran, daß Byron ihr Mann und der Vater ihrer Kinder war – und daß alles viel komplizierter sein würde, als sie es sich bis zu diesem Moment vorgestellt hatte. »Warum hast du uns all die Jahre mit einer Handvoll Postkarten abgespeist, Byron? Hast du auch nur den Schimmer einer Ahnung, was du Douglas und Henrietta angetan hast?«
Er blickte schuldbewußt zur Seite und zuckte die Achseln. »Ich konnte nicht anders, Moira. Und das hatte mit Fanny nicht das geringste zu tun. Diese ... dumme Affäre mit ihr ist weder von Tiefe noch von Dauer gewesen. Wir haben uns schon kurz nach unserer Ankunft in Spanien getrennt.«
»Da kann ich ja wirklich dankbar sein!« höhnte sie und

fauchte ihn nun zornig an: »Erwartest du vielleicht, daß ich jetzt erlöst in die Hände klatsche, auf die Knie falle und Abbitte leiste, weil es ja doch gar nicht so schlimm gewesen ist, wie ich es mir all die Jahre vorgestellt habe?«
»Ich erwarte überhaupt nichts, Moira«, antwortete er ruhig. »Ich weiß, daß ich dir und den Kindern sehr weh getan habe. Aber ich wollte dir nur noch einmal sagen, daß ich nicht wegen Fanny weggegangen bin und auch nicht wegen der Sprengstoffanschläge, die man mir jetzt angehängt hat. Ich bin nach Spanien zu den Internationalen Brigaden gegangen, weil mein Gewissen mir gesagt hat, daß dort mein Platz ist.«
»Daß der Platz eines Ehemannes und Familienvaters zuallererst bei seiner Frau und seinen Kindern ist, das hat dir dein edles Gewissen verschwiegen, ja?«
Er schüttelte müde den Kopf. »Ich möchte mich nicht mit dir streiten, Moira. Jason, der Wärter, hat gesagt, daß du Papiere für mich zum Unterschreiben mitgebracht hast.«
»Ja, das habe ich.«
»Ich nehme an, das sind die Scheidungspapiere. Und wie ich dir durch Percy habe ausrichten lassen, werde ich dir auch keine Schwierigkeiten machen – vorausgesetzt, du versprichst mir, dafür zu sorgen, daß die Kinder mich dann und wann einmal besuchen kommen.«
»Die Kinder werden es wohl kaum wollen, aber ich werde dennoch dafür sorgen, daß sie mitkommen, wenn ich Zeit finde, dich hier zu besuchen«, antwortete Moira kühl. »Nur was die Papiere angeht, irrst du dich. Das sind keine Scheidungspapiere, sondern Vollmachten, die du unterschreiben sollst.«
Verständnislosigkeit zeigte sich auf seinem Gesicht. »Was für Vollmachten?«
»Damit ich in deinem Namen und Auftrag einen wirklich erstklassigen Anwalt mit der Revision deines Prozesses beauftragen sowie eine Abschrift der vollständigen Gerichts-

akten beantragen kann und was es sonst noch alles in die Wege zu leiten gibt«, erklärte sie sachlich. »Denn wenn du wirklich unschuldig bist, wie du beteuert hast, dann wird sich deine Unschuld und damit dieser Justizirrtum auch beweisen lassen – vorausgesetzt, man engagiert einen sachkundigen Strafverteidiger aufgrund seiner erstklassigen Qualitäten und nicht, weil er ein Genosse ist!«

Verstört blickte er sie an. »Revision? Mein Gott, so etwas kann Jahre dauern, wenn sie überhaupt zugelassen wird. Außerdem kann ich mir einen teuren Strafverteidiger gar nicht erlauben.«

»Aber ich«, erwiderte Moira knapp.

»Das wird ein Vermögen kosten!«

»Ich weiß.«

Betroffen und beschämt sah er sie an. »Warum tust du das, Moira, nach allem, was ich dir und den Kindern angetan habe, wie du mir gerade selbst vorgehalten hast?«

Einen Moment lang sah sie ihn schweigend an, und plötzlich verspürte sie den völlig irrwitzigen Wunsch, ihn anzufassen, ihn für einen kurzen Augenblick zu berühren, über sein bleiches Gesicht zu streichen oder seine Hand zu drücken. »Ich könnte jetzt sagen, weil ich nicht Gleiches mit Gleichem vergelten will und dir großherzig alles verziehen habe. Aber das wäre schlichtweg gelogen. Wenn ich so fromm und um Sanftmut und Heiligkeit bemüht wäre wie Rebecca, dann könnte ich es vielleicht, aber Rebecca hätte dich ja erst gar nicht geheiratet«, antwortete sie dann.

»Was ist es dann?!«

»Daß ich dich nicht im Gefängnis verrotten lassen will, hängt mehr damit zusammen, daß ich bei unserer Hochzeit geschworen habe, in guten wie in schlechten Zeiten zu dir zu stehen«, fuhr Moira grimmig fort. »Ich habe nicht vergessen, daß wir auch gute Zeiten gehabt haben, Byron. Nun, wo du uns wahrhaft schlechte Zeiten beschert hast, würde ich eigentlich liebend gern vergessen, was ich einst am Traualtar versprochen habe. Aber dann wäre ich keinen Deut besser als du, und damit könnte ich nicht leben – leider, möchte ich fast sagen.« Sie machte eine Pause, und der ranghöhere der beiden Wärter tippte demonstrativ auf seine Armbanduhr, um darauf hinzuweisen, daß die Besuchszeit abgelaufen war. »Aber der Hauptgrund, warum ich nichts unversucht lassen werde, um dir zu einem neuen, fairen Prozeß und dadurch zur Freiheit zu verhelfen, ist viel weniger kompliziert: Ich tue es, weil du der Vater meiner Kinder bist.«

»Ich verstehe.«

»Das bezweifle ich«, sagte Moira scharf, während der Wärter zum wiederholten Male laut und deutlich auf seine Armbanduhr klopfte. »Aber das ist im Augenblick ohne Bedeutung. Du hast Henrietta und Douglas schon genug Wunden geschlagen. Sie sollen nicht auch noch ihr Leben lang darunter leiden, daß ihr Vater als rechtskräftig verurteilter Verbrecher im Gefängnis sitzt.«

Er lachte traurig auf und wagte vor Scham nicht, ihr ins Gesicht zu blicken. »Ich habe dich nicht verdient, Moira.«

»Nein, das hast du vermutlich wirklich nicht. Aber diese Einsicht kommt wohl für uns beide um einige Jahre zu spät. Also finden wir uns damit ab«, entgegnete sie mit beißendem Sarkasmus und erhob sich. Schon bei der Tür, drehte sie sich noch einmal zu ihm um. »Bemüh dich gefälligst um eine bessere Führung, damit ich die lange Reise nicht noch einmal wegen läppischer fünfzehn Minuten Besuchszeit mache. Das nächstemal bringe ich die Kinder mit!«

Als sie das dankbare Lächeln auf seinem Gesicht sah, drehte sie sich schnell wieder um und trat auf den Flur hinaus. Dort stand sie einen Augenblick mit zitternden Knien und Tränen in den Augen gegen die kühle nackte Wand gelehnt.

Die Viertelstunde im Besuchsraum mit Byron hatte sie zutiefst aufgewühlt und viel Kraft gekostet. Und dabei wußte sie, daß dies erst der Anfang eines zweifellos langen und qualvollen Weges gewesen war, der vor ihnen allen lag. Nun galt es, Henrietta und Douglas so schonend wie möglich beizubringen, daß ihr Vater wie ein gewöhnlicher Verbrecher im Gefängnis saß, verurteilt zu fünfundzwanzig Jahren. Das allein würde schon schwer genug werden, aber doch längst nicht so schwer, wie ihre Kinder auch noch dazu zu bewegen, sie bei ihrem nächsten Gefängnisbesuch zu begleiten. Und als sie an Douglas dachte, beschlichen sie Furcht und Beklemmung, dieser großen Herausforderung womöglich nicht gewachsen zu sein.

SIEBTES KAPITEL

Moira konnte bitten, flehen, schimpfen und drohen, wie sie wollte, es half alles nichts. Starrköpfig beharrte Douglas auf seinem Standpunkt, daß ihm das Recht zustand, sich von seinem Vater loszusagen, nachdem dieser sich jahrelang nicht um sie gekümmert hatte. Auch Henriettas Bemühungen und gutes Zureden, doch nicht so hartherzig zu sein, vermochten seinen Widerstand nicht zu brechen. Douglas wollte seinen Vater partout nicht wiedersehen, und ohne Anthonys Eingreifen wäre es Moira nicht gelungen, ihren Sohn zum Einlenken zu bewegen.

Was sie und ihre Tochter tagelang vergeblich versucht hatten, das gelang Anthony wundersamerweise innerhalb weniger Minuten. Es war in der Woche nach Neujahr, als er eines Abends mit ihr in die Oper wollte, sie jedoch noch nicht umgezogen, sondern nach einem erneuten Streit mit Douglas in Tränen aufgelöst vorfand. Als er hörte, daß Douglas es immer noch kategorisch ablehnte, ihrem Wunsch nach gemeinsamen Besuchen im Gefängnis von Port Augusta nachzukommen, da rief er ihn ins Wohnzimmer. Kurz darauf stand Douglas mit verstockter Miene vor ihnen.

»Betrachtest du mich als Freund der Familie, Douglas?« fragte Anthony freundlich.

»Natürlich«, antwortete Douglas. »Aber –

Anthony brachte ihn mit einer knappen Handbewegung zum Schweigen. »Bitte beantworte nur meine Fragen, Douglas. Hinterher können wir gern über alles reden.« Er machte eine kurze Pause und stellte dann seine nächste Frage: »Darf ich zu Recht sagen, daß ich deinen Respekt, deine Zuneigung und insbesondere dein Vertrauen nicht nur verdient habe, sondern auch tatsächlich genieße?«

»Ja, das weißt du doch«, antwortete Douglas verlegen.
»Weißt du aber auch, wie sehr ich an deiner Mutter, an deiner Schwester und an dir hänge und daß es mir weh tut, einen von euch leiden zu sehen?«
Douglas senkte den Kopf und nickte nur.
»Habe ich dich je um einen wirklich großen Gefallen gebeten?«
»Nein«, murmelte Douglas.
»Nun, jetzt bitte ich dich darum. Ich bitte dich, um *meinetwillen* und im Vertrauen darauf, daß Freundschaft auch für dich keine Einbahnstraße ist, deine Starrköpfigkeit aufzugeben und deine Mutter bei ihren Besuchen im Gefängnis zu begleiten«, sagte Anthony ganz ruhig und ohne jeden drohenden Unterton in der Stimme. »Wirst du mir diesen Gefallen tun?«
Douglas biß sich auf die Lippen und schwieg einen Moment lang. Dann sanken seine Schultern resigniert herab, und er murmelte verdrossen: »Ja, das werde ich. Aber niemand kann mich dazu bringen, auch mit ihm zu reden, nicht einmal du!« Und damit stürzte er aus dem Zimmer.
Moira kam es wie ein Wunder vor. Dankbar, aber auch fassungslos, daß er eine solche Autorität auf ihren Sohn ausübte, sah sie ihn an. »Ich kann es nicht glauben, daß du es geschafft hast!« stieß sie perplex hervor. »Ich weiß, daß Douglas mich liebt, und doch hat er mir nicht gehorchen wollen. Bei dir dagegen hat er keinerlei Widerstand gezeigt. Mir ist das ein Rätsel!«
Anthonys Lächeln war so geheimnisvoll wie seine Antwort. »Hinter den meisten Rätseln verbirgt sich eine ganz simple Lösung, Moira«, sagte er. »Und jetzt schlage ich vor, daß du dir das Gesicht wäschst und dich schnell umziehst, denn sonst kommen wir noch zu spät in die Oper.«

Bei seinem ersten Gefängnisbesuch wechselte Douglas nicht ein Wort mit seinem Vater. Mit verschlossener, ablehnender

Miene saß er neben Henrietta, die das erste Wiedersehen ähnlich tief erschütterte wie Moira bei ihrem ersten Besuch, und gab keine Antwort, wenn sein Vater das Wort an ihn richtete – auch nicht, als Byron ihn um Verzeihung dafür bat, daß er ihnen kein guter Vater gewesen war.

Schon nach zehn Minuten stand Douglas abrupt auf. »Ich muß mal zur Toilette!« stieß er hervor.

Moira wollte ihn schon mit einer scharfen Antwort zurückhalten, bemerkte jedoch noch rechtzeitig den verräterischen Schimmer in den Augen ihres Sohnes. Da wußte sie, daß die Mauer, die Douglas in bezug auf seinen Vater um sich herum errichtet hatte, Risse bekam und eines nicht fernen Tages zusammenfallen und den Weg zu einer Versöhnung freimachen würde.

Vielleicht wird Douglas seinen Vater nie mehr diese vorbehaltlose Liebe schenken können, die er ihm einst als kleiner Junge ganz natürlich entgegengebracht hat, schrieb sie nach ihrer Rückkehr in ihrem Brief an Rebecca. *Aber ich will schon dankbar sein, wenn er ihn nicht länger haßt und aus seinem Leben ausschließt, sondern ihn wieder als seinen Vater annimmt. Und wer weiß, was die Zeit, die große Heilerin, nicht noch alles vermag.*

Viel Zeit, Geduld und eine Menge Geld werden wir auch brauchen, was die Wiederaufnahme von Byrons Prozeß angeht. Mit Unterstützung unseres Nachbarn Mister Colburn ist es mir endlich gelungen, einen wirklich ausgezeichneten Strafverteidiger zu finden, der keineswegs in dem Ruf steht, ein Freund von Gewerkschaftlern oder gar Kommunisten zu sein, was später vor Gericht zweifellos von großer Bedeutung sein dürfte. Sein Name ist Franklin Baldwin, und er entstammt einer überaus angesehenen, traditionsreichen Familie von Rechtsanwälten, die seit 1870 in Melbourne ansässig ist und seitdem in Victoria schon drei hohe Richter, zwei Abgeordnete und einen Minister gestellt hat. Aber nicht einmal ein renommierter Strafverteidiger wie Mister Baldwin vermag Wunder zu erwirken. Er spricht von berechtigter Hoffnung, sofern es uns gelingt, genügend glaubwürdige (!) Zeugen von *damals aufzutreiben, die Byrons Unschuld beteuern können. Der Krieg macht dies aber extrem schwierig, weil sich viele von ihnen zur Armee gemeldet haben und andere unbekannt verzogen sind. Einmal von den vielen juristischen Fallstricken, die es zu überwinden gilt, ganz abgesehen, wird es, so wie die Dinge liegen, wohl Jahre dauern, bis wir Byrons Prozeß wieder aufrollen können. Manchmal möchte man verzweifeln, wenn man keinerlei Fortschritt sieht, und man fragt sich, welchen Sinn all diese Sorgen und Anstrengungen machen. Aber ich kann auch nicht mit dem Wissen leben, daß Byron dazu verdammt ist, fünfundzwanzig Jahre unschuldig im Gefängnis zu verbringen, und ich dem Unrecht tatenlos zusehe …*

Rebecca antwortete ihr mit einem langen, Mut machenden Brief, den sie mit den Worten schloß: *»Die mit Tränen säen, werden mit Jubel ernten.« So steht es im 126. Psalm, auf den ich heute bei der geistlichen Lesung gestoßen bin – zufällig oder nicht, das sei dahingestellt. Laß uns daraus Kraft und Vertrauen schöpfen, daß alles seinen tiefen Sinn hat und sein gutes Ende finden wird.*

»O Rebecca, an vergossenen Tränen hat es in meinem Leben wahrlich nicht gemangelt, aber mit meiner Aussaat ist es wohl nicht weit her, wie ich fürchte«, murmelte Moira mit einem wehmütigen Lächeln, als sie den Brief beiseite legte. »Also wie soll ich da jemals mit Jubel ernten?«

Der deutschen Maioffensive zeigte sich Frankreich nicht gewachsen. In einem weiteren Blitzangriff schlug die Wehrmacht die französischen Truppen, und bei Dünkirchen entkam das britische Expeditionskorps wie durch ein Wunder der drohenden Vernichtung. Am 14. Juni besetzten deutsche Einheiten Paris. Acht Tage später kapitulierte Frankreich und unterzeichnete in Compiègne den von Hitler diktierten Waffenstillstand.

Während Hitler im September 1940 mit seiner gewaltigen

Kriegsmaschinerie dem Höhepunkt seiner Macht zustrebte, mit Italien und Japan in Berlin den Dreimächtepakt schloß und in Australien die Furcht vor einem Angriff der Japaner wuchs, begann Douglas am Technischen College sein Ingenieurstudium – und Adrian kam mit seiner Frau und seinen Kindern für fast vier Wochen nach Melbourne.

Der Anlaß war traurig. Die Ärzte im Krankenhaus von Mildura hatten bei Melissa Unterleibskrebs diagnostiziert. Da das Royal Melbourne Hospital in dem Ruf stand, die besten Chirurgen und Krebsforscher von Victoria, ja vielleicht sogar von ganz Australien zu beschäftigen, hatte Adrian darauf bestanden, daß sich seine Frau in diesem Krankenhaus noch einmal von ausgewiesenen Experten untersuchen ließ und sich gegebenenfalls nur hier der nötigen Operation unterzog.

Die Ärzte des Royal Melbourne Hospital bestätigten schon am Freitag, nur einen Tag nach ihrer Einlieferung, die Diagnose ihrer Kollegen in Mildura. Eine Operation war dringend geboten und wurde auf den kommenden Montagmorgen angesetzt. Am Samstag stattete Moira mit ihren Kindern der schwerkranken Melissa und ihrer Familie einen ersten Besuch im Krankenhaus ab.

Adrian war die Sorge um seine Frau deutlich ins Gesicht geschrieben, sosehr er sich auch bemühte, Optimismus zu verbreiten und immer wieder darauf zu verweisen, wie ausgezeichnet die Chirurgen waren und welch großartige Fortschritte die Medizin doch schon gemacht hatte.

Moira hatte den Eindruck, daß Adrian Zuspruch und Aufmunterung viel nötiger hatte als Melissa, die Ruhe und Gefaßtheit ausstrahlte und sogar zu einem ungezwungenen Lächeln fähig war. Dabei wußte sie genau, wie es um sie stand und daß auch eine gelungene Operation noch längst kein Sieg über den Krebs bedeutete.

Aber die große Überraschung dieses Tages war für Moira die jähe Erkenntnis, daß ihr Sohn und Jennifer, Adrians älteste

Tochter, ineinander verliebt waren! Die vertrauten Blicke, die sie sich die ganze Zeit zuwarfen, und die kurzen, scheinbar zufälligen Berührungen ihrer Hände – das war unverkennbar die beredte Sprache der Liebe.

Ihr kam in diesen Minuten zum erstenmal richtig zu Bewußtsein, daß Jennifer nicht länger ein kleines Mädchen, sondern eine attraktive junge Frau von achtzehn Jahren mit all den dazugehörigen Attributen war – und ihr Sohn kein Kind mehr, sondern ein gutaussehender junger Mann, der mit dem Studium am Technischen College begonnen hatte, sein Leben in die eigenen Hände zu nehmen und nach seinen eigenen Vorstellungen und Sehnsüchten zu formen. Es war eine bestürzende Erkenntnis, daß ein anderer Mensch und dessen Liebe im Leben ihres Sohnes von nun an von größerer Bedeutung war als sie, seine Mutter und die Liebe, die sie ihm schenken konnte. Der Gedanke, daß dies nun mal der Lauf der Welt war, bot ihr in diesem Moment wenig Trost.

Und dann geschah etwas, womit sie nicht im Traum gerechnet hätte. Douglas und Jennifer faßten sich plötzlich an der Hand, nickten sich zu, und Douglas sagte dann in einem kurzen Moment der Stille: »Missis Flynn, Mister Flynn, Mom ... wir haben beschlossen, uns so bald wie möglich zu verloben, und möchten euch um euren Segen bitten.«

»Eigentlich hatten wir damit ja noch etwas warten wollen«, warf Jennifer mit einem halb verlegenen, halb strahlenden Lächeln hastig ein und wandte sich an ihre Mutter, als sie fortfuhr: »Aber wir möchten, daß du weißt, daß wir uns lieben und heiraten wollen, wenn Douglas mit seinem Studium fertig ist – und daß du bei uns sein mußt, wenn wir uns das Jawort geben, Mom.«

Aufgeregtes, fröhliches Stimmengewirr setzte ein, und Moira sah den Gesichtern von Adrians Familie an, daß Douglas und Jennifer mit ihrer Ankündigung, sich zu verloben, bei ihnen keine große Überraschung auslösten. Auf *Illawarra* schien man damit gerechnet zu haben, wie die Reaktionen verrieten. Sogar Henrietta zeigte sich nicht sonderlich überrascht.

Daß sie offensichtlich die einzige war, die von alldem nichts geahnt hatte, versetzte Moira im ersten Augenblick einen schmerzhaften Stich. Doch sie behielt ihre verletzten Gefühle für sich und akzeptierte die Entscheidung der beiden, auch wenn ihr das Lächeln und die Umarmung ihrer zukünftigen Schwiegertochter viel Überwindung kosteten. Aber was blieb ihr anderes übrig?

Zu Hause erfuhr sie von Douglas, daß Jennifer und er schon seit dem Tod von Onkel William ihre Liebe zueinander entdeckt hatten. Und so gut Freund er auch mit Henry war, so hatten seine Besuche auf *Illawarra* seitdem doch in erster Linie dessen Schwester Jennifer gegolten. Sie hatten sich all die Jahre sogar regelmäßig geschrieben – und Anthony hatte als verschwiegener Mittelsmann fungiert!

Moira war im ersten Moment empört und fühlte sich hintergangen. Dann jedoch erinnerte sie sich ihrer Jugend in Mildura, und ihr Gewissen sagte ihr, daß sie kein Recht hatte, empört zu sein. Sie hatte es damals doch nicht anders gemacht, und sie hatte im Bewußtsein ihrer Liebe zu Adrian auch nichts Schlechtes darin gesehen, sich der verschwiegenen Beihilfe von Sophie und deren Familie zu versichern. Was also konnte sie ihrem Sohn anderes vorwerfen, als daß er Jennifer liebte und diese Liebe genau so besorgt vor elterlicher Kritik und ständiger Beeinflussung geschützt hatte, wie es ihr einst richtig erschienen war?

Melissa überstand die schwere mehrstündige Operation, benötigte jedoch fast drei Wochen, um sich soweit zu erholen, daß sie die Rückfahrt nach *Illawarra* antreten konnte. Zwei Tage vor ihrer Abreise feierten Douglas und Jennifer ihre offizielle Verlobung in Melbourne. Die Feier, die Moira ausrichtete, fand im engsten Familienkreis statt, zu dem natürlich auch Anthony gehörte, und gestaltete sich alles in allem sehr harmonisch.

»Ist es nicht wunderbar, daß sich unsere Kinder gefunden haben?« fragte Melissa, als sie einige Minuten mit Moira allein im Zimmer war.

»Ja, das Schicksal geht manchmal wirklich sehr wundersame Wege«, erwiderte Moira.

Melissa seufzte wehmütig. »Es war ein schöner Tag, und ich möchte Ihnen von Herzen für alles danken, für Ihre Anteilnahme und Ihre Besuche im Krankenhaus und für die schöne Feier, die Sie uns allen geschenkt haben. Ich werde noch oft an diesen Tag denken, Moira. Wenigstens habe ich noch die Verlobung meiner Tochter erleben können.«

»Was reden Sie denn da? Die Operation ist doch gut verlaufen. Also werden Sie auch die Hochzeit unserer Kinder erleben!«

Melissa schüttelte den Kopf. »Die Ärzte geben mir nur noch drei, vier Monate ...«

Moira sah sie erschrocken an. »Ja, aber ...«

»Gewiß, die Operation ist gut verlaufen, und sie haben den Unterleibstumor entfernt«, teilte Melissa ihr ruhig mit. »Aber der Krebs hat schon Metastasen gebildet, und damit ist mein Schicksal besiegelt. Ich habe die Ärzte gebeten, meinem Mann und meinen Kindern nichts davon zu sagen. Ich möchte ihnen wenigstens für die nächsten Wochen und vielleicht sogar Monate die Illusion lassen, daß ich wieder gesund werde. Sie werden noch früh genug erfahren, daß wir schon sehr bald voneinander Abschied nehmen müssen.«

Moira wußte in ihrer Bestürzung nichts zu sagen und fragte sich, ob sie an Melissas Stelle wohl auch diese bewundernswerte innere Stärke haben würde, ihr Schicksal so gefaßt und scheinbar ohne Aufbegehren anzunehmen.

Melissa schien ihr die stumme Frage von den Augen ablesen zu können. »Nein, leicht ist es nicht, sich mit dieser letzten Endgültigkeit abzufinden, Moira. Das Wissen, daß ich ein schönes und glückliches, wenn auch etwas kurzes Leben gehabt habe, sowie die Dankbarkeit dafür sind jedoch ein starker Trost. Und es ist nicht der Tod, den ich fürchte, sondern nur das Sterben.«

Dank ihres starken Willens und ihrer heroischen Selbstbeherrschung gelang es Melissa, ihre Familie bis nach Weihnachten in dem Glauben zu lassen, sie würde wieder zu Kräften kommen und aus den Schatten des Todes treten. Zehn Tage nach Neujahr brach sie auf der Veranda von *Illawarra* zusammen. Danach verfiel sie innerhalb von zwei Wochen. Sie starb am 22. Januar 1941, an dem Tag, als britische und französische Truppen Tobruk eroberten.

Adrian überstand die Beerdigung mit einem versteinerten Gesicht, das in wenigen Wochen um Jahre gealtert schien. Der Schmerz lag wie eingemeißelt in seinen scharfen Zügen. Moira weinte dagegen ungehemmt. Melissa hatte ihr in den Jahren, die sie sich gekannt hatten, nicht wirklich nahegestanden. Und doch hatte diese tapfere, bewundernswerte Frau einen tiefen Eindruck in ihr hinterlassen.

Im September, als Hitlers Armeen immer tiefer nach Rußland eindrangen und Jennifer ihre Ausbildung als Krankenschwester im Royal Melbourne Hospital begann, reiste Moira mit Henrietta nach Katoomba, wo sie eine Woche im Gästehaus des Klosters verbrachten. Nach Jahren, in denen Henrietta täglich Stunden mit Bewegungsübungen verbracht hatte, konnte sie endlich wieder ohne Orthesen und Krücken laufen, auch wenn sie das linke Bein noch immer etwas nachzog.

Mit dem Überfall der Japaner auf Pearl Harbor am 7. Dezember, bei der große Teile der amerikanischen Pazifikflotte zerstört wurden, und einer gleichzeitig gewaltigen Offensive der japanischen Streitkräfte in Asien trat der Zweite Weltkrieg in eine neue Phase – auch für Australien. Der Krieg, der bisher in vergleichsweise sicherer Ferne getobt hatte, rückte dem dünn besiedelten Land erschreckend nahe. Japan streckte seine Hand nun auch nach Australien aus.

Als die Regierung in Canberra am 9. Dezember Japan offiziell den Krieg erklärte und Douglas unerwartet früh vom College nach Hause kam, ahnte Moira schon, was die Stunde geschlagen hatte, bevor er die Worte aussprechen konnte.

»Mom, ich habe mich zur Armee gemeldet. Jetzt geht es nicht mehr nur um die Großmachtinteressen von Großbritannien und Frankreich, sondern um unsere eigene Haut! Japan wird nun auch uns angreifen«, erklärte er. »Ich habe übrigens schon mit Henry telefoniert. Er ist auf dem Weg nach Melbourne, denn wir wollen zusammen einrücken.«

Moiras Herz krampfte sich zusammen. Und sie erinnerte sich an das schrecklich beklemmende Gefühl bei Adrians Abschied, als sie jetzt erlebte, welch bittere Tränen Jennifer vergoß und wie sie Douglas vergeblich beschwor, ihr dies nicht anzutun und doch um ihrer Liebe willen nicht in den Krieg zu ziehen. Moira fühlte sich in ihre Jugend zurückversetzt, sah sich in Jennifer als junges Mädchen wieder, hatte das alles schon einmal durchgemacht und vermochte doch nichts zu tun, um ihr eigenes Leiden und das von Jennifer zu lindern. Nichts vermochte dies, allein die gesunde Rückkehr ihres Sohnes konnte diese tiefe Wunde schließen.

Douglas und Henry gehörten zu den im Schnellverfahren ausgebildeten australischen Soldaten, die Mitte Januar zur Verstärkung der 8. Division nach Singapur geschickt wurden. Die vom britischen Generalstab stets als »uneinnehmbare Festung« gepriesene Kronkolonie wurde schon wenig später von den unaufhaltsam vorrückenden japanischen Truppen von jeglichem Nachschub zu Wasser und zu Land abgeschnitten. Henry gehörte zu den wenigen glücklichen Verletzten, die noch mit einem der letzten Flugzeuge aus der eingeschlossenen Festung herauskamen. Nach schweren Kämpfen mußte der britische Kommandant von Singapur am 15. Februar bedingungslos kapitulieren. Fast hunderttausend alliierte Soldaten, davon dreizehntausend aus Australien, gerieten in die Hölle der japanischen Gefangenschaft. Douglas gehörte zu diesen Kriegsgefangenen, die zuerst im Camp von Changi interniert und dann in Burma für den Bau der berüchtigten *Death Railway* eingesetzt wurden, der durch den Dschungel verlegten Eisenbahnstrecke, die Burma mit Thailand verbinden und einer Viertelmillion Kriegsgefangenen das Leben kosten sollte.

Fünf Tage nach dem Fall von Singapur erlebte Australien mit der Bombardierung von Darwin den ersten japanischen Luftangriff, dem im weiteren Verlauf des Krieges noch über sechzig weitere Luftangriffe und Bombardierungen von australischen Städten an der Nord- und Ostküste folgten.

Henry überlebte seine schweren Verletzungen, verlor jedoch sein linkes Bein, das ihm oberhalb des Knies amputiert wurde. Er kehrte im November 1942, als sich die große Wende auf dem europäischen und afrikanischen Kriegsschauplatz zugunsten der Alliierten abzuzeichnen begann, nach *Illawarra* zurück und lernte mit einer Prothese zu leben. Er war dankbar, mit dem Leben davongekommen zu sein.

Von Douglas gelangte jedoch kein Lebenszeichen in die Heimat. Die Ungewißheit, ob er noch lebte, quälte Moira und Jennifer gleich stark. Und dieses jahrelange zermürbende Wechselbad aus Hoffnungslosigkeit und Verzweiflung in der einen Stunde sowie unerschütterlichem Glauben an sein Überleben in der anderen, diese seelische Folter schmiedete sie zusammen und brachte sie einander so nahe, wie es unter normalen Umständen wohl nie geschehen wäre. Sie spürten instinktiv, daß sie aufeinander angewiesen waren, wenn sie nicht haltlos in den Abgrund der Verzweiflung stürzen wollten.

Australien litt ab Mitte 1942 sehr unter der strengen Rationierung von Lebensmitteln und kriegswichtigen Produkten, nicht jedoch unter einem einbrechenden Interesse auf dem Gebiet der Kultur und Unterhaltung. Eher traf das Gegenteil zu. Durch die Stationierung von Hunderttausenden amerikanischer Soldaten, die von den Australiern mit gemischten Gefühlen als die »Yankee Invasion« bezeichnet wurde, floß zudem eine gewaltige Geldsumme ins Land. Denn während der durchschnittliche Wochenlohn eines australischen Arbeiters bei vier Pfund und dreizehn Shilling lag und der australische Soldat davon gerade mal die Hälfte dieser Summe als Sold ausgezahlt bekam, saß schon dem einfachen amerikanischen G.I. das Geld unverschämt locker, bezog er doch einen Sold, der sechsmal so hoch war wie der seines australischen Kameraden. Und es gab unter den Offizieren und Kriegsgewinnlern genug Kunstinteressierte, die nicht abgeneigt waren, von einem renommierten oder aufstrebenden australischen Maler ein Bild zu erstehen.

Daß die Arbeit in der Galerie Moira auch in den Kriegsjahren in Atem hielt, half ihr in der schweren Zeit, sich nicht zu sehr in Ängsten und Depressionen zu verfangen. Ähnlich erging es Jennifer im Royal Melbourne Hospital, das an seine Krankenschwestern in der Ausbildung harte Anforderungen stellte. Moira war auch froh, daß Anthony und Henrietta, die mit einem Kunststudium begonnen hatte, ihre Aufmerksamkeit in Anspruch nahmen. Dazu kam die Arbeit an der Vorbereitung für Byrons Revision, die jedoch kaum von der Stelle kam, weil die wichtigsten Zeugen als Soldaten über die Welt verstreut waren, sowie gelegentliche Besuche bei Byron in Port Augusta. Und wenn sie meinte, es gar nicht mehr ertragen zu können, dann setzte sie sich in den Zug und fuhr zu Rebecca nach Katoomba, wo ihre gequälte Seele stets Trost und Ruhe fand – wenn auch nur vorübergehend.

Und dann, nach der bedingungslosen Kapitulation Deutschlands und der grauenvollen Bombardierung von Hiroshima und Nagasaki mit Atombomben am 6. und 8. August 1945, schwiegen endlich auch im Pazifik die Waffen. Der Zweite Weltkrieg, der nach offiziellen Schätzungen mindestens vierzig Millionen Menschen, Soldaten wie Zivilisten, das Leben gekostet hatte, war zu Ende.

Jedoch erst zwei Monate später erhielt Moira Nachricht über das Schicksal ihres Sohnes. Der offizielle Brief traf an einem Montag vormittag ein, als Henrietta in der Universität eine Vorlesung über die Malerei der Renaissance hörte und Anthony mit einigen alten Freunden zum Lunch im Club weilte. Jennifer war in dieser Woche der Frühschicht zugeteilt und kam, wie sie es mit Moira verabredet hatte, nach ihrem Dienst zum Lunch in die Swanston Street. Moira öffnete ihr mit tränenüberströmtem Gesicht.

Jennifer sah das offizielle Schreiben in Moiras Hand und erblaßte. »Nachricht von Douglas?« stieß sie hervor, von Angst und Hoffnung zugleich beherrscht.

Moira nickte, während ihr die Tränen über das Gesicht liefen, das nun zu lachen versuchte. »Er lebt, Jennifer!« rief sie schluchzend, überwältigt von ihren Gefühlen. »Douglas lebt! Er hat die japanische Gefangenschaft überlebt und trifft nächste Woche mit dem Lazarettschiff *Warringa* aus Burma ein! Douglas lebt, und er kommt heim!«

Weinend und lachend zugleich fielen sich die beiden Frauen in die Arme und tanzten durch die Wohnung, die vom milden Licht der australischen Frühlingssonne erfüllt war.

EPILOG

Unter dem Jacarandabaum
1948

Tiefe Nacht lag über *Illawarra* und dem weiten wilden Buschland am Murray River. Die zimmerhohen Sprossentüren, die auf die obere Veranda des herrschaftlichen Farmhauses hinausführten, standen weit offen. Ein sanfter, warmer Windzug bewegte die zarten Vorhänge, die im Licht des abnehmenden Vollmondes leuchteten, und trug den kaum merklichen Geruch des in voller Blüte stehenden Jacarandabaumes ins Zimmer.

Wach und mit offenen Augen lag Moira im Bett. Der Schlaf wollte sich einfach nicht einstellen, obwohl der lange, anstrengende Tag sie körperlich erschöpft hatte und die letzten Geräusche im Haus wohl schon vor über einer Stunde verstummt waren. Zuviel ging ihr durch den Kopf. Und noch einmal ließ sie die Ereignisse dieses Novembertages, an dem Douglas und Jennifer den heiligen Bund der Ehe geschlossen hatten, vor ihrem inneren Auge Revue passieren.

Was für ein stolzer Bräutigam ihr Sohn, der frisch gebackene Diplomingenieur, doch gewesen war, und welch eine stattliche Figur er im Cut an der Seite seiner strahlenden, wunderschönen Braut gemacht hatte! Als hätte er nicht vier entsetzliche Jahre unter japanischer Gefangenschaft gelitten, aus der er als körperliches und seelisches Wrack zurückgekehrt war. Moiras Gedanken kehrten kurz in die Vergangenheit zurück, als ihr Sohn im Melbourner Hafen mehr tot als lebendig vom Lazarettschiff getragen worden war. Körperlich hatte er sich von den Folgen der Gefangenschaft verhältnismäßig schnell erholt, so daß er schon bald sein Studium hatte fortsetzen können. Doch seine psychische Gesundung hatte Jahre gedauert, und vermutlich würde er noch den Rest seines Lebens brauchen, um jene grausamen Erlebnisse zu verarbeiten, die sich beim Eisenbahnbau im Dschungel von Burma zugetragen hatten. Daß Douglas dabei auf eine Frau wie Jennifer zählen konnte, deren Geduld und Liebe sich in den letzten Jahren als unerschütterlich erwiesen hatten, empfand Moira in ihrer Sorge als große Beruhigung.

Douglas und Jennifer waren schon am frühen Abend, als das Hochzeitsfest auf *Illawarra* erst richtig begonnen hatte, mit dem herrlichen, königsblauen Pierce-Arrow-Tourenwagen, den sie den Kindern zur Hochzeit geschenkt hatte, in ihre Flitterwochen aufgebrochen. Sie wollten vierzehn Tage auf sehr rustikale Weise in der Einsamkeit der grandiosen Snowy Mountains verbringen, wo Douglas im kommenden Jahr beim Bau eines Staudamms seine ersten beruflichen Erfahrungen machen würde.

Wie recht Melissa doch hatte, als sie damals zu mir sagte, wie schön es doch sei, daß Douglas und Jennifer sich gefunden hatten! fuhr es ihr durch den Kopf. Das Glück, das Adrian und ihr nicht vergönnt gewesen war, obwohl sie in all den schweren Stürmen der Zeit nie aufgehört hatten, einander zu lieben und zu wissen, das niemand den anderen in ihrem Leben ersetzen konnte, dieses Glück hatten ihre Kinder gefunden. Und dafür war sie auch von Herzen dankbar. Nein, in ihrem Leben hatten Undankbarkeit und Bitterkeit dem Schicksal gegenüber keinen Platz. So verworren und schwer es ihr oft auch vorgekommen war, so hatte das Leben sie doch in Wirklichkeit überreich beschenkt. Sie hatte erfahren dürfen, daß Enttäuschungen nicht das Ende der Hoffnung bedeuteten und daß ein Ende immer zugleich auch wieder einen Anfang brachte.

Moira lauschte auf das Zirpen und Sirren, das die Buschnacht mit einem Konzert erfüllte, und ließ ihre Gedanken schweifen. Sie dachte voller Wehmut an Sophie und ihre Familie, die sie getreu ihrem Schwur jeden Abend in ihrem Gebet bedachte, an Anthony, der vergangenes Jahr gestorben war, an Rebecca, die im Nebenzimmer schlief, an ihre Tochter, die mit dem Sohn eines Kunstdozenten verlobt war und ihr viel Freude bereitete, – und an Byron, der nach acht Jahren Gefängnis nun endlich eine neuen Prozeß erhielt und damit zweifellos seine Freiheit wiedererlangen würde.

Plötzlich hielt Moira es nicht länger im Bett. Sie setzte sich auf, schlug die zarte Gaze des Moskitonetzes zurück, das wie ein Baldachin von der Decke über das Bett herabfiel, zog ihren leichten Morgenrock über ihr schlichtes Musselinnachthemd und trat auf die Veranda hinaus.

Der Jacarandabaum mit seinem dichten blauvioletten Blütenkleid lag im silbrig-milchigen Licht des Mondes, der sich den Himmel mit dem funkelnden Kreuz des Südens teilte.

Eine tiefe, zarte Sehnsucht, die sich mit Melancholie verband, rührte sich in ihr und zog sie zu diesem Baum. Barfuß ging sie die Außentreppe hinunter und über den Gartenweg auf den Jacaranda zu. Ihre Hand strich über den Stamm und fand sogar im Dunkel der Krone die Stelle, wo Adrian und sie einst ihr Monogramm tief und breit in die Rinde eingeritzt hatten. Ihre Finger strichen über die rauhe Borke. Nur wer genau wußte, wo er zu suchen hatte, konnte nach fast vierzig Jahren die letzten Spuren der vier Buchstaben unter seinen Fingerkuppen erahnen. Moira gelang es auf Anhieb, und sie würde es immer können, solange sie lebte.

Moira stand einen Augenblick ganz still. Dann begann ihr Herz schneller zu schlagen. Und noch bevor sie ihn hörte und sah, wußte sie, daß auch Adrian in dieser Nacht keinen Schlaf gefunden hatte und auf der anderen Seite des Baumes auf der schmiedeeisernen Bank saß, dort, wo einst, fast auf den Monat genau vor vierzig Jahren, ein kleiner Junge mit rotgeweinten Augen und einer Schachtel Buntstifte gesessen und ein einsames verzweifeltes Mädchen getroffen hatte.

Weitere Titel von
ASHLEY CARRINGTON

(60712)

(60713)

(60714)

(60715)

(60716)

(60717)

Gesamtverzeichnis
bei Knaur, 81664 München

Knaur®